看不完的经典小故事

中国历史故事

主编 张启明

新疆美术摄影出版社
新疆电子音像出版社

图书在版编目(CIP)数据

中国历史故事 / 张启明主编. -- 乌鲁木齐 : 新疆美术摄影出版社 : 新疆电子音像出版社, 2010.6

（看不完的经典小故事）

ISBN 978-7-80744-671-2

Ⅰ. ①中… Ⅱ. ①张… Ⅲ. ①中国－历史－通俗读物 Ⅳ. ①K209

中国版本图书馆 CIP 数据核字(2010)第 103822 号

书　　名	中国历史故事
主　　编	张启明
责任编辑	侯淑婷
责任校对	祝安静
出　　版	新疆美术摄影出版社 新疆电子音像出版社
地　　址	乌鲁木齐市西虹西路 36 号
邮　　编	830000
发　　行	新华书店
印　　刷	北京德富泰印务有限公司
开　　本	700 mm × 1000 mm　　1/16
印　　张	20
字　　数	280 千字
版　　次	2010 年 6 月第 1 版
印　　次	2011 年 5 月第 2 次印刷
书　　号	ISBN 978-7-80744-671-2
定　　价	24.00 元

目　录

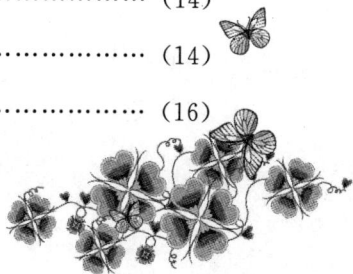

辽·宋·夏·金 …………………………………… (176)

元 朝 …………………………………………… (196)

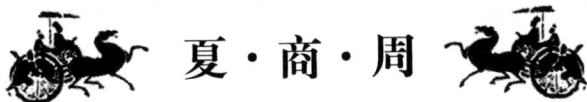

夏·商·周

夏氏建国

夏启是大禹的儿子。传说舜年老后禅位于治水成功的禹。禹在涂山（今浙江西部会稽山）娶涂山氏（可能是当时的一个部落或方国）长女为妻，生子启。

伯益是和禹同时代的人，传说他曾帮助禹治水，并"作井"（发明挖井）、"作占岁"（发明占卜），还负责管理过山林川泽。但是，伯益辅佐禹的时间很短，没有取得天下民众的拥护。禹年老后，按照传统的禅让制，把部落联盟首领的职位传给伯益，而不传授给启，但"以启为吏"，给了启很高的职位。后来，禹东巡至会稽去世。这时，启已经拥有了相当大的实力，许多诸侯都反对伯益而拥护启。伯益发觉，拘囚了启。后来启设法摆脱拘囚，率领部下攻击伯益，并杀掉了他，即传说中的"益干启位，启杀之"。启即位，做了部落联盟首领，结束了禅让制。启即位后，建立了世袭王权，定都阳城（今河南登封东）。因启的部落名夏后氏，故史称夏朝。

夏朝建立后，不少部落对启不服。于是"启有钧台之享"，在钧台（今河南禹县）召开部落大会。还"征西河"，征伐反叛自己的西河部落。反叛启的最大的势力是有扈氏。传说中的有扈氏是夏启的庶兄。《史记·夏本纪》："有扈氏不服，启伐之，大战于甘。"甘是在有扈氏境内南郊的一个地方。在讨伐有扈氏之前，夏启在甘这个地方誓师，列举有扈氏的罪状，说他蔑视国家大法，懈怠所掌管的政事，现在我执行天的意旨，兴兵剿灭他。同时告诫士兵：如果战车左边的士兵不努力射箭，战车右边的士兵不用戈矛奋力刺杀，驾车的士兵不控制好战车，就是不服从我的命令，我就要在神位面前惩罚你们，贬你们为奴隶，或者杀死你们；如果都努力英勇，我就在神位面前赏赐你们。这次战争规模很大，战斗也很激烈。最后有扈氏被启击败，从此灭亡，天下归于一统。

后羿寒浞乱夏

夏王朝帝禹是一代圣君，第二代帝启可说是一代明君，第三代太康却只

是一位昏君了。太康继承了父亲启的王位后,不治理政事,不体恤民生,放情纵欲,一味喜好游乐,丧失了做人君的德行,因此臣民怀有二心。有一次他到洛水南面打猎,竟一连一百天不回宫,他的五个兄弟意见很大,接着又发生了武观叛乱,庶民也起来造反,这时候有穷国诸侯后羿便趁机进攻夏都阳翟。

后羿,又叫夷羿,原本东夷部落集团后裔,是一个势力很大的部落首领,夏王朝把他封为有穷国诸侯。他自恃善于射箭,武艺过人,野心勃勃,一见夏王朝民心丧失,力量削弱,就把国都从钮地(今河南滑县东)迁到穷石(今河南孟县内),然后率领他的人马一路攻入夏都。太康不能回到阳翟,他的兄弟五人侍候他的母亲在洛水湾等他。大家都怨恨太康,作了一首《五子之歌》来追述大禹的告诫。后羿赶走太康后,立太康弟弟仲康作君主,自己实际上操持一切。

傀儡仲康做了13年君主后,其子继位。不久,夏帝相又被后羿驱逐。后羿夺取夏王朝政权后,也只知游乐,把国事全部委托给寒浞。寒浞本居寒国(今山东潍坊东北),是东夷集团伯明氏之子。他贪婪残忍,对后羿阿谀奉承,对要员行贿收买,很快就掌握了有穷氏大权。后来又杀了后羿,还霸占了他的妻子,生下浇和豷这两个凶子。

帝相逃至帝丘(今河南濮阳西南)后,投靠同姓贵族斟灌、斟寻两个小诸侯国,重新建立了小王朝。这时寒浞命他的儿子浇领兵消灭了斟灌、斟寻,并杀掉了帝相,从此夏王朝一度中断,"无王之世"达40年。

❖ 少康为父报仇 ❖

夏王朝断送在长子太康手中,而夏后相之子少康立志为父报仇,夺回夏王朝。这里边有个十分曲折的故事。

后羿勇猛善战,但有勇无谋,因此能打下江山,却不能很好地治理江山。他占领了夏的大片土地后,将所有夏人当作奴隶,引起了夏人的极大愤怒,他还制定了一系列歧视夏人的苛刻政策,对夏国王族大肆屠杀。

太康之弟仲康被后羿活活逼死,他的儿子夏后相将他爹的尸体掩埋之后,连夜逃往帝丘(今河南省濮阳西南)。

后羿从此更加横行,认为夏王朝已彻底被推翻,大局已定,江山全部归他所属。他利用军队肆意掠夺,唤奴使婢。他整天只知吃喝玩乐,没有从太康失国中总结教训,而是重蹈覆辙,常常躲在宫中饮酒赏歌舞,对于朝政不闻不问。而且他刚愎自用,偏信奸臣。他十分信任一个大臣——寒浞。寒浞对后羿口蜜腹剑,当着后羿的面,只说后羿如何英勇善战,天下如何太平,

百姓如何称颂后羿。后羿美得连北都找不到了。而寒浞背后却早有谋算，四处收买人心，准备夺取王权。对寒浞的赞美，后羿不知是计，还是十分信任寒浞，直到死也不知道是寒浞杀死了自己。

寒浞比后羿聪明，有心计。他与后羿不同的是收买夏人人心。他夺取了王权之后，恢复所有夏人的人身自由。夏人十分感激寒浞，因此寒浞得到了百姓的拥护，很快站稳了脚跟。但是寒浞心里明白，他的做法不能像后羿一样，他还惦记着在帝丘作夏王的夏后相。认为夏后相是他的心头大患，一天不除一天不能安心，天下不能太平。

于是，他加强军队训练，加强军事管理，扩大军事力量。十几年后，他认为他的军事力量已逐渐强大起来，能够打败夏后相时，就毅然起兵攻打夏后相。

夏后相也是有胆有识之人。他心有长远宏图，胸怀大志。十几年一直不忘家仇国耻，领着臣民励精图治等待恢复夏国，报仇雪恨。可是寒浞没有给夏后相时机，先下手为强。当时二者兵力相差悬殊，夏后相没法与寒浞相提并论。

这一日，寒浞带着自己的士兵浩浩荡荡攻进城内。夏后相望着自己的爱妻不禁含泪而泣，妻子已有身孕，而自己却没有能力保护爱妻。他流着泪对妻子后缗说："我死了，没什么，但是夏朝要有人重新恢复，你赶快逃吧，有朝一日孩子出生，好为我夏王朝报仇。你是我夏王朝的希望啊！一定要为夏后氏留下这条血脉，如果这样，我在九泉之下也瞑目了。"后缗是位贤淑美丽的妻子，见夏后相如此悲壮，泪如雨下，坚决要和夏后相生死在一起，她央求丈夫和她一起逃跑。夏后相知道他逃不了，如果捉不到他，寒浞是不会甘心的，一定会继续追杀，那时很可能连累了后缗和腹中的孩子，所以夏后相毅然拒绝了后缗的请求。他对后缗说为了不让更多的百姓再遭受战争之苦，他必须死，只有这样寒浞才会罢休。后缗万般无奈，只好与夫君挥泪而别，夏后相也是泪如泉涌。

敌人已占领了城门，后缗混在百姓之中，仓皇出逃。由于城墙太高，再加上有身孕，后缗无法越过城墙。情急之下，她看见城墙有个破洞，就毫不犹豫地钻了过去。她一路流着泪，既害怕寒浞的兵士追杀，又担心夏后相的生命。她知道夏后相九死一生，只有向娘家有仍国（今山东省济宁县）跑去。经过好几天的艰难跋涉，她终于到了有仍国，见到爹娘，泣不成声，把经过一五一十地说与父母。母亲搂着心爱的女儿只有伴着哭泣。哭着哭着后缗觉得腹部阵阵剧痛，接着就生下了一个虎头虎脑的男孩，这个男孩就是历史上有名的少康，就是他为父报仇，恢复了大夏王朝的江山。

我们再说一下夏后相，他目送妻子渐渐从眼前消失，看到妻子成功地脱逃，心里感到了一丝安慰，心想：天不灭我大夏王朝，天不绝我夏后氏。他擦干眼泪，手持长剑，横下心生死一搏，但无奈寒浞的士兵太多，最后因寡不敌众战死在城里。

寒浞看到夏后相已死，哈哈大笑，接着烧杀抢掠，百姓死伤无数。最后他命令士兵放火烧城，看到满城成了火海，他才心满意足地带领士兵回朝。

后缗本不想活在世上，她知道夏后相已经战死，决定陪夫君一起死去。但是少康的出生给后缗带来了一丝希望，她望着这个虎头虎脑的小家伙，决心把少康抚养成人。她要让儿子知道他父亲那张流泪的脸和期待的眼神。要让儿子为他葬身火海的父亲报仇，让他杀死那个可恨的寒浞。

少康的外祖父是有仍国的国君，老人家非常疼爱自己的外孙。他从少康小时就开始培养他，首先锻炼少康吃苦耐劳的精神。少康小时候，外祖父让他与百姓生活在一起，和大家一样干活，吃一样的东西，住在一起。百姓的纯朴、厚道深深地熏陶着年幼的少康。干农活、出苦力又锻炼了他的身体。少康还立志操练武艺，日日闻鸡起舞。

转眼间，少康已 20 岁，小伙子身体十分健壮，对待百姓十分尊重，深知百姓疾苦，而且武艺不断长进。少康长成了出类拔萃的青年，文武精通，治国之道成竹于胸，父亲及夏王朝的深仇大恨他时刻铭记。他一直暗暗积蓄力量，准备将来有朝一日为父亲和大夏王朝报仇，杀死寒浞。

然而没有不透风的墙，寒浞听说夏后相的妻子逃跑了，而且还有一个儿子，整天坐卧不宁，他知道夏后相的儿子一定会为父亲报仇的。所以决定在夏后相之子还没有形成力量的时候杀掉他，彻底除去自己的心头之患。于是寒浞派人去四处打听夏后相之子的下落，后来听说在有仍国那里，就立即派使臣去有仍国索要少康。

使者来到有仍国，要有仍国国君交出少康。老人家十分着急，心想：无论如何不能交出少康，否则少康性命难保。最后他下定决心：先派人送走少康，然后盛情款待使臣。在席间，老人家对使臣说："当年我女儿回来时，我一时糊涂收留了她们母子，可谁想到少康这孩子整天游玩，干尽坏事，特别不让我省心，你们这一来可好了，把他带回去，我可以少操点心。"

使臣一杯接一杯地喝着好酒，不知不觉已有几分醉意。他要有仍国国君陪同他去见少康。可是当他们来到少康的住处，少康不在，一问手下人。一个手下人说："少康时常不在此住，整天沉湎于打猎的兴趣中，好几天前就去打猎了，可这次去的时间最长，恐怕林中野兽凶猛异常，怕是凶多吉少。"

有仍国国君听到此，做出一副悲伤又生气的样子，说道："这孩子，不可救药

了,真让我操心。"使臣听到这消息后有些失望,又住了几天,便带足礼物回去复命了。

少康逃出有仍国后,独自漂泊,历尽千辛万苦,尝尽了人生苦难,而这些苦难更加坚定了他的信念:报仇雪耻。

少康得知有虞国国君很贤明,漂泊一段时间后,就去投奔有虞国(今河南省虞城县)。有虞国国君将少康留下,让少康掌管宫中的膳馐。时间一长,有虞国国王发现少康为人正直而且很有才能,待人忠诚,便将两个女儿许配给他。还送给他一个方圆10里的地方——纶。

少康到纶后,励精图治,大胆进行改革,重用贤才,赏功罚罪,而且废除百姓的债务,重视农业生产发展。这一系列的改革得到了百姓的拥护,纶出现了一片安康的景象,有虞国国君也十分高兴,又时常帮助少康。

20年过去了,方圆10里的纶变成了一个理想王国,这里富庶、欢乐、安定。

有一天少康正在处理朝政,忽然有人报说一位老将军带领一支人马求见。这位老将军叫靡,是夏后相的近臣。当年后羿逼走夏后相后,靡投靠了后羿,准备养精蓄锐,找机会重新恢复大夏王朝。当他得知夏后相有一子,很有才能,便前来投奔。二人相见,四目含泪。

寒浞得了天下,起初还理朝政。后来也是整日声色犬马,不理朝政,只喜欢那些溜须拍马的人。

一天,寒浞正在欣赏歌舞,靡将军怒冲冲提剑而至,上前砍下了寒浞的项上人头。

少康很快战胜了寒浞,将中断40年的夏王朝恢复了,为父亲报了仇。

少康是位贤君,登上王位后,勤于朝政,为国治民不辞辛苦。百姓安居乐业,生产迅速发展。历史上称这段历史为"少康中兴"。

夏桀暴虐

大约在公元前1614年,帝发去世,履癸继位,这就是夏王朝最后一个君主桀。

夏桀荒淫暴虐,全无德行。有个大臣叫赵梁,是个阿谀谄媚的小人,君臣两人狼狈为奸。这时夏王朝国势本已衰竭,但他们仍要穷兵黩武,四处征伐。夏桀曾强令诸侯到仍(今山东济宁东南)地会合,有缗氏不服,夏桀虽发兵把他们消灭了,但却大大挫伤了自己的元气。他在征战蒙山小国有施氏时,获美女妹喜而归,便在都城斟鄩(今河南)大兴土木建造琼宫瑶台,纵情淫乐。他悬肉为林,倾酒为池,挑选酒量很大的汉子环立四周,击鼓为号,

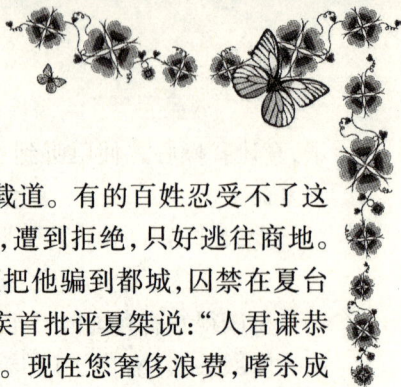

"一鼓而牛饮者三千人"。

夏桀搜括天下财富供自己享用,四处怨声载道。有的百姓忍受不了这种压榨,揭竿而起反抗。太史令终古边哭边谏,遭到拒绝,只好逃往商地。因商汤深得民心,夏桀怕他进一步扩大影响,便把他骗到都城,囚禁在夏台这所监狱里。大臣关逢龙不忍江山残破,痛心疾首批评夏桀说:"人君谦恭敬信,节用爱人,天下就会安定,江山就会坚固。现在您奢侈浪费,嗜杀成性,只怕你会很快灭亡啊!"夏桀勃然大怒,吼道:"我有天下,好似天有日头,太阳灭亡了我才会灭亡!"竟把这位忠臣囚禁起来杀掉了。百姓恨透了夏桀,一起诅咒说:"这个自命为太阳的暴君,什么时候才丧亡啊?我们宁愿跟他同归于尽!"

伊尹囚君

商汤灭夏,是我国奴隶社会中一个奴隶主的总代表去革另一个奴隶主总代表的命。商汤是位既有文治又有武功的帝王,他文通武备,爱才爱将,品德高尚。再加上右相伊尹和左相钟虺的辅佐,商朝全国呈现出一片欣欣向荣的景象。百姓安居乐业,兵士勤于练兵,满朝臣子也是兢兢业业。

古时候,人们的科学知识落后甚至是空白,所以对自然现象不理解,就把自然现象给予神化。下雨、打闪、打雷都看作鬼神的安排。那时从国君到臣子再到黎民百姓对鬼神都十分尊敬,认为一切天灾人祸都是上天的旨意。

过去老百姓是靠天吃饭的,如果遇上天气好,农业的收成就好,百姓就可以少挨饿;如果遇上天气不好,一年颗粒无收,百姓就得挨饿受苦。在闹灾荒时,饿死人的现象时有发生,所以老百姓对上天更是敬畏,时时祈祷老天保佑。商朝刚刚建立,一切都呈现新气象时,一场大旱悄然而至。这场大旱着实罕见,地上草木枯干,老百姓吃水都成问题了,有的小动物都被渴死了。这可急坏了贤德的商汤,商汤焦急万分,天天祈祷上天,保佑大商举国臣民。可是老天不知怎么回事,依旧烈日当头,太阳火辣辣地照耀着大地,河水早已枯竭,大地已干裂。这样的旱情持续了7年,百姓饿死无数,加上天气特别热,中暑而亡的人也不少。商汤也十分相信鬼神,心想:一定是自己有些行为不对惹怒鬼神,上天怪罪下来,让我大商王朝遭此劫难。他开始自责,思考自己的行为举动,怎么也想不出自己哪里得罪了上天。

这一天商汤穿戴整齐,神情异常严肃,跪倒拜鬼神。这时的商汤又黑又瘦,他为国事日夜操劳,又心系百姓之疾苦,所以寝食不安。商汤诚恳对上天说:"老天爷,求求您了,您可怜一下我大商朝的百姓吧,他们是无辜的。如果您认为我大商朝有错,那么一切错都是我的,与我的臣民没有关系,如

果您给降下甘霖,我愿一人受罚。"在后边一起祈祷的臣子听了商汤的话语,感动地直流泪,心想:国王真是一代明君,宁可牺牲自己,也不愿意牵涉百姓疾苦。

不知是上天真的被感动,还是气候本该如此。不久,天空阴云突起,连成了一片,越来越低,百姓纷纷出城来求雨,一声晴天霹雳,大雨倾盆而降,举国上下立时成了欢乐的海洋。商汤率领众臣子出宫,站在雨中,接受雨的洗礼。他两手伸向天空,仰天长笑,大叫:"老天有眼,老天有眼,我大商朝又有希望了!"黎民百姓更是高兴万分。不久商汤求雨之事举国上下都知道了,老百姓本来就十分爱戴商汤,这一下更是万分钦佩。商汤爱民如子,百姓纷纷讴歌颂扬。在那连续大旱的几年里,商汤把国库的粮食发放给百姓充饥,可那根本不够,但百姓拥护商汤,没有一个地方反叛。

大雨过后,草木皆绿,农业呈现一派新景象,畜牧业也发展了。从那以后,连续几年都风调雨顺,五谷丰登,百姓喜不自言。由于日夜操劳,商汤病倒了。他知道自己活不了多久了,拉着伊尹的手说:"我在世的时间不会太久了,我大商王朝终于走出了困境,我心满意足,可唯一让我放心不下的是国家社稷和黎民百姓。太子早死,余下的儿孙年龄尚小,不堪重用,我大商王朝的江山只有指望你了。"伊尹十分难过,对商汤说:"大王您放心好好休养,上天会保佑您的,您不必担心国家事务,我会帮您处理的。"商汤放心地点点头。

商汤的病终究没有好起来,不久便离开了人世。伊尹忍着巨大的悲痛为国君举行了隆重的葬礼,全国上下都沉浸于悲痛之中,百姓哭成一片,深深哀悼这位贤德的国君。伊尹也是心潮起伏,百感交集。想起自己得到商汤的重用,与商汤一起出生入死,经历了风风雨雨,从商部落开始弱小到逐渐壮大,再到灭夏,建立大商朝,与国君亲如手足,朝夕相处。而如今国君已闭上了眼睛,特别是国君临终前的嘱托,自己深感责任重大,大商王朝的成败全掌握在自己手里,如何辅佐幼主快快长大成人,治理商朝天下,任重而道远。

商汤死后,伊尹按照先主的旨意辅佐幼主治理天下。商汤长子早亡,次子登上王位,两年后次子又病死。伊尹十分心痛,唯恐商朝天下毁在自己手里,对不起先主的恩泽。伊尹又推三子继位,而三子4年之后也病死。伊尹越来越觉得对不起先主,心情十分沉重。没有办法,伊尹只好推商汤的孙子——太甲登上王位,而太甲年幼无知,又生性好玩。伊尹无奈,只好将他带在身边,整日给他讲治国之道,讲他爷爷治国打仗的事,讲夏桀如何灭亡。伊尹希望太甲能从中吸取教训,增长见识,懂得治国之道,可太甲无心聆听,

渐渐产生了厌烦情绪。伊尹心情更加沉重，面对商汤的遗像，暗暗落泪，深深自责。

几年过去了，太甲已渐渐长大，可仍无心治国，伊尹准备好好"教训"太甲一下。

祭祀的日子到了，太甲也跟着队伍来到桐宫，太甲觉得祭祀实在无聊，若不是先王的祭礼和伊尹的叮嘱，他肯定是不会参加的。万般无奈，只好硬着头皮极不情愿地参加祭祀。伊尹为先王祭礼，心感愧对先王，没有把太甲抚养成人。看上去伊尹已老了许多，他接过主祭人手中的祭辞，恭恭敬敬地诵读。听倦了祭辞的太甲东张西望，可他仔细一听祭辞的内容，吓出了一身冷汗。原来伊尹感觉自己无能，没有完成先王的遗嘱，没有把太甲抚养成人，决定把太甲留在桐宫。太甲听后，连连后退，他吓傻了，原来伊尹早想"教训"一下太甲，把他囚禁在桐宫。

伊尹头也不回地乘车返回王宫，两行老泪潸然流下，那张憔悴的脸越发苍老。他也是出于无奈。他囚禁了太甲，大臣们没有反对，一是伊尹德高望重，大家相信他忠贞不贰，另一则是都认为太甲这样荒废朝政，迟早有一天，用血汗换来的江山会断送在他手里，所以都觉得伊尹做得很对。

太甲被囚禁在桐宫里，眼望外边的世界，然而自己却没有自由。心里不禁怨恨伊尹。三天过去了，他觉得好像过了三年。第四天，门忽然开了，伊尹来了，他本想伊尹会放他出去，可伊尹却说："每天不得贪睡，必须从早到晚读历代贤王的遗训和勤政的事迹。"起初太甲还不读，到了后来，觉得无聊才开始读书，越读越觉得自己的无才，越读越发奋，而且常常反思自己的过错，痛恨自己以前的荒废，觉得自己有愧于先祖先宗。也渐渐明白了伊尹的一片苦心，对这位身经百战的老臣肃然起敬。

转眼三年过去了，太甲在桐宫学到了许多知识，伊尹心感一丝安慰。在这三年里，伊尹代理太甲行政，他没有夺权之意，众位臣子也言听计从。在这一段时间，商朝社会安定，农业、畜牧业都迅速发展。

这一天，伊尹又来到桐宫，太甲起身相迎，而伊尹却跪倒在地，对太甲说："微臣斗胆将国王囚禁在此三年有余，如今微臣前来迎国王回宫。臣囚王有罪，请国王治罪。"太甲两眼含泪，明白了伊尹的用心，猛地跪在伊尹面前说道："老人家无罪，都是我让您费尽心思，实在是惭愧。"太甲和老臣相拥而泣，太甲走出桐宫，一眼就看见了自己非常华丽的车子。

太甲穿上了王袍，戴上王冠，重新复位。他勤于政务，国家安定富足。

30年后太甲病死，伊尹又辅佐太甲之子沃丁继位。不久，这位德高望重的老臣也离开了人间，100多岁的伊尹为商朝贡献了毕生的心血。消息一传

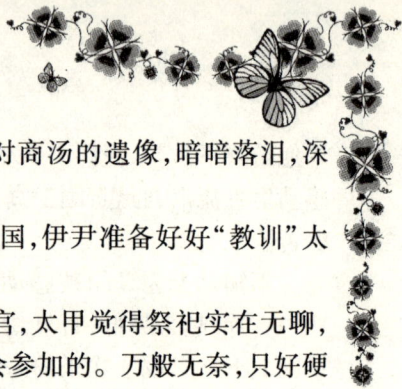

开,举国上下哭声一片。伊尹在百姓之中已被看作是国家的栋梁,有他在,国家就会安康。各地老百姓都自发地为他举行各种仪式,以示纪念。

沃丁以先王之礼为他举行了隆重的葬礼,为他修建了墓地和祠堂。直到现在墓地和祠堂还保留着,历史上永远记载着这位贤德的老功臣。

❈ 盘庚迁殷 ❈

从商的始祖契到第三十二代首领盘庚,商共有十三次迁都。东汉张衡在《西京赋》中说:"殷人屡迁,前八后五,居相圯耿,不常厥土。"所谓前八,指的是从商的始祖契到第十四代首领汤立国前的八次迁移。这八次迁移是:契由商(今河南商丘境内)迁到蕃(今山东藤县);契子昭明由蕃迁到砥石(今河北省隆尧、柏乡、宁晋一带);昭明由蕃再迁回商;昭明之子相土迁到东都(今山东泰山);相土从东都再迁回商;商第八代首领上甲微迁到邺(今河南安阳境内);夏孔甲九年商族又迁回商;商汤迁于亳(今河南偃师地区)。所谓后五,指的是商汤立国之后,从商第二十三代首领仲丁到第三十代王南庚的五次迁移。这五次迁称是:仲丁迁敖(今河南荥阳境内);第二十五代王河亶甲迁相(今河南内黄县);第二十六代王祖乙迁邢(今河南省温县东沁水之南);祖乙由邢迁回庇(今山东西部);第三十代王南庚迁于奄(今山东曲阜)。

商族生活在黄河西岸,肥沃的土地利于生产和生活,但黄河多变,水灾频仍,再加上早期的人类不懂得生态环境保护的重要,每居一地,时间稍久,生存即难,因而不得不辗转迁徙。上述13次大规模迁徙的具体年代不详,约在公元前16到公元前14世纪,每次迁移的具体情节也难以查考清楚。

商族迁奄后,到三十二代王盘庚,生态环境恶化,土地肥力失效,久雨积水和河水泛滥严重,部族的生产、生活、居住条件恶劣。同时,贵族和平民的分化更为明显,矛盾尖锐。居原地而不迁移,就无法继续生活下去,于是盘庚决定由奄迁殷。许多贯族和一般民众不明白迁移的意义,群起反对。盘庚对他们说:先王顺承民众的心理和意见,根据民众的利益不断迁移,民众也体贴先王的用心,因此没有遭到天帝的惩罚。现在,我们已经无法在这块土地上继续生活下去,我们就要向先王那样,顺承民众的意志,迁移到新的地方,创建我们的新国家。那些乱政的大臣,只知道聚敛财货,上天会把不祥降给他们。迁移的计划是不会变更的,你们应该同心同德,按照我的意志行事。假如你们行为不善,不按正道办事,猖狂放肆,曲巧诈伪,胡作乱为,我就要把你们杀掉,并且还要杀掉你们的后代。

在盘庚的说服和胁迫之下,众人终于同意迁都。于是,在盘庚的领导

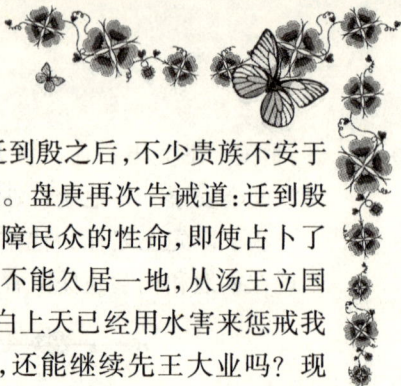

下，商由奄迁至殷(今河南安阳小屯附近)。商迁到殷之后，不少贵族不安于所居，并以未通过占卜而迁殷为理由，反对盘庚。盘庚再次告诫道：迁到殷地，是为了百姓的性命不遭到伤害，如果不能保障民众的性命，即使占卜了又会如何呢？按照先王的制度，必须敬顺天命，不能久居一地，从汤王立国到现在，就有五次迁徙。你们反对迁徙，是不明白上天已经用水害来惩戒我们，我们必须迁移。我们如果不顺从上天之命，还能继续先王大业吗？现在，上天让我们在这一地区生存下去，复兴先王大业，安定四方。因此，你们要好好辅佐当政，要去掉私心，不要张狂无礼和沉溺于安逸。如果你们不安于新居，浮言煽惑，威胁引诱民众反对我，那上天降祸给你们，就是你们咎由自取了。

　　盘庚迁殷之后，减轻对民众的剥削，抑制贵族奢侈的恶习，自己也生活俭朴，用茅草盖屋，缓和贵族和贫民的矛盾，被称为中兴贤王。因此，从盘庚迁殷，到纣王灭亡共273年，商朝都城没有再行迁徙。

武丁中兴

　　盘庚以后，王位经过三代，传到武丁。武丁是一位很有作为的君主，在武丁统治时期，他励精图治，商王朝的统治区域进一步向外扩大。

　　据说，武丁年少的时候生活在平民之间，深知"稼穑之艰难"。武丁即位时，由于他的前两代商王小辛和小乙统治无方，商王朝的统治一度衰微。据说，武丁即位以后，决定使商王朝的统治强盛起来，却没有贤人辅佐。于是，在三年的时间里，武丁对于政事不闻不问，一切政务都由冢宰决定，而自己则在暗地里观察国家的风俗。一天夜里，武丁梦见一个名叫说的贤人，第二天上朝的时候，武丁根据自己梦中所得到的说的形象，和朝中的文武百官对照，结果没有一个人相像，于是便派官员到乡间去寻找，终于在傅险找到了说。当时，说正在负版筑墙。武丁见了以后，发现他正是梦中所见到的人，便与他交谈，发现他果然是一个贤人。因为发现说的地方名为傅，所以称为傅说，武丁便任命他为宰相。在傅说的辅佐之下，商王朝的国力日渐强盛起来。

　　在武丁统治时期，随着国力的日益强盛，商王朝开始对外用兵。从武丁时期的甲骨文中发现，武丁曾经对四方用兵。武丁时期征伐的部落有西北向的土方、鬼方、舌方、羌方和江淮流域的虎方等。商人后裔在追述武丁的事迹时，也说武丁曾经奋起武威，攻伐荆楚。可见，在武丁时期，商王朝的势力已经达到了长江以南，商王朝的统治也在武丁时期达到了极盛。武丁在位一共五十九年，死后被尊为"高宗"。

❖ 牧野之战 ❖

商纣晚期，各地诸侯纷纷叛离，周边部族也乘机内侵。纣王为了转移国内反抗的视线，穷兵黩武，先攻击黄土高原上西北各部，接着回师全力进攻东夷，损耗了大量人力物力。在殷都，他继续实行残暴统治，惨杀了耿直敢谏的老臣梅伯，将叔父比干丞相剖胸挖心，囚禁了叔父箕子，逼走了庶兄微子，贵族内部已土崩瓦解。武王君臣敏锐地把握了这有利形势，派人遍告诸侯："殷有重大罪孽，大家不可不合力讨伐呀！"

大约在公元前 1067 年，武王和军师尚父亲率戎车 300 乘，统领勇敢的将士 3000 人和披甲之卒 4.5 万，大举东进。沿途又会合各路诸侯以及西南、江汉流域的庸、蜀、羌、髳、微、卢、彭、濮等部的兵车 4000 辆，于十二月从孟津渡过黄河。义军所过之处，百姓夹道欢迎，斩将夺关，势如破竹，于第二年二月初挺进到离朝歌仅 70 里的牧野（今河南淇县西南）。二月初五黎明，武王左手握着黄色大斧，右手拿着白色旄牛尾举行了誓师大会，宣布战场纪律，号召同盟军勇猛杀敌。

纣王闻知此事，急调 70 万兵马到牧野仓皇应战。武王命尚父领百名将士在阵前挑战，以大军冲杀纣军。纣军虽众，但大多是临时武装起来的奴隶和从东夷抓来的俘虏，面对周军威武雄壮的冲杀，就掉转矛头反击纣军，并引导武王前进。纣军溃散，血流成河，残兵败将簇拥着纣王逃回朝歌，姜尚指挥大军乘势追击。纣王见大势已去，便登上鹿台放火自焚了。武王入城安民，砍下纣王的头悬挂在大白旗上。

纣在位 33 年，商王朝从汤至纣共 17 代 33 王，大约 500 年。

❖ 周公摄政 ❖

周公姬旦是文王第四子，武王亲弟，为人仁厚笃实，精明能干，因采邑在周，故人们尊称为周公。在兴周灭商年代，他治理西岐，负责政务，立下了不朽功勋，成为武王最忠诚可靠的帮手。武王回到镐京后，不久得了一场大病，周公筑坛设祭，斋戒祈祷，情愿以自身作人质被押去替代武王之死，以换取国家安危。武王要传位给他，周公坚辞不受。

大约在公元前 1064 年，也就是武王灭商后的第二年，武王病逝，太子姬诵继位，是为成王。当时成王年幼，天下又初定，周公担心诸侯不服会发生叛乱，便毅然以冢宰身份摄政，"履天子之籍，听天下之断"，代成王掌管军国大事，成为实际的最高统治者。

周公的封地在鲁国，因为他要留在京都摄政，便派儿子伯禽前往曲阜就

封。临行前，周公谆谆教导伯禽说："我的地位已很高了，但我每次洗头发的时候，一碰到急事就马上停止洗发，把头发握在手里去办事；每次吃饭的时候，一听有人求见，就把来不及咽下的饭菜吐出来，去接见那些求见的人，生怕失去天下的贤人。"周公吐哺，天下归心，尽管他如此尽心尽意辅佐成王，可是他的弟弟管叔、蔡叔却四处散布谣言，说周公有野心，将会篡夺王位。镐京阴风四起，连召公也有些怀疑，成王也有些信不过了。为了稳定江山，周公首先向召公表明心迹，说明摄政是为防止天下叛周，国家分裂，并非个人夺权。误会被消除，周公重新取得了贵族大臣们的全力支持。

幽王烽火戏诸侯

周宣王死了以后，儿子姬宫湦即位，就是周幽王。周幽王什么国家大事都不管，只知道吃喝玩乐，打发人到处找美女。有个大臣名褒珦劝谏幽王，周幽王不但不听，反把他下了监狱。褒珦在监狱里被关押，褒珦家的人千方百计要把褒珦救出来。他们在乡下买了一个挺漂亮的姑娘，教会她唱歌跳舞，把她打扮起来，献给幽王，替褒赎罪。这个姑娘算是褒家人，叫褒姒。

幽王得了褒姒，高兴得不得了，就把褒珦释放了。他十分宠爱褒姒，可是褒姒自从进宫以后，心情闷闷不乐，没有露过一次笑脸。幽王想尽办法叫她笑，她怎么也笑不出来。

周幽王出了一个赏价：有谁能让王妃娘娘笑一下，就赏他一千两金子。

有个马屁鬼叫虢石父，替周幽王想了一个鬼主意。原来，周王朝为了防备犬戎的进攻，在骊山一带造了二十多座烽火台，每隔几里地就是一座。如果犬戎打过来，把守第一道关的兵士就把烽火烧起来；第二道关上的兵士见到烟火，也把烽火烧起来。这样一个接一个烧着烽火，附近的诸侯见到了，就会发兵来救。虢石父对周幽王说："现在天下太平，烽火台长久没有使用了。我想请大王跟娘娘上骊山去玩几天。到了晚上，咱们把烽火点起来，让附近的诸侯见了赶来，上个大当。娘娘见了这许多兵马扑了个空，保管会笑起来。"

周幽王拍着手说："好极了，就这么办吧！"

他们上了骊山，真的在骊山上把烽火点了起来。临近的诸侯得了这个警报，以为犬戎打过来了，赶快带领兵马来救。没想到赶到那儿，连一个犬戎兵的影儿也没有，只听到山上一阵阵奏乐和唱歌的声音，大伙儿都愣了。

幽王派人告诉他们说：大家辛苦了，这儿没什么事，不过是大王和王妃放烟火玩儿，你们回去吧！

诸侯知道上了当，憋了一肚子气回去了。

褒姒不知道他们闹的是什么玩意儿,看见骊山脚下来了好几路兵马,乱哄哄的样子,就问幽王是怎么回事。幽王一五一十告诉了她。褒姒真的笑了一下。

幽王见褒姒开了笑脸,就赏给虢石父一千两金子。

幽王宠着褒姒,后来干脆把王后和太子废了,立褒姒为王后,立褒姒生的儿子伯服为太子。原来王后的父亲是申国的诸侯,得到这个消息,就联合犬戎进攻镐京。

幽王听到犬戎进攻的消息,惊慌失措,连忙下命令把骊山的烽火点起来。烽火倒是烧起来了,可是诸侯因为上次上了当,谁也不来理会他们。

烽火台上白天冒着浓烟,夜里火光照天,可就是没有一个救兵到来。

犬戎兵一到,镐京的兵马不多,勉强抵挡了一阵,便被犬戎兵打得落花流水。犬戎的人马像潮水一样涌进城来,把周幽王、虢石父和伯服杀了,那个不开笑脸的褒姒,也给抢走了。

到这时候,诸侯们才知道犬戎真的打进了镐京,这才联合起来,带着大队人马来救。犬戎的首领看到诸侯的大军到了,就命令手下的人把周朝多年聚敛起来的宝贝财物一抢而空,放了一把火才退走。

中原诸侯打退了犬戎,立原来的太子姬宜臼为天子,就是周平王。诸侯也回到各自的封地去了。

没想到诸侯一走,犬戎又打过来,周朝西边大片土地都被犬戎占了去。平王怕镐京保不住,便打定主意,把国都搬到洛邑去了。

公元前770年,周平王迁都洛邑。因为镐京在西边,洛邑在东边,所以历史上把周朝在镐京做国都的时期,称为西周;迁都洛邑以后,称为东周。

齐鲁交恶

周庄王十一年(公元前686年),齐襄公被叔伯兄弟公子无知杀死,不久,无知又被大夫雍禀杀掉。齐国无君,在国内的大夫高溪与公子小白(即后来的齐桓公)关系甚好,就派人前往莒国迎接他回国作国君。鲁国也派军队护送在鲁的公子纠回国夺位,同时派管仲率兵拦截从莒归国的公子小白。管仲在途中遇上小白一行,未及正式交战,就先向小白前胸射出一箭,小白中箭后倒在车中。管仲以为射死了小白,便派人报知公子纠,公子纠得知对手已死,就慢悠悠地赶路。其实,管仲的箭正好射在小白腰间的带钩上,小白为麻痹对方,就顺势倒下,然后抢先回国,做了国君。等公子纠六天后到达齐都临淄,小白已经即位。鲁国不肯罢休,就将军队驻扎在临淄以东的乾时(今山东桓台县南)。两军相战,鲁军大败,鲁庄公弃车而逃,秦子、梁子两

名武士打着庄公的旗号引开齐军,成为齐军的俘虏;鲁庄公坐轻车逃归鲁国。

齐桓公在乾时败鲁后,又派鲍叔牙带领军队逼着鲁国杀死公子纠、交出管仲和召忽。召忽自杀而死,管仲被囚入齐。鲍叔牙回到齐国,立即推荐管仲为相,主持齐国大政。

曹刿论战

周庄王十三年(公元前684年)春,齐国又派大军进攻鲁国。鲁国积极准备迎战。这时,有个叫曹刿的人请求进见。他的同乡人相劝说,有权势的人自会谋划这件事,你又何必掺和呢?曹刿认为有权势的人见识浅陋,不能深谋远虑。于是入宫进见。他问鲁庄公凭借什么来作战,庄公回答,暖衣饱食这些用来养生的东西,不敢独自享受,一定把它分给别人。曹刿认为,小恩小惠不能遍施民众,所以民众是不会跟从的。庄公说,祭祀用的牛羊玉帛不敢虚报,祝史祷告一定诚实。曹刿认为,小的信用不足以取信于神,神灵不会保佑。庄公又说,大大小小的案件,虽然不能一一明察,但必定按照实情来审判处理。曹刿说,这才是忠于职守,为民众尽力,可以凭此去战。若战,请允许我跟从您去。

齐、鲁两军在鲁国的长勺相遇交战。鲁庄公与曹刿同乘一辆兵车。庄公要击鼓进击齐军,曹刿劝阻道:"还不到时候。"等齐军三通鼓罢,曹刿才让庄公击鼓反击齐军。齐军经三次冲锋已斗志锐减,遭到鲁军的猛烈反击,马上大败而逃。庄公又要下令追击,曹刿阻拦住,他下车察看齐军逃跑时的车轨确实很乱,又登车眺望到在逃齐军的旗帜东倒西歪,确知齐军真败,就请庄公下令发起追击,一举把齐军赶出国境。

长勺之战是我国古代以弱胜强、以少胜多的著名战例。齐国在长勺大战之后,战略重点转入征服周围的小国和整顿内政上。

春秋首霸

国家的强盛与否和一国之主是否英明有直接关系。齐桓公自从作了国君之后,亲贤臣远小人,励精图治,将齐国百姓从水深火热中一点点拯救出来。

齐桓公是位很有胸襟的国君。当年他中了管仲一箭,险些丧命,可是为了国家能够强大起来,他不计前嫌任用管仲作身边的近臣。一次他没有听从管仲的劝告,执意要攻打鲁国,结果被曹刿打得大败。他后悔没有听管仲的话,便找到管仲向他认错。管仲深受感动,决定忠心辅佐齐桓公,齐桓公

也开始信任管仲,并拜他为相国。

管仲作了相国后,又向齐桓公推荐了一些人才,根据管仲的意思,齐桓公对他们一一量才而用。齐国的有识之士一天天多起来,齐国的百姓一天天富起来,齐桓公对管仲的信任日胜一日。他曾对众臣说:"国家大事,均由管仲决定,无论何事,先禀告管仲,再禀告我。"

由于桓公的支持,管仲对齐国进行了一系列改革。

首先管仲把国家改成21个乡,其中6个乡主要从事工商业,免除徭役、兵役。15个乡兵农合一,平时耕种,闲时练兵,如有战争,立即集合成强大的军队。

在经济上,实行实物税制,就是按土地的好坏分别征税。这样不但减轻了百姓的负担,还提高了生产者的积极性,促进了农业的发展。

管仲曾经做过生意,有一定的经商经验,他利用齐国有利的地理条件,积极提倡发展鱼盐业,实行鱼盐出口免税,鼓励当地人民进行贸易活动。另外加强对货币的管理。此外,加强对货物的调控,保持物价总体平衡。既满足了不同地区的需要,又增加了国库的收入。

在人才的选拔上,管仲采取"三选制"。各乡把文武全才、品学兼优的人推举到国家,这是第一选。国家有关部门对这些初步选中的人进行考核,选出优秀者推荐给国君,这是第二选。国君对优秀者再亲自审核,合格者任命为上卿的助手,这是第三选。这样,不但使真正有才学的人有了用武之地,还扩大了统治阶级的基础。

为了加强国君的权力,管仲建议国君掌握生、杀、富、贵、贫、贱这六大权利,同时实行对有功者赏,有罪者罚的政策。通过一系列改革,齐国政治得到巩固,军事得到加强,经济也空前繁荣,渐渐成为实力最强的国家之一。

齐国强大后,齐桓公想作中原霸主的心愿一天天强烈起来。这期间,国外发生了几件大事:一件是天子周庄王去世,周僖王即位;一件是宋国发生了内乱,国君宋闵公被杀,公子游即位后又被闵公的弟弟公子御说借兵杀死。利用这个机会,管仲向齐桓公出了可以称霸中原的打算。齐桓公高兴地照办了。

周庄王名义上是各诸侯国的首领,实际已名存实亡,所以在他去世时,没有一个诸侯来吊丧。周僖王即位后,也没有来贺喜。周僖王感到很不是滋味。正在这时有人来报:"齐国派使臣带许多贡物来祝贺新天子即位。"周僖王喜出望外,立即接见。

席间,齐使向僖王奏明:宋国内乱不止,影响很坏;至今国君还没有定下来。希望天子下令,选一个诸侯国牵头,召集其他诸侯国,议定宋国的国君,以便平息宋国内乱。

周僖王原本也想找个机会提高一下自己的威望。如今齐使的请求大大满足了他的虚荣心，于是连连答应，并立即写了一道"由齐侯出面邀请诸侯商讨宋国君位"的命令交给齐使。

齐使圆满地完成了出使任务，这一切都在管仲的计划之中。齐桓公接到周天子的命令，当即让管仲写召集会议的通知给各国送去，同时又到北杏去布置会场。

会期到了，原定的十几个国家只到了郑、宋、陈、蔡四国。

会议开始了，主题是商定宋国的国君，当然不能跑题。于是规定公子御说为宋国国君，五国一致同意，主要问题轻轻松松地解决了。齐桓公接着说："现在王室衰微，为了扶助王室，共创大业，需推选一位领头人，请诸侯考虑一下人选。"齐桓公实际在告诉大家选一位盟主。

论理，宋国的资格比较老，是公爵国，也就是一等诸侯国。但是由于内乱不断，国力被折腾得软弱不堪，已经没有能力当选了。齐国虽然是侯爵国——二等诸侯国，但国力强是有目共睹的，陈国的国君陈宣公卖了个顺水人情，说："既然本次会议是齐侯召集的，那就选他为盟主吧。"众人附和。齐桓公正中下怀，便半推半就地接受了推选。又同到会的四国签订了扶助王室，抵御外侮，平定内乱，帮助弱国的盟约，同时商定，如有违约者，共同讨伐。

公元前681年，齐桓公登上中原霸主的位置。

秦穆公哭师

崤山位于河南渑池之西，介于宁洛、灵宝之间，东边为洛京，北边为晋国，地势险要，是西秦东通中原地区的必经之路。晋国对秦国东进方针一贯怀有戒惧，于是便借口不哀悼盟主文公的逝世和征伐了晋的同姓盟友滑国为理由，决定在崤山一带打击秦军。

公元前627年，新即位的晋襄公亲率大军，在那里布下了天罗地网。四月十三，孟明视率领疲倦不堪的军队返回秦国。途中经过崤山时，全部陷进了晋军的埋伏圈。晋襄公用梁弘驾战车，莱驹作车右，指挥大军冲入秦师，杀得秦国军队人仰马翻，片甲不留，还活捉了秦军主将孟明视和副将西乞术、白乙丙兄弟。

晋襄公的母亲文嬴是秦穆公的女儿，不愿秦晋结下深仇，劝儿子释放了被俘的秦将。孟明视三人回到秦国，秦穆公得知全军覆灭，穿着吊孝的素服在雍都郊外亲自迎接。三将跪在地上请罪，秦穆公对三将大声号哭，深深责

备自己说:"我没有听蹇叔的话,使你们几位受到侮辱,这是我的罪过,你们三位有什么罪啊!况且我也不能因为一次过失,就掩盖了一个人的大功大德呀!"当时有大夫和侍臣认为崤山大败是孟明视的罪过,主张杀掉他,秦穆公引用诗歌中的句子,再次深深自责说:"贪婪的人败坏了善良,我就是由于自己贪婪才使孟明受祸,他有什么罪过?"不但如此,穆公还继续重用孟明视主持军事。孟明视三人对国君勇担罪过、深刻反省、爱护部下的行为,也感激涕零。

晋灵公不君

周襄王三十三年(公元前619年)八月,晋襄公死去。襄公之子夷吾尚在襁褓之中。晋国大臣们因为晋国国内动荡不安,想更立一个年纪大的君主。执政大夫赵盾和其他大夫意见不一,发生冲突。赵盾主张立公子雍,贾季主张立公子乐。双方各迎其主。结果,赵盾使人杀公子乐。贾季奔狄;公子雍尚未得立,晋襄公夫人、太子夷吾之母穆嬴日抱太子哭于朝,说:"先君何罪?他的儿子又有何罪?舍嗣嫡而不立,而出外求君,将置太子于何地?"离开朝堂,穆嬴就抱着太子到赵盾家去,向赵盾顿首,说:"先君将此子嘱托于您,说此子全靠您的训导教养。此子成才,则是受天之赐,不成才也不会埋怨您。如今先君虽亡,但言犹在耳,您却弃了他,这该怎么说呢?"赵盾与晋诸大夫皆患穆嬴,左右为难,又恐日后生出祸事,经过商议,仍不得不背公子雍而立太子,是为晋灵公。

但是,十几年后晋灵公长大,其一切行为都向人们表明,他根本不配做晋国之君。周匡王六年(公元前607年)晋灵公才十四五岁,便非常暴虐无道。他加重赋敛,用搜刮来的钱修建宫室,雕梁画栋。又从台上向行人弹射弹丸,看人家狼狈躲避的样子取乐。宰夫(做饭的厨子)为灵公做熊掌的时候没有把熊掌炖熟,晋灵公就把宰夫杀死,把尸体装进畚箕里,让宫里的妇人拖着到朝堂上去。赵盾正好从朝堂中出来,和诸大夫们议事,还未离开,见人拖着畚箕从房中出来,就问拖的是何物,拖的人不敢往他跟前来,说:"你是大夫,想知道就过来看。"赵盾走过去一看,竟然是一个死人。赵盾问明原因,感到十分忧虑。另一个大夫士季也看见了,二人商量去进谏晋灵公。将进谏时,士季说:"你是正卿,谏而不纳,则无人可以继之。还是我先进去,不纳,则子继之。"士季连进三次,灵公都装作没看见。直到士季走到了阶前,晋灵公才抬头望着士季,说:"我知道我所犯的过错了,我将改正。"士季稽首而对灵公说:"人孰无过?有过而能改,则善莫大焉。《诗》不是说'靡不有初,鲜克有终'吗?如此说来,则很少有人能补其过。您若能有终,

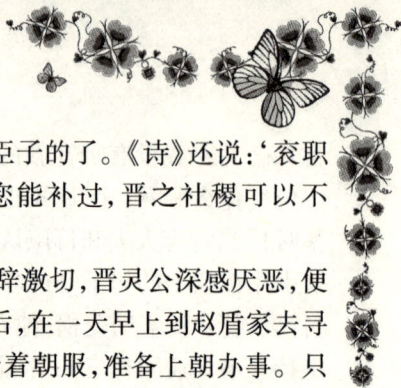

便是社稷之福,福泽所及,而不仅是我们这些做臣子的了。《诗》还说:'衮职有阙,唯仲山甫补之',这是说能改正过错。您能补过,晋之社稷可以不坏矣。"

然而,晋灵公还是不改。赵盾屡次劝谏,言辞激切,晋灵公深感厌恶,便派一个叫钼麑的刺客去刺杀赵盾。钼麑受命之后,在一天早上到赵盾家去寻机行刺,却见赵盾住的屋子门已经打开,赵盾身着朝服,准备上朝办事。只是因时间还早,赵盾便坐着打瞌睡。钼麑见状,退了回来,叹息着说:"居家而不忘恭敬,真乃社稷之臣而民之主,杀害这样的人是不忠;而背弃君上之命是不义,不忠不义,我必当其一,还不如死了。"说完,便在一棵槐树上撞死了。

晋灵公见钼麑自杀,行刺之计不成,便换了个办法。这一年秋九月,晋灵公装着请赵盾到宫中饮酒,在宫中埋伏了军士,准备趁赵盾来饮酒时把他杀死。赵盾不知,前去赴宴。赵盾的车右提弥明很机警。赵盾进宫中饮酒之后,提弥明突然察觉情况有异,急忙闯到宴席之上,对赵盾说:"臣侍君宴,饮过三爵就算失礼了。"说着,扶起赵盾就往外走。晋灵公一看,急忙嗾使宫中养的猛狗上去扑咬赵盾,提弥明奋力把狗杀死,对晋灵公说:"弃人而用狗,虽猛何用?"这时,晋灵公埋伏的甲士一拥而起,扑向二人,提弥明奋力拼杀,保护赵盾冲了出去,自己却被杀死了。

当初,赵盾曾经在首阳山(在今山西永济东南)打猎,在翳桑(地名)停留,见到一个叫灵辄的人饿病在地,便问灵辄患了什么病。灵辄回答说:"我在绛(指晋都绛城,在今山西曲沃西南)做小官,归而绝粮,已经三天没吃东西了。"赵盾给了灵辄一些食物,灵辄拿出其中的一半放在一边而吃剩下的一半。赵盾问其故,灵辄回答说:"我已为官三年,不知母亲还在不在世。如今离她很近了,我想把这点东西留给她老人家。"赵盾大受感动,他让灵辄把东西吃完,另外备了一箪食与肉,让灵辄带回家去。后来,灵辄当了晋灵公的甲士。当晋灵公伏甲以攻赵盾的时候,灵辄倒转戟头,帮助赵盾挡住了晋灵公的甲士。让赵盾突出重围。赵盾早已认不出灵辄,问灵辄为何帮自己,灵辄回答说:"我是翳桑的那个饿人。"赵盾又问灵辄姓名和居处,灵辄不答。帮赵盾突出包围之后,灵辄也逃亡了。

赵盾从宫中逃出来后,知道在晋国呆不下去,便打算出奔到外国去。赵盾走后不久,他的从弟、性情刚猛的大夫赵穿知道了晋灵公伏甲攻赵盾的事,便带人杀晋灵公于桃园,并派人去接赵盾回来。赵盾此时还未离开晋国国境,便返回绛都(在今山西曲沃)。因为赵盾平时甚得人心,晋灵公虽然年少,却奢侈无道,民心不服,所以杀灵公这件事也就过去了。回来之后,赵盾

派赵穿迎晋襄公的弟弟公子黑臀于周而立之,是为晋成公。晋国的政治暂时又平静下来。

不鸣则已,一鸣惊人

楚成王做国君时,楚国势力十分强大,国力发展到一个高峰。百姓安居乐业,兵强国富。但到了楚成王晚年,由于屡屡对外用兵,并连续受创,国力有所下降。而楚成王的儿子商臣对国君的位子也越来越感兴趣。他觉得当上了国君,就可以吃喝玩乐,而且可以命令千军万马。他见父亲依然活得很健康,心想:等他老死,自己什么时候才能当上国君,而且父亲整天管教自己,他若有朝一日把国君的位子传给兄弟不就惨了。于是他派人将楚成王杀死,自己继承了王位,他就是楚穆王。

楚穆王一心只顾吃喝玩乐,不理朝政,而且他杀死自己的父亲,许多大臣都不服他,内乱不断。楚穆公只当政了短短的 12 年,就忧闷而死。

楚穆王的儿子继位,也就是楚庄王。

俗话说新官上任三把火。大臣和天下百姓本以为楚庄王会烧把火呢,可是谁想到和楚穆公一样,整天吃喝玩乐,不理朝政。

楚庄王刚继位时,就从各地选美女进宫。据说有两个女子,姿色十分娇艳,深得楚庄王宠爱,她们是郑姬和越女。她们整天陪伴楚庄王饮酒作乐,轻歌曼舞,日夜不停。

楚庄王在宫中玩得不耐烦了,就出宫打猎,游玩。

一些大臣私下议论:楚庄王和他父亲没什么两样,我们楚成王留下的江山社稷可要毁在他手里啊!

一些正直的大臣忧心忡忡,便去劝说楚庄王。有个叫成公贾的人三番五次去劝谏楚庄王,结果楚庄王烦了,就发布了一条命令:有来进谏者杀头。

大臣们议论纷纷,心想:哪里有这样的昏君啊,劝谏就杀头。

这条命令一公布,谁还敢去劝谏呢,谁也不想拿自己的生命去开玩笑。

时间似流水,转眼间 3 年已经过去。由于楚庄王不理朝政,一些贪官污吏开始兴风作浪,欺压百姓,搜刮民财,而正直的大臣们也没法进谏,只好兢兢业业干好自己的本职工作。楚国国力已大不如以前,天下怨声载道。

楚国大夫申无畏实在不忍心眼看着楚国一天天衰败下去。于是想去进谏,但想到 3 年前楚庄王的命令,心里也有些害怕。最后他横下心来:为了楚国天下百姓能过上好日子,我申无畏宁死也要进谏。

这一天楚庄王正在和郑姬、越女饮酒作乐,有人报:大夫申无畏求见。

申无畏见到楚庄王,楚庄王未等申无畏开口便说:"大夫可知发布的命

令?"申无畏立即答道:"主公的命令早就已熟记心中,但是我今天不是来进谏的,我觉得主公整日呆在宫中,有时会感到心烦,我今天是特意带来一个谜语给主公解闷的。"楚庄王一听,一下子来了兴趣,说道:"快快讲来。"

申无畏说:"南山有只鸟,美丽异常,可3年不飞不动也不叫,甚是奇怪,不知是什么鸟?"

楚庄王一听,心里就明白了,于是答道:"这只鸟并非凡鸟,3年不动是决定方向,3年不飞是将息翅膀,3年不鸣是观察方向。此鸟不飞则已,一飞冲天;不鸣则已,一鸣惊人。"

申无畏知道楚庄王明白了自己的意思,便告退了。

又过了许多天,楚庄王依然饮酒作乐,不理朝政。成公贾和大夫苏从二人实在看不过眼,二人商议了一下,宁死也要进谏。

二人来见楚庄王,让人报说是来进谏的。楚庄公一听,命令道:"大胆之人,把他们给我绑起来。"二人一齐跪倒,对楚庄王说:"主公,我们知道会死的,但请允许我们说完这些话后再处置。"楚庄王说:"速速讲来。"二人说道:"主公您整天不理朝政,朝中一些官吏也是昏天黑地,而受苦的却是我楚国的平民百姓。几年来,他们处于水深火热之中,如果继续下去,我楚国国力必然下降,在诸侯国中的威信也必然一扫而光,我们今日冒死前来进谏,希望主公三思而行啊。我们死了,只要主公能把楚国的江山社稷治理好,我们死了也知足了。"

楚庄王本想试试二人的胆量,并没有杀他们之意。于是亲自走下来相搀,又亲自松开了绑,说道:"二位受惊了,我怎么会杀你们呢,我3年来苦苦盼望的就是像你们这样不怕死的贤臣啊!"

于是楚庄王上朝理政。他提拔了德才兼备的官吏,惩办了3年中为非作歹的昏官。国人见楚庄王开始上朝理政,都十分高兴。

楚庄王又严明了朝纲,整顿了兵马,重用了申无畏、苏从、成公贾等人。原来楚庄王刚刚继位,不理朝政,是故意的。他首先造出了假象,以沉湎于酒色作掩护,使矛盾暴露,洞悉忠奸。他采取了外昏内智的策略,3年之后,他开始上朝理政,对朝中情况了如指掌,做起事来得心应手。

楚庄王有智慧,而且胸襟开阔。

有一次他举行了一个大宴会,邀请了许多大臣。大家非常高兴,喝得酒也很多。一直喝到了日落西山,侍人掌灯,楚庄王高兴极了,命爱妃郑姬为百官敬酒。郑姬貌似天仙,她正在敬酒之时,忽然来了一阵风,灯被吹灭。不知哪位大臣竟拉了一把郑姬,郑姬十分生气,顺手把这位大臣的帽子摘了下来,并告诉了楚庄王。楚庄王想:今天喝了不少酒,难免有些失礼,如果为

这点小事大动干戈,既扫兴,也会伤众人之心。于是楚庄王下命令:"先别掌灯,大家都把帽子摘下来。"等大臣们都把帽子摘下来之后,才命人点灯。大家一看楚庄王如此贤德而且胸怀宽广,都暗暗佩服。

楚庄王知人善任,勤于朝政,渐渐地,国势明显增强,军队也日益壮大。楚庄王决定出兵征服庸国。

楚穆王在位末期,内乱不断,又发生天灾,经济上非常困难,楚国周围的一些部族也乘机反叛,庸人最为厉害。在楚庄王刚刚继位的前3年里,庸国又联络了麇戎、蛮、百濮等部族,声势浩大,经常在楚国边境上作乱。

楚庄王心想:庸国地处秦、巴、楚之间,是西北通秦、北上中原的战略要地。如果能打败庸国,不仅可以瓦解西部的威胁,而且可以将地盘扩大到湖北西北,与秦直接相接。到那时就有足够的能力与其他诸侯国相抗衡了。

于是,公元前611年,楚军出兵攻打庸国。庸国是个小国,楚军一到,就灭掉了庸国。楚庄王下命令:不许扰乱百姓。楚军继续行军,麇戎和百濮等少数部族惧而退兵,楚军大获全胜,地盘进一步扩大。

周天子一看楚庄王如此有才有德,将来定能成大气候,便派王孙满前去慰问楚庄王。楚庄王向王孙满询问周王室九鼎的大小轻重,王孙满一一回答。由于周室位于中原,所以"问鼎中原"这个成语就流传了下来,它也表明楚庄王将要称霸中原。

公元前608年,楚庄王带兵北上,攻打陈、宋两国。陈本是亲楚的国家。后因陈共公死时,楚人没前去慰问,便倒向了晋国一方。而宋国原来就和楚国有隙,楚成王时就伐宋,由于晋文公出兵,才没能攻下宋都,后来楚军大败于晋军。楚庄王一直没有忘记这一事件。

在楚庄王的带领下,楚兵士气高涨,大军直压陈、宋两国国境。陈立即向晋国求救。晋王就派大将赵盾率兵来救陈,被楚军在北林(今郑州)打败了,陈也随之灭亡。接着,楚庄王又挥师北上,打败了宋国,将宋国主帅华元生擒活捉。

公元前598年,晋联合宋、卫、陈三国与楚国在郲城(今河南省荥阳县)交战,晋军大败而归。原因是晋国元帅赵盾率领的四国联军看到楚军的士气,不敢前去交锋就退了回来。

至此,楚国与晋国平分霸权,楚庄王问鼎中原,也成为霸主,接受属国的朝贡。

赵氏孤儿

春秋无义战,大大小小的贵族们你争我夺,都想把对方置于死地。赵

衰、赵盾父子是晋国功臣，去世后，赵盾儿子赵朔也当了下军主将。朔妻赵庄姬是晋景公的姐姐，与赵衰幼子赵婴有些瓜葛，赵婴就被哥哥赵同、赵括流放到齐，于是赵庄姬就常常在晋景公面前说伯伯的坏话。

晋灵公有个宠臣叫屠岸贾，在景公时当上了司寇管理刑狱。他通告诸将说："太史记载赵盾弑灵公，他的子孙却在朝廷做官，应该诛讨他们!"中军元帅韩厥认为赵穿杀灵公时，赵盾逃亡在外，所以晋成公不认为他有罪。但大夫栾氏、郤氏也要排挤赵氏，就作证说赵氏将要作乱，于是晋景公下令屠岸贾攻打赵氏府第，杀了赵同、赵括、赵婴兄弟，连庄姬丈夫赵朔也成了刀下鬼。

屠岸贾要把赵氏满门抄斩，这时庄姬正有身孕，搬起石头砸自己的脚，只得躲进弟弟景公的宫殿里藏身。不久她生下一男孩，屠岸贾前来搜索时，幸亏赵朔的宾客公孙杵臼以自己的婴儿相换，好友程婴又将赵氏孤儿抱进深山抚养。15年后，韩厥对晋景公说："凭赵衰的功勋，赵盾的忠诚，居然无后，好人也担惊受怕啊!"晋景公后悔了，于是把赵氏旧有封邑归还了孤儿赵武，诸将又将屠岸贾一族消灭了。

在晋悼公时，赵武被拜为卿。晋平公时，正卿赵武与楚令尹屈建在宋大夫向戌的调停下，曾在宋国都城签订盟约，实现了晋楚之间的暂时休战。

勾践卧薪尝胆

吴王阖闾打败楚国，成了南方霸主。吴国同附近的越国(都城在今浙江绍兴)素来不和。公元前496年，越国国王勾践即位。吴王趁越国刚刚遭到丧事，就发兵打越国。吴越两国在携李(今浙江嘉兴西南)，发生一场大战。

吴国阖闾满以为可以打赢，没想到打了个败仗，自己又中箭受了重伤，再加上上了年纪，回到吴国，就咽了气。

吴王阖闾死后，儿子夫差即位。阖闾临死时对夫差说："不要忘记报越国的仇。"

夫差记住这个嘱咐，叫人经常提醒他。他经过宫门，手下的人就扯开了嗓子喊："夫差! 你忘了越王杀你父亲的仇吗?"

夫差流着眼泪说："不，不敢忘。"

他叫伍子胥和另一个大臣伯嚭操练兵马，准备攻打越国。

过了两年，吴王夫差亲自率领大军去打越国。越国有两个很能干的大夫，一个叫文种，一个叫范蠡。范蠡对勾践说："吴国练兵快三年了。这回决心报仇，来势凶猛。咱们不如守住城，不跟他们作战。"

勾践不同意，也发大军去跟吴国人拼个死活。两国的军队在太湖一带

打上了。越军果然大败。

越王勾践带了五千个残兵败将逃到会稽,被吴军围困起来。

勾践弄得一点办法都没有了。他跟范蠡说:"懊悔没有听你的话,弄到这步田地。现在该怎么办?"

范蠡说:"咱们赶快去求和吧。"

勾践派文种到吴王营里去求和。文种在夫差面前把勾践愿意投降的意思说了一遍。吴王夫差想同意,可是伍子胥坚决反对。

文种回去后,打听到吴国的伯嚭是个贪财好色的小人,就把一批美女和珍宝,私下送给伯嚭,请伯嚭在夫差面前讲好话。

经过伯嚭在夫差面前一番劝说,吴王夫差不顾伍子胥的反对,答应了越国的求和,但是要勾践亲自到吴国去。

文种回去向勾践报告了。勾践把国家大事托付给文种,自己带着夫人和范蠡到吴国去。

勾践到了吴国,夫差让他们夫妇俩住在阖闾的大坟旁边一间石屋里,叫勾践给他喂马。范蠡跟着做奴仆的工作。夫差每次坐车出去,勾践就给他拉马,这样过了两年,夫差认为勾践真心归顺了他,就放勾践回国。

勾践回到越国后,立志报仇雪耻。他唯恐眼前的安逸消磨了志气,在吃饭的地方挂上一个苦胆,每逢吃饭的时候,就先尝一尝苦味,还自己问:"你忘了会稽的耻辱吗?"他还把席子撤去,用柴草当褥子。这就是后人传诵的"卧薪尝胆"。

勾践决定要使越国富强起来,他亲自参加耕种,叫他的夫人亲自织布,来鼓励生产。因为越国遭到亡国的灾难,人口大大减少,他订出奖励生育的制度。他叫文种管理国家大事,叫范蠡训练人马,自己虚心听从别人意见救济贫苦的老百姓。全国的老百姓都更加一把劲,好叫这个受欺压的国家改变成为强国,后来,越国果真强大了,并最终灭了吴国。

商鞅变法

春秋战国之际,秦国与中原各国一样,内部产生了一些新的封建因素,不过,秦国的旧势力很强大,贵族侵凌公室,干涉君位,使秦国政权分散,国势日衰。中原各国都看不起秦国,重要的朝会和会盟,都不请秦国参加。魏国任用吴起为将,曾一举连拔秦国五城,夺去了秦国河西的大片土地。周定王十八年(公元前384年),秦献公即位,力图改变秦国内忧外患的局面,于是采取了迁都、清理户籍、整顿卒伍、废除人殉和开辟市场交易等项措施,使秦国的国势有所好转。

　　周显王八年（公元前 361 年），秦孝公即位，下决心改革图强，恢复春秋时代秦穆公的霸业。他广泛地招揽人才，下令求贤，许多有才能的人都投奔秦国，其中就有卫国贵族子弟卫鞅。卫鞅在到秦国之前，曾受知于魏国执政公叔痤。公叔痤深知卫鞅的才干，多次向魏惠王举荐，并说：如果不用，就把他杀掉。但魏惠王一直不肯任用他。卫鞅见自己在魏国没有机会发挥才能，听说秦孝公在招贤，便毅然来到秦国。

　　卫鞅入秦，住在孝公的亲信景监家里，并通过他先后三次与秦孝公相见。头两次，卫鞅游说孝公学尧舜禹汤的仁义，行帝王之道。秦孝公听不进去，直打瞌睡，还生气地对景监说，你的客人简直太迂腐了，我怎么能用他呢？卫鞅请求第三次见孝公，以富国图霸之术说孝公，孝公听得津津有味，一连和卫鞅谈了好几天，并决定重用卫鞅，变法图强。

　　但是变法并不是一件简单的事，从一开始就遭到保守势力的坚决反对。秦国大夫甘龙认为：圣贤之人不用改变民众的习俗来推行教化，明智的人不改变原来的制度来治理国家；依据原有的旧法来治理国家，官吏民众都熟悉，不会引起混乱；如果不按老规矩办事，随意变动旧法，天下的人就要议论。大夫杜挚也反对变法，认为：没有百倍的好处，不必改变旧有的法度；没有十倍的功效，就不必更换原有的规矩；遵守古法不会错，按照传统规矩办事不会差。卫鞅针锋相对地批驳道："三代礼不同而各成王业，五霸法不同也都各成霸业；贤明的人根据形势变更礼俗，不贤之人只能按照旧的规矩行事；恪守老一套的人，不配与他们商讨大事。再说，前代的政教各有不同，该效法哪一代？过去的帝王并不是走同一条路，该仿效哪个帝王？成汤与周武王，他们并没遵循古代的制度，也兴旺发达起来；夏桀和殷纣王，也没有改变旧的制度，却照样灭亡了。"卫鞅的观点得到了秦孝公的赞同，使孝公坚定了变法的决心。他说："穷僻巷子里，遇事多觉奇怪；思路褊狭的人，喜欢辩论。愚者高兴的，正是智者感到可怜的；狂大称快的，正是贤人所忧虑的。我应该对拘泥于现状的人说，我不再疑惑了。"于是，他任用卫鞅为左庶长，掌握军政大权，开始进行一系列重大改革。

　　卫鞅变法分为两次。第一次是在周显王十三年（公元前 356 年）。主要内容是：编定户籍，实行"连坐"法。全国按照五家为"伍"、十家为"什"编定户籍，互相监督。一家犯法，别家若不告发，则十家连坐，处以腰斩；告发的人赐爵一级，藏匿坏人者，按投敌者论处。旅店不能收留没有官府凭证的人住宿，否则店主连坐。废除世卿世禄制，实行按军功授爵。国君亲属没有军功的不能列入宗室的属籍，按照军功大小分为二十级，然后按等级不同确定爵位、田宅、奴婢以及车骑、衣服等等的占有，不许僭越；奖励军功，禁止私斗。规定凡为国家立有军功的,按功劳大小授予爵位和田宅;在战争中杀敌一人,赐爵一级或授予五十石俸禄的官;杀敌军官一人,赏爵一级,田一顷,宅地九亩。私斗按情节轻重,受不同的刑罚。奖励耕织,凡努力从事农业生产,使粮食和布帛超过一般产量的,免除本人的劳役和赋税;凡不安心务农而弃农从事工商业或游手好闲而贫穷的,全家罚做官奴;同时招徕韩、赵、魏无地的农民到秦垦荒,为他们提供方便。鼓励个体小农经济。新法规定:凡是一家有两个以上的成年男子就必须分家,各立户头,否则要加倍交纳赋税。

为了表示推行新法的决心,他还采取立木赏金的办法取信于民。新法公布之后,很多人议论纷纷,旧贵族极为不满,而太子则明知故犯。卫鞅认为:推行新法之所以困难,主要原因在于那些自恃势大位高、以为别人不敢触动的大贵族不遵守。于是,卫鞅决定依法处理太子。由于太子是国君的继承人,不能施刑,因而"刑其傅公子虔,黥其师公孙贾"。这样一来,就没有谁再敢不遵守新法了。

新法推行十年,成效显著。人民"勇于公战,怯于私斗",出现了"道不拾遗、山无盗贼"的大治局面。于是秦孝公提拔卫鞅为"大良造",总揽军政大权。周显王十九年(公元前350年),秦国迁都咸阳,卫鞅推行第二次变法。主要内容为推行郡县制。全国统一规划,合并乡村城镇为县,设立三十一县,县设令、丞,由国君直接任免。废井田,开阡陌,鼓励开辟荒地,承认土地私有,允许买卖土地,按照土地多寡征收赋税。统一度量衡,即"平斗桶、权衡、丈尺",方便交换与税收。同时革除了秦人中存留的许多戎狄风俗,促进了社会进步。

新法的推行使秦国从一个贫穷落后的国家一跃而为战国七雄中最为强盛的国家。秦孝公因卫鞅功著于秦,封给他商地十五邑,号为商君,所以后人称之为商鞅。但是,商鞅变法遭到旧贵族的疯狂反对。周显王三十一年(公元前338年),支持变法的秦孝公死后,旧贵族乘机报复,诬告他谋反。商鞅外逃,途中被抓,旧贵族对他施以车裂的极刑。

商鞅虽然被杀,但他推行的新法并没有全部废止。新法的推行为秦国能够最后消灭六国,统一中国打下了良好的基础。商鞅变法的历史作用是巨大的,从此法家思想在秦国成为占统治地位的思想。当然,法家的严刑峻法以及"焚诗书、禁游说"的高压政策,也在中国历史上留下了很恶劣的影响。

马陵之战

争雄的战国时代,虽说是齐、楚、燕、赵、韩、魏、秦七雄并立,可是具有左

右全局的力量,先后起而争雄的主要是魏、齐、秦三国。其中,最先变法的是魏国,首先强大起来的也是魏国。

魏自公元前5世纪中叶开始,在100年左右的时间里逐渐强大,称雄中原。它曾西却强秦,兼并了黄河以西的大片土地,使秦东进屡屡受挫;东攻齐国夺城掠野,使其不敢西顾;北与赵国开衅,一举陷落赵都邯郸(今河北邯郸市西南);南败楚国,夺得了黄河以南的大片土地。当其时,小国朝魏的伞盖沿途相望,大国听命,"令行于天下"。

魏侯凭借国势强大,建造了高大华美的王宫,穿上了朱红色的王服,坐着君王才坐的车子,打着七星的旗子,摆出了俨然天子的场面,自称魏王,即魏惠王(前400—前319)。魏都大梁(今河南开封市西北),故又称梁惠王。

正当魏惠王在得意地称孤道寡的时候,邻近国家因其强大而不安起来,相与谋划弱魏的策略。魏称王两年后,齐、魏争雄的一场大战发生了。公元前341年,魏攻韩。第二年,韩求救于齐,齐派田忌为将,孙膑为军师,出兵往救。魏王也派出太子申和大将庞涓,率十万大军迎战。孙膑深知魏兵强悍而又轻敌,于是就因势利导,佯作退兵,诱其深入。齐退兵第一天扎营时,造了十万个锅灶,第二天减少到五万个,第三天又减少到三万个。庞涓每追一天就察看齐军锅灶,追了三天,以为齐兵已逃亡过半,大为高兴,于是丢下步兵辎重,只带轻锐兼程追赶。孙膑计算魏军行程,夜晚当到马陵(今河北大名东南)。马陵路狭,两旁多阻隘,齐军就夹道伏兵。并剥下一块大树皮,在树上写下"庞涓死于此树之下"。又命令射手们但见树下火举,就万箭齐发。庞涓果然夜晚赶到那棵树下,举火观看,未及读完,箭如雨下,魏军大乱,自相践踏,庞涓自知大势已去,就自杀了。太子申也做了俘虏。

马陵之战的运筹者孙膑是战国时著名的兵法家,曾著兵书留传于世。可是,自汉以后失传了一千多年。直到1972年才在山东省银雀山发现,现已整理成书发行,名《孙膑兵法》。它同孙膑的先人春秋时兵法家孙武所著的《孙子兵法》,都是中国古代兵书的精华。

马陵之战形成了齐国与魏国在东方的均势。从此,齐国渐起,魏国转衰了。

二桃杀三士

有一天,鲁昭公(鲁哀公的儿子,鲁成公的孙子)亲身来访问齐国。齐景公恨不得叫鲁国脱离晋国来归附齐国,这就特别隆重地招待着他。在坐席的时候,鲁昭公有叔孙舍做相礼(相当于傧相),齐景公有晏平仲做相礼。君臣四个坐在堂上。堂下站着齐景公宠用的三个大力士。他们站在那儿好像

示威似的。晏平仲见他们三个人神气十足，得意洋洋的样儿，简直是眼空四海，目中无人，心里就挺不自在。他向来把这种武人当作老粗看待。齐景公可把这种老粗当了不起的人才，真正的人才谁还愿意来呐？晏平仲一心想把这些个武人轰走，然后再举荐真正有才干的人来。正当两位国君喝酒的时候。晏平仲有了主意了。他向上禀报，说："主公种了好几年的那棵桃树，今年结了桃儿了。我想摘几个来献给二位君主尝尝口味，不知道准不准？"齐景公就要派人去摘。晏平仲说："我亲自去看着看园子的人摘吧。"

去了不大工夫，他托着一个木盘，里头摘着六个桃儿。红绿的嫩皮，里头一汪水都快滋出来了。齐景公就问他："就这么几个吗？"他说："还有几个不太熟，就摘了这六个。"齐景公叫晏平仲斟酒行令。晏平仲奉上一个桃儿给鲁昭公，一个给齐景公，又斟满了酒，说："桃大如斗，天下少有；二君吃了，千秋同寿！"两位国君喝了酒，吃着桃儿，都说味道好。齐景公说："这桃儿不容易吃到，叔孙大夫挺贤明，天下闻名。这回又做了相礼，应当吃个桃儿。"叔孙舍跪着说："卞臣不敢当。相国晏子协助君侯，才真贤明，国内政治清明，国外诸侯钦佩，功劳不小，这个桃儿应当赐给相国。"齐景公说："你们两个人都有大功，各人赐酒一怀，桃儿一个。"两个大臣就奉命又吃又喝。晏平仲说："还富余两个。我想主公不如叫臣下都说一说自己的功劳。谁的功劳大，就赏给谁吃。"齐景公叫左右传下令去，说："堂下的侍臣里头，谁要是觉着自己有过大功劳，只管照直摆出来，由相国来评定，就赏给他一个桃儿，尝尝鲜。"

在齐景公宠用的那三个大力士当中，有个叫公孙捷的，往前走了步，说："我先头跟着主公上桐山打猎，忽然来了一只老虎，冲着主公扑过来。我赶紧上去把那老虎打死，救了主公。就凭这件事，我应该吃个桃儿吧？"晏平仲说："你救了主公的命，这功劳可真不小哇。"转过身去对齐景公说："请主公赏他一盅酒，一个桃儿，"公孙捷赶紧谢恩，一口就把酒喝了，吃着桃儿下去了。

另一个大力士名叫古冶子，挺莽撞地说："打一只老虎有什么了不起。我先头跟着主公过黄河的时候，遇见了一个老鼋。它一下儿把主公的马咬住，把马拖下水里去了。我跳下水去跟老鼋拼命，挣扎了半天，到了后来我把老鼋弄死，救出了主公的那匹马。这难道不算是功劳吗？"齐景公插嘴说："那天要是没有他啊，我连命都没有了！吃，吃！"晏平仲给他一个桃儿，又给他斟了一盅酒。

第三个大力士田开疆，气冲冲地跑上来嚷嚷着说："我曾经奉了主公的命令去打徐国。我杀了徐国的大将不算，还逮住了五百多个敌人，吓得徐国

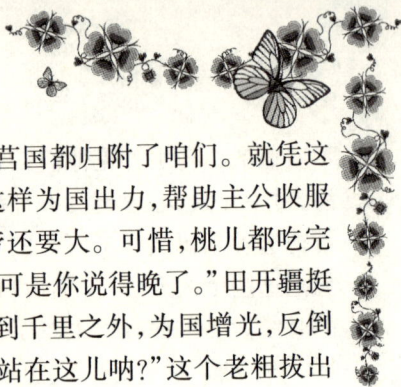

赶紧投降,连临近的郯国(在山东省郯城县)和莒国都归附了咱们。就凭这个功劳也配得个桃儿吃吧?"晏平仲说:"像你这样为国出力,帮助主公收服属国这么大的功劳,比起打老虎、斩老鼋的功劳还要大。可惜,桃儿都吃完了,赏你一盅酒吧。"齐景公说:"你的功劳顶大,可是你说得晚了。"田开疆挺生气地说:"打老虎、斩老鼋有什么稀奇?我跑到千里之外,为国增光,反倒没吃着,在两位国君跟前丢人,我还有什么脸面站在这儿呐?"这个老粗拔出宝剑来就抹了脖子。

公孙捷吓了一跳。他说:"我凭着打死老虎这么点功劳,抢了田开疆的赏,自个儿真觉得脸红。我要是活着,哪儿对得起田开疆呐?"说话之间,他也自杀了。古冶子大声嚷着说:"我们三个人是患难之交,同生同死的把兄弟,我一个人活着,太丢人了!"他也自杀了。齐景公每回急忙叫人去拦住,都没来得及。

鲁昭公直发愣。他挺抱歉地站起来,说:"我听说这三位勇士都是天下闻名的人才,没想到今天为了这两个桃儿就自杀了,未免太可惜,连我心里头都觉得非常不安。"齐景公叹了一口气,没说话。晏平仲好像没事似的说:"这样的武人虽说有用处,可不是什么了不起的人才。今天死三个,明天就能来三十个。多几个,少几个,没什么大紧要。咱们还是喝酒吧。"

孟尝君广揽人才

战国四大公子之一的齐孟尝君,姓田名文,父亲是齐国名臣、靖郭君田婴。齐缗王时,田婴被封于薛(今江苏邳县)。当初,田婴有40多个儿子,他的妾生了个儿子,取名叫文,是五月五日这天出生。田婴知道后,告诉田文的母亲说:"把这个孩子扔了。"田文的母亲不干,偷偷地把田文养了起来。等田文长大后,母亲借着田文其他兄弟见田婴的机会,让田文去见了田婴。田婴知道此事后,十分恼怒,对田文的母亲说:"我让你不要养活这个孩子,你居然敢养活他,为什么?"田文向田婴磕头说:"你为什么不让养活五月出生的孩子呢?"田婴说:"五月生的孩子长到和门一样高的时候将对父亲不利。"田文问:"人生是受命于天呢?还是受命于门户呢?"田婴一听,不知该怎么回答。田文说:"如果是受命于天,您还担忧什么呢?如果是受命于门户,把门户做得高一点就是了。谁能长到和门户一样高呢?"田婴说:"你不要说了。"就不再追究此事。过了不久,田文瞅机会问父亲田婴说:"儿子的儿子叫什么?"田婴说:"叫孙子。""孙子的孙子呢?""叫玄孙。""玄孙的孙子叫什么呢?"田婴说:"我不知道。"田文说:"你在齐国掌政为相,已历三个王了,齐国土地没有加宽而您的私家却富积万金,门下又看不见一个有才能的

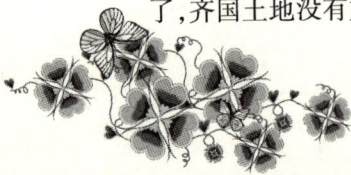

贤人。我听说将相门下，必有人辅佐。如今您后院的姬妾穿戴丝罗，士人却连短褐也不穿不上。仆夫下人吃剩下的肉堆成堆，士人却吃糠咽菜。现在您还积聚钱财，不知道是想留给什么人。公家的事情您都忘了去干。我感到很奇怪。"田婴一听，觉得田文很有头脑，这才对田文好了起来，让田文主持家务，接待宾客。田家的宾客也越来越多，名声闻于诸侯。诸侯都派人请田婴把田文立为继承人，田婴答应了。田婴死后，田文果然继承了田婴在薛的封地，号孟尝君。

孟尝君在薛，设法招揽从各诸侯国来的士人，连一些流亡的或犯了罪的人都投到孟尝君的门下。孟尝君拿出全部家产接待他们，所以，天下之士皆为孟尝君所吸引，食客达到几千人。他们不论高低贵贱，一律和孟尝君平等而处。宾客来的时候，孟尝君在前厅坐着和宾客谈话，屏风之后专门有人负责记录谈话内容，家住哪里，亲戚在什么地方。客人一走，孟尝君便派人按记录去慰问客人的家人和亲戚，以此来招揽人心。一次，孟尝君在晚上招待客人吃饭，有一人遮蔽了灯光，客人大怒，认为招待自己的饭和别人不一样，没吃完就起身离去。孟尝君连忙站起来，亲自端着饭碗和客人的饭相比较。这个客人见自己错怪了孟尝君，非常羞惭，就拔剑自刎了。从此，投到孟尝君门下的士人更多了。孟尝君一律平等地对待他们，他们人人都觉得孟尝君对自己亲近。秦昭王听说了孟尝君贤能的名声，便先派泾阳君到齐国去当人质，然后要求会见孟尝君。孟尝君准备到秦国去，宾客们没一个愿意让他去，但怎么劝孟尝君也不听。苏代（苏秦的弟弟）对孟尝君说："今天早上我见到一个木偶人和一个土偶人在一起说话。木偶人对土偶人说：'天要下雨，你就要完蛋了。'土偶人说：'我是泥捏的，坏了以后重归于土。可天一下雨，还不知要把你漂到哪里去。'如今秦国是虎狼之国，而您却想去，如果回不来，难道不被土偶人所笑吗？"孟尝君听了这话，便没有去。但周赧王十六年（公元前299年），孟尝君还是去了秦国。到秦国后，秦昭王即任孟尝君为秦相。有人对秦昭王说："孟尝君很有才干，又是齐国公族。如今在秦国为相，必然先考虑齐国，后考虑秦国，这样秦国就危险了。"于是，秦昭王便撤了孟尝君的职，并把他软禁起来，准备杀了他。孟尝君暗中派人去找秦昭王所宠幸的姬妾求情，这个宠姬说："给我孟尝君的狐白裘（用狐狸腋下白毛皮做成），我便去给孟尝君求情。"当时，孟尝君有一件狐白裘，价值千金，天下无双。可在他到秦国来的时候，已经把这件狐白裘献给了秦昭王。因此孟尝君十分着急，问手下的宾客们有什么好办法，宾客们没有一个说话。最下坐的一个人站起来说："我能得到狐白裘。"他晚上趁着黑夜装成狗潜入秦宫之中，把孟尝君献给秦昭王的那件狐白裘偷了出来，孟尝君立刻把狐白裘献给了秦昭王的宠姬。宠姬向秦昭王求情，秦昭王下令释放了孟尝君。孟尝君被释放后，怕久而生变，连忙带着人刻改公文、变了姓名，向东奔跑，在半夜的时候，到达了函谷关（今河南灵宝北）。秦昭王放了孟尝君后，又后悔了，派人召孟尝君，却发现孟尝君逃走了，急忙派人追赶。孟尝君他们到达函谷关后，却出不了关。按照秦国的法律，每天要等鸡叫时才放来往行人出关。孟尝君见关门紧闭，急得团团转，生怕被秦昭王派的人追上。孟尝君居于下坐的门客中有一个人能学鸡叫。他急中生智，学起了鸡叫。别的鸡一听，以为时辰到了，也跟着鸣叫起来。这样守关的人才开关放行。孟尝君一行出关不到一顿饭工夫，秦昭王派的人便追到了函谷关。他们见孟尝君已经出关逃走，便回咸阳了。当初，孟尝君把为狗盗和学鸡叫的这二人列入宾客的行列中，宾客们都很瞧不起这两个人，等孟尝君在秦国有了危难，却终于是这两个人救了他。从此之后，宾客们都非常佩服孟尝君善于招揽人才。这便是当时"士"这个阶层在社会上的活动典型。以后，孟尝君的许多危难，都是这些"士"们帮助了他。但是，孟尝君等所招集到的"士"人，并没有真正的治国之才，并没有起到挽救齐国危亡的作用，因此，北宋著名政治家王安石别有见解地认为孟尝君不过是"鸡鸣狗盗之雄"，否则，得一士便可以制天下，安用鸡鸣狗盗之徒哉！

　　公元前298年，孟尝君返齐，齐湣王任为相，主持国政。后来孟尝君曾联合韩魏三国伐秦，至函谷关。

屈原沉江

　　屈原名平，楚国（今湖北秭归）人。大约生于楚宣王三十年（公元前340年，一说前343年，一说前353年），出身于贵族家庭。他志行廉洁，明于治乱，娴熟辞令。在40岁左右，便任楚国三闾大夫和左徒，职位仅次于令尹（宰相）。这时屈原出入朝廷，和楚怀王商议国事，发布号令，主张立法图治；办理外交，力主联齐抗秦，颇得信任。此时秦国派人到楚国进行离间，贵戚大臣上官大夫、靳尚等贪图小利，不断在楚怀王面前诋毁屈原，至公元前313年，屈原竟被免去左徒。后楚怀王听信张仪诡计，与盟友齐国断交，但秦却只答应割六里土地，楚怀王一怒之下，率大军攻打秦国，魏国乘虚袭楚，怀王返归后又听信宠姬郑袖之言，放走张仪，屈原从齐出使回来，多次谏阻怀王，可是怀王在公元前305年竟和秦国联婚，还把屈原放逐到汉水之北。屈原满腔幽愤，写作了长诗《离骚》。

　　楚怀王三十年（公元前299年），秦昭王约怀王相会武关。怀王被骗入秦，被扣留死于秦国。顷襄王继位后，令尹子兰当政，因以前屈原批评他怂

惠怀王入秦，他便叫上官大夫在楚王面前谗害屈原，顷襄王又把屈原流放到江南。屈原二月离开郢都，沿江东下至陵阳（今安徽石埭）。几年后又过鄂渚，渡长江，经洞庭湖溯沅江而上，一直到达叙浦，在沅湘之间的崇山峻岭中过着流浪生活。顷襄王二十二年（公元前 279 年），秦将白起攻破楚国鄢城，溺死楚国军民数十万；第二年，白起又攻取楚都郢城，屈原痛感故国沦陷，写了一首绝命诗《怀沙》后，便自沉湘江下游的汨罗江，以身殉国，死时 60 多岁。传说那天正是夏历五月初五，后来人们便在这一天划龙舟，吃粽子，表示对屈原沉江的纪念。

负荆请罪

渑池会以后，赵王认为蔺相如对国家的功劳很大，就封他做上卿，职位在廉颇之上。

廉颇见蔺相如做了上卿，心里很不高兴。于是，他公开对人说：

"我所以做了大将军，是因为有许多攻城野战、出生入死的汗马功劳。可是蔺相如是一个出身卑贱的人，光靠着一张嘴，会说几句话，居然也作了上卿，并且职位比我还高。他凭什么得到这样高的职位，真叫人生气!"廉颇有时还公开说："我要是遇到蔺相如，一定要当面侮辱他。"

廉颇的话传到蔺相如的耳朵里，从此他就不肯和廉颇见面。每逢上朝的时候，蔺相如就推托有病，请假不去，为的是避免和廉颇起冲突。

蔺相如的手下人看到他装病，就纷纷在背后议论起来，说："主人实在胆小怕事!"

过了些时候，蔺相如坐车出门，老远看见廉颇过来了，就吩咐车夫调转车子，到小巷子里去避一下。等到廉颇的车马过去了，他才叫车夫重回原道，继续赶路。蔺相如手下的人见到这个情形，实在忍不住了，就向蔺相如说：

"我们远离家乡，辞别亲友，投到你这儿来服侍你，就是因为佩服你为人正义勇敢，声望很高的缘故。现在你的地位在廉颇之上，廉将军说了那么多令人难堪的话，可是你不但不跟他理论，反倒躲躲闪闪，真叫我们奇怪。这种胆小的行为，连一个普通人都会感到羞耻，更不用说是身为将相的人了。我们都没有什么才能，对你也没有什么帮助，还是请你准许我们辞职回家吧!"

蔺相如赶忙挽留他们，还问他们：

"你们知道我为什么躲避廉将军吗?"

"不知道。"手下的人回答。

"你们看廉将军和秦王比较起来,哪个厉害?"蔺相如又问。

大家说:"当然是秦王厉害!"

"对!"蔺相如说:"秦王的威势那么大,天下的诸侯个个怕他,可是我曾经在秦国的朝廷上当众大声责骂他,连在座的秦国大臣们都觉得很不光彩。我虽然无能,难道还害怕廉将军吗?"

他手下的人都不做声,蔺相如又说:

"秦国不敢侵犯我们赵国,就是因为赵国有廉将军和我的缘故。如果我和廉将军两个冲突起来,不管谁胜谁败,都对赵国没有好处;秦国就会趁机攻打赵国,那时国家可就危险了。我所以对廉将军忍辱让步,就是先顾国家的安全,把私人的仇怨放在一边。"

他手下的人听了这番话,更加敬佩他了。

廉颇没有认识到蔺相如在两次和秦王的斗争中取得胜利的意义,反而夸大自己的功劳,错误地和蔺相如闹矛盾。蔺相如对手下人说的那番话,不久就传到廉颇那里。廉颇听了很感动。他把蔺相如的话从头想了一遍,心里更加惭愧。廉颇觉悟到自己的不对,就解了上衣,赤了背,背上荆条,叫一个宾客领到蔺相如府上去请罪。

廉颇见到蔺相如,跪倒在地上,勇敢地承认错误说:"我是个没有见识的人,不知道你把国家的事情看得这样重,把个人的私事看得那么轻。我以前对你很不恭敬,你却这样宽恕我,我实在太对不起你了!"

蔺相如赶忙上前把廉颇扶起来,说:"我们都是国家的大臣,最要紧的是保卫国家的安全,私人间的一些意见又算得了什么!"

这样,他们两人变得很要好,成了共患难、同生死的好朋友。

孙膑装疯

战国时期有位大军事家孙膑,他著的《孙膑兵法》,至今仍在军事领域占有重要位置,他可以说是智谋过人,却也被情势所迫,受了残酷的迫害,其程度,后人无一能及。

韩、赵、魏分晋以后,三家中数魏国的势力最强大,魏惠王野心很大,也想学秦国收拢人才,找个像卫鞅一类的人才来替他治理国家,于是做出一副求贤若渴的样子,花了许多钱来招纳贤士。所谓精诚所至,金石为开,果然来了一位名叫庞涓的人,称是当世高人鬼谷子的学生,与苏秦、张仪、孙膑是同学,在魏王面前吹嘘说只要自己能当大将,其他国家决不足惧,魏王就让他当了大将,他的儿子庞英、侄子庞葱、庞茅全都当了将军。

"庞家军"倒也卖力,兵马训练好就向卫、宋、鲁等小国进攻,连打胜仗,

使得三国都来归服。东方的大国齐国派兵来攻,也被庞涓打了回去。从此魏王就更倚重他了。

庞涓的同学孙膑是大军事家孙武的后代,他德才兼备,是个少见的军事天才,尤其是从老师鬼谷子那里得到了祖先孙子的十三篇兵法,更是智谋非凡。一次,墨子的门生禽滑厘来拜访鬼谷子,见到了孙膑,为他的才德所倾倒,就想让他下山,帮助各国国君坚守城池,减少战争。孙膑说:"我的同学庞涓已下山去了,他说一旦有了出路,就来告诉我的。"禽滑厘说:"听说庞涓已在魏国做了大官,怎么没写信给你,我到魏国,替你打听一下。"

墨子是个当时极为著名的人物,他坚决反对战争,他的众多弟子也都是技能超人而又坚决反战的人。禽滑厘到了魏国,对魏王说了孙膑和庞涓的事,魏王一听,立即找来庞涓,问他何以不邀孙膑一起来。庞涓说:"孙膑是齐国人,我们如今正与齐国打仗,他若来了,肯定先为齐国打算,所以没有写信让他来。"魏王说:"难道外国人就不能用了吗?"

庞涓无奈,只得写信让孙膑前来。

孙膑来了魏国,一交谈,魏王就知道孙膑才能极大,想拜他做副军师,协助军师庞涓做事。庞涓听了忙说:"孙膑是我的兄长,才能又比我强,怎么可以在我的手下。不如先让他做个客卿,等立了功,我再让位于他。"客卿虽没有实权,却比臣下的地位高,孙膑以为庞涓一片真心,对他十分感激。

庞涓原认为孙膑一家人都在齐国,孙膑不会在魏国久留,就试探着问他:"你为什么不把家里人接来同住呢?"孙膑说:"家里的亲人都被齐君害死了,剩下的几个也走散了,不知何处寻找,到哪去接来呢?"

庞涓一听就暗叫糟糕,如果孙膑真在魏国呆下去,那么自己的位子可真要让给他了。

半年以后,一个齐国人捎来了孙膑的家书,大意是哥哥想让他回去,齐国也想重振国威,乘这个机会希望孙家的人能在齐国团聚。孙膑对来人说:"我在魏国已做了客卿,不能说走就走。"并写了一封信,让他带去交给哥哥。

孙膑的回信在半途中被魏国人搜出来交给了魏王,魏王便找来庞涓商量说:"孙膑想念齐国,怎么办呢?"庞涓见除去这个绊脚石的机会来了,假意对魏王说:"孙膑是很有才能的,如果回到了齐国,对魏国十分不利。我先去劝劝他,如果他愿意留在魏国,那就罢了。如果不愿意,他是我举荐来的人,后面的事就交给我来处理罢。"魏王答应了。

庞涓自然不会劝孙膑。而是对孙膑假意关怀地问:"听说你收到了一封家信,怎么不回去看看呢?"

孙膑说:"是哥哥想让我回去,我认为不妥,没有回去。"

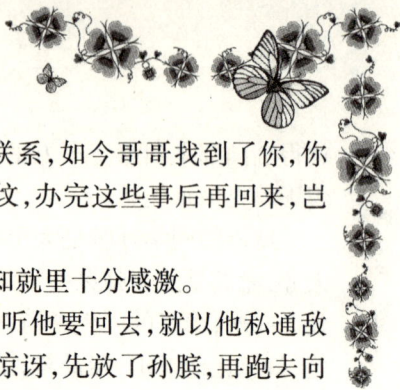

庞涓说："你离家多年了,一直和家人没有联系,如今哥哥找到了你,你也就回去看看,和失散的亲人聚聚,给先人上上坟,办完这些事后再回来,岂不是两全其美吗?"

孙膑怕魏王不同意,庞涓一力承揽,孙膑不知就里十分感激。

次日,孙膑就向魏王请两个月的假,魏王一听他要回去,就以他私通敌国为名,立刻把他押到庞涓那里审讯,庞涓假装惊讶,先放了孙膑,再跑去向魏王求情。过了许久,才又神色慌张地跑回来说:"大王发怒,一定要杀了你,是我再三恳求,才保住了你的性命,但必须黥刑(在脸上刺字,使之留下永久标志)和膑刑(剔掉膝盖骨使之不能走路逃跑)。"孙膑听了,虽非常愤怒,但觉得庞涓为自己求情,还是十分感激他。

孙膑脸上刺了字又被剔去了膝盖骨,成了终身残废,只能爬着走路。庞涓倒是对孙膑的生活照顾得很周到,孙膑觉得过意不去,就想报答他。有一天,孙膑就主动提出要替庞涓做点什么,庞涓说:"你家祖传的十三篇兵法,能不能写下来,咱们共同琢磨,也好流传后世。"孙膑想了想,答应了。

孙膑写字很困难只能躺在那里用刀往竹简上一个字一个字地刻,很不容易,再加上孙膑对受刑极为愤慨,每天就只能刻十几个字。没多久,庞涓便沉不住气了,让手下一个叫诚儿的小厮催孙膑快写。

诚儿见孙膑可怜,不解地问服侍孙膑的人说:"庞军师为什么死命地催孙先生快写兵法呢?"

那人说:"这还有什么不明白,庞军师留下孙先生的一条命,就是为了让他写兵法,兵法写完,孙先生也就没命了"。

孙膑听到了这话,非常吃惊,前后一推想,恍然大悟,霎时大叫一声,昏了过去,等别人把他弄醒时,他已经疯了。只见孙膑捶胸揪发,两眼呆滞,一忽儿把东西推倒,一忽儿又把刻好的兵法扔进火里,还抓地下的脏东西往嘴里塞。从人连忙跑去报告庞涓说:"孙先生疯了!"

庞涓急忙来看,只见孙膑一会儿伏地大笑,一会儿又仰面大哭,庞涓叫他,他就对庞涓一个劲地磕头,连喊:"鬼谷老师救命!鬼谷老师救命!"

庞涓虽见他神志不清,但还是怀疑他是装疯,就把他关在猪圈里,孙膑仍然哭笑无常,累了就趴在猪圈中呼呼大睡。过了许久,都是如此,庞涓仍旧不放心,常派人前去试探。一天,送饭人端来了酒菜,低声对他说:"我知道你蒙受了奇耻大辱,我现瞒着军师,送些酒菜来,有机会我设法救你。"说完还流下了眼泪。孙膑显出一副莫名其妙的样子说:"谁吃你的烂东西,我自己做的好吃多了!"一边说,一边把酒菜倒在地下,随手抓起一把猪粪,塞进嘴里。

那人回报了庞涓,庞涓心想,孙膑受刑之后气恼不过,可能是真的疯了。从此,他只是派人监视孙膑,不再过问。

孙疯子白天在街上躺着,晚上就又爬回猪圈,有时街上的人可怜他给他点吃的,他就哈哈傻笑,随即又嘟嘟哝哝,谁也听不清他说些什么。时间一久,魏都大梁内外都知道有个孙疯子,没有人再怀疑他了。

庞涓每天都听人汇报,觉得孙膑再也无法和自己竞争了,就没了杀他的念头。孙膑就这么活下来了。

有一天夜里,一个衣衫破烂的人坐到他的身边,不久,那人便揪揪他的衣服,轻声对他说:"我是禽滑厘,先生还认识我吗?"孙膑吃了一惊,仔细辨认,确实是禽滑厘,便泪如雨下,激动地说:"我以为迟早要死在这里了,没想到今日还能见到你。你可得小心,庞涓天天派人监视我。"

禽滑厘说:"我已经把你的冤屈都告诉了齐王,齐王让淳于党来魏国聘问,我们都计划好了,你藏在淳于党的车子里离开魏国,我让人先装成你的样子在这里呆两天,等你们出了魏国,我再逃走。"

禽滑厘脱下孙膑的衣服,交给他手下的一个相貌与孙膑相近的人穿上,躺在那里假装孙膑,禽滑厘把孙膑藏到了车上。

第二天,魏王让庞涓护送齐国的使者淳于党出境。过了两天,躺在街上的孙疯子不见了,庞涓让人到处查找,井里河里都找遍了,也未见踪影,庞涓又怕魏王追问,就撒个谎说孙膑淹死了。

孙膑到了齐国,齐威王一见之下,如得至宝,当即想拜为军帅,孙膑说:"庞涓假如知道我在齐国,定会嫉妒,不如等有用得着我的地方再出面不迟。"齐王同意了。后来,孙膑打听到自己的几位堂哥早都杳无音讯,才恍然大悟原来送信的人也是庞涓派人装扮的。这一场莫大的冤屈全由庞涓一手造成。

后来,庞涓带兵连败宋、鲁、卫、赵等国,齐王派田忌为大将、孙膑为军师,又使庞涓连连败北,最后,孙膑用"减灶法"引诱庞涓来追,巧设伏兵,将庞涓射死在马陵道上。魏国从此衰败,并向齐国进贡纳降。在杀死庞涓后,孙膑便辞官归隐,专心研究起兵法来。

乐毅伐齐及田单复齐

六国合纵伐齐时,燕国利用时机派乐毅复仇伐齐,几乎灭亡齐国。不过,齐国军民在田单的率领下,坚守即墨(今山东平度县)与莒(今山东莒县),并巧设计谋,打败燕国,收复齐国失地。

公元前279年燕昭王死,其子惠王继位。惠王过去和乐毅不和,二人有

矛盾。齐国在齐湣王死后，太子化装成平民逃到太史家里做佣人。这位太子就是后来的齐襄王，齐襄王依靠田单终于恢复了齐国。田单是齐国王族的远房亲属，齐湣王时在国都临淄做小官，燕国攻占临淄，他和家人逃到即墨。乐毅带领大军包围即墨，即墨守城官员与燕军交战而死。大家都认为田单有军事才能，推举他指挥战争。田单得知燕惠王与乐毅有矛盾，就派间谍到燕国造谣说：乐毅所以迟迟攻不下齐国的两座城，是因乐毅与燕新君不和，想联合齐军，在齐称王，齐国人最害怕燕国派别的大将来，要那样齐国就完了。燕惠王信以为真，就派骑劫代替乐毅。乐毅被革职后，怕被治罪，投奔赵国，将士们都气愤不平。骑劫是个庸才，代乐毅为大将后，一再上当，逐渐把燕军置于失败之地。田单宣扬说：最怕燕军割掉齐国俘虏的鼻子，把他们置于军前，与我们作战，这样即墨就守不住了。愚蠢的骑劫听到后果然割掉俘虏的鼻子，结果激怒了即墨人民，使他们同仇敌忾，坚守即墨。田单又派人到燕军煽动说：我们最怕的是燕军挖城外的祖坟，侮辱祖先，这样我们就太伤心而不愿死守。骑劫听到后又下令燕军挖齐人的祖坟，烧齐人祖先的尸骨，即墨人在城上看到这种情景十分悲愤，纷纷要求出城与燕军作战，斗志顿增十倍。田单又把守城精壮士卒隐藏起来，让老弱女子登城麻痹燕军，又派使者去燕营谈判投降日期。燕军高兴得欢呼万岁！田单又收民间黄金，令即墨富人送给燕将说，即墨就要投降贵军，请大军进城后不要掳掠财产妻妾，让我们家中平安。燕将答应这些富人的要求，以为即墨很快就要投降，燕军更加懈怠。田单这时却经过精心准备，把集中起来的千余头牛，穿上衣服，衣服上画着五彩龙纹，在牛角上缚上尖刀，牛尾巴上缚上用油脂浸泡过的草苇用火点燃，夜晚把火牛从城洞中赶出，牛后面跟着五千精壮士卒。火牛直冲燕军营地，燕军大惊，溃不成军，死伤甚众，五千壮士又随后杀来，城中鼓噪助威，声震天地。燕军败走，主将骑劫在混乱中被齐军杀死。燕军溃不成军，齐军乘胜追击，一直把燕军赶出国境。田单等人从莒迎接齐襄王入临淄主持国政。齐虽复国，但在这次战争中元气大伤，失去了东方强国的地位。燕国在这次战争中也因最后的惨败而国势衰弱。这都为以后秦统一中国创造了条件。

荆轲刺秦王

燕太子丹曾在秦国做人质。秦王对他百般侮辱，太子丹忍无可忍，便偷偷跑回了燕国，并发誓一定要报仇雪恨。

燕太子丹对燕王说："父王，秦王对我百般凌辱，我实在受不了。他侮辱我，也就等于不把您放在眼里，我忍不下这口气。我们出兵攻打他，成功不

了宁可做俘虏。"

燕王语重心长地说:"孩儿啊,不是父王不想出兵,但是我们是一个小国,而秦国强大,我们攻打它,如鸡蛋击石,羊入狼群啊!你太年轻气盛了,如果我们大败而归,那么我们燕国的百姓怎么办呢?"

太子丹一想:父王的话也有道理,但我还是咽不下这口气,我不如找一个刺客,去刺杀秦王政。

燕国有位老隐士,名叫田光,虽隐居几十年,但天下发生的事都了如指掌,而且天下贤才,他都有耳闻。

太子丹便去见这位老人,太子丹刚一见到田光。田光便说道:"太子今日光临寒舍,是不是想让老者找几个勇士去刺杀秦王啊?"

太子丹大吃一惊,说道:"老人家,果然神机妙算,正是为此事而来。"太子丹接着说道:"老人家,我有几个人选,但不知是否能胜任此事,还请老人家指点。"

于是太子丹和田光一一拜访那些勇士。看过一位,田光摇摇头,最后,他们去拜访秦舞阳。太子丹对田光说:"老人家,这个人非常胆大,12岁就因打斗而杀人。"但是田光看过秦舞阳后还是摇了摇头,对太子丹说:"太子,这些勇士喜怒哀乐形于色,不足以成大事。"

太子丹对田光说:"老人家,这也不行,那也不行,我应到哪儿去寻这位合适的勇士呢?"

田光说:"刺杀秦王政非一人莫属,此人名叫荆轲,我之所以陪太子拜访其他几位勇士,是想给荆轲找一个副手,但都不太满意。荆轲有勇有谋,喜怒哀乐不形于色。"

太子丹听了非常高兴,但又十分担心,对田光叮嘱再三:"老人家,刺杀秦王之事千万不要对别人讲,否则会泄露秘密。秦王一旦有准备,我们就无从下手了,而且他还会举兵攻打我们。"

田光心里虽然有些不高兴,但还是点头答应了太子。

田光和荆轲虽然年龄相差较大,但二人关系甚好。田光见到荆轲说道:"太子丹想找人去刺杀秦王政,但他找的那几个人都不行,我推荐了你,不会责怪老兄吧?"

荆轲说:"小弟怎会责怪您呢,秦王政对我们燕国一脸的傲慢,明明是瞧不起我们,我也早想找个机会杀掉他呢!"

田光一听荆轲答应了,便说道:"既然你已经答应了,我也放心了。太子丹不太信任我,我只有以死相报。"说着拔出宝剑自刎而亡。

荆轲没有注意田光,没想到田光会自杀,抱着老哥哥的尸体哭罢多时,

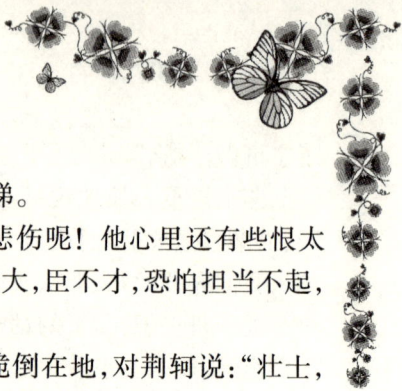

才止住悲伤，把田光的尸体埋了。

太子丹后来听说了此事，后悔不已，痛哭流涕。

太子丹去见荆轲，而荆轲还为田光的死而悲伤呢！他心里还有些恨太子丹，便对太子丹说道："刺杀秦王之事，事关重大，臣不才，恐怕担当不起，还是请太子另找高人吧！"

太子丹知道田光与荆轲二人关系甚好，便跪倒在地，对荆轲说："壮士，如果你还在生气，我甘愿受罚，只要能杀秦王，我愿以命偿还田光老人家。"说着把宝剑递给了荆轲。

荆轲也很受感动，原谅了太子丹。于是，二人开始周密计划刺杀秦王的事。

荆轲说："太子，秦国军队强大，若想刺杀秦王，我们必须以求和的名义接近他，只有接近他，才能找机会下手。"

太子丹说："壮士，尽管说你所需要的条件，我一定努力做到。"

荆轲说："秦王政为人多疑，要想让他相信我们，我们必须将我国最肥沃的土地督亢（今河北省涿县）献给他。"

太子丹说道："督亢乃我燕国宝地，但为了完成大事，我宁愿献出！"

太子丹以为荆轲会马上动身，可过了几日荆轲也没有动静。太子丹便来催荆轲。

荆轲说："仅凭献督亢的一纸地图，不足以取信秦王，我们还应有樊於期的首级。"

太子丹这一下为难了。原来樊於期是秦国人，因对秦王不满，乘秦王出去打猎之机，刺杀秦王没有成功，而逃到燕国来的，与太子丹关系甚好。秦王出重金悬赏捉拿樊於期。太子丹说："壮士，樊将军于危难之中逃到我燕国，我不忍心那样做啊！"

荆轲没有说什么。晚上荆轲去见樊於期，对他说："我和太子密谋刺杀秦王，为了使秦王信任我，需要将军的首级，但太子不忍心，所以我单独见将军。"

樊於期哈哈大笑，说道："想不到我樊於期的人头竟如此重要，只要我能帮助太子报仇，我一个人头算什么呢？"说完，自刎而死。荆轲向樊於期的尸体拜了几拜，便将他的首级装入匣子带走了。

太子丹听说樊於期自杀，立即赶到，抱着樊於期的尸体，哭罢多时，派人掩埋了。

太子丹以为荆轲拿了樊於期的人头便会动身，但等了几日还不见动静，以为荆轲不想去了呢，便又去催荆轲。荆轲本来是等自己一个很有胆识的

助手,这个人从远道而来正在途中。他一看太子如此焦急,只好提前动身。

自己的朋友没有到,太子丹给他推荐了秦舞阳。荆轲并不满意,但身边又没有更好的助手,只好答应了。

荆轲将一把用剧毒炼过的匕首藏在地图中,这把匕首锋利无比,削铁如泥。

公元前277年,荆轲和秦舞阳以燕国使臣的名义去见秦王。太子丹等人头缠白布,来到河边相送,荆轲嘴里唱着:"风萧萧兮易水寒,壮士一去兮不复还。"场面十分悲壮。

这一日荆轲和秦舞阳来到了咸阳。秦王答应接见他们。

荆轲捧着匣子,匣子里边是樊於期的首级,秦舞阳跟在荆轲后边,手里捧着地图。

秦舞阳没有见过世面,一见朝堂布置森严,两边士兵十分威猛,吓得脸色发白,心里十分害怕,身体竟哆嗦起来。秦王的侍臣看出秦舞阳有些异常,便把他拦在了阶下。秦王问道:"使者脸色为何而变?"荆轲答道:"他从未见过大世面,今天见大王如此威严,免不了要害怕。"

荆轲把樊於期的首级奉上,秦王一看,是真的,这才相信了荆轲。

荆轲又走上前去,将地图打开,一边打一边指着图上的位置,当地图全部打开时,一把锋利的匕首露了出来。秦王大惊失色,荆轲一手拿匕首,一手扯住秦王衣领,他想让秦王交出侵占燕国的土地。可没想到,秦王用力过大,衣袖被扯断,秦王跑了,荆轲在后边紧追不舍。秦王没有地方躲闪,只有绕着殿柱跑。

秦王当时有规定,不许大臣带武器上殿,带兵器的卫士没有命令也不准上殿。众大臣只好徒手和荆轲搏斗。

御医急中生智,顺手把药箱扔了过去,有人对秦王喊:"大王,身上有剑!"秦王这才想起了身上的宝剑,赶紧取了下来,一剑刺在荆轲的腿上,荆轲无法站立,倚在柱子上,用手一甩匕首,匕首直奔秦王,秦王赶紧一躲,匕首带着风声从秦王耳边飞过,击在了柱子上。

荆轲手中没有了武器,而秦王又用宝剑在荆轲身上刺了几剑。荆轲知道此事已失败,苦笑了一声说道:"我要不是想让你交出侵占的土地,早就刺死你了!我不杀你,也会有人要杀死你的!"说罢,倒地而亡。

秦舞阳开始很害怕,后来心平静了,一见荆轲和众臣打斗,想上去帮忙,却被殿下武士乱剑刺死。

秦王大怒,立即派兵攻打燕国。燕国是小国,根本敌不过秦国。太子丹率领的燕军大败而归。

秦王并不解恨，公元前222年，再次出兵伐燕，燕国灭亡。

❀ 妒死韩非 ❀

先秦法家思想的集大成者韩非，是韩国的公子，大约生于公元前280年，于公元前233年去世。25岁左右，曾投拜大学者荀子门下就读，与李斯同学，因会写文章，李斯往往自叹不如。

韩非见国势日衰，多次上书韩王请求变法革新，但不能采纳，又悲愤能人不被任用，不顾好心人以吴起、商鞅终遭杀戮为例的告诫，写下了《孤愤》、《五蠹》等十多万字文章。有人把韩非的文章带到秦国，秦王政读后，恨不能立即一见。公元前234年，秦军进攻韩国，韩王派韩非使秦讲和。秦王政一见非常赏识，韩非也趁机向秦王提出了保存韩国的建议。秦国上卿姚贾对韩非有私恨，而国相李斯又生怕强于自己的老同学不利于自己的权位，两人就在秦王面前诋毁韩非，并说若让他回韩就会成为秦国后患，于是秦王下令囚禁韩非。李斯叫人到监狱送来毒药，韩非就服毒自杀了，年仅48岁。他留给后人的财富，有《韩非子》55篇（个别为他人之作）。

韩非处于新兴地主阶级即将统一全国的时代，他总结了商鞅、申不害、慎到三家的思想，系统提出了法（治理国家的标准）、术（统治臣民的方法）、势（君位君权）三者合一的思想。他认为"道"是自然界变化的总规律，"理"是个别定理，在哲学史上创造性地提出了"理"的范畴。韩非认为人完全可以认识客观世界，历史是向前发展的，而"圣人不期修古，不法常可"。他整套因时制宜的变法理论，永远闪射出进化论历史观和朴素辩证法思想的光辉。秦王政杀其人而用其学说，建立了强大、统一的中央集权政权，结束了几百年的分裂局面。富有革新精神的思想家韩非，在推动中华历史前进方面有不可磨灭的功劳。

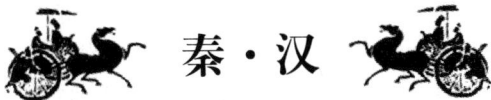

秦·汉

秦王灭六国

秦国自秦孝公以来,六世攻伐关东诸侯,节节胜利,在东方设置了一些重要的郡,主要有:三川郡(今河南西部洛阳、荥阳、宜阳等地)、东郡(今河南东北部濮阳等地)、南阳郡(今河南南部南阳等地)、上党郡(今山西东南长治等地)、太原郡(今山西太原等地)。此外,秦还攻占楚都郢,以其地置南郡,并夺取楚的巫郡、黔中郡,又置陇西郡、北地郡。从秦孝公至秦王嬴政统治的120余年中,秦消灭东方六国150多万军队,并据有了天下1/3的土地,3/5的财富。秦国统一全国的条件成熟了。

在秦王嬴政的组织、领导下,一场空前的统一战争开始了。秦王嬴政采纳李斯、尉缭的建议,集中力量选择弱点,各个击破;先灭韩,再及两翼,最后灭齐,完成统一。

战国末,韩国所辖地区在今河南中部,韩国又是六国中一个比较弱小的国家。先灭韩,实现中间突破,有利于并灭六国。公元前230年,秦王嬴政派内史腾率兵进攻韩国,掳韩王安,韩亡,并在所得韩地置颍川郡(治今河南禹县)。公元前229年,秦又利用赵国前两年发生大地震、大灾荒之机,派王翦等人率兵攻赵。赵派李牧、司马尚领兵抵抗。李牧是抗击匈奴的名将,所领军队战斗力很强。李牧的军队曾几次打败秦军,秦军一个叫桓齮的将领也被赵军杀死。秦将王翦用重金收买了赵王宠臣郭开,郭开散布流言说李牧、司马尚谋反。赵王昏庸无能,轻信流言,改以赵葱、颜聚二人统率赵军,李牧不受命,被杀。王翦乘机大举进攻。公元前228年,秦军入邯郸,俘赵王迁,赵亡。太子嘉带着一些人马逃到代郡(今河北蔚县东北),称代王。

公元前227年,秦攻燕。燕太子丹的师傅鞠武主张联合诸侯共同抗秦。太子丹认为这是远水救不了近火,所以派荆轲去刺杀秦王,想以此挽救自己的灭亡,没想到荆轲没有成功,反而激怒了秦国,加速对燕进攻。燕联合代王赵太子嘉,共同抗秦。王翦在易水西击败燕、代联军。公元前226年,秦军攻入燕都蓟(今北京市),燕杀太子丹谢罪。燕王喜迁都辽东。

公元前225年,秦派王翦的儿子王贲率10万大军攻打魏国,秦军围攻魏

都大梁(今河南开封西北),秦引黄河、鸿沟的水灌进大梁城内,三个月后秦军攻破大梁城,魏王投降,秦杀魏王假,魏亡。

同年,秦攻楚。攻楚前,秦王问年轻将领李信灭楚要用多少人马,李信说需要20万;秦王又问老将王翦需要多少人马,王翦说需要60万。秦王认为王翦老了,李信壮勇,于是派李信、蒙恬率20万人伐楚。秦王未用王翦,王翦告老还乡。李信开始打了几次胜仗,至城父(今安徽亳县东南),被楚将项燕打败。李信回秦被革职。秦王亲自请王翦,王翦说非60万人不可,秦王答应。王翦总结李信轻敌冒进的教训,采取屯兵练武、坚壁不战、以逸待劳的策略。过了一年多,楚军因粮草不足,斗志松懈,开始向北撤退时,王翦趁机追击。公元前224年,在平舆(今河南平舆北)大破楚军,至蕲(今安徽宿县东南)杀楚将项燕。公元前223年,秦攻占楚都寿春,掳楚王负刍,楚亡。秦又平定了楚属百越地方,统一了南方。

公元前222年,秦王派王翦的儿子王贲率兵攻辽东,俘燕王喜,燕亡。接着,又回军攻代,俘代王嘉,代亡。秦统一了北方。

公元前221年,王贲又率军从燕南下攻齐,几乎没有遇到什么抵抗,就攻进了齐都城临淄,齐王建投降,齐国灭亡。灭齐后,秦统一了中国。

秦王嬴政认为自己的功绩超过了古代传说中的"三皇五帝",不应该再用"王"的称号,所以给自己定尊号为"皇帝"。他是中国第一个皇帝,就自称为始皇帝,并规定后世子孙按顺序称为二世皇帝、三世皇帝,一代接一代传下去,直到千世万世。

❖ 千古一帝——秦始皇 ❖

秦王政兼并了六国,结束了战国割据的局面,统一了中国。他觉得自己的功绩比古代传说中的"三皇五帝"还要大,不能再用"王"的称号,应该用一个更加尊贵的称号才配得上他的功绩,就决定采用了"皇帝"的称号。他是中国第一个皇帝,就自称是始皇帝。他还规定:子孙接替他的皇位按照次序排列,第二代叫二世皇帝,第三代叫三世皇帝,这样一代一代传下去,一直传到千世万世。

全国统一了,该怎样来治理这样大的国家呢?

在一次朝会上,丞相王绾等对秦始皇说:"现在诸侯刚刚消灭,特别是燕、楚、齐三国离咸阳很远,不在那里封几个王不行,请皇上把几位皇子封到那里去。"

秦始皇要大臣议论一下,许多大臣都赞成王绾的意见,只有李斯反对。他说:"周武王建立周朝的时候,封了不少诸侯。到后来,像冤家一样互相残

杀,周天子也没法禁止。可见分封的办法不好,不如在全国设立郡县。"

李斯的意见正合秦始皇的心意。他决定废除分封的办法,改用郡县制,把全国分为36个郡,郡下面再设县。

郡的长官都由朝廷直接任命。国家的政事,不论大小,都由皇帝决定。据说秦始皇每天看下面送来的奏章,要看121斤,不看完不休息。可见他的权力是多么集中了。

在秦始皇统一中原之前,列国向来是没有统一的制度的,就拿交通来说,各地的车辆大小就不一样,因此车道也有宽有窄。国家统一了,车辆要在不同的车道上行走,多不方便。从那时候起,规定车辆上两个轮子的距离一律改为六尺,使车轮的轨道相同。这样,全国各地车辆往来就方便了。这叫做"车同轨"。

在秦始皇统一中原之前,列国的文字也很不统一。就是一样的文字,也有好几种写法。从那时候起,采用了比较方便的书法,规定了统一的文字。这样,各地的文化交流也方便多了。这叫做"书同文"。

各地交通便利,商业也发达起来,但是原来列国的尺寸、升斗、斤两的标准全不一样。从那时候起,又规定了全国用统一的度量衡制。这样,各地的买卖交换也没有困难了。

秦始皇正在从事国内的改革,没想到北方的匈奴打了进来。匈奴本来是我国北部一个古老的少数民族。战国后期,匈奴贵族趁北方的燕国、赵国衰落,一步步向南侵犯,把黄河河套一带大片土地夺了过去。秦始皇统一中原以后,就派大将蒙恬带领30万大军去抵抗,把河套一带地区都收了回来,设置了44个县。

为了防御匈奴的侵犯,秦始皇又征用民夫,把原来燕、赵、秦三国北方的城墙连接起来,又新造了不少城墙。这样从西面的临洮(今甘肃岷县)到东面的辽东(今辽宁辽阳西北),连成一条万里长城。这座举世闻名的古建筑,一直成为我们中华民族古老悠久文明的象征。

后来,秦始皇又派出大军50万人,平定南方,添设了三个郡;第二年,蒙恬打败了匈奴,又添了一个郡。这样,全国总共有40个郡。

这样,全国的局势便稳定了下来,大一统的局面便形成了。

焚书坑儒

秦始皇实行封建专制的中央集权政治,在当时是一种有利于全国统一的崭新的政治制度。可是一些习惯于旧制度、具有旧思想的人看不惯,他们总是觉得分封制好,想要把它恢复起来。六国旧贵族的残余势力,乘着新制度还未稳定的时机，蠢蠢欲动，酝酿反抗，想要夺回他们失去了的政治地位。还有一些儒生也常常引经据典，非难新制度，说这也不是，那也不对，还不如旧时代分封诸侯的制度好。总之，那时候新旧两种制度，在思想上和政治上斗争非常激烈。

秦始皇统一中原以后的第九年，也就是公元前213年，有一天，秦始皇在咸阳宫摆酒席庆贺头一年打败匈奴等少数民族的大喜事，文武官员全都出席了。有70个在学术思想上有名望有地位的博士，也参加了这次宴会。宴会进行当中，博士的领袖周青臣举酒颂扬秦始皇的功德，他说："早先秦国的疆域不到一千里，依赖陛下的英明，消灭了六国，统一了中原，赶走了蛮人和夷人。如今凡是太阳月亮照得到的地方，全都服从陛下的统治了。陛下废除了分封，设立了郡县制度，从此免除了战争的祸患，使得天下人人都能过着安乐的日子。这样的太平盛世，必定能代代相传，直到千秋万世。陛下的威德，真是上古的那些三皇五帝也望尘莫及的啊！"

秦始皇听了周青臣的颂扬，心里甜滋滋的，他连连点头夸奖周青臣说："说得好！说得好！"可是这一番颂扬却触怒了另一些满脑子旧思想的博士们，有个叫淳于越的博士，他听周青臣说分封制不好，郡县制好，心里十分难过。他赶快往前走几步，急急忙忙地对秦始皇说："陛下！我听别人说，殷周两代的国王传了一千多年，他们分封子弟功臣做诸侯，像众星拱月那样拱卫中央朝廷，那个制度本来就好得很。如今陛下统一了中原，子弟却毫无地位和实权。将来万一出个像当年齐国田常那样要谋篡王位的乱臣贼子，又有谁能挽救得了那种局面呢？我听老一辈的人说过：事情不照老规矩办而想要长久，根本就不可能。现在周青臣又当面奉承陛下，加重陛下的过错，我看他不是忠臣。陛下还是应当重新谋虑关于分封子弟的事情才好！"

淳于越又一次重提分封的事情，秦始皇听了心里有些厌烦。他叫大家再议论议论，看看究竟是分封制好，还是郡县制好。这时候已经升任丞相的李斯反对淳于越的谬论，他对秦始皇说："古今时代不同，情况已经随着时代改变了，我们决不能再拿古代的制度到今天来实行。如今天下已经安定，法令已经统一，老百姓应当努力种田做工，读书人应当努力学习现行的法令制度。可是如今还有那么一些读书人，总是死抱住老一套的东西不肯放弃，老是根据过去古书上的记载来攻击当前的政治制度，这对于陛下的统治是很不利的，必须予以严厉禁止。我建议，史官所收藏的图书，凡属不是秦国的历史，全都拿来烧了；不是政府任命的博士官所收藏的《诗经》《尚书》，而是私家收藏的这一类书籍，一律焚烧掉，杜绝混乱思想的根源。"

秦始皇觉得事情确实是这样，如果听任那些有旧思想的人到处宣扬旧

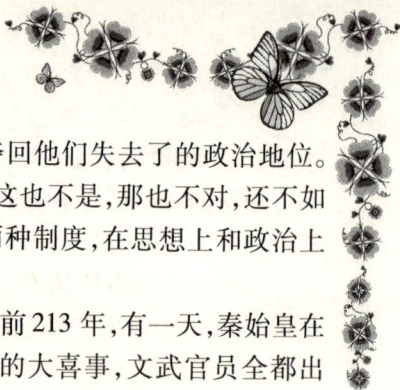

制度,的确会妨碍他的统治。于是他决定接受李斯的建议,下令焚书。焚书的具体办法是:除了那些讲医药、占卜、种树一类的书以外,凡不是秦国史官所记的历史书,不是官家收藏而是民间所藏的《诗经》《尚书》和诸子百家的书籍,在命令下达的30天之内,都要缴到地方官那里去烧毁。以后还有偷偷谈论古书内容的,处死刑。借古时候的道理攻击当前政治的,全家都要处死。官吏知情而不告发的,判处同样的罪。命令到达后30天不烧毁书籍的,在脸上刺字后罚去做四年筑长城的苦工。凡有愿意学习法令的人,只许跟着官吏去学,不许偷偷地照着旧时代的古书去学。

焚书的命令发布以后,各郡各县的官吏不敢怠慢,都立即严格地遵照命令去执行。他们派出许多士兵和办事的差役,到老百姓那里挨家挨户收缴书籍。在很短的时间内,到处都出现了焚书的熊熊烈火,焚烧那些刻写在竹木简上的古代书籍,使得中国的文化事业遭受了一次浩劫。秦国以外的历史书和记载着诸子百家学术思想的书籍,凡是收缴上来的,差不多全都给烧光了。秦朝以前的许多历史事实和学术思想从此失传。这是秦始皇摧残中国文化的一大暴行。

秦始皇下令焚书,使得许多读书人都非常反感,不仅那些有旧思想的人反对秦始皇的暴行,连一些在朝廷里享受着高官厚禄的博士,也都在暗地里议论,说秦始皇这样压制舆论,摧残文化,做得太过分了。

焚书的第二年,即公元前212年,有两个替秦始皇求不死药的方士侯生和卢生,偷偷地议论说:"秦始皇这个人,十分残暴,自信心太强。他在灭亡六国统一中原以后,自以为是从古以来最了不起的一个君主了。他专靠残酷的刑罚来统治天下,大臣们谁也不敢对他说真话,他对谁也不信任,大大小小的事情都得由他自己亲自来决定。像他这样贪图权势的人,我们还是不要为他求仙药的好。"他们两个人商量好以后,就偷偷地带着从秦始皇那里领来的钱财,逃走了。

秦始皇听说读书人在背后说他的坏话,侯生、卢生还居然逃走了,十分生气,决定要狠狠地惩治他们。

于是秦始皇下了一道命令,叫御史大夫去查办那些在背后诽谤他的读书人。被抓去审问的人,受不了残酷的刑罚,为了给自己开脱,就一个一个地攀连其他的人,攀来攀去,一下子查出来有460多个方士和儒生犯有嫌疑。秦始皇一怒之下,也不详细审问,查证核实,就叫人在咸阳城外挖个大坑,把他们全都给活埋了。其实460多人当中,真正反对秦始皇的只有少数人,大多数人都是含冤死去的。这是秦始皇对读书人的残暴屠杀。

秦始皇焚书坑儒,目的是想统一思想,压制那些反对中央集权制的思想

和言论,但是,他的做法太过分了,太残暴了。焚书,既毁灭了秦以前长期积累起来的文化财富;坑儒,又杀害了许多精神财富的创造者。从此以后,秦朝宫廷里真正有学问的人大大减少了,而那些专会阿谀奉承、欺上瞒下的奸贼如赵高之流,逐渐地成了秦始皇身边的重要人物,秦朝开始走下坡路了。秦始皇是一个完成伟大统一事业的了不起的皇帝,同时也是一个对人民实行残暴统治的皇帝。

李斯之死

陈胜、吴广领导的农民起义爆发后,陈胜派吴广率军西进,围困荥阳(今河南荥阳),袭击三川郡(今河南洛阳东北)。身为郡守的李斯之子李由无力抵御,只好全力固守。与此同时,由周文率领的另一路起义军数十万人,一直打到咸阳附近的戏水。秦朝的统治面临着严重的危机。

当时身为丞相的李斯对赵高的行为和当时的局势深感不安。他曾多次要求进见秦二世,均被秦二世拒绝。秦二世反而把吴广攻打三川郡,李由不能抵抗的责任归咎于李斯,并责备李斯身为丞相,却让天下"群盗"纷起。李斯深感恐慌,为了保持自己的爵位和俸禄,便给秦二世上《劝行督责书》。在《劝行督责书》里,李斯一方面劝秦二世坚持申不害、韩非和商鞅的法治,要独揽大权,以防旁落,主张用严刑峻法监督和控制群臣,这些臣下就会奉公守法,不敢作乱,天下安宁国家富足;另一方面,又暗示秦二世要警惕赵高篡权。秦二世昏庸无能,一切听信于赵高,对李斯的进谏书置之不理。赵高却因此对李斯十分痛恨,欲借秦二世之手,除掉李斯。

李斯见谏书被搁置,便想面见秦二世,但秦二世深居宫中而无机会,便求赵高引见。赵高趁秦二世在宫中有美女相伴饮酒作乐时,通知李斯求见。如此三次,秦二世皇帝大为不满,对赵高说:"在朕闲暇之时,丞相不来奏事,偏偏在娱乐时来捣乱,这不是看不起朕,故意与我做对吗?"赵高便趁机说:"当初沙丘之谋,李斯曾参与在内。现在陛下已做了皇帝,李斯仍是丞相。看他这样做,显然是想割地封王。况且,李斯的长子李由行三川郡守,楚地盗寇陈胜等人都是李斯邻县同乡百姓,所以他们才敢如此横行造反。他们经过三川郡时,李由不肯派兵出击。臣早就风闻李斯父子跟陈胜等人有书信往来。而且丞相在朝中的权利,比陛下还要大。"秦二世信以为真,想要查办李斯,又担心赵高所言不确,便派人到三川郡查访李由勾结陈胜的罪状。李斯得知后,知道此事系赵高陷害,便又给秦二世上书,指责赵高诬陷良臣,并指出赵高有篡权野心,如不早早除掉,恐怕以后会生出祸患。但是,秦二世受赵高蒙蔽已深,不但不听李斯劝告,反而更加信任赵高,将此事告知赵

高。赵高进一步诋毁说："李斯最忌恨的就是臣，臣一死，他便可实现杀君谋反的阴谋。"秦二世一听，勃然大怒。

此后，农民起义队伍进一步壮大，秦朝关中已无兵力前去镇压。李斯与右丞相冯去疾、将军冯劫再次上书进谏，请秦二世减轻赋税，停止征发徭役，罢修阿房宫。秦二世并不理会反而斥责说："现在群盗遍及各地，你身为丞相不尽力禁止，却让朕停修先帝所要修的阿房宫，你上有负于先帝，下不为尽忠，还在相位有何用。"于是派人将三人捕入狱中。冯去疾、冯劫自杀，李斯交由赵高负责审讯。

李斯在狱中被赵高严刑拷打，百般折磨，只好承认有谋反的罪行。但是，李斯仍然寄希望于秦二世，幻想他能醒悟过来，赦免自己。因此，在狱中又上书秦二世皇帝，书中以罗列自己七大罪状为名，陈述追随秦始皇30多年来立下的功绩，借以表白自己忠心耿耿，决无谋反之罪，以感动秦二世皇帝。但李斯的上书，都落在赵高的手中。赵高责骂李斯说："你身为囚犯，已失去了上书的资格。"为了不使李斯翻供，赵高又命令手下十多人假扮成秦二世的使者，对李斯轮番审讯。李斯不知有诈，便更改口供，把实情向这些人陈述，却遭到赵高一次又一次的严刑拷打。经过这样的审讯，李斯惨遭折磨，再也不敢陈述实情。后来，秦二世皇帝派使者前去审讯时，李斯以为与前十余次一样，都是赵高的党羽，只好不再申辩罪行。秦二世听了使者的回报，甚为高兴地说："若不是赵高，朕差点上了李斯的当。"

秦二世派去调查李由罪状的使者到达三川郡时，李由已被项梁起义军杀死。使者回来后，赵高便将使者所调查的实情一一篡改，编造了许多李由谋反的罪状，以此陷害李斯。秦二世皇帝二年（公元前208年）七月，李斯以谋反罪被判处死刑。在押赴刑场的路中，李斯对二儿子说："我多想再跟你一起，带着黄狗、苍鹰，到上蔡（今河南上蔡，李斯的故乡）东门猎逐狡兔。可是已经办不到了。"说罢，父子相对痛哭。李斯被腰斩于咸阳街头，全家老小无一幸免。

赵高专权

秦始皇三十七年（公元前210年），始皇帝亲巡天下，在归途中因病死于沙丘平台，丞相李斯因恐天下动乱而秘不发丧，中车府令赵高借机准备谋夺篡权。

赵高自幼入宫，秦始皇听说他身强力壮，又精通狱法，便任命他为中车府令，负责教少子胡亥学习讼狱、法度等，因而得到胡亥的信任。秦始皇曾命蒙毅为中参谋议，蒙毅为人忠信。有一次，赵高犯了罪，秦始皇命蒙毅惩治赵高,蒙毅认为按律当判赵高死罪,而秦始皇却因为赵高办事机敏而赦免了赵高。后来还恢复了赵高的官职。赵高却为此事而对蒙毅、蒙恬等人耿耿于怀。

秦始皇平时最喜爱少子胡亥,所以出巡时将他带在身边,临终前秦始皇命赵高将盖好玉玺的遗诏送给长公子扶苏说:"回咸阳来参加我的丧礼,然后埋葬我。"但信还没送出去他就死了。于是,赵高就劝说胡亥,要他诈称秦始皇之命诛杀公子扶苏而自立为皇帝。胡亥同意后,赵高又认为不与丞相李斯商议,恐怕不能成事,就找到李斯说:"皇帝的符玺和赐给扶苏的书信都在胡亥那里,立谁为太子的事全在你我二人的一句话了,你看怎么办?"李斯说:"这种亡国的话,我们做臣下的人是不该讲的。"赵高就问:"在才能、谋虑、功劳、无怨和取信于扶苏这五个方面,你比蒙恬如何?"李斯说:"不如他。"赵高又说:"如果扶苏当了皇帝,必然重用蒙恬为丞相,你终将是会被遣回乡里的,胡亥待人仁厚慈祥,可以立他为嗣,请你好好想想。"李斯为自己的功名利禄考虑,便同意了赵高的主张,并和他一起诈称受了秦始皇的诏命立胡亥为太子。又篡改了秦始皇给扶苏的书信,以损耗士卒而不能辟地立功,和几次上书直言诽谤为罪名,赐扶苏死。又称将军蒙恬不能矫正扶苏的罪过,是同谋者一起赐死,并命裨将王离代掌兵权。

扶苏在北地郡接到书信看过之后大哭,进入内屋,准备自杀。蒙恬说:"陛下远在外地,还没有立太子,让我率30万兵将守边,公子您做监军,这是天下重大的责任,现在来了一个使者,您就要自杀,怎么知道其中无诈? 等重新请示以后再死也不算晚呀。"扶苏说:"父亲赐儿子死,还有什么可请示的。"说完就自杀了。蒙恬不肯死,被使臣押到阳周。胡亥听说扶苏已死,就想释放蒙恬,正好蒙恬的哥哥蒙毅为秦始皇祈祷山川回来,赵高对胡亥说:"先皇帝早就想立你为太子,就是蒙毅认为不行,不如杀了他吧。"于是将蒙毅也抓了起来。后来胡亥登基后,不顾其兄子婴的劝阻,还是杀掉了蒙氏兄弟二人。

秦始皇的辒辌车走到九原时,正是暑天,尸体发出了臭味,赵高就让从人在每辆车上装上一石鲍鱼以掩蔽尸臭,到了咸阳才发丧。胡亥登基做了皇帝,是为秦二世,时年20岁。秦二世宠信赵高,拜为郎中令掌理国家大事。赵高自此开始专权。

秦二世即皇帝位,改元为二世元年,效法始皇帝,也巡行天下,在途中与赵高密谋排斥异己。秦二世认为:人生短暂,应即时行乐以享天年,问赵高这样是否可以。赵高说:"只有贤明的君主才能做到这一点,而昏庸的君主就只好节制自己。但是朝廷诸公子、大臣都对我们在沙丘的密谋有所怀疑,

他们有的是陛下的兄长，有的是先皇的老臣，功劳和势力都十分显赫。现在陛下刚刚登基，臣的地位原本又很卑贱，得到陛下的抬举才掌管朝廷大事，人们对此都很不服气。臣每日都感到惶恐不安，陛下又怎能安乐享受呢？"秦二世问应该怎么办？赵高便趁机提出了将不放心的官吏全部杀掉，并称这样做就大处而言，可以威震天下；就小处而言，可以除去陛下平生讨厌之人。如今大势不能师法文治，而是决定于武力。即使群臣未必有反心，也可以收举余民，使低贱者尊贵，困苦者富裕，疏远者亲近，以使上下归附，国家安定。于是，秦二世皇帝开始杀戮大臣和诸公子，又假借罪名，牵连逮捕近侍之臣。中郎、外郎、散郎等无一幸免。又把秦始皇的六位公子杀死在杜地（今陕西户县）。秦二世还在内宫囚禁了公子将闾兄弟三人，并派使者命令他们说："你们身为公子，却臣子不像臣子，公子不像公子，论罪当死，官吏就要执行判决了。"将闾说："宫廷的礼节我从来都不敢违反，随君命的应答我也没有错用过措辞，怎么说我臣子不像臣子呢？我希望知道自己的真实的罪名后再死。"使者说："我不能参与其谋，只知道奉诏行事。"于是将闾仰天大叫三声："老天啊，我实在没有罪。"兄弟三人都痛哭流涕，然后拔剑自杀。从此以后，宗室震惊恐慌，君臣劝谏的被认为是诽谤，大臣只好诌媚奉承，以保俸禄，全国人民无不震动畏惧。

是年四月，秦二世东巡回朝后，秦二世一面横征暴敛，加紧修筑阿房宫，一面施行更加严厉苛刻的法律。七月，陈胜、吴广揭竿起于大泽乡，各地人民纷相呼应。第二年，赵高因恃恩专恣，以私怨杀人太多，恐大臣入朝上奏，就对秦二世说："天子之所以高贵，是因为君臣只能闻其声而不能见其面，陛下不如深居禁宫，只和臣等一些学法典的人一起处理政务，大臣们就不敢奏疑事，只好称圣主了。"秦二世从此不再上朝，一切大事都由赵高裁决。赵高进一步想除掉李斯，听说李斯有事要面奏秦二世，就特意安排他在秦二世玩乐的时候进见，引起秦二世的不满。他却从旁调唆："李斯因为参与了沙丘之谋有功，已不满足于现在的富贵而意欲称王了，他的儿子和陈胜等勾结，他的权势比陛下还大。"李斯知道后，也上奏章攻击赵高，但秦二世却仍包庇赵高，并借故将李斯下狱，由赵高处治。赵高立刻收捕了李斯的宗族、宾客千余人。以后又腰斩李斯于咸阳，并夷灭三族。而赵高却被任命为丞相，事无大小皆由他一人决断。

赵高为了专权，在秦二世面前指鹿为马，秦二世问左右大臣，大臣附议赵高，事后言鹿者均遭迫害，群臣人人自危。刘邦攻打武关（在今陕西商洛）时，赵高因为多次隐瞒军情，不敢去见秦二世而称病不朝。秦二世派人指责赵高，赵高惧怕，就与他的女婿咸阳令阎乐和弟弟赵成密谋杀死秦二世。阎

乐以中郎令为内应,诈称追贼,率千余吏卒闯入望夷宫殿门,杀死卫令、郎、宦官等数十人,用箭射秦二世的帷幄,秦二世大怒,召呼左右,左右不敢答应。秦二世向阎乐请求做一个普通的老百姓,阎乐说:"我受丞相之命杀你,你的话虽多我却不敢回报"。随即驱兵进攻秦二世,秦二世自杀。

赵高以黔首之礼葬秦二世于杜地南面的宣春苑,立其兄子婴为秦王,让子婴斋戒五日后到庙堂受玉玺。子婴和两个儿子商量,认为赵高立已是假,他早已和楚军商量好了要灭秦室而分王关中,庙堂约见是诱杀之计,只要已不去,赵高必然亲自来请,就可以捕杀赵高了。赵高派人请子婴不动,果然亲自来催,子婴便趁机在斋宫杀掉了赵高,并夷灭了赵高的三族。

陈胜、吴广起义

秦二世即位以后,秦朝的政治达到了极其黑暗的程度,人民已无法生活下去,只好铤而走险。农民大起义终于爆发了。

陈胜是阳城(今河南登封东南)人,字涉。吴广是阳夏(今河南太康)人,字叔。陈涉少时即有大志,曾给人打短工在田里耕地,干活休息的时候,陈胜怅恨久之,对同伴们说:"苟富贵,勿相忘。"同伴们都笑着说:"你为别人打短工,哪里来的富贵?"陈涉叹了一口气,说:"唉,燕雀哪里知道鸿鹄的志向呢?"

秦二世元年(公元前209年)七月,秦政府调发闾左(指贫民)到渔阳(今北京密云西南)戍边。陈胜和吴广皆被征发而编在这个行列之中,并被指定为屯长(领队)。当他们一行900人行至大泽乡(今安徽蕲县东北)时,遇上了大雨,洪水泛滥,淹没了道路,估计已经不能按期到达渔阳。而按秦朝的法律,失期皆斩。陈胜和吴广商量说:"如今逃亡是死,发动起义也是死。同样是死,为国而死可以吗?"陈胜又说:"天下人苦于暴秦的统治已经很久了。我听说秦二世是秦始皇的小儿子,不当立为皇帝,应当立为皇帝的乃是公子扶苏。扶苏因为几次劝谏秦始皇,秦始皇派他出外带兵。他本无罪过,而秦二世杀害了他。百姓多听说他的贤能,却不知他已经死了。项燕当楚国大将,立下许多大功,又爱护士卒,楚国人很爱戴他。有的说他死了,有的说他还活着。现在要是以我们带的这些人诈称奉了公子扶苏和项燕之命,倡导天下,肯定有许多人响应我们。"吴广认为有理。他们去占卜吉凶,卜者猜到了他们的意图,说:"足下事皆成,有大功。但足下还应向鬼神问卜。"陈胜、吴广一听,马上明白了卜者的意思,说:"这是教我们先借鬼神在众人中取得威望。"便找来一块帛,在上面写上三个红字"陈胜王",然后将帛塞到别人打来的鱼肚子里。戍卒买鱼烹食,得到鱼腹中的帛书,都觉得很奇怪。陈胜又

让吴广夜里溜到戍卒驻地旁树丛中的一个神祠里,点燃一堆篝火,并学着狐狸的声音叫"大楚兴,陈胜王"。戍卒们在夜里听到这个声音,都十分惊恐。第二天,戍卒中议论纷纷,都注目于陈胜。

吴广平素十分爱护别人,因而戍卒们都很爱戴他,愿意听他的话。这一天,押他们到渔阳的两个将尉喝醉了酒,吴广便故意在他们面前说想要逃走,使将尉发怒而侮辱自己,以激怒戍卒们。将尉果然用棍子揍吴广,并拔出剑要砍。吴广乘机一把夺过剑来,把一个将尉杀死,陈胜帮助他杀了另一个将尉。之后,陈胜把九百个戍卒召集到一起说:"诸位遇上大雨,都已误了期限。而按秦朝之法,误了期限是要斩首的。即使不被斩首,而当戍卒的十个就有六七个会死。身为男子汉,不死则已,死就要死得壮烈。王侯将相难道是天生的吗?"戍卒们都拥护起义。他们便诈称公子扶苏、项燕,以从民望,袒右(光着右膀),称"大楚"。陈胜自立为将军,吴广为都尉,攻大泽乡,收而攻蕲(今安徽蕲县)。攻下蕲后,陈胜分兵四出,令人分别攻打苦(今河南鹿邑)、谯(今安徽亳县)、鄼(今河南永城西北)等。陈胜自己率军攻陈(今河南淮阳)。一边走,一边招募、扩充军队。等到陈,已经有战车六七百乘,骑兵一千多人,步兵几万人。起义军攻打陈,秦陈之守令已逃跑,只有守丞率人抵抗,很快便被起义军消灭。

起义军占领陈几天后,陈胜派人召来了当地的三老豪杰,和他们共商大事。豪杰们都说:"将军您披坚执锐,伐无道,诛暴秦,重新建立楚国的社稷。按您的功劳,应该为王。"陈胜乃立为王,国号为"张楚"。

这时的秦朝形势,像一堆干透了的柴草,遇到一点火星,立刻便燃起冲天大火。陈胜、吴广起义后,天下郡县群起响应,纷纷杀掉秦朝官吏,揭竿起兵。为扩大战果,陈胜以吴广为假王,监督诸将西击荥阳(今河南荥阳);令陈人武臣和张耳、陈余等人率一军北向攻略赵地;令汝阴(今安徽阜阳)人邓宗率一军攻略九江郡(治今安徽寿县)。吴广率军包围了荥阳,秦三川郡守李由(李斯的儿子)坚守,吴广军不能攻克。为打击秦朝心脏,陈胜决定遣军进袭关中。陈有一个叫周文的人,曾经在项燕的军中当过视日(占候卜筮之人),自称可以领兵打仗。陈胜便给了他将军之印,让他向西击秦。周文一边作战,一边扩充队伍。等打到函谷关(今河南灵宝西南),已经有战车一千乘,步兵数十万。他们攻破函谷关,向西一直打到戏(今陕西临潼东),关中大震。戏距秦都咸阳仅数十里。秦二世急令少府章邯率军抵御。当时秦军主力尚在边境,关中空虚。无奈之下,秦二世下令免去在骊山服役的数十万刑徒的罪,发给他们武器,由章邯率领进攻周文军。周文军被打败,被迫向东退出函谷关。章邯在调集到西北边防的秦军主力后,紧追出关,双方在曹

阳(亭名,今河南灵宝东)鏖战数十天。周文军又败,退至渑池(今河南渑池西),坚守了十多天,最后被秦军击败,周文自杀,军溃不战。

这时,陈胜所派出的将领,开始背叛陈胜,六国旧贵族也乘机而起。武臣到达邯郸(今河北邯郸)之后,自立为赵王,以陈余为大将军,张耳和召骚为左右丞相,拒绝服从陈胜指挥。陈胜无奈,只好加以承认,又想令武臣西向击秦。武臣却遣韩广北上,攻略燕地,韩广至燕,也自立为燕王,不听武臣指挥。陈胜派周市攻略齐地,狄(今山东高青)人田儋杀狄令,自立为齐王,遣军攻击周市军。周市只好回兵攻略魏地。

章邯在击败周文军之后,向东逼近荥阳。围攻荥阳的吴广军这时仍未能攻下荥阳,有陷入腹背受敌的危险。将军田臧等人以吴广不善于指挥打仗,便矫陈胜之命,杀害了吴广。陈胜无奈,只好赐田臧楚令尹之印,使为上将。田臧留一部分军队继续围攻荥阳,自己率精兵西上迎击章邯军。两军战于敖仓(今河南荥阳西北),田臧战死,起义军失去指挥,因而大败。章邯随即进兵,击败了围攻荥阳城的起义军。随后,章邯引军东下攻陈。陈胜亲自率军出战,被秦军打败。这一年的腊月,陈胜逃至汝阴,又至下城父(今安徽涡阳东南),陈胜的驭手庄贾杀害了陈胜,投降秦军。

陈胜从起义至牺牲,前后总共只有六个月时间。当陈胜在陈称王以后,曾经和陈胜在一起为人耕地的伙伴听说陈胜称了王,就到陈去找陈胜,扣陈胜的宫门说:"我想见陈胜。"宫门令想抓他,他辩解了半天才得脱,但不肯为他通报。后来陈胜从宫里出来,客人在道上拦呼,陈胜认出了他,召他和自己一起进宫。客人入宫后,见陈胜所住殿屋和帷帐十分华丽,便惊叹说:"啊呀!陈涉当王真是豪华!"以后,客人在陈胜的宫中出入越来越随便,并老是向别人谈陈胜过去的事情。有人劝陈胜说:"客人愚昧无知,专门胡说八道,无视您的威严。"陈胜听了,就下令把这个客人杀了。陈胜的故旧朋友见陈胜如此,都离开了陈胜。因此,陈胜便没有了亲近的人。陈胜所信用的朱房、胡武等人,又徇私舞弊,以苛察为忠,诸将因此不肯亲附。所以,陈胜最后失败了。

陈胜虽然死了,但他所派出的王侯将相最终推翻了秦朝。

巨鹿大战

陈胜被害后,所置侯王将相各自为政。项梁势力最强大,拥兵六七万。他于公元前208年6月击杀先前所立楚王景驹,并听从谋士范增建议,立楚怀王的孙子熊心为王,仍称楚怀王。这时章邯所率秦朝大军,乘胜击破了各路起义诸侯,项梁也在该年8月在定陶败死。章邯便率领王离、苏角、涉间诸

将,击破赵军,将赵王围困在巨鹿(即钜鹿,今河北平乡西南)。闰9月,楚怀王命宋义为上将军,项羽为次将,范增为末将,率领各路军救赵。

宋义到了安阳(今山东曹县东),不再进军渡黄河救赵,留驻四十六天,想坐山观虎斗。项羽建议马上引兵渡河,宋义说:"运用谋略,您不如我。"并宣布:"不听指挥者斩首。"他又把自己的儿子送到齐国去作国相,大摆宴席,士兵们却挨冻受饿。当年十一月,项羽借朝见机会,在中军帐斩了宋义,号令说:"宋义与齐勾结,楚怀王暗中命令我杀了他。"诸将没有人敢反对,立项羽为假上将军。怀王追认项羽为上将军,威震楚国。

项羽派英布等领先遣部队两万人渡黄河救赵,战斗不利。于是项羽率全军渡河,渡河时烧掉营房,毁掉炊具,每人只带三天军粮,渡河后把船只全部烧掉,以显示不战胜即战死的决心。这种战术被称为"破釜(锅)沉舟"。过河后,经过九场恶战终于击溃秦军,杀苏角,掳王离,迫使涉间自焚。在战斗中,项羽士卒个个英勇,以一当十,呼声动天。救赵的其他十多支部队,惊吓得只敢在军营壁垒中观战。战斗结束后,项羽召见这些部队的将领,他们都趴着前进,不敢抬头看。后来章邯也被迫投降项羽。秦王朝的主力部队就这样被项羽歼灭了。

鸿门宴

项羽西进,公元前208年12月,击败刘邦守军,攻破函谷关。他拥军40万,号称百万,驻扎在新丰鸿门(今陕西临潼东项王营)。刘邦只有10万部队驻扎在灞上。谋士范增怂恿项羽及时消灭刘邦。

项羽的叔父项伯曾经杀人犯罪,张良救活了他。项伯乘夜骑马赶到刘邦军营中,私自找到张良,劝他赶快一起逃离。张良认为这样不合道义,便把情况报告刘邦。刘邦马上邀请项伯相见,向项伯敬酒祝寿,订为儿女亲家,对项伯说:"我入关后,不敢占有一丝一毫的东西,登记官民,封存府库,专等项王前来。遣将守关是为了防备盗贼出入与非常事故。希望您向项王详尽说明我不敢背弃项王的恩德。"项伯一口应承说:"明天清晨不可不早早前去向项王谢罪。"项伯回营为刘邦说情,项王同意好好接待刘邦。

第二天刘邦带领百多名随从到鸿门谢罪说:"我和将军协力攻秦,想不到我能先入关,有幸再见到您。现在有小人挑拨我们。"项羽说:"你的左司马曹无伤说你想称王,不然,我怎么会打算进攻你呢?"项羽设宴招待。范增多次在席间向项王递眼色,并三次举起玉玦,要项王下决心杀刘邦,项羽却沉默无反应。范增于是召来项庄,要他借舞剑刺杀刘邦。项庄入席拔剑起舞,项伯也拔剑对舞,亲自保护刘邦。张良见情况危急,召来武士樊哙。樊

哙闯入,怒发上指,瞪着项羽。项羽盘问后,赐给酒与生猪肘,樊哙在盾牌上切肉吞下,大受项羽称赞。不久刘邦借上厕所逃回灞上,留张良献礼谢罪。范增击毁礼物说:"竖子不足与谋! 夺项王天下的人一定是沛公刘邦。"刘邦回营,马上杀了曹无伤。

❈ 火烧咸阳 ❈

鸿门宴后,项羽认为刘邦已经归服,自己理所当然地已成为反秦力量的主宰。于是,刘邦进入咸阳后没有敢干的事,他毫无顾忌地去办了。他带领自己的大军,以胜利者的姿态进入咸阳,放纵士兵进行烧杀抢掠。他杀了秦降王子婴和秦的全部宗室家族,对秦统治者进行了报复。他把秦宫室里的珠宝和后宫的美女据为己有,然后放了一把大火,全部烧了秦的宫室。大火烧了三个月才熄灭。

除了珍宝和美女外,他对秦的一切都很反感,都存在报复的心理,都想将它们毁掉。经过他的这一番烧杀,繁华壮丽的秦都咸阳,就变成了一片废墟。这时有人出来劝项羽说:"关中土地肥沃,人口众多。东有函谷关,南面武关,西临散关,北隔萧关,四周都以山河为塞,退可以守,进可以攻,是建都称霸的好地方。"可是,这个意见提得太晚了,经过项羽的一番报复性的烧杀抢掠,这时的咸阳已经残破不堪,富饶的关中也已非昔日。

项羽活埋了20万秦降卒,又在咸阳一带大肆烧杀抢掠,关中的父老兄弟当然对他很反感。这时有人说:"人们都说楚国人像猕猴,性情暴躁不定,不能久著冠带,项羽果然是这样,他长久不了。"这个话传到了项羽的耳朵中,他很愤怒,找到了说这个话的人,把他杀了。

项羽觉得关中的百姓对他持敌视的态度,关中虽然富饶,但他不愿久留关中,而却很思念故乡,所以决定离开关中,东归故乡。他对别人说:"一个人富贵了,如果不回到家乡,就像夜里穿着绣花的衣服行走一样,谁也看不见,那还有什么意思呢!"

项羽愿意不愿意留居关中,这本来是他个人的一种趋向。但是,由于他不愿意留在关中,又对秦统治者的一些遗物采取了报复性的毁灭态度,结果将秦统一全国后集中在咸阳一带的大量经济和文化的财富,毁于大火,这对中华民族经济和文化的积累和发展,无疑是一个不可挽救的重大损失。特别是经过秦始皇的"焚书坑儒"之后,一些古代的文化典籍在民间流传已经很少,但在秦宫室和政府机构中,仍有大量的保存。如果项羽对咸阳秦的遗留物品,采取稍为克制和宽容的态度,不去有意用大火加以焚毁,就会有一部分保留下来,到了汉初开国之时,也就不会因为寻找和恢复一些古籍,要

凭老儒生的记忆而口授，费那么大的劲儿，又给后世研究和校阅古籍造成那么大的困难了。所以项羽对咸阳的烧杀抢掠，不管是从政治上争取秦人的支持，还是从经济和文化的延续发展上，都是一件蠢事，对他自己和后世都产生了恶劣的影响。

萧何追韩信

韩信是淮阴（今江苏淮安北）人。始为平民之时，家贫而又没可以称道的德行，既不能被择为吏，又不能为商贾之事以谋生路，所以常在别人家中吃闲饭，为人所厌。淮阴屠市中有一少年瞧不起韩信，对韩信说："你个头虽然不小，又好带刀剑，其实是个胆小鬼。"又当众侮辱韩信说："你不怕死，就拔出剑来刺我；怕死，就从我胯下钻过去。"韩信瞪着眼看了他半天，还是低头从他胯下爬了过去。旁观者都笑话韩信，认为韩信真是个胆小鬼。

秦二世二年（公元前208年）三月，项梁率江东子弟8000人渡江而西击秦。在渡过淮河、到达淮阴之后，韩信仗剑加入了项梁军中，但却没有人知道韩信的才能。项梁战死后，韩信又归属项羽，项羽也不知其才，任韩信为郎中。韩信几次为项羽出谋划策，但项羽都不采用，因此，韩信准备离开项羽，另寻他人。汉元年（公元前206年）四月，项羽在分封诸侯之后，兵罢戏下（今陕西临潼东），令诸侯各就国。项羽只让刘邦带三万人到自己的封地汉中（今陕西南郑）。刘邦听从张良的计策，沿途烧绝所过栈道，一方面防备其他诸侯的袭击，另一方面也向项羽表示自己没有再回到东方的意思。韩信留心观察，认为诸侯之中，唯刘邦可成大器，便在刘邦率队向汉中之时，从项羽军中逃到了刘邦军中。开始，在刘邦军中当个连敖的小官，犯了军令，要被杀头。和韩信同时犯法的13个人已经被杀，马上要轮到韩信，韩信抬头张望，恰好看见滕公夏侯婴，便大声对夏侯婴说："大王难道不想得天下了吗？为什么要杀壮士？"夏侯婴奇韩信之言，又见韩信相貌堂堂，便释放了韩信。夏侯婴和韩信一交谈，非常喜欢韩信的才华，便把韩信推荐给刘邦。刘邦却并不在意，只拜韩信为治粟都尉，掌管谷货保管供应。

韩信几次和萧何交谈，萧何十分钦佩韩信的才能。刘邦到达南郑（今陕西南郑）后，部下诸将和士卒都思念家乡，唱家乡的民歌，想回到家乡去。有不少人在中途逃亡。韩信估计萧何已经对刘邦讲过几次，刘邦不用自己，便也找机会逃亡了。萧何听说韩信逃走了，来不及向刘邦报告，便急忙去追。有人对刘邦说："丞相萧何逃跑了。"刘邦一听大怒，像失掉了左右手一般，急得团团转。过了两天，萧何回来谒见刘邦，刘邦又是恼怒又是高兴，骂萧何道："你也逃跑，这是为什么？"萧何说："我不敢逃跑，我是去追逃跑的人。"刘

邦问:"你去追谁?"萧何回答是韩信。刘邦一听又骂道:"诸将逃跑的以十数,你都不追,却去追韩信,你这是欺骗我!"萧何说:"那些将领都容易得到。至于韩信,国士无双。大王若永远当汉中王,那就不必任用韩信,若想争夺天下,除了韩信便没有人可以商议此事。这要看大王定什么决策!"刘邦说:"我也想返回山东去,怎么能老是呆在这里呢?"萧何说:"如果一定想回山东,能任用韩信,韩信便会留下来;如果不能重用韩信,韩信还是会逃跑的。"刘邦说:"我看在你的面子上,任他为将。"萧何说:"虽然为将,韩信还是不会留。"刘邦说:"任他当大将。"萧何说:"那太好了。"于是,刘邦想把韩信召来拜将,萧何说:"大王平素傲慢无礼,如今要拜大将,还像呼喝小孩子一样,所以韩信会逃走。大王若必定拜他为大将,就应择良日,斋戒,设坛场,具礼,然后再拜。"刘邦答应了。拜大将的消息传出,诸将皆喜,人人自以为非己莫属。可等到拜的时候,却是拜韩信,全军将士都大吃一惊。

　　拜将仪式完毕后,刘邦请韩信上座,然后说:"萧何丞相几次向寡人推荐将军,将军将为寡人出什么好计策呢?"韩信赶紧辞谢,问刘邦:"如今,大王东向争权天下的主要对手是不是项羽呢?"刘邦说:"是的。"韩信又问:"大王自料,勇悍仁强等方面,大王比得上项羽吗?"刘邦沉默了半天,说:"不如他。"韩信再一次拜倒,并祝贺说:"就是我也认为大王不如项羽。然我曾在他手下做事,请大王让我谈一下项羽的为人:项羽暗恶叱咤,千人皆废,无人能敌,却不能任用有才能的将领,所以这只是匹夫之勇。项羽见了人,恭敬慈爱,言语温和。人有了疾病,项羽流着泪和病人一同饮食;到使用别人的时候,对有功劳当分封的人,把印都玩烂了,却舍不得授给,此所谓妇人之仁。项羽虽称霸天下而臣服诸侯,不居关中而都彭城;又背叛楚怀王原来的盟约,把自己所亲爱的人都分封为诸侯,极不公平;分封之时,把故主逐走而将其地分封给自己的将相,又迁逐义帝(楚怀王)于江南。项羽所过,无不残灭,百姓们不亲附他,只是怯于威势而被迫如此。名号为霸,实际却已失天下人之心,所以他的强大容易被削弱。如今,大王若能反其道而行之,任天下武勇之人为将,什么人打不败? 以天下城邑封功臣,谁人不心服? 以义兵和思归家乡之士卒作战,什么样的敌人能不被打散? 而且,三秦之王都是原来秦朝的将领,率秦人子弟已经几年了,伤亡不计其数;又欺骗士卒,降于诸侯。到新安(今河南新安)之时,项羽用诈坑杀降卒二十多万,只有章邯、司马欣和董翳三人得以活命。秦人父兄恨这三人痛入骨髓。如今,楚王强行用威势让这三个人为王,秦人根本不拥戴他们。大王您入武关之后,秋毫无所害;又废除秦朝的苛暴刑法,与秦民约法三章;秦地之民,没有不希望大王您在秦地为王的。按诸侯原先的约定,大王您当王关中,关中人民都知道这一点。大王未能王关中而被迫王于汉中，秦民没有不痛恨的。如今只要大王举兵而东，三秦之地可传檄而定。"

韩信的这一番精辟的分析，听得刘邦手舞足蹈，自恨得到韩信太晚，便听从韩信的计策，部署诸将，准备反攻关中，并东向争夺天下。

❋ 明修栈道，暗度陈仓 ❋

项羽听了范增的话，把刘邦分封到偏远的巴蜀，封刘邦为汉王。刘邦心里有怨言，但是不敢说。因为项羽有 40 万大军，而自己的力量很弱小，如果现在就闹翻了脸，对自己没有任何好处，所以刘邦强忍心中的怒火，带着自己的军队到南部去建都。刘邦心想：你项羽不讲信用，等着瞧吧，一旦我有了强大的兵力，一定与你决一死战，让你这个自封的西楚霸王命丧黄泉，我要取而代之。

张良为刘邦出谋划策，深受刘邦赏识，但如今秦王朝已灭，张良的任务已经完成，也该回韩国了。

张良泪别汉王，对刘邦说："大王，今日一别，不知何日再相见了。再往前走，就是栈道了，你们可以走一段烧一段。这样追兵袭来，也追不上你们了，还可以迷惑霸王，让他放心，知道你没有再回来之意。然后，您抓紧时间，招兵买马，积草屯粮，扩充军队，等待时机成熟了，便可从另一条道路杀过来，消灭项羽，得天下。"

刘邦非常舍不得张良离开，便对张良说："但愿我们还有见面的机会，我随时欢迎你的到来。"二人泪别，各奔前程。

刘邦十分尊敬张良，对张良的临行之计非常赞同，便命令士兵走一段烧一段栈道。士兵很不情愿，本来就不愿意背井离乡，一看又烧了栈道，以为是汉王不想再回来了呢。有的人思乡心切，半路之上，趁人不注意便开了小差。刘邦也不派人去追，心想：走就走吧，强留住人，心也留不住。

俗话说蜀道之难，难于上青天。刘邦的人马饱经风霜，好不容易到了南郑。

到了南郑，汉王刘邦开始修建都城，他不想在这里长久居住，也不想动用大量劳动力，便只修了一个小宫殿，这一举措深受当地百姓的赞同。他拜萧何为相，任曹参、樊哙等人为将军。

士兵们到了这里，吃得很不习惯，再加上思念家乡，所以人心很不稳，常常有人悄悄溜走。刘邦愁得吃不香、睡不着，总是打算采取点措施，可一时又没有什么好办法。

韩信从项羽那里历尽艰难险阻来到了汉中，本想在这里得到重用，实现自己的抱负,但迟迟得不到汉王的重用。

这一日夜晚,韩信看了一眼月色,决定悄悄离开。他刚走没多远,萧何就去看望他。一见韩信走了,萧何心急如火焚,他心想:若去报告汉王,恐怕韩信走远,所以骑上一匹快马,乘着月色就去追韩信。

韩信到巴蜀时间短,对道路不熟悉,夜里又没法问路,只好慢慢前进。萧何后边快马加鞭,心想:可千万不能让韩信离开汉王啊!天快亮了,他发现了韩信。

萧何把马停下,对韩信说:"韩壮士,请留步,我有话对你说。"

韩信停住了马,回头一看,是丞相萧何,心里也很感动,心想:丞相肯定是追了一夜,才赶到这里的。韩信把马头调转过来。

萧何说道:"你这样不辞而别,对得起我这个朋友吗?我已经向汉王推荐了你三次了,汉王这个人很有主见,他不轻易听别人的,但是他若发现你是个人才,会非常欣赏你的。你这样匆匆离开,怎么能让别人发现你的才能呢?还是和我一起回去吧。"

韩信觉得萧何诚心诚意,便答应了丞相,和他一道回来了。

这时,汉王正在着急。萧何走时,没有和刘邦打招呼,别人以为萧何也跑了呢,一夜见不到踪影,便去报告刘邦。刘邦非常爱惜人才,一听说丞相逃跑了,立即派人去追。

天色渐近黄昏,萧何和韩信才回到营中。萧何忙去拜见汉王,汉王正在焦急地等待呢,一听说萧何回来了,又喜又气,便责备道:"别人跑了,我不怪,我如此重用你,你怎么连声招呼都不打,就跑了呢?"

萧何看刘邦着急得样子,赶紧解释道:"请大王息怒。我不是逃跑了,我若是逃跑了,怎么会又回来呢。我是去追韩信了,因为时间紧,我怕他跑远了,所以才没有向大王请示,还请大王多多原谅!"

刘邦气仍不消,他问道:"你去追谁?"

"韩信啊!"

刘邦一听说追韩信,更来气道:"我十几名大将都逃跑了,你一个也没有追,一个无名小卒跑了,你却连招呼都不打就去追他,他有什么稀奇之处,值得你去追呀!"

萧何见汉王有些生气,便不急不慢地继续解释说:"大王,我汉中正缺一员文通武备的大将,其他逃跑的将军都没有这样的才能,唯独韩信文武精通,可以统率千军万马,可以帮助汉王大败项羽,夺得天下呀!如果大王想称霸天下,非得用韩信不可!"

刘邦很相信萧何的话,于是转怒为喜,答应接见韩信。

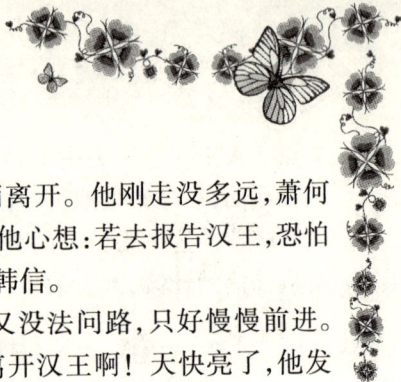

韩信见到刘邦,分析天下形势,说道:"大王,现如今项羽在东方战事不断,他已派了主力人马在那里厮杀,我们可以借此良机从背后攻打他。虽然关中的雍王、翟王和塞王是项羽的忠实家犬,时刻监视着我们的行动,但我们可以'明修栈道,暗度陈仓',乘其不备,突出奇兵,打进关中,然后挥师攻打项羽。"

刘邦听后,非常高兴,觉得韩信果然是天下的奇才,他又想起张良临别时所说的计策,觉得韩信的办法非常有用。于是便想重用韩信。

汉王派人筑了一个高台,举行了隆重的典礼,拜韩信为大将军。

韩信当上了大将军,便派出一支老弱病残的队伍,去修复那些烧坏的栈道,让别人以为他要经过栈道,直取关中。暗地里,他却率精锐部队,绕道陈仓,直指关中。

章邯得知汉军修复栈道的消息,心想:几百里的栈道,你一年也修不完。于是,继续在宫中饮酒作乐,没有丝毫准备。

这一天,韩信带兵到达关中,他对将士们说道:"大家思乡心切,如果想和家人在一起,我们就应奋勇杀敌。打败了敌军,我们就可以在关中不走了。"将士们情绪高涨,大兵直压章邯的都城。

这时,章邯还在后宫饮酒作乐,一听说汉军杀到,他开始还有些不信。后来一看大兵已到城下,才慌忙持枪上马,仓促迎战。但他的士兵没有丝毫准备,节节告退。最后被韩信一举攻下了咸阳,收复了三秦。

刘邦终于得到了关中,做起了真正的关中王。

韩信也因明修栈道,暗度陈仓,打得敌军毫无准备,而一战成名。

刘邦得了关中,更是高兴,更加欣赏和重用韩信了。

霸王四面闻楚歌

公元前203年,刘邦和项羽议和,约定以鸿沟为界,罢兵休战。刘邦其实是想借此机会,先回关中休养,待时机成熟,再举兵反攻。

刘邦回到关中,张良却对刘邦说:"大王,现在咱们已经占据了大半个天下,魏、赵、燕许多诸侯都归附咱们,而项羽与齐国战事不断,主力军队有很大损伤,我们不如乘此机会,把他消灭掉。否则,等到他兵精粮足之时,我们很难对付了。"

汉王刘邦采纳了张良的建议,决定乘机攻打项羽,不给他任何机会。刘邦知道自己的兵力不足,便派人去通知韩信、黥布、彭越等人,叫他们配合作战。

公元前202年,刘邦率军追击项羽,项羽一直退到固陵(今河南太康)。

刘邦约好和韩信、彭越两支军队在此汇合,共同击败项羽。可是两支队伍迟迟不到,而项羽一看刘邦没有了援兵,立即停下来,和刘邦大战。楚军大败汉军,刘邦只好死守城池,不敢轻易出兵。

刘邦问张良,为什么韩信、彭越等人不如约而来,张良说:"楚军眼看被消灭,韩信等人战功显赫,但他们还没有封地,自然不肯来,您如果和他们共享天下,他们肯定会出兵。"正在这时,韩信派来使者,要求刘邦封他为王。刘邦心想:难怪他不出兵,果然不出张良所料,他们想称王。

张良悄悄地对刘邦说:"大王,项羽并不可怕,但是我们内部如果不团结,到手的天下很可能溜走,我们不如顺水推舟,做个人情,封他们为王。"

刘邦听了张良的话,便对使者说道:"韩将军战功显赫,就封他为齐王,陈(今河南淮阳)以东滨海一带都归他管辖。"并派张良送去了大印。

刘邦封了韩信,怕其他诸侯不服,也都分别加封。封彭越为梁王,管辖睢阳(今河南商丘)以北至谷城(今山城东阿)。又封黥布为淮南王,主管淮南一带。

刘邦分封诸侯之后,各家诸侯为了自己的利益,都纷纷出兵。

韩信、彭越带领人马立即起程,黥布、刘贾也进攻九江郡,劝降了项羽的大司马周殷共同率兵前来汇合。

刘邦的军队一下壮大了,各路人马加到一起,足有30万。刘邦一看自己的队伍如此壮大,便命韩信为总元帅,率领30万大军攻打项羽。

韩信深知项羽十分勇猛,不可硬拼,只可智取。于是把军队分成10队,布置了十面埋伏阵,请汉王镇守大营,自己带领3万精兵直追项羽。

项羽仍然十分骄傲,他认为韩信只不过是一个胯夫,没法和自己相提并论,根本不把韩信放在眼里。项羽把10万大军撤到了垓下,就地扎营,不再东撤,决定与韩信大战一场。

韩信派人去高声叫骂:

人心皆背楚,天下已归刘;

韩信屯垓下,要斩霸王头!

项羽一听,十分恼怒,提着铁戟就冲出帐外,而其他的将士一看大王都出去了,便赶紧随着出营迎战。

韩信一看项羽出来迎战,心中大喜,心想:项羽啊,项羽,这次我可真斩霸王头了。韩信一边作战,一边命令士兵后退。而项羽不知是计,越战越勇。突然之间,汉军伏兵四起,成千上万,无边无际。楚军本来就无心迎战,看被汉军层层包围,早已毫无斗志了,逃的逃,亡的亡,有的扔下武器投降。

项羽一看形势不妙,知道自己身单力孤,不是汉军的对手,只得拼命杀

出一条血路,带领残兵败将逃回垓下大营。

项羽回到帐中,累得喘不来气。他身边有个美女,名叫虞姬。她多年和项羽在一起,经历了无数战争,今天一看汉军如此多,心中有了一种不祥之感。

一看项羽回来了,从表情上就可以看出项羽打了大败仗,所以忙给项羽斟上酒,陪项羽喝酒。

项羽边喝边想:刘邦老贼不讲信义,当初鸿门宴之时,我不如听亚父范增的话,杀了他,今日一见,果然是放虎归山必有后患啊!虞姬不忍心打扰项羽,只是默默地陪着项羽,她心里也明白,楚军处境十分危险。

深夜,一阵阵西风呼呼直响,随着风声,四周响起了楚歌,悲惋苍凉。虞姬难以入眠,看着疲劳的项羽,心中一阵伤心。而项羽也突然醒来,嘴里说道:"完了,我一世英名全完了,刘邦一定全部占领了楚地,否则汉营中不会有这么多人唱楚歌。

项羽想起自己率领千军万马巨鹿大败秦军,又分封天下诸侯,那时何等威风,而如今竟落得如此地步,心中一阵悲凉,唱道:

力拔山兮气盖世,时不利兮骓不逝,

骓不逝兮可奈何,虞兮虞兮奈若何?

项羽唱完,落下了英雄泪,虞姬也随着唱了一首:

汉兵已略地,四面楚歌声。

大王意气尽,贱妾何聊生。

歌声凄凉,歌后,二人举杯诀别,虞姬对项羽说:"大王,你英明一世,我能陪伴你,真是三生有幸。我生随你,死也随你。但愿我死后,你多多保重,有朝一日,重整河山。"说完趁项羽不注意,拔剑自杀。这就是自古流传的悲剧:霸王别姬。

项羽怀抱虞姬的尸体,怒目含泪。外边的乌骓马嘶鸣不止,楚歌不断。项羽在虞姬倒下的地方,掘土成墓,埋葬了虞姬的尸体。

项羽抹掉英雄泪,牵过乌骓马,带上铁戟,带领800骑兵,趁天黑向南跑去。

韩信早已派人暗中监视项羽的行动。项羽刚刚一举兵出帐,韩信就派几千汉军前去追杀。

项羽一路跑,一路战,一直向东冲杀。跑到江边时,身边只剩下26名士兵。项羽十分悲凉,心想:我项羽当年叱咤战场,统帅几十万人马,而如今只有26人,多么可怜啊!

这时乌江的亭长,驾着一只小船,停在了岸边,对项羽说:"大王,赶快上

船,离开这里。我们以后再积蓄力量,攻打刘邦老贼。"

项羽摇了摇头,叹了一口气道:"想当年,我自封霸王,天下归我,而如今我身边只有26人,我无颜再见江东父老啊!"

亭长忙劝道:"大王,只要您在,就不怕没有机会报仇雪恨。大王,快上船吧!汉军已追杀了过来,再不上船就晚了。"

项羽仍是摇了摇头,说道:"亭长,我有一事相求,我今生非常喜爱我的虞姬和这匹乌骓马,只可惜虞姬已亡,我不忍心看到我的宝马也被杀死,请你把他牵到船上,好好喂养它。"

亭长含着泪把项羽的马牵到了船上,这时汉军已到,几千人把项羽围了个水泄不通。项羽奋力厮杀,但寡不敌众,身体多处受伤,最后在乌江边拔剑自刎,其他的26名将士也都战死在疆场上。

曾不可一世的霸王,竟在一片楚歌声中逝去!

❀❀首封萧何❀❀

汉王平定天下后封赏功臣,群臣争功。刘邦认为萧何功劳最大,首先封他为酂(故址在今河南永城县西北)侯,食邑最多。武将们不服气说:"我们这班人冲锋陷阵,出生入死,有人打了100多次仗。萧何从未参加战斗,只会舞弄笔墨,发表议论,却反而封赏在我们上面,为什么呢?"刘邦发问说:"诸位懂得打猎吗?"大家说:"懂啊。"刘邦又问:"懂得猎狗的作用吗?"都说:"懂啊。"刘邦于是说:"打猎时,追杀野兔野兽全靠猎狗,但是指使猎狗追杀的却是猎人。诸位的功劳像猎狗一样,萧何的功劳像猎人一样。"在诸侯排座次时,群臣都说:"平阳侯曹参攻城略地,受伤70多处,功最多,应排第一。"关内侯鄂千秋说:"大家的议论都错了。曹参攻城略地,这是一时的功劳。在楚汉五年战争期间,汉军常常大败逃散,萧何不断从关中补送兵员,而且转运漕粮,保证军队供给;陛下多次逃亡,萧何保全了关中根据地。这是万世的功劳,怎么能把一时的功劳放在万世功劳的上面呢?应该萧何第一,曹参次之。"刘邦说:"讲得好。"

吕后用萧何计谋杀死淮阴候韩信后,刘邦拜萧何为相国,加封五千户,派一名都尉带兵500担任相府警卫。大家都祝贺,只有召平反而哀吊他说:"灾祸便从此开始了。皇上在外征战,您守在国内,没有建立战功却加封了食邑。这是因淮阴侯在国内谋反而使皇上怀疑到您了;派兵警卫,不是宠爱您呢。您应该让封不受,用家中私财资助军队。"萧何听从了召平的计策,刘邦才非常高兴。召平是秦朝东陵侯,秦亡后以种瓜为生,种的瓜很甜美,世人称为"东陵瓜"。

白登之围

公元前 199 年,冒顿单于围攻代郡首府马邑(今山西朔县),汉守将韩王韩信(不是淮阴侯韩信)遣使求和解,被朝廷猜疑责备,被迫投降匈奴。高祖刘邦大怒,亲自率领几十万大兵征讨。到达晋阳(今山西太原市西南)后,派遣使者到匈奴侦察虚实。冒顿把青壮年战士和肥健牛马都隐藏起来,使者只见到老弱人员和瘦弱马匹。接连派十几起人去侦察,都说匈奴可以攻击。刘邦最后派郎中刘敬前去察看,刘敬回来报告说:"两国交战,本应显示力量。我前去,却只看到老弱瘦马。这一定是匈奴为了引诱我们中计。匈奴不可攻击。"这时,几十万汉兵已经出发,刘邦便骂刘敬说:"混蛋!你竟敢胡言乱语涣散军心。"给刘敬带上镣铐,囚禁到广武(今山西代县西北)。刘邦亲率先头部队进驻平城(今大同市东北)。冒顿所埋伏的 40 万精锐骑兵,一下便把汉高祖包围在平城东面的白登山,包围了七天,陈平献计,派人用大量珍宝贿赂冒顿的妻子阏氏。阏氏对单于说:"两国君主不应相互困逼。即使夺得汉朝土地,我们也不能长久居住,况且汉王也有神灵保佑。单于您好好考虑吧。"恰好韩王信的部将本来与单于约好日期带兵前来,这时没有按期到达,单于怀疑他们与汉王有密谋。于是听从阏氏,撤除包围圈的一角。汉军乘着大雾,拉满弓,搭上箭,从这一角直冲出去,跟赶到的大部队相会合。于是各自罢兵。汉王对刘敬说:"我没听从您的话,以致被困在平城。我杀了那些认为可以攻击匈奴的人。"并且封刘敬为建信侯,派刘敬到匈奴缔结和约,并让宫女冒充嫡长公主嫁给单于作妻子。从此开始了汉朝与匈奴和亲的历史,一直维持到公元前 132 年汉武帝时期的"马邑之变"。

刘邦杀功臣

汉高祖五年(公元前 202 年),汉军在垓下决战中胜利,项羽自刎乌江。长达四年的楚汉战争终于结束。

垓下之战刚结束,精明狡诈的刘邦首先想到的便是抑制诸侯王,特别是齐王韩信的威势,以免对自己的统治形成威胁。得到项羽的死讯之后,刘邦立刻驰入韩信的军营中,在韩信毫无思想准备的情况下,收回韩信的兵权。接着为削弱韩信已有的根基,第二年(公元前 201 年)春正月,刘邦宣布改封韩信为楚王,都下邳(今江苏邳县南)。

刘邦此举,是他消灭异姓诸侯王的第一步。在楚汉战争期间,刘邦必须依靠像韩信、英布、彭越这些猛将为自己冲锋陷阵,否则便无法战胜勇冠天下的项羽。但项羽死后,为巩固自己的新政权,刘邦必须逐步铲除异姓诸侯王,以免除危险,维持政权的统一。这是符合当时形势的需要的。所以,不管韩信、英布这些异姓诸侯王造反或不造反,刘邦都不会放过他们。

然而韩信并没有意识到危险的临近,他仍然沉浸在功业已成的胜利喜悦之中,对徙封为楚王意味着什么,他并没有放在心上,何况楚地又是自己的故乡。回到封地以后,韩信首先召见了当年曾经给过他饭食的漂母,赐给她千金。又把当年侮辱过自己、让自己从他胯下钻过去的屠市少年召来,任为楚国的中尉,并向各位将相说:"这是一个壮士。当他侮辱我时,我难道不能杀了他吗?杀了他并没有什么意思,所以我忍了,而至于有今日。"

项羽部下有一个大将叫钟离昧,曾多次率领楚军击败汉军,并几次追击刘邦,几乎将刘邦擒获。所以刘邦对钟离昧十分怨恨。钟离昧的家离韩信的家不远,两人私交很好,项羽失败后,钟离昧遭到缉捕,无处可逃,便逃到了韩信那里。但此事被刘邦发觉,刘邦立刻下诏抓捕钟离昧。当时,韩信刚刚到自己的封国,因为社会还很不安定,韩信在出巡县邑的时候,常常列出士卒保卫自己。这一点却正给刘邦留下了把柄。韩信到封国的第二年(汉高祖六年,公元前 200 年),便有人迎合刘邦的旨意,上书诬告楚王韩信谋反。刘邦装模作样地将这件事告诉了大臣们,并询问对策。武将们都说:"赶紧发兵,坑杀了这个小子?"但刘邦知道手下的将领们没有一个是韩信的对手,公开用武力是自找苦吃,因此听了这话后半天没开腔。刘邦又问陈平该怎么办,陈平问:"有人上书告韩信谋反,韩信知道吗?"刘邦说:"不知。"陈平问:"陛下的精兵和楚王的兵比起来怎么样?"刘邦说:"不比他们强。"陈平又问:"陛下的将领中在用兵打仗上有能超过韩信的吗?"刘邦说:"没一个比得上。"陈平说:"如今兵不如楚精而将领又不能及,而举兵进攻,是加速韩信公开用武力反叛。那样陛下就危险了。"刘邦问:"那该怎么办?"陈平说:"在古时候,天子有到四方巡狩,会集诸侯的习惯。陛下只要出了京城,假装到梦泽去巡游,然后在陈(今河南淮阳)会集诸侯。陈是楚的西界。韩信听说天子因喜欢而出游,必然觉得无事而去迎接陛下。陛下可以趁韩信谒见的时候擒住他,这只要一个有力之士就行了。"刘邦认为这个办法好,便采纳了陈平之计,派使者遍告诸侯,通知自己要到云梦去巡游,让他们都在陈相会。然后刘邦就出发了。

韩信接到刘邦的通知后,觉察到了其中埋伏的危险,惶惧不知所为。有人给韩信出主意说:"杀了钟离昧,然后去谒见皇上,皇上必定欢喜,不会有什么事的。"韩信不忍下手,去找钟离昧商量。钟离昧说:"刘邦所以不发兵攻楚,是因为我钟离昧在这里。你想抓了我去讨刘邦的欢心,我今天死,你明天也跟着完蛋。"便骂韩信说:"你不是一个长者!"说完便自杀了。韩信带着钟离昧的首级到陈去谒见刘邦,刘邦命武士突然冲出,把韩信缚了起来,载在车上。这时,韩信才知道自己未曾识破刘邦的险恶,完全错了,便说:"果然像人家所说的,'狡兔死,良狗烹;飞鸟尽,良弓藏;敌国破,谋臣亡'。天下已经平定,我本来就应当被杀掉!"刘邦说:"有人告你谋反。"遂给韩信戴上刑具,装在车上拉走。到了洛阳,刘邦赦免了韩信,改封韩信为淮阴侯。

韩信被降为淮阴侯后,心中郁郁不乐。他知道刘邦对自己的才能又害怕又厌恶,便经常称病不去上朝,天天在家里闷着。又觉得自己降到和绛侯周勃、灌婴等人同列,心中更是烦闷。一次,他到樊哙家里去拜访,樊哙对韩信十分尊敬,跪着迎接他,又跪着送他出去,言必称臣,说:"大王肯光临臣的家,臣真是太荣幸了!"韩信出了门,苦笑着说:"我居然和樊哙这样的人为伍!"

刘邦曾经从容地和韩信谈论朝中的各位将领,谈谁能指挥多少军队。刘邦问韩信:"像我能带多少兵?"韩信也不客气,说:"陛下最多不过能带十万兵。"刘邦问:"那么你呢?"韩信说:"我是多多益善,越多越好。"刘邦笑着说:"多多益善?那你怎么为我所擒呢?"韩信说:"陛下不善于带兵,却善于用将,这便是为什么我韩信为陛下所擒。而且,陛下是所谓'天授,非人力'也。"

汉高祖七年(公元前200年),刘邦在平定韩王信的叛乱后,派他的幸臣、阳夏侯陈豨为巨鹿(即钜鹿)郡守。陈豨和韩信私交很好,临行之前,陈豨去向韩信道别。韩信拉着陈豨的手,避开左右的人,走到庭院中,仰天叹息,说:"有些话能和你说吗?"陈豨说:"我听将军您的。"韩信说:"你所去的,是天下出劲兵之处;而你又是陛下平素所信任的人。别人说你反叛,陛下必定不信;第二次又说,陛下定会起疑心;第三,陛下必然发怒而自己率军出征。那时,我为你从中策应,夺取天下就有希望了。"陈豨说:"就听您的。"

汉高祖十年(公元前197年),陈豨果然以代相的身份在代地(今河北西北部和山西东北部)举兵反叛,自立为代王。刘邦因朝中无人,又不相信别人,不得已而亲自率军出征。韩信声称自己有病,不跟从出征,暗中派人和陈豨联络,又和家臣准备利用黑夜诈为诏令赦免京中的官奴隶和刑徒,用他们袭击留守京师的吕后,一切部署完毕,只等陈豨的回信了。恰巧韩信的一个舍人得罪了韩信,韩信把他囚禁起来,准备杀他。汉高祖十一年(公元前196年)的春正月,这个舍人的弟弟向吕后告发韩信谋反。吕后得信后,想把韩信召进宫中抓起来,又怕韩信不来,便去找丞相萧何商量,诈称刘邦派人从前线回来,说陈豨已死,列侯和群臣都进宫朝贺。萧何又亲自到韩信家中骗韩信说:"你虽然有病,还是进宫去朝贺吧。"韩信不得已,动身入宫。一进

入宫中，吕后所埋伏的武士就把韩信绑了起来，把韩信杀在长乐宫的钟室之中。韩信在临死的时候，叹息着说："我后悔不用蒯通之计，致使今天被臭娘们所骗，这难道不是天意吗？"吕后杀了韩信还不解恨，又把韩信的三族宗亲全都杀光。

一代名将就这样结束了自己悲壮的一生。

❀❀ 吕后当政 ❀❀

吕雉（约前241—前180）是中国历史上第一位主管朝政达十多年之久的太后。其父吕公本是单父县的人，因避仇迁居沛县。吕公一见刘邦，惊为贵人，便把吕雉嫁给刘邦。刘邦称帝，立吕雉为皇后。吕后为人刚毅多谋，刘邦东征西战时朝中大事多由她与萧何处理。为了稳定政权，她施展权谋杀了韩信、彭越。公元前195年刘邦死后，惠帝即位，年仅17岁，吕雉就以太后身份处理朝政。她采取了一些有利于社会发展的措施。

在经济方面，鼓励农业生产，实行"十五税一"的低税率，减轻农民负担；同时放松对商业的歧视政策。在政治上，于公元前191年废除"挟书律"（秦律规定藏书者灭族），公元前187年废除"三族罪"（一人犯罪诛灭三族）和"妖言令"（官吏常以"妖言惑众"罗织罪名）。在外交上，忍受冒顿单于的侮辱性言辞，以礼回信，选派宗室女子远嫁匈奴，实行和亲政策，以避免战争，积蓄国力。这一切都取得了积极效果。《史记·吕太后本纪》评价说："孝惠皇帝、高后之时，黎民得离战国之苦，君臣俱欲休息乎无为……政不出房户，天下晏然，刑罚罕用，罪人是希，民务稼穑，衣食滋殖。"这已是"文景之治"的先声。

吕后值得谴责的是为政心狠手毒，特别是想实行外戚专政。醢彭越，将戚夫人折磨为"人彘"，都是心毒手辣的表现。她为了安定天下，不得不重用萧何、曹参、周勃、陈平等元老重臣；但出于狭隘的家族观念，又越格提拔了娘家一大批无德无才的亲族，企图建立吕氏一统天下。她种下了汉代外戚干政的祸根，也毁了吕氏家族。

公元前180年，吕后病死。

❀❀ 张骞出塞 ❀❀

汉代所指西域，有广狭义之分。狭义的西域，主要指今天玉门关以西的新疆地区，包括葱岭以东的塔里木盆地和天山北路的准噶尔盆地。广义的西域则包括了葱岭以西直至地中海的中亚和两河流域。与汉朝发生直接关系的，主要是当时中亚的乌孙、大宛（今哈萨克、塔吉克、阿富汗地区）和安息

帝国(今伊朗地区)。西域地区和中原的来往,可以追溯到西周中期的周穆王时代。之后,史书虽少有记载,但这种来往并没有中断。由于匈奴人的隔绝,汉朝和西域之间的来往被迫中断。到武帝时,这种局面才被打破。建立这个功绩的,是汉代伟大的探险家张骞。

张骞,汉中成固(今陕西成固)人。武帝建元年间为郎官。武帝即位之后,着手准备反击匈奴,多方了解匈奴的情况。不久,武帝从匈奴降者的口中得知,匈奴曾击败原来居住在河西走廊一带的月氏人。匈奴冒顿单于击杀月氏王,以其头骨为饮酒之器。月氏人被迫向西逃遁,常仇怨匈奴,欲报仇雪恨,却找不到同盟。武帝出于战略上的考虑,听了这个消息之后,便想派人出使西域。西域路途遥远,又必须穿过匈奴人控制的地区,出使十分危险,使者必须是大智大勇之人。因此,武帝下令向全国招募自愿出使西域的人。张骞以郎官身份应募出使。汉建元三年(公元前138年),汉武帝任张骞为汉朝使者,持节出使西域。随行的有堂邑氏的胡奴甘父(即堂邑父)等100多人。

张骞一行从长安出发,出了陇西郡的边塞之后,便进入匈奴地界。走出没多远,他们便被匈奴人俘获。匈奴单于探明了张骞等人的意图,把他们全部扣留起来,说:“月氏在我们的北面,汉朝使者怎么能去?我想派使者出使南越,汉朝能够听任我们去吗?”于是,张骞一行人被扣在匈奴十几年。匈奴人并没有过分为难他,把一个女子嫁给张骞,还生了孩子。忠心耿耿的张骞却始终没有忘记自己的使命,持着武帝给他的符节而不失。

过了十几年,匈奴人对张骞的监视逐渐松懈起来。张骞瞅准时机,带着下属逃出匈奴,向西行走数十天,费尽周折,终于到了大宛(今中亚塔什干地区)。大宛王早就听说东方有个汉帝国,十分富饶,想通使节却被匈奴人阻绝,没有机会。见张骞一行到来,十分高兴,问张骞想到什么地方去。张骞说:“我们为汉朝出使月氏,而被匈奴人隔绝。如今逃了出来,请大王派向导送我们去。如果能到达大月氏,返回汉朝后,汉朝定会赠送大王无数的财物。”大宛王认为张骞的想法对自己并没有坏处,反而有利,于是,他便派向导带领张骞他们到了康居(在大宛西),康居又派人把他们送到了大月氏。大月氏王被冒顿攻杀后,其太子即位,率部众迁至中亚,降服了大夏人而定居下来(在今阿富汗北部地区)。这里土地肥沃,外部威胁少,居民生活安乐,又觉得离汉朝太远,迁回故乡很难。在这种情况下,他们的复仇心理早已没有了。张骞见到月氏王之后,反复陈说,却终未能达到目的。月氏王不愿和汉朝合击匈奴。过了一年多,张骞见达不到目的,多留也是无益,便返回汉朝。这次他们走的是南道。翻越葱岭以后,顺着南山(今昆仑山脉)北

麓向东,试图穿过羌中(今青海地区)回国。不料途中再次被匈奴人截获,并被带至匈奴单于庭扣留起来。又过了一年多,匈奴单于死,左谷蠡王攻其太子而自立为单于,国内大乱。张骞乘乱带着匈奴妻子和孩子及堂邑父从匈奴逃回汉朝。张骞出使归来的消息轰动了汉朝。汉武帝拜张骞为太中大夫,拜堂邑父为奉使君。

张骞身材高大,强壮有力,又豁达大度,很有豪气,连匈奴人也很喜欢他。堂邑父本来就是匈奴人,善于射箭。在出使西域的途中,每当他们一行人穷急之时,全靠他射猎禽兽为食。张骞从建元三年(公元前138年)出使,至汉朝元朔三年(公元前126年)终于返回,整整经历13年。出发时的一百多人,回来时只剩下了张骞和堂邑父两人。

张骞回朝之后,向武帝汇报了他们所经历和听说的西域各国的情况,使汉朝人第一次对西域各国有了比较全面的认识。张骞所经历的国家,主要有大宛、大月氏、大夏、康居等国。这些国家,有的是土著农业国,耕田种地,有城郭室屋,如大宛便多稻麦,有葡萄酒,多善马。乌孙(在今新疆北部准噶尔盆地)之俗与匈奴同,放牧牛羊,逐水草而迁徙,有骑兵数万。康居也为游牧国,有骑兵八九万人。大月氏为行国,他们逐水草而迁移,有骑兵10余万。安息为西方最大国,耕作稻麦,酿葡萄酒,城邑有大小数百个,地方数千里,商业发达。安息之西有条支国(在今两河流域),那里气候炎热,种稻田。大宛之南有大夏,其兵弱,畏战,人口有100多万。大夏东南有身毒(即今天的印度)。张骞对武帝说,他在大夏的时候,曾见到邛(今四川邛崃)地生产的竹杖和蜀(今四川成都)郡生产的布匹。武帝听说大宛、大夏、安息等国皆为大国,多奇物,土著,而兵弱,贵汉朝之财物。汉武帝心想,如果汉朝能够以义属之,使来朝拜,则可以广地万里,重九译,致殊俗,威德遍于四海。因此,武帝非常高兴,派张骞到蜀地去,从犍为(今四川宜宾)郡发使者四道并出,以求身毒,但皆被当地少数民族所闭塞,未能成功。

不久,张骞随大将军卫青击匈奴,因他在漠北生活多年,了解当地的自然地理环境,知道什么地方有水草,使大军得以不乏,故因功而被封为博望侯。元狩元年(公元前122年),张骞和李广率军从右北平出击匈奴,李广被包围,伤亡惨重,张骞所率主力未能按期到达,当斩,后赎为庶人。

汉元狩二年(公元前121年)匈奴浑邪王降汉。汉元狩四年(公元前119年)汉军和匈奴漠北大决战后,通往西域的道路被打通。汉武帝再次对通西域发生了兴趣。张骞乘机向武帝建议联络乌孙,以威胁匈奴后方。武帝同意,拜张骞为中郎将,率领300人、上万只牛羊,带着价值数千万的财物,其中有许多持节副使跟随,以便届时出使他国。张骞到了乌孙后,乌孙国内正面

临危机。乌孙昆莫(相当于匈奴单于)年老,国一分为三,既不愿东迁,也不愿和匈奴为敌。张骞见难以达到目的,便分遣副使出使大宛、康居、大月氏、大夏、安息、身毒、于阗等国。乌孙派使数人、良马数十匹随张骞回汉朝报谢,同时探看汉朝的情况。张骞回国后,拜为大行,官列九卿。一年多后,张骞在长安去世。

乌孙使者探知汉朝土地广大,人民众多,国家富裕强大,归报其国,从此乌孙更加重视与汉朝的交往。又过了一年多,张骞派出去的副使有的带了出使国的使者一同回到长安。从此,汉朝和西北地区各国开始建立友好往来。以后,汉朝派往西方的使者常常打着博望侯的旗帜以取信于外国,外国人由此而信之。从此以后,揭开了中西交通的新篇章。

苏武牧羊

苏武字子卿。其父苏建,杜陵(今陕西西安东南)人,被封为平陵侯。建有三子,苏武排行为二,兄弟皆为郎,苏武则从戎。当时汉朝常与匈奴交战,相互常派使者探其虚实,匈奴则扣其汉使。汉使郭吉、路充国曾被扣匈奴。匈奴使者来汉也留之。汉天汉元年(公元前100年)且鞮单于初即位,恐汉朝出兵袭击匈奴,尽归汉使路充国等人,汉武帝领其意,派苏武以中郎将使名义持汉节送匈奴使者回匈奴,副中郎将张胜及假吏常惠等同往匈奴。

至匈奴,单于的态度非汉朝所望,反而骄蛮。苏武欲回汉朝时,正遇曾随赵破奴击匈奴兵败降于匈奴的缑王、虞常等欲劫持单于母亲阏氏归汉。当时虞常因在汉朝与副将张胜相知,私与张胜讨论过此事。过后月余,单于出外狩猎,阏氏子弟等在家,虞常等70余人欲反。其中一人夜里告发虞常,单于子弟发兵交战,缑王等全部战死,虞常被活捉。

单于不知此次卫律暗中策应,派卫律处理此事,副将张胜怕以前与虞常合谋的事发,将情况告诉了苏武,苏武说:"事情已如此,必涉及我,辜负了朝廷的使命,"拔剑欲自杀,张胜、常惠极力相劝。后来虞常果然引出张胜,单于派卫律去叫苏武,欲查明此事,至苏武住地时,苏武对常惠等人说:"屈节辱命,虽活着,有何脸面回汉朝,"拔出佩刀自杀。卫律惊呆,将苏武抱住,忙求医生,捣药敷其伤口。当时苏武受伤很重,半天方醒过来。常惠等都哭了,一起回到营地。单于觉得苏武有气节,早晚总派人问候苏武,而把张胜押了起来。

苏武身体渐好,单于欲策反苏武,先将虞常杀掉,卫律说道,汉使张胜杀单于近臣,当死,投降单于者不杀,举剑便要杀张胜,张胜不及投降匈奴便被砍死。卫律又对苏武说道:"副将张胜有罪,你当同罪。"苏武道:"我本无同

谋，又非亲属，为何同罪？"卫律又拔剑欲杀苏武，苏武毫不害怕。卫律对苏武说："我卫律负汉朝投降匈奴，蒙受大恩，赐号封王，奴人数万，马畜遍山，富贵如此。苏武你今日降匈奴，明日亦富贵如此，白白葬尸野草，谁又能知道！"苏武不与答话，卫律又说："如果你听我的，我们兄弟之称，今天不听我的，日后想通再见我？"苏武骂道："你为人臣子，不顾恩义，叛主背亲，投降蛮夷，为何要见你？今日单于信你而决人以生死，心持不正，反杀两主。南越杀汉使，平为九郡，宛王杀使者，头悬北阙，朝鲜杀汉使者，即被消灭，现在唯有匈奴未灭，你知道我不肯投降，如果两国相战，匈奴之祸就从我开始吧。"卫律知道苏武是不会投降的，于是报单于，单于将苏武囚禁到地窖中，不给饮食。天下雨雪，苏武就吞吃雪水和毡毛，数日不死，匈奴以为是神人，乃迁徙苏武到无人之处的北海（今贝加尔湖）。让苏武牧羊，说等公羊能产小羊时才能回来。

苏武在北海牧羊，没有吃的，便掘野鼠充饥。手持使匈奴时带来的汉节，时刻不忘朝廷使命。五六年后，单于弟於勒王外出狩猎来到北海，苏武为其制作弓箭，於靬王非常喜爱，给苏武一些食物和衣服。三年后於靬王病，赐给苏武马畜、衣服、穹庐和侍从，於靬王死后，侍从都跑光了。

在汉朝时，李陵与苏武同为侍中，苏武使匈奴的第二年，李陵投降于匈奴，初李陵不敢求见苏武。很长时间后，单于让李陵到北海与苏武见面，为苏武置酒设宴。李陵对苏武说："单于知道我与你一向很好，所以想让我同你谈谈，我们虚心相待。到匈奴，终不能归汉，空自苦留在无人之地，有什么信念可讲呢！以前你兄弟嘉奉车，不料车翻辕折，深感大为不敬，引剑自刎，赐二百万以葬之。你兄弟贤从祠河东后土，因宦骑与黄门驸马争道，将驸马推至河中溺死，宦骑跑了，就让贤捕捉宦骑，久捕不得，惶恐饮毒药而死。我来匈奴时，你母亲已去世，我送葬至阳陵。你的妻子还年轻，听说也已改嫁，唯有孩子两女一男，今已十岁多了，不知死活。人生如朝露，你何必要自苦自己到如此这样！我初降匈奴，忽忽如狂，也是自痛有负汉朝廷。子卿你不降为何？而且陛下年龄已高，法令无常，大臣无罪被杀的也有数十家，哪有安危可知，不知你今日还在为谁守节。愿你听我劝告，不要再有想法了。"苏武说："我今如此杀身自效，虽蒙斧钺汤镬，诚甘乐之，我父亲为陛下建功立业，列将通侯，我常愿肝胆涂地，臣事君犹如子事父，子为父死，死无所恨，请你不要再说了。"李陵与苏武饮酒数日，李陵让苏武再思，苏武说："我生死已定，就请你不要说了，你非要我降，我死在你面前，让你看一看。"李陵见其至诚，感叹之极，"啊！义士，我与卫律之罪，上天知道呀！"挥泪与苏武诀别。

李陵觉无脸再见苏武，便让妻子送给苏武牛羊数十头。后来李陵又至北海，对苏武讲边疆太守以下吏民都穿着孝服，因为陛下驾崩了。苏武听了，面南号哭，吐了一夜的血。

数月后，昭帝即位。几年后，匈奴与汉和亲，汉朝要匈奴归还苏武等使臣。匈奴谎称苏武已死。后来汉朝使节到匈奴，常惠暗与使者报信，让使者对单于说天子在上林狩猎，得一雁，足有帛书，说苏武在某泽中。使节大喜，按常惠所教讲与单于，单于感到非常惊讶，只好放其归汉。于是李陵置酒为苏武祝贺："你今日归汉朝，扬名于匈奴，功显于汉室，你的气节，我非常敬佩。假如汉朝宽容我李陵的罪，为了孝母报国，我大辱而积志，愿如曹刿劫齐桓公而劫单于，这是我至死不忘的。然汉朝收族我家，使我遭灭顶之灾，我还有什么可想的？今你苏武知我心吧！我们两地之人，一别长绝。"李陵起舞吟诗道："径万里兮渡沙幕，为君将兮奋匈奴。路穷绝兮矢刃摧，士众灭兮名已隤。老母已死，虽欲报恩将安归！"李陵泪下数行与苏武诀别。

苏武始元六年（公元前81年）春至京师，拜为典属国。苏武滞留匈奴19年，归时须发皆白。

巫蛊之祸

汉武帝也和秦始皇一样希望长生不老，因此重用方士。即位不久便亲祭灶神，派方士入海求仙，并在宫中炼丹药。公元前115年又修建了柏梁台，台上有一尊金铜仙人，高二十丈，大七围，手捧承露盘；方士说，用盘中仙露和玉屑饮下，可以长生。后来又多次巡行海滨，派人求蓬莱神仙。上有所好，下必甚之。于是方上巫师云聚京城。有的女巫进入宫廷，教宫中美人埋木人祭祀，相互诅咒。公元前92年，相互告发有人诅咒皇帝，武帝大怒追查，杀死数百人，并牵连到大臣。接着又发动三辅地区的骑兵，紧闭长安城门，搜查了11天。

当时的丞相公孙贺是武帝连襟（其妻是卫皇后的姐姐卫君孺），他儿子公孙敬声担任太仆，倚仗自己是皇亲国戚，骄纵违法，擅自用掉北军（京城卫戍部队）的军费1900多万，被逮捕下狱。公孙贺知道武帝急于抓到活动于京城的大侠朱安世，便要求武帝说："请允许让我抓来朱安世，以赎儿子的罪。"武帝同意了。他果然抓住了朱安世。朱安世从狱中向武帝上书，告发公孙敬声与武帝女儿阳石公主私通，在驰道上埋了木偶人，叫巫师用恶言诅咒武帝。武帝派人穷审此案，公孙贺父子都死在牢狱中，阳石公主和她姐姐诸邑公主，还有卫青的儿子卫伉都牵连被杀，公孙贺全家灭族。

接着，武帝又信任小人江充，叫他负责巫蛊事件。江充与一个胡巫勾结，制造各种假象，借以诬陷别人，并用烙铁等严刑逼供；加上百姓中也有人

挟私诬告,前后被杀的达到几万人。

杀母立子

武帝在天汉三年(公元前98年)东巡求仙,路过河间郡。手下的术士说河间地方有奇女,于是派人寻找,结果在一户姓赵的人家找到了一位少女。武帝召见她,果然天姿国色,但两手一直握拳,据说不能伸直,武帝亲自将她两手掰开,称为"拳夫人",十分宠爱。拳夫人住在钩弋宫,故又称钩弋夫人(民间传说,她出生后双拳便握着一双玉钩,故称钩弋夫人)。太始三年(公元前94年),生下儿子刘弗陵,被称为"钩弋子"。刘弗陵怀了14个月才出生,武帝说:"听说唐尧的母亲怀孕14个月才生尧,现在钩弋夫人也怀孕14个月才生儿子。"于是把钩弋居住的宫门取名"尧母门"。

武帝共有六个儿子。戾太子刘据死在巫蛊之祸中,还有两个儿子年轻便夭折,只剩下燕王刘旦、广陵王刘胥和幼子刘弗陵。刘旦、刘胥为人骄纵,常犯过失;只有刘弗陵相貌堂堂,聪明灵巧。公元前88年,武帝已经68岁,衰老多病。他想立刘弗陵为皇太子,便叫画工画了一幅周公旦背着年幼的周成王的图画,把这幅画赐给奉车都尉霍光,以此向朝臣暗示。但他担心刘弗陵年幼无知,钩弋夫人也很年轻,一旦钩弋掌权,可能会重演吕后专政的历史,决心忍痛除掉她。几天后,把钩弋召来,故意谴责她有过失,钩弋叩头请罪,武帝命人把她押到掖庭监狱中去。钩弋痛哭说:"我侍奉陛下多年,陛下不念旧情吗?"武帝说:"这实在是不得已的事。你活不了多久了,好自为之。"钩弋夫人不久便死在云阳宫中。第二年武帝病危时便正式立刘弗陵为太子。

霍光辅佐幼主

公元前87年,汉武帝才立刘弗陵为皇太子就病逝了。8岁的刘弗陵继位,由于亲生母亲赵婕好被杀,所以辅佐幼主之事只能由朝中大臣担当。

大将军霍光是前骠骑将军霍去病同父异母的弟弟。由于霍去病攻打匈奴屡立战功,汉武帝便决定加封他们一家人。他的弟弟霍光因此来到了长安。

霍光为人沉着精细、公正无私、赏罚分明、不畏权贵,深得汉武帝的信任。

汉武帝知道自己病得很重时,便单独召见霍光。他对霍光说:"将军,我汉室江山能否昌盛,全在于将军了。刘弗陵年龄尚小,治国之道一无所知,大将军重任在肩。我虽然把辅佐幼主之事交给了金日磾、上官桀、桑弘羊你

们4个人，但是我还是最信任将军啊！"

霍光非常感动。霍光想自己刚到长安时，汉武帝对自己一家就非常热情，封自己做了个郎官，后来又升为奉车都尉、光禄大夫。

霍光诚恳地对汉武帝说："陛下，请放心，只要有霍光一口气在，就一定要辅佐幼主长大成人，治理好汉室江山社稷。"

汉武帝死后，霍光开始辅佐幼主刘弗陵。刘弗陵就是历史上的汉昭帝。

一个8岁的孩子，只知道玩耍，霍光也没有办法，只能哄着小皇上读书，后来刘弗陵还真的很用功，什么书都爱读。但是毕竟是孩子，朝中的政事还是什么都不懂，只有霍光帮助处理朝政。

霍光以汉昭帝的名义下令：减轻农民赋税和徭役。这项措施深受农民欢迎，由于减轻了徭役，大量的农民进行农业生产。赋税一减轻，农民的负担就减少了，农业生产的积极性就高了。整个国家的农业又有了一个新的发展，农民自己手里有了粮食，安心生产，社会逐步稳定下来。

霍光还下令：厉行节约。自己带头，从皇宫开始，一直到大臣们的府上，整个国家的风气也逐渐好转。

百姓安居乐业，国家也富强了，霍光的威望也越来越高。一提霍光的名字，百姓没有一个不知道的，没有一个不敬佩的，就连小孩子都知道大将霍光是个大好人。当时流传着一首民谣：

霍光，霍光，

辅佐皇上天天忙，

社会安定国富强，

百姓生活也安康。

百姓拥护爱戴霍光，朝中大臣们大多数也都十分佩服霍光。他们看到霍光兢兢业业，而且没有半点私心，都十分敬佩。但是有几个大臣不满意，他们想皇上年幼无知，正好可以借皇上旨意为所欲为。可是有了霍光，他们就无法达到这一目的，于是十分忌恨霍光，认为霍光是他们的绊脚石，想方设法去害这员大将军。

左将军上官桀是汉武帝临终时认命辅佐幼主的一位大臣。他本想趁汉昭帝年幼无知，凭着自己的功绩在宫中胡作非为，可是霍光处处阻拦不让他得逞。

上官桀一直怀恨在心，他想把自己的孙女送进宫中，嫁给汉昭帝做皇后。而上官桀的孙女只有6岁，汉昭帝年龄也非常小，霍光没有同意。他想：你上官桀也太过分，几岁的孩子你就让她进宫，另外皇上年幼，怎么能答应呢！

但是上官桀不死心,他找到盖长公主,对盖长公主说:"现在朝中霍光一人独揽大权。我也奉命辅佐幼主,可是霍光处处阻拦我,就连我想把我的孙女送进宫中,霍光都不让。我看他是很有野心啊,公主也不得不防。不知他还听不听公主的话?"

盖长公主一听,十分生气,心想:你不让上官桀的孙女入宫做皇后,我偏让,看你怎么办!立即下令接上官桀的孙女入宫。

霍光想阻拦,但又怕别人说他目中无公主,连皇上姐姐的话都不听,只好忍了下来。

上官桀的孙女成了皇后,上官桀因此被封为安阳侯,他的儿子上官安也被封为桑乐侯。

上官桀如愿以偿,当然不会忘了盖长公主,他挖空心思想讨好盖长公主。后来听说盖长公主有个情人叫丁外人,是盖长公主手下的一个仆人。

上官桀找到霍光,对霍光说:"将军,给盖长公主一个面子,不瞒你说,盖长公主有个情人叫丁外人,至今没有官职,不如封他个侯,盖长公主也有个台阶下啊!"

霍光一听,大怒道:"盖长公主与丁外人有私情我不管,但是丁外人无功,我不能封他。高祖在世时,曾经杀马誓言'无功不封侯'。我既然辅佐皇上,我就不能破了规矩。"

上官桀自讨了个没趣,当然不甘心,便把霍光的话告诉了盖长公主,并添枝加叶了许多。盖长公主也因此而忌恨霍光了。

桑弘羊也是辅佐汉昭帝的一位大臣,他也想借此机会扩大一些自己的权力,让自己的子弟在朝中谋个职位。可是霍光不给面子,一口回绝了他的要求。桑弘羊十分气愤,心想:你我同为臣,共同辅佐幼主,你为什么权利无边,而我则连给自己子弟谋个职位的权利都没有,我岂能如此受制于你。

桑弘羊知道自己身单势孤,无法和霍光抗衡,便与盖长公主和上官桀勾结在一起。盖长公主和上官桀也想多拉拢一些大臣,所以很快就达成了一致。3人相互勾结,伺机陷害霍光。

有一次霍光去检阅御林军,他怕上官桀等人趁机到自己府上作乱,便把一名校尉调到他的将军府里护院。

上官桀本想到霍光府中作乱,可一看有人把守,也不敢硬攻。便又生一计,想置霍光于死地。

他派人冒充燕王的使者,怀里揣着假造燕王的信。

这个冒牌使者,见过了年仅14岁的汉昭帝,便把信呈上。

汉昭帝看过信后,大怒。原来信的内容是这样的:大将军霍光检阅御林

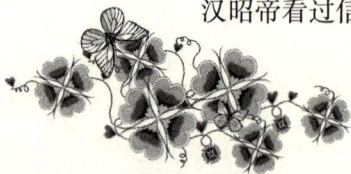

军,坐的车马和皇上的一样,而且擅自调用校尉,看来想谋权篡位。我愿到皇上身边,保卫您的安全!

那个使者出来之后,把汉昭帝大怒之事向上官桀说了一遍,上官桀哈哈大笑,心想:霍光你必死无疑。

霍光也得知了此事,知道有人暗害于自己,但又怕幼主无知,错杀了自己,让奸人得逞。

第二天,霍光见到汉昭帝,便跪倒,说道:"臣有罪。"

汉昭帝用手相扶,说道:"大将军何罪之有,那封信分明是别人想暗害于你。燕王远离北方,他怎么能知道你调用校尉之事呢? 那一天我之所以大怒,是因此恨这些暗害你的人。"

霍光和其他大臣听了,都十分佩服这个年仅 14 岁的小皇帝。

上官桀等人一计未成又施一毒计,想暗杀霍光,但被别人走漏了消息。昭帝得知后,立即派人把上官桀一伙人统统追捕归案。

年轻有为的汉昭帝不幸早逝,仅 21 岁。霍光和皇太后商量,既然昭帝无子,就迎立汉武帝的孙子刘贺做皇帝,可是刘贺昏庸无道,即位仅 27 天,就做了 1000 余件不该做的事。

霍光心想:如果这样的人再做皇上,汉室江山非毁了不可。便和朝中几位大臣联合上书,请皇太后批准,废了刘贺这个昏君。

刘贺被废后,霍光等大臣又迎立汉武帝的曾孙刘询为皇帝。这就是汉宣帝。

霍光又辅佐汉宣帝,后来由于劳累而染病。公元前 68 年,这位辅佐幼主有功的大将军逝世,举国上下十分悲痛。皇上、皇太后亲自为他主持葬礼,而且把他安葬在汉武帝的陵墓旁边。霍光在黄泉之下又陪伴着汉武帝去了!

昭君出塞

郅支单于灭亡后,呼韩邪单于又喜又怕。喜的是敌手已被铲除,怕的是汉朝怀疑自己。他上书汉朝,要求朝见。公元前 33 年,呼韩邪到长安朝见,并要求娶汉家公主。元帝于是向宫中传令,有愿意嫁给单于的宫女,可赐给公主身份。良家女子王嫱(字昭君),本为南郡秭归人,被选入皇宫后一直受冷遇,于是自愿请求远嫁匈奴。昭君略为打扮一番,走上朝堂,光彩照人,所有的人都被震动。元帝想留下她,但不能失信,只好把这位绝色美女嫁给呼韩邪。为了表达匈汉之间永久和平安宁的愿望,元帝下令改元,将年号称为"竟宁"。单于带回昭君,非常欢喜,上书愿意为汉朝保卫自上谷至敦煌一带

的边塞。

呼韩邪封王昭君为宁胡阏氏。他们生了一个儿子叫伊屠智牙师,后来做了右日逐王。汉成帝建始二年(公元前 31 年),呼韩邪去世,大阏氏的长子雕陶莫皋继位。依照匈奴风俗,昭君嫁给雕陶莫皋,生了两个女儿。昭君和她的儿女们都努力促进汉匈友好关系,她的长女曾到长安侍奉王太后,学习汉宫礼节。昭君还在匈奴教人说汉语,教妇女织布缝衣。相传昭君死后,人们从四面八方赶来吊唁,用袍襟兜着泥土为她筑墓,昭君墓上草色常青,故称为"青冢"。其墓在今内蒙呼和浩特市南郊。

历代相传的昭君故事很多。光凭吊她的诗词就有七百多首传了下来。这些诗词有的同情这位美人远嫁异国,有的借古讽今抨击屈辱的和亲政策。但是,在汉元帝时代对匈奴和亲并非柔弱屈辱,昭君出塞为民族间播下了友谊与和平的种子,是值得称颂的。

刘秀饿饭

多少年来,河北冀中一带一直流传着刘秀"走国"的故事,不少乡镇还留有"刘秀遗迹"。许多村镇或山峰因刘秀路过而得名。美丽的传说,丰富了河北民间文艺,成为宝贵的文化遗产。

刘秀"走国"确有其事。那是公元 23 年,参加起义军的皇族刘玄被拥立为皇帝,封同族刘秀为大司马,让他招安河北州县。刘秀经邯郸、正定、定州、涿州到达蓟州。一路对地方进行安抚,也结交了不少豪杰。他刚到蓟州,邯郸有个叫王郎的野心家,诡称汉成帝的儿子刘子舆,自诩是正宗皇族,应该做皇帝,各州县一时受骗,纷纷拥戴这个假皇族。王郎得势,马上下令通缉刘秀。蓟州官吏响应了王郎诏令,欲抓刘秀报功。刘秀闻悉连夜潜逃南奔。一路历尽艰险,这就是刘秀"走国"。

刘秀"走国",最大的问题是吃饭。那时兵荒马乱,官匪殃民,田地荒芜,吃饭是第一大难。刘秀部下十数人,虽然带着一些金银,但一两黄金也难买到一个窝头。有一次将军冯异在民间乞得豆粥一碗,献给刘秀,受到刘秀极大称赞;还有一次夜宿在一个叫芜蒌亭的村庄住在一个老大娘家中,刘秀向老大娘讨点吃的,老大娘说:"粮食早被你们官匪抢空了,哪有吃的东西?"但老大娘毕竟心慈面软,把留给自己吃的一个糠加野菜做的馍馍送给刘秀,使刘秀得以充饥,十分感激。据说,他做了皇帝后还报答了这位老大娘。

刘秀一行走到了饶阳,饿得实在走不动了。他横下一条心,冒充邯郸王郎派来的使者,趋入官驿,要驿吏招待。驿吏做了一大盆小米饭,一盆白菜汤,谁想饭刚一端上,他的随从就像一群饿狼争食,竟把盆打碎,饭粒洒了一

地,这些人又不顾体统地趴在地上捡米粒吃。这一举动引起驿吏怀疑,他诈问刘秀说:"邯郸将军来了,要见你们。"刘秀明知是诈,就急中生智,将计就计说:"快,快叫他进来,我有紧急军情相商。"经刘秀这一反诈,把对方镇住了,赶紧转口说:"将军还在路上。"刘秀忙以迎接为由率部下逃去。

从饶阳逃到晋县,又过了滹沱河,逃到了南宫一个小村,村人为逃避兵乱跑光了。在一家地主的屋角,他们找到剩下的大麦数升。刘秀马上命令部下煮饭,大家总算吃了一顿饱餐。再转至冀州,遇到老部下任光率军驻守,才结束了流浪生活。

刘秀"走国",拐弯抹角逃避追兵,一直走了二三十天。经过这一次坎坷行程,使刘秀饱尝饿饭滋味。但也了解到民间疾苦,懂得了粮食的宝贵。做了皇帝后,也做过一些好事,在历史上不失为较好的皇帝之一。

刘秀建东汉

王莽登上皇位后,改国号为"新",他的复古改制,造成了社会危机的爆发。

公元15年,在现在的山东省莒县爆发了樊崇领导的赤眉起义。公元17年,王匡、王凤等率饥民起义,他们以绿林山为根据地,所以又称绿林起义。各地豪强地主和汉朝那些没落贵族也开始起义反抗王莽。最为突出就是西汉王朝的宗室刘縯、刘秀兄弟领导的舂陵军。

刘秀字文叔,是汉高祖的嫡系血脉。七世传到刘秀父亲一辈:刘钦、刘良、刘子强。刘秀是刘钦的少子,他还有两个哥哥:刘縯、刘仲。刘子强也有两个儿子,大儿子刘玄,次子已死。

由于刘钦和妻子早亡,哥仨便和叔父刘良生活。绿林、赤眉起义后,他们也想造反,兴复汉室。

刘秀和两个哥哥一商议,知道自己的力量弱小,便决定投奔绿林军。到了绿林军正好遇上叔父刘子强的儿子刘玄,他也想兴复汉室,也投奔了绿林军。

绿林、赤眉起义军队伍不断壮大,其他各地起义军纷纷加入,声势浩大。终于惊动了王莽的新朝政府。王莽听到这个消息,又惊又怒,急忙调大司徒王寻、大司空王邑二人回城统帅大军。

由于绿林军节节胜利,成千上万的百姓也纷纷加入队伍,义军很快发展到10万多人。当大军把宛城攻打下来后,大伙儿推举刘玄为皇帝,历史上称为更始帝。

起义军在围攻宛城的同时,刘秀、王凤、王常等人已经占领了昆阳、定陵

和郾城。

公元23年，大司徒王寻、大司空王邑终于集合了42万人马向起义军反扑，妄图一举消灭绿林军。王莽对他俩说："你们一定要打败绿林军，只有这样，我们才有机会再收拾赤眉军，否则我们的江山难保啊！"二人已得知刘玄在宛城称帝了，知道王莽心里非常害怕，便说道："陛下，请放心，我们一定把绿林军消灭掉，再回来见您！"

新朝大军开到昆阳，把昆阳城包围了里三层、外三层，真是风雨不透、水泄不通，到处战旗飘扬，气势十分嚣张。

然而驻守昆阳的义军只有八九千人，面对几十万大军兵临城下，有的义军将领非常恐慌，有的义军将领竟然想放弃昆阳，分散军队，各自逃跑，王凤也愁得直叹气。刘秀找到王凤说："目前，敌军层层包围，我们无法与他们抗衡，但决不能弃城而逃，那样必然会被敌军追杀。目前，我们只有坚守昆阳，派人突围出去，到郾县、定陵搬兵求救。"王凤也没有别的良策，只好依此计试一下，便对刘秀说道："这确实是一个办法，但不知派谁突围出去。"刘秀道："如果将军放心的话，我打算和李铁、宗兆等人率兵突围。"王凤点头答应。

夜里，敌营放松了警备，刘秀带领十几名兵将冲出城去。王凤、王常派弓箭手掩护他们，经过一番厮杀，终于突破了重围。刘秀、李铁等人分别到郾县、定陵搬兵。

王寻、王邑知道昨天夜里绿林军有人逃了出去，猜想是去搬兵了，所以第二天早晨就开始攻城。大将王凤、王常很有作战经验，指挥绿林军坚持守城，打退了官兵一次又一次的猛攻。两军进入了相持阶段。但是绿林军人数太少，眼看着就要守不住城了。

正在这紧要关头，刘秀率领着6000名援兵飞驰而至，兵将来势凶猛，人数虽然不多，但个个英勇善战。霎时间，刀光剑影，血肉横飞，拼杀声、叫喊声连成一片。刘秀身先士卒，手中的宝剑上下翻飞，官兵挨上就死，碰上就亡，被打得节节败退，一片混乱。而那两位大将军王寻、王邑却在帐中饮酒作乐，他们想：绿林军困在城中，饿都得饿死。忽听得喊杀之声，惊天动地，才慌忙出帐，骑上战马去指挥。而这时，昆阳城里的将士又突然从城中杀出，官兵前后受敌，四处溃散，伤亡惨重。

王寻、王邑知道大势不好，再也没有心思指挥战斗，带领几个亲信逃命去了。官兵一看主帅都逃了，谁也不愿再卖命了，他们本来对王莽就有些不满，一看主帅逃跑，也都跟着逃跑。40万大军一溃败，如山洪暴发，相互践踏。军营附近有条河叫滍水，官兵们都想从水里逃生，一齐拥向那里，又死

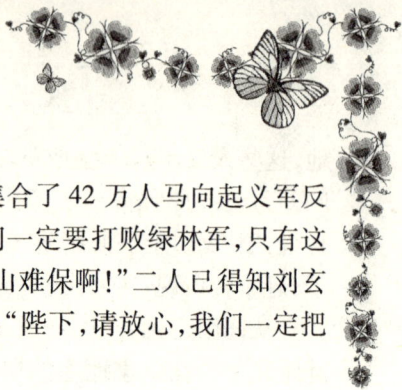

了许多人。绿林军越战越勇,脚踏着王莽军的尸体,追杀官兵。40万大军大伤元气,主帅王寻被绿林军杀死,王邑混乱之中逃跑了。

这就是历史上著名的昆阳之战。从此刘秀的威名大震。

昆阳大捷后,绿林军乘胜攻打洛阳和长安。由于王莽主力军被消灭,所以绿林军势如破竹,所到之处毫无阻挡。王莽吓得魂飞魄散,刚想逃跑,就被绿林乱刃分尸。15年的新朝政权被推翻了。

王莽政权被推翻后,刘玄便把都城从宛城迁到长安,做起了真正的皇帝。

那时刘缤和刘秀由于昆阳大捷,威望高过刘玄,有人便想暗害二人。刘秀非常聪明,退避三舍,结果更始帝刘玄听信谗言,杀了刘缤。

刘秀听说哥哥被杀,心如刀绞,但他没有表现出来,而是骑着快马赶到宛城向更始帝赔不是,和更始帝有说有笑。更始帝倒觉得对不起刘秀了,封刘秀为破房大将军,但他怕刘秀反叛,所以不重用刘秀。

由于战争,各地百姓的生活受到了严重影响,更始帝派刘秀去安恩河北百姓。

刘秀到了河北,立即废除王莽时期的苛捐杂税,带领百姓发展农业生产。他亲自带领将士下田耕地、播种,深受百姓的爱戴,当地的官吏对他很满意,都抢着拿酒食去慰劳他。

刘秀在河北招兵买马,扩充实力。那里有个卜人王朗冒充汉成帝的儿子,被拥立为皇帝。刘秀杀了王朗,刘玄得到这个消息也非常高兴,封刘秀为萧王。

但是刘玄知道刘秀招兵买马想造反,所以又派去苗曾、韦顺、蔡充军到河北任地方官。刘秀继续扩大自己的力量,招兵买马,积草囤粮,并杀了刘玄派来的地方长官苗增、韦顺、蔡充军,派自己的爱将吴汉、耿弇去征发沿边10郡的精锐边兵。由于刘秀深得人心,许多人都愿意参加刘秀的队伍,因此刘秀的队伍不断扩大。自从杀了刘玄派来的地方官之后,刘玄又派人来任地方官,但刘秀根本不听他们的,开始了自己的独立活动。

公元25年,刘秀在鄗(今河北柏乡县)称帝,是为汉光武帝。他仍用"汉"号,改年号为"建元"。

由于刘玄生活腐化,吃喝玩乐,引起了赤眉军的不满,他们攻破长安,另立刘盆子为皇帝,刘玄被绞死。

公元26年,刘秀派兵在宣阳层层包围了赤眉军,赤眉军大败,刘盆子只好投降,献出了王玺。刘秀统一了全国,定都洛阳,为了和刘邦建立的汉朝相区别,历史上称刘秀建立的汉朝为东汉,或者后汉。

黄巾起义

东汉末年,宦官专政,吏治废弛,民不聊生,农民起义连绵不断,中平元年(184年)爆发了大规模的黄巾军起义。黄巾军领袖张角,钜鹿(今河北鸡泽县东北)人,起义之前,张角自称大贤良师,尊奉黄、老之道,蓄养弟子。用神道符水为人治病,病人跪拜过后,病竟痊愈,颇得百姓信任。张角分别派遣他的弟子周行四方,发动百姓,十余年间徒众达十万人,青、徐、幽、冀、荆、扬、兖、豫八州之人,没有不响应的。有的变卖家产,流移奔赴,堵塞道路。郡县不解其意,反而说张角是以善道实行教化,而为民所归。张角把徒众设置36方,方即大将军的称号。大方一万多人,小方六七千人,各设立渠帅。提出"苍天已死,黄天当立。岁在甲子,天下大吉。"用白土书写京城城门及州郡官府府门,皆作甲子字。中平元年大方马元义等先收荆、扬数万人,与张角同时举事。马元义数次往来于京师洛阳,以中堂侍封谞,徐奉等为内应,约好在三月五日,内外俱起,皆包黄巾作为标志,因此当时人称为黄巾,也有称为蛾贼(意思是人数众多)。张角称天公将军,张角的弟弟张宝称地公将军,张宝的弟弟张梁称人公将军。所到之处,焚烧官府,攻打城邑。州郡官吏大多仓皇逃之。旬日之间,天下响应,京师震动。汉朝廷遂拜卢植为北中郎将,持节,以护乌桓中郎将宗员为副将,率领北军五校士兵,又发天下各郡之兵共同征讨黄巾军。张角军连战失利,败走广宗(今河北威县东)。卢植筑围挖壕,并制造云梯,正当要攻下广宗时,灵帝派遣小黄门左丰视察军队,有人劝卢植以物贿赂左丰,卢植不愿这样做。左丰因一无所获而回归上言灵帝说:"广宗之贼极易攻破,但卢中郎固垒息军,而等待天诛贼。"灵帝大怒,以槛车惩治卢植,减死罪一等;随即又派遣东中郎将陇西董卓来代替卢植,结果董卓在下曲阳(今河北晋县西)被黄巾军打得大败。这时皇甫嵩为左中郎将,领命持节,与右中郎将朱俊共发五校、三河骑士,又招募精兵勇士,共有四万多人,征讨颍川的黄巾军。后来又派遣骑都尉曹操带兵前往助战,黄巾军被打得大败,曹操乘胜追击,进讨汝南、陈国的黄巾军,二郡也被曹操攻下,曹操连占三郡,名声大振。东汉又进击东郡(今河南濮阳县南),诏皇甫嵩讨伐张角。

中平元年(184年)冬十月,皇甫嵩与张角的弟弟张梁在广宗发生激战,张梁兵精士众,皇甫嵩不能攻克;到第二天,就闭营休兵以观黄巾军的变化,当得知黄巾军的意志稍为松懈,就连夜布兵,天将拂晓之时,驱兵直赴黄巾军的阵地,战斗持续到午后四时,黄巾军失败,张梁被敌人斩首,黄巾军被敌人杀死者三万多人,而赴河死者五万多人。在此战斗之前,张角已经得病而

死,敌人仍不放过他,就开棺戮尸,把首级取到京师,悬挂示众。十一月,皇甫嵩又向下曲阳的张角的弟弟张宝进攻的同时,东汉朝廷又选拜王允为豫州刺史,征讨黄巾军的其他分支,黄巾军相继被打败,士兵共被俘获者达数十万人。

南阳黄巾军张曼成起兵,自称神上使,兵众数万人,杀郡太守褚贡,声势很大。后来张曼成被继任太守秦颉杀害,黄巾军就推举赵弘为帅,黄巾军又逐渐强盛,兵众遂达十多万人,占据宛城(今湖北荆门县南)。朱俊与荆州刺史徐璆及秦颉合兵围攻赵弘,敌人从六月到八月围城,一直攻克不下;有司上奏弹劾朱俊,主张对朱加以惩治,司空张温上疏灵帝为朱俊辩解:"昔秦用白起,燕任乐毅,都经过旷年历战,才得以克敌。朱俊在讨伐颍川的黄巾军时已立有战功,引师南指,方略已定;临军易将,为兵家之大忌,应该宽限时日,责其成功"。灵帝听从张温之言而没有惩治朱俊。朱俊开始向赵弘发动进攻,并杀死了赵弘。黄巾军的将帅韩忠又重新占据宛城,以抗拒朱俊。朱俊采取声东击西的办法,一方面鸣鼓攻打城的西南角,黄巾军以全力抵抗来自西南方向敌人的进攻,使黄巾军的兵力受牵于此;一方面朱俊自己率领精锐将士潜到城的东北角,乘虚而进入宛城。韩忠率兵退入小城,被敌人层层围困,韩忠意觉不能破敌,准备投降。但朱俊却认为黄巾军投降只是迫于目前的窘势,不完全出于真心,他说:"兵固有形同而势异者。过去秦、项之际,民无定主,因而对来归附给予赏赐,对未归附者施以规劝、招降。而现在天下一统,唯有黄巾叛逆。纳降不足以劝善,讨伐却足以惩恶。如果受黄巾投降,更升逆意,使黄巾有利则战,无利则降,纵长敌寇,决非良计!"因此继续对黄巾发动紧急攻势,连战仍攻克不下。朱俊登高望城,对他的司马张超说:"贼人现在外围坚固,内营逼急,乞降不受,欲出不得,所以必会决一死战。万人一心势尚不可挡,又何况有十万多人呢!我们不如先撤围,把军队合并入城,韩忠看到撤围,肯定会自动出来,一旦出来士兵的意志就会涣散,而这正是破敌之道。"随即敌人撤围,韩忠果然出战,朱俊进而发动攻击,斩杀黄巾军万余人。太守秦颉因对韩忠恨之入骨,因而杀了韩忠。

黄巾军的余部又推孙夏为帅,还归屯居宛城。朱俊又发动急攻,司马孙坚率众先登;癸巳,攻下宛城。孙夏败走,朱俊追到西鄂(今河南南阳市北)精山(在西鄂南),打败孙夏,黄巾军被杀者又达一万多人。于是南阳黄巾军败散。

张角率先举起反抗大旗,各地纷纷响应。诸如黑山、白波、黄龙、左校、牛角、五鹿、羝根、苦蝤、刘石、平汉、大洪、司隶、缘城、罗市、雷公、浮云、飞燕、白爵、杨凤、于毒(各起义军的别号,如骑白马的就称为张白骑,轻捷快速

的称为张飞燕,声音大的称为张雷公,胡须长的称张骶根等等)等各自起兵,大者二三万人,小者不下数千人。汉灵帝讨伐不及,就使出招降的手段,派人拜杨凤为黑山校尉,统领其他各支黄巾军,并授以朝廷官职。黄巾军大股被敌人平定,但响应黄巾军而起义的及小股黄巾军依然还有一定的势力及影响。

中平五年(188年)二月,黄巾军的小股余部郭大在西河白波谷(今山西汾城县东南)起义;六月,益州黄巾军马相攻杀刺史郗俭;八月,汝南(今河南新蔡县北)葛陂黄巾军攻打郡县;十月,青州、徐州的黄巾军复起,攻打郡县,杀官吏。汉献帝初平二年(191年)十一月,青州黄巾军攻打泰山,被太守应劭打败,转而攻打渤海,与公孙瓒在东光(今河北东光县东)发生激战,结果又被公孙瓒打败。初平三年(192年)四月,青州黄巾军在东平(今山东东平县)击杀兖州刺史刘岱,东郡太守曹操在寿张打败黄巾军,黄巾军投降。建安十二年(207年)十月,黄巾军杀济南王赟。小股黄巾军虽不是浩浩荡荡,但也搅得统治者坐卧不安。整个黄巾军起义,历时之长,断断续续,20多年,蔓延之广,中原自不必说,延及吴蜀。东汉政权终被推翻。

❖ 董卓之乱 ❖

刘秀统一中国,建立了东汉政权以后,吸取了王莽篡位的教训,采取了一系列的措施来加强王权。可是,东汉的皇帝只有早期的几位能够政从己出。其余的皇帝大多因宫廷生活的奢靡等原因而成了短命之人。继位的皇帝年纪都很幼小,因此政权便落在母后及其父兄(即外戚)手里。等到皇帝长大以后,想要收回政权,只有和自己身边的宦官商量,于是皇帝在宦官的协助下,推倒了外戚。宦官因为推倒外戚有功,并且又能包围和愚弄皇帝,所以实权便落在宦官手里,不久,这个皇帝又短命死了。于是再来一次外戚专权以至宦官擅势的过程。东汉中后期100余年的历史,可以说是外戚和宦官争夺统治权的历史。在外戚和宦官的斗争中,宦官越来越占上风。

宦官势力的膨胀,逐渐形成了"群辈相党"的政治集团。在政治上,他们把持朝政"权势专归宦官","兄弟姻戚,皆宰州临郡,鱼肉百姓,与盗贼无异。""举动回山海,呼吸变霜露。阿旨曲求,则光宠三族;直情忤意,则参夷五宗。汉之纲纪大乱矣。……子弟支附,过半于州郡……皆剥割萌黎,竞恣奢欲,构害明贤,专树党类……同敝相济,故其徒有繁,败国蠹政之事,不可单书。所以海内嗟毒,志士穷栖。"(范晔《后汉书·宦者列传》)

当时地方官吏贪污成风,"官非其人,政以贿成"。各种类型的地主包括贵族、世家大族、地方豪强、富商等,无不广占田地,役使农民,敲诈勒索,奢

侈逾制。……因而,广大人民生活极度贫苦,终于在公元184年爆发了以张角弟兄为首的黄巾大起义。

统治者为了维护其统治,便动员所有的地主武装对农民起义进行镇压,并于公元188年,接受太常刘焉的建议,改刺史为州牧,并给予州牧领兵治民的权力。这些州牧有了领兵权之后,便乘乱纷纷扩张自己的武装力量,形成一个个割据一方的土皇帝,中央政府对其难以控制,东汉政府想借改制而加强统治的梦想破灭了,地方割据势力得以发展,为以后的军阀混战埋下了祸根。

当农民起义来临时,这种矛盾相对缓和,一旦外来压力解除,这种矛盾便再度激化。

公元189年汉灵帝死,长子刘辩继立为帝,其生母何太后临朝听政。于是外戚同宦官的斗争又重新激烈起来,太后兄大将军何进为了一举杀尽宦官,彻底消灭自己的对手,将世代官僚地主出身,并有一定声望,一定势力的袁绍、袁术兄弟拉到自己一边,并且接受袁绍的建议,召并州牧董卓带兵入京。董卓还没有赶到,何进已为宦官所诱杀,官僚世族袁绍等又大杀宦官。

宦官们被彻底清除以后,长期以来交替执政的外戚和宦官集团的斗争结束了。宦官、外戚退出了历史舞台,而官僚地主武装集团却纷纷粉墨登场,从此,大规模的军阀混战开始了。此时,东汉政权已是名存实亡了。

当袁绍大杀宦官的时候,董卓接到何进的密召后率军来到了京都洛阳。董卓(?—192),字仲颖,陇西临洮(今甘肃岷县)人。性情豪放而又残忍,喜与人结交,由于他居住的地方接近西北少数民族,他便同这些少数民族的贵族势力交往,培植自己的力量,在陇西颇有名望。东汉末年因镇压少数民族起义,屡立战功,连晋官职,做到并州刺史、河东太守。后来,镇压黄巾起义,并击退韩遂、马腾对京都地区的进攻,这使他赢得了极高的声望和地位,并借此而使他的军事力量日益壮大。董卓的军队由汉族和少数民族组成,能征善战,凶暴残忍,董卓以此作资本,时刻准备争夺天下。正值他野心勃勃之时,恰逢何进召他进京。这对于董卓来说,无异于久旱逢甘霖。他接到何进的密召后,立刻便率领3000人马,直奔洛阳,这为他独霸天下创造了良机。

董卓进入洛阳时,步骑不过三千。当时京师官兵很盛。司隶校尉袁绍拥有禁军的指挥权;当时曹操任典军校尉;后将军袁术控制了大将军何进的部曲;济北相鲍信又募来一支山东兵;执金吾丁原有骁将吕布,这些力量合起来超过董卓军10倍还多。但是,由于董卓有30多年的军队生涯,具有丰富的作战经验,当时东汉朝廷里没有一个人是他的对手。董卓知道自己的势力弱小,于是,他成功地运用了虚张声势的计谋。他过四五天就带部众在

夜里悄悄出营，天明"乃大陈旌鼓而还，以为西兵复至，洛中无知者"。董卓这一手居然镇住了当时众杰袁绍、袁术、曹操等人，他们纷纷逃离洛阳，禁军及何进部曲尽都落入董卓手中。董卓又使用离间之计，使吕布与丁原不和。于是，心骄气盛的吕布杀掉了丁原，董卓又收吕布作义子，并收服了丁原部众，于是董卓的势力更加强大。

董卓进入洛阳要做的第一件事就是废掉旧帝再立新帝，以此控制皇权。于是，董卓废少帝刘辩为弘农王，随后又杀弘农王及何太后，拔掉了朝官和名士所凭借的旗帜。董卓立灵帝少子陈留王刘协为帝，这就是汉献帝。汉献帝当时刚9岁，被董卓玩弄于股掌之中，董卓挟天子以令诸侯，自称太师，迁相国，封郿侯，带剑上殿，位在百官之上，俨然一个摄政王。

政治上，董卓为了收买人心，他外示宽柔，起用党人名士做朝官，外放大臣为牧伯太守，平反党人冤狱，以示不负众望。用周珌、伍琼、郑公业为尚书，让何绲作长史，荀爽作司空，陈纪、韩融等都成为列卿。外放尚书韩馥作冀州刺史，侍中刘岱作兖州刺史，孔伷作豫州刺史，张咨作南阳太守，张邈作陈留太守。甚至还任用逃亡在外的袁绍、袁术为后将军。

军事上，董卓深固根本，牢牢地控制关西。董卓招抚了凉州的马腾、韩遂，又征召关中潜在的政敌皇甫嵩和京兆尹盖勋。皇甫嵩时为左将军，有雄兵3万屯驻扶风。盖勋鼓动皇甫嵩与自己联兵反董卓。

但是，皇甫嵩雄略不敌董卓而听征，交出了兵权，到洛阳去做城门校尉。盖勋孤掌难鸣，也只好听征，到洛阳去就任越骑校尉。皇甫嵩到了洛阳，董卓将他逮捕下狱，迫使皇甫嵩屈服后又用为御史中丞。董卓控制了关中，所以关东兵起，他能西移长安。

董卓是个非常残暴的家伙，他和他的部队到处烧杀抢掠，为所欲为。当时洛阳城中的王公贵族非常富有，高屋大厦，金银财宝不计其数，董卓硬令其军队冲进庐舍，奸淫妇女，抢掠财物，并美其名曰"搜牢"。弄得朝廷上下，人心惶惶。

"卓既率精兵来，适值帝室大乱，得专废立，据有武库甲兵，国家珍宝，威震天下。卓性残忍不仁，逐以严刑胁众，睚眦之隙必报，人不自保。尝遣军到阳城。时适二月社，民备在其社下，悉就断其男子头，驾其车牛，载其妇女财物，以所断头系车辕轴，连轸而还洛，云攻贼大获，称万岁。入开阳城门，焚烧其头，以妇女与甲兵为婢妾。至于奸乱宫人公主。其凶逆如此。"（陈寿《三国志》·《董卓传》）

董卓的专横暴行，引起了社会上各个阶层的强烈反对，公元190年，渤海太守袁绍、后将军袁术、冀州牧韩馥、豫州刺史孔伷、兖州刺史刘岱、河内太

守王匡、陈留太守张邈、东郡太守桥瑁、济北相鲍信及逃到陈留的曹操联合起兵，共推袁绍为盟主，反对董卓。这支联军，历史上称为"关东军"。

关东兵起，董卓被迫退出洛阳，胁迫献帝西迁长安，他发掘了诸帝陵寝及公卿墓冢，收其珍宝。董卓还把洛阳及其附近200里内居民，几百万人口驱赶入关中，将房屋烧光，鸡犬杀尽。被驱赶的人民，沿途缺粮，更遭到军队的践踏和抢掠，死亡无算，积尸满路。史称"旧京空虚，数百里中无烟火"。东汉200年来政治、经济、文化中心的巍峨帝京，成了一片瓦砾场。

接着董卓又把关中弄得残破不堪。他大肆搜刮，敲剥黎民，筑坞于郿县，高厚7丈，与长安城等，号曰"万岁坞"，积贮了30年的军粮，珍藏黄金二三万斤，银八九万斤，绵绮缯縠纨素奇玩，积如丘山。董卓得意洋洋自称："事成，雄踞天下；不成，守此足以毕老。"并且铸小钱，致使物价腾贵，一斛谷价值数十万，使百姓又蒙受一层灾难。

公元192年，司徒王允用计收买了吕布，使其杀死董卓。

董卓死后，王允掌握了政权。不久，董卓旧部李傕、郭汜等以为董卓报仇为名，率10万大军攻入长安，杀死王允等人，赶走吕布，又对长安城进行新一轮的烧杀抢掠。而后，李、郭两人之间又发生大规模的火并，长安与其附近地区，成了他们相互厮杀的战场，长安城变成废墟，居民离乡背井，关中地区继洛阳之后，又成无人居住之地。大诗人王粲《七哀》诗中说："出门无所见，白骨蔽平原"。即是对当时景况的真实描述。

董卓之乱使两汉灿烂文化蒙受了无法弥补的损失，给社会带来了一场浩劫，它是东汉腐朽政治的必然产物。

经过数年混战，关西军阀彻底垮台，退出了历史舞台。而规模更大的军阀混战却在关东军阀中展开。

官渡之战

在曹操迎接汉献帝到许以前，曹操和袁绍分别在黄河南北发展自己的势力，双方还一直保持着友好的关系。但随着双方势力的扩张，利害冲突也随之而来。曹操打着"天子"招牌，操纵封赏大权，自为大将军，以袁绍为太尉。袁绍素来娇贵，声望和地位一向在曹操之上，这时，绍耻位在曹操下，不肯接受太尉官职。由于袁绍势力很大，曹操不得不把大将军让给他，而自为司空、行车骑将军。

建安三年(198年)十二月曹操擒杀吕布，取得徐州。次年三月，袁绍消灭公孙瓒，兼并幽州。于是袁、曹两大势力之间的对立显得更加突出，便不能不以战争相见了。

公元200年2月,袁绍命沮授为监军,亲率10万大军,从邺城(今河南省安阳市北)出发,进攻曹操的都城许昌。袁绍大军开进黎阳(今河南浚县东北),安营扎寨,将这里作为指挥部,派大将郭图、颜良进攻白马(今河南滑县东)。当时驻守白马的是曹操的东郡太守刘延,守军死伤惨重。而曹操集结在官渡(今河南中牟县东北)的军队也只不过三四万人。对敌力量悬殊,白马告急。

4月,曹操北上解白马之围,用荀攸计,屯兵延津伪装渡河,好像要攻击袁绍的后方,迷惑袁绍大军渡河,使其分兵向西。目的达到后,曹操自引轻骑,集中徐晃、张辽、关羽等骁将,出其不意奔袭白马。关羽斩颜良,袁军溃败。曹操拔白马之军,迁徙白马百姓沿黄河撤退,丢弃辎重军械,诱袁绍大军渡河来追。

5~6月,袁军渡河至延津。袁绍大将文丑与刘备追击曹军,在延津南白马山中计被斩。颜良、文丑为河北名将,连战皆输,绍军失利。

与延津之战同时,于禁、乐进又率步骑五千,从延津西渡河奇袭袁军后方,至汲、获嘉二县,焚其堡聚20余屯。

7~9月,袁绍虽然速战皆败,仍凭其兵力优势,密集推进,与曹操相持于官渡。8月,袁军在逼近曹寨,依沙堆为屯,东西数十里,曹军亦分营对垒相持。

袁绍在逼近官渡的同时,于7月派刘备至曹军后方,与汝南黄巾军联合开辟第二战线。袁军派出的劫粮之军也连连得手。

9月,袁曹两军在官渡展开阵地战,曹军寡不敌众,还营坚守。袁军起土山地道强攻,激战异常。两军"相持百余日,河南人疲困,多畔应绍"。当时曹军粮少,曹操致书荀彧,打算撤军。荀彧回信曹操,以楚汉相争为喻劝曹操坚持战斗,谋士贾诩支持荀彧的意见。于是曹操派曹仁率领徐晃、史涣等攻破刘备在汝南的策应,还消灭了袁绍断粮道的游击军,使其运输畅通。曹操又用荀攸计,派徐晃等扰乱袁绍后方,烧了袁绍运粮车及其辎重,杀其将韩猛。

10月,两军主力决战。袁绍再次派出淳于琼等带兵万余人押运粮车,屯放在袁绍大营北40里的乌巢。沮授与许攸向袁绍建议保护粮草之计,不被袁绍采纳。

许攸见他的计谋不被采纳,心中很是不平。正在这时,留守邺城的审配收捕了许攸家属。许攸一怒之下,投奔曹操,告知袁军储粮虚实,劝曹操轻骑烧粮。当时曹军只有一个月的军粮,为打破僵局,曹操决定出奇制胜。他亲率5000骑兵,冒用袁军旗号,月夜偷袭乌巢。天亮时,曹操抵达淳于琼粮

营。淳于琼见曹操兵少,欲邀功利,不护粮草,出营迎战。曹军殊死战,淳于琼战败,粮草被焚。

袁绍闻听乌巢军粮被烧,他不派兵援救淳于琼,反而自作主张认为曹操偷袭乌巢,将计就计,袭击曹操的大本营,以断曹操的归路,遂命大将张郃、高览前去攻打曹军大营。张郃认为这样做是在冒险,建议袁绍不可如此。袁绍不听,张郃等只好攻打官渡曹营。袁军到达官渡,前面遇到曹洪大军的顽强抵抗,后面又受到从乌巢得胜回来的曹操的猛攻,腹背受敌。张郃见袁绍成不了大事,便与高览率军投降了曹操。

粮草被烧,张郃等大军投降,袁军不打自乱,曹操乘胜全面出击,消灭袁军7万多人。袁绍慌忙带着儿子袁谭和八百骑兵,渡过黄河北逃。曹操消灭北方最大军阀袁绍的主力,取得了官渡之战的绝对胜利。袁绍从此一蹶不振。建安七年(202年),袁绍在邺城病死。

官渡之战,曹操以少胜众,以弱胜强,击败了一代枭雄袁绍。袁绍之死,成就了曹操的事业,加速了他统一北方的步伐。河北智士名将田丰、沮授、颜良、文丑,成了袁绍的殉葬品。张郃、许攸等一批人杰,投附了曹操,壮大了他的势力。官渡之战,还巩固了曹操的政治地位,使他走上了事业的巅峰。经过几年征战,曹操攻下了冀、青、幽、并四州之地,基本上统一了北方。

三顾茅庐请卧龙

建安十二年(207年),诸葛亮27岁了,他期待已久的明主终于叩响了他茅房的柴门。这位明主就是刘备。

刘备,字玄德,涿郡涿县(在今河北)人,西汉景帝刘启子中山靖王刘胜后代,但支系疏远,家世早已没落。刘备父亲只作了一名小县吏,而且去世很早。刘备少年时,家境贫寒,跟着母亲靠贩鞋织席为生。后来靠族人的帮助,他才读了一点书。但他天性不爱读书,喜欢结交豪杰。在镇压黄巾起义中,他因功做上了高唐(在今山东)县令。当各路将领讨伐董卓时,刘备起兵加入,决心复兴汉家大下。此后十多年中,刘备势力始终发展不起来,他东奔西跑,先后辗转依附于公孙瓒、陶谦、曹操、袁绍、刘表,寄人篱下,多次险些丧失性命,更谈不上实现他复兴汉家天下的大业了。

在诸葛亮"隐居"隆中的第四年,刘备来投奔刘表。刘表对他表面热情,厚加款待,但心怀猜忌,不肯重用,只给他少量人马屯驻新野(在今河南),为刘表抵御南下的曹操势力。刘备在荆州数年,犹如龙困浅水,毫无作为。一次,刘表请他赴宴,宴席中,他流下了眼泪,刘表忙问他有何不顺心的事。刘备说:"没什么,以前我南征北战,身不离马鞍,大腿上的肉很结实。刚才,我

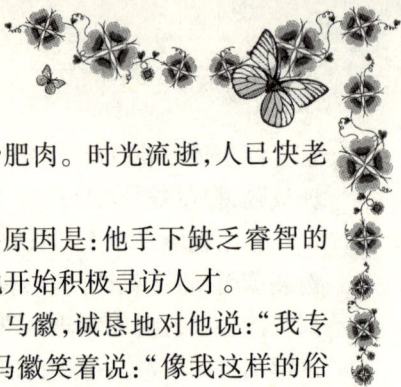

无意摸了摸大腿,由于过于清闲,大腿长了不少肥肉。时光流逝,人已快老了,功业还未建立起来,想起来就感到难过。"

刘备为什么未能建立起功业呢?有个重要原因是:他手下缺乏睿智的人才。痛定思痛,刘备自己也意识到这一点。他开始积极寻访人才。

刘备首先到襄阳拜访大名士"水镜"先生司马徽,诚恳地对他说:"我专程来向您请教天下大事,请先生不吝指教。"司马徽笑着说:"像我这样的俗儒如何懂得天下大事,要谈这些,你要去找有真才实学的俊杰。"刘备请求他务必指点谁是俊杰。司马徽说:"荆州这里被称为卧龙、凤雏的,就是这样的俊杰,你只要请到其中的一位,就足以平定天下了。"刘备又问卧龙、凤雏的名字,司马徽说:"卧龙是诸葛亮,凤雏是庞统。"经司马徽这么一推荐,诸葛亮就成为刘备心中人才的首选对象了。

不久,诸葛亮的好友徐庶来新野,投奔刘备,很快成为刘备的重要谋士。徐庶又极力向刘备推荐诸葛亮,说他的才能远比自己高明。刘备听徐庶一说,就急切地想见诸葛亮,他对徐庶说:"既然你们俩是朋友,就请您辛苦一趟,把他叫来吧。"徐庶摇摇头,正色回答道:"这可不行,像这样的大贤士,一定要将军自己诚心诚意地去请,才能把他请出来。"

刘备比诸葛亮大20岁,但他相信诸葛亮是个了不起的人才,就带着他的两员大将关羽、张飞亲自到隆中村去请诸葛亮出山。

诸葛亮得知刘备要来拜访他,故意躲开,以试探刘备的诚意与决心。刘备第一次到了那儿,扑了个空;第二次去,又未见到人。关羽、张飞都不耐烦了,但刘备牢记徐庶的话,"要诚心诚意地请诸葛亮",当年十月,他第三次又去。诸葛亮终于被刘备的诚意感动了,出来在草堂中接待了刘备。

刘备把关羽、张飞留在外面,自己与诸葛亮在屋中交谈。刘备坦诚地说:"如今汉室衰落,大政落在权臣手中。我自揣浅陋,很想安定汉室,却又不知计将安出,所以特地来请先生指点。"

诸葛亮看见刘备如此虚心求教,也就把自己多年对局势的判断和为刘备设计的谋略和盘托出。他说:"如今,在北方曹操已战胜袁绍,手握百万大军,又挟持天子号令天下,将军就不能仅凭武力与他争高低了。孙权占据江东,父子兄弟已在那儿经营了三代。他有大江天堑的屏障,又得到江东大姓与士人的拥戴。将军只能与他联合,不能打他的主意。"接着,诸葛亮分析了荆州和益州的形势,得出荆州地当要冲,战略地位重要,但刘表无法保住它;而益州沃野千里,有"天府之国"之称,如刘璋之类的无能之辈也守不住它。最后,他对刘备说:"将军是皇室的后代,仁德长者,天下闻名。如果您能占领荆州、益州,对内整顿内政,对外联合孙权,就可立于不败之地。一旦有机

会,将军可从荆州、益州两路出兵,北伐中原。那时,老百姓都将带着酒饭欢迎您的大军。如果这样,将军的大业就可以成功,汉室也就可以复兴了。"

刘备听了,对这位卧龙先生的话佩服得五体投地。他激动地拉着诸葛亮的手说:"先生的话使我茅塞顿开。我一定照先生的计划去做。请先生与我一起去开创功业吧!"

诸葛亮见到刘备以后,对自己的前途已做了仔细的考虑。刘备是汉朝的宗室,诸葛亮正统观念颇深,以"兴微继绝",复兴汉室为己任,扶持刘备名正言顺。

刘备也胸怀复兴汉室大志,虽屡遭挫折,却百折不挠,念念不忘建功立业,两人目标一致;刘备并非志大才疏的庸碌之辈,曹操说他堪称"天下英雄",诸葛亮辅佐他极有可能施展自己的才能。

刘备宽仁待人,他与部下同甘苦,共患难,不仅与关羽、张飞等重要将领结下了兄弟之情,而且与下级小吏、士兵也常常同席而坐,在一个锅里吃饭。刘备任平原相时,有人收买刺客杀他,刺客见他待人宽厚,竟不忍心下手。诸葛亮追随他,政治环境较为宽松,不容易被人嫉妒与陷害。

还有,封建时代的士人都有"士为知己者用,为知己者死"的忠义观念。诸葛亮为刘备三顾茅庐倾心结交的诚意所感动。在后来他给后主刘禅所上的《出师表》中,还念念不忘地说:"先帝不以为我卑贱,亲自屈身下顾,三次到草庐中来看望我,向我询问天下大事。我因此感动万分,答应为先帝奔走效劳,死而后已。"这的确是诸葛亮的肺腑之言。

总之,诸葛亮认为刘备是当时贤明有德的明主,值得他出山效力。再说,此时,诸葛亮的姐姐早已出嫁,弟弟也已长大成人,他已没有后顾之忧了。于是诸葛亮慨然应允,结束了自己在隆中村的"隐居"生活,与刘备一起到新野去了,正式踏上了风云变幻的三国政治舞台。

出山后,诸葛亮杰出的政治才能很快表现出来,刘备视他为师,一切军国大事,都和诸葛亮商量,几乎是言听计从,而且两人"情好日密"。刘备对这位初出茅庐的青年人的宠信,引起了关羽与张飞的不满,他们在背后嘀咕,说什么诸葛亮年纪轻轻,能有多大能耐,刘备把他捧得太高了。刘备叫他们别乱说,又向他们解释说:"我有了孔明先生,就像鱼得水一样。"

如鱼得水,确实是刘备的心里话。他有了诸葛亮的辅佐,如虎添翼,日后顺利攻占益州,建立三国时期三足鼎立的蜀汉政权。诸葛亮得遇刘备何尝不也是犹鱼得水,在刘备的充分信赖和支持下,他得以施展才能,联吴抗曹,不仅建功立业,而且成为千秋传诵的贤相。

❖蒋干中计❖

周瑜被诸葛亮激怒后,决心联刘抗曹。

孙权得知周瑜来到,第二天一早,便召见周瑜。张昭说道:"此次曹操以汉天子名义征伐天下,而且兵精将广,我们不如去求和。"

鲁肃道:"我军求和,曹操或许饶我们一命,可主公去求和,只有死路一条,我家主公怎会受此之辱呢?"

顾雍道:"我们兵力弱小,若要抵抗,我江东父老一定又要饱受战争之苦,曹操素来仁德,不会伤害主公的!"

周瑜道:"曹操老贼打着仁义的旗号,其实却是一代奸雄。他号称百万大军,我已派人去核实,只有几十万大军,曹操此次远征犯了许多兵家大忌:第一,北方战况未平,马腾、韩遂虎视眈眈,他一出战,二人必会乘虚而入,曹操两面征战,必会分心;第二,曹军远道而来,我们以逸待劳对他疲劳之师;第三,曹操的兵士大部分是北方人,北方人不习水性,而且对水战很不熟悉,而曹操却依靠舟楫与我们抗衡,拿自己的弱点和我们的长处相抗争,他明显不占优势;第四,这些中原士兵,长久争战,到了这里因水土不服,很多人生病,也大大削弱了他的士气;第五,现在是隆冬季节,马匹正缺草料。曹操犯了如此之多的兵家大忌,一定会大败而归。主公不必担心,给我3万精兵,进驻夏口,我与曹操势不两立!"

周瑜一席话,说得孙权心里非常痛快,孙权心想:大哥在世之时告诉过我,内不明问鲁肃,外不通请周瑜。今日一见,这二位果真是我的左膀右臂,而张昭、顾雍等人只顾家人性命,不足以共谋大事。孙权呼地一下站起,抽出宝剑,将奏案的一角砍掉,说道:"宁可战死,绝不投降,今后谁若再提投降之事,与这个奏案下场相同!"

于是孙权传下命令:周瑜为大都督,程普为副都督,鲁肃为赞军校尉。周瑜接了命令,带领3万精兵直奔夏口。

曹操大军已经开到江东地带,周瑜刚安营扎寨完毕,曹操便派使者来送战书。封面上写着:"汉大丞相付周都督开折"。周瑜心想:你曹操老贼,挟天子以令诸侯,我周瑜不听你那一套,命人将使者杀掉。

曹操得知使者被斩,大怒,心想:你一个小小的周瑜,竟敢斩掉我的使者,历来两国开战不斩使者,你却敢如此放肆,目中无我曹操,我一定要让你知道一下我的厉害。曹操知道北方将士不习水战,便命令荆州投降的将领蔡瑁、张允带领人马前去攻打周瑜。

周瑜怒斩来使,早已做了开战的准备,他命甘宁为先锋,韩当为左翼,蒋

钦为右翼,各带兵马准备迎战。东吴的兵少,但精通水战,曹操的兵虽多,但许多人都不熟悉水战,站在船上,根本站不稳,更不用说交战了,结果曹军大败。

曹操一看自己的人马再多也没有用,便任命蔡瑁、张允二人负责训练水师。周瑜夜探曹营,一看蔡张二人不仅负责,而且很有方法,心想:不除掉二人,曹军必然会大败我。

曹军和周瑜的人马展开了持久战,曹操心想:我是否可以劝降周瑜呢?他召集文武百官说道:"周瑜乃东吴大将,如果能降服他,东吴军队不战而败,谁能去劝降周瑜呢?"

话音刚落,他手下有一个叫蒋干的人站了起来,说道:"丞相,我与周瑜从小一起长大,关系甚好,我可以去劝降他!"

曹操将信将疑,但也没有合适的人选,便派蒋干去劝降周瑜。

周瑜一听说蒋干前来,知道他是做说客的,便和手下人做好了安排,只等蒋干中计。

周瑜亲自迎接蒋干,刚一见面,周瑜便说道:"你我二人,多年未曾见面,今日不远千里来到江东,一定是替曹操劝降我的,是吧?"

蒋干一听,心中一惊,但马上镇定了下来,说道:"周都督,见外了,你我从小亲密如兄弟,今日特来看望,只是叙叙旧,绝无他事!"

周瑜一笑,说道:"那太好了,今日我们一定一醉方休,里边请!"

周瑜早已安排好了,东吴的良将精英都召集到一起,盛情款待蒋干。

周瑜对大家说:"蒋干虽为曹操的手下,但他与我周瑜是同窗好友,此次前来,只是叙旧,而不是为曹操做说客来了。谁要提起有关战争之事,定斩不饶,我们今日相聚,实在难得,大家尽情地喝,一醉方休。"

蒋干一听周瑜这么一说,心中暗暗叫苦,但也没法说什么,只好先静下来喝酒,等待时机。

东吴文武百官对待蒋干十分客气,轮流向他敬酒,蒋干无心喝酒,但为了不扫周瑜的兴,也只好硬撑着。周瑜说道:"我自领军以来,从不沾酒,今日故友前来,我们不醉不罢休,歌舞侍候!"边歌边舞,气氛十分活跃,一直喝到天黑,每人都喝得有几分醉意。

喝罢多时,酒席撤下,周瑜对蒋干说:"到我们军营去看看。"

蒋干跟随着周瑜一起检阅士兵,各个士兵盔明甲亮,精神抖擞,又参观了粮库,粮草堆积如山。蒋干感叹道:"东吴真是兵精粮足啊!"周瑜道:"这全是江东的英杰,今日集会于此,共谋大业,这可以叫做'群英会'了。"

参观完粮库,周瑜非常亲切地拉着蒋干的手,对蒋干说:"我们多年未曾

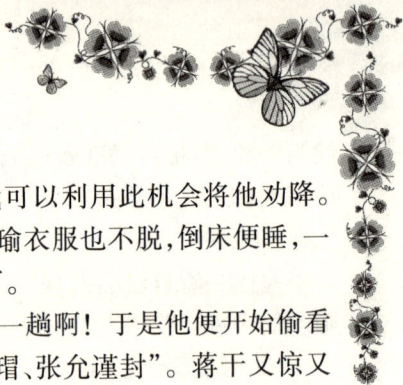

见面,今日到我房中同床共眠。"

蒋干心想:总算可以单独与周瑜相处了,我可以利用此机会将他劝降。随着周瑜来到了房中,蒋干还没来得急说话,周瑜衣服也不脱,倒床便睡,一会儿,又大吐起来,连续呕吐了几次,终于睡沉了。

蒋干却翻来覆去睡不着,心想:我不能白来一趟啊!于是他便开始偷看桌案上的信,最底下有一封信,信面上写着"蔡瑁、张允谨封"。蒋干又惊又喜,连忙偷看,信里写道:"我们本不想降曹,但迫于无奈。我二人愿意投靠周将军,为了表示诚意,我们找机会下手杀了曹操老贼,将其人头献给周将军。"蒋干心想:原来这二人勾结周瑜,来杀害曹丞相啊!

蒋干躺在床上,说什么也睡不着,快天亮了,忽听有人进来,问道:"周都督醒了吗?"周瑜故意装做梦中惊醒的样子,突然问道:"床上睡的是谁?""都督,那不是您的朋友蒋干吗?您昨日喝多了,您不是请蒋干一起同您一床而睡吗?"周瑜道:"我昨日多喝了几杯,不知有没有失言。"那人说道:"江北有人来……"周瑜道:"小点声。"又叫了几声蒋干,蒋干装睡。

周瑜和那人走到帐外,蒋干悄悄地跟着,那人说:"张、蔡两位都督没来得及下手。"蒋干听到此赶快回到床上装睡,周瑜回屋之后,又叫了蒋干几句,蒋干也不搭言。

天刚亮,蒋干立即起身离去,见到曹操把情况一说,又把书信呈上。曹操大怒,便传二人来见,问道:"你们准备什么时候进攻?"

蔡瑁道:"水军还没有熟练,不能贸然进军!"曹操道:"等你们练好了,我的脑袋已到了周瑜那里,来人啊,将二人推出去斩了!"

二人不知怎么回事,便被杀了。刚杀了二人,曹操立刻明白中了周瑜的计了。

蒋干中计,除了蔡、张二人,曹操只好任命经验不丰富的毛玠、于禁为水军都督训练水军。

黄盖苦肉计

曹操知道自己错杀了蔡瑁、张允二人,但他不承认,他对别人说此二人贻误战机才处死。但大谋士荀攸早已看了出来。

荀攸对曹操说:"丞相,我们错杀蔡、张二人,但我们可以将计就计,派人到东吴去诈降,然后里应外合,便可以共破东吴了。"

曹操道:"知我心思者,荀攸也。但不知我军中谁能当担此重任呢?"

荀攸说:"丞相,我们刚刚杀了蔡瑁,他的两个弟弟蔡中、蔡和都在我军中,如果派他们两个去投降东吴,周瑜一定不会起疑心,到时候我们就可以

里应外合了。"

曹操道:"我错杀了二人的兄长,如果二人真的投降了,怎么办呢?"

荀攸说:"丞相,您虽杀了蔡瑁,但二人并没有怨恨您之意,而且二人忠心耿耿,我们此次只派二人去诈降,而不让他带着家眷,如果他二人敢背叛我们,就杀了他们的家人。"

曹操立即召见蔡中、蔡和,二人愿意去诈降,乘着小船来到了东吴。

二人一见周瑜,哭诉道:"我哥哥蔡瑁根本没有错,而曹操老贼昏庸无能,杀了我哥哥,我们想替哥哥报仇,但我们知道我们二人的力量太弱小了,特意来投靠周都督,希望您能收留我们,我们好有机会,为哥哥报仇雪恨,杀了曹操老贼。"

周瑜心想:你二人竟敢诈降于我,我何不将计就计。于是点头答应了二人,又赏给了他们许多钱财,把他们安排在甘宁的手下,周瑜对甘宁说:"此二人没有带家眷,分明是来诈降,我们将计就计,但你要时刻注意二人的行动!"甘宁点头答应。

东吴有一员老将,名叫黄盖,为人忠诚而且有勇有谋,他看到曹军如此之多,又派人来诈降,心想我们为什么不将计就计,也去诈降呢?于是黄盖求见周瑜,周瑜一看老将军求见,连忙起身相迎。

黄盖为人爽直,见到周瑜,便说道:"周都督,曹军兵力占优,我们为何不用火攻呢?"

周瑜道:"老将军所想和我一样,刚才我与诸葛亮也商议此事,我们都认为火攻可以大败曹军,但是我军之中没有人能施诈降计啊?"

黄盖道:"我愿意!"

周瑜摇了摇头,叹了口气道:"老将军,曹操非常奸诈,不受些苦,他是不会相信的,老将军都这么大年纪了,我怕将军难以承受啊?"

黄盖道:"周都督,我黄盖身经百战,生死都不怕,还怕受苦不成?主公对我十分尊敬,为了主公,我宁愿不要这条老命了!"

周瑜大为感动,二人商议好了如何演这场"戏"。

第二天,周瑜召集文武百官,甘宁手下的蔡中、蔡和也参加了。周瑜说道:"曹军几十万,绵延几百里,我们要准备长久之战!"话音刚落,黄盖站起来,说道:"周都督,只守城而不攻,这样下去,一旦曹军水师练好,我们必然做了他的俘虏。还不如现在就投降了曹操呢!"

周瑜一听,大怒,说道:"我家主公决定出战,谁敢再提投降二字,立即斩首!"

黄盖也不甘示弱,说道:"你分明是贪生怕死,顾及妻儿,我黄盖顶天立

地,绝不像你一样缩手缩脚!"

周瑜大怒,道:"来人,将黄盖推出去斩首示众!"众将官跪倒,给老将军求情,周瑜这才摆了摆手道:"看在众人的面子上,我暂且饶你不死,不过死罪饶过,活罪难免,来人啊,给我打100大板!"

老将军被打得皮开肉绽,鲜血直流,众人都埋怨周瑜太狠了。周瑜心里也十分难过,但为了大败曹操,也只好如此。

阚泽是黄盖的密友,此人能言善辩,而且很有智谋,他早就看出了这是一条苦肉计。他看望黄盖,二人畅谈至深夜,黄盖让好友去曹营送诈降书。

阚泽能说善道,曹操相信了他的话,但曹操生性多疑,他又派人去询问蔡中、蔡和二人。甘宁故意让人二人送出话去,他二人告诉曹操,黄盖确实与周瑜闹翻了脸,而且黄盖还受了苦刑。

曹操心想:这次可是真的,你周瑜等着瞧吧,我取你项上人头的日子不远了,便和阚泽商议好接受投降的方式。

曹操对此事深信不疑,他万万没有想到,这是黄盖的苦肉计,为此,曹操赤壁之战中大败,险些全军覆没,自己也差点儿丢了性命。

❈ 赤壁大战 ❈

建安十三年(208年)九月,曹操带领大军进攻荆州。刘表已在八月病死,次子刘琮即位。刘琮害怕曹操,献地投降。刘备率领部下从樊城向南撤退,有十多万官吏百姓依附他,随军南下,走得很慢。走到当阳县长坂,被曹军追上。刘备只能带领几十名将领逃脱,逃到夏口(今湖北汉口),跟关羽、刘琦的水军会合。曹操大军占领了江陵,并致书威胁孙权,想顺江东下一举消灭刘备与东吴。

孙权知道刘表病死,早已派鲁肃以吊丧为名前往联络刘备;刘备派诸葛亮随鲁肃到柴桑(今江西九江西南)拜见孙权,商议联合抗曹。孙权接到曹操书信后,东吴群臣议论纷纷,有的主张打,有的主张投降。孙权的大将周瑜、鲁肃及诸葛亮给孙权详细分析了形势,并指出了曹兵的几大不利因素:远来疲惫不堪,士兵不适应南方水土,不善水战,荆州的降兵不是真心投降,曹操的大后方有马腾、韩遂的威胁。孙权于是坚定了信心,派周瑜、程普、鲁肃领兵三万向西开进。刘备有兵力一万多,驻在樊口(在鄂城县西北)。孙刘联军共约五万兵力,在赤壁(今湖北省黄冈城外,一说在蒲圻县西北)跟曹军隔江对峙。曹操军队号称80万,至少有20多万。周瑜部将黄盖说:"敌众我寡,不能长久对抗。曹军不习水战,将战船连接在一起,可用火攻战胜它。"十月周瑜派黄盖假装投降,率领十只大战船开向曹营。船上装满芦苇

枯柴,灌上油,蒙上幕布,插上旌旗;后面系着快船。离曹军两里左右,十只船同时点火,乘着迅猛的东南风飞箭般烧进曹营,从水寨烧到旱寨。周瑜乘胜进攻,曹军崩溃,从华容道(黄冈西北)逃走。刘备、周瑜水陆并进,一直追到南郡(今湖北江陵)。曹操主力伤亡大半。这一战,奠定了三国鼎立的局面。

三国·两晋·南北朝

曹丕代汉

东汉末年,董卓专断国柄,浊乱朝政,引起各地军阀蜂起,以讨董为名相互残杀。在这场混战中,曹操以"挟天子而令诸侯"的策略,号令群雄,统一了北方。公元220年正月,这位曾运筹演谋、鞭挞宇内的超世之杰,在洛阳病逝。他把"若天命在吾,吾为周文王"的梦想留给了他的儿子曹丕。

曹丕是一位从小喜好骑马射箭,"博通古今经传诸子百家之书"的文武通才。曹操去世后,继任魏王、丞相。此时,三国形势相对稳定,曹丕毅然决定改变策略,正式称帝。他暗地里授意身边近臣为他夺取汉朝天下大造舆论。太史丞许芝对此心融神会,立即编造谶语:"日载东,绝火光;不横一,圣聪明。四百之外,易姓王。""日载东"、"不横一"恰好是"曹丕"二字,意思是汉朝延续四百年的火德已断绝,应由圣明的曹丕易姓统治天下。接着朝中大臣上百人随声附和,频频联名上书达十六次之多,搞得朝里朝外沸沸扬扬。汉献帝面对这强大的舆论攻势左思右忖,惶惶不可终日。他打心眼里不愿将祖宗创下的基业拱手送给他人,但又担心如不让位,性命难保。万般无奈,只得降诏禅位,并在繁阳亭修筑禅让坛。公元220年10月29日,公卿、列侯、三军将士、匈奴单于、四夷朝拜者数万人毕恭毕敬聚集坛下陪位列席,举行了盛况空前的禅让仪式。曹丕头戴天子旒冕,身着黑色龙衮,乘坐绣有日月星辰各种花纹的金银车,缓缓来到坛下。献帝双手将皇帝玉玺交给曹丕,宣告禅位。紧接着曹丕诵读受禅书,正式即位称帝。改国号为魏,改年号为黄初。

至此,统治中国几百年的汉王朝灭亡。曹丕成为曹魏政权第一位皇帝——魏文帝。

七擒孟获

诸葛亮治蜀,是为了以蜀为基地北伐曹魏。但要北伐,不处理好与周边各族的关系,不仅影响战争胜负,而且直接威胁着蜀汉政权的巩固。所以当蜀汉内政相对稳定后,诸葛亮便开始着手解决与南中各族的关系问题。

南中(云、贵和四川西南部)历来就是少数民族的聚居地。刘备定蜀之后,曾置庲降督进行治理。不久,猇亭失利,刘备又去世,少数民族首领孟获、雍闿等人杀死蜀国官吏,公开发动叛乱。

公元225年3月,诸葛亮下令兵分三路进军南中。由李恢攻打益州豪强孟获和雍闿,马忠攻打牂牁叛将朱褒,诸葛亮则亲自攻打越巂夷王高定。出征时,诸葛亮采纳了马谡"攻心为上,攻城为下"的建议。

不久,越巂、牂牁相继攻破。诸葛亮会合各军渡过沪水追击孟获。由于孟获在当地享有一定威望,诸葛亮下令必须活捉,不得伤害。当孟获被俘押进军帐时,他丝毫没有败军之将的沮丧,反而一脸傲气。为了打消孟获的嚣张气焰,让他了解蜀国的强大,诸葛亮亲自陪同孟获参观蜀军阵营。面对严整肃穆、斗志昂扬的蜀军,孟获顿感阵阵威慑,内心无比空虚。诸葛亮乘机追问:"这样的军队你看怎么样?"孟获故作镇静地狡辩道:"过去我不知虚实,所以战败。今天承蒙丞相恩赐让我观看军营,不过如此。我定能反败为胜!"诸葛亮笑道:"好!我立即放你回去,你重振旗鼓,再来较量!"孟获与蜀军一战再战,七次战败,七次被擒。孟获第七次被抓获时,诸葛亮仍旧命令放他回去,允许他再战。此时的孟获扑通一声跪在地上,泪流满面,羞愧得无地自容地喊道:"诸葛公天威,我再也不反叛了!"12月,诸葛亮班师回成都。

❖挥泪斩马谡❖

诸葛亮七擒孟获,平定了南部叛乱,班师回朝。而这时魏帝曹丕已死,由太子曹睿继位。曹睿年幼无知,魏国的大权落在曹休、曹真和司马懿手中。诸葛亮心想:曹丕刚死,魏国上下军心不稳,正是出师北伐的良机,我何不带兵去伐魏呢!于是,诸葛亮给后主刘禅写了一道出师表,于建兴五年春出师伐魏。

诸葛亮决定从西边攻打祁山(今甘肃省礼县),然后沿大路攻向长安。诸葛亮认为祁山地势险要,一旦攻下,便可以在此安营扎寨,进可攻长安,退可守祁山。

大将魏延对诸葛亮说道:"丞相,我们从西边攻打祁山,路程远,道路艰难,会浪费好长时间。我们不如派一部分人马从小路攻打长安,长安守将夏侯懋,胆小怕事,一见我们大军压境,必然会弃城而逃。到时候丞相再从斜谷杀来,我们就可以乘胜攻打咸阳。咸阳失去了长安城的屏障,很容易攻破。"

诸葛亮道:"将军的计策有些冒险,如果我们在长安久攻不下,必然会影

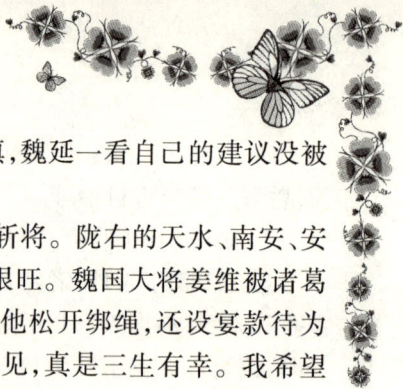

响我们的士气!"诸葛亮用兵如神,而且十分谨慎,魏延一看自己的建议没被采纳,心中十分不满。

诸葛亮率大军从西边打来,一路之上,过关斩将。陇右的天水、南安、安定三个郡都归降了蜀国。蜀国实力大增,士气很旺。魏国大将姜维被诸葛亮设计活捉,诸葛亮很佩服姜维的才能,亲自为他松开绑绳,还设宴款待为他压惊,诸葛亮说道:"我久闻将军大名,今日一见,真是三生有幸。我希望将军能辅佐我朝天子攻打天下,如果将军不愿效劳,将军请便。"姜维不知是真是假,但是心里很佩服诸葛亮,一是他用兵如神,二是如此爱惜将才。姜维走出蜀军大营,一看没有人追击,心想:这样的丞相,实在难找,我何不归顺他!于是又回来了。诸葛亮亲自迎接,从此大将姜维就跟着诸葛亮东征西战。

魏帝曹睿得知诸葛亮率领蜀军势如破竹,连续攻破三个郡,心中大惊,忙召集群臣商议对策。司马懿道:"陛下,诸葛亮来者不善,我们要火速派兵抵抗,如果他攻下长安,咸阳就难保了。我愿带领一部分人马西进阻挡蜀军前进,同时争夺街亭。只要我军夺下街亭,蜀军就很难前进了。为了安全,您再派张郃将军带领一部分人马为先遣军队,杀一杀蜀军的锐气。"魏帝曹睿昏庸无能,对行军打仗之事,一无所知,一见司马懿说得条条是道,便点头答应。

张郃为先锋,向西挺进,司马懿带领大队人马随后而上,直奔街亭。

司马懿也善于用兵,但诸葛亮计高一筹,他早断到司马懿会夺街亭,便问众将:"哪位将军愿意去守街亭,这里地方虽小,但是咽喉要道。如果街亭失守,我们的粮草就无法顺畅运到大营,那么我们就很难东进了。"话音未落,马谡就说:"丞相,末将愿意!"诸葛亮一看是马谡,想起先王刘备所说的话,认为马谡言过其实。但又一想:街亭,只要尽职尽责,很容易守住,便再三叮嘱:"将军,千万小心,司马懿擅长用兵,张郃也武艺高强,不可轻敌!"马谡道:"丞相,您就放心吧。我自幼熟读兵书,一个小小的街亭,我还守不住吗?我一定能守住街亭!"

诸葛亮怕马谡大意,便派王平为副将一同前往。王平也是历经百战,很有经验和谋略,深受诸葛亮喜欢。

马谡、王平带领2.5万精兵来到街亭。他看了看地形,对王平说道:"这是一座高山,我们若在山顶上安营扎寨,曹军一来,我们可以从高处杀下来,我们居高临下,势如破竹,一定会杀得曹军大败而归。"

王平仔细分析了一下地形,又想起丞相的话,便说道:"将军,万万不可在山顶扎寨,丞相再三叮嘱,一定要在道口处安营扎寨。这里是一座孤山,

那司马懿擅长用兵，一看我们在山顶安营，一定会将此山团团围住，到时候我们的粮草被切断，曹军会不战而胜的啊！"

马谡一脸不高兴，说道："我自幼熟读兵书，难道这一点还用你提醒吗？"二人意见不统一，王平只好带领5000人马在山的西边扎一小寨。王平知道马谡这样做，很可能失街亭，便立即画下地图，派人火速去见丞相。

诸葛亮知道街亭之地十分险要，日夜惦记。这一日，他接到王平派人送来的地图，展开一看，顿时惊呆了，一看马谡没有按自己的意图去做，而把军队驻扎在山顶之上。他仰天长叹："我怎么会用马谡这等庸才啊！他自视聪明，我军此次北伐必然失败啊！街亭失守，粮道被断，天水、南安、安定也难保啊！"诸葛亮非常焦急，又十分痛恨马谡，但事情已至此，只好另作打算。他紧急传令赵云、邓艺速速撤军。又命5000士兵去西城抢运粮草，以免被魏军夺取。

诸葛亮用错人，却给魏军一个机会。司马懿一看街亭已有蜀兵把守，心想：都说诸葛亮用兵如神，看来果真如此！他带领大军继续前进，远远看到蜀兵在山顶上安营扎寨，大悦，仰头大笑，说道："想不到诸葛亮竟用此等庸才，街亭必属于我们！"于是下令围山。

司马懿将山团团包围，切断了蜀军的水源，蜀军一看到漫山遍野的魏军，都有些心惊胆战，早已丧失了斗志，军心大乱。马谡一看街亭难以守住，便带领军队冲杀下来，但几次都被魏军打败。后来王平带领人马前去接应，马谡这才带领残兵败将冲杀了下来。司马懿占领了街亭，派大将张郃守护。

司马懿率军去抢夺西城的粮草，但早已被蜀军运走。司马懿说道："诸葛亮确实料事如神，他知道街亭失守，我必然会带人马来抢夺粮草！"

诸葛亮北伐没有成功，他详细查问街亭失守的原因，得知是马谡把自己的叮嘱束之高阁，而且不听王平劝阻才造成的，十分生气，命人将马谡斩首。

马谡被斩后，诸葛亮放声大哭，边哭边说道："你在我面前夸下海口，可你不听劝告，不斩你，怎能服众！"众人忙劝解，诸葛亮说道："我并不是为斩马谡而伤心，先王曾和我说过，'马谡言过其实'，而我却还重用他，我是恨我自己为何不听先王的劝告啊！"这就是诸葛亮挥泪斩马谡的故事。

孙琳废吴帝

孙亮继位以后，由孙峻辅政。孙峻去世，从弟孙琳代其辅政。孙琳骄横专权，令吴帝孙亮恨之入骨。第二年，15岁的孙亮亲理政事。他首先选拔15岁以上，18岁以下的士卒子弟3000人组成一支独立的军队，然后任用力大勇猛的大将子弟为将帅，每天在苑中教习武艺，力图培植自己的兵力。孙亮

还常到中书省，了解学习孙权当年处理政务的办法，并命左右侍臣说："大将军孙琳询问政事，由我来写怎么样？"此后凡孙琳表奏，孙亮常常多加追问，使孙琳十分难堪，心里害怕。于是称病不朝，派其弟威远将军孙据把守仓龙门，武将军孙恩、偏将军孙干、长水校尉孙闿分别屯守营垒，以防不测。

孙亮暗地里与鲁班公主、将军刘承密谋诛杀孙琳。全皇后的父亲全尚任太常、卫将军，孙亮密令全尚之子全纪转告其父，暗地里将孙琳统领的军队整顿好，由孙亮率军将他们包围，然后解除武装。孙亮一再告诫全纪此事只能告诉他的父亲，万万不能让他的母亲知道，因为全纪的母亲是孙琳的姐姐。一旦泄漏，非同小可。但是，全尚竟无远虑，果真将此事透露于妻子。其妻立即将此事通报孙琳。

公元258年9月，孙琳派兵夜袭全尚，将其抓获，将刘承杀死。天亮，包围了皇宫。吴帝孙亮大怒，跨马带箭打算冲出宫去，被近臣和乳母上前拉住。孙亮大声责骂全皇后："都是你那昏乱的父亲，败坏了我的大事！"孙琳命光禄勋孟宗祭告太庙，将吴帝孙亮废为会稽王，迎立琅邪王孙休为帝，改元永安。以孙琳为丞相、荆州牧。封孙和之子孙皓为乌程侯。

❀❖孙皓暴虐害民❖❀

孙休死后，左典军万彧屡屡向丞相濮阳兴、左将军张布举荐孙皓。濮阳兴、张布奏请朱太后，打算以孙皓继位。太后说："我一寡妇，怎知社稷大事，只要吴国不灭，孙氏后继有人就可以。"公元263年7月，迎孙皓为帝。

孙皓刚即位，就显露其骄残淫奢的本性。当时蜀汉刚灭亡，东吴在长江上游失去屏障，他便慌忙把都城从建业迁到武昌。宫中一切费用，仍靠长江下游百姓溯流供给，造成"无灾而民命尽，无为而国财空"，引起普遍不满，有民谣唱道："宁饮建业水，不食武昌鱼；宁还建业死，不止武昌居。"第二年，又将都城搬回建业。孙皓回到建业后，立即命黄门郎奔走各州郡，科取将帅官吏家的女儿，凡年龄到十五六岁，一律要经黄门郎审视，审视不中者才可另出嫁。黄门郎还到州郡挑选民女，有钱交钱，无钱送人。造成吴国后宫常年旷积成千上万的女子。孙皓又嫌孙权建的太初宫小而简陋，公元267年，命郡守以下的官吏全部进山监督帮助砍伐木材，在太初宫之东另建一座方圆500丈富丽堂皇的昭明宫，并拆毁建业周围许多军营，垒假山，建亭阁，大造苑囿，耗资亿万。沉重的赋调徭役逼得东吴人民"老幼饥寒，家户菜色"，过着极其贫困的生活。朝中大臣眼见国家迅速走向败亡，频频上书劝谏。尚书熊睦进谏，孙皓竟用刀环打得他体无完肤，最后致死。太子太傅贺邵上书极谏，孙皓却怀恨在心。不久贺邵身患中风，不能说话。孙皓怀疑他装病，

掠拷千遍,贺邵一句话也说不出,最后,孙皓惨无人道地用烧红的锯子锯下贺邵的头。

孙皓如此暴虐,弄得上下离心,人人自危,积弊重重,东吴的统治再也无法维持下去了。

"司马昭之心,路人皆知"

曹操当政时,为争取世家豪族的支持,曾征聘地方名士出来做官。河内(今河南武陟)人司马懿出身名门士族,青少年时就颇有些名气。曹操虽请他出来,但未加以重用。到曹丕即位,他成了朝廷重臣。丕死,他与大将军曹真两人受命辅佐魏明帝曹睿。这时,他曾统帅劲师,北定辽东,西拒巴蜀。在战争中,他逐渐掌握了军事大权。明帝死,他又同已故大将军曹真的儿子曹爽共同受诏,辅佐八岁的小皇帝曹芳。这样,就形成了曹氏与司马氏两派政治势力。

曹爽年轻,起初他对老臣司马懿是很敬畏的,后来,受人怂恿,想扩张自己的势力,就设谋夺了司马懿的军权,给他个位尊而无实权的太傅头衔,让他去做小皇帝的老师。

老谋深算的司马懿眼见曹爽集团的势力正炙手可热,就假装把官位让了,称病在家,暗中却布置儿子司马师抓到了统领京师禁卫军的重要兵权。

曹爽对司马懿也并不放心,就派心腹李胜去探听情况。

司马懿听说李胜要来,就同儿子司马师和司马昭说:"这是曹爽派来的密探!"他将计就计,披头散发卧在床上,装作重病的样子。李胜来到床前,他故意让两名婢女扶起见他。李胜致意问候,他就故作神志不清,错乱其辞。一会儿,他用手指口,侍婢会意,端上一碗粥来。他边喝,粥就边从嘴角流出,沾满前胸。他说不上几句话,就卧在床上气喘吁吁,好像危在旦夕了。

李胜见状信以为真,回去就对曹爽说:"司马公病入膏肓,形神已经离散,不久人世了。"曹爽也就以为司马懿不足为虑,去掉心腹之患,更加放肆了。这是公元248年冬的事。

转年正月,曹爽陪同皇帝曹芳去京城以南的高平皇陵祭祖,司马懿乘机以迅雷不及掩耳之势发动了政变。他调集敢死士卒三千人控制了都城洛阳,亲自屯兵洛水浮桥,控制要道,并发布诏书,声讨曹爽的罪行。

司马懿政变成功了,曹爽被迫交出兵权。不久,曹爽及其家族、党羽都被诛灭。史称"高平陵事变"。

高平陵事变后,曹魏政权实际上已逐渐控制在司马氏手中。71岁的司马懿两年后死去,司马师、司马昭兄弟俩相继执政。朝廷内外的重臣、将领

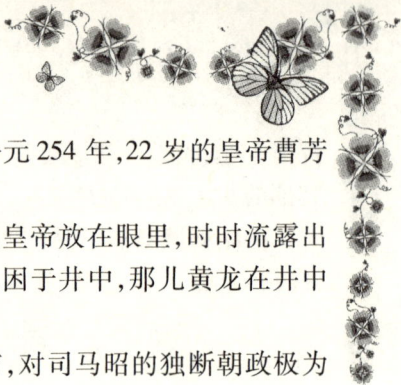

曾接二连三进行反抗,但先后都被镇压下去。公元254年,22岁的皇帝曹芳也被废掉,另立了14岁的曹髦当傀儡。

司马昭做丞相执政时,专横跋扈,根本不把皇帝放在眼里,时时流露出篡权的野心。这时,民间到处流传着:这儿青龙困于井中,那儿黄龙在井中出现。

这时,小皇帝曹髦也年近20,不甘任人摆布,对司马昭的独断朝政极为不满。他有感于黄龙的传闻,就提笔写了一首《潜龙诗》,借以抒发心中的忧愤。诗的大意是:"可怜的黄龙被困于井中,不能够去到大海中自由翻腾。泥鳅鳝鱼居然也敢来欺侮,竟在黄龙面前摇头摆尾逞能。可怜的黄龙啊,我眼前的处境与你多么相同。"

司马昭很快就知道了曹髦的诗,非常恼怒。不久,他故意逼皇帝封他做晋公,按古制给以最尊崇的礼遇。显然,这是篡夺皇位的试探。

皇帝曹髦眼见司马昭气焰日甚一日,忧愤难平。他请来尚书王经,还有两位大臣王沈和王业,曹髦愤愤地说:"列卿,司马昭之心,路人皆知,是可忍,孰不可忍?朕与其坐以待毙,何不趁早下手与他拼一场!"尚书王经苦劝皇帝三思而行。王沈、王业一声不吭。曹髦从怀中取出已用黄绸写好的诏书,说:"朕意已定,死亦不足畏!"

王沈、王业出来后就去向司马昭告密了。

曹髦亲自率宫中的几百名卫兵以及官奴、僮仆,吵吵嚷嚷要去进攻司马昭。曹髦还未见到司马昭,正碰上皇家禁军的首领中护军贾充带兵而来。贾充是司马昭的部下,战不多时,曹髦就被贾充指使的凶手成济杀死了。这位年轻的皇帝死了,他那句"司马昭之心,路人皆知"的话却流传下来,成为一句成语。人们往往用这成语去比喻某些人心怀歹意而又已暴露无遗的情景。

司马昭做贼心虚,为了收买人心,事后出来假惺惺的责备自己尽职不力。他不忍拿心腹贾充开刀,就把成济作为替罪羊,灭了三族。成济临刑前心怀不平,大骂不休。司马昭原本想借此平息舆论,结果是欲盖弥彰。这一来,他不敢贸然自称皇帝,就又立了曹操的孙子15岁的曹奂做皇帝。

这是公元260年的事,曹魏政权名存实亡了。

五年后,司马昭死去。魏国的末代皇帝曹奂同东汉的末代皇帝刘协一样,也在一次隆重的朝典上被迫宣布,甘愿效法古代圣哲尧舜,把皇位让给贤臣,逊位隐去。但"禅让"的典礼一结束,他回去就抱头痛哭起来。

在禅让的朝典上,司马昭的儿子晋王司马炎也效法曹操的儿子魏王曹丕受禅时的样子,假意推让再三,最后也就接过象征皇权的玺绶,宣称国号

为晋,定都洛阳,改历法,大封臣僚,建立起另一个新王朝。

十五年后,晋灭东吴。

这段历史叫三国归一晋。

晋历时一百五十六年。前五十二年都城在洛阳,史称西晋(265—316);后一百〇四年都城在建康(今江苏南京市),史称东晋(317—420)。故又有"两晋"之称。

八王之乱

西晋太熙元年(290年),晋武帝死后,惠帝即位,年三十二岁,天生痴呆,由武帝的杨皇后之父杨骏辅政。武帝因为自太康年间后期开始便不留心政事,宠幸外戚,以致使杨骏、杨珧、杨济独揽大权,时号"三杨"。武帝死后,杨骏竭力排斥异党,亲宠左右。

当时汝南王司马亮为大司马,出督豫州,镇守许昌,司空石鉴与中护军张劭监统山陵,有人传告杨骏,说汝南王司马亮到许昌,想举兵讨伐杨氏。杨骏听后十分恐惧,便找杨皇后商量。杨皇后让惠帝写了一封手诏,命令石鉴与张劭去讨伐汝南王司马亮。石鉴认为这样不妥,就按兵不动,只是派人秘密窥视情况的发展。见汝南王司马亮并没有什么迹象,于是杨骏也就不再催促。

元康元年(291年),生性酷毒,与杨氏嫌恨甚深的贾后,不甘杨氏的专政,便带信给汝南王司马亮,让他连夜起兵讨伐杨骏。汝南王司马亮说:"杨骏凶暴,死期不远了,不足为虑。"贾后又带信让楚王司马玮率兵前来。楚王司马玮先入朝,请惠帝废除杨骏,东安公司马繇则率领殿中四百人尾随其后。太傅主簿朱振听说此事后便对杨骏说:"你可以派人烧了云龙门,然后追查带头起事的。再打开万春门,调来东宫及外营的部队,拥翼皇主子,进宫抓起犯乱者。"杨骏素来胆小,正遇上殿中的兵马赶到,杨骏被杀。贾后接着秘密授令诛杀杨氏亲党,灭其三族。杨皇后在宫中发现叛乱已起,便在布帛上写着:"救太傅者有赏",射到城外。事平后,贾后以杨皇后为杨骏同谋,将他废为庶人,第二年杨皇后绝食而死。

杨骏被杀之后,便由汝南王司马亮与太保卫瓘共同辅政。以楚王司马玮为卫将军,进东安公司马繇为王。司马繇兄长司马澹对司马繇一直很讨厌,而司马繇也想借这次平乱后独揽朝政,于是王澹便到汝南王司马亮处离间。司马亮听了司马澹的话,免了司马繇的官,又将他废徙到带方(今朝鲜境内)。楚王司马玮年少果锐,事刑威厉,朝廷对他不放心,汝南王司马亮与卫瓘商量,让他回自己的藩地。楚王司马玮于是便到贾后处谮言亮与卫瓘。

贾后便让惠王下诏废除二公，并命楚王司马玮行事，杀了司马亮与卫瓘。楚王司马玮的亲信这时献计说："你可趁用兵之时，杀了贾后的族兄贾模、从舅郭彰等，以此匡正王室，安抚天下。"楚王司马玮犹豫不决。天亮时，贾后则先走一步，以楚王司马玮矫诏专杀之罪，杀了楚王司马玮。此后，贾后专权，以张华为侍中、中书监，裴頠为侍中，与贾模一同辅政。

不久，贾后与太子遹之间矛盾加剧。永康元年（300 年），贾后矫诏废杀太子。赵王司马伦、孙秀趁机命翊军校尉齐王司马冏带兵入宫中，将贾后抓起，废为庶人，旋又杀之，灭贾氏族党，并杀死贾后亲信张华、裴頠等。接着，赵王司马伦自任使持节、督中外诸军事、相国、侍中，以孙秀为中书令，控制了朝廷的大权。

淮南王司马允此时正担任中护军，密养敢死之士，密谋驱逐赵王司马伦。赵王司马伦听说后恐惧，将淮南王司马允转升为太尉，另外多加优厚，想以此夺取他的兵权。淮南王司马允知其阴谋，便假称有病不赴。赵王司马伦派御史逼淮南王司马允前行，并扣留了他的官属，指责他大逆不道。允无奈，就率领家兵及帐下的七百人出讨赵王伦。快到宫前时，尚书左丞王舆见势不好，便关闭了东掖门，不让淮南王允进去，司马允只好不去围攻相府。当时赵王司马伦之子虔正在门下省，便派司马督护伏胤率领四百人从宫中出来，诈称援助，淮南王司马允急需救助，不知是计，就下车接见，被伏胤杀死。孙秀一直与潘岳、石崇有隙，这时就趁机指责他们是淮南王党，也一起捕起杀死。

永康二年（301 年），赵王司马伦专权心切，便将惠帝移到金墉，自立为王，改元建始。不久，齐王司马冏起兵反赵王司马伦，成都王司马颖在邺（今河南临漳），常山王在其藩地，也一同起兵响应。河间王司马颙在关中，派张方去援助赵王司马伦，但一见齐王司马冏、成都王司马颖势力甚大，便反过来又支持二王。由于诸王的投入，"八王之乱"开始发展为一场大混战。四月，左卫将军王舆与尚书广陵公催带兵入宫，杀了孙秀，先逐赵王伦归第，随后一同杀了，将惠帝重新从金墉迎回。齐王冏带兵至洛阳，甲兵十万，旌旗招展，震动京师。惠帝拜齐王冏为大司马，都督中外军事，加九锡之命，又封成都王司马颖为大将军，录尚书事也加九锡。成都王司马颖接受了他的建议，以母亲身体不佳为托词不受九锡，回到邺城。

齐王冏辅政，一开始就大建官邸，沉湎酒色，不入觐朝见，外事唯亲是宠，选举不均，以至朝廷侧目，海内失望。司马冏兄东莱王司马蕤与王舆一起计谋废除齐王司马冏，但事情泄密，东莱王蕤被免为庶人，王舆被杀。

永宁二年（302 年），河间王司马颙起兵反齐王冏，成都王司马颖响应，长

沙王也率兵前来协助。长沙王见了成都王司马颖，说："天下之事，应以先帝之业为先，我们应当维护它。"听者对他都有所惧怕。李含这时便对河间王司马颙说："可以放心让长沙王去讨伐齐王冏，并且同时把这事预先透漏给齐王冏，齐王冏一定会起兵灭杀长沙王，然后再将罪归于齐王冏，消灭齐王冏而立成都王司马颖。"河间王司马颙听从了李含的计策。果然，齐王冏派将领董艾去袭击长沙王，双方交战后齐王冏部败阵。长沙王抓住了齐王冏，并将他杀了。河间王司马颙原以为冏强而颖弱，可是结局却出乎意料，于是便发布通知，动员诸方力量讨伐长沙王。

太安二年（303年），成都王司马颖、河间王司马颙起兵攻打长沙王。河间王绲以张方为都督，领精兵七万开赴洛阳，成都王司马颖以陆机为将军，督王粹、牵秀、石超等二十余万人，浩浩荡荡向洛阳逼近。惠帝暂避洛阳西十三里桥，参军皇甫商率兵在宣阳（属河南）抵抗张方，被张方击败。张方进入洛阳，烧毁清明、开阳二门，死者万计。石超带兵追赶惠帝的随从。攻下缑氏（河南偃师）后，放火焚烧。不久，王师回军洛阳，在东阳门击破牵秀，在建春门击破陆机。长沙王奉惠帝之命讨伐张方，在洛阳城中交战，张方部下见惠帝乘舆前来，便往后退去，张方阻止不住，大败而去，退到十三里桥。这时人心沮丧，有人便劝张方趁夜溜之大吉，张方说："兵之胜败是常事，贵在因败而反过来取胜。我们可以出其不意袭击洛城，这才叫做用兵之奇。"于是在夜里偷偷带兵进入洛城。长沙王刚刚打了胜仗，有些麻痹，这时率兵出战，被张方打败。张方围城多日，但始终不能攻克，想撤回长安。

这时，被张方所围的洛阳缺粮大饥，殿中的一些将领也苦于死守，便密谋趁夜抓住长沙王，逼东海王司马越出来作主，并通知惠帝免除长沙王的职位，将他送到金墉。张方则趁机派部将赶到金墉，杀了长沙王。八王之中，长沙王是最有才略的一个，等到长沙王死，大局便越发不可收拾。永兴元年（304年），东海王越开城迎成都王司马颖，以成都王司马颖为丞相，东海王越为尚书令。成都王司马颖仍率部还邺城，张方也在掠劫奴婢万余人后西还。

该年七月，右卫将军陈眕及长沙王的旧将上官已等人起兵讨伐成都王司马颖，惠帝也亲自北征，聚兵十万以上，逼近邺城。成都王司马颖派石超迎战，结果王师被打败，并抓获了惠帝，侍中嵇绍（嵇康子）保护惠帝，被兵士所杀。河间王司马颙起兵来协助成都王司马颖，命令张方率兵进入洛阳，东海王越逃回东海。

与此同时，王浚在幽州起兵，联合鲜卑、乌桓及并州刺史东瀛公腾，南下讨伐成都王司马颖。成都王司马颖命石超等人抵抗，被击败。邺中大震，人心涣散。卢志劝成都王司马颖将惠帝送回洛阳，五天后至洛城。王浚乘胜

追击,攻克邺城,杀烧劫掠,荼毒百姓。张方也趁势逼惠帝走洛阳,行前,军士抢劫后宫、分争府藏,一时魏晋以来的宝藏,被一扫而空。十一月,惠帝一行到达长安,立豫章王炽为皇太弟,以河间王司马颙都督中外军务,张方为中领军,录尚书事,领京兆太守。

永兴二年(305年),东海王司马越起兵征伐河间王司马颙及张方,王浚等推东海王司马越为盟主,东海王司马越于是以刘乔为冀州刺史,以范阳王司马虓领豫州。刘乔与范阳王虓有隙,河间王司马颙便命其部将配合刘乔一起攻打范阳王司马虓。司马虓失败,派人去幽州求兵,得到突骑八百余人,打败了刘乔。河间王司马颙命令刘弘等去援助刘乔,刘弘认为张方一伙残暴无度,一定会败,便派人到东海王司马越处求和。成都王司马颖进驻洛阳,与河间王司马颙一同抵御东海王司马越。永兴三年(306年),范阳王司马虓渡官渡(河南中牟县北),攻下荥阳,杀死石超,分兵许昌,又破刘乔。河间王司马颙听说刘乔败,大为惊惧,心想罢兵,但又恐怕张方不会答应,正犹豫不定时,有人劝他还是赶紧杀了张方,以此谢罪。于是河间王司马颙派郅辅去杀了张方,将首级示之东军,并要求与东海王司马越求和。

东海王司马越不答应,发兵西进。成都王司马颖从洛阳逃至华阳。东海王司马越派其部将祁弘等进兵长安寻惠帝。河间王司马颙知道大事不妙,先派人杀了郅辅,然后派彭随等前去迎战祁弘,但大败而归。河间王司马颙又派马瞻等抵御祁弘部队,也战败而亡。河间王司马颙一人乘马,逃往大白山。祁弘于是率兵进入长安,所部鲜卑在城中大掠,杀人二万余。不日便奉命护惠帝返回洛阳。惠帝以东海王司马越为太傅,录尚书事。成都王司马颖则从华阳过武关,想回自己藩地,被刘弘中途截住,成都王司马颖丢下母亲、妻子,单车与二子渡河奔朝歌,想搜罗故将残兵,归属公师藩,被冯嵩在中途抓住,送到邺城,不久被杀。河间王司马颙逃到南山后,此时正被麋晃等围在城中,不久诏他为司马,河间王司马颙信以为真,结果在中途被南阳王司马模部将杀死在车中。永兴三年十一日,惠帝中毒而死,传为东海王司马越所害,太子炽即位,是为怀帝。"八王之乱"自此结束。

八王之乱前后历经十六年,给了建立不久的晋王朝以毁灭性的打击,从内部挫伤了它的元气,并因无暇顾及边防,而使少数民族的贵族能乘机起兵,扶植势力,对此后历史产生了巨大的消极作用。

贾皇后恶有恶报

贾南风当了惠帝的皇后,又除掉了不听她话的几位当权重臣,本应心满意足。但有一件事不尽如人意:她自己没生儿子。现在的太子司马遹是呆

皇帝司马衷和宫女谢玫所生。司马遹已22岁,越来越接近登基继位的时候,贾后便想在太子继位之前废掉他。

司马遹小时候聪明异常,祖父武帝非常喜欢他,说他将来定能大兴天下。贾南风闻听,妒火中烧,便想让他学坏,好找机会废掉。贾南风指示侄子贾谧同司马遹一起玩耍,把他教坏。俗话说,学坏容易学好难。司马遹被贾谧越教越坏,不好好学习,不务正业。太子舍人杜锡对司马遹经常进行劝导,贾谧便出主意让太子教训杜锡。

有一天,太子按照贾谧的主意,在杜锡的坐垫上悄悄安置许多钢针,针尖朝上。杜锡不知道,往上一座,大叫一声跳起来,屁股流出的血湿透了裤子。司马遹反而哈哈大笑。许多大臣听说后忧心忡忡,而贾后却沾沾自喜,认为废掉太子的条件快成熟了。

元康九年(299年)秋天,后宫出现奇闻:贾后婚后20多年从未生育过子女,却突然有喜了,不久,生下一个男孩儿,震惊宫内外。

仅仅几个月后的冬大,又发生了件奇怪的大事:

一天晚上,太子接到密诏,说他父亲惠帝有病,让他进宫探视。太子司马遹立即赶往惠帝寝宫。刚到外厅,宫女陈舞端着酒和枣拦住去路,说:"太子,万岁赐你美酒鲜枣,请用后再去面君也不晚。"太子不胜酒力,便极力推脱,不料宫女陈舞却说:"太子难道怕酒里有毒不成?"太子推辞不过,只得硬着头皮把酒喝完,马上醉得不省人事。

这时从宫内又走出一个宫女,把太子推醒,说皇上让他抄写公文。太子稀里胡涂写了几个字,便被宫女扶回东宫,他身子往床上一挨就呼呼大睡。

第二天早晨,惠帝突然怒气冲冲地上朝,把一卷白绢丢到地上,说:"逆子写反书,应当赐死,你们看看吧!"

张华捡起白绢,只见上面写着"陛下应该自己了结,不然,我就进宫把您了结;贾皇后也应了结……"张华大惊失色,忙将白绢给其他大臣传阅。大臣们面面相觑,对这突然发生的事情感到不可思议。裴頠怀疑是有人伪造反书陷害太子,张华也觉得事出有因,不能匆忙将太子赐死。

到了下午,也没统一意见,皇后贾南风突然来到殿前,对惠帝说:"太子犯的是死罪,既然有人保他,可以免死,但太子应废掉!"呆惠帝说:"依皇后所奏!"就这样,司马遹被废掉了太子身份,送到金墉关押起来。

不久,太子被废的真相大白。原来全是贾后一手策划的。所谓反书,是贾后授意贾谧让人伪造的。贾后废掉太子的目的,是要把自己的儿子立为太子。实际上她自己没生过儿子,前不久有喜产子,全是假的,那个男孩是她妹妹贾午所生。

如果贾午所生的孩子立为太子，将来再继位当了皇帝，那就意味着司马家族的江山落入贾氏之手。大臣们自然不甘心，有人想除掉贾后，让司马遹复太子之位。

原任太子侍卫官的司马雅和许超，迎太子复位的心情最迫切。他俩找到赵王的亲属孙秀，让他说服赵王司马伦，迎回太子，除掉贾后。孙秀闻听，假装一本正经，然后答应下来，他暗暗想出一条一箭双雕的毒计。

赵王调入京城以后，本想让张华给个高官当当，但张华对他印象不佳，没有重用。孙秀让他投靠贾后，当了骠骑将军和太子太傅。这一天，孙秀来到赵王处，说出了司马雅的意图，赵王觉得可行，便问孙秀该如何干。孙秀成竹在胸，如此这般地献出计策。赵王连称妙计，决心依计行事。

这一天，孙秀来到贾后的侄子贾谧处，告诉他有人要迎太子复位，应尽快奏请皇后，请太子归天，否则后患无穷。贾谧大惊，忙汇报于贾后，贾后当即决定处死太子司马遹。

司马遹这时已从金墉城转到许昌监禁。3 月 22 日，贾后派孙虑带着毒酒来到司马遹面前，说是皇帝赐酒。司马遹说啥也不喝，反而跑出监舍。孙虑急了，顺手拿起一个石杵追上去，将司马遹活活打死。

孙秀马上把贾后暗杀太子的消息散布出去，大臣们听后愤恨不已。赵王认为时机成熟，在四月三日这天，伙同梁王、齐王带领人马用假诏书接管了禁军，杀入宫中，将惠帝劫持到东堂，然后杀了贾谧。贾后听到声音，出门察看，正遇齐王。齐王说："我这里有诏书，要捉拿皇后。"贾后说："诏书全从我这儿发出，你哪里来的诏书？"齐王不予争辩，命人将她绑了押到东堂。

贾后见到惠帝，知道兵变，忙向惠帝求救，惠帝本来呆傻，现在连自己都顾不了，还能顾她？

贾皇后被押到金墉城监禁，这是以前她关押别人的地方，五天后赐毒酒自尽，结束了罪恶的一生。

祖逖渡江击楫

祖逖的生活时代是西晋后期和东晋初年。他在当时，是一个识大体，有谋略，具有强烈民族感情的杰出人物。他年轻的时候就胸怀大志，同刘琨一起担任司州主簿，两人意气相投，结成莫逆之交。有一天，半夜听到鸡啼声，就把刘琨蹬醒说："此非恶声也。"（意思是半夜鸡啼声把人们从梦中惊醒，不应当感到厌恶，而应当把它看成唤醒人们抓紧时间做一番事业。）于是两人起来一同练习武艺。这种"闻鸡起舞"的奋发精神，一直被后来的有志之士传为美谈。

公元 4 世纪初,西晋灭亡,北方处于各少数民族贵族的统治下。晋宗室司马睿逃到建康建立了东晋王朝。祖逖也率领亲党数百家迁到南方。一路之上,祖逖把自己的车马让给老弱病人乘坐,自己却与大家一直徒步行走;药物、衣服、粮食也和大伙共用,深受大家的爱戴。东晋王朝建立以后,许多逃难到江南来的人都希望朝廷能收复失地,以便重返家园。北方的汉族人民在胡族贵族的暴虐统治下,处于水深火热之中,也盼望东晋出兵北伐,推翻胡族的统治。可是,以司马睿为首的皇室和大官僚们却满足于偏安江左,把主要精力放在巩固自己的南方统治上面。祖逖眼看国家危难,对司马睿等人的苟且偏安非常不满,就自告奋勇,请求朝廷准许他募兵北伐。司马睿迫不得已,只好给了他一个奋威将军、豫州刺史的空头名义,一千人的粮饷和三千匹布,其他军器物资什么也不给。即便是这样,祖逖还是毅然率领部曲一百多家在公元 313 年旧历八月渡江北伐。在船划到中流时,他慷慨激昂地敲着船楫起誓说:"祖逖不能扫清中原而复济者,有如大江!"(意思是说,我如果不能扫清中原胜利凯旋的话,就像江水一样有去无回!)跟随他的人都被他的豪情壮语所感动,斗志倍增。渡江以后,他在淮阴一面铸造兵器,一面募兵,到出发时已经成为一支拥有两千多人的军队了。

祖逖的军队由于得到北方人民的支持,迅速占领了安徽北部和河南南部地区。当时,长江以北还有不少汉族豪强地主盘踞的坞堡,这些人各自为政,互相间矛盾也很多。祖逖分别情况,有的加以调解使他们听从自己的号令参加北伐,有的投靠胡族就坚决打击。公元 319 年,陈留地方的豪强地主陈川叛降后赵石勒,祖逖决定发起对陈川的进攻。石勒派石虎领兵五万援救陈川,被祖逖打得大败。经过几年时间的艰苦斗争,在祖逖领导下基本上收复了黄河以南的全部领土。这一大好形势的出现,固然反映了当时的人心所向,但是,同祖逖的雄才大略和善于团结人也是分不开的。他在收复的地区内,亲眼目睹了经受战乱灾祸后人民生活的悲惨,就带头在生活上严格约束自己,过着俭朴的日子,不为自己占据田产。他亲自劝督军民种地植桑,要求自己的子弟都去参加耕作,挑担砍柴。他还能"爱人下士,虽疏交贱隶,皆恩礼遇之。"对所部军民立有功劳的,哪怕功劳再小,也都立即给予奖赏。对于黄河两岸一些被迫接受胡族官职的人,祖逖也讲究策略,允许他们在表面上继续担任胡职,还不时派出巡逻兵到这些地方去假装抄袭,制造他们并未归附东晋的假象。通过这种途径,祖逖常常能够得到后赵的各种情报,便于及时采取对策。祖逖的这些措施,深受各阶层军民的拥护。一次,祖逖置酒大会父老,人们感动得热泪盈眶,且歌且舞,赞扬祖逖和他所部将士的功绩。石勒看到祖逖军这样深得人心,不敢再渡河进犯。

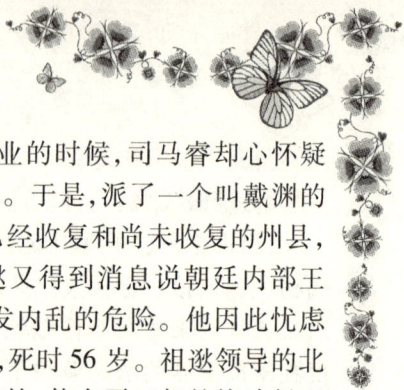

　　正当祖逖准备继续进军河北，完成统一大业的时候，司马睿却心怀疑惧，担心祖逖的力量过分强大，自己不容易控制。于是，派了一个叫戴渊的人来充当都督，节制北方六州诸军事。把祖逖已经收复和尚未收复的州县，都归这个戴渊管辖，用来牵制祖逖。这时，祖逖又得到消息说朝廷内部王敦、刘魄等大臣互相钩心斗角，争权夺利，有爆发内乱的危险。他因此忧虑交加，终于病倒了。公元321年，祖逖抱恨去世，死时56岁。祖逖领导的北伐虽然没有胜利完成，但却打击了胡族南侵的气焰，使东晋王朝的统治得以稳定。他在渡江击楫时表达的一往无前的献身精神，始终激励着后来的人们为反对民族压迫而斗争。

秦晋肥水之战

　　公元383年8月，苻坚下令征发诸州公私全部马匹，人十丁抽一兵，并为晋帝司马曜、丞相谢安、将军桓冲预设了投降后的官职和宅第，以苻融、梁成、慕容垂等率步骑25万为先锋，苻坚亲率步卒60余万、骑27万继发于长安，前后千里，旗鼓相望。苻坚至项城，凉州兵始达咸阳，蜀汉水军顺流而下，幽冀之众至于彭城，东西万里，水陆齐进。

　　10月，苻融攻下寿春，慕容垂攻下郧城（湖北安陆），梁成率众5万到洛涧（淮南洛水入淮处），栅断淮水阻遏晋军。梁成频败晋师。晋遣谢石、谢玄等率水陆7万抵御，距洛涧25里。晋将胡彬先镇硖石（河南孟津西），为苻融军所逼，粮尽，暗遣使者向谢石送信："今贼盛，粮尽，恐怕见不到大军了。"被苻融军截获，苻融误以晋军皆粮尽，驰报苻坚道："贼少易俘，只怕南逃，众军宜速进，擒拿贼帅。"苻坚大悦，恐谢石逃掉，率轻骑8000昼夜兼行，驰向寿春。这时，晋勇将刘牢之率劲卒5000，夜袭梁成，斩梁成等10余将，卒1.5万，谢石等乘胜水陆继进。苻坚与苻融登城望晋军，见部阵整齐，将士精锐，又北望八公山上草木，感觉皆类人形，回头对苻融道："此亦劲敌，何谓少呢？"面有惧色。苻坚遣晋降人朱序为使以众盛胁降谢石，朱序却向谢石献策道："若秦百万之众皆至，那是不可战胜的。乘其众军未集，当速战，可以取胜。"苻融军列阵于黄河北岸，晋军不得渡，遣使请求秦军稍撤，待晋军渡过河后再决胜负。苻融想乘晋军渡河时击灭之，于是挥军却阵。不料朱序又在军中大呼："秦军败了！秦军败了！"奔退不可制止，苻融马倒被杀，秦遂大败。晋军乘胜追击，杀伤无数。苻坚单骑逃还淮北，及至洛阳，仅收得十几万人。

东晋的建立

　　西晋惠帝末年，由于中原地区战乱不已，司马氏王室面临严重危机，无

论是司马氏内部还是北方的世家大族都感到需要到相对安定的南方找一块立足之地，以便退守自保。

当时，琅邪（今山东临沂）的大族王衍，担任晋朝太尉，便向执掌朝廷大权的东海王司马越建议："中原已乱，需要依靠方伯（各州之长）的支持，应派文武兼备的官员前往任职。"这一想法与司马越的思想正好吻合，于是遣王衍的弟弟王澄任荆州刺史、都督，族弟王敦出任青州刺史。不久，司马越又改王敦为扬州刺史，以此使琅邪王氏家族控制了荆、扬二州，为晋王室南迁做了准备。

此前，琅邪王司马睿因在"八王之乱"中"恭俭退让"，得以与司马越保持较好的关系。居京都洛阳时，也与王衍族弟王导"素相亲善"。王导便常劝司马睿回到自己的琅邪国，并为其治理琅邪国出谋划策。由于当时中原战乱，晋朝王室垂危，王导便想借司马睿兴复王室，对司马睿"倾心推奉"。司马睿也同样对王导"雅相器重，契同友执"。晋永兴元年（304 年），司马越收兵下邳（今江苏邳县南）。封司马睿为平东将军，监徐州诸军事，镇守下邳。司马睿即请王导为安东司马，"军谋密策，知无不为"。晋永嘉元年（307 年）一月，晋怀帝继惠帝即位，司马越以太傅身份辅政，进一步感到中原难以维持而意迁南方。七月，司马越让司马睿以安东将军身份都督扬州、江南诸军事，渡江移镇建邺，为司马氏退守江南奠定了基础。

由于司马睿才能平庸，在司马氏宗室中名望不高，初到建邺时，江南世家大族对他都较为冷淡，一个多月过去了，还没有一位有名望的士族前去拜见。王导很担心，便与从兄王敦商量："琅邪王仁德虽厚，但名望尚轻，兄长威风已振，应帮助他复兴晋室。"王敦也表示支持。于是，在 3 月 3 日当地人们的修禊日，王导请司马睿乘坐华丽的轿子，排出威严的仪仗队列，由王导、王敦和一批北方名士骑马跟从。南方士族顾荣等在门隙中窥看，大为惊讶，赶快相继到路旁拜见。王导接着向司马睿献计说："古代的帝王，无不宾礼故老，存问风俗，虚己倾心，招揽俊杰。况且当今天下大乱，九州分裂，我们大业初创，急于用人。顾荣、贺循是南方士族的首领，招他们来任职，以收揽人心。其他的士人自然就会前来。"司马睿便让王导亲自登门去招抚，顾荣、贺循曾在洛阳晋朝做过官，在中原大乱后回江南。顾荣还认为"中国丧乱，胡夷内侮，观太傅司马越今日不能复振华夏"，只有江南如孙权之类的人物才可能独立称雄。这时见司马睿前来招抚，便欣然而至。顾荣出任军司马后，还向司马睿推荐了不少名士，以致出现了吴越国人心所向的局面。

当时，南北士族间的隔阂仍然很深。王导为联络南方士族，常常学说吴语。北方士族骄傲自大，他们讽刺王导没什么特长，只会说说吴语。王导向

南方士族陆玩求婚。陆玩推辞说：小山上长不了大树，香草臭草不能放在一起，我不能开乱伦之先。义兴郡（今江苏宣兴）强族周玘因被北士轻侮，准备起兵杀北方士族，败兵后忧愤而死，并嘱咐儿子周勰要报仇雪恨。周勰纠集了一些怨恨北方士族的豪强图谋攻王导、刁协等人。事败后，王导并不追究。为争取南北士族间的平衡，王导采取了十分忍让的态度。

王导除了争取南方士族支持司马睿中兴晋室之外，还鼓励北方南下的大族坚定信心，合力协助司马睿定安南方。北方战乱以来，避乱南渡的北方世族很多。琅邪国随司马睿一起南渡的就有近千户，中原士族南下的也有十分之六七。王导建议司马睿要同时安抚好南、北两方的士族们，以获得他们的支持。司马睿听取了王导的意见，选用了100多名北方名士担任官职，如汝南人周颛、渤海人刁协、颍川人庾亮等。王导还制定了侨寄法，在南方士族势力较弱的地区设立侨州、侨郡、侨县，安置北方来的士族与民众。这种侨州郡县大都在丹阳、晋陵、广陵等郡境内，形势上可护卫建康，又可使北方流亡士族仍在寄居地管辖逃来的民众，使流民得以安置。

北方官僚士族初到南方时，对司马睿振兴晋室表示怀疑。谯国（今安徽亳县）人桓彝，原为西晋骑都尉，初来时见司马睿势单力薄，对周颛说："因为中原战乱，我才来到这里避难。不料如此不济，看来前途不佳。"以致忧心忡忡，和王导谈话后，知道他有些办法，才安心任职。一次，名士们到江边的新亭游宴，周颛目睹了长江美景之后，叹息说："风景没有变，只是黄河边成了长江边！"在座的北方人士都哭了起来。王导也在座，他正色道："大家应当共同努力辅佐王室，克复神州，何至于像楚囚一样那样对泣呢！"名士们听了都停哭认错，心里逐渐踏实下来。于是，人们就把王导称为管仲式的人物。

由于王导、王敦等的辅佐，司马睿在南北世家大族中的威望剧增。西晋亡前，司马睿虽名为琅邪王，但已控制了长江流域的荆、扬二州，成为司马氏中唯一强盛的诸侯王。西晋亡后，司马睿政权中的官僚纷纷上书拥立司马睿为皇帝，在北方忠于晋室的汉族官僚刘琨，及乌桓、鲜卑族贵族180人也上书劝解。公元317年，东晋建立。登基之日，司马睿登上御床，并叫王导与他一起就座，共受百官朝拜。王导再三推辞，司马睿才独自坐到皇帝座上。

新建的东晋王朝，是在王氏家族的一手扶持，和在南北士族大家的支持下建立起来的。王导身历元、明、成三帝，辅政执权，推行政务求清的政策，相对保证了东晋的稳定发展。

❖ 刘裕定后秦 ❖

后秦是羌人建立的割据国家，辖地陕西为中心，包括甘肃、河南部分地

区,都城长安。刘裕早有收复之心,因卢循逼建康,搁置下来。公元417年,后秦皇帝姚兴死,其子姚泓新立,内外离叛,刘裕不失时机,分五路大军,水陆共进,进行大规模北伐。

水师要由黄河西上,当时黄河两岸属北魏。3月,晋水师攻占魏滑台,魏以为攻击目标是他们,调10万步骑屯于黄河北岸。刘裕命700名强弩手拉100辆战车到黄河北岸上,离水百余步,成半月形,两头抱河。魏军包抄而上,射手纵箭发射,一发中数人,以锤击三四尺短矛发射,一矛穿数人,魏军不能挡,奔溃而逃。魏由此同意借黄河道给刘裕。

刘裕各路大军进入后秦,所到之地,羌族官兵望风降服,很快占领了洛阳。此时,长安城内姚氏皇族正在进行着又一轮的自相残杀。关中郡县官吏,多数暗中通好于晋师。刘裕命各路大军步步向长安进击。8月,姚泓使姚裕带步骑8000出战,自己率大众尾随其后,姚裕战败,姚泓退至灞上(长安东)。刘裕大将王镇恶率水军进入渭水,追杀后秦大将姚强、姚难,一直追到长安附近。姚泓返城遇上,站在石桥(长安东北)上声援他。姚强、姚难陈兵于泾水决战,王镇恶命毛德祖去迎战。姚强战死,姚难逃往长安城内。王镇恶紧追不舍,到渭桥(长安北),弃船登岸,守桥将领姚丕截击,被王镇恶战败。姚泓远远看到,自逍遥园(长安东北)奔来寻战,临水地窄,被姚丕败后冲散退回,转头奔向大将姚赞守卫的石桥,姚赞的兵将也已逃散。姚泓只好带着妻妾儿女到军门投降,刘裕全部杀掉了他们,送姚泓于建康,斩于市。经历3代32年的后秦灭亡。

孝文帝改革

北魏太和十四年(490年),冯太后病死,二十四岁的魏孝文帝元宏终于独自执掌了朝政。冯太后丧事处理完毕,思谋进行的第一件大事,就是迁都洛阳。从道武帝定都平城以来,近百年间,形势发生了极大变化,北魏王朝早已成为北方的统一政权。而平城偏居北边,不便于控御中原地区和向江南用兵,也不便深入汉化和实行文治,还不时遭受北方柔然与荒年饥馑的威胁,故迁都之事,作为最高统治者,实在是不能不考虑的问题。

太和十七年(493年),孝文帝经过深思熟虑之后,开始着手安排迁都之事,他知道"北人恋本",直接提出迁都,肯定会遭到众人反对,于是采取了"外示南讨,意在谋迁"的办法。这年五月,他在明堂召集群臣,商讨南伐,试图采用占筮之卦的方法来统一意见,由于占筮得出的《革》卦内容与南伐不符,未能达到预计效果。以尚书令、任成王拓跋澄为首的一批大臣认为《革》卦不吉利,反对南伐,孝文帝一时理穷。众人散后,孝文帝派人单独召见拓

跋澄,屏退左右,对拓跋澄和盘托出他的计划,分析指出,自拓跋部定都平城以来,虽然完全占据北方,富有四海,然而平城"乃用武之地,非可文治",如果进一步移风易俗,势将更难,因此打算借南伐之名,迁都中原。拓跋澄表示完全拥护,二人商定,仍然照孝文帝既定计划行事,借南伐之名,行迁都之实。

随后几月,孝文帝积极布置南伐。六月,他下令在黄河上架桥,以便让大军通过。七月,他又下令实行中外戒严,宣布南伐。八月,他命太尉拓跋丕、广陵王拓跋羽留守平城,亲自统率大军30万南下。九月,孝文帝抵达洛阳,命大军作短暂休息,自己则到西晋太学遗址参观《石经》。洛阳是汉、魏、西晋的故都,虽遭到战争的严重破坏,但仍然是中原政治与文化的中心地区,对决意深入汉化的孝文帝来说,此时更坚定了迁都洛阳的信念。从南伐大军离开平城,一直淋雨不止,使南伐将领更加丧失信心。这次南伐并没作长期准备,南齐政权也并非不堪一击,随军将领、大臣均知前景凶多吉少,因此当孝文帝又命令大军继续南进时,众人齐跪在孝文帝马前,请求停止南伐,大司马、安定公拓跋休等人甚至哭泣并以死相谏。这正是孝文帝所预计的,他乘机说:大军出动一次不易,既出军不可无功,若不南伐,就得迁都洛阳。两者必须择一,要大臣立刻作出决定。拓跋部人多恋北土,不愿迁都,但因南伐极为凶险,毫无胜算,无人敢坚持南伐,于是都选择迁都。全军齐呼万岁,迁都洛阳之事便这样决定了。孝文帝也知大臣内心实属勉强,事后他曾就此事征询卫尉卿、镇南将军于烈的意见,得到答案是一半乐迁,一半恋旧。

洛阳城早已破败,迁都洛阳之议决定后,大军就停止前进。孝文帝遣任城王拓跋澄还归平城,向留守官员宣布迁都之事。又命司空穆亮、尚书李冲与将作大匠董尔留守营建洛阳,又派于烈回去镇守平城。一切布置停当,孝文帝便离开洛阳,到河北等地去巡视郡县。直到次年十月,洛阳大体营建完毕,北魏才正式迁都。

迁都洛阳后,汉化的条件更为成熟,孝文帝接着又对鲜卑族风俗文化制度诸方面进行了一系列改革。

太和十八年(494年)十二月,也就是迁都后两月,为减少民族隔阂,孝文帝下令禁止鲜卑族人再穿鲜卑服装,一律改穿汉族服装。诏令宣布后,"国人多不悦",只因害怕禁令,绝大多数鲜卑人才换上汉装。也有少数鲜卑族人仍留恋鲜卑服装。有一次,孝文帝从前方回来,仍见京城鲜卑妇女有"冠帽而著小襦袄者",或"仍为夹领小袖"的人还穿着鲜卑旧服。于是把留守京城的拓跋澄及其他官员训斥一顿,认为是他们知而不问,督察不严而引起

的。老贵族拓跋丕不愿意变易旧俗,当朝廷大臣皆穿汉族衣冠议政时,唯独他一人身着鲜卑服夹在中间,因他年老功高,孝文帝才不勉强。不过后来拓跋丕也"稍加冠带",朝廷内外,汉族服装便逐渐取代了鲜卑服。

次年,孝文帝又下令禁止在朝廷说鲜卑语,也就是他对他弟弟咸阳王元禧说的"自上古以来及诸经籍,焉有不先正名而得行礼乎,今欲断北语,一从正音"。具体规定:朝官年三十以上者,习性已久,可允许逐渐改变。三十以下者,如在朝廷不说汉语,仍旧说鲜卑语,就要被降爵或罢职、免职。北魏初进中原时,"军容号令,皆以夷语"。迁都后,孝文帝禁止朝官讲鲜卑语,时间长了,下层的鲜卑人也很少有人讲鲜卑语了。那些迁到洛阳来的"代北户",有的后来甚至已听不懂鲜卑语。有些怀旧的人,还专门在拓跋部人中教授鲜卑语,"谓之国语"。可见孝文帝的语言改革是十分成功的。语言和服装的改革,大大加快了北魏汉族与少数民族之间民族融合的步伐。同年,孝文帝又下诏规定,南迁洛阳的鲜卑人,死后只能葬在当地,不得送回代北。此令一下,那些南迁的代人,便都成为地道的河南洛阳人了。孝文帝此规定,显然是要割断"代北户"与故土的联系,断绝其客居洛阳的念头,使他们能长久定居中原。

转年,孝文帝又下诏改族的姓。在此之前,鲜卑人的姓氏多是由两个或三个字组成的复姓,如拓跋、尉迟、独孤、勿忸于、步六孤等。姓氏上的强烈差别,影响着鲜卑族与汉族的进一步融合。因此命令把鲜卑复姓改为汉姓。诏令说:"北人谓土为拓,后为跋,魏之先出于黄帝,以土德王,故为拓跋氏。夫土者,黄中之色,万物之元也;宜改姓元氏。诸功臣旧族自代来者,姓或重复,皆改之。"太祖以来的八大著姓也由此改为汉姓,如丘穆陵氏改为穆氏,步六孤氏改为陆氏,贺赖氏改为贺氏,独孤氏改为刘氏,贺楼氏改为楼氏,勿忸于氏改为于氏,纥奚氏改为嵇氏,尉迟氏改为尉氏。"其余所改,不可胜纪"。

紧接着,孝文帝又下诏命定族姓。孝文帝一向羡慕汉族的门阀制度,在中原地区,士族公认清河崔氏、范阳卢氏、荥阳郑氏、太原王氏为士族之首,号称"四姓"。孝文帝在承认四姓为汉族士族之首的基础上,又下令规定鲜卑拓跋的族姓,改变代人"虽功贤之胤,无异寒贱"的状况,把道武帝以来"勋著当世,位尽王公"的鲜卑贵族穆、陆、贺、刘、楼、于、嵇、尉八姓定为国姓,"勿充猥官,一同四姓",记他们的地位与汉族崔、卢、郑、王四姓地位相当,享受同等的政治待遇。同时依据父祖官爵高低,对鲜卑其他人也划分了姓族等级,在鲜卑族内首次建立了本族的门阀世袭等级制度。

为使鲜卑贵族与汉族进一步融合,形成联合统治的局面,孝文帝又利用

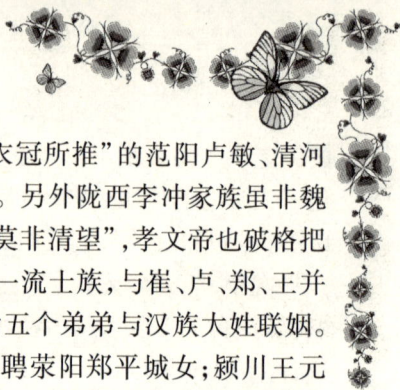

皇帝的权威强令两族贵族联姻。他自己先取"衣冠所推"的范阳卢敏、清河崔宗伯、荥阳郑羲、太原王琼四姓之女充入后宫。另外陇西李冲家族虽非魏晋以来的显族,但也多是当朝权贵,"所结姻娅,莫非清望",孝文帝也破格把李冲之女纳为夫人。陇西李氏也因此而上升为一流士族,与崔、卢、郑、王并列,"故世言高华者,以五姓为首"。他又特地为五个弟弟与汉族大姓联姻。下令:咸阳王元禧,聘陇西李辅女;广陵王元羽,聘荥阳郑平城女;颍川王元雍,聘范阳卢神宝女;始平王元勰,聘陇西李冲女;北海王元详,聘荥阳郑懿女。在这之前,咸阳王元禧,曾娶一个隶户之女为妻,因此受到孝文帝的严厉责备。由此孝文帝命令诸王,把以前所娶的妻子,皆降为姜媵。鲜汉两族联姻之风兴起后,汉族大姓也多有娶鲜卑贵族之女为妻的,最典型的是范阳卢氏,一门就娶了北魏三位公主,极为当时士族称羡。通过这种两族大姓的频繁的政治联姻,两族大姓之间的矛盾逐渐淡化,政治利益日趋相同,共同构成了北魏王朝的阶级基础与社会基础。

孝文帝的上述改革是成功的。但并非都一帆风顺。从上述改革初始,就遭到了部分鲜卑贵族的抵制和反对,甚至演化为武装反抗。迁都之初,拓跋部人就是"多所不愿"。迁都之后,还有相当大的保守势力反对汉化,对孝文帝的改革多次加以阻挠和破坏,这派以北魏鲜卑的元老穆泰、陆叡等人为代表,后来太子元恂也加入这一派。元恂在迁居洛阳后,总抱怨河洛暑热,"常思北归"。孝文帝赐给他的衣冠,他不愿穿,"常私著胡服"。太和二十年(496年),乘孝文帝去嵩岳之机,他与左右密谋,"欲召牧马,轻骑奔代",被人报告给其父,孝文帝将他囚禁,召见群臣说"此小儿今日不灭,乃是国家之大祸",毅然废掉其太子称号。同年冬,鲜卑贵族穆泰、陆叡与宗室元隆、元业、元超等人勾结,阴谋在平城起兵叛乱,另立新帝。孝文帝得讯,马上派任城王元澄率人速往平城,平定了这次叛乱。诛杀穆泰、元隆、元乙升、元超、陆叡等人。新兴公元丕知情不报,本也当死,孝文帝念他昔日功高,曾赐他不死之诏,免其死罪,贬为庶民。其后,元恂又企图谋乱,孝文帝迫令他自杀。

孝文帝的改革过程充满了斗争,然而经过他的多项改革措施后,促进了北方地区社会经济的发展,拓跋部人也基本完成了封建化的艰难进程。从此之后,北方的民族大融合也上升到一个新的水平。

荒淫皇帝失江山

高洋建立北齐,称帝二年后亡故,其子高殷继位不久便被其弟高演逼下台。但高家似乎均为短命鬼,此后的高演、高湛均还未将龙椅坐热就病

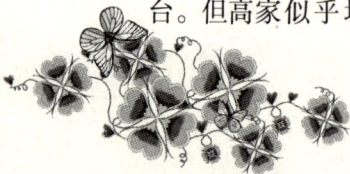

死了。

年龄大的死了,只好让年龄小的继位。这样,高湛的儿子高纬小小年纪便当了皇帝。

别看高纬年纪小,心肠却狠如蛇蝎。14岁时便经常命宦官脱光衣服让蛇蝎咬死,而他在一旁悠闲地看热闹。更加令人不耻的是他15岁时便已达到荒淫无度的地步。仅后宫嫔妃就有近千名之多。此外,还经常跑出宫外,寻花问柳。

就这样,高纬过了几年腐糜淫乱的生活,弄得后宫嫔妃互相争风吃醋,明争暗斗。这一天,高纬刚从一个嫔妃那里厮混过,又走入穆皇后寝宫。这穆皇后虽身为皇后,却难得与皇上在一起,一见高纬进来,立时喜笑颜开。亲自捧茶倒水,但是高纬却有些心不在焉。穆皇后见状,眼珠一转,对高纬说:"皇上,臣妾既为后宫之主,就要统领后宫之事。臣妾见皇上身边佳丽虽多,却没一个能比得上我身边这一个!"

高纬一听,立刻来了精神,忙问:"是谁?在哪?"

穆皇后听问,拍了两下手。此时从帷幕后转出一人。高纬一见,魂都给勾走了。此人正是自己日思夜想的冯小怜。这冯小怜其实只不过是穆皇后身边的一个奴婢。但她能歌善舞,长得冰肌玉骨,娇艳可人,而且又十分聪明有心计。她见皇上天天宠幸嫔妃,不理穆皇后,觉得不公平,便主动提出以自己的身体献给皇上,以离间皇上与其他嫔妃的关系。穆皇后一听此计不错,便每天把冯小怜着意打扮一番去等皇上来。

而高纬来穆皇后寝宫,也见过几次冯小怜,早就心里痒痒,但碍于穆后之面,不便怎样。加上有后宫佳丽三千,也把想她的念头稍稍淡了。今见冯小怜打扮如此,美若天仙,早把一双眼睛都看直了,顺着嘴角流口水。穆皇后见状,很知趣地溜走了。高纬等穆皇后一走,一下便向冯小怜扑去……

从此之后,高纬昼夜不离穆皇后寝宫,但却不是因为穆皇后,而是因为冯小怜。二人出双入对,形影不离。高纬为讨冯小怜欢心,极尽各种之能事,甚至装扮戏子乞丐。冯小怜尝到甜头,每天与高纬厮混在一起,早把那离间嫔妃的使命抛到九霄云外了。穆皇后见她比那成百上千个嫔妃还厉害,后悔不迭。

高纬皇帝淫乱后宫,不理朝政,大臣仿效。倒霉的只有老百姓,一时怨气冲天。这些情况被云游至此的北周人士卫元嵩探知,他立刻回去告知北周当朝皇帝宇文邕,宇文邕大喜,立即亲率大军,伐兵北齐。

宇文邕是宇文泰的第四个儿子。他的大哥宇文觉,二哥宇文毓均因不满宇文护大权独揽,而被宇文护毒死。宇文邕自幼聪颖,长大后,饱读诗书,

足智多谋。他吸取两位哥哥的教训，不与宇文护正面冲突。表面上装得不理朝政，躲在后宫玩乐，消除宇文护的警惕之心。暗中却积极筹划诛杀宇文护，夺回大权。

宇文护实际上也是一个极有心计的人。他知道杀宇文邕不能操之过急，否则功败垂成。所以也暗中准备。这样，不知不觉，宇文邕已在位几年了。

这一天，宇文护要看望宇文邕的母亲。宇文邕一看机会来了，便拿出事先准备好的"酒浩"对宇文护说："皇太后嗜酒如命，我每每相劝，她却不肯听。皇太后最喜欢见您，还请见皇太后时念念这'酒浩'，以劝她老人家注意贵体，少饮酒为妙。"

宇文护也知道皇太后爱饮酒。一听宇文邕此言，欣然应许。二人一同来到后宫，见了皇太后，宇文护便专心致志地给她念"酒浩"。宇文邕见他念得认真，便悄悄举起玉珽（即大圭三尺长）向宇文护头上猛砸，宇文护来不及叫一声，便脑浆迸裂而死。

铲除了宇文护，宇文邕有了实权，安心治理国家，推行新政，消除贫富差距过大现象，演练士兵，增强兵力，仅两年时间，国内形势一片大好。

而那道士卫元嵩也不是等闲之辈，年轻时削发为僧，云游四方，对各国情况了如指掌。后来被宇文邕网罗到手下。他此次去齐国，就是为宇文邕攻打齐国探听情况，做战前准备。

再说齐国皇帝高纬，正陪冯小怜在天池（今山西省武宁县南管涔山上）狩猎玩耍。忽闻来报：北周皇帝宇文邕亲率14万大军，离开长安城，现已攻下齐国的平阳（今山西省临汾市西南）的洪洞县及永安（今山西霍县）。大为惊慌，但那冯小怜还没玩够，死缠着他要求再打几天猎。高纬不忍心拒绝她，只好陪同，又玩了十几日才回京都邺城。

北周大军，一再大捷。北齐集中力量在平阳与北周决战，大败后，高纬带着冯小怜东躲西藏。最后无处安身，无可投奔，只得又回到京都邺城。这时，随行的大臣、士兵都已各自纷纷逃命，高纬真正成了孤家寡人。

北周大军很快就打进邺城，包围皇宫。高纬这个沉溺女色、荒淫无度的皇帝无力反抗，只好束手就擒。北齐的江山也就此葬送在他手中。

公元577年元月，北周宇文邕灭北齐，统一了北朝。

陈后主亡国

陈武帝建立南陈王朝的时候，北方的东魏、西魏已经分别被北齐、北周代替。公元550年，东魏高欢的儿子高洋建立了北齐。公元557年，西魏宇文泰的儿子宇文觉建立了北周。北齐和北周互相攻战,到北周武帝时,灭掉了北齐,统一了北方。

北周武帝是个比较有作为的皇帝,但是继承他的周宣帝却是一个荒淫暴虐的人。周宣帝死去后,他的岳父杨坚夺取了政权。公元581年,杨坚即位,建立隋朝。这就是隋文帝。

在北方政治上动乱的时候,南陈王朝获得了一个暂时的安定局面,经济渐渐恢复起来。但是传到第五个皇帝,却是一个荒唐得出奇的陈后主。

陈后主名叫陈叔宝,是个完全不懂国事,只知道喝酒享乐的人。他大兴土木,造起了三座豪华的楼阁,让他的宠妃们住在里面。他手下的宰相江总、尚书孔范等,都是一伙腐朽的文人。陈后主和宠妃经常在宫里举行酒宴,宴会的时候,让他们一起参加。大家通宵达旦的喝酒赋诗,你唱他和,还把他们的诗配上曲子,挑选一千多个宫女,为他们演唱。

陈后主这样穷奢极侈,他对百姓的搜刮当然非常残酷。百姓被逼得过不了日子,流离失所,到处可见倒毙的尸体。

有个大臣傅𬘫上奏章说:"现在已经到了天怒人怨、众叛亲离的田地了。这样下去,恐怕东南的王朝就要完了。"

陈后主一看奏章就火了,派人对傅𬘫说:"你能改过认错吗?如果愿意改过,我就宽恕你。"

傅𬘫说:"我的心同我的面貌一样。如果我的面貌可以改,我的心才可以改。"

陈后主就把傅𬘫杀了。

陈后主过了五年的荒唐生活。这时候,北方的隋朝渐渐强大起来,决心灭掉南方的陈朝。

隋文帝听从谋士的计策,每逢江南将要收割庄稼的季节,就在两国边界上集结人马。扬言要进攻陈朝,使得南陈的百姓没法收割。等南陈把人马集中起来,准备抵抗隋兵,隋兵又不进攻了。这样一连几年,南陈的农业生产受了很大影响,守军的士气也松懈下来。隋朝还经常派出小股人马袭击陈军粮仓,放火烧粮食,使陈朝遭到很大损失。

公元588年,隋文帝造了大批大小战船,派他的儿子晋王杨广、丞相杨素担任元帅,贺若弼、韩擒虎为大将,率领51万大军,分兵八路,准备渡江进攻陈朝。

隋文帝亲自下了讨伐陈朝的诏书,宣布陈后主20条罪状,还把诏书抄写了30万张,派人带到江南各地去散发。陈朝的百姓本来恨透陈后主,看到了隋文帝的诏书,人心更加动摇起来。

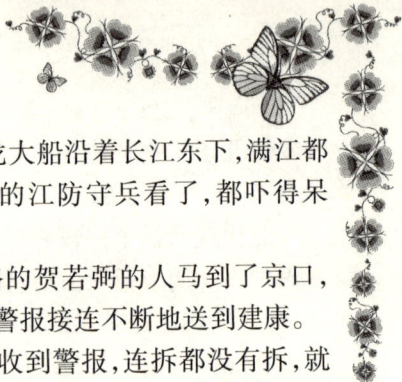

杨广率领的水军从永安出发,乘几千艘黄龙大船沿着长江东下,满江都是旗帜,战士的盔甲在阳光下闪闪发光。南陈的江防守兵看了,都吓得呆了,哪里还有抵抗的勇气。

其他几路隋军也都顺利地开到江边。北路的贺若弼的人马到了京口,韩擒虎的人马到了姑苏。江边陈军守将告急的警报接连不断地送到建康。

陈后主正跟宠妃、文人们醉得七颠八倒,他收到警报,连拆都没有拆,就往床下一丢了事。

后来,警报越来越紧了。有的大臣一再请求商议抵抗隋兵的事,陈后主才召集大臣商议。

陈后主说:"东南是个福地,从前北齐来攻过三次,北周也来了两次,都失败了。这次隋兵来,这不是一样来送死。没有什么可怕的。"

他的宠臣孔范也附和着说:"陛下说得对。我们有长江天险,隋兵又不长翅膀,难道能飞得过来! 这一定是守江的官员想贪功,故意造出这个假情报来。"

大家你一言,我一语,根本不把隋兵进攻当作一回事。笑话了一阵,又照样叫歌女奏乐,喝起酒来。

公元589年正月,贺若弼的人马从广陵渡江,攻克京口;韩擒虎的人马从横江渡江到采石,两路隋军逼近建康。

到了这个火烧眉毛的时候,陈后主才有些惊醒起来。城里的陈军还有十几万人,但是陈后主手下的宠臣江总、孔范一伙都不懂得怎么指挥。陈后主急得哭哭啼啼,手足无措。隋军顺利地攻进建康城,陈军将士被俘的被俘,投降的投降。

隋军打进皇宫,到处找不到陈后主。后来,捉住了几个太监,才知道陈后主逃到后殿投井了。

隋军兵上找到后殿,果然有一口井。往下一望,是个枯井,隐约看到井里有人,就高声呼喊。井里没人答应。

兵士威吓着叫喊说:"再不回答,我们要扔石头了。"说着,真的拿起一块石头放在井口,装出要扔的样子。

井里的陈后主吓得尖叫了起来。兵士们把绳索丢到井里,才把陈后主和两个宠妃拉了上来。

南朝的最后一个朝代陈朝灭亡了。中国自从公元316年西晋灭亡起,经过270多年的分裂局面,重新获得了统一。

隋·唐·五代十国

❖杨坚建隋统一天下❖

公元578年,北周皇帝宇文邕亲带大军进攻南朝陈国,想完成统一天下的愿望。但刚攻占彭城突然患病,越来越重,竟连话都不能说了。在这种情况下,上柱国大司马杨坚与王轨写下他儿子宇文赟和他弟弟宇文宪的名字,让宇文邕看,宇文邕心中明白,两位大臣是让他选继位之人。

宇文赟是亲生儿子,但不学无术,不是帅才;宇文宪屡建战功,具有统帅的能力,但却是弟弟而不是儿子。宇文邕皇帝经过思考,最终还是选择了亲生儿子宇文赟。

宇文邕走了一步错棋,犯了任人唯亲的错误,造成永远无法挽回的遗恨。

谁也不曾料到,刚登皇位的宇文赟竟用木棍用力敲打着父亲的棺材说:"你死得太晚了!"父亲的遗体刚埋葬,他就承接了全部嫔妃,在后宫一混就是半个月,觉得玩腻了,才开始理政。

宇文赟理政的第一件事,就是诛杀大臣,处决对他有威胁的人,包括他们宇文氏家族的人,也不例外,能杀则杀。然后重新任命高官重臣,让杨皇后的父亲杨坚主持朝政。

有一天,宇文赟在后宫宴请王公大臣的妻眷。席间,发现西阳公宇文温的妻子尉迟氏长得容貌出众,姿色迷人,便将她灌醉,留在宫中予以奸污,一直玩弄了半个月,才将她放回家。以后宇文赟索性将尉迟氏的丈夫、公公全家抄斩,只留下尉迟氏,带入宫中,封为第五位皇后。

一天早晨,宇文赟正在被窝里搂着皇后尉迟氏,门外宫监喊道:"启禀陛下,突厥来犯,恭请陛下升朝议抵御大事。"

尉迟氏紧抱着宇文赟不放手,宇文赟也不想离开被窝,尉迟氏说:"陛下,干脆把皇位传给太子吧,你做个太上皇,咱们尽情在后宫享乐。"

宇文赟闻听,立即表示同意,第二天,就命令8岁的儿子宇文阐做了北周皇帝,刚刚21岁的他,当上了太上皇。

现在,宇文赟更有时间玩了,而且变着花样玩。一天,他把五位皇太后

叫到一起,让她们全脱光衣服躺在一起。四位太后不敢不脱,乖乖地并排躺在床上。唯有18岁的杨太后,就是不脱衣服。宇文赟赤身裸体站在地上,厉声说:"她们四位太后肯脱,你为什么不肯?"杨太后说:"陛下是一国之君,不可做出有失天尊的荒唐事。臣妾宁可受杖刑……"

宇文赟大怒,命令宫监将她拖出去杖背,然后赐死!

杨太后的母亲独孤氏闻讯亲自跪地叩头求情,才勉强答应免死。

宇文赟胡作非为,好景不长,第二年,才22岁,便赤裸裸地死在御床上。

杨坚掌握了朝政大权,便产生篡夺皇位的想法。

一些藩王大臣,获悉杨坚有篡位野心,便欲置他于死地。但杨坚高出他们一筹,平定叛乱,诛杀周室宇文氏宗族,最后只剩下9岁的小皇帝宇文阐。

篡位时机成熟,杨坚占卜的最佳登基时间为来年(581年)二月初四,盼到这一天时,杨坚登上帝位,建立隋朝,当晚毒杀了小皇帝宇文阐。至此,北周从宇文觉始,到宇文阐止,共历五位皇帝,25年,便宣告结束。

杨坚称帝以后,确定了富国强兵、统一天下的目标,他为此奋斗了8年,使隋朝变成了北方强国,迈出了进兵南朝,吞并陈国的步伐。

南朝陈自公元557年陈霸先登基开国,只当了三年皇帝便病故,皇位传给侄子陈茜,陈茜在位7年去世,儿子陈伯宗继位,仅二年,又被他叔叔陈顼篡位。14年后,即公元583年,他儿子陈叔宝继位。

陈叔宝乃嗜酒贪色之徒,一年之内竟连续多次在全国范围内挑选美女,筛选出艳压群芳的龚氏、孔氏二人封为贵嫔,日夜轮流侍寝,深受叔宝宠爱。

龚贵嫔进宫时从家里带来一名贴身女婢,叫张丽华,姿色超众,也令叔宝喜欢不已。张丽华15岁时就生了一个儿子叫陈深。陈叔宝一高兴,封张丽华为贵妃,居于龚、孔二嫔之上。

张丽华得宠,使出浑身解数使皇帝欢心,陈叔宝整日晕晕乎乎,不理朝政。

就在此时,隋帝杨坚派二儿子晋王杨广带领50万兵马分八路进攻陈朝,陈叔宝闻报,竟然说:"当年齐兵来三次,周兵来两次,都未取胜,隋军还能怎样?"张贵妃也说:"自古长江天堑,今日隋军岂能飞渡不成?"众臣也随声附和。都没当回事。

第二天一早,宫监来报,隋军已渡过长江,直奔建康。陈叔宝这才慌了,急忙上朝,商量退兵之计。

众臣沉默不语,唯有老将军萧摩诃要求出战。陈叔宝很高兴,表示要对萧摩诃的妻、子封赏。

萧摩诃带兵出征后,陈叔宝果然让他的妻和子来皇宫受封。萧摩诃前

妻病故,又娶了一位年轻漂亮的妻子,陈叔宝见状,顿生邪念,封赏完后,留下萧妻,让她侍寝。萧妻不敢反抗,只好顺从。

萧摩诃布下长蛇阵,准备与隋军决战,正在此时,家丁来报,陛下将夫人留在宫中,数日不归。萧摩诃一听,怒发冲冠,大叫一声,昏倒在地。将士们见主将倒下,慌作一团,结果不堪一击,隋军轻而易举地攻进都城建康。

陈叔宝听见喊杀声,知道隋军杀进皇宫,便与张贵妃和孔贵嫔逃到景阳殿后的水井中躲藏。隋将韩擒虎发现井口有绳子,知道井中有人,拉上来一看,认出是陈朝皇帝陈叔宝。韩擒虎捆着陈叔宝,押出皇宫。

此系公元589年,陈朝宣告灭亡。自陈霸先始,共五位皇帝,32年历史。

南北朝对峙的历史,至此完结,隋朝杨坚统一了天下,开始了历史的新纪元。

❖ 隋文帝节俭治国 ❖

隋文帝在称帝以前,很了解暴虐的统治不得人心。现在他自己当了皇帝,唯恐重蹈覆辙。特别是,他感到自己当皇帝太容易,怕人心不服,所以总是警惕自己,谨慎地处理政事,注意节俭。

他教训太子杨勇说:"自古以来,没听说有奢侈腐化而能长治久安的。你是太子,应当注意节俭。"他很注意皇亲国戚的行为,他们若是犯了法,也一律严惩。他的三儿子秦王杨俊,灭陈的时候立下战功,受到奖励。后来,杨俊觉得自己是皇子,又有战功,生活越来越奢侈,根本不把法律放在眼里。他指使手下的人放高利贷,敲诈勒索,使许多小官吏和老百姓倾家荡产。隋文帝听说以后,特地派人去调查处理,把杨俊手下的人抓起来几十个。可是,杨俊不但不收敛,胆子反而越来越大。他模仿皇宫建造自己的宫殿,用外国进贡来的香料涂抹墙壁,用美玉、黄金装饰台阶,宫殿的墙上到处镶着镜子。还搜罗许多美女,日夜寻欢作乐。隋文帝知道了这些情况,非常生气,下令罢免了杨俊的官职,把他禁闭起来。将军刘升以为隋文帝不过是一时气愤,就去说情。他对隋文帝说:"秦王不过是多花了些钱,把房屋修得稍好一些,这算什么大错?我认为陛下处罚过重了。"隋文帝严肃地说:"法不可违,不论什么人都得遵守国家的法律。"刘升以为隋文帝不过是说说而已,就坚持说:"秦王还年轻,这算不了什么大错,陛下就饶了他吧!"还没等刘升说完,隋文帝站起来就走了。

过了几天,大臣杨素又来劝隋文帝赦免杨俊。隋文帝说:"皇子和百姓只有一个法律,照你们的说法,为什么不另立一个'皇子律'?任何人犯罪,都得依法制裁!"

杨俊听说隋文帝拒绝了杨素的请求，又担心又害怕，就病倒了。病中，他给隋文帝写信表示认罪，请求宽恕。隋文帝对送信的人说："你回去告诉杨俊，我艰苦创业，都是为了他们，希望大隋天下，子孙万代传下去。他是我的儿子，反倒要把杨家的天下断送，叫我还有什么可说？"

没过几天，杨俊病死了。他手下的人请求给杨俊立个石碑，隋文帝不同意，说："想要留名，在史书上记一笔足够了，何必立碑！"随后，吩咐把杨俊府中奢侈华丽的装饰全部毁掉。

隋文帝对皇亲国戚、王子、大臣比较严，对百姓却比较宽。他认为，法律太苛，百姓就会反抗，法律和缓，百姓就会受到感化，自己的统治才能巩固。因此，他下令制定"隋律"，废除了前朝的许多残酷刑罚。百姓有冤枉可以越级上告，直到朝廷。各地判了死刑的罪犯，不能在当地处决，一定要送交大理寺（最高司法机关）复审，然后由皇帝批准执行。

开皇二十年（600年），齐州有个叫王伽的小官，送70多个罪犯去京城长安，当时法律规定罪犯在押送途中，一定要套上枷锁。走到荥阳的时候，王伽见这些罪犯头顶太阳，颈套枷锁，实在痛苦，就叫他们停下来，对他们说："你们犯了国法，受了处分，这是罪有应得。可是，你们还给押送你们的民夫添了痛苦，让他们陪着你们风吹雨淋太阳晒，你们忍心吗？"罪犯们都表示自己有罪，连累民夫，实在过意不去。王伽说："你们带着枷锁，长途跋涉，也很不容易，我想把你们的枷锁去掉。咱们约定时间，到长安城门集齐，你们能做到吗？"罪犯们都很感动，一齐跪在王伽面前，说："大人的慈悲，我们终生难报。"王伽遣散了民伕，把罪犯的枷锁去掉，说："如果你们失约，我只好替你们受罪了。"说完，王伽便放了罪犯，自己带着随从向长安进发。

约定的日期到了，罪犯们都按时来到城门口，一个也不缺。隋文帝听说这件事以后，非常惊异，马上召见王伽，对他大加赞赏。还把罪犯们召进宫里，设宴招待他们，并赦免了他们的罪行。随后下了一道诏书，要求各级官吏学习王伽，用感化的办法管理百姓。

隋文帝能够听取不同意见，凡是批评过他的人，只要是真正有才能的，他也加以重用。太子杨勇生活越来越奢侈，有一次，他又大摆宴席，让家臣唐令则弹琵琶唱歌，还叫后宫的美人出来跟唐令则学弹琵琶。一时间，搞得乌烟瘴气。隋文帝派去辅佐杨勇的大臣李纲，实在看不过去，就对杨勇说："唐令则本来应该帮助您读书向上，可他却引诱您整日吃喝玩乐，您应该治他的罪。"杨勇不但不听，还替唐令则辩护，说："是我让他干的，你不要多管闲事。"

不久，这事传到朝廷，隋文帝废了杨勇，并把杨勇手下的大臣训斥了一

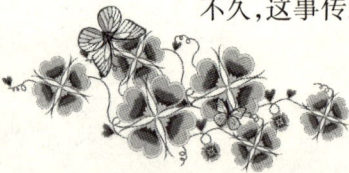

顿。大家都吓得不敢吭声，只有李纲义正词严地说："太子不过是个中等才能的人，可以变好，也可以变坏，就看什么人辅佐他了。陛下派去唐令则这样的家臣，怎么能不把太子带坏呢？我认为这是陛下的过错。"

隋文帝一听，惊住了，想了半天，说："你的话虽然有道理，但是只知其一，不知其二，我选择你这样的人去辅佐他，他都不知亲近、重用，即使再派其他的人，又有什么用呢？"

李纲见隋文帝强词夺理，马上说："我所以不被重用，就是因为小人包围了太子。如果陛下早把唐令则这类小人除掉，怎么知道太子不会重用我呢？责任还是在陛下。"

隋文帝听了，很不高兴，脸色也变了，一甩袖子退朝了。文武大臣都替李纲捏了一把汗。没想到，过了几天，隋文帝反倒任命李纲做了尚书右丞。

隋文帝是以节俭著称的皇帝。有一次，他配止痢药，要用一两胡粉，找遍宫中也没有找到；又有一次，他想找一条织成的衣领，宫中也没有。他的车马用具坏了，派人去修补，不许做新的。平时，他留意民间疾苦，有一年，关中闹饥荒，他看到百姓吃糠拌豆粉，就拿来给大臣们看，责备自己没有治理好国家，下令饥荒期间不吃酒肉。一个封建皇帝，能这样做就很不容易了。

隋文帝把过去行之有效的制度加以发展，比如继续推广均田制，规定一个男劳力可分田80亩，一个女劳力可分田40亩。这样做虽然得田最多的还是官僚大地主，但是毕竟使无地少地的农民多少分到了一些土地，使地主兼并土地受到了一点限制，这就提高了农民的生产积极性。

由于广大农民辛勤的劳动，加上隋文帝的节俭政治，只经过二十几年，隋朝的经济就繁荣起来，政府的仓库都装得满满的。一直到隋朝灭亡以后二十年，力举农耕隋朝留下的粮食还没有用完。

灭陈平暴统一南北

开皇元年(581年)隋文帝刚即位不久，为了给日后平陈做准备，接受左仆射高颎的建议，任命上开府仪同三司贺若弼为吴州总管，出镇广陵(今江苏扬州)，任命和州刺史韩擒虎为庐州总管，出镇庐江(今安徽合肥)。当时由于北方突厥族势力正强盛，隋王朝不可能全力南攻。开皇二年(582年)，隋军挫败了入侵河西以至弘化、上郡、延安的突厥军，突厥汗国内部矛盾也随之激化。开皇三年，突厥分裂为东西两个汗国。开皇五年，东突厥沙钵略可汗归附隋朝，率部内迁于白道川(今内蒙古呼和浩特西北)。北方获得了安定，隋力量始转向江南。

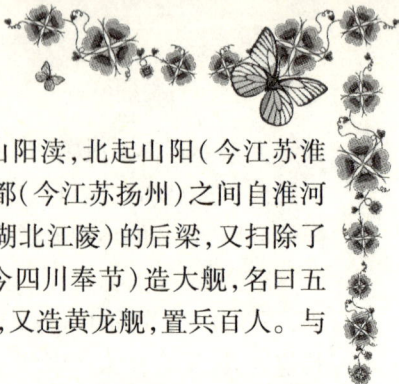

开皇七年(587 年)隋为平陈作好准备,开山阳渎,北起山阳(今江苏淮安),东南经射阳湖与邗沟相接,沟通了山阳、江都(今江苏扬州)之间自淮河入长江的运河。同一年内,隋灭掉建都江陵(今湖北江陵)的后梁,又扫除了向江南进军的障碍。隋文帝又命杨素在永安(今四川奉节)造大舰,名曰五牙。上起楼五层,高百余尺,可容纳士兵 800 人,又造黄龙舰,置兵百人。与此同时,隋文帝还与大臣频频商讨平陈之事。

江南的陈朝自陈霸先称帝以后,就未得到各地武将的支持。南方各地许多望族豪强乘侯景之乱后的形势,自署为州郡牧守,不遵守陈朝法度,陈朝的政治局势也很不稳,他们既无力制止内战,又无力抵抗北朝的进攻。陈一度收复江北之地,但是不久以后就又放弃了。陈的经济也十分凋敝不堪。陈宣帝屡次下诏安置淮南流民,鼓励隐户归籍,但是均无实效。开皇二年(582 年),陈宣帝死,子叔宝(后主)即位。陈后主荒淫奢侈,到他统治的时期,陈的政治更加腐败,官吏"唯以刻削百姓为事",自耕小农"各不聊生,无能自保",繁重的兵役更使他们"身充苦役,至死不归"。

开皇八年(588 年)二月,隋文帝下令伐陈。发到江南宣布陈后主罪状的诏书,多达 30 页纸。十月,隋军正式出兵,以晋王杨广、秦王杨俊为大臣,并任命杨素为行军元帅。杨广军从六合(今江苏六合)出发,杨俊军从襄阳(今湖北襄樊)出发,杨素军从永安出发,刘仁恩军从江陵出发,王世积军从蕲春(今江苏常熟西北)出发。各路军共有总管 90 员,兵 518000 人,都要受到晋王杨广节度。面对隋军西起巴蜀、东至于海数千里战线的进攻,陈王朝却以为长江天险足资凭借,防备十分松懈。开皇九年(589 年)正月,贺若弼自广陵渡江,韩擒虎自采石渡江。南北二路直指建康(今江苏南京)。贺若弼激战于钟山,打败了前来迎战的陈军,韩擒虎因陈将领任蛮奴投降,得以先入宫城,俘虏了陈后主陈叔宝。长江中下游的陈军随即败降。在岭南方面,在高凉(今广东阳江西)太守冯宝之妻洗夫人的协助下也迅速安定。这场统一战争前后不到四个月。

隋平陈以后,得州三十,郡一百,县四百,在籍户数 50 万,人口 200 万。

陈亡后,拥有实力的江南地方豪强势力在开皇十年又发动了反隋的暴动,"陈之故境,大抵皆反",他们多则数万人,少则数千人,到处屯聚。隋王朝派遣杨素为行军总管,领兵镇压。不久,暴乱被平息。

自西晋灭亡以后,中国经历了 300 多年的分裂时期。汉族与少数民族的矛盾,各少数民族之间的矛盾使统一局面迟迟不能到来。北朝后期,经过长期的民族斗争和民族融合之后,北方的民族关系已发生了根本的变化,因而由南北对立引起的民族矛盾的性质完全消失了,隋对南方经常发动的战争,

已经转化为争取封建统一的战争了。

在南北关系上，周、齐以来也出现了显著的变化。南北使节往来日益频繁，充任使节的人往往是南北方闻名的高门名士。随着南北经济的恢复和发展，打破关禁的要求也日益迫切，淮、汉边境经常进行民间交易，南北守将也违禁互市牟利。北方人民过去由于民族压迫而大规模地向南逃亡的现象停止了，南北人民正常的、相互往来的现象却逐渐增多起来。南北双方的官僚，常常由于政治上失势而投奔对方，依旧得到高官厚禄，不至于受到民族歧视。这一切现象，说明南北统一的条件已经具备。由于北方隋王朝的经济、政治、军事力量都远胜于陈，所以统一中国的使命自然便由隋王朝实现。

谋夺东宫

隋文帝与独孤皇后有五个儿子，依次为杨勇、杨广、杨俊、杨秀、杨谅。为了避免嫡庶争权，文帝登位之初，就已确立长子杨勇为太子。杨坚曾自信地以为五子同母，决无手足相残之忧。他当时未曾想到，围绕着太子之位的争夺，堂堂帝王家庭内外，也隐伏着你争我夺的角逐乃至血淋淋的杀机。

已近花甲的隋文帝，有意要让太子参与军国大政，杨勇的建议，也多被采纳。杨勇生性率直，为人宽厚，然生活奢侈，服饰华丽，渐渐失宠于正提倡俭约的文帝。杨坚的次子杨广则是个生性狡诈诡谲、善于投机取巧的人。当太子处于不利地位时，早已觊觎太子位的杨广暗自欢欣，他乘机将全部心计用来夺宗谋立，便更加矫情饰诈。平时，杨广尽量故作恭谨俭朴、仁慈孝顺的姿态。每次离京，他都要伏地告辞，甚至泪流满面，在父皇和母后面前装出依恋不舍的样子，以取悦于父母。另一面，杨广则在暗中与心腹宇文述等密谋夺储之计。凡是朝中权贵，杨广无不倾心交结。他先派人以金银宝物贿赂权臣杨素的弟弟大理寺少卿杨约，再通过杨约结好杨素。同时，又令心腹收买东宫幸臣，以便从内部监视太子。在内外夹攻的情况下，杨勇动辄得咎。后来杨勇被杨广一伙告以图谋不轨、忤逆不孝、怨望诅咒等重罪，有口莫辩，于公元600年冬十月被废为庶人。由于有独孤后、杨素等人为杨广说好话，杨坚正式册封杨广为皇太子。一场由杨广主谋、杨素具体策划的谋夺东宫、抢争朝权的事变，至此告一段落。

血溅御屏

隋炀帝杨广是个荒淫无道的昏君，毕生玩弄权术，好大喜功，追求享乐，而杀父淫母是其最丑恶的德行。

隋文帝杨坚原先立长子杨勇为皇太子，杨广心怀夺帝之意，千方百计讨

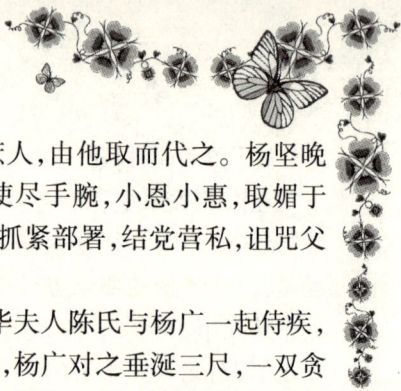

得母亲独孤皇后的欢心，以致杨勇无端被废为庶人，由他取而代之。杨坚晚年宠幸宣华夫人陈氏和容华夫人蔡氏，杨广又使尽手腕，小恩小惠，取媚于二位庶母，获得了"礼孝"的好名声。暗地里，他抓紧部署，结党营私，诅咒父亲，讨好庶母，为夺权登基作准备。

公元604年，杨坚患了重病，卧床不起。宣华夫人陈氏与杨广一起侍疾，不离左右。陈氏这年28岁，身材窈窕，貌若天仙，杨广对之垂涎三尺，一双贪婪的眼睛直看得她心烦意乱。一天早上，杨坚正在熟睡，陈氏悄悄进内殿更衣。谁知刚进殿门，便被早躲藏在那里的杨广一把抱住，不由"呀"的一声发出了呼喊。这一声惊醒了杨坚，他问是怎么回事。陈夫人吓得心惊肉跳，神色慌张地回到杨坚的身边。杨坚见爱妃脸色煞白，气喘不匀，逼问其故。陈夫人迟疑了半天，最后才流着泪告诉丈夫说："太子杨广意欲对自己无礼……"

杨坚听了陈夫人的话，勃然大怒，骂道："畜生何堪付大事，独孤皇后要我立他为太子，真是大失误，大失误！"他立即召兵部尚书柳述、黄门侍郎元岩，说："快叫我儿来！"柳、元以为要叫杨广，杨坚气呼呼地说："不！我叫杨勇！"杨勇早被废为庶人，这时杨坚叫他来，显然是想由他再任皇太子，以继承自己的皇位。

柳述、元岩都是杨广安插在皇帝身边的亲信。他俩把杨坚宣召杨勇的诏书给左仆射杨素看过，杨素赶紧找到杨广，商量对策。杨广心毒手狠，索性一不做二不休，指派武士张衡携刀进入杨坚的寝殿，逼迫陈夫人及侍从回避于别室。接着听到一声惨叫，杨坚死在了张衡的刀下。

杨坚死，陈夫人等大惊失色，说："事变矣！"他们想到即将来临的厄运，欲哭无泪，不寒而栗。黄昏时分，杨广派人给陈夫人送来一个金盒，金盒上贴着他的亲笔封条。陈夫人见了金盒，以为里边装的毒药，惶惧万分，迟迟不敢打开。在众人的催促下，她闭着眼睛，哆嗦着打开金盒。不曾想，金盒里竟是两枚闪闪发亮的同心结！在场的宫人无不长长地吐了一口气，说："这下子可免一死了！"陈夫人坐着发呆，一句话也没有说。

当夜，杨广传召庶母陈夫人，不管其愿意与否，将她霸占了。杨坚的另一个宠妃蔡氏，也遭到了同样的命运。第二天，杨广堂而皇之地登上了皇帝的宝座。

高颎之死

隋文帝杨坚宠幸的宫女尉迟珠儿被狠毒泼辣的独孤皇后乱杖打死后，杨坚为此负气而走，被长史高颎劝回。按理说独孤氏对高颎应心存感激之

念，而其不然，却因为高泗的一句话对其怀恨在心，伺机报复。

　　原来，高泗与独孤皇后两家是世交。那时，独孤皇后的父亲不如高泗的父亲官大。高家对独孤家却颇为照顾，后来独孤皇后的父亲见高泗长得一表人才，也是为了表示对高家的感激之情，便欲将女儿独孤氏许配高泗。但是，由于独孤氏小时候便经常去高家玩，那时候她对自己想要的东西便表现出一种强烈的独占欲，高泗就有些不喜欢她，不过碍于父亲的情面勉强忍耐罢了。如今听说要将独孤氏许给自己为妻，说什么也不答应，两家老人也只得作罢。而那独孤氏起初听说父亲要将自己嫁给高泗，心中高兴，因为她从小就暗暗喜欢高泗。小时候强烈的独占欲一是天性使之，二来也是想在高泗面前表现自己，却不想弄巧成拙。后来又听说高泗百般不同意，又羞又怒，心想我非嫁个人物让他瞧瞧。

　　独孤氏嫁给杨坚，后来当了皇后，虽然不允许杨坚拈花惹草，自己对高泗却有些旧情复燃，百般拉拢，想使高泗就范。无奈高泗只佯装不解其意，淡然处之，独孤氏便愈益怀恨在心。

　　可巧，那日杨坚负心出走，高泗劝归时和杨坚说了句："皇上岂能为一妇人而不顾江山社稷？"这话不知怎么就传到独孤皇后耳中。其实高泗本来是指宫女尉迟珠儿，但独孤氏却偏偏认为高泗在暗指自己根本不值得杨坚放在眼里。心想：好个高泗，几次三番你偏与我作对。上次我说二皇子杨广聪明伶俐，想废太子杨勇，而立杨广，你就对皇上说什么长幼有序，杨勇不可废，杨广不可立，如今你又在皇上面前直接诋毁我。好，咱们骑驴看唱本——走着瞧！

　　独孤氏已起杀高泗之心，可是高泗的妻子却突然死了。独孤氏灵机一动，又不想杀他了，毕竟有些旧情难忘。心想：不如我把一个亲戚的女儿嫁给他，套上亲戚关系，再着意拉拢，或许他便会回心转意了。

　　独孤皇后自己不能去说，便把想法给皇帝杨坚说了，当然只谈续娶之事，以示关心。杨坚自然同意。一天，见了高泗亲自对他说："高爱卿，皇后闻听你新近丧偶，欲给你提媒说亲，你看如何？"

　　高泗与妻子感情非常好，如今突然去世，非常伤心，从来也未曾考虑过续娶之事。便含泪推辞道："皇后垂爱，臣铭记在心。但臣已老矣，无心再娶，还望皇上勿念。"皇帝杨坚一听，也就作罢。而独孤皇后一听却了不得，杀机顿起，暗想：高泗，你也太不识抬举了，走着瞧！有你后悔的时候！

　　几天之后，高泗的妾生了个男孩。独孤皇后闻听，心想：机会来了。跑到皇帝杨坚身边，对他说："皇上前几天亲口为高泗提亲，他用一套好听的话来敷衍。现在明白了吧？他是钟爱小妾，所以用假话来欺骗皇上。按说这

是欺君之罪,这样的人不治他的罪,但也不能信任他。"

皇帝杨坚素来怕老婆,而且他觉得独孤皇后说得也似乎有理。于是对高颎有了看法,对他也渐渐疏远冷淡下来。

开皇十九年(600年)凉州(今甘肃武威)总管王世积被人密告谋反,文帝杨坚杀了他。王世积曾是高颎部下,独孤皇后得知,又怂恿皇上杨坚杀高颎。杨坚不忍,只是撤去他的仆射职务,让他回家赋闲。可是独孤皇后却不肯放过他,暗中唆使人到皇上面前告他。那些奸佞小人见高颎落了威,又有皇后在后支持,纷纷前去揭发高颎,想在皇后面前表一功。

"众口铄金,积毁销骨。"杨坚信以为真,降旨:"将高颎押入大牢,交有司察办。"朝中虽有奸臣,却也有为官清正者,知道高颎为人正直忠心,是受人诬陷,便纷纷为高颎求情。加之有司察来察去,也没察出高颎有什么大罪。杨坚便又降旨:"免高颎一死,废为庶民。"

高颎出狱,高高兴兴搬出齐公府,没有半点怨言。因为他母亲曾对他说过:"孩子,你现在当上了仆射,可谓达到了富贵的顶端,再往前一步,就要杀头了,可千万小心呀!"高颎觉得母亲的意见就是虽然位居高官,但时刻都有杀头之祸。所以要得之淡然,失之泰然。如今,下了大狱,提着脑袋出来,岂不万幸?所以轻轻松松回乡下老家归隐去了。

仁寿年间,杨坚忽又想起高颎的许多好处。差人将他召进京,封为太常寿卿重用。独孤氏此时也上了年纪,不像以前那样争强好斗了,便也去了杀高颎之心。不过母亲不杀了,儿子却动手了。独孤氏的二儿子杨广即位之后,在大业三年,编了个罪名,把高颎杀害。

杨广杀高颎有两个原因。一是因为高颎曾在杨坚面前阻止过立自己为太子;另一个更重要的原因是因为杨广好色,早就闻听陈叔宝的妃子张丽华美貌无比。在隋军攻入南朝陈国时,捎信给高颎,不要杀张丽华。而高颎深感女色误国,又见张丽华是妲己一样的人物,便一刀给杀了。杨广听说高颎把张丽华杀了,又气又恨,当时就跺脚咬牙道:"好,将来我一定要报复高颎的!"

登基之后,杨广开始逐渐暴露本性,经常乱杀无辜,自然不会放过早已记恨在心的高颎。

可怜高颎为大隋江山也堪称呕心沥血,忠心耿耿,不料却先遭独孤皇后暗算,后遇杨广毒杀,枉自送了性命。

❖ 三侵高丽 ❖

隋炀帝为了向天下炫耀武功,满足日益膨胀的权力欲,他一连三次发动

了侵略高丽的战争。公元 612 年,第一次攻高丽,隋出兵 1133800 人,号称二百万大军,分 24 路向平壤进军,运送粮饷的民夫比兵士多一倍。2 月 9 日第一军出发,以后每天出动一军。各军相距 40 里,首尾相接,鼓角相闻,阵线长达 960 里。炀帝以为这是近古未有的大出师,会慑服高丽不战而降。结果,隋大将来护儿 4 万精兵到达平壤城下,被高丽守军打得大败,逃回来的仅数千。宇文述等所率 9 军,共 355000 人过鸭绿江,除卫文升一军不败,其余溃军逃回国境内的仅剩 2700 人了。隋炀帝大怒,只好率残兵败将返回洛阳。

公元 613 年 4 月,炀帝再次下诏伐高丽。他自率大军渡辽河,令各军猛攻辽东城。高丽守军坚守抗击,攻、守双方伤亡惨重。正当战争激烈进行之时,隋朝大臣杨玄感在黎阳(今河南浚县东)率运粮民夫起兵反隋,攻打东都洛阳。炀帝得到洛阳告急战报,大为惊恐,慌忙撤兵保京城,隋军丢盔弃甲,军需器械布满道路。

公元 614 年,炀帝第三次征招天下兵员进攻高丽。这时,起义的浪潮已在全国此起彼伏,各郡大都拥兵自重,被征去的士兵也纷纷逃亡,出兵人数比前两次兴师时已大大减少了。炀帝自己留驻辽西怀远镇(今辽宁北镇县境),再不敢渡辽河东进了。来护儿一军出师得利,将进攻平壤。高丽军民因久战疲困不堪,国王高元只好派使臣讲和。炀帝算是获得战功,于是率军回洛阳。后来,他要求高元亲自来隋朝会见,高元不听从。炀帝还想再次集结军队第四次征高丽。但此时反隋义军蜂起,炀帝再也无力量远征了。

瓦岗军开仓分粮

瓦岗军首领翟让,本来是东郡的一个小吏,因为得罪了上司,被打进监牢,还被判为死罪。有个狱吏同情他,跟他说:"我看你是条好汉,怎么能在牢里等死呢。"一天夜里,狱吏偷偷地砸了镣铐,打开牢门,把翟让放了。

翟让逃出了监牢,逃到东郡附近的瓦岗寨,招集了一些贫苦农民,组织了一支起义队伍。当地一些年轻人,听到这个消息,都来投奔他。其中有一个青年叫徐世勣,才 17 岁,不但武艺高强,而且很有计谋。

徐世勣劝翟让说:"这里附近都是贫苦的老乡,我们不应该去打扰他们;我看荥阳一带,来往的豪门富商很多,不如到那里去筹办点钱粮。"

翟让听从徐世勣的意见,带领农民军到荥阳一带,专门打击官府富商,夺取大批资财。附近农民来投奔翟让的越来越多,很快就发展到 1 万多人。

李密投奔翟让以后,帮助翟让整顿人马。那时候,附近各地还有一些小股的农民队伍。李密到各处去联络,说服他们联合起来,听从翟让指挥。翟让十分高兴,跟李密渐渐亲近起来。

翟让虽然有了很多人马，但是，他并没有想到自己能推翻隋炀帝。李密对翟让说："从前刘邦、项羽，本来也是普通老百姓，后来终于推翻秦朝。现在皇上昏庸暴虐，百姓怨声载道，官军大部分又远在辽东。您手下兵强马壮，要拿下东都和长安，打倒暴君，还不是轻而易举的事！"

翟让听了很高兴，说："您的意见太好了，我倒没想到这一点呢。"

接着，两人商量了一番，决定先攻打荥阳。荥阳太守向隋炀帝告急，隋炀帝派大将张须陀带大军镇压。

张须陀是镇压农民军的老手。翟让曾经在他手里打过败仗，这次听说又是张须陀来了，有点害怕。李密说："张须陀有勇无谋，再加上他自以为强大，骄傲轻敌。我们利用他的弱点，保管能打败他。"

李密请翟让摆开阵势，正面迎击敌人；他自己带了1000人马在荥阳大海寺北面的密林里设下埋伏。

张须陀自以为翟让不是他的对手，莽莽撞撞地指挥人马掩杀过来。翟让抵挡了一阵，假装败退。张须陀紧紧追赶，追了10多里，路越来越窄，树林越来越密，正是李密布置的埋伏圈。李密一声令下，埋伏的瓦岗军将士一齐杀出，把张须陀的人马团团围住。张须陀虽然勇猛，但是被伏兵层层包围，左冲右突，没法脱围，终于全军覆没。张须陀也被起义军打死了。

经过这一场战斗，李密在瓦岗军里提高了威信。李密不但号令严明，而且生活朴素，凡是从敌人那里缴获来的钱财，他都分给起义将士。日子一久，将士们就渐渐向着他了。第二年（617年）春天，李密劝说翟让，趁隋炀帝在江都巡游，东都空虚的机会，进攻东都。瓦岗军派人到东都刺探军情，被隋朝官员发觉，加强了东都的防御。李密就改变计划，提议先打东都附近的兴洛仓（在今河南巩县）。

兴洛仓也叫做洛口仓，是隋王朝建造的最大的一个粮仓。仓城周围20多里，城里挖了3000个大窖，每个窖里贮藏着8000石粮食。这都是隋王朝多年来从各地农民身上搜刮来的血汗。

翟让、李密两人带7000名精兵攻打兴洛仓。这些兵士原是流离失所的农民，一听得攻打官府的粮仓，个个摩拳擦掌，勇气百倍。他们向兴洛仓发起猛攻。驻守在兴洛仓的隋军还想顽抗，但是怎么也抵挡不住像插翅猛虎一般的瓦岗军。兴洛仓被攻破了。

瓦岗军攻破兴洛仓以后，立刻发布命令，开仓分粮。兵士们打开一口口粮窖，让老百姓尽情地拿。受饥挨饿的农民从四面八方拥向粮仓，从头发花白的老人，到背着孩子的妇女，一个个眼里带着激动的泪花，前来领粮。大伙对瓦岗军的感激心情，就不用提了。

接着，瓦岗军又打败了东都派来的隋军救兵。到这时候，瓦岗军的指挥权渐渐集中在李密手里。翟让觉得自己的才能不如李密，就把首领的地位让给李密。大家推李密为魏公，兼任行军元帅。

瓦岗军在洛口建立了自己的政权后，乘胜攻下许多郡县，隋朝官吏兵士纷纷投降。瓦岗军一面继续围攻东都，一面发出讨伐隋炀帝的檄文，声讨炀帝的罪恶，号召百姓起来推翻隋王朝的统治。这一来，把整个中原都震动了。

正当瓦岗军胜利发展的时候，内部发生了严重分裂。翟让把首领位子让给李密后，翟让手下有些将领很不愿意。有人劝翟让把权夺回来，翟让却总是笑呵呵的不当一回事。但是这些话传到李密耳朵里，李密就很不高兴。李密的部下撺掇他除掉翟让。李密为了保自己的地位，竟起了狠心。

有一天，李密请翟让喝酒。在宴会中间，把翟让的兵士都支开了，李密假意拿出一把好弓给翟让，请他试射。翟让转过身子，刚拉开弓，李密布置好的刀斧手就动起手来，把翟让砍倒了。

从那时候起，瓦岗军开始走了下坡路。但是，北方由李渊带领的一支反隋军却正在强大起来。

李渊晋阳起兵

大业末年，隋王朝的统治已是岌岌可危，各地的割据势力竞起逐鹿，首先是借炀帝征伐高丽之机，在扶风自立唐王的唐弼和延安郡的刘迦论，其后便是马邑的刘武周、朔方的梁师都、榆林的郭子和、武威的李轨和金城的薛举。起兵于晋阳的李渊集团是其中最重要的一支力量。面对隋王朝摇摇欲坠的败局，李渊知炀帝的猜忌嗜杀，深恐自身难保，所以，在天下大乱之际，李渊也在秘密酝酿起兵反隋。

在隋大业十三年(617 年)初，李渊被任命为太原留守。太原自北齐北周以来，就是天下精兵的所在。隋朝在太原仓储十分丰厚，有数以千万计的布帛，人力物力都是非常雄厚的。只是由于隋朝尚有相当的军事力量可以控制，李渊姑且只能按兵不动，以等待时机。不久国内政治、军事形势发生了巨大的变化，正如晋阳令刘文静所分析的，由于当时炀帝南巡江淮，李密围逼东都洛阳，牵制了隋军的主力，刘武周、梁师都纷纷建国称帝，群盗万数却无主统辖。此时举兵正合时宜。刘文静向李世民建议招集避盗入太原城的豪杰十万余人，加上李渊自己的兵马数万人乘虚入关，号令天下，成就帝业。刘文静的主张符合李世民的心意，二人利用晋阳宫监裴寂与李渊已有的旧交之谊，拉拢裴寂，让他将起兵的意图转告李渊。当时李渊与马邑太守王仁恭讨伐突厥，炀帝以出兵讨击不利派人执李渊诣江都问罪，虽然几天之后诏使便宣布赦免李渊，但这些虚惊促使李渊决意起兵反隋。

首先，李渊让刘文静伪造敕书，发太原、西河、马邑等地20以上50以下的男子为兵，岁暮秘密集中到涿郡，再讨高丽。这一消息使人心恐慌。随后又以讨伐刘武周为名，募集士卒，再派人到河东召建成、元吉及其家眷，又到长安召柴绍，并聚晋阳。李渊将招募来的士卒交给长孙顺德、刘弘基统帅。李渊的副将王威、高君雅对李渊的一系列举动心怀疑虑，恐其有异志，欲借晋祠祈雨之际，除掉李渊。五月，李渊利用开阳府司马刘政会假称密状告发王威、高君雅勾结突厥谋反，早已准备好的刘弘基、长孙顺德立即将二人处死。至此，树起了晋阳起兵的大旗。

太原起兵后，迫于突厥力量的十分强大，刘文静劝李渊与突厥结盟，一方面免遭突厥进攻的威胁，另一方面还可以借助突厥士马扩充实力。李渊采纳了他的建议，自为手书，卑辞厚礼，与突厥始毕可汗通好。又遥尊炀帝为太上皇，并立代王侑为帝，以安隋室，移檄郡县，改易旗帜，然后挥师南下，打下西河郡后开仓赈济，远近应募者也日渐增多，李渊命为三军，分置左右，通称为义士，建大将军府，任命建成为陇西公，左领军大都督，统领左三统军；任命世民为敦煌公，右领军大都督，统右三统军；并任命元吉为太原太守，留守晋阳宫。李渊亲率三万兵马七月初十军门誓师后南下攻隋，并沿汾水进军关中。师人崔鼠谷至贾胡堡，离霍邑五十里时，驻守的隋将宋老生有精兵两万，和屯驻河东的左武侯大将军屈突通连兵据险，企图阻遏唐军。时值阴雨连绵，道路难行，更加上粮食匮乏，增援的突厥兵也没到达，又风闻突厥与刘武周欲袭晋阳，李渊举棋不定，欲回师晋阳，以图后举。世民与建成力主西进，主张先入咸阳，号令天下，使李渊打消了退兵的念头。八月初，天气转晴，军粮也运到了，李渊便率军取道向霍邑进军。李渊亲率数十骑至霍邑东门外，然后派建成、世民各将数十骑逼城于东、南门诱敌，宋老生果然中计出战。李渊派人谎报宋老生已被斩，来扰乱对方军心，宋老生入城不得，为刘弘基麾下所斩。唐军占领了霍邑。随后就势如破竹，连下临汾、绛郡，至龙门，九月，进而进围河东。

在河东，由于屈突通婴城自守久攻不下。李渊以一小部分兵力继续围攻河东，主力则西渡黄河，进军关中，进驻朝邑长安宫后又兵分两路，以建成、刘文静率王长谐诸军数万人屯永丰仓，守潼关以防备其他势力入关，另一路以世民率刘弘基等诸军数万人沿渭水北岸西进。至泾阳，收编稽胡刘鹞子为义军。在鄠县，有李渊从弟李神通和李渊女儿平阳公主起兵与李世民相应。沿路陆续有当地武装力量的归附，使主力迅速扩充，约期围攻长

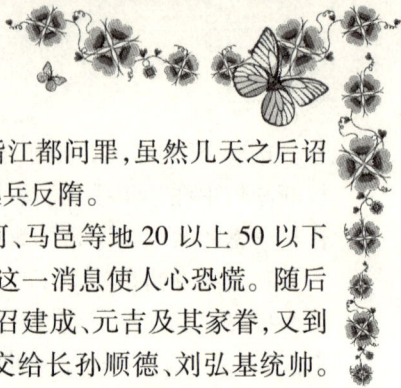

安。十月，李渊到长安附近，建成、世民合军达 20 万，建成从东、南两面进攻，世民从西、北两面进攻长安。十一月攻克长安，长安留守隋将阴世师、京兆丞骨仪被执杀。唐军入城后，备法驾迎代王即帝位于天兴殿，是为隋恭帝，改元义宁，遥尊炀帝为太上皇。恭帝以李渊为假黄钺、使持节、大都督内外诸军事、尚书令、大丞相，晋封为唐王，以武德殿为丞相府。军国机务、文武设官、宪章赏罚都由相府处断。以建成为唐世子，世民为京兆尹，改封秦国公，封元吉为齐国公。次年，世民又徙封赵国公。

义宁二年（618 年）五月，炀帝在江都被杀，恭帝禅位于唐，李渊正式即位，国号唐，是为唐高祖，建都长安，改元武德，唐王朝由此而建立。

兼并三强

李渊父子打出唐朝的旗号，虽然取代了杨氏隋朝，但当时在唐朝的周围，还存在着各种敌对势力和游离势力。摆在新兴的唐朝面前的首要任务，是通过兼并来实现全国的统一。

李世民英年俊才，不但善于打仗，而且长于谋略，善于用人，在兼并战争中，起着决定性的作用。在他的策划下，唐朝以军事力量和政治手段相辅为用，向东联结李密，向北连和突厥，集中力量先解决西北一带的薛举、李轨和刘武周等割据势力。公元 618 年，唐军首先消灭了割据陇西的薛仁杲（薛举之子）势力集团，陇西并入唐境。公元 619 年，又利用河西地区粟特商人和汉族地主的矛盾，粉碎了李轨的凉政权，河西五郡归入唐境。同年，刘武周兵击败唐兵，李元吉弃太原逃归长安，关中震骇。唐高祖准备放弃黄河以东的土地，专保关中。李世民认为太原重镇，是国家的根本；河东殷富，是京城的财源，决不可放弃。唐高祖便派李世民率几万人马从龙门（今陕西韩城县境）渡河，进击勾结突厥贵族的刘武周军。经过多次艰苦大战，唐军于公元 620 年大败刘武周军，收复并州，占领了山西。

唐消灭了薛、李、刘这三大割据势力，使关中进一步成为巩固的根据地，于是就集中力量出关去经略中原，争夺天下。

玄武门之变

唐高祖李渊的皇后生了四个儿子：长子建成、次子世民、三子玄霸（早亡）、四子元吉。太子建成经常在长安，辅佐李渊处理军国大事。次子世民却常领兵出征，不断平定割据势力，镇压各地农民起义，以扩大唐政府的占领区，对唐朝立有很大功劳，威望甚高。但李建成是长子，按着传统的宗法制度，他应是李渊帝位的继承者。秦王李世民既有战功，野心又大，也想当

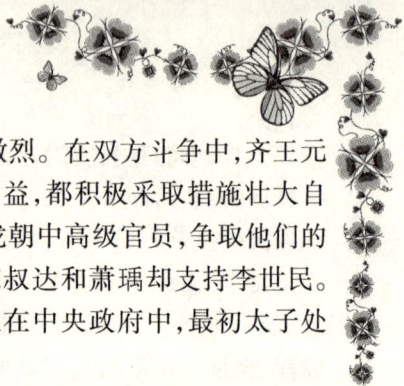

皇帝，因此他们兄弟间争夺皇位的斗争越来越激烈。在双方斗争中，齐王元吉是站在太子一边的。他们双方为了自己的利益，都积极采取措施壮大自己，打击对方，瓦解对方。首先，他们各自都拉拢朝中高级官员，争取他们的支持。在宰相里面，裴寂和封伦支持太子，而陈叔达和萧瑀却支持李世民。由于裴寂既是太原元从，又是李渊的宠臣，因此在中央政府中，最初太子处在有利地位。

在地方上太子和李世民也都设法培植自己的势力，李世民在平定王世充和镇压农民军时，积极招纳山东豪杰。太子建成在河北作战时，也极力拉拢罗艺，利用他在河北发展势力。

由此看来，到武德末年，在最高统治集团内部，围绕着太子建成和秦王世民，已经形成两个集团，唐高祖李渊是支持太子的。这两个集团在政治上存在很大分歧。李世民赏罚严明，注意论功行赏。例如武德四年(621年)在中原打败王世充以后，当时因淮安王李神通有战功，李世民以陕东道行台身份赐他数十顷田地。而李渊宠妃张婕妤的父亲却依仗裙带关系，从李渊那里弄去一道勅令，强迫李神通退田给他。其次，对待突厥的侵犯，两个集团也持不同态度。例如武德七年(624年)，颉利可汗从原州(甘肃固原)南侵，进逼关中。李渊、李建成、元吉、裴寂等都主张焚毁长安，迁都襄邓，并且派人外出勘查地形。当时李世民挺身而出，坚决反对迁都，主张严厉打击突厥。制止了李渊、李建成的妥协活动。

武德七年以后，全国已经统一，唐王朝的统治地位已相当稳固。于是太子和秦王争夺皇位的斗争就更加明朗化。

在一个霪雨连绵的下午，秦王正在专心致志地阅读兵书，忽有卫士进来报告："太子派人投书。"秦王拆开一看，原来是太子请赴宴。王府亲随劝秦王提高警惕，最好不要去。秦王认为过去兄弟之间虽然发生矛盾，也许还不会达到谋害同胞的地步，于是便前往东宫。

太子准备的宴席非常丰盛。席间太子和齐王频频举杯劝酒，不断颂扬李世民的功绩。喝着谈着，忽然，秦王觉得头晕目眩，两脚发软。秦王情知不妙，他挣扎一下想站起来，但身不由己地倒在地上。这时窗外大雨滂沱，惊雷闪电映照在秦王惨白的脸上，非常可怕。齐王看见他二哥倒下，便紧张起来，赶紧问太子："这，这，怎么办?"太子把眼睛一瞪，喝道："慌什么! 派人送回去。"

李世民被送回秦王府，灌了许多解毒药，吐了不少苦水，才保住性命。李渊知道这件事以后，狠狠地训斥了太子一顿。

太子见秦王没死，还不甘心，就怂恿李渊到郊外打猎，并要求秦王陪驾

前往。父皇命令，秦王只好跟随出行。

太子叫部下给秦王备了一匹烈性马。秦王没有想到太子又在耍阴谋，在打猎场上，纵马操弓，追赶一头鹿。突然，烈马野性发作，仰颈狂跳，把秦王甩出一丈多远，险些摔死。

秦王府的兵精将猛，是众所周知的事。为了削弱秦王的势力，太子和齐王绞尽脑汁设法瓦解秦王的队伍。凡是有调兵遣将的机会，他总是竭力设法把秦王的部将调开。例如，程咬金原来是秦王府左三统军，在打败宋金刚和平定王世充的战斗中，身先士卒，斩将搴旗，建立奇功，封宿国公，是秦王府一员得力的干将。因此，太子很担心自己抵挡不了秦王，于是在李渊面前造谣，结果把程咬金调任康州刺史，使他离开了秦王府。但程咬金并未立即离开长安，而是设法拖延时间，以便维护秦王的安全。

另一方面，太子对于暂时无法调离秦王府的武将，便利用收买的手段拉拢。例如，尉迟恭是秦王亲手提拔的将领，膂力过人，勇猛善战。太子曾用一车金银珠宝收买他，但遭到尉迟恭的拒绝。太子虽然没有买通尉迟恭，又以金帛贿赂段志玄和李安远，"潜引以为党援"。不过太子的瓦解活动都没有成功。

秦王李世民针锋相对，也加强自己的军事力量。武德九年（626年）他曾派张亮带领一千余人，带着大量金帛到东都一带，"阴引山东豪杰"。在设法争夺太子的人员方面也取得了显著效果。例如，常何与敬君弘原来都是太子的爪牙，担任防卫宫城的重任，经过秦王的瓦解活动，常何和敬君弘暗中脱离太子集团，变成了秦王的助手。

武德九年（626年）六月的一天夜里，在秦王府的内殿，高烧着红烛，殿外站着一列卫士，秦王在这里召开秘密会议。秦王和长孙无忌走进内殿，后面跟着两个身穿道服的人，卫士正想拦阻，秦王对卫士挥一挥手，就放他们进去了。两个穿道服的，正是秦王邀来的房玄龄和杜如晦，他们是为了躲避别人耳目特意化了装的。

紧接着，尉迟恭也进来了。房玄龄先发言："目前太子和齐王日夜想谋害大王。一旦发生事变，不仅大王有生命危险，社稷更不堪设想。俗语说得好，'当断不断，反受其乱'。现在是剑拔弩张，一触即发，正处在生死存亡的关头，希望大王以果断方式消灭未来的祸乱。"杜如晦表示支持。

秦王说："不知有多少人这样劝我，难道真不能避免流血吗？我们还有没有其他办法？"尉迟恭怒气冲冲地说："现在和大王最亲近的只剩我们几个人，齐王还在皇帝面前耍阴谋，说我会打仗，要我率领精锐部队跟他出征。有朝一日我带部队离开秦王以后，大祸就要临头。请大王快下决心，先发制

人,否则为人所制。"这时卫士进来报告说东宫的官员王晊求见。秦王会过王晊回到内殿,按捺不住心头怒火,说:"王晊从东宫来告密,说太子和齐王已计议好,最近齐王出征,想借给齐王饯行的机会,席间杀我。真没想到,太子的手段竟这样毒辣!""王晊是深明大义的人,东宫传来的消息当然是千真万确的了。"长孙无忌说。秦王慨叹道:"我总希望王晊讲的不会变成事实。""大王,先发制人,后发为人所制。现在大祸迫在眉睫,对太子不能抱任何幻想了,"房玄龄说。尉迟恭愤慨地说:"等太子发动时,大王还有什么办法可以应付呢?假若大王不立即采取行动,我情愿上山去当土匪,不愿再跟从大王了,免得被太子抓去杀头。""大王如果不接受我们的请求,不设法除掉太子,我们也和尉迟恭一道当土匪去了。"几个人同声说。最后,秦王感叹地说:"既然如此,我也不好违反大家的意志。"

王府的秘密会议到半夜才散。秦王立刻派一千余人,分头出动,埋伏在玄武门内外。他自己骑着马,率领部下走向玄武门。当时繁星满天,马蹄得得声和士兵步伐声打破了深夜的沉寂。

第二天日上三竿,只见太子和齐王骑着马,带领卫士,缓步走进玄武门。把守玄武门的中郎将常何等他们走远了,迅速把门牢牢关闭。

太子和齐王下了马,拾级登临湖殿。太子的眼光向周围一扫,发现殿东西的角落里,埋伏着秦王的部队。他扯一下齐王的衣袖,转身飞快走下石阶,翻身上马,奔向玄武门。齐王骑上马,和太子一齐跑去。这时,伏兵尽起,把太子和齐王杀死。

玄武门里的战斗刚要结束,太子的翊卫车骑将军冯翊和冯立闻讯率东宫二千余骑赶来。由于中郎将常何投向秦王,守门卫士拒不开门,门外的守军奋力抵抗。副护军薛万彻等见到在玄武门外战斗无济于事,便想掉转马头进攻秦王府。正在这个时候,尉迟恭用长矛挑着太子的人头跑出玄武门,向太子的残兵败将喊道:"奉皇帝陛下敕令,杀了太子和齐王。我们只杀罪魁祸首,不杀好人,希望你们赶快放下武器。"冯翊和谢叔方见了太子和齐王的首级,呆若木鸡。秦王又高声喊道:"识时务者为俊杰,现在太子和齐王已被斩首,你们何必替他们卖命呢?"东宫的将士听到秦王的劝告,都纷纷放下武器。薛万彻不听劝告,带着数十骑,杀出阵外,奔终南山去了。谢叔方眼看太子的人马逃散投降,便下马号啕大哭,秦王以好言劝慰,并赦他无罪。

对于太子集团的其他文臣武将,只要他们表示愿意和秦王合作,便被任用,并给以应得的礼遇。例如,魏征与薛万彻都担任了重要官职。秦王这样做,团结了大多数,扩大了他的政权的基础。

数日后,唐高祖李渊立李世民为皇太子,并且宣布:"自今军国庶事,无

大小悉委太子处决,然后奏闻。"李世民实际上已经当了皇帝。七月,重新改组中央政府,任房玄龄为中书令,高士廉为侍中,封德彝为尚书右仆射。第二年正月,改元贞观,李世民当了名实相符的皇帝。

贞观之治

从贞观元年(627 年)到贞观二十三年(649 年),是唐太宗执政的贞观时期。唐太宗即位之初,面对的是社会经济萧条、民不聊生的局面。太宗认为"以古为镜,可以知兴替",他经常和大臣们谈论隋朝灭亡的历史教训,讲究巩固政权的策略,轻徭薄赋,澄清吏治,勤于理政,励精图治。几年之后,就出现了一派升平景象,"天下大稔,流散者咸归乡里,斗米不过三、四钱","东至于海,南极五岭,皆外户不闭,行旅不赍粮,取给于道路焉"(《资治通鉴》卷193)。这些描绘虽然有溢美之处,但至少可以说明,中国封建社会已由隋末的衰败之势转变为唐初贞观时期的"治世"和"盛世"。

唐太宗认为"致安之本,唯在得人"(《贞观政要》卷3),因此很重视选官用人。在他左右掌权的大臣房玄龄、魏征、李靖、杜如晦、温彦博、戴胄、长孙无忌等,都是一时之俊才。他尤其注意对地方长官的考察,平时把各地都督、刺史的姓名写在宫里的屏风上,随时记下他们为官行政的优劣,以备提拔或贬降。注重选官用人,是贞观时期政治比较清明的一个重要原因。

唐太宗曾说:"以人为镜,可以明得失。"由于他善于听取臣僚们的谏言,在施政过程中就能及时纠正一些失误,修明政治。他还注意严明执法,强调法者"乃天下之法",严令臣下依法办事,这对安定社会秩序起了重要的作用。

一般说来,唐太宗统治的20 多年中,封建政治出现了少有的清明,民众的生活较为和平安定,社会经济得到了较快的恢复和发展。所以封建史官把这一时期誉为"贞观之治"。

文成公主出嫁

文成公主在中国可谓家喻户晓,她为发展汉藏两族人民的友好做出了不朽的贡献。人们为了纪念她,为她雕塑了一座金像,至今仍供奉在西藏拉萨的大昭寺内。关于文成公主出嫁,在民间流传着一些优美动人的故事。

大唐贞观年间,唐太宗李世民励精图治,治国有方,国势蒸蒸日上,成为中国封建社会最兴盛富强的时期。当时周边一些小国纷纷俯首称臣。一些国家还通过联姻的形式,加强与大唐王朝的友好关系。

在青藏高原,当时有一个吐蕃国,吐蕃国国王松赞干布也是一个日思进取之人。他听说大唐在生产、科技、文化诸方面都很发达,值得学习,便想进一步发展与大唐的友好关系。想来想去,想到了联姻的方式。贞观九年(635年),他派人到长安向李世民求婚未果。贞观十四年(638年),为了表示诚意,他派宰相禄东赞亲到长安二次向唐王李世民表达求婚之意。唐太宗李世民很注意发展同少数民族的友好关系,又见松赞干布诚心如此,便表示同意联姻。

但是,这下李世民可为了难。为什么呢?因为吐蕃国地处高原,气候寒冷,离长安又万里之遥。那些公主们一听都纷纷摇头,表示不愿意去,即使有看到父皇为难,表示愿意去的,李世民一看,又觉得年龄太小,自己有些舍不得。

太宗李世民不愿强迫女儿出嫁到地处偏远的吐蕃国,但又答应了人家,无法反悔,一连几天为此事犯难。此事被他的族弟江夏王李道宗知道,回家闲谈中便与女儿说起此事,最后还叹息道:"唉,公主们哪里知道,这一桩婚姻抵得上10万雄兵呢!"他的女儿是个饱读诗书、知情达礼之人。听父亲说出这一番话,低头思忖了一会儿,忽然抬头说道:"父亲,既然这桩婚姻如此重要,女儿愿意代为出嫁,也算替父亲为国尽忠了。您看如何?"

李道宗一听先是心中大喜,高兴女儿如此贤德,为国着想。但一转念,心中又实在舍不得女儿去那天寒地冻、人烟稀少的去处。但他的女儿对其明之以大义,要父亲以国事为重。李道宗见此,便去禀报了太宗李世民。李世民闻听,更是高兴,当即夸奖了一番,并封李道宗女儿为文成公主。

其实文成公主心中也担心,倒不为别的,只怕吐蕃人粗鄙落后。但她是个非常聪明的女子,想出了一个主意,便向太宗奏明:要提三个问题,吐蕃使者都答对了,才肯出嫁入吐蕃。太宗李世民是个开明君主,见文成公主说得有理,便毫不犹豫地答应了。和吐蕃宰相禄东赞一说,他不仅答应,心中还暗自佩服文成公主有心计。

第二天早朝,当着满朝文武,文成公主给吐蕃国使者出了第一道题:她给了禄东赞一块绿松石和一条绸带。绿松石中有弯弯曲曲的小孔,要禄东赞将绸带穿过绿松石的小孔。题一出来,满朝文武面面相觑,均想:文成公主定是不想去吐蕃,故出此题难为吐蕃使者禄东赞。坐在龙书案后的唐太宗李世民闻听此题也不免微微皱眉。心道:你若果真不愿去,也就算了,何必如此刁难人家?一时之间,在场之人全将目光落到禄东赞身上。禄东赞也真不愧为一朝宰相。只见他略一思忖,不慌不忙走出大殿。众人以为他不会回答,就此走了。正在议论纷纷,只见禄东赞又转身回来了。原来他早已想出一个好办法:从殿外抓来一只大蚂蚁,拴上细丝,放到绿松石一端,然后在另一端放上有香味的食物，蚂蚁嗅觉灵敏，不一会儿，便循着味儿从另一端爬出来。禄东赞见状，又将被蚂蚁顺势拖出的丝线拴在绸带一头一拉，绸带便在绿松石中穿过去了。

在场众臣无不为之拍手叫好，唐太宗李世民在龙椅之上也面带微笑。躲在幕后的文成公主心中也是暗喜，觉得这吐蕃人不但不笨，还很聪明。

紧接着文成公主又出了第二道难题：找来一根两头一样粗的木头，让吐蕃使者禄东赞说出哪头是根，哪头是梢。禄东赞成竹在胸，文成公主话音刚落，他便说道："只需将木头放进流水中，木头顺水漂流。前面的是根部，后面的是梢部。"文成公主又追问其故，禄东赞笑道："公主自当知道树木根部较梢部重，被水一冲，自然是重的一头在前，所以前面的必是根部。"文成公主一听，点头微笑不语。

禄东赞在答这两道题时，对文成公主是只闻其声，未见其人。而公主这第三道题便是自己混在300名美女之中，让禄东赞辨识出来，禄东赞来到长安，虽从未与公主谋面，但他颇为聪明，事先早让见过公主的人画像一张，自己仔细观察了好多天。因此他很快便心平气静地在300名美女中指出了举止端庄、容貌秀美的文成公主。

既然人家三道题都答对了，文成公主就不食前言，答应了松赞干布的求婚，心中还颇为满意，只是不知未来的夫君是个什么样的人物。

太宗李世民闻听文成公主已同意出嫁，心中大喜，决心要把文成公主的婚嫁当做一件大事来办。首先在边境修筑了一座富丽堂皇的行宫，以便公主一行人休整之用。又为公主准备了丰厚的嫁妆，其中包含一尊赤金的释迦牟尼佛像。此外，像图书、农作物种子、生活用品、各类工匠等等，应有尽有。一切准备就绪，即派礼部尚书李道宗（文成公主父亲）为送亲特使，于贞观十五年正月率3000羽林军护送文成公主离开长安，随吐蕃使者禄东赞直奔吐蕃国而去。消息传开，满朝文武皆来送行，交口赞誉文成公主此举。甚至连普通百姓也主动夹道相送。送亲的队伍蜿蜒几十里。

文成公主为人心地善良，经过百南巴（今青海省玉树县）时，发现当地居民不会种庄稼，便让随行的农民教他们种大麦、燕麦；又让所带石匠在河边安上水磨，看到当地居民安居乐业，这才率众离去。当地居民也深深感激文成公主，便给她立了一尊石像以做纪念。

一路上，文成公主走到哪里，就将栽桑养蚕、制作酥油的技术传播到哪里，深受沿途各族人民的欢迎。而文成公主所带给他们的恩惠也祖辈流传下来。直到今天，一提起文成公主，人们还赞不绝口。

吐蕃赞普松赞干布早就得到文成公主即将来到的消息，又闻听公主为

人贤德善良,更是兴奋得几宿没睡好觉。率领军队到很远的地方迎接文成公主。一见公主举止文雅,貌若天仙,更是高兴的难以言表。公主见松赞干布英勇潇洒、剽悍威武,心中也是暗自喜欢。两人可谓一见如故,天成地配的一段好姻缘。

松赞干布陪同文成公主进入逻些(今西藏拉萨)。逻些人闻听此事,欢呼雀跃,净水泼街,夹道欢迎。松赞干布深感自豪,文成公主也颇为激动。从此之后,文成公主在吐蕃生活下来。她不仅和松赞干布恩爱异常,对待吐蕃国民也是关爱谦和,从不摆大国架子。还亲自教给吐蕃人民纺织、农业、牧业等各种适合他们的技术,吐蕃人民更加爱戴她。松赞干布为了表达自己以及吐蕃人民对文成公主的爱,还专门为她修建了小昭寺,并将文成公主带来的释迦牟尼佛像供奉其中。

至今,人们提起文成公主仍赞不绝口。她与同为发展民族友好而做出卓越贡献的汉代王昭君被称为我国历史上的"双姐妹"。

玄奘西行取经

玄奘,俗姓陈,名祎,洛州缑氏(今河南偃师)人。幼年时家贫,父母早丧,13岁出家于洛阳净土寺,法名玄奘,20岁时,在成都受具足戒。先后师从慧休、道深、道岳、法常、僧辨、玄会等学习《摄大乘论》、《杂阿毗昙心论》、《成实论》、《俱舍论》及《大般涅槃经》等经论,造诣颇深。他游历各处,接触了各派的理论,深感其中异说纷纭,但无从获解,怀疑原译经讹谬,遂发愿亲自前往印度,广求异本,以为参验。

贞观元年(627年),玄奘陈表请求西行求法,但未获得批准。此时恰逢印度僧人波颇密多罗到长安,向他详细地介绍了那烂陀寺(今印度比哈尔邦巴腊贡附近)戒贤法师讲授的《瑜伽师地论》。玄奘决心已定,遂私自出发,前往天竺。他从长安经过凉州(今甘肃武威)偷越玉门关,穿越沙漠,贞观二年正月他到达高昌(今新疆吐鲁番县境),受到了高昌鞠文泰的礼遇,逗留一月,讲授《仁王般若经》,高昌王为玄奘制备法衣、黄金、银钱、绫绢,足够往返二十年所用。经过屈支(今新疆库车)、凌山(今耶木素尔岭)、素叶城、迦毕试国、笯赤建国(前苏联塔什干)、飒秣建国(今撒马尔罕城之东)、葱岭、铁门、觐货罗国故等(今葱岭西、乌浒河南一带)。又经缚喝国(今阿富汗北境巴尔赫)、揭职国(今阿富汗加兹地方)、梵衍那国(今阿富汗之巴米汤)、犍驮罗国(今巴基斯坦白沙瓦及其毗连的阿富汗东部一带)、乌仗那国(今巴基斯坦之斯瓦特地区)等国,到达迦湿弥罗国。在此学习两年,以后到达磔迦国(今巴基斯坦旁遮普),最后抵达摩揭陀国那烂陀寺,拜戒贤为师,学习《瑜

伽师地论》《顺正理论》《显扬圣教论》以及因明、声明等学以及各种婆罗门书籍，达五年之久。

贞观十年(636年)，玄奘离开那烂陀寺，先后到达伊烂拏钵伐多国(今印度北部蒙古尔)、憍萨罗国、安达罗国、驮那阉羯碟迦国(今印度东海岸克里希纳河口处)、达罗毗荼国(今印度马德拉斯市以南地区)、狼揭罗国(今印度河西莫克兰东部一带)、钵伐多国(约今克什米尔的查谟)访师参学。在钵伐多国停留了两年，后重返那烂陀寺，其间又到低罗择迦寺和仗林山学习。也曾应东印迦摩缕波国(今印度阿萨姆地区)国王鸠摩罗的邀请去讲经说法。又受戒日王邀请，前往前日国都城曲女城，戒日王以玄奘为论主，设大会辩论，五印度沙门、婆罗门、外道等前往的多达6000余人。会上由玄奘讲论，任人问难，结果18日中没有一人敢与之论者，名震天竺。僧众竞为法师立义名，大乘众号摩诃耶那提婆(大乘天)，小乘众号曰木叉提婆(解脱天)。戒日王又请玄奘参加五年一度的历时75日的无遮大会，各国王及道俗到会者有50余万人。会毕，玄奘辞众回国。国王及僧众相饯数十里，戒日王还以达官四人护送，所经诸国皆令发乘递送，终至汉境。途中因与高昌王有重见之约，所以仍遵陆北行。于贞观十九年(645年)正月返抵长安，随身携带的搜集到的佛经657部以及佛像、花果种子。这次西域求法的旅行，后来由玄奘口授、弟子辩机笔录成《大唐西域记》一书，成为游历诸国所见所闻的实录，史料价值颇高。

玄奘回到长安以后，留在长安弘福寺译经，同年五月，始译《大菩萨藏经》20卷，九月完成。贞观二十年(646年)大慈恩寺落成，玄奘任上座，潜心译经，然后迁居西明寺、五华寺。显庆五年(660年)翻译《大般若经》，至龙朔三年(663年)译完，共六百卷。麟德元年(664年)逝世。玄奘前后共译经论达75部，总计1335卷，被后世称为新经。

玄奘的佛教理论属于唯识论，又介绍了印度的因明学(逻辑推理方法)，回国后又对因明辩论、论证的性质作了精细的发挥，以其博大精深的学识为佛教在中国的发展作出了巨大的贡献，他与后秦的鸠摩罗什、陈朝的真谛、中唐的不空齐名，成为四大翻译家之一。

❖ 鉴真东渡 ❖

千百年来，鉴真东渡一直被传为中、日友谊史上的佳话。

鉴真(688—763)，本姓淳于，扬州人，14岁出家为僧。鉴真青年时代曾游学长安、洛阳等地，研究律宗及天台宗教理。后来回扬州任大明寺(即今法净寺)主持。当时日本政府为加强对佛教方面的管理，曾派遣不少学问僧

到唐朝取法。公元742年,学问僧荣睿、普照二人学成归国,特邀鉴真去日本传道弘法。鉴真欣然应允,准备次年开春起程,但由于种种困扰,首次未能成行。公元743年,经过一番准备,他于年底率领弟子、画师、工匠100余人,毅然登程。在途中,因海浪打坏了渡船,鉴真第2次东渡又失败了。此后,他第3次、第4次东渡,均告失败。但是,鉴真仍不气馁,于公元748年第五次率队东渡。这次,荣睿和普照也陪同鉴真航行。航船又遇到恶风险浪,在大海上漂流了14天,最后抵达海南岛南部。他们在途程中共历艰险,荣睿不幸在端州(今广东肇庆)病逝,鉴真也辛劳过度,感受暑热,双目失明了。但重重险阻,并没有使鉴真东渡的决心动摇。753年,他携带僧、尼及工匠20余人,乘日本遣唐使的归舟,第6次东渡,终于成功地抵达日本九州岛。次年,日本政府把鉴真请到奈良皇家首刹东大寺,委任为大僧都,主持全国僧徒授戒传律事宜,确立了日本施戒制度,奠定了律宗基地。鉴真赴日本,带去了大批有关雕刻、建筑、文学、医药、绘画、书法、佛教等方面的书籍和作品,将唐朝文化大量传入日本。鉴真及其弟子在奈良还参与过兴建唐招提寺的工作,寺内至今仍放着的鉴真坐像,被定为日本的"国宝",这是唐代中日文化交流的重要物证。

"将军三箭定天山"

薛仁贵,绛州龙门(今山西河津)人,少年时家庭贫贱,以种田为业。他准备改葬已去世的父母,妻子柳氏说:"有超群才能的人,关键是要遇到好的机会才能发展,现在天子亲自出征辽东,选求猛将,这是难得的时机,君何不图求功名使自己显赫?然后富贵还乡,再葬也不晚。"薛仁贵就去见将军张士贵应募,随唐军出征高丽。到了安地,刚好郎将刘君卬被贼军所包围,薛仁贵飞速去救他,斩了贼军将领,把他首级系在马鞍上,贼军都畏服了,由此出名。唐王朝军队进攻安市城(今辽宁营口东北),高丽莫离支派将领高延寿等率领20万士兵抵抗,倚山扎营,太宗命各将分别攻击他。薛仁贵自恃勇猛,想立奇功,就穿了白色衣服以显得突出,提了戟,腰挂两张弓,大呼飞驰而出,所向披靡;军队借势追击,贼军奔散溃败。天子望见,派使者立即赶去询问:"先锋中穿白衣服的人是谁?"回答说:"薛仁贵。"天子召见,很感叹诧异,赐给他黄金绢帛,奴婢马匹等不少东西,授官游击将军、云泉府果毅都尉,令他长值班北门。回军后,天子对他说:"朕的旧将都已年老,想提拔勇猛的人在外统兵,没有一个像你那样的,朕不高兴得到辽东,而高兴得到你这位勇将。"升为右领军中郎将。

高宗到万年宫,突然山洪暴发,夜晚水很快冲到玄武门,宿卫战士都已

散走,薛仁贵说:"当天子危急的时候,怎么可以怕死?"于是登门大声呼喊,以叫醒宫内的人,天子急忙出来登上高处。不一会儿水已进入天子睡处,天子说:"有赖于卿我才免于一死,我现在才开始知道有忠臣。"把御马赐给了他。

苏定方讨伐突厥沙钵罗可汗贺鲁,薛仁贵上疏说:"臣听说师出无名,事情肯定不成功;证明了他们是盗贼,敌人才可心服。现今泥熟不事奉贺鲁,被他打败,贺鲁像对奴隶那样捆绑其妻子儿女,王师如果有从贺鲁部落转而得到他们家口的,应该都还给他们,并加以优厚赏赐,使百姓知道贺鲁的暴虐而陛下的至高德行。"皇帝采纳这意见,就遣还他们的家属,泥熟请求随军作战,以死效忠。

显庆三年(658年),诏命薛仁贵作为程名振的副职用武力经营辽东,在贵端城打败高丽军,斩首三千级。次年,与梁建方、契苾何力与高丽大将温沙多门遭遇,在横山大战,薛仁贵单身骑马驰入阵中,向敌人射箭,都应弦而倒。在石城又发生战斗,敌人中有个善于射箭的人,射杀官军十多人,薛仁贵大怒,单骑突入阵中击贼,贼军弓矢都被打得不能发挥作用,于是活捉了他。不久与辛文陵一起在黑山大败契丹,俘获他们的王阿卜固献送到东都洛阳。拜官左武卫将军,封河东县男。

诏命薛仁贵作为郑仁泰的副职担任铁勒道行军总管。将要出发,在内殿设宴,天子说:"古代善于射箭的人可以射穿铠甲上七层金属叶片,卿试着用五层甲片来射看看。"薛仁贵一射就穿透了,天子大惊,拿出更加坚固的铠甲赐给他。当时九姓铁勒的部落联盟共有十多万人,他们派出骁勇的骑兵几十人来挑战,薛仁贵发三矢,连杀三人,于是铁勒震动害怕,都来投降。薛仁贵怕有后患,把他们都坑杀了。转而讨伐沙漠北部地区的剩余部众,擒获伪叶护兄弟三人归来。军中有歌谣唱道:"将军三箭定天山,壮士长歌入汉关。"九姓从此衰落。

铁勒中有思结、多览葛等部,先保天山,等郑仁泰的大军到达后,因惧怕而投降,郑仁泰没有接受,掳掠他们的家属以赏给军队将士,贼军相率逃去。有侦察骑兵来报告:"贼虏军用物资和牲畜满山遍野,可以去夺取。"郑仁泰挑选一万四千名骑兵卸掉铠甲飞驰而去,穿过大沙漠,到仙萼河,不见贼虏,粮食吃完,只好回军,由于饥饿,出现人吃人,等到入塞内,剩下的士兵只有二十分之一。薛仁贵也取所降部落中人为妾,并多受贿赂,被有关官吏弹劾上奏,因有功劳而得到原谅。

乾封年间初期,高丽泉男生要求依附唐朝,朝廷派将军庞同善、高侃前往慰问接纳,但他的弟弟泉男建率领国内的人抗拒内附,朝廷派薛仁贵率军

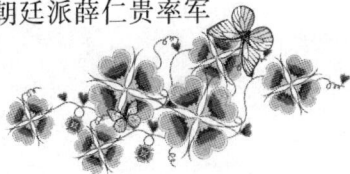

队援助护送庞同善。到了新城(今辽宁新城),夜晚被敌军袭击,薛仁贵击败他们,斩敌数百人。庞同善进驻金山,败北的敌军不敢向前,泉男生乘胜前进,薛仁贵攻击敌军,把他们分割成为两部分,敌军随即溃败,斩敌兵五千,攻下南苏、木底、苍岩三城,于是与泉男生军会合。高宗亲写诏书慰劳勉励。薛仁贵依仗士气,领兵二千进攻扶余城,其他将领以兵少作为理由来劝阻,薛仁贵说:"兵在于运用得好,不在于人多。"他身先士卒,碰到贼军就打败他们,杀万余人,攻下了扶余城,接着在沿海扩张地盘。与李勣军会合。扶余城投降后,其他四十个城也相继来降,威震辽海地区。朝廷下诏命薛仁贵率兵两万名与刘仁轨镇守平壤,拜官本卫大将军,封平阳郡公,检校安东都护,移治所到新城。薛仁贵抚慰存活孤寡老人,检查制止盗贼,根据才能任命官职,褒奖推崇有气节讲义气的人,高丽士大夫和民众都高兴得忘记了国家的灭亡。

咸亨元年,吐蕃入侵,命薛仁贵为逻娑道行军大总管,率将军阿史那道真、郭待封出兵攻击他们,以支援吐谷浑。郭待封曾任鄯城镇守,与薛仁贵地位相等,这时,耻于在他的领导下,因而常常违背指挥调度。起初,军队驻屯在大非川(今青海湖南岸一带),将要进军去乌海,薛仁贵说:"乌海地势险要而且湿热易病,我们进入死亡地带,可说是危险的道路,然而快速则有成功可能,迟缓则要失败。现今大非岭很宽平,可设置二座营垒,把军用物资都放在里面,留一万人守卫它,我用加倍的速度对不整齐的贼军发起突然袭击,就能消灭他们了。"于是轻装,到河口,遇贼军,打败了他们,多所杀戮和掠夺,获得牛羊以万计数。进军到乌海城,以等待后面部队的支援。郭待封起初不服从,率领有军用物资的部队跟在薛仁贵军后前进,吐蕃二十万军队围剿追击,唐军粮草都用光了,郭待封驻守。薛仁贵退兵到大非川。吐蕃增加兵力共四十万来进攻,唐军大败。薛仁贵与吐蕃将领论钦陵约定讲和,才得回军,而吐谷浑终于亡于吐蕃。薛仁贵叹道:"今年是庚午年,岁星运行到降娄范围,位居西方,太岁所在,是为凶方,故不应有事于西方,邓艾死于蜀的原因也在于此,我知道必然会失败。"高宗有诏书下来,原谅他并免去死罪,但降为庶民。

不久,高丽剩余的部众反叛,薛仁贵又被起用为鸡林道总管。再次因事被贬到象州(今在广西),碰到大赦才回来。高宗想起他的功劳,召见他说:"过去在万年宫,没有你,我就要成为鱼了。前些日子消灭九姓,破高丽,你的功劳居多。有人说从前在乌海城下你放纵敌人不出去,以致作战失利,这是朕所以怨恨和怀疑你的原因。现今辽西不安宁,瓜州、沙州道路断绝不通,卿怎么能够高枕无忧而不为朕指挥作战呢?"于是拜官瓜州刺史、右领军

卫将军、检校代州都督,率兵在云州出击突厥族的元珍。突厥人问:"唐将军是谁?"答曰:"薛仁贵。"突厥人说:"我听说将军已流放到象州死了,哪里还能再生?"薛仁贵脱下头盔让他们看,突厥人相视失色,下马四面围着下拜,然后悄悄地逃离而去。薛仁贵乘机进攻,大败他们,斩首万级,获得人口三万,牛马也相当此数。

高宗永淳二年(683 年),薛仁贵去世,年龄 70 岁。赠官左骁卫大将军、幽州都督,官府给以车,护送棺材回家乡。

武则天称帝

公元 684 年九月,也就是武则天废中宗、架空睿宗仅约半年之后,她诏令改元,大赦天下,改官制,易服色,改东都洛阳为神都,立武氏七庙(古代宗法制度,天子有七庙,太祖庙居中,左右三昭三穆)。武后以女主临朝,削弱李唐宗室等一系列作法,遭到了皇家贵戚、元老重臣及部分失意官僚的反对。扬州司马徐敬业、临海丞骆宾王等以匡复王室迎立庐陵王为名,发布《讨武曌檄》,聚集兵众 10 万人在扬州起事。武则天从容读罢讨武檄文,寻问作者是谁,左右回答是骆宾王。武则天感慨地说,如此人才变为叛逆,这是宰相的过错!

面对扬州兵变,武则天特问计于裴炎。裴炎认为太后只有退位返政,扬州兵才能自退。武则天不信这一套,她一面派李孝逸、李知十等帅兵 30 万,以拒扬州兵,一面派骞味道收裴炎等下狱问罪。扬州兵变很快被平定,权臣裴炎及手握重兵的程务挺均以通谋反叛之罪被杀。这次震动朝野的兵变刚平定不久,武则天随后又调兵遣将,平定了 688 年秋季李唐宗室诸王的相继起兵。琅邪王李冲起兵 7 天即兵败战死;越王李贞起兵不到一月即兵败自杀。从 684 年到 689 年,武则天进行了 6 年的整饬斗争。一场场惊心动魄的斗争,使她清醒地看到了太后临朝的骑虎形势。689 年,她特改"诏书"为"制书",并为登基称帝大造舆论。690 年古历九月,武太后布告天下,改国号为周,自称圣神皇帝,以李旦为皇嗣。从皇后到女皇,武则天经过了 36 年的苦心经营。武则天称帝,史称"武后革命"。她是中国历史上唯一的女皇帝,也是世界史上不靠传位而靠革命成功的第一位女皇帝。

安乐公主乱政

唐中宗李显是唐高宗李治和武则天的儿子。公元 683 年,李治死,李显以皇太子身份继位。35 天后,武则天为了自己当皇帝,突然将李显废了。15年后,武则天考虑到自己死后的社稷大计,又将他召回长安,立为皇太子。

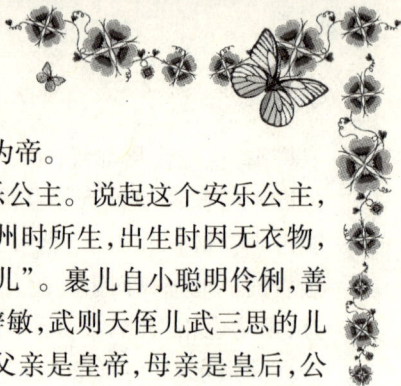

公元705年,武则天下台,李显得以第二次登基为帝。

李显二次显贵,立即封最心爱的幼女为安乐公主。说起这个安乐公主,可不是个等闲人物。她是李显与韦皇后困在房州时所生,出生时因无衣物,李显脱下紧身小袄将她裹起,故其小名叫做"裹儿"。裹儿自小聪明伶俐,善体人意,深受父母的宠爱。长大后更显得姝秀辩敏,武则天侄儿武三思的儿子武承训看中这个"金枝玉叶",遂娶她为妻。父亲是皇帝,母亲是皇后,公公武三思是宰相,武三思与韦皇后又通奸共宿,安乐公主的地位和身价可想而知。

安乐公主是个既有野心又贪婪的女人,李显溺爱他,对其有求必应。她出卖官爵,掠取财富,每次要达到什么目的时,总是打着父皇的名义。她惯于自作诏书,诏书的内容不让李显看,只管叫李显在诏书上签名盖印。李显呢?每次都是笑着照办。进而,她让李显封她为"皇太女",许多大臣反对。她生气地对父亲说:"我祖母(指武则天)的儿子尚为天子,天子的女儿当皇太女有何不可?"李显不愿委屈女儿,笑眯眯地说:"当然可以!当然可以!"

安乐公主仿效皇宫的样式,为自家修建起豪华的宅第,壮丽无比。她甚至要求将长安近郊的昆明池作为私家池沼,这一次李显以"先帝从未将昆明池赏赐给私人"为由,婉言拒绝。安乐公主生了气,动用无数民工,开凿了一座周长数里、千回百折的池沼,号曰"定昆池"。顾名思义,"定昆池"是要压过昆明池。

安乐公主自以为是皇太女,说不定有朝一日还能尝尝当女皇的滋味。为此,她对皇太子李重俊极为仇恨,秉承武三思、武承训的旨意,恶毒攻击、中伤李重俊。李重俊年轻气盛,突然发动兵变,杀了武三思父子,使安乐公主成了寡妇。安乐公主不甘寂寞,很快嫁给了早就与之私通的小叔子武延秀。婚礼之日,全城轰动,李显赏赐群臣的布帛就有数十万匹。接着,安乐公主又大兴土木,修建更豪华的宅第。宅第建成,皇家国库空殚殆尽,无数金银财宝都被李显赏赐给了女儿。

安乐公主依仗父皇的权势,红极一时。最后竟与母亲一道,残酷地毒死了父亲李显。公元710年,临淄王李隆基发动政变,将安乐公主及韦皇后等送上了断头台。安乐公主死后,被追贬为"悖逆庶人"。

❖李隆基登位❖

平王和太平公主对唐睿宗有拥立之功,二人一个争得了皇太子的宝座,一个获得了加封食邑满万户的实惠。睿宗经常与太平公主一起商议军国大事,太平所想要做的,皇帝一概听之任之。一时,公主权倾人主。宰相上朝

奏事,睿宗总要问是不是与太平公主和太子商量过。如此昏庸懦弱,势必助长太平公主的专横,同时也势必会引起公主与太子之间争夺权势的角斗。

太子李隆基既善于骑马射箭,又通晓音律、历象之学。太平公主要揽朝权,阻力不在皇帝而在太子。于是,公主拉帮结党想除掉太子。她私邀宰相宋璟等人进行秘密交谈,暗示要改换太子,在座的人都大惊失色;又指使人散布流言,离间皇帝与太子的关系。公元711年春二月,睿宗采用宋璟、姚元之等人的计策,命太子监国,将太平安置到蒲州(治所在今山西芮城西北)。太平听说这些都是出于宋璟等人的谋划,便愤怒地去指责太子。太子恐惧,就以"离间姑、兄"奏了宋璟等人一本。结果,宋璟等人都被贬到边远地区当了刺史。当时七名宰相,有五人是太平的亲信,其余文武百官,依附她的占了一大半。朝政的昏暗,与唐中宗时相似。

公元712年秋七月,睿宗不顾太平的阻力,下诏传位给太子。李隆基登位,是为玄宗,尊睿宗为太上皇。太平公主依仗太上皇之势,仍然揽权,干预朝政。她与窦怀贞等密谋,准备发动禁卫军入宫废杀唐玄宗。公元713年七月,唐玄宗与郭元振等先发制人,引兵入宫,诛杀了太平公主的重要党羽数十人,其余党徒一概斥逐出朝。太平逃入山中,在一座寺庙里躲藏了三天才出来,被赐死在公主府第。至此,唐政权才切实掌握在玄宗皇帝手中。李唐王朝又开始进入一个稳定、昌盛的时期。

开元之治

公元713年—公元741年,是唐玄宗执政的开元时期。开元初年(713年),唐玄宗励精图治,表现出卓越的政治才能。在朝廷中,他自比雄杰曹操,自称阿瞒。首先,玄宗很重视官吏的人选,初即位就着手大力整顿吏治,裁汰冗官,精简了庞大的官僚机构。公元714年,颁布了京官与地方官互换的制度,强调严格督察官吏,以功以才授官。公元716年,玄宗还亲自复试吏部选出的县令,斥退了其中45名不合格的人选。他先后任用的宰相如姚崇、宋璟、张嘉贞、张说、张九龄、韩休等,都是能干正直比较有作为的人物。

唐玄宗在一大批能吏的辅佐下,对中宗以来朝政的诸多弊端进行了改革。中宗时,食封贵族增至140家以上,封户多的达万户,这既使国家的一大部分租赋被私家侵吞,也使广大封户百姓不堪盘剥之苦。公元715年,朝廷下令:封家的租赋由政府统一征收,集于京都,封家都到京城领取,并禁止放高利贷。以后又规定,凡子孙承袭食邑的,封户数削减十分之二。这些措施有利于加强中央集权和抑制食封贵族势力。中宗、睿宗时期,贵戚争相营建佛寺,出卖度牒,富户丁壮多削发为僧、尼以避徭役,全国僧、尼人数猛增到

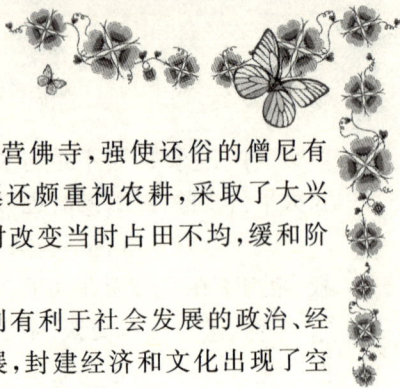

数十万。公元 714 年，玄宗下诏淘汰僧、尼，禁营佛寺，强使还俗的僧尼有 1.2 万余人。在革除时政种种积弊的同时，朝廷还颇重视农耕，采取了大兴屯田、奖励生产、清查逃亡户和籍外田等措施，对改变当时占田不均，缓和阶级矛盾，都起了一定积极作用。

总之，唐玄宗君臣在开元时期推行了一系列有利于社会发展的政治、经济措施，因此，当时社会相对安定，生产继续发展，封建经济和文化出现了空前繁荣的景象，史称"开元之治"。

安史之乱

天宝元年（742 年）正月，玄宗任命安禄山为平卢节度使，种下了"安史之乱"的祸根，标志着开元盛世的结束。

天宝三年（744 年）又任安禄山兼范阳节度使，天宝九年（750 年）爵东平郡王，天宝十年（751 年）兼领河东节度使，拥兵 183000，超过中央禁卫军（12万），超过全国镇兵（451000）的三分之一。一人兼领三镇，有军政，有财政，能行政，赏罚自专，威权日重，声势显赫，实力雄厚，逐渐滋生了取唐朝而代之的政治野心。安禄山有同乡史　干，从小要好，也是张守珪麾下，以骁勇闻名，以功累迁将军，玄宗赐名思明。安禄山为三镇节度使，史思明也升为平卢兵马使兼北平太守、充卢龙军使。两人狼狈为奸，终于酿成了延续八年的"安史之乱"。安禄山奸诈狡猾，善于揣度别人的心思，却装得很憨直。一次入朝，玄宗叫太子李亨与他相见，安禄山故意不拜。殿前侍监责问他为何不拜太子，他却假装糊涂，问："臣不失朝廷礼义，不知皇太子是什么官？"玄宗还真以为他不懂，爱他愚直，在勤政殿设宴招待，并要杨贵妃一同参加，席间，安禄山凑趣，亲自跳了一个胡旋舞，惹得玄宗连声叫好。散席以后，玄宗独留安禄山跟随入宫，并一口一声呼他为禄儿。安禄山趁势走到杨贵妃面前，跪下便拜："儿臣愿母妃千岁！"玄宗笑问："禄儿，天下哪有先母后父的道理！"安禄山说："胡人的礼节是先母后父，我只照习惯，却把天朝的礼节忘记了。"玄宗不以为怪，反而对安禄山夸赞不止。

安禄山在朝中耳闻目睹，知玄宗年老昏庸，朝政腐败，军备松弛，就有轻视中原之心。孔目官严庄、掌书记高尚，多次怂恿他造反。于是安禄山便以高尚、严庄、张通儒及孙孝哲为腹心，史思明、安守忠、李归仁、崔乾佑、尹子奇、田承嗣、阿史那承庆为爪牙，秣马厉兵，积聚力量，伺机叛乱。

　　李林甫活着时,安禄山以为李林甫狡猾胜过自己,尚有畏惧。杨国忠继任宰相,安禄山根本不把他放在眼里。杨国忠因此怀恨在心,屡次奏请玄宗要提防安禄山,玄宗正宠着安禄山,哪里听得进去。

　　杨国忠为了排挤安禄山,便拉拢哥舒翰,奏请任哥舒翰为河西节度使,晋爵西平郡王,并拉哥舒翰一同向玄宗进言:"安禄山必反,陛下如果不相信,不妨试召安禄山入朝,看他来与不来?"玄宗果然下敕,征安禄山入朝。

　　杨国忠为了要取信玄宗,证实安禄山必反,日夜收集安禄山谋反的事实,指使京兆尹围住安禄山在京城的府第,逮捕了安禄山的门客李超等,交御史台审讯,接着又把他们都秘密处死。安禄山的儿子安庆宗娶的是唐宗室女荣义郡主,一直住在京师,马上把这消息密报给安禄山。安禄山虽野心勃勃,因玄宗待他甚厚,本打算等玄宗死后再举反旗,现在被杨国忠一逼,便顾不得这许多了,立即与严庄、高尚、阿史那承庆密谋起兵。

　　史思明攻下常山,复引兵进击诸郡,诸郡都不能守,独有饶阳太守卢全诚据城固守,屡挫叛军。史思明见一时难破饶阳,便将饶阳团团围困,只待饶阳粮尽矢绝,一举破城。河间司法李奂领七千人、景城(今河北沧州市以西)长史李暐派儿子领兵八千往救,都被史思明杀败。

　　这时,朔方节度使郭子仪正围攻云中,玄宗命他进军东京,并选　良将,分兵出井陉,略定河北。郭子仪荐举李光弼有大将之才,于是玄宗授李光弼为河东节度使,加魏郡太守、河北道采访使,率蕃、汉步骑万余,太原弩手三千出井陉,进军河北。李光弼兵到常山,常山团练兵活捉了安军守将安思义出降。李光弼向安思义问计,安思义说:"大夫远来,兵马疲劳,不如趁早入城,据城固守。安军虽锐,但不能持久,稍一失利,就气馁心离,那时便可图了。思明在饶阳,距此不过二百里,明晨其前锋必到,不可大意。"听他说得有理,亲解其缚,随即移军入城。史思明听到常山失守,立刻放弃围困饶阳,亲率二万余骑,果然于第二天早上到达常山,马上指挥攻城。李光弼据城拒敌,待敌军少懈,遣兵出击,屡有斩获。过了几天,有村民来报告,说有贼兵五千,自饶阳来到九门(今河北藁城以西),光弼即遣步骑各两千,偃旗息鼓,趁敌不备,掩杀过去,杀得贼兵一个不留。史思明闻讯失色,退入九门。

　　李光弼与史思明在常山相拒40余日,城中粮食渐乏,遣人向郭子仪告急。郭子仪引兵出井陉至常山与李光弼合兵,蕃、汉步骑共十余万,会攻九

门。史思明出城迎战，被郭、李军杀得大败，大将李立节也被官军中郎将浑瑊射死。史思明收拾余众，逃往赵郡，蔡希德奔钜（同"巨"）鹿。于是河北各郡纷纷杀了安军守将向官军投诚。安禄山在洛阳接到河北败报，又急又怕，大骂严庄、高尚："都是你们劝我造反，如今潼关未破，进不能进，退路又断，官军从四面合拢过来，我所有的不过汴、郑几州而已。你们从今以后不要再来见我了！"严庄、高尚害怕了，好几天不敢去见安禄山。

从此，叛军日衰，终于在公元 763 年被肃宗平息。

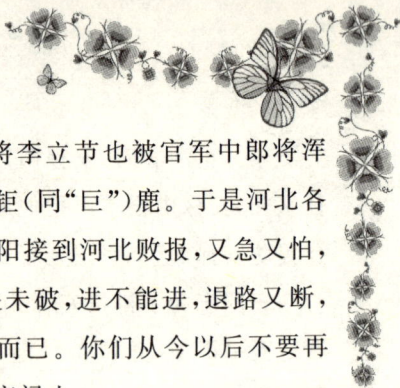

马嵬坡兵变

潼关失守,京城内外,一片惊惶。六月初十,玄宗召宰相议事。杨国忠因兼领剑南节度使,当安禄山起兵时,便命副使崔圆做好准备,一旦危急,可以奔蜀,当下便建议玄宗暂往蜀中避难。玄宗认为是个办法。

十一日,杨国忠召集百官,问他们有何妙策可解眼前之危,百官"嗯嗯""啊啊"都说不出一个办法。杨国忠便说:"安禄山谋反事,我们已经提了十年了,无奈皇上只是不信。今日之事,不是我做宰相的过失。"散会后,杨国忠便叫韩、虢二夫人进宫去劝玄宗入蜀。

六月十二日,玄宗登勤政楼,声言要御驾亲征,听到的人都不大相信。果然到了这天晚上,玄宗便命龙武大将军陈玄礼整顿大军,挑选良马900匹,待到十三日黎明,自带了贵妃姐妹、皇子、皇孙、公主、妃嫔,以及杨国忠、韦见素、魏方进、陈玄礼和亲信宦官、宫人,偷偷地出了禁苑西门,逃出长安,匆匆中连住在宫外的诸王、公主都没有去通知。

这天清晨,仍有一些官员来上朝。他们到了宫门外,只见侍卫仪仗依旧,宫中的更漏声依然清晰地传到大家的耳朵里,但宫门开后,只见宫女到处乱跑,说是不知皇上跑到哪里去了。于是王公大臣、士民百姓四出逃窜,有些人就趁机闯进宫来,抢夺金银财宝,也无人干涉,有的竟赶着毛驴到金銮殿上来装金银财物,一片混乱。

玄宗一行一路西行,派宦官王洛卿打前站,以便通知沿途各郡县准备接驾。走到中午过后,到了咸阳,县令早已逃走了,寻王洛卿,也不见了。玄宗等走了大半天,还没有吃到一点东西,杨国忠亲自去买了胡饼献给玄宗。大家都没有吃饭,地方官又找不到,玄宗只好命百姓献食。百姓送来了糙米做的饭,中间还掺了许多麦片和黑豆,皇子皇孙早已饿坏了,也不论好坏,抓来就吃,不一会就吃光了。玄宗吩咐按值给价,好言抚慰。

玄宗一行风餐露宿,忍饥挨饿,一路西行。六月十四日,队伍到马嵬坡,暂息在马嵬驿(在今陕西兴平西)。这时,将士们都憋着一肚子火,陈玄礼认为,这次祸乱都是杨国忠造成的,要想杀了他出气,便叫东宫宦官李辅国去请示太子李亨,李亨不敢作主。刚巧有吐蕃使者二十余人拦住杨国忠的马头,向他要饮食,杨国忠还来不及回答,军士们忽然大叫起来:"杨国忠与胡虏谋反!"一箭向杨国忠射去,没有射中。

杨国忠一看苗头不对,急忙拍马逃进西门,军士们追上去把他杀了,肢解了他的尸体,把他的头挑在枪尖上,来到驿门外,又杀了他的儿子户部侍郎杨暄及韩国、秦国夫人。

　　玄宗听到驿外喧哗,问发生了什么事,左右说是杨国忠谋反。玄宗拄杖走到驿门外,慰劳军士,叫大家散开,军士不理睬。玄宗叫高力士去问,陈玄礼说:"杨国忠谋反,贵妃不宜再留,请陛下割恩正法。"玄宗听说,退入驿门,倚杖低头,暗暗流泪。京兆司录韦谔提醒玄宗:"众怒难犯,安危就在顷刻,愿陛下从速决断!"说罢,叩头不止。玄宗说:"贵妃住在深宫,怎么会知道杨国忠谋反?"高力士从旁劝道:"贵妃虽然无罪,但将士们已杀了杨国忠,而贵妃仍在陛下左右,叫他们怎么能安心呢?请陛下仔细想想这个道理,目前只有使将士安心,陛下才没有危险。"于是,玄宗命高力士把贵妃带进佛堂,用帛勒死。

　　高力士把贵妃尸体抬到庭院中,叫陈玄礼等进来验看。陈玄礼等一看贵妃真的死了,这才脱去甲胄(盔),向玄宗叩头请罪,玄宗抚慰了几句,叫他们晓谕军士。陈玄礼等高呼万岁,再拜而去。整顿队伍,准备出发。

　　六月十五日,玄宗将从马嵬驿出发,将士们都说:"杨国忠的将吏都在蜀,不可去蜀。"玄宗本意想入蜀,但恐违众心,不敢说出来,只好问众人去哪里是好?韦谔说:"不如先去扶风,慢慢再商议去处。"众人以为有理。

　　安禄山没有料到玄宗会急急忙忙西逃,派人叫崔乾佑暂驻潼关,不要前进。过了十多天,才遣孙孝哲领兵进驻长安,以张通儒为西京留守,崔光远为京兆尹;命安守忠领兵进驻苑中,镇守长安。

　　孙孝哲是安禄山的亲信爪牙,常与严庄争权,安禄山命他监督关中诸将。他骄横跋扈,嗜杀成性,他到长安后,一面纵兵烧杀抢掠,一面屠杀唐朝宗室,凡王侯、将、相跟了玄宗跑的,在长安的家属都被杀尽,连怀里的婴儿也不放过。

　　安禄山下令搜捕百官、太监、宫女,每捉到几百人,便押送洛阳。陈希烈因晚年失宠,怨恨玄宗,便与张珀、张均等都投降了安禄山。安禄山封陈希烈、张珀为宰相,其余唐朝官吏都授原职。于是安禄山的势焰更盛,西面威胁歧、陇,南侵江、汉,北割河东之半。不过安禄山部下的将领,虽然勇猛,但都是些没有远见的粗人,自从进入长安,只知掳掠财宝美女,日夜纵酒,再没有西进的心思,所以使玄宗得以从从容容去成都,太子李亨也能在没有追兵的情况下从容北上。

天宝弊政

　　唐到开元、天宝的时候,表面上经济极繁荣。但是,土地兼并也极剧烈,均田制和府兵制逐渐破坏,加上唐朝统治阶级的极端腐朽,阶级矛盾已很尖锐,危机一触即发。

玄宗在位的时间很长，到天宝元年(742 年)，已经做了 30 年皇帝。他初期确有励精图治的精神；此刻年龄老了，志得意满，只想纵情声色，政治在走着下坡路。

开元二十四年(736 年)，张九龄被谮(诬陷)罢相，李林甫做中书令。这说明恶势力在朝廷中占了上风。天宝十一年(753 年)，李林甫病死，杨国忠做宰相，政治更加恶化。没过几年，就爆发了安史之乱。如果说姚崇、宋璟代表开元初年比较贤明的统治，那么李林甫、杨国忠便是天宝年间黑暗统治的代表了。

李林甫的任用，靠的是迎合玄宗的意旨。他勾结宦官、妃嫔，打听玄宗的动静，所以能了解他的心意。张九龄遇事敢于力争，玄宗就讨厌他了，一个上台，一个罢相，"容身保位，无复直言"的风气从此统治了朝廷。

李林甫公开向谏官说："诸君总见过立仗马吧！它吃的马料相当于三品官的待遇，但是叫了一声，便要赶走，那时后悔也来不及了！"有人上书论事，第二天便降级外调，吓得人们都不敢讲话。朝廷官员不附和他的，都遭到阴谋陷害。他口头上说话很好听，背地里专门害人，因此人们说他"口有蜜，腹有剑"这就是成语"口蜜腹剑"的来源。

天宝六年(747 年)，玄宗命各地推荐人才，举行考试。李林甫不录取一人，向玄宗贺喜，说："举人的才能都很平常，可见野无遗贤"。诗人杜甫、元结都参加了这次考试，失败后，杜甫知道无法实现平生抱负，恨恨地写道："纨绔不饿死，儒冠多误身"(《奉赠韦左丞丈》)。当时的政局就是这样。

杨国忠原名杨钊，因堂妹杨贵妃而进用。玄宗起初宠爱武惠妃，惠妃死后，十分伤心。有人说他的儿媳寿王妃杨氏异常美丽，他看了很满意，便使杨氏自己要求当女道士，号为太真，然后偷偷地接进宫去。天宝四年(745 年)，册立太真做贵妃，其时玄宗 61 岁，贵妃才 27 岁。这是地地道道的宫闱丑史。

贵妃得了宠，而且是"三千宠爱在一身"，于是出现了"姊妹弟兄皆列士，可怜光彩生门户"的怪现状，贵妃的三个姊姊，分封韩国夫人、虢国夫人、秦国夫人。杨国忠是远房堂兄，也被引到宫里。玄宗和贵妃姊姊赌博取乐，国忠在旁算赌账，又快又准，玄宗大为赏识，赞他是"好度支郎"。不久，他便真的做了管财政的度支郎中，领十几个使的官衔，专门搜括民间财富。

皇帝、妃子、贵戚、大臣一起过着荒淫奢华的生活。杨家和几家亲戚门庭若市，凡是想钻营什么的人争先恐后地向他们送礼。玄宗赏赐他们，也挥霍无度，把财物看做粪土一般。贵族外戚风行向皇帝献食，有时一次送几千盘，一盘的价值抵得过十户中等人家的资产。

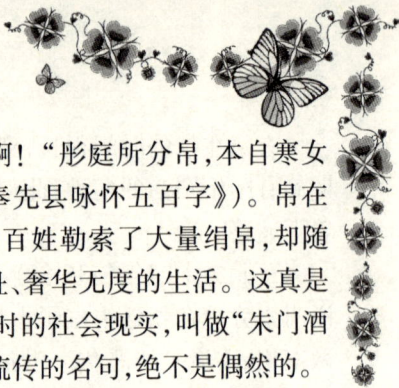

他们消耗的财富,哪一项不是人民的血汗啊!"彤庭所分帛,本自寒女出。鞭挞其夫家,聚敛贡城阙"(杜甫《自京赴奉先县咏怀五百字》)。帛在唐朝是作为货币用的,朝廷派了官吏,用暴力向百姓勒索了大量绢帛,却随随便便地分给了豪门贵族,让他们过着荒淫无耻、奢华无度的生活。这真是暗无天日的世界啊!诗人用十个字就概括了当时的社会现实,叫做"朱门酒肉臭,路有冻死骨"(同上),它之所以成为千古流传的名句,绝不是偶然的。

杨国忠做了宰相,兼领四十多个使职,家里积的缣(细的绢)有三千万匹之多。他和韩、虢、秦三夫人到郊外华清宫,每家的奴仆穿一种颜色的服装,鲜艳夺目,绵延几十里。老百姓见了这等声势,背后都在咒骂。杜甫《丽人行》说"炙手可热势绝伦,慎莫近前丞相嗔",就是写人民痛恨杨家豪侈淫乱的情形。这种情形,杨国忠自己也知道,他说:"想来总不会有好名声,不如快快活活地过。"他哪里知道,受到惩罚的日子,不久就要来到了。

玄宗后期,为了提高统治的声威,发动了一些不义战争。边将权奸为了升官加爵,也不惜推波助澜,挑起冲突。这些战争杀伤大量的各族人口,严重地增加农民的兵役负担,消耗社会财富,带来了许多灾害。

开元二十五年(737年),唐政府迫使河西节度使崔希逸在青海西袭击吐蕃,是这一系列战争的开端。崔希逸曾与吐蕃将领乞力徐相约,撤除守备,让汉藏两族人民随便耕种放牧,安享和平之福。这年,有个河西的官员入朝奏事,鼓动玄宗发兵袭击。玄宗派人去视察,使者诈称有诏,逼崔希逸出兵。这一仗打破了唐蕃和好的局面,引起许多冲突。

天宝初年(742年),名将王忠嗣兼任河西、陇右、朔方、河东四镇节度使,威望极高。玄宗使他攻吐蕃石堡城(在今青海西宁西南),他不肯,说:"石堡城险固,不牺牲大量士兵的性命,拿不下来。"他不肯以数万人之命易一官,结果丢了官。继任的陇右节度使哥舒翰攻下石堡城,城中守兵只有几百人,唐兵却损失了数万之众。

唐蕃失和,多是吐蕃贵族发动,可这次明显是由唐朝挑起的。冲突频繁的第一个结果,便是加重兵役劳役。杜甫《兵车行》说"或从十五北防河,便至四十西营田",防河营田,都是为了对付吐蕃。于是"汉家山东二百州",到处都由妇女下田耕作;而青海湖畔,"古来白骨无人收。新鬼烦冤旧鬼哭,天阴雨湿声啾啾。"汉藏两族人民都为不义战争流了大量的鲜血。

西南也在流血。南诏王阁罗凤带着妻子参见唐官,边将张虔陀乘机侮辱,并勒索财物。阁罗凤愤恨起兵,杀死张虔陀。这是正义的反抗,而且是局部问题,不难解决。剑南节度使鲜于仲通却立即发兵进攻,阁罗凤派人解释,要求停战,仲通不听。阁罗凤没法,击破唐军,与吐蕃结成联盟。他本不

愿与唐为敌,立了一块碑,说明发生战争的原因,希望到将来重归于好的时候,指给唐朝使者看,让唐政府明了真相。

鲜于仲通与杨国忠素有勾结,因此杨国忠为他掩饰,并在两京、河南、河北征发军队,大举进攻南诏。唐军连战连败,从天宝十年到十三年(751—754),战死和不服水土患流行病死的,前后有二十多万人。这时的征发,根本没有任何理由,人民不肯当兵,杨国忠便派官抓人,连枷送到军队里去。白居易《新丰折臂翁》说"无何天宝大征兵,户有三丁点一丁",写的就是这个情形。当时"村南村北哭声哀,儿别爷娘夫别妻。皆云前后征蛮者,千万人行无一回"。这个老翁"偷将大石锤折臂",才得免为云南"望乡之鬼"。

天宝十年(751年),唐军还有两次大败,都是将领求得"高勋"而造成的灾难。一是安禄山领兵六万攻契丹,所部死伤大半。安禄山屡次引诱奚、契丹部落酋长宴会,用毒酒灌醉后进行屠杀,把酋长首级传回京师报功,算是平定叛乱得胜。这次想立"大功",反得大败,他是各族人民的死敌。

一是高仙芝怛罗斯城之败。高仙芝先在上一年背信袭击石国(在今乌兹别克),抢了巨额金银财宝,又把国王送到长安杀死。中亚各国本来都依附唐朝,受了这番刺激,都十分愤慨。石国王子向大食求救。高仙芝听见大食兵动,便引兵三万人进攻,在怛罗斯城(今江布尔)大败,逃回的只有几千人。

这些不义战争大大加深了阶级矛盾,不仅受到当时各族人民的反对,就是在我国古代的史籍上,也是为正直的史学家们所谴责的。

一场统治阶级内部权力和财产再分配的内战爆发了,它就是"安史之乱"。但是,冲突必有它的来源。

唐朝的边帅向来都是兵将分开的,看起来是出将入相,官高望重,其实不能久掌兵权,跟军队没有深厚关系。玄宗时办法变了,边帅往往连任十多年,有的还兼统几镇节度使。加以募兵代替了府兵,大将更容易培植私人势力,造成军阀割据的形势。

玄宗也考虑过把兵权交给谁最可靠的问题。王忠嗣兼任四镇节度使,被人诬告"欲拥兵尊奉太子",险些送掉性命。因此,与王公大臣有瓜葛的人,有了兵权,皇帝便放心不下。正在玄宗为难的时候,李林甫出了一个主意:用"胡"人做边帅。他的理由是:"胡"人勇敢善战,在中原没有复杂的社会关系,比汉族将帅可靠。这是他讲给玄宗听的话,心里其实另有打算。他认为"胡"将文化不高,不能做宰相,节度使都用"胡"将,断了边帅入朝执政的路,自己的地位便牢固了。

唐朝本有重用各族将领的传统,但专用"胡"将做边帅,却是新的主意。

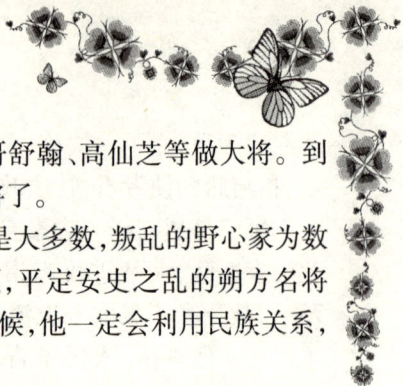

玄宗很赏识这主张,陆续提拔安禄山、安思顺、哥舒翰、高仙芝等做大将。到了天宝六年(747年),主要的节度使都是"胡"将了。

胡将也可能变成军阀,"胡"将忠于唐朝的是大多数,叛乱的野心家为数很少。安思顺、哥舒翰、高仙芝对唐朝都很忠顺,平定安史之乱的朔方名将李光弼也是契丹族。不过"胡"将成为军阀的时候,他一定会利用民族关系,结成一个集团,使叛乱带上民族矛盾的色彩。

安禄山是柳城(今辽宁朝阳)"胡"人,本姓康,叫轧牵山。后因母亲改嫁突厥人安延偃,他才改姓安,叫做安禄山。他能说好几种兄弟民族的语言,先做互市牙郎,后来逐渐做到高级将领。天宝元年(742年)任平卢节度使,到天宝十年兼了平卢、范阳、河东三镇。他用献媚、贿赂等手段,骗取玄宗的信任。他的身材痴肥,玄宗曾指着他的大肚子,开玩笑道:"此儿腹中有什么东西,以致大到这个地步?"禄山对道:"没有别的东西,只有一颗赤心。"玄宗听了十分高兴。禄山又拜杨贵妃做干娘,玄宗更加把他当自己人了。

他在范阳积极扩充实力,用失意的汉族文痞严庄、高尚做谋士;对投降或俘虏的兄弟民族战士,亲自用本族语交谈,好好安慰,编入部队,并挑选精锐八千多人,称"曳落河"(壮士)。又重用非汉族将领,撤换了许多汉族将校;还积草屯粮,养战马数万匹。这些都是他准备发动叛乱的布置。

玄宗和杨国忠等沉溺在荒淫酒色之中,歌舞升平,毫无应变的准备。玄宗信任安禄山,更做足了资寇兵而赍(送)盗粮的举动。杜甫《后出塞》之四说:"云帆转辽海,粳稻来东吴"。唐政府把江南的粮食绢帛,运输幽燕,充实了安禄山的军需。安禄山要求兼管养马,就使他领闲厩(牲口棚)、陇右群牧等使、知总监事。安禄山利用职权,挑选了许多战马。甚至安禄山要求给大批将校升官,要求用"蕃将"代替一批汉将,玄宗都立即批准。杨国忠和安禄山不和,他倒是常说安禄山要叛变的,然而这仅是权奸和军阀互相忌妒,并不是真有见识。这时府兵制已完全瓦解,京师的宿卫士兵只是些应募的市井无赖,没有作战能力。杨国忠一面说安禄山要反,一面对战备毫不注意。一旦叛乱爆发,自然只有听天由命的办法了。

当时也有人提醒过玄宗。天宝十三年(754年),有一天,玄宗对宦官高力士说:"朕如今老了,朝事交给宰相,边事交给诸将,什么都不必担心了!"高力士是玄宗心腹,权势很大,然而还是属于有点见识的人,他答道:"臣听得云南几次兵败,边将的兵权又太大,陛下有什么办法控制?臣怕一旦出事,不可收拾。怎么说不必担心呢?"

玄宗听了,当时大约有点心动,便说:"卿不必说了,待朕慢慢想来。"

他有没有认真考虑,史无明文,无从核对,大约过了一会便丢到九霄云

外去了。不过他即使当真考虑了，也未必能阻止事变的发作，因为形势已经成熟了。

天宝十四年（755 年）十一月初九，安禄山在范阳发动叛乱。从这时候起，唐朝前半期的盛世一去不返了。

甘露之变

宦官专政有一个历史过程。早在唐初，不许宦官参与政事。唐中宗时期，宦官人数增至千人，大宦官开始干政。开元末期，宦官人数达三千余名，其中五品以上者有一千余人，有些人甚至取得三品将军的职位，其中高力士和杨思勖最受重用。杨思勖多次奉命出征南方少数民族，加骠骑大将军（从一品），封虢国公，打破了唐初以来宦官不得登三品的惯例。高力士亲侍皇帝，更受宠信。开元末年凡大臣奏疏，须经高力士过目，朝中小事皆由高力士处理，只有大事才奏请玄宗。李林甫、安禄山、高仙芝等人取得将相地位，都是高力士的引拔。除了高力士以外，另有一些宦官还担任监军，他们的权力很大，所到之处，任意勒索。所有宦官都听高力士的指挥，高力士就是唐玄宗权力的化身，太子称他为"二兄"，诸王公主呼他为"阿翁"，驸马呼他"阿爷"。高力士资产殷富，甚至超过王侯。京城内外良田甲第，几乎有一半是宦官所有。

唐玄宗怕宗室诸王夺他的皇位，因此派宦官监视诸王，甚至皇孙也有人监视。由于宦官是诸王的监视者和保护者，所以他们的命运，决定于宦官的爱憎。后来，皇帝的废立和生命也都操在宦官手中。

安史之乱爆发以后，唐玄宗和太子及百官仓皇出逃。到马嵬时，杨国忠、杨贵妃被杀。宦官李辅国给太子李亨献计，请分玄宗之兵以趋朔方，准备反击叛军收复两京。李亨接受了李辅国和建宁王李倓的建议到达灵武（今宁夏青铜峡东北）。不久，李辅国又劝太子即位，以收揽人心。至德元年（756 年），李亨即皇帝位，即唐肃宗。他更加信任宦官，这就使宦官权势进一步扩大。当九个节度使讨伐安庆绪时，朝廷不设置统帅，而以大宦官鱼朝恩为天下观军容使，九个节度使受他节制，结果打了大败仗。唐肃宗是李辅国拥立的，这个大宦官内掌玉玺符命，外管禁军，朝廷所有制敕，须经他押署，然后实行。宰相和各部尚书有事陈请，定要先告李辅国，然后才能上报皇帝。李辅国骄横专恣（放纵），没有人敢公开反对他。宰相李麟、苗晋卿，都因为不能逢迎李辅国，相继去职。李岘、李揆当宰相时，见到李辅国时行弟子礼，尊李辅国为五父。李岘弹劾李辅国专权乱政须加裁抑，肃宗疑信参半，他只下令制敕归中书掌管。李岘因为得罪了李辅国，只当了一个月宰

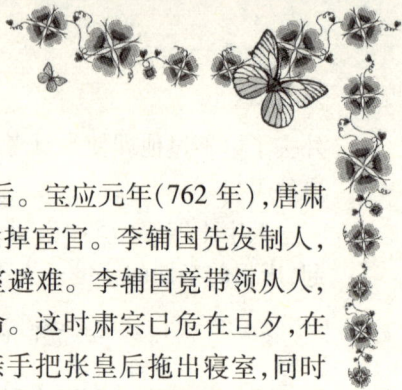

相,就被李辅国诬陷,贬为蜀州刺史。

李辅国不仅废立宰相,还逼死皇帝,杀戮皇后。宝应元年(762年),唐肃宗重病,正在弥留之际,张皇后和越王系密谋除掉宦官。李辅国先发制人,逮捕了太子和越王系。皇后闻变,跑到肃宗寝室避难。李辅国竟带领从人,闯进皇帝寝室,逼皇后出门。皇后哀求肃宗救命。这时肃宗已危在旦夕,在李辅国的逼迫下,喘息得说不出话来。李辅国亲手把张皇后拖出寝室,同时逮捕皇后的亲信数十人,分别囚禁。肃宗死后,他们勒死张皇后,杀了越王系和段恒俊等数十人。

由于李辅国极端猖狂,直接威胁唐代宗的安全,于是他利用另一大宦官程元振杀了李辅国。程元振任骠骑大将军(从一品)宦官仍然独揽大权。

到唐德宗时期,由于德宗刚愎自用,猜忌大臣、宿将。特别是经过"奉天之难"以后,更加相信自己的家奴。任命大宦官霍仙鸣、窦文场为左右神策军护军中尉,从此十余万禁军由宦官指挥,他们的权力更加强大,为唐后期宦官挟兵权把持废立大权的局面开了方便之门。德宗以后,顺宗、宪宗和敬宗,都是死于宦官之手。

在唐文宗时期,大宦官王守澄掌权,他目无天子,为所欲为。文宗曾与宰相宋申锡密谋,设法铲除他们。宋申锡引用吏部尚书王璠为京兆尹,授以密旨。王璠把这一消息传给郑注。郑注是宦官王守澄提拔的佞臣,他把宋申锡的计划报告了王守澄。王守澄设计陷害宋申锡,诬陷宋申锡阴谋拥立漳王,并唆使神策军都虞侯豆卢著先行揭发,然后王守澄秘密报告唐文宗。由于漳王凑是文宗之弟,并且素负众望。唐文宗听了王守澄的密报,不免疑惧交加,于是命令王守澄侦察。王守澄立即召集党羽,准备派二百骑兵屠杀宋申锡全家。飞龙厩使马存亮虽然也是宦官,但比较正派,他义正词严地反对说:"宋申锡罪状不明,无故杀他全家,岂不要引起众怒吗?万一首都乱起,我们将怎样对付呢?最好先召集几位宰相了解一卜真实情况,然后再采取行动。"于是王守澄派人把几个宰相找来,到了中书省的东门,牛僧儒等鱼贯而入,唯独宋申锡被阻止。宋申锡质问何故。答复是:"传召时没有你的名字。"宋申锡自知得罪了宦官,眼望延英门,手拿笏板叩头而退。牛僧儒等进了延英殿以后,知道了此事,几位宰相互相看看,都表示惊讶。等了很长时间,他们说:"应当查明情况,然后再根据情节定罪。"王守澄派人逮捕漳王内史晏敬则和朱训,以及宋申锡的录事王师文等。王师文闻讯脱逃,晏敬则、牛训被捕下狱。在严刑逼供下,他们承认谋逆,王守澄准备以谋逆罪杀漳王和宋申锡。消息传出以后,谏议大夫王质、给事中李固言以及补阙卢钧、蒋系、裴休等,跪在殿前为谏,主张把全案人犯移交外廷复审。唐文宗

说:"我已经和宰相决定了。"崔玄亮叩头流涕说:"杀一个普通百姓还应慎重,何况要杀宰相呢!"唐文宗重新召集宰相们研究对策。牛僧儒说:"宰相是人臣最高的职位,宋申锡既然当上宰相,他还有什么野心呢? 我看他不会反对陛下。"唐文宗点了点头。奸党郑注怕复审有变,叫宦官王守澄建议皇帝宽大处理,减免死刑。结果贬漳王凑为巢县公,宋申锡为开州司马,把晏敬则、牛训判处死刑。飞龙厩使马存亮认为这是冤狱,他非常愤慨,即日请求退职,表示抗议。后来宋申锡病死在开州,漳王凑也夭亡。

宋申锡事件以后,王守澄威震朝廷,大臣的任免和生死,都掌握在他的手里,所以多数大臣都反对宦官专政。另一方面,皇帝自己也不甘心充当傀儡,也想削弱宦官势力。有些大臣向唐文宗建议,提拔五坊使宦官仇士良当神策军中尉,分割大宦官王守澄的权势。仇士良本来和王守澄有矛盾,就和大臣李训、舒元舆等合谋,提出一个消灭王守澄集团的计划。为了取得唐文宗的支持,就从追究唐宪宗的死因开始。当时宫廷内外都怀疑唐宪宗是王守澄和陈弘志谋害的,这件事经宦官仇士良证明,更确信无疑。李训通过仇士良派人诱令陈弘志进京,以便在途中杀掉他。几天以后,从兴元府传来消息,说陈弘志在青泥驿被杀。另一方面,唐文宗又任命王守澄为左右神策军观军容使,叫他离开首都,表面上提高他的政治地位,实际是削弱他在内廷的权力。同时,流放宦官王践言、韦元素,处死宋若宪。这样一来,宦官势力已消灭一半。

在王守澄离开首都前夕,朝臣和宦官给他饯行,席间给他喝了毒酒,然后宣布他暴病身亡,追赠他为扬州大都督,同时把宪宗时期参加王守澄逆党的宦官梁守谦、杨承和等诛杀殆尽。

唐文宗认为李训有功,任命他和舒元舆、王涯为宰相。

李训、舒元舆等取得胜利以后,拟定一个彻底消灭宦官的计划。太和九年(835年),任命大理卿郭行余为邠宁节度使,户部尚书王璠为河东节度使,部署他们大量招兵,壮大自己的力量。又任命刑部侍郎李孝本为御史中丞,以太府卿韩约为金吾大将军,直接掌握首都及宫廷防卫权力。这些人都是李训的亲信,分别安置在要害部门和地区,为内外夹击,一举消灭宦官集团做好准备工作。

这年十一月的一天,唐文宗在紫宸殿上朝,百官鱼贯入宫,依班序而立。金吾大将军韩约匆匆入奏说:"在左金吾厅后面的石榴树上出现了甘露,这是天降吉祥的征兆。如果不是陛下圣明感动上天,不能得见甘露",说完以后,韩约手舞足蹈给皇帝叩头。宰相李训、舒元舆也率百官拜贺,并且请皇帝立即亲自观赏。文宗欣然同意,于是坐上龙辇出紫宸门,升含元殿。先叫

李训去看看，他很长时间才回来。李训说："甘露已经看不清了，但暂时不必宣扬出去。"唐文宗说："有这样的事吗？"他示意叫宦官仇士良、鱼弘志等率领宦官前去探视。李训召集郭行余、王璠等，入殿受诏。王璠吓得全身哆嗦，不敢前去。只有郭行余受命招募的亲兵数百人，携带武器等候在丹阳门外。李训召集这些亲兵，部署杀宦官的计划。河东兵陆续进京，唯独邠宁军却观望不前。仇士良等进入金吾厅，正好遇见韩约，并发现韩约神情紧张。仇士良惊讶地问道："将军为什么这样紧张？"话还没有说完，忽然看见金吾厅里风吹幕起，里面藏着甲兵，于是仇士良慌忙往回跑，进了含元殿，他气喘吁吁对皇帝说："宫里要发生暴乱了！"李训等看到仇士良向含元殿方向跑去，急忙招呼金吾卫士，对他们说："赶快到含元殿保卫皇帝陛下，进去以后每人赏钱一百缗。"金吾卫士刚要登含元殿，大宦官仇士良眼明手快，急忙令宦官抬着皇帝从殿后出去。李训上前拦住轿子，对文宗说："臣奏事未毕，请陛下暂时留步。"仇士良怒气冲冲地说："你们在宫里布置武装，要谋反吗？"文宗说："这不可能。"仇士良根本不听，抢步向前来打李训，被李训推倒。随后李训从靴子里拔出匕首，要刺杀仇士良，被宦官拦住，仇士良逃走了。这时，罗立言率京兆逻卒三百余名从东面赶到。李孝本率御史台从人二百余名从西面赶来，并会同金吾卫士，登殿杀宦官十余人。仇士良令宦官在外面抵挡，自己引文宗走向宣政门。李训在后面追赶，宦官都至荣截住，把李训打倒。宦官把文宗抬到宣政门。等李训挣扎着站起来，宣政门已紧闭。李训知道镇压宦官的计划已经失败，急忙换上从吏的绿衫，化装出宫，郭行余、罗立言、王璠也各自寻找藏身之处。

宰相王涯、贾餗并没有参加李训消灭宦官的计划。他们看到殿中发生变乱，不知是怎么一回事，仓猝之间回中书省，听候消息。宰相舒元舆因参与密谋，闻报先逃，王涯、贾餗也跟着走出中书省。中书门下省的金吾卫吏卒千余人，也都向外跑。此时禁军赶到，被砍死六七百人。大宦官仇士良又分兵掩闭宫门，横加屠戮。所有诸司吏卒，及附近商贩，都惨死在宦官刀下，尸体狼藉，遍地朱紫。同时，大宦官又派骑兵千余人，追捕逃人。宰相舒元舆、王涯都被禁军捕获，各加镣铐，施以酷刑。

禁军大兴挞伐之际，坊中地痞流氓伪托禁军，乘势骚扰，杀人越货，互相攻劫，扰乱了一夜。第二天清晨，百官上朝，日出以后才打开建福门。宫城内外戒备森严，禁军全副武装如临大敌，朝官只许带一名随从。文武百官屏住呼吸慢慢前进，走到宣政门，只见大门禁闭。等到开了宣政门，进了大殿，唐文宗坐在紫宸殿。唐文宗见没有一个宰相上朝，便对宦官说："宰相王涯等为什么不上朝？"宦官仇士良说："王涯等谋反，已逮捕下狱。"说到这里，把

控告王涯谋反的状子及有关"罪证"呈上。文宗接过来略看一下,敕令郑覃、令狐楚等上殿,把仇士良诬告王涯的状子给他们看,并且流着眼泪说着:"这是王涯的手笔吗? 他如果真要谋反,定要正法。"于是敕令令狐楚、郑覃为代理宰相,并且叫他们起草诏令,宣告李训等罪状,但用语模棱两可,仇士良看了,很不满意。

仇士良讨厌令狐楚,于是提拔李石任宰相,和郑覃共同辅政。当时中央各部门主要官员已安排就绪,但是长安城内的秩序仍然混乱,流氓打手夜间继续劫掠。神策军将杨镇等各率五百人,分屯通衢,打鼓警众,严禁抢劫,并杀戮首犯十余人,从而使首都社会秩序暂时安定下来。

过了几天,仇士良令禁军三百余人,挑起李训的人头,押着舒元舆、王涯、郭行余、罗立言、李孝本等,游街示众,然后把他们推到独柳树下,全部斩首。他们的亲属,无论远近,也一律处斩。

这就是"甘露之变"。从此以后,大宦官仇士良等气焰益盛。上胁天子,下凌宰相,唐朝政治更加腐败。

黄巢起义

黄巢是曹州冤句县(今山东东明南)人。家中世代卖盐,富有资财。他擅长击剑和骑马射箭,略通文书,能言善辩,喜欢收养逃亡的人。

唐懿宗咸通末年,连年饥荒,盗贼在河南兴起。唐僖宗乾符二年(875年),濮州有名的盗贼王仙芝在长垣发动叛乱,有徒众3000人,残害曹、濮二州,他们抓走上万人,势力于是逐渐扩大。王仙芝自己妄称大将军,传送檄文到各道,说官吏贪得无厌,赋税繁重,赏罚不公。宰相为此感到耻辱,而僖宗则根本不知道王仙芝起兵的事。王仙芝的剽悍将领尚君长、柴存、毕师铎、曹师雄、柳彦璋、刘汉宏、李重霸等十余人,到处肆意抢掠。而黄巢喜欢天下大乱,便与兄弟八人,招募部众得到数千人,起兵响应王仙芝,黄巢辗转攻掠河南15个州,部下达到数万人。

唐僖宗指派平卢节度使宋威和他的副使曹全晸多次攻打义军,任命宋威为诸道行营招讨使,给他禁卫军3000名、骑兵500名,下诏令河南各镇都接受他的指挥调度,又任命左散骑常侍曾元裕为招讨副使。王仙芝攻打沂州,宋威在沂州城下击败义军,王仙芝逃走。宋威于是上奏朝廷说大头目王仙芝已死,擅自放部下的士兵回青州,群臣入朝贺喜。可过了三天,州县上奏说王仙芝还在。当时士兵刚开始休整,天子又下诏派他们出征,士兵们都感到愤怒,有谋乱之心。义军钻这个空子,奔赴郑城,不到十天就攻陷了八个县。僖宗担心义军逼近东都,督促各道军队阻遏义军,于是命凤翔、邠宁、

泾原三镇军队防守陕州、潼关，曾元裕守卫东都，义成、昭义两镇派兵保卫东都皇宫。

王仙芝攻打汝州，杀死汝州守将，汝州刺史逃走，东都洛阳非常震动，百官多离城出逃。义军攻陷阳武，包围郑州，但没有攻下，聚集于邓州、汝州之间。潼关以东的州县，大致都畏惧义军，各自环城据守，因此义军便纵兵四出掠夺，残害郢、复二州，所过之地，焚烧房屋，抢劫财物，百姓几乎逃光。官军迅速追击他们，他们就将许多财物扔在路上，官军士兵争相夺取财物，一般都逗留不前。义军辗转进入申州、光州，掠夺隋州，捉住隋州刺史，占据安州，行动自如。又出奇兵包围舒州，攻打庐、寿、光等州。

当时宋威既年老又昏庸，担负不了军事重任，私下同曾元裕商议道："从前庞勋灭亡，康承训便获罪。我们即使成功，能免除灾祸吗？不如留下贼寇，不幸贼寇当了天子，我们也还能作功臣。"所以宋威紧随义军之后，总是保持30里的距离，力求保全自己的军队，常常观望不前。僖宗也知道他无意讨伐义军，于是另外任命陈许节度使崔安潜为行营都统，任命原鸿胪卿李琢替代宋威为诸道行营招讨使，右威卫上将军张自勉替代曾元裕为招讨副使。

义军出入于蕲州、黄州，蕲州刺史裴偓替义军向朝廷求官，双方约定停战。王仙芝和黄巢等人到裴偓那里喝酒。没多久，天子下诏任命王仙芝为左神策军押衙，又派宦官前来安抚慰问。王仙芝很高兴，黄巢怨恨朝廷没赏赐自己，骂王仙芝说："你投降，独自得官，5000名将士将怎么办？把士兵给我，你不要留下他们。"于是殴打王仙芝，击伤了他的头。王仙芝害怕引起大家发怒，便不接受朝廷的任命，带领义军劫夺蕲州的士兵，裴偓和宦官都逃走了。义军将他们的军队分为两部：尚君长进入陈、蔡一带；黄巢北上劫掠齐、鲁一带。他率部众万人，进入郓州，杀死节度使薛崇，又攻陷沂州，部队于是发展到数万人，接着率众经由颖州、蔡州而至嵖岈山据守。

这时柳彦璋夺取江州，捉住江州刺史陶祥。黄巢领兵又与王仙芝会合，一起围攻宋州。正好张自勉带领救援部队到达宋州，杀死义军2000人，王仙芝于是解除对宋州的包围率部南下，渡过汉水，进攻荆南。荆南节度使杨知温环城自守，义军纵火焚烧城楼，杨知温不出战，天子下诏任命高骈替代杨知温为节度使。高骈率领蜀兵1500人携带干粮，约定30天到达荆南，而等到达时荆南城已被义军攻陷，杨知温逃走，但义军也未能守住荆南城。僖宗下诏任命左武卫将军刘秉仁为江州刺史，刘秉仁带兵乘一只大船进入义军的营寨，义军大惊，向刘秉仁投降，柳彦璋被害。

黄巢进攻和州，没有攻下。王仙芝自己围攻洪州，拿下了它，派徐唐莒守卫。又进兵攻陷朗州、岳州，包围潭州。潭州观察使崔瑾抵御并击退了王

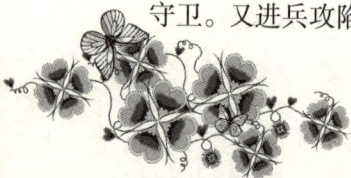

仙芝,王仙芝率众奔向浙西,骚扰宣州、润州,但没能得到想得到的东西,于是自己留在江西,催促手下的另一支部队返回河南。

僖宗命令崔安潜回忠武镇,又起用宋威、曾元裕,仍让他们担任招讨使与招讨副使,而派杨复光任监军。杨复光派他的部属吴彦宏用皇帝的命令告谕义军,王仙芝于是派蔡温球、楚彦威、尚君长前来投降,准备到朝廷请罪,又给宋威写信要求当节度使。宋威假装答应他,但上报朝廷说"同尚君长作战,抓到了他"。杨复光坚持说尚君长等人是自己前来投降的。天子命侍御史与宦官速乘驿车前去审问,但竟然弄不清楚谁对谁错。最后在狗脊岭将尚君长等人斩首。王仙芝大怒,再次进攻洪州,进入洪州外城。宋威亲自带兵援救洪州,在黄梅击败王仙芝,杀死义军五万人,俘获王仙芝,将他的首级传送到长安。

在这个时候,黄巢正包围亳州还没有攻下,尚君长的弟弟尚让率领王仙芝的残余部队归附黄巢,推举黄巢为王,号称"冲天大将军",设置并任命属官,驱使河南、山东的百姓十多万人侵掠淮南,设立王霸的年号。

曾元裕在申州击败义军,杀死一万人。僖宗认为宋威杀死尚君长不对,而且讨伐义军无功,命令他回青州,任命曾元裕为招讨使,张自勉为招讨副使。黄巢攻陷考城,夺取濮州。曾元裕驻扎在荆州、襄州,派兵救援的道路遥远,因此朝廷另外任命张自勉为东北面行营招讨使,督促各军迅速追捕黄巢。黄巢正夺取襄邑、雍丘,僖宗命滑州节度使李峰在原武扎营。黄巢进攻叶县、阳翟,想进攻东都。恰巧左神武大将军刘景仁领兵5000救援东都,河阳节度使郑延休的3000军队驻扎在河阴。黄巢在江西的军队,被镇海节度使高骈击破;进攻新郑、郏城、襄城、阳翟的部队,被崔安潜赶跑;在浙西的军队,两员大将被浙西节度使裴璩杀害,死伤很多人。黄巢非常沮丧和惶恐,于是向唐天平军求降,朝廷授给黄巢右卫将军的官号。黄巢考虑藩镇不齐心,不足以制服自己,便又叛离朝廷,转而进犯浙东,捉住浙东观察使崔晖。高骈派将领张潾、梁缵进攻义军,打败了他们。黄巢收聚部众越过江西,攻陷虔、吉、饶、信等州,凿山开路700里,直趋建州(今福建建安)。

黄巢走捷径围攻福州,福州观察使韦岫迎战失败,弃城逃走,义军进入福州。经过崇文馆校书郎黄璞的家,黄巢下令说:"这是儒者,熄灭火炬不许焚烧。"又寻找处士周朴,得到他,黄巢对他说:"你能追随我吗?"周朴回答说:"我尚且不做天子的官,怎么能追随盗寇?"黄巢大怒,杀掉周朴。当时闽地各州全部沦陷,天子下诏任命高骈为诸道行营都统以抵御义军。

黄巢攻陷桂管,进犯广州,给节度使李迢写信,要求他上表朝廷让自己当天平节度使。浙东观察使崔晖将这事向朝廷报告,宰相郑畋打算同意,卢

携、田令孜坚决不赞成。黄巢又请求当安南都护、广州节度使,他的要求进呈天子后,尚书右仆射于琮议论道:"南海的对外通商之利极大,义军得到这样的利益会更富,而国家的费用将枯竭。"于是任命黄巢为率府率。黄巢见到任命他为率府率的诏令后大怒,马上进攻广州,抓住李迢,自称"义军都统"。上公开的表章,宣告自己将进入潼关,揭露宦官执掌朝政,污染、败坏国家法度。指出朝臣与宦官彼此赠送财物相互勾结的情况又说铨选、贡举制度埋没人才,必须禁止刺史繁殖资产,县令犯贪污罪的应杀灭全家。这些都是当时的最大弊端。

僖宗责罚宋威的失策,免去了他的招讨使职务。宰相王铎请求率军出征,僖宗任命王铎为荆南节度使、南面行营招讨都统,带领各道军队进兵讨伐义军。王铎驻守江陵,上表推荐泰宁节度使李系为招讨副使、湖南观察使,充任先锋驻守潭州,江陵、潭州间用烽火、驿站相互联络。此时义军中发生大瘟疫,十分之四的士兵死亡,黄巢决定自岭南领兵北返。他们在桂州编大木筏,沿湘江顺流而下攻陷衡州、永州,又攻陷潭州,李系逃往朗州,官军十多万被消灭。义军进逼江陵,号称50万人。王铎军队少,便登城防守。没多久李系失败的消息传来,王铎弃城逃往襄阳,官军乘乱肆意抢掠,恰巧天降大雪,百姓多冻死在山沟里。

乾符六年(879年)十月,黄巢占据荆南,要求李迢草拟表章上报天子,李迢说:"我的手腕可砍断,表章不能写。"黄巢发怒,杀死李迢。黄巢想进兵追击王铎,恰巧江西招讨使曹全晸与山南东道节度使刘巨容驻扎于荆门,让沙陀兵将500匹配有装饰华丽的辔头和坐垫的马往义军阵里一放然后逃走,义军以为官军胆怯。第二天,义军将领们骑上这些马作战,这些马能听懂沙陀语,沙陀兵一喊它们,就都跑回官军这边,义军无法禁止。官军先在树林里布下伏兵,与义军作战假装败逃,义军迅速追击,伏兵突然出现,大败义军。黄巢害怕,渡过长江往东转移,官军逼近黄巢的部队。有人劝说刘巨容穷追义军,刘巨容回答说:"国家多辜负人,有危难时吝惜赏赐,故平定后则往往获罪,不如且留下义军以期望日后的幸福。"停下来不追击,所以黄巢能够再次整顿队伍,进攻鄂州,进入鄂州城。曹全晸正要渡江追击,恰巧天子下诏让段彦謩替代他任招讨使,于是也停止进兵。

黄巢害怕官军袭击,转而侵掠江西,再次进入饶州、信州、杭州,部众达到20万人。进攻临安(今浙江杭州),临安守将董昌兵少,不敢与黄巢作战,埋伏数十名骑兵于丛生的草木中,义军来到,暗藏的弩弓手放箭射死义军将领,义军受挫。黄巢进驻八百里这个地方,听到旅馆的一个老妇说:"临安的军队已屯驻八百里了。"义军听了老妇的话后吃惊地说道:"过去几名骑兵尚

且能让我们受挫，更何况军队屯驻八百里呢！"于是撤军，攻略宣、歙等十五州。

僖宗广明元年（880年），淮南高骈派将领张潾渡过长江击败王重霸，逼使他投降。黄巢多次败退，于是据守饶州，士兵多染上瘟疫。义军的另一支部队的首领常宏率领数万人投降唐朝，投降的人到处被杀戮。唐朝各军多次上报击败义军，都不符合事实，但朝廷相信他们的话，自己稍微觉得平安。黄巢乘机击败和杀死张潾，攻陷睦、婺二州，又夺取宣州，而刘汉宏的残部又兴起，他们进攻宋州、申州、光州，前来与黄巢会合，一起在采石渡江，进攻扬州。高骈按兵不出。僖宗下诏命兖海节度使齐克让驻守汝州，任命曹全晸为天平节度使兼东面副都统。义军正守卫滁州、和州，曹全晸率天平镇兵在淮河边与义军作战，被击败。宰相豆卢瑑计议道："救兵未到，请给黄巢天平节度使的官职，让他不能西进，然后派精兵守卫宣武，堵住汝州、郑州的道路，义军的首级就能得到了。"卢携坚决不赞成，请求："调集各道的军队驻扎泗水之上，让宣武节度使统领这些军队，那么黄巢就将回去劫掠东南一带，徘徊于会稽山、浙江，只能挽救自己的死亡而已。"僖宗赞成他的意见。在这以前天子已命令全国的军队驻守潊水，制止义军北行。徐州的士兵三千路过许州，许州的统帅薛能安排徐州的士兵住进城里，许州人吃惊地以为受到袭击，薛能的部将周岌自潊水回到许州，杀死薛能，自称节度使留后。徐州的军队见许州内乱，部将时溥也领兵回徐州，囚禁了徐州的统帅支详。兖海节度使齐克让害怕部下反叛，也领兵回兖州，潊水的驻军于是全部散去。

黄巢听到消息后，带领全部人马渡过淮河，整顿部队不许抢劫，所经之地只选取少壮男子以扩充军队。李罕之进攻申、光、颍、宋、徐、兖等州，官吏都逃亡。黄巢自己率领部队进攻汝州，进逼东都。这时候，僖宗年幼，吓得直流眼泪，宰相们建议，调集神策军和关内各节度使的兵马共15万守卫潼关。田令孜请求由自己统领军队赴潼关，但内心惊恐慌乱，上前劝说皇帝到蜀地避难。僖宗亲自到神策军中，提拔左军骑将张承范为先锋，右军步将王师会负责督察运粮通道，命令飞龙使杨复恭辅助田令孜。又在京师招募兵士，得到数千人。

这时候，黄巢已攻陷东都洛阳，唐东都留守刘允章率领百官迎接义军，黄巢进入东都，只是慰问官吏百姓而已，街市里巷平安。僖宗在章信门为田令孜饯行，给予他的赏赐很丰厚。但禁卫军都是长安富家子弟，世代入左右神策军籍，得到朝廷丰厚的赏赐，便着奢华的服饰纵马疾驰，以向权贵豪门夸耀，本来并不懂得作战。等到得知被选进出征的队伍，都在家中啼哭，他们私下出钱雇用市场上的小贩和病坊里的贫民，以代替他们凑足军队之数。

这些人有的拿不住兵器,看到的人都感到吃惊,全身汗毛竖起。张承范率强弩手3000人防守潼关,辞别天子说:"安禄山率领五万军队攻陷东都,现在贼寇的部队有60万,大大超过安禄山的军队,潼关恐怕守不住。"僖宗不同意他的话。义军进兵夺取陕州、虢州,发檄文给潼关守军说:"我路过淮南,追赶高骈,他就像老鼠逃入地洞一样,你们不要抵抗我!"神策军经过华州,只带了三天的粮食,士兵们吃不饱饭,没有斗志。

十二月,黄巢进攻潼关,齐克让带领他的军队在关外作战,义军略微后退。一会儿黄巢到关下,义军全军大声呼喊,川谷都为之震动。当时齐克让的士兵肚子都很饿,暗地里放火焚烧齐克让的营地后逃散,齐克让逃入关内。张承范拿出金子告谕军中士兵说:"各位努力报效国家,救兵即将到达。"士兵无不感动流泪,于是阻击义军。义军见官军没有后援,急速攻关,官军的箭已全用尽,就扔石块打击义军,黄巢驱赶百姓进入关外的壕沟,让他们挖土填平壕沟,又放火将关楼全部烧毁。起初,潼关左边有一条大谷,禁止行人来往,称为"禁谷"。义军到来,田令孜驻守潼关,却忘记由禁谷也能进入关内。尚让领兵奔往禁谷,张承范非常惊慌,急忙派王师会带领800名强弩手到禁谷阻截义军,等到王师会抵达,义军已进入禁谷。第二天,义军前后夹攻潼关,官军溃败。王师会想自杀,张承范说:"我们两人死了,谁承担辨别是非的事情?不如见了天子以实情相告,再死不迟。"于是换上穷人的衣着逃跑。起初,博野、凤翔镇的军队经过渭桥,见从京师招募来的新军衣服漂亮暖和,发怒道:"这些人有什么功劳,一下子就到了这样!"反过来给义军当向导,走在义军前面返回长安,焚毁了长安西市。僖宗在郊外祭天祈求上天怜悯。恰巧张承范到长安,向天子一一陈述了潼关失守的情况,天子罢免了卢携的宰相职务。群臣正在上朝,传说义军已经到来,官吏们争着逃跑,田令孜率领神策军500士兵侍奉僖宗奔赴咸阳,只有福王、穆王、潭王、寿王和妃嫔一二人跟随,宦官西门匡范统率右军殿后。

黄巢任命尚让为平唐大将军,盖洪、费全古辅助他。义军部众都散发着锦衣,装载物资的车辆自东都抵长安,千里不绝,唐金吾大将军张直方和群臣在灞上迎接义军,黄巢乘以黄金为饰的车子,卫士都着绣袍、华丽的头巾,义军将领乘以铜为饰的车子跟随,有数十万骑兵在黄巢的前后护卫。黄巢攻陷京师,由春明门进入长安,登上太极殿,有数千名宫女跪迎黄巢,称他为黄王。黄巢高兴地说:"这大概是天意吧!"黄巢住在田令孜的宅第里。义军见到穷苦百姓,就扔钱和丝织物给他们。尚让当即晓谕百姓说:"黄王不像唐家不爱惜你们,大家各自安居,不要害怕。"刚过了几天,义军便进行"淘物"。富家都光着脚被赶出家门,抓到官吏全部处斩,在长安的李唐宗室侯

王都被屠戮,无一幸存。

黄巢在太清宫斋戒,择日入居含元殿,即皇帝位,国号大齐。即位时没找到皇帝的礼服礼帽,便在黑色丝织物上画各种图案制成皇帝的礼服;没有钟磬等乐器的演奏,用敲击数百面大鼓代替;又陈列长剑大刀作为仪仗。发布大赦令,立年号为金统。投降的唐官凡三品以上都停职,四品以下留任原职。于是黄巢自谓得天命符瑞,拿唐僖宗的年号"广明"两字分析判断说:"唐字去掉丑口而加黄字为广,表明黄应当替代唐,又黄就是土,金生于土,这大概是上天的启示吧"等等。义军将领上黄巢的尊号为承天应运启圣睿文宣武皇帝。黄巢立妻子曹氏为皇后,任命尚让、赵璋、崔璆、杨希古为宰相,郑汉璋为御史中丞,李俦、黄谔、尚儒为尚书,方特为谏议大夫,皮日休、沈云翔、裴渥为翰林学士,孟楷、盖洪为尚书左右仆射兼军容使,费传古为枢密使,张直方为检校左仆射,马祥为右散骑常侍,王璠为京兆尹,许建、米实、刘瑭、朱温、张全、彭攒、李逵等人为诸卫将军、游奕使,其余的人也按等级封官。又选取勇健魁梧的人500名,称为"功臣",派林言作他们的长官,犹如武则天时的控鹤府。黄巢下令军中,禁止乱杀人,兵器都交给官府。但黄巢的部下都不从命。黄巢招引唐朝的官吏,没有人前来,于是在长安的街市里巷进行大搜索,豆卢瑑、崔沆等人藏于永宁里张直方家。张直方一向是个豪杰,所以士人多依附于他。有人向义军告发张直方收纳逃亡的人,黄巢进攻张直方的住宅,杀死他全家人,豆卢瑑、崔沆及唐朝大臣刘邺、裴谂、赵濛、李溥、李汤等100多人被杀。唐将作监郑綦、郎官郑系全家自缢而死。

这时候,唐僖宗停留于兴元,下诏催促各道军队收复京师,接着到达成都。黄巢派朱温进攻邓州,打下了它,依靠这里来牵制荆州、襄州。又派林言、尚让进攻凤翔,被郑畋的将领宋文通击败,不能前进。郑畋于是传送文书征召全国的军队,命令泾原节度使程宗楚为诸军行营副都统,原朔方节度使唐弘夫为行营司马。他们多次进攻义军,义军损失很大。邠宁将领朱玫假装为义军将领王玫搜罗兵士,没多久杀掉王玫,带领部队加入官军。唐弘夫进驻渭北,河中王重荣扎营沙苑,易定王处存留驻渭桥,鄜延李孝昌、夏州拓跋思恭驻守武功。唐弘夫攻下咸阳,在渭水编木筏,击败尚让的军队,乘胜进入长安。黄巢暗中出城,到了石井。程宗楚自延秋门进入长安,唐弘夫一接近京城的房屋,长安人一起喊叫道:"官军到了!"王处存挑选精锐士兵5000人用白巾束发作为标志,晚上进入长安,长安人传说黄巢已逃走,邠宁、泾原的军队争相进入长安,官军各部队都脱下铠甲休息,竞相劫掠财物、女子,长安坊市少年也用白巾束发假冒官军,肆意进行抢劫。

黄巢潜伏在野外,派人侦察到长安城中放松戒备,就派孟楷率领义军数

百人突袭邠宁、泾原的军队,长安人高兴地迎接他们。当时官军士兵抢到贵重财物,多得装载不了,听见义军到来,因身上背的东西太重无法逃跑,因此大败。义军捉住唐弘夫并杀了他,王处存逃回营中。黄巢又进入长安进行"洗城"。各军退守武功,这时是唐僖宗中和二年(882年)二月。

这年五月,昭义镇高浔攻打华州,王重荣与他合力进击,打下了华州。朱玫率泾州、岐州、麟州、夏州的军队八万屯驻兴平,黄巢也派王璠屯驻黑水,朱玫与王璠作战未能取胜。郑畋的将领窦玫每夜带领士兵放火焚烧长安城门,杀死巡逻的士兵,义军震惊。这时候京城附近地区的百姓,都在山谷中立寨栅自保,不能种地,米每斗3万钱,百姓把树皮捣碎了当饭吃,有人捕捉山寨居民卖给义军当食粮,一人可卖得几十万钱。士人有的以卖饼为职业,都奔赴河中。

李孝昌、拓跋思恭移驻东渭桥,夺取了渭水北边的营垒。几个月后,义军将领朱温、尚让领兵渡过渭水击败李孝昌等人的军队。高浔袭击义军李详却没有取胜,义军又夺取了华州,黄巢当即任命李详为华州刺史,任命朱温为同州刺史。义军又袭击李孝昌,李孝昌、拓跋思恭两支军队退走。义军击败陈敬瑄的军队,败兵逃往终南山。齐克俭屯驻兴平,被义军包围,克俭决开堤岸引河水淹义军,义军未能攻下兴平。有人在尚书省门上题诗讥讽义军即将灭亡,尚让发怒,杀害官吏,都挖去眼珠倒吊而死,共杀郎官和看门士兵数千人,各部门官吏都逃走,没有在衙门办公的。

唐僖宗另外任命王铎为诸道行营都统,崔安潜为副部统,周岌、王重荣为左右司马,诸葛爽、康实为左右先锋,平师儒为后军统领,时溥负责督察漕运租赋,王处存、李孝昌、拓跋思恭为京畿都统,王处存任东面都统,李孝昌任北面都统,拓跋思恭任西面都统。西门匡范为王铎的行营都监,杨复光为行营监军,中书舍人卢胤征为克复制置副使。于是王铎率领山南、剑南的军队屯驻灵感祠,朱玫率领岐州、夏州的军队屯驻兴平,王重荣、王处存屯驻渭北,杨复光率领寿州、沧州、荆南的军队与周岌一起屯驻武功,李孝昌与拓跋思恭一起屯驻渭桥,程宗楚屯驻京西。

朱温领兵3000进攻丹州、延州南部边境,趋赴同州,同州刺史米逢出逃,朱温据守同州。同年六月,尚让进攻河中,派朱温攻河中西门,击败诸葛爽,又在黄河边击败王重荣的数千骑兵,诸葛爽闭门不出,尚让下沔阳,又进攻宜君的营寨,恰巧下大雪,有一尺厚,义军冻死十分之三。

七月,义军进攻凤翔,在涝水击败凤翔节度使李昌言,又派强武进攻武功、槐里,泾原、邠宁的军队退却,只有凤翔的军队坚守营垒。拓跋思恭带领精锐士兵18000急救凤翔,但逗留不前。河中镇的粮船30艘路过夏阳,朱温

派兵夺取粮船,王重荣率士兵三万前来解救,朱温害怕,凿沉粮船,官军于是包围朱温,朱温多次被困,又虑黄巢势力缩减,即将失败,而孟楷正独揽大权,朱温请求增派军队,孟楷加以阻止,不报告黄巢,于是便杀死义军大将马恭,投降了王重荣。唐僖宗晋升拓跋思恭为京城四面都统,命令朱玫驻扎于马嵬。朱温投降后,王重荣厚待他。李详也表露归顺之意,义军发觉,在赤水将他杀死,另外任命黄思邺为华州刺史。十月,王铎在兴平疏通壕沟,左方到达马嵬,派将领薛韬督察这项工程。由马嵬、武功进入斜谷,与盩屋(周至)相通,其间并列军营14处,派将领梁璙主持这项工程。在沮水、七盘、三溪、木皮岭设关,以遏制秦陇之地。京东行营都统东方逵擒获义军的猛将李公迪,攻破城堡30个。华州士兵驱逐黄思邺,黄巢任命王遇为华州刺史,王遇却投降了河中镇。

僖宗中和三年(883年)正月,王铎派雁门节度使李克用在渭南击败义军,王铎奉诏任命李克用为东北面行营都统。王铎与崔安潜都被免去行营都统和副都统的职务,李克用便独自领兵自岚州、石州出夏阳,屯驻沙苑,击败黄揆的军队,接着进驻乾坑。二月,李克用联合河中、易定、忠武等镇的军队攻打黄巢。黄巢命令王璠、林言的军队居左方,赵璋、尚让的军队居右方,共十万人,与官军在梁田陂大战。义军战败,被俘数万人,死尸布满30里地,后尸体被收集到一块,封土筑成京观。王璠与黄揆袭击华州,占领了它,王遇逃走。李克用在华州四周挖壕沟,分派骑兵屯驻渭北,命令薛志勤、康君立夜袭长安,放火烧仓库,俘获义军而回。

黄巢作战多次失利,军粮用尽,部下不服从命令,于是暗中准备转移,立即调兵三万控制蓝田的通道,派尚让援救华州。李克用率王重荣领兵在零口迎战尚让,击败了他,于是攻下华州,黄揆带领部下逃走。泾原节度使张钧劝说异族人参与订盟,共同进攻义军。这时候,各镇的军队从四面八方到达关中。四月,李克用派部将杨守宗率领河中将领白志迁、忠武将领庞从等人冲在最前面,到渭桥攻击义军,三战三捷。于是各节度使的军队无不振奋,不敢落后,争相从光泰门进入长安。李克用亲自参加决战,喊声震天,义军崩溃,官军追到望春宫,进入升阳殿门。黄巢连夜东撤,部众仍有15万,声称趋赴徐州,实际出蓝田,进入商山。义军将各种财宝物资扔在路上,官军争相夺取,不再追击,所以义军得以整顿军队从容离去。

自安禄山攻陷长安后,宫阙仍完整雄伟;吐蕃所焚毁的,只是大街小巷的房舍;朱泚之乱平定后100余年,宫阙经修缮已像开元时那样神奇壮丽。到黄巢失败,方镇军队交相进入长安抢掠,放火烧毁大明宫,只有含元殿还保存下来;没有被焚烧的,只有太极宫、兴庆宫和光启宫罢了。杨复光向僖

宗报捷,僖宗下诏命陈许、延州、凤翔、博野镇的军队加上东西神策军共两万人驻守京师,命大明宫留守王徽守卫各门,安抚京师居民。命令尚书右仆射裴璩修复宫殿,购置御辇、仪仗、典章、秘籍。参与击败黄巢的人还有:神策军将领横冲军使杨守亮、蹑云都将领高周彝、忠顺都将领明真、天德镇将领顾彦朗等70人。

黄巢东行后,派孟楷进攻蔡州,蔡州节度使秦宗权领兵迎战,被义军打得大败,便向义军称臣,与义军联合。孟楷攻打陈州,失败被杀,黄巢亲自包围陈州,劫掠邓州、许州、孟州、洛州,向东进入徐、兖等数十州。这时百姓极为饥饿,身倚墙壁堑壕而死,义军取走这些死人当食粮,每天有数千人,于是准备数百个大石碓,把死人放在石碓中捣碎,连骨头带皮肉一起吃。当时朱全忠(朱温)任宣武节度使,与周岌、时溥一起领兵援救陈州,陈州刺史赵犨也向太原求派援兵。黄巢派秦宗权攻打许州,没有攻下。这时粮食用尽,树皮草根全部吃光。

中和四年(884年)二月,李克用率领山西的军队自陕州渡过黄河东行,与关东各镇的军队会合驻扎于汝州。朱全忠在瓦子堡进攻义军,杀死一万多人,各军联合在太康击败尚让,也杀死一万多人,又在西华击败黄邺,黄邺连夜逃走。黄巢非常害怕,过了三天,义军军中惊恐,士兵弃营而走,黄巢于是退兵驻守陈州城北的故阳里。这年五月,暴雨雷电交加,河流暴涨,义军的营垒全被水冲坏,徒众溃散,黄巢于是解除对陈州的包围率兵离去。朱全忠进驻尉氏。李克用追击黄巢,朱全忠领兵回到汴州。

黄巢夺取尉氏,进攻中牟。有一天黄巢的军队正渡河,刚渡过一半,李克用乘机进击,义军士兵多被水淹死。黄巢带领残余部队逃往封丘,李克用追赶并击败了黄巢,然后回师驻守郑州。黄巢越过汴河北去,刚好晚上又下大雨,义军惊散,李克用得到消息,迅速到汴河边攻打黄巢。黄巢渡过汴河进攻汴州,朱全忠守卫汴州,李克用领兵援救他,杀死义军的骁将李周、杨景彪等人。黄巢连夜逃往胙城,进入冤句。李克用率全军紧追不舍,义军将领李谠、杨能、霍存、葛从周、张归霸、张归厚前往汴州投降朱全忠,而尚让率领一万人归顺时溥。黄巢愈加猜疑和愤怒,屡次杀死大将,带领部下奔往兖州。李克用追击黄巢到了曹州,黄巢兄弟抵抗,没有打胜,逃往兖州、郓州之间,李克用得到义军的男女、牛马一万余以及皇帝用的器物衣服等,并捉住黄巢的爱子。李克用的军队日夜驰驱,粮食用尽尚未能抓到黄巢,于是回师。黄巢的部下只剩下1000人,逃入泰山据守。

六月,时溥派将领陈景瑜与尚让追击黄巢于狼虎谷,黄巢无计可施,对林言说:"我想讨伐国家的奸臣,清除朝廷的污垢,但事成不引退,这也错了。

你拿走我的首级献给天子,可获取富贵,不要让他人得利。"林言是黄巢的外甥,不忍心杀黄巢。黄巢于是自刎,还没有死,林言便接着杀了他,又杀黄巢的哥哥黄存、弟弟黄邺、黄揆、黄钦、黄秉、黄万通、黄思厚,连他们的妻子儿女也一起杀死,全部把首级装进匣里,准备到时溥那里进献。而太原博野军又杀了林言,将他的首级与黄巢的首级一起献给时溥,时溥又将这些首级献给住在成都的僖宗,僖宗下诏将这些首级献到太庙。徐州小吏李师悦得到黄巢的皇帝印信,献给天子,被任命为湖州刺史。

黄巢的侄儿黄浩有徒众7000,横行江湖间,自称"浪荡军"。唐昭宗天复初年(901年),黄浩想占据湖南,攻陷了浏阳,杀死和劫掠了很多人。湘阴豪强邓进思率领壮士埋伏于山中,杀死了黄浩。

朱温建梁

朱温,宋州砀山县(今安徽砀山)人。黄巢起义后,朱温投军,攻下长安后,任同州防御使,受命进取河中。在攻取河中时,多次为河中节度使王重荣所败,不久叛变,归附唐朝。唐授以左金吾大将军、河中行营招讨副使,赐名全忠。

中和三年(883年),唐纠聚诸镇围攻长安,朱温因功被授宣武节度使,与河东节度使李克用击黄巢。汴州之战取胜,朱温在上源驿设宴款待李克用,克用乘醉出言不逊,激怒了朱温,于是当晚包围驿馆,四处纵火,想一举消灭李克用。李克用仓皇逃出,回到晋阳,屡次上表奏请讨伐朱温,僖宗下诏,劝谕双方和解。朱温正欲全力对付秦宗权,便厚币卑词,向李克用谢罪,双方冲突暂缓和。

横行河南的秦宗权自黄巢东撤之后,独树一帜,自称皇帝,倚仗兵多将广,攻占洛阳、河阳(孟县南)、许州、汝州(临汝)、怀州(沁阳)、郑州、陕州、虢州(灵宝)等地。朱温和陈州刺史赵犨协力,又拉拢兖、郓的朱瑄兄弟共同对付秦宗权。光启三年(887年),秦宗权自郑州猛攻汴梁,朱瑄得兖、郓援兵,大破秦军,斩首两万余级,秦宗权遂弃陕、洛、怀、许、汝诸州南逃。次年,唐朝任朱温为蔡州四面行营都统,节制诸镇,进讨秦宗权。宗权屡遭挫败,被部将押送汴梁斩杀。朱温因讨伐有功,被封为东平郡王。

汴州战役刚刚结束,朱温就以朱瑄招诱汴州军士为口实,挑起冲突,派大将朱珍前往讨伐。景福二年(893年),在巨野击败朱瑄,将三千余名俘虏全部杀光。在攻取徐泗、兖、郓三镇同时,进攻淄、青。先取徐州,又在乾宁四年(897年)吞并兖、郓,杀朱瑄,朱瑾以残部投奔淮南杨行密,淄青镇王师范乞降于朱温。至此,朱温尽得郓、齐、棣、兖、沂、密、许、郑、滑、汴诸州,势

力超过了李克用。

僖宗死后，杨复恭立寿王李杰为帝，是为昭宗。杨复恭专横跋扈，为所欲为，使昭宗和宰相孔纬、张濬等不能忍受，决定采取措施，扫除宦官。他们依靠宣武节帅朱温，朱温建议先讨伐李克用，因为李克用是杨复恭的后盾。大顺元年（890年），唐廷下诏革除李克用官爵，以张濬为统帅，孙揆为泽潞节度使，兼任副统帅，以朱温为南面诏讨使，卢龙节度使李匡威为北面招讨使，三面配合，共同讨伐河东。李克用以杨复恭为内应，动用精锐兵马一举挫败了唐军，昭宗无奈，只有恢复李克用的官爵，谪贬张濬、孔纬。

朱温在昭宗被困华州时，与被黜宰相崔胤勾结，要挟昭宗收回成命，重任崔胤为相。崔胤靠朱温的力量，重登相位，并且劝朱带兵入关，制服李茂贞。李茂贞自知不是朱温的对手，于光化元年（898年）送昭宗回长安。昭宗回到长安后，就和崔胤密谋诛灭宦官。光化三年（900年），宦官刘季述等发动兵变，闯入宫中，废昭宗。朱温以勤王为名，出兵讨伐刘季述，朱温尚未入关，崔胤已策动神策将校杀刘季述，昭宗复位。此后，昭宗与崔胤曾打算尽除宦官，但李茂贞与韩全诲却勾结一起，在韩全诲的指使下，先将昭宗劫至凤翔。朱温闻讯，领兵进入长安，继而发兵凤翔。次年，大举围攻凤翔，李茂贞在救援断绝、无力固守之后，请求议和。朱温挟昭宗回长安后，与崔胤合谋，以诏书的名义将朝中宦官数百人全部杀掉，并诏示诸镇，全部杀掉在监军中的宦官。

昭宗自到洛阳后，时常忧虑发生意外事变，整日与何皇后沉湎酒中，或相对哭泣。朱温让枢密使蒋玄晖侦察昭宗的言行，并随时向他通告。当时，占据各地的藩镇将领李茂贞、李克用、刘仁恭、王建、杨行密等往来传移檄文，以兴复皇室为辞，朱温怕宫中产生变故，就想杀掉昭宗，另立幼君，以谋求禅让取代。唐昭宣帝天祐元年（904年）八月十一日，枢密使蒋玄晖带领龙武牙官史太等一百人，在夜里敲击何皇后殿门，说军事前线有急事奏报，要面见昭宗。夫人裴贞一去开门，见到来者身怀兵器，就说："有急事奏报用兵器干什么？"史太杀了她。蒋玄晖问："陛下在哪里？"昭仪李渐荣对内大喊道："宁可杀了我们，不要伤害陛下！"昭宗刚睡，急忙起身，穿着单衣绕柱逃跑，史太追上去把他杀了。李渐荣用身体去挡昭宗，也被杀死。史太又要杀何皇后，何皇后向蒋玄晖哀求，才放了她。

八月十二日，蒋玄晖假造诏令，称李渐荣、裴贞一谋杀昭宗，应该立辉王李祚为皇太子，更名李柷，代理军国政事。十五日，昭宣帝即位，时年十三岁。此时，朱温听到杀死昭宗的消息，假装震惊，放声大哭起来，说："奴才们害死我了，让我千秋万代蒙受恶名！"但隔年（905年），朱温仍让蒋玄晖邀请

昭宗诸子全到九曲池饮酒,并在那里把他们全部勒死,把尸体投到了九曲池。六月初一,在柳璨等人的怂恿下又将裴枢、独孤损、崔远、陆扆、王溥等名门宿望之臣三十余人诛杀于滑州白马驿,结束了朝中朋党之争的局面。朱温急于废唐称帝,柳璨献策请依惯例先受九锡,再行禅让,朱温以为柳璨心怀异志,拖延时日,以待外援,将柳璨斩杀。天祐四年(907年),朱温废唐昭宣帝,封为济阴王,并加以囚禁。天复三年(903年)时,朱温曾受唐封为梁王,于是,就以梁为国号,为与南朝萧梁相区别,所建的新王朝史称后梁。朱温为了消除后患,又杀掉唐昭宣宗。称帝后的朱温改名为晃,是为后梁太祖,升汴州为开封府,称东都,以洛阳为西都,改元开平。后梁建国,疆域包括了宣武、宣义、太平、护国、天雄、武顺、佑国、河阳、义武、昭义、保义、忠武、匡国、镇国、武宁、忠义、荆南等21镇。

朱温称帝,并非已经有足够的力量征服中原,他感到镇服人心很不容易,不如称帝造成既定事实,以断绝他人之望。所以,在他称帝以后,依然面临着强大的敌对力量。凤翔的李茂贞以唐朝忠臣的面目出现,致书李克用和剑南的王建、淮南的杨渥,欲发兵讨朱,匡复唐室。李克用死后,其子李存勖继为晋王,据守晋阳,冷眼观变,朱温的篡唐成了他联合诸镇讨伐的借口。在开平二年(908年)李克用死后,他厉行改革,加强整顿队伍,使晋军上下同心,屡次挫败后梁。开平四年(910年),在柏乡(河北高邑县内)之战中使梁军主力龙骧、神捷两军被歼。乾化二年(912年)幽州刘守光发兵侵成德、义武,朱温乘机应刘之请攻晋,攻陷枣强,晋军援兵李存审出奇制胜,以骑兵数百名袭击梁军五万之众,朱温惊慌遁逃。第二年,朱温被他的儿子朱友珪所杀,友珪称帝于洛阳。胞弟朱友贞依靠杨师厚的力量在洛阳兵变,杀友珪,于汴梁即位,是为后梁末帝。后梁统治集团内部相互纷争,境内百姓因苛政搜刮而聚众反抗,使后梁的形势更趋恶化。而晋军却乘此全力消灭幽、沧刘氏,全部夺取了河北之地,向后梁进逼,最终袭取汴梁。后梁至此灭亡,历时17年。

　辽·宋·夏·金　

❀❖陈桥驿兵变❖❀

宋建隆元年(960年),赵匡胤取代后周,建立了宋朝,史称北宋。

赵匡胤,涿郡(治今河北涿州)人。高祖朓仕唐,历任永清、文安、幽都令。祖父敬,历任营、蓟、涿三州刺史。父弘殷,骁勇,有战功,曾领后周岳州防御使,累官检校司徒。母杜氏。匡胤出生在洛阳夹马营。容貌雄伟,气度豁达。年轻时曾协郭威发动兵变,代汉建周,受到重用,仕周,补东西班行首,官至殿前都指挥使。郭威死,养子柴荣继位,即周世宗。匡胤多次跟随周世宗征伐,屡立战功,有了一定声望,深得周世宗信任。世宗临终前,以为他很可靠,特意把禁军的最高职务殿前都点检,从女婿张永德手中转交给他,同时拜他为检校太傅,让他掌握了禁军统帅权。赵匡胤掌军政六年,深得军心,加上多年跟从世宗征伐,屡建战功,为众望所归。

显德六年(959年)周世宗病逝,由7岁的幼子柴宗训(周恭帝)继位,实由符太后掌大权。这时的赵匡胤,除任殿前都点检外,还兼任归德军节度使,负责防守京城开封,权势更大了。而当时后周的形势却是"主少国疑",正是赵匡胤夺权,取代后周的好机会。

显德七年(960年)正月初一,这时皇宫里正在欢庆新春元旦,赵匡胤以镇(今河北正定)、定(今河北定县)二州的名义,谎报军情,说是契丹勾结北汉大举南侵,请求朝廷派兵抵御。当时的宰相范质、王溥等不明真相,便立即派赵匡胤率兵出征。初三日晨赵匡胤带兵刚出京城,城内便传出"出军之日,当立点检为天子"的传言。而皇宫内全然不知,仍在欢度春节。当晚,赵匡胤驻军于开封东北四十里的陈桥驿,马上布置了兵变事宜。他自己不便出面煽动将士,喝酒装醉睡觉去了。由其弟供奉官都知赵匡义与谋士赵普与禁军的几个主要将领共同商议,说:"主上幼弱,我们出力破敌,有谁知道,不如乘机先立点检为天子,再行北征不迟。"决定拥立赵匡胤当皇帝。

第二天早晨,赵匡义、赵普与参加兵变的诸将领涌入赵匡胤的住所,把早已准备好的黄袍,披在赵匡胤身上,高呼万岁。并簇拥着赵匡胤上马,回师开封,以登基称帝。赵匡胤假意装作无可奈何的样子,揽着缰绳说:"是你

们贪图富贵,拥立我当皇帝,如能服从我的命令则可,不然,我可不作你们拥戴的人主。"大家表示唯命是从。赵匡胤为稳住京城和宫内局势,提出要保护太后、皇帝,对他们及各公卿大臣均不得侵凌;朝廷府库、士庶之家不得侵掠。如能遵守,事成后皆有重赏,如违背,则严惩族诛。大家都答应了,队伍便向开封进发。与此同时,赵匡胤已派人回开封驰告"素有归心"的殿前指挥使石守信、殿前都虞侯王审琦,让他们作好内应。

正月初五,赵匡胤率兵从仁和门进入开封城。事前已派遣潘美入宫示意。当时早朝还未结束,宰相范质闻变,十分慌张,使劲抓住王溥的手说:"仓促派赵匡胤出兵,是我们的罪过。"王溥更是害怕得说不出话。大臣们都束手无策,只有侍卫亲军副都指挥使韩通从内廷冲出,想率众抵御,被王彦昇追杀。赵匡胤进登明德门,命令甲士归营,他自己退居官署。将士拥范质等至,赵匡胤还假装是被将士所迫,一副惭愧的样子。未等范质说话,军校罗彦环已按住剑,历声地对范质等人说:"我辈无主,今日须有人当天了。"范质等人全无抗争能力,只有俯首称臣。王溥首先卜跪叩拜,范质也只好叩拜,遂请赵匡胤到崇元殿,行禅代礼。翰林承旨陶谷拿出事前准备好的禅代诏书,宣布周恭帝退位。赵匡胤穿上皇帝衣冠,北面拜受,即皇帝位。降周恭帝为郑王,符太后为周太后,迁居西京。大赦,改元。因赵匡胤所领归德军在宋州(今河南商丘),故定国号为宋,年号建隆,北宋建立。

为稳定局面,赵匡胤称帝后,派遣使者遍告郡国藩镇,论功行赏。首先加封石守信为侍卫马步军副都指挥使,高怀德为殿前副都点检,张令铎为马步军都虞侯,王审琦为殿前都指挥使,张光翰为马军都指挥使,赵彦徽为步军都指挥使。对后周将领、当时掌握重兵屯驻真定原殿前副都点检慕容延钊升为殿前都点检,领兵巡守北方边境的韩令坤为侍卫马步军都指挥使,与石守信同领禁军。任命他的弟弟匡义(后改名光义)为殿前都虞侯领睦州防御使,赵普为枢密直学士。追赠韩通为中书令,以礼收葬,王彦昇的专杀行动,使赵匡胤很生气,由于北宋才建立,容忍他而没有降罪。

杯酒释兵权

宋太祖即位后不出半年,就有两个节度使起兵反对宋朝。宋太祖亲自出征,费了很大劲儿,才把他们平定。

为了这件事,宋太祖心里总不大踏实。有一次,他单独找宰相赵普谈话,问他说:"自从唐朝末年以来,换了五个朝代,没完没了地打仗,不知道死了多少老百姓。这到底是什么道理?"

赵普说:"道理很简单。国家混乱,毛病就出在藩镇权力太大。如果把

兵权集中到朝廷,天下自然就太平无事了。"

宋太祖连连点头,赞赏赵普说得好。

后来,赵普又对宋太祖说:"禁军大将石守信、王审琦两人,兵权太大,还是把他们调离禁军为好。"

宋太祖说:"你放心,这两人是我的老朋友,不会反对我。"

赵普说:"我并不担心他们叛变。但是据我看,这两个人没有统帅的才能,管不住下面的将士。有朝一日,下面的人闹起事来,只怕他们也身不由主呀!"

宋太祖敲敲自己的额角说:"亏得你提醒一下。"

过了几天,宋太祖在宫里举行宴会,请石守信,王审琦等几位老将喝酒。

酒过三巡,宋太祖命令在旁侍候的太监退出。他拿起一杯酒,先请大家干了杯,说:"我要不是有你们帮助,也不会有现在这个地位。但是你们哪儿知道,做皇帝也有很大难处,还不如做个节度使自在。不瞒各位说,这一年来,我就没有一夜睡过安稳觉。"

石守信等人听了十分惊奇,连忙问这是什么缘故。

宋太祖说:"这还不明白?皇帝这个位子,谁不眼红呀?"

石守信等听出话音来了。大家着了慌,跪在地上说:"陛下为什么说这样的话?现在天下已经安定了,谁还敢对陛下三心二意?"

宋太祖摇摇头说:"对你们几位我还信不过?只怕你们的部下将士当中,有人贪图富贵,把黄袍披在你们身上。你们想不干,能行吗?"

石守信等听到这里,感到大祸临头,连连磕头,含着眼泪说:"我们都是粗人,没想到这一点,请陛下指引一条出路。"

宋太祖说:"我替你们着想,你们不如把兵权交出来,到地方上去做个闲官,买点田产房屋,给子孙留点家业,快快活活度个晚年。我和你们结为亲家,彼此毫无猜疑,不是更好吗?"石守信等齐声说:"陛下给我们想得太周到啦!"

酒席一散,大家各自回家。第二天上朝,每人都送上一份奏章,说自己年老多病,请求辞职。宋太祖马上照准,收回他们的兵权,赏给他们一大笔财物,打发他们到各地去做节度使。

历史上把这件事称为"杯酒释兵权"。

过了一段时期,又有一些节度使到京城来朝见。宋太祖在御花园举行宴会。太祖说:"你们都是国家老臣,现在藩镇的事务那么繁忙,还要你们干这种苦差,我真过意不去!"

有个乖巧的节度使马上接口说:"我本来没什么功劳,留在这个位子上

也不合适，希望陛下让我告老回乡。"

也有个节度使不知趣，唠唠叨叨地把自己的经历夸说了一番，说自己立过多少多少功劳。宋太祖听了。直皱眉头，说："这都是陈年老账了，尽提它干什么？"

第二天，宋太祖把这些节度使的兵权全部解除了。

宋太祖收回地方将领的兵权以后，建立了新的军事制度，从地方军队挑选出精兵，编成禁军，由皇帝直接控制；各地行政长官也由朝廷委派。通过这些措施，新建立的北宋王朝开始稳定下来。

赵匡胤治军有方

对禁军和中央地方官僚体制进行了一番改革后，赵匡胤便以主要精力来训练部队和整肃军纪，责之既严，待之亦优是他治军的指导原则。

赵匡胤亲自为禁军挑选兵员，这些士兵个个身强力壮，技艺高强。针对五代以来军队中"兵骄而逐帅"的恶习，他亲自督率禁军训练。从宋太祖建隆三年（962）开始，赵匡胤便常在讲武殿上，校阅禁兵操演，从中优选士兵加以提拔。

对禁军，赵匡胤实施了"更戍法"，将禁军轮流外调戍守，期限一两年，不超过三年，其目的不仅仅是要达到"兵无常帅、帅无常师"，"兵不知将，将不知兵"的目的，而且也有锻炼士卒身体素质的想法。

另外京城军队的粮秣请领，赵匡胤认为也是锻炼部队的好时机。驻扎在城东的部队必须到城西去领粮，反之也一样。兵士们领一趟粮食，来回要跑好几十里路。这些名目繁多的"科目"都是为了锻炼士卒的吃苦耐劳精神，以免日久骄惰。

触犯军纪，严酷处罚，即便是为将者也不能幸免，不准穿绘彩之类的衣服，违者处以笞责。作战时畏缩不前，赵匡胤亲自用剑在其皮笠上作一记号，待收兵后一一进验，查出后一并斩首，从此士卒都奋勇直前。宋开宝四年（971年）冬季，禁军川班内殿直不满御马直军士每人多领赏5000钱，聚众闹事，赵匡胤当场下令斩首40多人，军官分别杖责罢黜，并解散了这支部队。宋建隆元年（960年），将军罕儒遭北汉军袭击，尤捷指挥石进德坐视不救，致使罕儒全军覆没，赵匡胤将石进德军中的29名将领全部处以死刑。

对于骚扰百姓的军人，宋太祖的处罚更重。每次大军出发时，宋太祖都要告诫将领：不要殴掠吏军，焚烧庐舍。有一次禁军中的雄武军士卒，大白天抢人妻女，御史禁止不听，赵匡胤得讯大怒，立斩100多人，有个叫阎承翰的大官知情不报，也受到了处罚。

同时,他还实行了待之亦优的策略。他有一句名言:"朕今抚养士卒,固不吝惜爵赏,若犯吾法,唯有剑耳。"他对忠直之士不惜以重金大加奖励,论功行赏。一些优秀的军校可直接升迁为团练使。每次阅武,发现武艺高强者便优先提拔,有的还能总有赏赐、特支。出外戍边,增加月俸,还分发各种物品,甚至还赐给"装钱"。回到朝廷,赵匡胤亲自接见,设宴慰问。

❖❖ 金匮之盟 ❖❖

宋太祖在世时,对其弟赵光义非常器重,封晋王。但赵光义恃功不守法纪,太祖大伤脑筋,常思控制光义之策。相传太祖病危时,赵光义恐太祖留下遗诏不利于自己,因而在深夜挥斧杀害了太祖,有"烛光斧影"之说。赵光义即位后为掩人耳目,与赵普共同策划伪造了"金匮之盟"的盟约。据说,太祖的母亲杜太后在建隆二年(961年)病重之时,曾召见太祖和宰相赵普,立下遗嘱,以后周幼主(恭帝柴宗训)失国为借鉴,命太祖传位于其弟赵匡义(后改名光义),太祖表示遵照太后遗命;由赵普起草誓书,藏于金匮之中。

开宝九年(976年)太宗即位,没有公开誓书。太祖长子德昭、次子德芳却相继被迫自杀或暴死。至太平兴国六年(981年)始有发现金匮得誓书之说,此时赵普已为司马兼侍中,并且已劝说太宗传子不传弟(赵廷美)。誓书作伪实甚明显。可见,所谓金匮之盟是赵光义篡夺皇位的一种掩饰而已。

❖❖ 宋太宗亲征北汉 ❖❖

北汉是五代汉的延续。开运三年(946年)十二月,契丹灭晋。次年二月,刘知远即帝位,国号汉。刘知远拜弟刘崇(改名旻)为太原尹、北京留守。乾祐元年(948年),刘知远死,其子刘承祐即帝位,拜郭威为枢密使。乾祐三年(950年),刘承祐卒,郭威声称立武宁军节度使刘赟(刘崇子),实际是想自立,遣人杀刘赟于宋州。广顺元年(951年)正月,郭威即帝位,国号周,史称"后周"。刘崇在太原即帝位,国号仍为汉,史称北汉。

刘崇拜郑珙、赵华为宰相,派使节到契丹求援,与周对抗。契丹永康王兀欲提出与刘崇结为父子之国,刘崇不愿父事契丹,遣郑珙致书兀欲,称侄皇帝,以叔父事契丹兀欲。

建隆元年(960年),赵匡胤取代周,建立宋朝时,昭义节度使李筠曾起兵反抗。四月,北汉主刘钧率兵至潞州,援助李筠。宋败李筠后,刘钧惧怕,带兵回到太原。九月,宋进攻北汉,李继勋攻平遥县、荆罕儒攻汾州。李继勋俘获甚众,荆罕儒战死。宋太祖对荆罕儒之死,非常痛惜,为此斩荆罕儒部将不听命者20余人。此后,北汉与宋互有出击,争战连年不断。乾德二年

(964年)宋将李继勋攻占北汉辽州,曹彬配合李继勋攻北汉石州,大败北汉军。契丹六万大军援助北汉,又被宋军击败。乾德四年(966年),北汉收复辽州。

开宝元年(968年),汉主刘钧卒,养子刘继恩立。当初,宋太祖曾致书刘钧说:"君家与周为世仇,应该不屈。宋朝与你无冤仇,何必困守北方?如果有志统治中国,应下太行以决胜负!"刘钧回书说:"河东土地甲兵不足当中国,然我家世非叛者,守此区区之地,只不过是怕汉氏不能血食。"宋太祖看后,对使者说:"代我告诉刘钧,会给他一条生路。"此后一直到刘钧死,宋未主动攻伐北汉。乾德六年(968年)七月刘钧卒。八月,宋遣李继勋等进攻北汉,经过汾河,到达太原城下,焚烧延夏门。北汉供奉官侯霸杀北汉主刘继恩,郭无为立刘继恩弟刘继元为帝。宋太祖致书刘继元劝他归降,许以平卢节度使,许郭无为以邢州节度使。郭无为欲降,刘继元没答应。契丹援兵到,宋军无功而返。

开宝二年(969年),宋太祖亲征北汉,三月至太原,命李继勋军驻城南,赵赞军驻城西,曹彬军驻城北,党进军驻城东,把太原团团包围。又以汾河、晋河水灌太原城,城中大恐,郭无为再劝刘继元降,刘继元不从。四月,契丹遣兵援北汉。宋将韩重赟、何继筠等,大败契丹兵于阳曲、嘉山,俘契丹首领30余人。宋太祖以契丹俘示城中,城中更加惊恐。南城被汾水淹陷,郭无为欲出降,伪请夜率军击宋兵,刘继元信其言,送郭无为于延夏门,行至北桥,遇大雨至止。卫德贵告发郭无为欲献地投降之谋,刘继元杀郭无为。北汉虽以孤城固守,但先后杀死宋骁将石汉卿、李怀忠等,加上天下大雨,宋将士多病,契丹又遣南大王率兵援救北汉,形势对宋不利,于是宋太祖采纳李光赞、赵普之议,班师回朝。

契丹韩知璠帮助北汉守太原期间,深感刘继元缺乏辅佐之臣。开宝三年(970年)正月,韩知璠回国,劝契丹主放还被扣的北汉使臣,增强刘继元的势力。契丹主采纳他的建议,把扣留的十六名北汉使者厚礼遣还,命刘继文为平章事,李弼为枢密使,刘继文等长期留在契丹,又受契丹命主持国政,自然会引起北汉大臣的不满。刘继元既不敢得罪契丹,又想平息大臣的不满,便采取了折中办法,改刘继文为代州刺史,李弼为宪州刺史。这件事充分说明北汉对契丹的依附关系。

北汉主刘继元残忍好杀,亲旧故臣,凡与他意见不合者,就杀害全家。开宝六年(973年),杀其弟禁军统帅刘继钦。大将张崇训、郑进、卫俦、故相张昭敏、枢密使高仲曦等,也先后因为谗言被杀,致使北汉内部政局不稳。

开宝九年(976年),宋太祖命党进、潘美、杨光美、牛进思、米文义率兵,

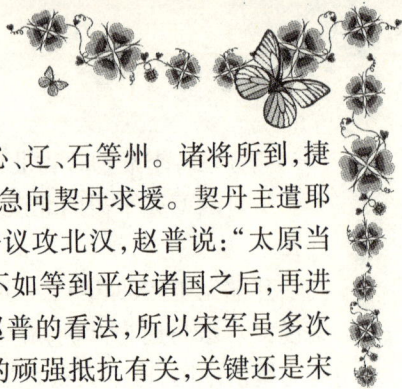

五路进攻太原。又命郭进等率兵攻忻、代、汾、沁、辽、石等州。诸将所到,捷报频传。宋进攻北汉兵于太原城下,刘继元惧,急向契丹求援。契丹主遣耶律沙率兵救北汉,宋军还师。初,宋太祖与赵普议攻北汉,赵普说:"太原当西、北两面,太原既下,则两边之患我独当之。不如等到平定诸国之后,再进北汉,北汉弹丸之地,安将逃乎?"宋太祖同意赵普的看法,所以宋军虽多次伐北汉,但到太原城下又撤军。这固然与北汉的顽强抵抗有关,关键还是宋太祖没下决心灭北汉。

宋太宗即位后,泉州和吴越的割据政权先后解决,南方统一实现,客观要求对北汉和契丹用兵。太平兴国四年(979年),在曹彬推动下,宋太宗决心集中兵力攻击北汉。遂命潘美为北路都招讨使,率崔彦进、李汉琼、刘遇、曹翰、米信、田重进等,四面围攻太原。又命郭进为太原石岭关都部署,切断燕、蓟契丹援军。二月,宋太宗亲征北汉。三月,契丹派耶律沙为都统,敌烈为监军,率师赴太原。至白马岭,与郭进军相遇,耶律沙欲借水列阵,敌烈不从,遂渡水迎战,还没等到列阵,郭进急攻,契丹兵大败,敌烈等皆死。四月,宋太宗自镇州进兵,取岚州、隆州,至太原城下,驻军汾水东岸,慰劳围城将士,并亲自指挥攻城,数十万控弦之士,张弓齐发,太原外援断绝,城中万分恐惧。五月,北汉指挥使郭万超降,刘继元亲信多逃亡,太原危在旦夕。宋太宗再次诏谕刘继无出降,许他终身富贵。刘继元无奈,派李勋致书乞降,宋太宗应允。刘继元率百官降,北汉的10州、1军、41县、35320户归于宋。宋太宗下令"毁太原城,改为平晋县"。拜刘继元为特进、检校太师、右卫上将军,封为彭城郡公。

王小波李顺起义

宋朝消灭了后蜀,宋兵便对当地居民进行无法无天地抢掠活动,使受害的蜀民强烈不满,时常有一些蜀兵和蜀民自发组织起来反抗宋兵。

淳化四年(993年),爆发了王小波、李顺领导的农民起义,给宋朝统治者以沉重的打击。

王小波是青城县(今四川省灌南县南部)农民。青城县除出产粮食外,还盛产茶叶。茶农以种茶为生。宋太宗时期推行"榷茶"法,由朝廷专门强行收购茶叶,致使许多茶农失业,而朝廷官员和地主商人却趁机牟利。这样,农民越来越穷,有权势的越来越富。贫富差别拉大,许多种茶的人和种庄稼的人难以生活。淳化四年二月,王小波在青城县领导一百多破产农民和失业的茶农起义,他号召说:"现在的人穷的穷、富的富,太不合理!今天我们起义,就是要均贫富,消除不合理的现象!"

起义军的行动,立即得到广大农民的拥护,短短几天时间发展到一万多人。王小波指挥大家冲进县城,捉住县官,愤怒的人们用刀将县官肚子割开,掏出五脏仍不解气,又用棍子抽打他的尸体。

起义军队伍像滚雪球一样,迅速扩大,攻下青城后,又打下邛州(今四川省邛崃)、蜀州(今四川崇庆)、眉州(今四川眉山)的彭山。

彭山县令齐元振,是被朝廷赐予玺书奖励的清官。起义农民从这个所谓的清官家中搜出一大批金帛。真正是:三年清州府,十万雪花银。

起义军把县令齐元振和一些土豪劣绅处死,为民除了害,参加起义的农民就更多了。可是,在十二月份进攻江原县(今四川省崇庆东南)时,王小波中箭,不治身亡。

起义者并没因王小波牺牲而气馁,又推举他的内弟李顺为首领,继续与官府斗争。他们攻克蜀州、邛州,杀死监军、知州、通判,又打进新津江口,杀死宋朝巡检使。随后攻取永康、双流、新津、温江、郫县等地。起义队伍增加到几万人。

淳化五年(994年)初,李顺带领义军在两天内攻下汉州(今四川广汉)、彭州(今四川彭县),对成都构成了威胁。起义军乘胜前进,只用十多天时间便攻克成都。李顺在成都建立了农民政权,号称"大蜀",自己称为"大蜀王",立年号"应运"。

大蜀政府最高长官为"中书令",军事最大官职为"枢密使"。李顺当了官,仍继续指挥义军扩大成果,没有贪图享受。所以,农民军占领的地盘越来越大。北至剑关,南至巫峡,全归于义军手中。义军发展到几十万人之多。

起义军的壮举,使宋太宗又恨又怕,派宦官王继恩率重兵镇压起义军。

起义军的主要力量放在进攻上,忽视了防守。所以,当朝廷大军打来时,防线很快被攻破,农民军成千上万人牺牲,李顺也在战斗中英勇地牺牲了。

李顺牺牲后,张仓余领导剩下的几十万义军坚持战斗,先后攻下嘉州(今四川乐山)、戎州(今四川宜宾)、泸州、渝州(今重庆市)、涪州(今四川涪陵)、忠州(今四川忠县)、万州(今四川万县市)、开州(今四川开县)等地。

宋太宗见宦官王继恩没有镇压住农民起义,又派白继斌带兵入川对付义军。农民军受到宋兵前后夹击,损失惨重,两万多人战死。张仓余只好率一万来人退守嘉州。但宋军追至嘉州时,大蜀嘉州知州王文操叛离义军投降朝廷,张仓余被捕,英勇就义。时值公元995年。

王小波、李顺、张仓余领导的农民起义虽然失败了,但是却有深远的历

史意义。

澶渊之盟

咸平年间,契丹不断侵扰宋边境。咸平二年(999年)十月,契丹主率军队入侵。宋镇、定、高阳关都部署傅潜步骑8万,畏惧不敢战,闭营自守。将领范廷召要求出战,傅潜被迫令范廷召率8000骑出战,结果寡不敌众。契丹乘胜攻遂城,杨延昭(杨业子)固守,契丹不能登城,掠祁、赵、邢、洺州,自德、棣过河,掠淄、齐。十二月,宋真宗亲征契丹。次年正月,契丹主听说宋真宗亲征,抢掠而去,宋将范廷召追至莫州,大败契丹兵,斩首万余级,契丹退出宋境。咸平四年(1001年),契丹再次入侵,宋将王显等大败契丹于遂城,杀死两万多人。咸平六年(1003年),契丹侵扰定州,高阳关副都部署王继忠战败被俘。景德元年(1004年)九月,契丹圣宗耶律隆绪及萧太后,率20万大军,以收复瓦桥关南十县为名,大举南下。契丹采取避实就虚战术,绕过宋军固守城池,经保、定二州南下,破宋军守备薄弱的德清军、通利军等,抵达黄河重镇澶州城北,威胁宋朝都城开封,宋朝野上下震惊。

面对契丹威胁,宋主战派和主和派展开斗争。主和派,参知政事王钦若建议迁都金陵,尚书枢密院事陈尧叟建议迁都成都。宋真宗征求宰相寇准的意见。寇准建议宋真宗亲征,反对迁都,认为一迁都,就会人心崩溃,敌人深入,则天下难保。宋真宗采纳寇准的建议,并作了抗击契丹的准备。

由于宋军"练师命将,简骁锐,据要害,以备之",契丹南下,处处遇到抵抗,攻瀛洲时,契丹主与萧太后亲自击鼓,"矢集城上如雨,死者3万人,伤者倍之。"然竟被宋将李延渥击败。契丹数受挫后,采纳宋降将王继忠建议,派遣使节到宋朝求和。宋真宗本来就不想战,只是担心江山难保,才勉强采纳主战派的建议。当他得知契丹真想议和时,于是遣曹利用出使契丹议和。萧太后要求宋归还周世宗收复的关南地,曹利用拒绝,和议不成。

十一月,宋真宗至韦城,大臣们又商议迁都金陵,宋真宗犹豫,就迁都事,再次询问寇准的意见。寇准答说:"陛下唯可进尺,不可退寸。河北诸军日夜望銮舆至,士气百倍。若是回师,则万众瓦解,敌人趁机进攻,想到金陵去也不可能。"寇准促宋真宗行至澶州南城,与契丹主对垒。然后,寇准又以不过河"则人心危惧,敌气未摄",促使宋真宗过河,宋真宗遂登北城门楼,张黄龙旗,诸军皆呼万岁,宋军士气大振。契丹由于大将萧挞览视察地形时被宋军射杀,锐气大挫。契丹怕腹背受敌,十二月,派韩杞随曹利用来议和,仍要求来归还关南地。宋真宗对曹利用说:契丹要求归地一事毫无道理,他们一定要要求,朕当决战!如果想得到货财,还可以考虑。寇准则主张不仅不

给契丹货财,而且还想让契丹称臣,归还幽、蓟旧地。但有人诬蔑寇准借兵权取重,寇准不得已,同意议和。宋真宗再派曹利用与契丹议和,并告诉他:"必不得已,是百万亦可。"寇准得知,私下对曹利用说:"虽有敕旨,但是你要是答应的数字超过30万,我斩你的头!"曹利用至契丹军,萧太后坚持要关南地,曹利用拒绝,但暗示岁求金帛可以考虑。契丹又遣监门卫大将军姚柬之至宋,要求归还关南地,被宋真宗拒绝。

契丹要求割地的愿望虽未达到,但几经反复后,签订了对其有利的和议。和议规定:宋与契丹为兄弟之国,宋真宗称契丹萧太后为叔母;宋每年给契丹银10万两、绢20万匹;两国各守旧疆,城池依旧修缮,不得新增城堡,不得改移河道等。和议签于澶州,澶州古称澶渊郡,故史称"澶渊之盟"。

澶渊盟约签订后,宋辽之间没有大的战争,促进了南北经济文化交流的进一步发展。

花石纲之役

崇宁元年(1102年)三月,宋徽宗命宦官童贯在苏州、杭州设置造作局,专门制造象牙、犀角、金、银、玉、藤等工艺品,以供宫中享用。同年七月,蔡京拜相。蔡京知宋徽宗对奇花、异木和怪石特别嗜好,暗中指使苏州富商朱冲,设法搜罗珍异的花石进贡皇上。朱冲初次进贡珍异的小黄杨三株,宋徽宗见后十分喜爱。此后,朱冲时常进贡花石,而且数量品色越来越多,并且逐渐由私自进贡变为奉诏进贡。花石都是用船装载,通过淮河、汴河运往京城开封。运送花石的船只甚多,起运时以十船为一纲,所以称作"花石纲"。

崇宁四年(1105年)十一月,宋徽宗于苏州正式设置苏、杭应奉局,兼领花石纲,由朱冲之子朱勔主持,以便在东南地区搜罗更多的奇花异石,满足自己无度的享用。朱勔承宋徽宗的旨意,肆无忌惮地搜刮民间的奇花异石。凡打听到士庶之家有一石或一木可供玩赏,即派遣吏兵闯入其家,指该石或木为御前之物,贴上黄纸封条,勒令原主人妥善看护。若花石有损或被窃,则以对皇上大不恭治罪。等到起走花石时,吏兵们刨地毁物、拆房倒墙,甚至趁机敲诈勒索,无所不为。稍有产业的人家也往往因此而破产,贫苦农民则更是苦不堪言。民间的奇花异石搜刮殆尽,应奉局又不计代价求之于山野湖泽之中,往往为得到一花或一石,不惜耗费十多万缗钱和无数的民力。太湖中有一巨石,高达四丈,奇异可观,朱勔一伙必得之而心甘,出动大量的人力,费去无数的财物,才把那块巨石打捞上来。

花石的运送,需要许多船只和民工。应奉局肆意占用民船和商船,强行征集大量的农民充当工役。渔民失去赖以生存的船只,农民顾不上自己的

土地，为此而导致家破人亡，民不聊生。巨石太重或伟木过长，装卸和运送都十分艰难，不仅需要大量的民工充役，而且还得劈山开路、疏滩凿礁。运送太湖那块四丈高的巨石时，两岸拉纤的民工有千人之多。巨石所过之处，凿城断桥，毁堰拆闸，花了几个月的时间才到达京城，沿途破坏甚大。运送花石的船只一纲一纲往来于淮、汴河中，两岸人民怨声载道。若遇旱季水浅，漕河不能行走时，花石纲并不停运，而是绕道于海。船载重物，航行于海，遇到不测风暴，往往人船皆被吞没。纲运的土卒也为此受苦不已，以致常常逃亡。

随着花石纲源源不断地把从东南地区搜刮而来的奇花异石运到京城，更助长了宋徽宗的贪欲和奢侈。大观四年（1110 年）八月，宋徽宗以张阁知杭州，兼领花石纲，以便搜刮更多的花石。在蔡京的鼓动下，宋徽宗大兴土木，广建宫室。规模大又极其侈丽的延福宫，有以花石纲运来的嘉花名木怪石等砌置而成的众多的假山、林苑、岩壑。宫室的建筑，又使宋徽宗的胃口更大了，对花石的需求更多了。政和七年（1117 年）七月，为了使花石及时、顺利运到京城，宋徽宗又设置了淮、浙御前人船所，以宦官邓文诰为提举，职掌花石纲的运送。东南一带和淮、汴西岸人民则更是遭殃。而朱勔则以搜刮花石有功，极得宋徽宗赏识，以至权势薰灼，朝中官吏自直秘阁至殿学士，都争相依附于门下，若有逆忤，旋即被罢。因此，朱勔主持的苏、杭应奉局时有"东南小朝廷"之称。朱勔还藉花石纲为名，勒索财物，霸占民产，其甲第园林半苏州，所兼并的土地跨州连县，多至 30 多万亩，每年收租课十余万石，东南（尤其是苏州）人民恨之切齿。

花石纲之役的侵扰以及朱勔一伙的肆意掠夺，使得东南一带民怨沸腾。宣和二年（1120 年）十月，两浙人民在方腊的领导下，以诛朱勔为号召，举行起义，矛头直接对准花石纲之役。深受花石纲之役所害的东南人民以及纲运士兵纷纷加入起义的队伍。起义军成长迅速，进展顺利。宣和三年（1121 年）一月，方腊起义的怒潮越来越高，宋徽宗不得不假惺惺地派童贯往苏州，罢去苏、杭应奉局和造作局，以及御前花石纲运并木石彩色等场务；黜免朱勔父子、弟侄现任官职。同年四月，方腊起义被镇压；五月，宋徽宗旧态复萌，恢复应奉局，以梁师成和王黼内外总领，东南人民再次遭殃。直到宣和七年（1125 年）十二月，随着北宋王朝内外交困和宋徽宗退位，应奉局花石纲之役的侵扰才告结束。

宋江起义

宋徽宗宣和元年（1119 年），宋江在河北聚众揭竿而起，时称"河北剧

贼"，曾拒绝宋廷招降，转战于京东各地，出没于青、濮、郓等州之间。次年宋廷派曾孝蕴为青州知州，负责镇压宋江起义军，未及到任，即因方腊起义的迅猛发展，而改任杭州知州，参与镇压方腊起义。此时，宋江起义军发展迅速，"官军数万，无敢抗者"。侯蒙上书徽宗，要求招降宋江，徽宗即任命侯蒙为郓州知府，然而侯蒙未及赴任即病死。

宋江起义军在京东地区"啸聚亡命，剽掠山东，一路州县大震，吏多避匿"。宋江率起义军向南发展，途经沂州时向知州蒋圆借道，因麻痹大意，遭到蒋圆军队的袭击，猝不及防，损失不小，乃退返京东一带。宣和三年初，宋江又结集力量再次移军南下，到达淮阳军，深入淮南路的楚州一带，遭到沭阳县尉王师心的伏击。二月到达海州附近，又遇知州张叔夜所设伏兵的攻击，损失很大，一部分起义军向张叔夜投降，宋江也于此时投降张叔夜。起义军余部继续进行斗争，大约在宣和四年夏季，折可存参与镇压方腊起义之后，班师而归，回到开封，又"奉御笔，捕草寇宋江"，起义军最终被镇压。

宋江起义军的规模虽不大，但战斗力较强，又是活跃在离京城开封不远的河北、京东和淮南地区，所以影响较大。再经民间传说、话本小说和戏剧的传播，尤其是施耐庵的小说《水浒传》的流传，宋江之名不胫而走，成为妇孺皆知的人物。

金太祖灭辽

辽天庆五年（1115 年），完颜阿骨打正式建立金国，表明了他与辽朝相抗衡的决心。阿骨打称帝之后，马上部署向辽控制的女真族军事重镇黄龙府（今吉林农安东）进攻，他先将黄龙府外围的城寨一一拔除，还把完颜娄室的军队也从南方调来围攻府城，经过半年左右的争夺，金军终于在九月占领了这个战略要地。这时，辽朝统治者才意识到了问题的严重性，天祚帝急忙在长春州集结大批军队，于当年十一月率领这支号称 70 万的大军亲征。辽军屯集在黄龙府西北的弛门，金大祖阿骨打与之对垒的军队只有两万人，双方力量悬殊。但此时辽朝内部已人心涣散、内乱蜂起，任辽军先锋的耶律章奴阵前反叛，打算拥立魏王耶律淳为帝，天祚帝遭此变故，不得不慌忙后撤，金军乘势追击，但辽军不战而溃。这是辽朝对金发动的最后一次征讨，自此以后，辽对金就一直处在消极防守的被动地位，再也无力进行主动进攻了。

金太祖粉碎天祚帝的亲征之后，开始了全面进攻，他的第一步计划是积极经略东京道。到了金立国二年（1116 年），金军已经逐渐占领了东京道的大部分州县，并在这年五月最后攻占了辽的东京辽阳府（今辽宁辽阳市），不但把东京道全境置于自己的控制之下，而且完成了统一整个女真族的大业。

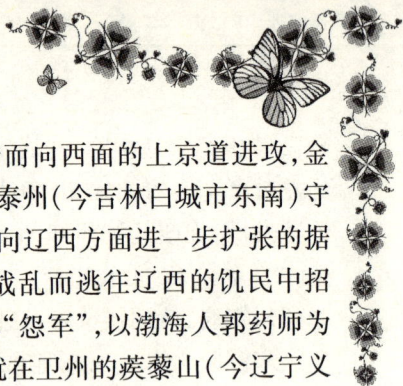

从第二年年初开始,金军便以东京道为基地,转而向西面的上京道进攻,金太祖得知上京道的长春州(今吉林白城市东)和泰州(今吉林白城市东南)守备空虚,就首先派兵将这两地抢占下来,取得了向辽西方面进一步扩张的据点。辽朝为抵抗金军西进,这年九月从因辽东战乱而逃往辽西的饥民中招募了两万多人,因这些饥民报怨于女真,故号称"怨军",以渤海人郭药师为统帅。但三个月后,这支匆匆组建起来的军队就在卫州的蒺藜山(今辽宁义县北)大败于金军,获胜的金军乘胜分兵深入上京道及中京道各州县,当时正驻镇中京的天祚帝已暗地里命令内府打点行装,准备逃跑。

早在金太祖刚刚称帝立国的时候,辽朝就曾多次派耶律章奴等人作为使者与金议和,开始时辽的议和条件一直是以金作为藩国为前提,但金太祖从攻下黄龙府后,灭辽的决心愈加坚定,对辽的态度就逐渐强硬起来,虽然天祚帝后来又再三遣使请和,但金太祖都置之不理,拒绝谈判。

同时,长期受到辽朝威胁的北宋,也想趁辽的国力已经衰弱的机会对辽用兵,以夺回后晋时割给契丹的燕云十六州。宋朝以市马为名,几次派人渡海与金国联络,金太祖也想借助宋的力量,于是宋金两国在天辅四年(1120年)正月订立了所谓的"海上之盟"。双方商定:宋金从南北两个方向夹攻辽朝,金兵直取辽中京大定府,攻占长城以北州县,宋兵直取燕京。灭辽以后,长城以南州县并入宋的版图,而宋则将原来给辽的岁币如数给予金朝。

与宋朝定盟之后,金国加紧了对辽的进攻,天辅四年(1120年)四月,金太祖亲自率军伐辽,五月兵临辽上京临潢府(今内蒙古赤峰市巴林左旗林东镇南)城下,辽朝留守挞不野只得开门请降。至此,金已夺取辽朝的半壁江山。辽朝在面临分崩离析的境况下,统治集团的内讧进一步加剧,金天辅五年(1121年)五月,任辽南军都统的耶律余睹投奔咸州(今辽宁铁岭东北)降金。余睹降金使金国更加了解辽人的虚实,金太祖决定对辽发起总的进攻,大举伐辽,这是辽金战争的一个重要转折点,标志着由反抗辽朝奴役的战争转变为统一战争。

金军首先把兵锋指向天祚帝驻扎的中京大定府(今内蒙古赤峰市宁城县西大明城),天辅六年(1122年)正月,金军迅速攻下中京,天祚帝率残军仓皇向西逃跑,完颜杲和宗翰两路追击未能追上,天祚帝先是逃到云中,后来又率残部奔入夹山(今内蒙古呼和浩特西北)。第二年四月,金军举兵西向,攻克西京大同府。十二月,金太祖亲征燕京,辽朝廷百官赴军门叩头请罪。太祖命令全部予以赦免,令左企弓等抚定燕京诸州县,至此,辽朝五京均已被金国攻克,辽朝实际上已经灭亡了。

攻下燕京后,因为天祚帝尚未擒获,金太祖不敢有丝毫懈怠,多次遣将

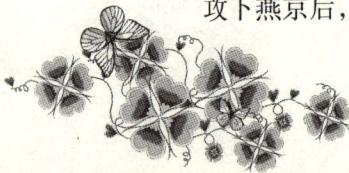

追袭。天辅七年(1123年)八月,太祖在由燕京返上京的途中病死,其弟谙班勃极烈吴乞买即位,是为太宗。太宗即位后继续派兵围剿辽军残余。辽天祚帝逃入夹山后,由于收集到一些残余兵马,又得到西夏的支持,遂率军出夹山,企图重新夺取燕京、云中一带作为立足之地,结果在今山西北部被金军击败。天祚帝想投奔西夏,西夏这时慑于金兵的声势,不敢接纳。太宗天会三年(1125年)二月,天祚帝逃亡途中在应州(今山西应县)东被金将完颜娄室俘获,辽朝至此灭亡了。

金兵南侵

靖康二年(1127年)四月,金兵从汴京(今河南开封)俘虏宋徽宗、宋钦宗,以及后妃、诸王、宗室大臣等3000人北去,北宋灭亡。五月,宋徽宗之子、康王赵构在南京应天府(今河南商丘)即位,改元建炎,是为宋高宗。十月,避金兵到扬州。

金王朝想趁南宋政权立足未稳,派大军渡江,消灭南宋。建炎二年(1128年)秋,决定兀术(即宗弼)与粘罕(即宗翰)率金兵南下,穷追宋高宗。另派娄室部全军进攻陕西,来牵制川陕宋军。

建炎三年(1129年)正月二十七日,金军攻占徐州,知州王复死难。粘罕派拔离速、乌林答泰欲、马五,率兵一万奔袭扬州,欲俘获宋高宗。三十日,金兵到泗州(今江苏盱眙北),二月初三,拔离速攻占天长军,距扬州只有100多里。午前,消息传至扬州,宋高宗惊慌失措,没有通知大臣,带了御营都统制王渊和亲信宦官康履等数人狼狈出逃,从瓜州(今江苏六合东南)乘小船渡江逃到镇江。傍晚,马五率500骑兵赶到扬州,听说宋高宗向江南逃跑,立即追到渡口。江淮人民纷纷起来抗金,金军成为孤军,被迫北撤。

八月末,宋高宗听到金兵渡江南下消息,慌忙派杜时亮、宋汝为迅速到金营议和,在求和书中乞求粘罕不要进军。十月,金兀术分兵南下,一路从滁州(今安徽滁县)、和州(今安徽和县)进入江东,一路从蕲州、黄州入江西。下旬,宋汝为到寿春,兀术部已攻占单县、兴仁、南京、寿春,对宋的求和不予理睬。

镇守江州(今江西九江)的刘光世仍天天置酒欢会,金兵渡江三日而尚不知。金兵到城下,他领兵逃跑。

金兵得知孟太后在洪州(今江西南昌),便攻下黄州(今湖北黄冈),十月末,用小船、木筏渡江,经大冶直奔洪州。孟太后一行逃向虔州。十一月初,金兀术攻占和州(今安徽和县),在马家渡(今江苏南京西南)打败杜充军,渡江入建康,杜充叛降。消息传来,逃到越州(今浙江绍兴)的宋高宗再向明州

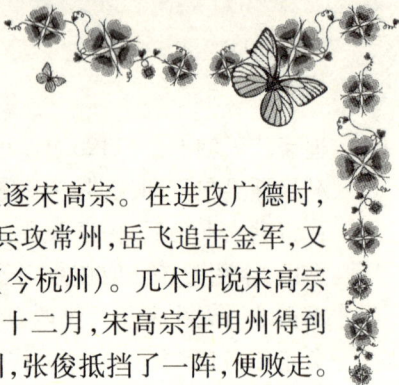

(今浙江宁波)逃跑。

宗弼占领建康后，立即从溧水奔向杭州，追逐宋高宗。在进攻广德时，岳飞率兵邀击，六战六捷，擒金将王权。听说金兵攻常州，岳飞追击金军，又四战全胜。金兵趁广德无援，攻占之，直逼临安(今杭州)。兀术听说宋高宗在明州，派阿里、蒲卢浑率精骑渡浙追赴明州。十二月，宋高宗在明州得到奏报，便率大臣登船逃向定海。金兵追赶至明州，张俊抵挡了一阵，便败走。高宗又乘船逃向温州沿海。

建炎四年(1130年)正月，金军占领明州，乘船经昌国南追宋高宗300余里，没能追上。金军船队遇到大风雨，又被宋提领海舟张公裕所率水军大船冲散，只好退回明州。

二月初，金军从杭州北撤，宋将韩世忠率8000宋军在镇江截断金军退路。三月十五日，宋金水军在黄天荡展开水战，韩世忠率军英勇战斗，打得金军狼狈败退。五月，金宗弼渡江北归。

进攻江西的金军，占领了洪州(今江西南昌)、吉州、抚州、筠州，直至万安也没有追上孟太后。建炎四年(1130年)二月，金军攻占潭州(今湖南长沙)，月底渡江经石首北归。四月二十五日，弓箭手牛皋率民兵大败金兵于宝丰之宋村，生擒金将马五。

留在江淮的挞懒部金军，在楚州(今江苏淮安)被义军击败，后又在缩头湖(今江苏兴化东)为宋军击败，挞懒率残部经楚州、宿迁、东平(今山东东平)北归。

这样，建炎二年(1128年)秋至建炎四年(1130年)夏，金军对刚建立的南宋政权追击的战争，就以失败而告终了。南宋朝廷无意北进收复故土，金军也无力南下，江淮地区暂时稳定下来了。宋金对峙局面形成。

京都保卫战

李纲(1083—1140年)，字伯纪，是两宋之际著名的主战派将领。他于政和二年(1112年)考中进士，政和七年升为太常少卿。他为人正直，很有才华。任太常少卿时，常常发表与众不同的见解，展露出非凡的才干。但是，由于当时朝中奸臣当道，李纲在朝中无法容身，很快遭人诬陷，被贬至沙县为一小官。

宣和七年(1125年)冬天，金朝大举攻宋。金将斡离不率金军长驱直入，将太原团团围住。宋将郭药师连连向朝廷请求救兵援助，但宋廷此时上下一片混乱，根本无可派之将，最终导致太原失守，郭药师降金。金兵充分利用郭药师熟悉大宋地形和军事布置的有利条件，直捣宋京都汴梁(今河南开

封)。

京师告急，宋徽宗吓得六神无主，慌忙禅位于太子赵恒，自己逃命而去。赵恒即位，是为钦宗。钦宗听从大臣吴敏的建议，将李纲从沙县调回京城。李纲听说皇帝要为抗金之事召见他，当即用刀刺破胳膊，血书一封，要求皇帝御驾亲征。与钦宗皇帝见面后，更是慷慨陈词，说得钦宗赵恒也热血沸腾，决定采纳李纲的建议，亲自率军出征。

靖康元年（1126 年），正月，钦宗任命李纲为兵部侍郎、亲征行使营，吴敏为亲征行使营副使。宋军将士一听皇帝御驾亲征，个个摩拳擦掌，表示誓死捍卫京城。但是，朝中却有一批大臣主张弃城逃跑，叫嚣得最厉害的便是宰相白时中、重臣李邦彦等人。他们本来是自己胆小怯弱，理由却摆得冠冕堂皇，口口声声说是为大宋江山着想，为钦宗安危着想。他们不断地在钦宗耳边吹风，强调如若与金兵对抗，会引来更大灾难；金兵如何英勇，宋军必不能敌，等等。钦宗抗金态度本来就不甚坚定，御驾亲征完全是受李纲的鼓动感染所致。如今，听得白、李二人一番话，心中又有些动摇。到后来，白、李二人极力相劝，让钦宗去襄州、邓州避难，钦宗竟决定弃城而走。

李纲自受命以来，积极备战，斗志正高之时，忽闻钦宗要避难襄州，置京都于不顾，又急又怒，直奔金銮宝殿。到得大殿见白、李二人在旁侍立，李纲心中明白，皇帝突然改变主意，定是这二人暗中搞的鬼。当下也不搭话，直接质问钦宗道："臣闻皇上忽然改变主意，要弃京都而走，不知可有此事？"钦宗见李纲前来，已有些心虚，见他一问，只得勉强答道："确有此事。"

李纲闻听，怒火万丈，大声问道："皇上乃一国之主，您若走了，朝中大事由谁来决定？臣希望陛下遇事三思而后行，不要轻信奸佞小人之言！"钦宗一时语塞，不知如何作答。而侍立一旁的白、李二人脸上更是红一阵、白一阵。白时中身为宰相哪里受过人如此揶揄？当下强词夺理，道："李大人，您说话也太黑白不分了吧？如今金将斡离不已率大军兵临城下，京都几近不保。你却在此阻挡皇上出京避难，倘或皇上有何差错，您担得了责任吗？想置皇上于死地的是谁？奸佞小人又是谁？李大人你还要说个清楚？"

面对白时中的一派胡言，李纲反倒平静下来，冷笑道："到底谁是奸佞小人，谁心里清楚，我大宋子民心中也最清楚！"言罢，也不再理他，转身向钦宗皇帝道："皇上，俗语道，家有千口，主事一人，京都的千万百姓与将士需要皇上在此主事啊！如今京城虽然危急，但我军将士斗志昂扬，皇上如与军民团结一心，共同抗敌，必能守住京城，打败金兵。但如若皇上匆忙离京，使军心涣散，京都不保，我大宋江山不保啊！皇上难道真的要置祖宗社稷于不顾吗？！皇上，您要慎思，慎行啊！"言罢，李纲声泪俱下。

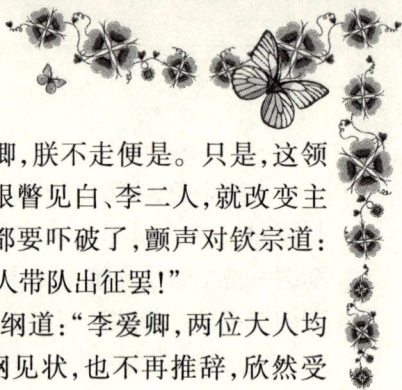

　　钦宗又一次被李纲的挚诚所感,道:"李爱卿,朕不走便是。只是,这领兵之人……"李纲知钦宗之意,正待请缨,忽一眼瞥见白、李二人,就改变主意,向钦宗推举白、李二人。白时中闻听,胆子都要吓破了,颤声对钦宗道:"皇,皇上,臣,臣实无领兵之能,还,还是请李大人带队出征罢!"

　　钦宗也确知白、李二人无治兵之能,便对李纲道:"李爱卿,两位大人均为文臣,依朕看来,只有你能堪此重任了。"李纲见状,也不再推辞,欣然受命。钦宗封其为尚书右丞、东京留守,同时封李梲为其副手,领兵守城。

　　但是钦宗是个没主意的人,一会东,一会西。不久,又被白时中等人撺掇得动了心,要携后宫眷属逃离危险的京城。这天早晨,他命禁卫军整装以待,保护自己和皇后一行出逃。不料李纲又赶来相阻。李纲见了皇宫前的禁卫军,大声问:"大家是真的愿意逃跑,还是愿意留下来保卫京城内的父老乡亲?"禁卫军亲属大多留在京城,而且他们个个血气方刚,又素敬李纲为人,便一齐大声回答:"誓死保卫京都!"李纲闻听,非常满意。回转身跪在钦宗面前,却不搭话。钦宗无奈,只得上前相搀,表示这次一定留下来,李纲这才站起身。但他知道,有白时中在皇上身边,皇上的心思便不会用在抵御金兵之上,说不定什么时候,就又跑了。于是向皇上建议,罢免白时中的职务。3000禁卫军也声援李纲,钦宗只好听从,免去白时中宰相之职。同时让李纲见机行事,不必事事奏请皇帝。

　　李纲这才上任,由于他事前已做了大量准备工作,因此,他仅用3天时间便布置好城防。此时金兵也已攻到汴梁城下,开始攻城。

　　金将斡离不自攻宋以来,攻无不克,战无不胜。本以为攻打汴梁也定然不费吹灰之力,不曾想,却遇到了重创。第一次,他命金兵乘小舟进攻宣泽门,就被李纲的2000精兵打回,损失100多人。当晚又遭偷袭,死伤将士百余名。斡离不大怒,命众军兵从北城的景阳门和通天门攻打汴梁。李纲早防他此着,事先已派1000多名神弓手支援北城守兵,攻城金兵又被射死无数。

　　斡离不还不死心,放弃北城,去攻陈桥门、卫州门。李纲闻讯,亲自登上城楼,为众将擂鼓助威,他远远望见金兵将一堆东西堆在城下,料为攻城所用的云梯等物。于是令几百精兵悄悄出城,将其毁烧一光。斡离不要发令攻城之时方才发现云梯等尽数被毁,气怒之余,他也不由得暗暗佩服李纲用兵之神。

　　斡离不见李纲守京都,自己久攻不下,便欲退兵。恰在此时,宋使来见,要求议和,斡离不既欢喜又惊诧。他并不懂为什么自己没打胜仗,宋廷却还要投降。但既是送上嘴边的肥肉,岂有不吞之理,他当即表示同意,并开出

了许多苛刻的条件。

原来,这一切又是白时中、李邦彦搞的鬼。白时中虽被贬职,但李邦彦尚在朝中,白时中便极力怂恿李邦彦去钦宗面前说李纲坏话。说什么别看他此时嚣张,其实,不过是逞一时之勇,汴梁城迟早会被金兵攻下,不如尽早议和。钦宗觉得也不如趁未败之际与金讲和,金或许尚能很痛快地答应。他吸取前两次教训,此事未让李纲知道,与白、李二人串通一气,悄悄遣人去向金乞和。

钦宗所派之人乃李纲副使李棁,他一进金营便吓得屁滚尿流,答应了金将斡离不的所有条件。纸里包不住火,此事很快被李纲知道。他上朝力谏,对钦宗说:"金朝勒索银币太多,就算是穷尽我大宋之财也未必足够;而且割地三镇,是以为辱,更不要说要向金屈膝称臣,尊其主为伯父了。而且就算我们答应他们的全部条件,他们也未必就此善罢甘休,势必还会寻机侵犯我朝,我们将太原、河间、中山三个可为都城屏障的重镇交给他们,不亚于自蹈死地……"但是钦宗这次死了一条心,定要讲和,对李纲的话不以为然。李纲无奈,只得下朝,但是为了国家和民族的利益,他冒死扣留割让三地诏书不发。

而后,李纲积极筹谋,调集各地援军。中原自古多杰士,更何况金兵惨无人道,所到之处烧杀淫掠,很快便有大批人众响应李纲,前来支持。李纲采取积极的防御战术,欲待金兵粮草断绝,兵力匮乏之时,一举歼灭。但是勤王师都统制姚平仲自恃兵力超过敌方,欲施偷袭。不料消息走漏,金军早有防备,反将其打了个落花流水。幸有李纲及时率军赶到,才反败为胜,班师回城。

金将斡离不最怕李纲,便使用反间计。说李纲偷袭,破坏议和。如想议和,除非罢免李纲。钦宗为求乞和,不问青红皂白,免去李纲之职。

钦宗与投降派的恶行,激起京师人民的义愤。太学生陈东带领1000多名太学生一起上书钦宗,要求复用李纲,罢免李邦彦等人。京都百姓也纷纷响应,他们将大臣上奏急事之用的"登闻鼓"也给敲破了。而且,如若不给答复,就决不散去。斡离不一听李纲被罢免,心中大喜,自食前言,向汴梁发起新一轮的猛攻。在内外强大压力下,钦宗只得重新启用李纲。

李纲为了国家民族之大计,心中毫无怨言,一旦复职,即刻上任,身赴抗敌第一线,很快又取得京师保卫战的重大胜利。但钦宗是个扶不起来的主儿,胜利后不采取李纲所提出的防御策略,而是以此为资本再次向金乞和。为讨好金人,又将李纲罢免,远谪宁江。

宣和八年(1126年)金军又卷土重来。情况十分危急,钦宗没有一点办

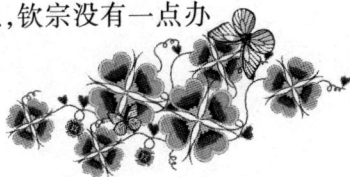

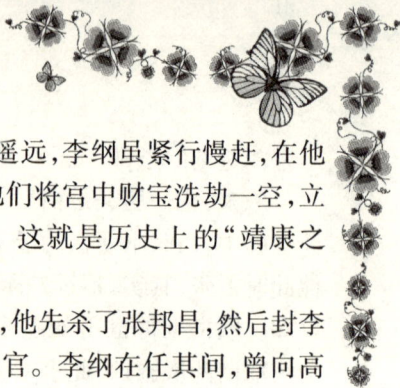

法,只得再次将李纲从宁江召回京师,但是路途遥远,李纲虽紧行慢赶,在他抵达京师之时,那里也早已成为金人的天下。他们将宫中财宝洗劫一空,立宰相张邦昌为大齐皇帝,掳走钦、徽二帝北去。这就是历史上的"靖康之变"。

1127年,康王赵构称帝,史称高宗。登基后,他先杀了张邦昌,然后封李纲为宰相。但由于奸臣杨滔,不久,李纲又被罢官。李纲在任其间,曾向高宗上"十事"书,全面提出抗金的施政纲领,可惜,一条也未被采纳。

李纲被罢免后,太学生陈东、进士欧阳澈等人再次为民请愿,保举李纲。但是,由于奸相黄潜善的蛊惑,高宗赵构竟传旨将二人杀害,以残酷的武力镇压了这次太学生、老百姓反对投降派、支持主战派的群众斗争。李纲虽被罢官,但他一刻也不忘恢复大宋江山,当时正值河北、山东、太行山一带民众自发进行抗金活动,李纲倾家中之资相助。

金朝的衰亡

大定二十九年(公元1189年)正月,金世宗病故,皇孙完颜璟即位,是为章宗。章宗时期(1189~1208年)是金朝发展的极盛阶段,同时也是金朝由盛到衰的转折时期。

经过世宗时期社会经济的持续稳定发展,到章宗初年,金朝国势达到了顶点。从人口的增长来看,明昌六年(1195年)全国户数为722万,人数达4849万;泰和七年(1207年)户数为768万,人数为4581万。这两次统计是金朝户口的最高数字,以户数算,泰和七年为最高点,但以口数算,明昌六年已达顶峰。国势的兴盛充分显示在国家的富裕上,章宗初年,史称"府库充实,天下富庶"。章宗时期,财富的积累也达到了前所未有的水平,明昌二年(1191年),全国库存金1200余铤、银55万余铤,财政收入不断增加,税收达到创纪录的数字,以最大税收盐课为例,世宗时全国七盐司岁课仅622万余贯,而承安三年(1198年)就增至1077万余贯。

章宗时期在经济繁荣、国势兴盛的背后,已经潜伏着深刻的社会危机。由于连续遭受自然灾害的侵袭,南北两面连年不断的战争,使金朝耗费了极大的财力,出现了财政危机。只好滥发交钞和银币,实施"通检推排"和括地的经济政策,以维持日渐困蹙的统治,同时作为金朝一个重要支柱的猛安谋克制度也开始崩溃,猛安谋克军队的战斗力大为减弱。这种种因素导致金朝的统治在章宗后期开始走下坡路。

章宗时自然灾害不断,由于官员的腐败,酿成了黄河三次大决堤,导致大批耕地被淹,中原地区的农业生产遭到严重破坏。

章宗时，北方的鞑靼、蒙古等游牧部族不断侵扰金朝，使金朝在北境的征战连年不断。鞑靼诸部在世宗之前一直与金朝保持着臣属关系，后来他们逐渐强大，构成了对金朝的威胁。章宗初年鞑靼诸部中势力最强的是阻珝、广吉刺两部，他们时叛时服，反复不定。为了防御北方游牧民族骑兵的骚扰，金朝在北境开掘了一条西起临潢府左界，东至北京路的界壕，壕深三四米，宽达十几米。同时在西京路也修治障塞，工程极为浩大，但仍不能阻止外族的侵扰。

在南方，宋朝也发动了对金战争，权臣韩侂胄想利用金内忧外患的机会收复中原，便于泰和六年（1206 年）四月出兵北攻。章宗以平章政事仆散揆为左副元帅，枢密副使完颜匡为右副元帅，出师迎战。战争初期，宋军攻占了淮北的部分州县，十月间仆散揆督率金军分九路对宋进行反攻，很快取得全线胜利，但金军损失也很大。由于北方的连年战事消耗了金朝的国力，章宗不想再扩大与宋朝的战争，因此在取得胜利后就从淮南退军北归，准备与宋朝议和。

频繁的自然灾害，对外战争耗尽了金朝的国力，庞大的官僚机构开支也与日俱增，金朝的财政陷入了困境。为了弥补财政亏空，章宗开始滥发交钞和宝货（银币）。交钞有大小两种，大钞自 1 贯到 10 贯，小钞自 100 文到 700文。宝货发行不久，民间出现大批假币，多用铜锡杂铸而成，于是朝廷下令停止铸造和使用。由于币制屡变，民间怨声载道，章宗下令禁止百姓私议币制，违令者论罪，告密者赏钱 300 贯。滥发交钞引起货币贬值，物价飞涨，甚至所印的钞币还不敷印刷纸张的工本费用。币制的混乱，是金朝统治趋于衰败的一个象征。

为了解决财政困难，章宗继续实施通检推排和括地两项政策。在承安二年（1197 年）、泰和元年（1201 年）和八年（1208 年）对农户物力进行了三次推排，但到了章宗的晚期，由于官吏的腐败，通检推排之法已遭破坏，民户家产很难核实，有权势者纷纷逃避赋税，贫苦农民要负担越来越重的赋税。括地更是经济上的一大弊政，金朝统治者为了挽救日趋崩溃的猛安谋克制，以括籍被百姓“冒占”的官田的名义，大量括取民田，分授给猛安谋克屯田军户，把括地当作维持屯田军户生活和筹措军费的主要手段。括地导致了阶级乃至民族间的严重对立，当时就有人指出这种做法为害至深，认为夺民田而与军户，其结果是“行军心而失天下之心”。括地之弊成为后来宣宗时爆发的红袄军起义的主要原因之一，金朝的衰亡已经不可避免了。

元　朝

❖ 成吉思汗统一蒙古 ❖

　　蒙古族是生活在我国东北额尔古纳河上游的古老民族。新旧唐书称为"蒙兀室韦"。大约在 7 世纪时，蒙古部落逐渐向西迁徙。8 世纪后期，游牧于斡难河(今鄂嫩河)、怯绿连河(今克伦河)之间的草原上，与原居大漠的多族杂居。10 世纪后，蒙古部落产生私有制和两极分化，出现了许多互不统属的大小部落。到 12 世纪，高原的游牧部落除蒙古部外，还有克烈、塔塔尔、乃蛮、蔑儿乞、汪古等大约 100 个较大的部落。蒙古高原各部的贵族奴隶主，为了掠夺财产和奴婢，长期互相征战。金朝有意挑动各部间的争斗，以便从中渔利。这种无休止的战争，给蒙古高原人民带来极大的灾难。

　　金大定二年(1162 年)，蒙古孛儿只斤氏族首领也速该把阿秃儿和塔塔尔人作战，俘虏了一个叫铁木真的塔塔尔人，为了纪念战争的胜利，也速该为他刚出生的儿子取名叫铁木真。大定十年(1170 年)，铁木真随其父也速该到邻近部落求婚，也速该在返回途中被塔塔尔人毒死。也速该死后，他的氏族随之分裂。铁木真兄妹五人由寡母月伦抚养，生活贫困。原属也速该的泰赤乌部首领乘机袭击铁木真一家。铁木真全家被迫迁走。在艰苦环境中长大的铁木真善于骑射、刚毅多谋。经过多次挫折后，他认识到必须争取其他部落的支持，才能壮大自己的力量。于是用厚礼取得了克烈部脱斡里勒汗和札答剌部首领札木合的支持，原属也速该的部落属民纷纷重新归附。

　　大定二十九年(1189 年)，铁木真被部分蒙古贵族推举为汗，成立了侍卫军"怯薛"组织，并着手整顿军队。铁木真势力的发展引起札木合的嫉恨，因此集合所属十三部三万余人，与泰赤乌部联合进攻铁木真。铁木真分兵迎战失败。在十三翼之战中，铁木真虽败，但有许多其他部落属民归附，实力反而加强。

　　金明昌七年(1196 年)，金朝出兵镇压塔塔尔部的反抗。铁木真联合克烈部脱斡里勒汗，截击溃逃的塔塔尔首领及残部，掳掠了大批财富和奴隶。金朝封铁木真为"札兀惕忽里"(部落统领)之官，脱斡里勒汗为王汗(语讹为汪罕)。此后，铁木真不断削弱旧氏族贵族的权力，扩大自己的势力。

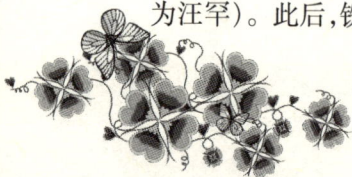

铁木真的崛起,加深了与蒙古各部贵族的矛盾。泰和元年(1201年),札木合集结了铁木真的宿敌泰赤乌、塔塔尔蔑尔乞等十一部联合进攻铁木真和王汗。铁木真和王汗共同击溃了札木合联军。札木合投降王汗,铁木真消灭塔塔尔部,占领呼伦贝尔草原,统一了蒙古东部。

王汗感到铁木真的强大已危及自己在蒙古高原的霸主地位,便于泰和三年(1203年),对铁木真发起突然袭击。铁木真经过苦战,终因寡不敌众而败退。他利用休战之机,突袭王汗驻地。经过三天激战,歼灭了王汗的主力。王汗及其子桑昆败逃时被杀,强大的克烈部被征服。他扫除了统一全蒙古的最主要障碍。

王汗的覆灭,使西蒙古的乃蛮部十分震惊,太阳汗决定攻打铁木真。铁木真闻讯后,进一步健全军事组织,强化汗权,建立了一支高度集中又有严格纪律的军队。泰和四年(1204年),他率大军出征乃蛮部。太阳汗聚集克烈、塔塔尔、蔑尔乞等残部迎战铁木真。经过激战,太阳汗被擒而死,乃蛮部被征服。乃蛮王子屈出律逃奔西辽。不久,铁木真北征蔑尔乞部,其他部落也纷纷投降。这样蒙古高原上近百个大小不一、社会发展、语言文化各有差异的部落,终于被铁木真统一。

成吉思汗元年(1206年)春,铁木真召集全蒙古的贵族首领们在斡难可源举行忽里台(亦称忽里勒台)大会。蒙古各部首领一致推举铁木真为蒙古大汗,尊称为成吉思汗(蒙古语坚强有力之意),正式建立了蒙古汗国。这样蒙古也由一个部落的名称成为蒙古高原各族的总称,形成了统一的蒙古民族共同体。

蒙古汗国的建立

成吉思汗六年(1206年),成吉思汗铁木真建立了蒙古汗国。它统治着东起兴安岭,西讫阿尔泰山,南至阴山的广大地区。成吉思汗作为奴隶主贵族的代表,对内建立了一整套国家制度,对外展开了大规模的军事扩张。

成吉思汗即位后,打破了以血缘为纽带的民族部落组织,把蒙古百姓划分为95个千户,分封给开国的功臣和贵戚。在这些封地,每一千户内的牧民按十户、百户、千户编组,分别统属于多级那颜(长官),平日游牧生产,战时出征作战。千户既是军事组织,又是地方行政组织。生产和军事相结合的千户制,是蒙古国家的基本制度之一。千户之上设立只管军事,不管民政的左手、右手、中军等三个万户。分别由本华黎、博尔术、纳牙阿掌管。

同时,成吉思汗把护卫军"怯薛"由550人扩充为10000人,主要从有技能,身体健壮的各级那颜贵族子弟及少数"自身人"(自由人)的子弟中挑选。

护卫军的主要职责是保卫大汗的金帐。这支由大汗亲自统领的亲军,是防止内战和进行扩张掠夺战争的有力工具。

早在宋嘉泰二年(1202 年),铁木真就设立"札鲁忽赤"(断事官)来处理民事纠纷。嘉泰三年(1203 年),又召开大会,制定了札撒(法律)。嘉泰四年(1203 年),铁木真让乃蛮掌印官、畏兀儿人塔塔统阿借用畏兀儿文(回鹘文)字母,拼写蒙古语,创造了蒙古文字。成吉思汗元年(1206 年)建国后,任命他的养弟失吉忽秃忽为"普上断事官"(大断事官),掌管民户的分配和审断刑狱、诉讼司法,是蒙古的最高行政长官。成吉思汗十年(1218 年),成吉思汗又召开忽里台大会,将自己以前发布的命令汇集成册,形成成文法《大札撒》。《大札撒》确保私有财产和奴隶主贵族的利益,对巩固蒙古权利、加强统治有积极作用。

蒙古建国后,成吉思汗在创立各项制度的同时,发动了扩张战争。成吉思汗二年(1207 年),派长子术赤领兵北讨,征服"林木中百姓"各部。失惕河(锡什锡德河)流域的斡亦剌各部,八河地区(贝加尔湖以西)和贝加尔湖以南的不里牙惕等部,纷纷投降。接着术赤进兵吉利吉思部(唐时黠戛斯的后代,居住于今叶尼塞河上游),吉利吉思首领表示臣服。西伯利亚部落纷纷归顺蒙古,蒙古北部疆域大大扩展了。

征服了北方部落以后,成吉思汗三年(1208 年)冬,成吉思汗向西追击乃蛮首领屈出律和蔑尔乞首领脱脱的残部。在额尔齐斯河支流不黑都儿麻河射死脱脱,击溃了乃蛮、蔑尔乞部联军。乃蛮的失败,震动了畏兀儿各部,他们决定借助蒙古的力量,摆脱西辽的统治。第二年,畏兀儿人杀死西辽所置的监国,派两名使者去向蒙古汗表示臣服,并配合蒙古军击溃了忽都的残部,以此表示对成吉思汗的忠诚。成吉思汗六年(1211 年),畏兀儿首领巴尔术阿尔忒的斤带大量珍宝亲自去克鲁伦河畔朝见成吉思汗。成吉思汗收认巴尔术为第五子,并将女儿也立安敦公主嫁给他。同年,成吉思汗派大将忽必来进攻巴尔喀什湖以南的哈剌鲁,哈剌鲁马木笃汗投降蒙古,到蒙古朝见成吉思汗,成吉思汗将阿勒合别姬公主嫁给他为妻。畏兀儿和哈剌鲁的归顺打开了蒙古进军西辽的通道。

成吉思汗在西进的同时,派兵南下进攻西夏。早在宋开禧元年(1205 年)三月,成吉思汗灭乃蛮后就率兵侵入过西夏。成吉思汗二年(1207 年)秋,第二次侵入西夏,成吉思汗四年(1209 年)秋,成吉思汗发兵第三次侵入西夏。西夏国王纳女求和,每年向蒙古进贡,归顺蒙古。

到成吉思汗六年(1211 年),蒙古已成为南接金朝,西临西辽的强大国家。

成吉思汗伐金

金太宗（1123—1135）时，蒙古乞颜部首领合不勒汗曾应召入朝。后因合不勒汗杀害金使，双方处于敌对状态。金多次出兵征讨，并支持塔塔尔部进攻蒙古部，先后捕杀蒙古部首领俺巴孩汗等多人。金世宗（1161—1189）时，曾下令每三年向北进行一次剿杀，掳掠蒙古人为奴，称之为"减丁"。蒙古部每年要向金进贡，但又不许入境。金朝对蒙古部的民族压迫和剥削，使蒙古人对金"怨入骨髓"。

金明昌七年（1196年），成吉思汗因协助金朝镇压塔塔尔部的反抗，被封为"札兀惕忽里"，每年亲自到金边境进贡。成吉思汗元年（1206年），蒙古国建立后，成吉思汗亲自到净州（今内蒙古四子王旗西北）向金朝进贡，表达了摆脱臣属关系的愿望。成吉思汗四年（1209年），成吉思汗断绝与金的臣属关系。成吉思汗六年（1211年）春，成吉思汗率领部队在克鲁伦河畔誓师，出动全国的兵力分两路攻金。西路由他的儿子术赤、察合台、窝阔台率领；东路由成吉思汗及幼子拖雷率领。四月，成吉思汗拒绝了金朝的求和。七月，以哲别为先锋从达里泊（今内蒙古什腾旗达里湖）进入金境，攻占乌沙堡、乌月宫。金军主帅完颜承裕放弃抚州（今内蒙古兴和境内）、昌州（今内蒙古太仆寺旗西南）、桓州（今内蒙古正蓝旗北），据守天险之地野狐岭（今河北张家口北）。八月，成吉思汗进攻野狐岭，40万金军，一触即败，横尸百里。完颜承裕节节败退到浍河堡（今河北怀安东）。蒙军追踪，双方激战三日，金军主力被全歼。九月，蒙军攻战德兴府（今河北涿鹿）。十月，兵至缙山县（今北京延庆）。金居庸关守将望风而逃，蒙军先锋哲别随即入关，直逼中都（今北京市）。

这时，术赤率领的西路蒙古军，九月攻下净州、丰州（今内蒙古呼和浩特东）。十月攻下云内（今内蒙古托克托县东北古城）、东胜（今内蒙古托克托县）、武（今山西五寨县北）、朔（今山西朔县）等州，威胁金西京（今山西大同）。西京留守纥石烈执中（胡沙虎）弃城逃回中都。蒙古大军兵临城下，金帝永济下令戒严，采纳主战派的建议，任用完颜天骥等死守中都。十二月，蒙古军久攻不下，被迫解围而去，中都得以保全。

成吉思汗七年（1212年），蒙古军再次伐金。拖雷率军攻占宣德、德兴等地，后退出。成吉思汗乘胜攻打西京，在攻城时，为流矢所伤，撤回。同年，蒙军先锋哲别攻金东京（今辽宁辽阳），大胜而归。

成吉思汗八年（1213年）秋，成吉思汗汇集大军，第三次南下伐金。攻下宣德、德兴，在怀来（今河北怀来东），大败金军，乘胜追到居庸关北口，成吉

思汗留怯台等攻后庸,自己率领主力转向西南,取紫荆口(今河北易县北)入关,攻下涿(今河北涿县)、易(今河北易县)二州。令哲别从后面攻南口,金军大败。然后与关外的怯台、哈台军里外夹攻,取居庸关,包围中都。成吉思汗随即把蒙古军分成三路:右路军由术赤、察合台、窝阔台率领,沿太行山东麓南下,连破保(今河北保定)、邢(今河北邢台)、相(今河南安阳)、卫(今河南汲县)、孟(今河南孟县)等州,直达黄河北岸,再绕太行山西麓北行,掠平阳(今山西临汾)、太原(今山西太原)之间各州府,至代州(今山西代县)而还。左路军由其弟哈撒儿等率领,沿海向东,掠蓟(今河北蓟县)、平(今河北卢龙)、滦(今河北滦县)和辽西诸地而还。成吉思汗与拖雷率中路军南下,掠沧州(今河北沧州市东南)、济南府(今山东济南)、泰安州(今山东泰安)、益都府(今山东益都)、登州(今山东蓬莱)、沂州(今山东临沂)等地,直达海滨而还。蒙古三路大军破金90余城。破坏严重。

　　成吉思汗九年(1214年)三月,蒙古三路大军汇集于中都城下。金宣宗答应了成吉思汗的要求,献允济女歧国公主及金帛、童男女等求和。成吉思汗纳岐国公主为第四个妻子,称"公主合敦",掳掠大批奴婢和牲畜财货,率军退出居庸关,北返,驻于达里湖,同时派遣木华黎、李秃等攻取辽西、辽东诸州郡。

　　同年五月,由于蒙古的威胁,金宣宗迁都至汴京(今河南开封),留太子完颜守忠等守中都。六月,驻守涿县、良乡一带的紅军哗变,投降蒙古。成吉思汗立即派遣蒙古大将三模合拔都率契丹人石抹明安和投降的紅军首领斫答合兵围中都。中都附近的州、县守将和官员纷纷投降。七月,金朝留守中都的太子守忠弃中都逃到汴京,中都的军队更加害怕。成吉思汗十年(1215年)正月,驻守通州(今北京通县)的金朝右副元帅蒲察七斤投降蒙古。驻守中都的右丞相都元帅完颜承晖向宣宗告急。宣宗派遣军队,护运粮草救援中都。蒙古军切断金朝对中都的救援,致使中都绝援,内外不通,处于危急状态。五月,留守中都的左丞相抹撚尽忠,准备弃城南逃。完颜承晖得知后服毒自尽,以死报国。当日傍晚,抹撚尽忠率子妾南逃,蒙古军不战而入中都。成吉思汗留石抹明安镇守中都。

　　蒙古军攻下中都后,派脱栾扯儿必统蒙军及投降的契丹、汉军抄掠河北、山东各地,至当年秋天,共占金城862座。同时派遣三模合拔都率万骑从西夏到关中,出潼关,前锋部队深入河南,直抵杏花营(在今开封西12里)。金军击败蒙军。蒙古军退至陕州(今河南三门峡),乘黄河冰冻,渡河大掠河南,北返。

　　成吉思汗十一年(1216年)春,成吉思汗留木华黎经略中原,自率大军返

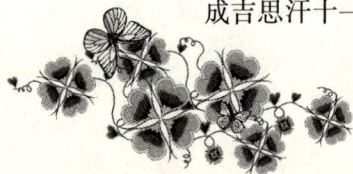

归克鲁伦河草原,准备全力西征。

❖❖ 元军征高丽 ❖❖

后梁末贞明四年(918年),王建建立高丽国,于长兴四年(933年)得到后唐的册封。两年后,高丽灭新罗。第二年,灭百济,统一了朝鲜半岛,与辽、宋、金、元等王朝保持着密切的关系。

成吉思汗十一年(1216年),辽东契丹贵族耶厮不、乞奴等起兵反抗蒙古。第二年八月,乞奴、喊舍在蒙古军队打击下,率众九万渡过鸭绿江,攻占高丽北部的江东城。不久,成吉思汗派都元帅哈赤温等率兵10万进入高丽。蒙古军联合高丽军消灭了契丹叛军。哈赤温送还契丹军中的高丽俘虏,与高丽大将赵冲结盟,然后班师。此后,高丽年年进贡,双方使节往来不断。直到成吉思汗十九年(1224年)十二月,蒙古使臣在高丽境内被强盗杀害。

窝阔台汗三年(1231年)八月,窝阔台以使臣被杀为借口派撒礼塔进军高丽。蒙古军在高丽降将洪福源配合下,攻占四十多座城。第二年年初,包围王京(今开城),迫使高丽王求和。撒礼塔奉旨向高丽北部州县派遣72名监督官达鲁花赤,然后班师。同年四月,高丽王派人杀死各地达鲁花赤,然后率军民退入江华岛。八月,撒礼塔率领军队再攻高丽。十二月,高丽军民在王京以南的处仁城,射死撒礼塔,迫使蒙古军撤退,乘胜收复了北部州县。窝阔台汗七年(1235年),派唐古、洪福源进攻高丽。到窝阔台汗九年(1237年),蒙军攻下十余座城池。窝阔台汗十一年(1239年),王瞮求和。第二年,恢复了对蒙古的岁贡。窝阔台汗十三年(1241年),王瞮将族子王缚冒充自己的儿子送往蒙古作人质。贵由汗元年(1246年),高丽又停止了岁贡。因此,蒙军在贵由汗二年(1247年)至蒙哥汗八年(1258年)间四次进攻高丽,先后攻占24城,迫使王瞮派遣世子王倎入蒙古为人质。

元世祖中统元年(1260年)春,王瞮逝世。元世祖忽必烈采纳了陕西宣抚使廉希宪的建议,派兵护送王倎回国继位。同时宣布在高丽境内实行大赦,送还高丽俘虏及逃入辽东的民户,禁止蒙古边将侵扰高丽,以安抚民心。终元世祖朝31年间,高丽贡使有36次之多,王倎(后改名王禃)本人也亲自到京师朝觐。忽必烈不仅用对待属国的办法加强对高丽的控制,更把它看作进攻日本的跳板,多次要求王禃派重臣陪同蒙古使节出使日本。至元五年(1268年)夏,责令王禃征集军粮,修造可载4000石的大型海船1000艘,准备进攻日本或南宋。

上述政策引起高丽朝野上下不满。至元六年(1269年)夏,高丽权臣林衍废王禃,立其弟王淐为国王。忽必烈闻讯后,派头辇哥率大军压境。封在

京朝觐的高丽世子王倎为特进、上柱国,并派兵护送他回国平乱。派兵部侍郎里的等出使高丽,限期王禃、王淐、林衍来京陈情,听候决断。在元朝三慑之下,高丽都统领崔坦、李延龄等以西京(今平壤)等50余城归降。王禃恢复了王位,并亲自朝见忽必烈。

至元七年(1270年)正月,忽必烈采纳了枢密院经历马希骥分而治之的建议,将高丽西京改为东宁府,划归辽阳行省。同时,派头辇哥率领军队护送王禃父子回国,委任脱脱朵儿、焦天翼为高丽国达鲁花赤。同年春,元军兵临王京(今开城)城下。此时林衍已死,其党三别抄军首领裴仲孙等拥立王室庶族承化侯王温,退守珍岛(今南金罗道)。至元八年(1271年)五月,元将忻都率兵攻占珍岛,王温等被杀,金通精退往耽罗(今济州岛年)。至元十年(1273年)四月,忻都攻占耽罗,擒金通精等人。元朝设耽罗国诏讨司,屯兵驻守。

至元二十一年(1274年)五月,忽必烈将女儿忽都鲁揭里迷失嫁给王倎。六月,王禃逝世,王倎继位。第二年,应忽必烈要求,王倎改变了所有与元朝相类似的省、院、台、部等职官名称,派遣20名贵族子弟到元朝作人质。至元十七年(1280年)夏,元在高丽创设驿站,忽必烈加封王賰为开府仪同三司、行省左丞相。至元十八年(1281年),元在高丽征发军士、水手25000人,战船九百艘,参加侵日战争。高丽民众不堪其扰。第二年,因日本侵扰沿海,在王賰请求下,元军驻防金州。至元二十年(1283年)五月,忽必烈设征东行省,以王賰、阿塔海共掌行省事,仍保留王賰驸马高丽国王的名号。至元二十一年(1294年),忽必烈将耽罗划归高丽。后来元朝虽撤销了征东行省,但直到元末,高丽的内政外交都受到元朝的控制。

拖雷之死

登上蒙古大汗宝座的窝阔台,对于拥有重兵的四弟拖雷,心中有一本清楚的账。即使他当了大汗,他的潜在对手依然是拖雷。窝阔台取得汗位后的第四年,拖雷就死了,年仅40岁。对于他的死,史家众说纷纭。但流传最广的是说他喝了萨满教巫师涤除疾病的咒水而致死的。《蒙古秘史》和《史集》都持这种说法。

窝阔台伐金,班师北还,过居庸关,驻军龙虎台。这时窝阔台突然得病,奄奄一息,于是命萨满巫师占卜。巫师说:"这是金国的水土之神来找您的麻烦。因为您的军队掳掠人民,毁坏城郭,所以他来作祟。只有让一个亲人代您受过,您的病才会好。"窝阔台说:"我的儿子谁在身边?"这时拖雷在侧,说:"他们都不在,只有我在这里。"接着又对窝阔台说:"父亲选中您承继大

位,犹如马中选骥,羊中择羯。如果没有哥哥,那将使蒙古的百姓无所归属,金国的百姓解恨。还是让我代哥哥去死吧,在金国的土地上,我使许多人丧失了生命,奴役了他们的妻子和儿女。打败金国完颜合达的是我,杀死移剌蒲阿的也是我。我身高貌美,可以事神。让我去吧!"于是巫师把窝阔台的疾病涤除在一杯水中,让拖雷喝下。而后拖雷对巫师说:"我醉了。在我醒来时,教我哥哥善待我的寡妻,抚养我的幼子,直到他们成人为止。"说罢,走出汗帐就死了。

不少史家认为,单凭一杯咒水,是不可能毒死人的。拖雷所饮的咒水中,必定放进了毒药,而投毒者正是窝阔台。拖雷临死前的一段话,与其说是对兄长的爱戴,不如说是一种无可奈何的哀鸣。窝阔台借助迷信,宣扬拖雷为兄长为大汗献身,拖雷得到了美名,窝阔台巩固了汗位,倒也"两全其美"。

元军征安南

元蒙哥汗三年(1253年)十二月,忽必烈攻占大理后,留下大将兀良合台镇守。兀良合台平定云南各部之后,于蒙哥汗七年(1257年)秋派使节招降安南陈朝(今越南北部)。安南国王陈日煚扣留使节,拒绝投降。同年十一月,兀良合台率大军沿红河进攻安南。十二月,蒙军大败安南军,进入安南国都升龙,屠城。陈日煚逃到海岛。蒙军不服水土,只在升龙停留了九天便班师回国,退兵时再派使节招降陈日煚。第二年二月,陈日煚传位于其子光昺。夏,陈光昺派使者晋见兀良合台,表示臣服。

元中统元年十二月(1260年),元世祖忽必烈派礼部郎中孟甲等出使安南,允许安南保持衣冠典礼风俗等本国旧制。作为回报,陈光昺派族人通侍大夫陈奉公等觐见忽必烈,请求三年一贡。忽必烈同意其要求,封陈光昺为安南国王。此后,两国使节往来不断。至元四年(1267年),忽必烈应陈光昺请求,任命讷剌为安南达鲁花赤。不久,又下诏要安南君长亲自来朝,贵族子弟入质,编制户口,出军役,交纳赋税,设置各级达鲁花赤。陈光昺不接受这些要求,也不向元使跪拜,反而提出了取消达鲁花赤的要求。这时,元朝忙于灭南宋,无力南顾。

至元十四年(1277年),陈光昺去世,世子日烜继位。陈日烜坚持光昺的对元方针。至元十六年(1279年),元朝消灭了南宋残余势力之后,讨论对安南用兵,因南方各地人民不断起义而作罢。至元十八年(1281年),元朝成立安南宣慰司,以卜颜铁木儿为参知政事、行宣慰使都元帅,进行战争准备。同时,以陈日烜不请命而自立,称病不朝为借口,改立陈日烜叔父陈遗爱为

安南国王,遭到安南拒绝。至元二十年(1283 年),忽必烈以进攻占城为名,派其子镇南王脱欢率大军南征,要求安南提供军粮,仍旧遭拒绝。至元二十一年(1284 年)十二月,元军分六路侵入安南。安南兴道王陈峻率兵凭险节节抵抗,陈日烜布防于升龙以北的富良江一线。经过激战,陈日烜等在至元二十二年(1285 年)正月十三日撤离升龙,退往天长府,集结兵力,坚持抵抗。脱欢占领升龙,焚毁王宫,挥师南下。同时命令驻扎在占城(今越南南方)的元将唆都北上,合击安南主力。元军会合后,分水陆两路追击陈日烜。陈日烜屡战屡败,逃往安邦海口,藏于山林,后又逃往清化。其弟陈益稷投降。元军虽获胜,但师老兵疲,不服水土,尤其是骑兵无法在丛林、水网地区发挥特长。加上安南援兵逐渐集结,不断袭击元军。脱欢被迫于同年夏撤兵。元军撤退途中,在如月江、册江(乾满江)等地一再遭到安南军民的截击,损失惨重,唆都、李恒等元帅战死。安南收复了全部失地。

至元二十三年(1286 年)正月,忽必烈罢征日本,调集军队、粮草,准备大举进攻安南。同时另立陈益稷为安南王。至元二十四年(1287 年)正月,他调集八万大军,成立征交趾行省。以奥鲁赤为平章政事,乌马儿、樊楫为参知政事,受镇南王脱欢节制。十一月,元军分三路侵入安南境内。程鹏飞、孛罗合答儿由西道攻永平,大小十七战,连破老鼠、陷沙、茨竹三关,直抵万劫。脱欢、奥鲁赤从东道攻女儿关。乌马儿、樊楫从海道攻安邦口。各路元军会合后,矛头直指升龙。十二月,脱欢率诸军渡过富良江,击败守军,进占升龙。陈日烜等逃往敢喃堡。次年正月,脱欢挥师追击至天长海口,不见陈日烜踪迹,只得回师升龙。元军四出侵扰,掠夺粮草,最终因为军粮匮乏,天气炎热,于二月初下令班师回朝。元军撤退途中,安南集结了三十余万大军在女儿关、丘急岭一带布防百余里,准备截击归师。脱欢闻讯下令各路军队避开敌军,分道撤回国内。元军水师在白藤江遭安南军阻击,主将樊楫受伤被俘。三月,陈日烜遣使进贡金人以代谢罪。忽必烈十分恼怒,但仍不得不恢复和好关系。

至元二十七年(1290 年),陈日烜去世,世子日燇继位,仍然对元朝采取不卑不亢的态度。至元三十年(1293 年),元朝第三次调集大军出征安南。第二年年初,忽必烈去世,成宗铁穆耳即位,下诏罢征安南,宽宥其抗命之罪。此后,两国边境上虽发生过小规模冲突,但始终维持着安南对元朝的朝贡关系。

拥立蒙哥

窝阔台在世时,有一次带他的侄子蒙哥(拖雷长子)出猎。窝阔台让蒙

哥坐在自己的膝上,摸着他的头随便说一句:"小子,将来可以当大汗!"后来,窝阔台令人杀母牛饲养豹子,其孙失烈门在跟前,孩子天真地问:"母牛死了,小牛犊谁来养呢?"窝阔台认为这是"仁义"之语,就随便说一句:"就凭这句话,将来就可君临天下。"窝阔台毕竟只是个人,随便说话的情况总是有的,可后来的人就把他的话当成最高指示。由这两句话,引起了继统之争。

窝阔台去世后,长子贵由侥幸继立。贵由统治两年后病死。贵由的皇后海迷失留居贵由的封地叶密立(今新疆额敏河附近)摄政,而和林(今蒙古哈尔和林)的汗位虚悬。

术赤长子拔都以宗室之长的身份在其驻地阿剌脱忽剌兀召集诸王,商议选立新汗。察合台系和窝阔台系的诸王,以大会应在蒙古本土举行为理由,拒绝参加,海迷失后也只派代表巴剌等人与会。到会的主要有拖雷的儿子蒙哥、忽必烈、阿里不哥、末哥,大将忙哥撒儿等。诸王中大半是术赤、拖雷的后人及成吉思汗诸弟的子孙。拔都认为,只有蒙哥才具备登临大位的全部先决条件:明辨善恶、遍尝甘苦、才智出众、战功卓著。更重要的是,他是窝阔台遗命要立的大汗。巴剌提出异议,以窝阔台曾许失烈门为汗为由,主张推举失烈门为汗。忽必烈闻言大声说:"窝阔台既有遗命立失烈门,但前者脱列哥那已立贵由,你们早已背弃窝阔台遗命,还有什么可说!"末哥也站出来支持忽必烈。这时,忙哥撒儿按剑而言:"必立蒙哥为汗,有梗议者,我请斩之。"吓得反对蒙哥的宗王们再不敢支吾。于是,大议遂决,待来年在快绿连河(蒙古克鲁伦河)召集大会,拥立蒙哥登基。

蒙哥战死

蒙哥汗六年(1256年)夏,蒙哥以南宋违约囚禁使者为借口,决定亲征。第二年春,他下诏诸王出兵征宋,命同母幼弟阿里不哥留守和林(今蒙古后杭爱省额尔德尼召北)。由宗王塔察儿(斡赤斤孙)统率东路军攻荆襄、两淮。蒙哥自己统率主力从西路攻取四川。同年初,驻四川的都元帅纽璘奉命率先锋军万人,从利州(今四川广元)南下,过大获山,出梁山(今四川梁平),直抵夔门。第二年年初,纽璘部西上与成都的蒙军阿答胡会合。成都、澎(今四川彭县)、汉(今四川广安)、怀安(今四川成都东)、绵(今四川绵阳)等州,及威(今四川理县北)、茂(今四川茂汶羌族自治县)诸少数民族先后降蒙。四月,蒙哥渡大漠经河西,率四万大军(号称十万)进抵六盘山,兵分三路入蜀。七月,蒙哥统中军从六盘山出发,经陇西进入大散关(今陕西宝鸡西南)至汉中。亲王莫哥(蒙哥异母弟)入米仓关、万户孛里叉入沔州(今陕西略阳)。十月,蒙哥渡嘉陵江到白水,随后攻下苦竹隘。十一月,破长宁

（今四川广元西南），进攻顶堡，周围县城都归降蒙古。接着蒙哥进攻大获山（今阆中县东北），宋将杨文渊降。不久，李居山（今四川南充市）、大良山（今四川仁寿县境）等五城都归降蒙古。十二月，蒙哥部攻克隆州（今四川仁寿）、雅州（今四川雅安）。与此同时，纽璘率步骑五万人，战船200艘从成都水陆并进，直至涪州（今四川涪陵），以阻击南宋援蜀之师。

在西路蒙古军长驱入川的同时，宗王塔察儿率东路军进攻长江中游的樊城，无功撤回。蒙哥汗八年（1258年）十月，蒙哥不得不改命忽必烈统率东路军进攻鄂州（今湖北武昌）。

蒙哥汗九年（1259年）年初，蒙哥派人到合川（今四川合川）劝降。宋将王坚拒绝投降，二月，蒙哥率全军猛攻钓鱼山。不能取胜。七月，蒙哥带兵亲自督阵攻城，被宋军飞石击中，死于军中，蒙军仓皇北撤，合州之围遂解。

忽必烈得到统率东路军的命令后，于蒙哥汗九年（1259年）年二月，会诸王于邢州，征召著名儒生、隐士询问得失及取宋之计。八月，率军渡淮河，入大胜关，至黄坡（今湖北黄坡县），直达长江北岸。忽必烈下令整饬军纪，有犯军律者斩。于是诸军凛然，九月初，莫哥从合州遣使者送来蒙哥去世的正式消息，请他及早率军北返。忽必烈不愿无功而返，决定继续进军，分兵三路围攻鄂州。忽必烈率军从阳逻堡渡江到至南岸浒黄洲，亲自督师围攻鄂州。由于鄂州军民奋勇抵抗，加之重庆宋军东下援鄂，宋丞相贾似道屯兵汉阳为援，其他援鄂大军也四面云集，蒙古军围鄂州二个月不能攻下。奉命自云南北上的兀良合台军受阻于潭州（今湖南长沙），迫使忽必烈分兵接应，才得以会合。这时忽必烈妻遣使报告，留守和林的幼弟阿里不哥图谋夺取大汗之位，使忽必烈产生了撤兵的念头。恰好贾似道因惧怕蒙古，暗中遣使求和，提议双方以长江为界，宋向蒙古纳银绢。忽必烈采纳了郝经"断然班师，亟定大计，销祸未然"的建议，与贾似道订立和议，然后，轻车简从，迅速率军北归争夺汗位。

忽必烈建国

蒙哥汗九年（1259年）七月，蒙哥死于合州（今四川合川），因对汗位继承未作任何安排，因此导致了一场新的汗位争夺。忽必烈在鄂州（今湖北武昌）前线得知蒙哥死讯后，断然与宋议和，接受宋称臣，以江为界，每年纳银20万两，绢二十万匹的条件，双方停战。他立即率军北返。年底，忽必烈轻车简从到达燕京（今北京）。留守和林的幼弟阿里不哥已派脱里赤在燕京召集各地军队包抄忽必烈。忽必烈到燕京后，马上遣散脱里赤已集结的军队，同时急召自己在鄂州的军队北返。阿里不哥通知他去漠北参加忽里台大会

葬蒙哥,他不加理睬,并命廉希宪到开平(今内蒙古锡林郭勒盟正蓝旗东50里),观察事态的发展。廉希宪劝说有实力的塔察儿拥戴忽必烈为汗的计划获得成功。

　　元世祖中统元年(1260年)三月,忽必烈到达开平。得到东道诸王塔察儿、移相哥、莫哥、忽剌忽儿、爪都和西道诸王合丹、阿只吉等人的支持,于是召开忽里台大会,忽必烈一举登上大汗宝座。四月,忽必烈定当年为中统元年。中统建元表示大蒙古国继承中原封建王朝的定制和统一全国的决心,也是忽必烈仿效中原王朝改造蒙古国的开始。

　　与之同时,阿里不哥也在和林(今蒙古后杭爱省厄尔得尼召北)召开忽里台大会,自立为大汗,分据漠北地区。支持他的除阿兰答儿、塔里赤外,主要是西路诸王,有察合台系宗王阿鲁忽、窝阔台系宗王阿速台、蒙哥之子玉龙答失、和蒙哥留守六盘山的大将浑都海、驻守四川的密者火里等蒙古将领。争夺汗位的斗争十分激烈,阿里不哥派霍鲁海、刘太平到陕、甘任职,拘收钱粮,准备与六盘山的大将浑都海联合,从关中进攻忽必烈,陕、川一带的局势立即严重起来了。忽必烈针锋相对地派廉希宪、商挺进驻京兆(今陕西西安),任陕西、四川等路宣抚使。六月,廉希宪先发制人,以谋反罪捕杀霍鲁海与刘太平。又派使者处死四川军中附阿里不哥的密者火里等将领,阿里不哥失去了西线的军势和陕川的财力物力。但忽必烈却稳定了关陇局势,随后召集诸军联合防御六盘山浑都海部的袭击。

　　七月,忽必烈率师征讨阿里不哥。九月,阿里不哥遣阿兰答儿率兵南下,与浑都海、哈喇不花等部会合于甘州(今甘肃张掖)。忽必烈派合彤与将汪良臣率领部队迎战。双方大战于甘州东删丹(今甘肃山丹),浑都海、阿兰答儿被击毙。从此,忽必烈完全控制了关陇川蜀地区。同年冬,忽必烈决定亲征和林。阿里不哥失去了陕川,又得不到中原物资,自知无力抵抗,只得逃到封地谦州(今叶尼塞河上游南)。忽必烈命宗王移相哥驻守和林,以防御阿里不哥,自己班师回到开平。

　　阿里不哥在谦州休整之后,于中统二年(1261年)秋,率军突袭驻守漠北的移相哥军,占领和林,乘胜南下,忽必烈急忙调军迎战。十一月,忽必烈与阿里不哥大战于昔木土脑儿(蒙语脑儿意为湖)。两军反复较量,死伤都相当严重,双方只好退兵。由于忽必烈切断了中原汉地对漠北的物资供应,使阿里不哥陷入困境。阿里不哥派往察合台兀鲁思的阿鲁忽(察合台孙)取得汗位后,立即拒绝向他提供援助,并扣留使者,宣布拥护忽必烈。阿里不哥愤怒至极,于第二年春天出兵西征阿鲁忽。这时忽必烈已取得了旭烈兀、别儿哥和玉龙答失的支持,乘阿里不哥西征之机,收复和林。阿里不哥在攻占

阿里麻里(今新疆霍城)等地后,纵兵掳掠,终于众叛亲离,处境孤立。至元元年(1264年),阿里不哥走投无路,只得率领身边的诸王和大臣到开平,向忽必烈投降。在汗位斗争中,忽必烈由于取得了中原汉族地主的支持,掌握了中原汉族地区的人力、财力和物力,最终取得了胜利,也是蒙古贵族中主张采用汉法治理汉地一派的成功,有利于元朝的建立和巩固,是符合历史发展要求的。

中统三年(1262年)春,正当忽必烈与阿里不哥相持不下时,山东益都行省长官、江淮大都督李璮勾结执政的平章政事王文统,以南宋为外援,起兵叛乱,占据济南。李璮统治益州已有三十多年,拥有重兵,根深蒂固。正在进据和林的忽必烈,听到李璮叛乱的消息后,立即转而向南,调遣军队,处死王文统,又派右丞相史天泽到山东前线节度各路军队。李璮错误估计了形势,起兵后,各地汉人势力响应者少,而各路蒙古、汉军已向济南进逼,接受忽必烈的调度,使李璮陷于孤立的境地。四月,史天泽派各路将士开河筑城,准备长期围困济南,到六月中旬,济南城内粮尽,军心涣散。七月,济南城破,李璮投大明湖自尽,未死被俘。史天泽等人怕李璮泄漏他们之间过去的关系,以"宜即诛之,使安人心"为由,匆匆斩李璮于军前,山东之乱不到半年就被平息。李璮之乱对忽必烈影响很大,使他感到虽用汉法,但汉人不可完全信赖。为了稳定大局,忽必烈慎重处理变乱后的有关人和事,又因势利导的进行了一系列政治改革。

忽必烈中统建元后,视中原汉地为政权的重心。平定漠北与镇压李璮叛乱,排除和蒙古贵族中的保守势力和汉人军阀割据势力的干扰,适时地着手全面推行"汉法",改革蒙古对汉地旧的统治方式。他在建元中统诏书中明确指出了"祖述变通,还咱今日","稽列圣之洪规,讲前代之定制",提倡"文治"的政治纲领。在中央设中书省,在各地设宣抚司,任汉人儒士为使。另外,严格执行地方兵、民分治制度,不相统属;罢诸侯世袭,行迁转法;实行易将制,使将不专兵。李璮之乱后,又迫使汉人军阀交出兵权,史天泽带头请求解除自己子弟和姻亲的兵权,北方汉族地主武装实力大大削弱。为了加强对汉人的防范,忽必烈在各级政权中都起用色目人为帮手,分掌事权和汉人官僚互相牵制。从此,色目人在政治上的实权日渐增强。中统四年(1263年),升开平为上都。中统五年(1264年)八月,又改中统为至元,燕京为中都。至元三年(1266年),忽必烈命刘秉忠在原燕京城东北营建都城宫室。燕京在刘秉忠、张柔等人主持下,建成了规模宏大的新城。至元四年(1267年),迁都到燕京。至元八年(1271年),忽必烈公开废弃"蒙古"国号,按照《易经》"大哉乾元"之意,建国号为"大元"。至元九年(1272年),忽必烈根据刘秉忠的建议,改中都为大都。元朝的建立,结束了中国历史从五代十国以来的分裂割据局面,实现了一次新的大统一,使我国多民族国家的发展进入了一个新阶段。同时标志着蒙古从一个区域性政权,转变为统治全国的统一封建政权,有力地促进了南北经济文化的发展,也使我国与西方的交流更加频繁。

阿合马专权

元中统三年(1262年)的李璮之乱,引起了忽必烈对汉臣的猜忌。对内对外的连年用兵,再加上每年对诸王的赏赐,使财政开支激增。于是,以阿合马等色目人为主的理财之臣得到重用,元朝统治政策发生变化,统治集团内部矛盾呈现出新格局。

中统三年(1262年),忽必烈任命中书平章赛典赤兼领钞法,主持财政。同年十月,任命顺圣皇后家臣阿合马领中书左右部,兼诸路都转运使,专掌征收财赋之事。第二年正月,采纳阿合马之议,在钧州(今河南禹县)、徐州设官营铁冶,以所制农具换粟入官,每年可得四万石。同时,还成立了东平等路巡禁私盐军。至元元年(1264年)年初,阿合马将太原等路盐税从每年七千五百两提高到一万二千五百两。同年年底,赛典赤调任陕西行省平章政事,阿合马破格升任中书平章。同时撤销了中书左右部。

至元三年(1266年)正月,设专门掌管财政的制国用使司,由阿合马兼领。阿合马三令五申严禁私人酿造和贩卖盐、酒、醋及伪造宝钞,以保障国家权利。第二年十月,他又以开支过大,害怕来年经费不足为理由,请求忽必烈节省,量入为出。阿合马机智善辩,议政时,丞相安童、史天泽往往被他所窘迫。作为皇后陪嫁来的家臣,他受到忽必烈信任,实行的以增加财政收入为主的理财方针又迎合了忽必烈急于富国之心。于是,阿合马恃宠傲物,任用私人,排斥异己,甚至卖官鬻爵。与崇尚儒术的太子真金、丞相安童等人发生了矛盾。

至元七年(1270年)正月,设主管中央行政的尚书省,以阿合马为平章尚书省事。阿合马与真金、安童的矛盾更为尖锐。按规定,国家大事应由中书、尚书两省长官会商后上奏,阿合马却撇开中书省单独上奏。安童弹劾阿合马违反制度,忽必烈安抚安童,但仍重用阿合马。五月,阿合马建议在全国检核户口,得到忽必烈同意。但又因御史台上奏各地正在捕蝗,下诏书缓行。同月,忽必烈还批准了阿合马的下述措施:减诸路税收十分之一;禁诸王擅取物品和铺马;禁官府,特别是理财官多取于民;免征上都商税,鼓励运行经商;将管民官任期从两年半延长到五年,以防其敷衍塞责。不久,阿合马和安童又爆发了一次冲突。按规定,任官由吏部拟定资品,呈尚书省,再由尚书省咨询中书省,上奏皇帝。阿合马却既不由吏部拟,又不咨中书,独断专行。安童告发此事后,忽必烈质问阿合马,阿合马说:"事无大小,皆委之臣,所用之人,臣宜自择。"最后,忽必烈同意了阿合马的建议,就是除重要职位外,可由阿合马自择。

至元八年(1271年)三月,下诏查核天下户口,得一百九十万六千二百七十户。第二年正月,将尚书省并入中书省,阿合马仍任中书平章。至元十年(1273年),任命阿合马之子忽辛为大都路总管,兼大兴府尹,掌握了京师行政大权。安童十分忧虑,先是上奏说忽辛不称职。后又弹劾阿合马专擅财政,蠹国害民,用人不当,贪污受贿等罪状。阿合马不服,要求当廷辩论。忽必烈下令调查,结果不了了之。

至元十二年(1275年),元伐宋,势如破竹。二月,阿合马在元军占领区用元中统钞兑换宋交子、会子,禁止私运北盐、药材。九月,阿合马为解决南征军粮问题,建议重设各路都转运司专掌赋税,增加税收,以公私铁冶的产品统归官卖,继续禁止私人制造铜器。但是,随着各路都转运司的成立,阿合马安插了大量亲信。

至元十五年(1278年)正月,阿合马借忽必烈要他广贮积之机,说服忽必烈下令不许御史台在未经中书省许可时,查询仓储情况。四月,江淮行省左丞崔赋弹劾阿合马一门子弟均任要职,有失公道。忽必烈下诏免去阿合马子弟亲属的官职。但不久又恢复了这些人的职位,崔斌反遭诬陷而死,连皇太子真金也无法营救。

至元十七年(1280年),礼部尚书谢昌元建议设门下省掌封驳,严防中书省臣擅权。忽必烈一度表示同意,并准备让为人方正的廉希宪担任侍中。真金也支持,希望能借此牵制阿合马。阿合马坚决反对,朝臣意见不一,事遂作罢。同年六月,阿答海等以江南等地宣课提举司贪贿扰民,请求撤销。阿合马力争,要求派御史调查。忽必烈采纳了阿合马的意见。

阿合马的所作所为引起部分官吏的愤恨。忽必烈因爱惜"宰相之才"而对阿合马的宠信优容,使多次对阿合马的弹劾失败,部分官员决心铤而走险。至元十九年(1282年)三月,益都千户王著等人趁忽必烈不在京师,伪称太子传命,诱杀了阿合马及其党羽中书左丞郝祯,然后自动投案。忽必烈大怒,回驾京师,处死王著等人,厚葬阿合马。过了不久,忽必烈在清查阿合马账目时,发现了诸多劣迹,于同年五月才下诏抄没阿合马家产,剖棺戮尸,示众城门之外,并将其党羽七百余人革职。后来又裁减了阿合马滥设的官府三百余所,处死阿合马子弟忽辛、抹速忽、阿散、宰奴丁等人。设阿合马党人

黑簿,凡上簿者,永不叙用。

真金之死

元世祖忽必烈是一位马上皇帝,他的一生几乎都在战马上度过。早年随兄蒙哥汗南征北战。蒙哥汗死后,他打败了七弟阿里不哥,夺得汗位。在他在位的30年里,他先后攻打过西夏、辽、金、宋,最终统一中国,应该说这是符合历史发展趋势的。但同时也弄得战火迭起,民不聊生。

因此,在统一中原之后,元世祖这位马上皇帝也曾模仿过汉人的封建制度建立君主制,任用有识之士,颁布一些休养生息的政策,使中原经济逐渐兴盛,甚至发展成中国历史上一个高峰时代。比如,经济方面,丝织业,制瓷业,造纸业等等都得到充分的发展;在文化上,元杂剧到了鼎盛时代,涌现出大批剧作家,比较优秀的有王实甫、关汉卿、韩退之等人;在对外关系上元代可以称得上是中国历史上一个比较开放的朝代,著名的旅行家马可·波罗还曾在元朝做过官呢!总之,这一段时期之内,忽必烈既听止言,亦纳逆语,以大都为中心的元代经济迅速繁荣起来。

但是这位马上皇帝似乎生性好斗。没过多久他就开始大肆向外扩张,先征服高丽,然后大举进攻日本。

1274年,忽必烈派元帅唆都率军2.5万人,乘战船900多艘,渡海侵日。不料,海上忽遇大风暴,全军覆没。

1281年夏天,忽必烈再次遣兵14万人进攻日本。结果海上又遇大风暴,14万人只剩4万返回。

但忽必烈还不死心,1283年,他再次下令征讨日本。但是国内江南的南宋遗民此时发动了反元起义。忽必烈一来也觉得征讨日本,开支太大,国内恐难应付;二来江南人民这一起义也打乱了他的征讨计划。因此他决定不再攻打日本。

同年,他册封比他小好多岁的南必为皇后。老夫少妻,忽必烈渐渐感觉,有些体力不支,于是皇后开始干预朝政。这引起诸多大臣的不满。一位不要命的大臣竟然上书忽必烈,希望他退位,将皇位禅让给太子真金。尽管玉史台都事玉昔帖木儿和中书右丞相安童商量将奏本压下,但此事到底让忽必烈知道了。他闻之大怒,立刻将那个大臣革职查办,但却没有难为安童和玉昔帖木儿。

回到后宫,忽必烈思忖良久,下令召太子进宫。太子真金早就知道有人上书要父皇禅位给自己的事。他自幼学习儒家思想,十分忠君,从未起过非分之想,一听说此事,就已背上沉重的心理包袱,后来竟吓出病来。此时父

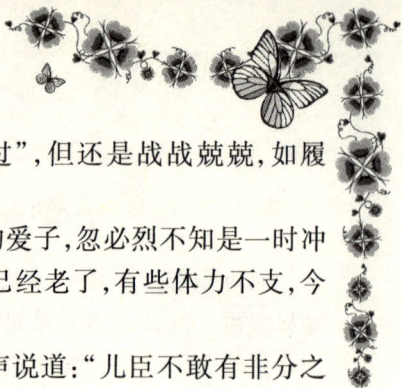

皇召他入宫，他明知"是福不是祸，是祸躲不过"，但还是战战兢兢，如履薄冰。

看到眼前这个一表人才，随自己南征北战的爱子，忽必烈不知是一时冲动，还是出于真心，竟对真金说道："真金，父王已经老了，有些体力不支，今后就将这皇位禅让给你，如何？"

真金一听，双腿一软，跪在忽必烈面前，颤声说道："儿臣不敢有非分之想……"

"哎——"忽必烈不等他说完就插话道，"这怎么能算非分之想啊，这位子早晚还不是你的？我还能把他带到棺材里去？"

"儿臣从未这样想过，求父皇开恩，废掉儿臣这个太子吧？"真金听了忽必烈的话，更加大惊失色，口不择言，竟请求忽必烈废去自己这个太子的头衔。

忽必烈见他如此，良久，叹了口气，摇摇头道："你去吧……"

真金回到家里，怎么想，怎么觉得父王的意思是让自己死。人要一想到了死，那就谁也救不了他了。真金有了这个想法，再加上他心病加重，久治不愈，最后竟真死了，紧跟着右丞相安童也死了。

忽必烈痛失爱子，身边又少了安童这样的得力助手，非常苦闷，又加上已是78岁高龄，身体每况愈下。1293年，他的孙子铁穆尔出兵漠北的时候，他已经目光呆滞，说话吞吞吐吐，得了痴呆症。谁都能看出来，老皇帝恐怕要归天。

果然，1294年，这位倥偬一生的马上皇帝溘然长逝，终年80岁。

燕铁木儿权倾朝野

燕铁木儿拥立文宗，立下大功，权倾朝野，于是出现了长达5年的燕铁木儿专权。

天历元年（1328年）八月的大都政变之后，燕铁木儿便以金枢密院事之职参与机要，实际上已经控制了中枢决策大权。九月，文宗继位后，立即封燕铁木儿为太平王。将太平路（今广西大新一带，治所在崇左西北）作为他的食邑，此外还赐金五百两、银二千五百两、钞一万锭、平江（今江苏苏州市）官地五百顷。接着又授给他开府仪同三司、上柱国、录军国重事、中书右丞相、监修国史、知枢密院事、世袭答剌罕等头衔。从此，燕铁木儿成为居皇帝一人之下，万人之上，集军政大权于一身的权臣。

同年十月，文宗下诏从今以后，朝廷所有政务和对群臣的赏罚，如果没有与燕铁木儿商议，任何人不得上奏皇帝。天历二年（1329年）正月，设立燕

铁木儿任都督的都督府,统领钦察卫、龙翊卫、哈刺鲁东路蒙古二万户、东路蒙古元帅府。使燕铁木儿名正言顺地掌握了一大批精锐部队,成为专权擅政的后盾。同月,文宗还任命燕铁木儿为御史大夫,让他掌握了司法、监察大权。

在文宗退位期间,燕铁木儿不仅一切官爵照旧,还被明宗加授太师的头衔。文宗复位之后,竟仿效英宗推崇拜住的先例,在至顺元年(1330年)二月,将中书左丞相伯颜调任枢密院的知院,正式规定中书省只设燕铁木儿一名丞相,不再设左丞相,以保证事权的集中。这一做法实际上保障了在此后三年之中,燕铁木儿对朝政大权的专擅。

同年三月,文宗封皇子阿刺忒纳答刺为燕王,作为立太子的第一步。同时,任命燕铁木儿统领宫相府,掌管燕王府邸事务。后来,燕王果然被立为太子。为褒扬燕铁木儿,文宗下令在大都北郊为他树立记功碑。六月,文宗又一次下诏褒奖燕铁木儿。诏书先称赞他勋劳卓著,忠勇无比,所以应该享有太师、太平王、答刺罕、中书右丞相、录军国重事等十一个头衔,并独揽朝纲。然后重申"凡号令、刑名、选法、钱粮、造作,一切中书政务,悉听总裁"。要求诸王、公主、驸马、近侍人员和大小衙门的官员,如果胆敢越过燕铁木儿上奏,便以违背皇帝论处。再次肯定了燕铁木儿的显赫地位。

以燕铁木儿为首的钦察贵族势力的强大,引起了蒙古贵族的不满。知院阔彻伯、脱脱木儿等人密谋发动政变,除去燕铁木儿。结果,被人告发,燕铁木儿立即调集钦察亲军将阔彻伯等人逮捕,下狱,处死,抄家。这一事件之后,文宗对燕铁木儿的恩宠更为隆重优厚。至顺二年(1331年)正月,太子去世。但文宗仍让燕铁木儿掌管东宫事务,虚位以待新的太子。四月,文宗下令在红桥以北为燕铁木儿建立生祠,立碑。八月,文宗下诏税务部门免收燕铁木儿经营产业的商业税。年底,文宗竟将燕铁木儿的儿子塔刺海收养为自己的儿子。到至顺三年(1332年)二月,文宗将根本不懂文章之事的一介武夫燕铁木儿任命为奎章阁大学士,掌管奎章阁学士院的事务。

燕铁木儿权势熏天,文宗优礼有加,助长了他的荒淫无耻。例如燕铁木儿将泰定帝的皇后娶为夫人。前后所娶的妇女之中,仅宗室女子就有40人之多。后房的侍妾多的连他自己都不能完全认识,以至于身体越来越弱。

至顺三年(1332年)八月,文宗去世,遗命传位给明宗之子。燕铁木儿为巩固自己的权位,主张立文宗之子燕帖古思。文宗皇后不听,诏命立在京的明宗次子懿璘质班。十月初四,年仅7岁的懿璘质班即位,是为宁宗,仍以燕铁木儿执掌朝政。十一月二十六日,宁宗去世。燕铁木儿再次请求立燕帖古思,太后仍不同意,下令立明宗长子妥欢帖睦尔。这时,妥欢帖睦尔远在

广西静江(今广西桂林市)。朝中大政均由燕铁木儿裁决,以太后之命下达。

元统元年(1333年)春,妥欢帖睦尔到达良乡。燕铁木儿故意拖延即位的日子。直到燕铁木儿因荒淫过度,溺血而死之后,妥欢帖睦尔才在六月初八即位,是为顺帝。

石人一只眼,挑动黄河天下反

元朝末年,政府不修水利,以至于造成黄河决口,粮田被淹,漕运中断,盐场被毁。为此元顺帝下令征发十余万民工开凿新河道治理黄河,与此同时政府又变更钞法,滥发纸币,造成物价飞涨,致使朝野怨声载道。"开河"和"变钞"加速了元末农民起义的爆发。

至正十一年(1351年)四月开河后,北方白莲教首领韩山童及其教友刘福通等决定利用这一时机,发动武装起义,反对元朝。他们一面派教徒在治河民工中大力宣传"弥勒佛下生,明王出世",一面又暗地里凿了一个独眼石人,埋在即将挖掘的黄陵冈附近的河道上,然后到处散布民谣"石人一只眼,挑动黄河天下反"。等到治河民工挖出这个独眼石人以后,个个惊诧不已,以为真的应验了。消息传出以后,大河南北,人心浮动。

四月下旬,韩山童、刘福通、杜遵道、罗文素、盛文郁、韩咬儿等,聚众三千人于颍川颍上(今安徽颍上),他们杀白马、黑牛,誓告天地,准备起义。刘福通等称韩山童为宋徽宗八世孙,当为中国主。刘自己则称是南宋名将刘光世后代,当辅佐之。韩山童发布文告说:"蕴玉玺于海东,取精兵于日本。贫极江南,富称塞北。"又打出大旗,上写:"虎贲三千,直抵幽燕之地;龙飞九五,重开大宋之天。"表现出了要推翻元朝,恢复大宋王朝的坚定决心。不幸事情败露,地方官追捕十分紧急,韩山童最后被逮牺牲,其妻杨氏,子韩林儿逃到了武安(今江苏徐州)。刘福通等仓促起兵,五月初三一举攻克颍川(今安徽阜阳)。由于起义军成员都头裹红巾为标志,故称为红巾军。又因为起义军成员多数崇信白莲教,烧香拜佛,故又称香军。

元朝政府命枢密院同知赫厮、秃赤领阿速军六千和各路汉军前去讨伐颍上的红巾军。双方对阵时,赫厮军马看见红巾军阵容庞大,扬鞭大呼"阿卜、阿卜"(跑的意思)。于是所属各部都败走,当时为淮人传为笑谈。阿速军因不习水战,又不服水土,病死者过半。当月,红巾军占领亳州(今安徽亳县),徐州兵马指挥使秃鲁战死。不久,又攻破项城(今河南项城南)、朱皋(今河南固始北)。七月,元将安车万户朵哥、干户高安童在颍川皆中流矢而死。八月,红巾军攻克确山县(今河南确山县)。九月,元廷又命御史大夫也先帖木儿管枢密院事,和卫王宽彻哥总率大军,出征河南,各赐元钞一千锭,

从征者赐予有差。当月,刘福通又攻克汝宁府、息州(今河南息县)、光州(今河南潢州),聚众达到十万,全国各地纷纷起兵响应。

在北方,至正十一年(1351年)八月,邓州(今江苏邳县北)人李二(人称"芝麻李",因在饥荒时以家中所贮芝麻赈济饥民,故得此称)与赵君用、彭早住等人以"烧香聚众"来反对元朝,攻占徐州。不久,又占领了徐州附近的许多州县,拥众十余万人。次年正月,元顺帝派兵前往徐州镇压,九月徐州城被元军攻破,芝麻李等逃走。一个多月后,芝麻李被元军捕获,惨遭杀害。

至正十一年十二月,王权(绰号"布王三")与张椿等起义,攻占邓州(今河南邓县)、南阳(今河南南阳),被称为"北琐红军",不久,起义军占领唐(今河南唐河)、嵩(今河南嵩县)、汝(今河南临汝)、河南府(今河南洛阳),进逼滑(今河南滑县东)、浚(今河南浚县)等地。至正十二年正月,孟海马等占领襄阳(今湖北襄樊),称为"南琐红军"。接着又取房(今湖北房县)、归(今湖北秭归南)、均(今湖北均县西北)、峡(今湖北宜昌)、荆门(今湖北荆门)等州。元朝统治者从至正十二年闰三月起,先后派出了几路元军对北琐红军和南琐红军进行"围剿"。五月,元军攻陷襄阳,布王三被俘,北琐红军被镇压了下来。至正十四年正月,元军又攻陷峡州,南琐红军也被镇压。

至正十二年二月,定远富豪郭子兴与农民出身的孙德崖、俞某、鲁某、潘某等四人起兵,攻占濠州,郭子兴等称元帅。闰三月,朱元璋投奔郭子兴。

以上均称为北方红巾军,与此同时,在南方长江中游、汉水流域也有红巾军起义,他们以徐寿辉、彭莹玉为首领,称为南方红巾军。

另外,不属于红巾军系统的有方国珍和张士诚的队伍,他们也是反元的主要武装力量之一。

方国珍起事

至正八年(1348年)十一月,出生在台州黄岩(今浙江黄岩),以贩运浮海为业的方国珍,被仇家诬告与起义反元的蔡乱头私通,遭到官府追捕。方国珍杀了仇家带其兄弟及邻里逃到海上,聚众数千人,劫夺元朝的漕运粮,扣留海运官员,起事海上。元朝命江浙行省参知事朵儿只班帅兵围剿,方国珍率军打败官军,俘获朵儿只班。以此向元统治者要官,元顺帝恐海运受阻,下诏授方国珍庆元定海尉。

至正十(1350年)十二月,方国珍又入海,烧掠沿海州郡。次年二月,元廷命江浙行省左丞孛罗帖木儿、浙东道宣慰使都元帅泰不华分兵夹击方国珍。六月方国珍打败孛罗帖木儿的军队并将其俘获。七月元廷又命大司农达识帖睦迩等招谕方国珍,方国珍兄弟又接受了招抚。

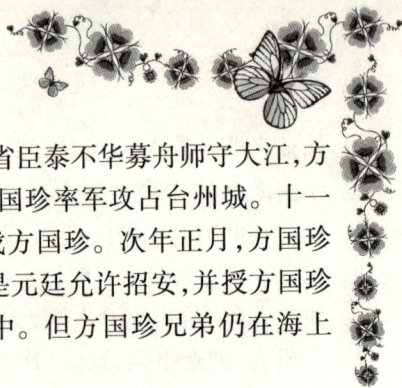

至正十二年(1352年)三月,元廷命江浙行省臣泰不华募舟师守大江,方国珍心怀疑虑,复入海反叛,杀泰不华。八月方国珍率军攻占台州城。十一月元廷命江浙行省左相帖里帖木儿帅兵讨伐方国珍。次年正月,方国珍又投降元朝,他还派人潜入大都贿赂权贵。于是元廷允许招安,并授方国珍徽州路治中,国璋广德路治中、国瑛信州路治中。但方国珍兄弟仍在海上活动。

至正十六年(1356年)三月,方国珍又投降元朝,被封为海道运粮漕运万户,兼防御海道运粮万户,其兄方国璋为衢州路总管,兼防御海道事。第二年八月,方国珍又被提升为江浙行省参知政事,并奉命征讨张士诚,两军会战于昆山,张士诚战败投降元。方国珍占据庆元(浙江宁波)温、台等地,拥有水军千艘,控制着丰富的渔盐资源。

至正十八年(1358年)朱元璋攻下婺州后,与方国珍邻境相望。此时北有张士诚,南有陈友谅,方国珍的军队正处在包围之中。十二月,朱元璋派蔡元刚到庆元招降方国珍。第二年初,方国珍派使臣向朱元璋献黄金五十斤,白银百斤及其他礼品;三月又说愿献出三郡之地给朱元璋。九月,朱元璋授方国珍为福建等处行中书省平章政事,方国璋为行省右丞,方国瑛为行省参政,方国珉为江南行枢密院金院,并"令奉龙凤正朔"。方国珍接受龙凤官诰,却不肯奉龙凤年号。他说"当初献三郡,为保百姓,请上位多发军马来守,交还城池。若遽奉正朔,张士诚、陈友谅来攻打,援兵万一不能及时赶到情况就危险了。不如暂且以至正为名,他们也就找不出罪名来攻。若真要我奉龙凤年号,必须多发军马,军马一到,我便以三郡交还。情愿领弟侄到应天听命,只求一身不做官,以报元之恩德。"但事隔一个月他又接受了元朝封的江浙行省平章政事的官职。此后,方国珍一面向朱元璋进贡,一面又替元朝政府运粮。从至正二十年(1360年)至正二十三年(1363年)他每年都派大批海船运送十余万石粮到元大都,并得到了元顺帝的赞赏,被加封为江浙行省左丞相,赐爵衢国公。至正二十七年(1367年)四月,朱元璋军队攻克湖州、杭州,并围攻平江。方国珍自知难保,一面拥兵坐视,一面北通扩廓帖木儿,南交陈友谅。朱元璋写信指责他有十二条罪状。七月,朱元璋又责令方国珍贡粮二十三万石,同时又写信威胁。方国珍惊恐万状,日夜运珍宝,修治海船,准备随时下海逃跑。九月,朱元璋遣军分两路进攻方国珍。参政朱亮祖一路攻台州,方国珍败逃黄岩。十月,朱亮祖又攻温州,方国珍侄方明善逃遁。十一月,朱亮祖率舟师袭败方明善于乐清之盘屿,追至楚门海口。征南将军汤和一路克庆元,方国珍逃到海上,汤和乘势又下定海、慈溪等县。同时,朱元璋又命廖永忠率舟师从海上进攻。方国珍走投无路,只好

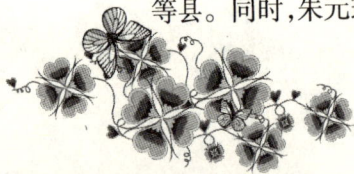

归降。这股割据浙东的地方势力终于被平定。明洪武二年(1369年)朱元璋以方国珍既降,不念旧恶,授广西行省左丞之职,留居京师。洪武七年(1374年),方国珍病死。

元朝灭亡

在镇压农民军的过程中,元朝宿卫军、镇戍军几乎消耗殆尽,募兵起家的察罕帖木儿父子、答失八都鲁父子、李思齐、张良弼等军阀成为了元军的主要军事力量主力。

至正十九年(1359年)年初,察罕帖木儿控制了关陕、荆襄、河洛、江淮、山西、河北等地,重兵屯驻在太行。而答失八都鲁之子孛罗帖木儿驻兵在大同,他在打败了龙凤政权的北伐军之后,便萌生了南下争夺晋冀的野心,于是与察罕集团发生冲突。拥护顺帝的御史大夫老的沙、翰林学士承旨秃鲁帖木儿等人支持孛罗帖木儿反对察罕集团,而皇太子、搠思监、朴不花则支持察罕帖木儿父子。

至正二十年(1360年)六月,元政府下诏命察罕帖木儿与孛罗帖木儿不得彼此侵犯防区。八月,朝廷以石岭关(今山西忻县、阳曲之间)为界划分双方防区,孛罗帖木儿守关北,察罕帖木儿守关南。但是孛罗帖木儿派兵越关直逼冀宁(今山西太原市),察罕帖木儿派参政阎奉先率部抵抗。九月,朝廷出面为两家讲和,双方各自退回防区。然而,十月朝廷又下诏调孛罗帖木儿守冀宁,察罕帖木儿拒绝交出防区,并且指挥部下击败孛罗帖木儿军。十一月,两军对峙于汾州(今山西汾阳)。次年正月,朝廷再次出面调解,双方各自罢兵还镇。到九月,又命孛罗帖木儿在保定以东、河间以南屯田。

至正二十二年(1362年)三月,政府下诏命令孛罗帖木儿为中书省第一平章,总管张良弼部。同月,李思齐部进攻张良弼,结果在武功中伏大败。六月,察罕帖木儿在益都被刺杀,其子扩廓帖木儿代领其部下,继续围攻益都,孛罗帖木儿趁机侵占了扩廓帖木儿的地盘。不久,孛罗帖木儿攻占了真定路(治今河北正定)和益都。接着他分兵攻占山东各地。

至正二十三年(1363年)二月,扩廓帖木儿率兵回到河南,并派部将貊高率兵进攻驻扎在陕西的张良弼。六月,孛罗帖木儿奉命南下镇压襄汉地区的起义军,但此时扩廓帖木儿的军队正布防于关中和河南,他不肯让开道路让孛罗帖木儿的军队通过。于是,孛罗帖木儿一面请求皇帝下诏要求扩廓帖木儿退出潼关以西,一面派竹贞偷袭并占领了奉元路(今陕西西安市)。扩廓帖木儿见陕西省统治已经不能保全,便派貊高配合李思齐反攻奉元,竹贞被迫投降。八月,扩廓帖木儿指挥其部下进攻孛罗帖木儿,孛罗帖木儿则

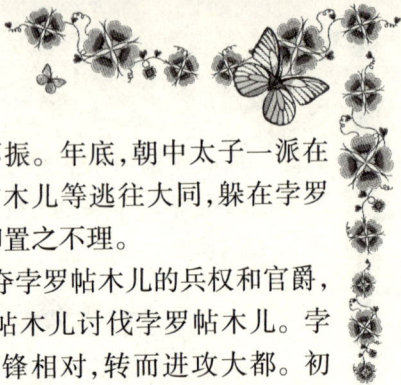

派兵再攻冀宁，但在石岭关被大败，从此一蹶不振。年底，朝中太子一派在皇宫上占了上风，御史大夫老的沙、知院秃坚帖木儿等逃往大同，躲在孛罗帖木儿军中。太子多次派人索取，孛罗帖木儿却置之不理。

至正二十四年（1364年）三月，元朝下诏剥夺孛罗帖木儿的兵权和官爵，孛罗帖木儿拒不从命。四月初一，使命令扩廓帖木儿讨伐孛罗帖木儿。孛罗帖木儿见扩廓帖木儿声势浩大，不敢与之争锋相对，转而进攻大都。初二，孛罗帖木儿派秃坚帖木儿率兵进攻大都，并在皇后店击败了知院也速等人的部队，皇太子慌忙率侍从逃出大都，往东逃到了古北口。十二日，秃坚帖木儿兵到了清河，扬言一定抓住搠思监、朴不花，以除皇帝身旁的叛逆之徒。十四日，顺帝下诏将搠思监流放岭北，朴不花流放甘肃，并将此二人绑缚着送到秃坚帖木儿军中，同时恢复了孛罗帖木儿的官爵和兵权。十七日，秃坚帖木儿军进入京城。顺帝下诏升孛罗帖木儿为太保，任秃坚帖木儿为中书平章。次日，秃坚帖木儿退出京城。顺帝下诏追皇太子回宫。

皇太子不甘心失败，在五月再次下令扩廓帖木儿讨伐孛罗帖木儿。扩廓帖木儿发兵十二万，分三路出击。孛罗帖木儿留下部分兵力防守大同，自己则率主力与秃坚帖木儿、老的沙大举进攻大都。太子离京逃往冀宁。次日，孛罗帖木儿入城。二十九日，顺帝下诏任孛罗帖木儿为中书左丞相，老的沙为中书平章，秃坚帖木儿为御史大夫。孛罗帖木儿的部属分别授给了中央各部门的官职。同时，下诏要求孛罗帖木儿和扩廓帖木儿和解。八月十一日，升任孛罗帖木儿为中书右丞相，监修国史，总管天下军马事务。十四日，皇太子到达冀宁，顺帝发下诏令要求太子还京。

皇太子拒不从命，反而于至正二十五年（1365年）三月下令扩廓帖木儿、李思齐讨伐孛罗帖木儿。这时，大同已被扩廓帖木儿部将关保攻占。七月二十九日，威顺王之子和尚受顺帝密旨，与徐士本密谋，派勇士刺杀了孛罗帖木儿，老的沙闻讯逃跑。顺帝下诏根除孛罗帖木儿的党羽同僚。第二天，派使携带孛罗帖木儿首级前往冀宁，召还太子。大约与此同时，奇皇后也派人告诉扩廓，带重兵护送太子进京，用武力逼顺帝禅位。九月，扩廓帖木儿护送太子至京，但在离京30里处遣散重兵，轻车简从送太子入城，没有按奇皇后、太子的意图去照办，从此扩廓与皇后结下了怨恨。

同月，任扩廓帖木儿为太尉、中书左丞相、录军国重事，同时监修国史，知枢密院事，兼太子詹事。十月，抓获并处死老的沙。不久又处死了秃坚帖木儿，彻底打败了孛罗帖木儿的势力。闰十月，封扩廓帖木儿为河南王，代替太子亲征，管辖或统领关陕、晋冀、山东等处并迤南一带军马，诸王各爱马的总兵、统兵、领兵等官，凡军民一切机务、钱粮、名爵、黜陟、予夺、悉听便宜

行事。扩廓帖木儿的权力之大使之几乎成为了一个独立的小朝廷。十二月，因大皇后弘吉剌氏已死，便册立奇氏为大皇后。

至正二十六年(1366年)二月，扩廓帖木儿回到河南，他设立分省机构，以调度各处军马，并准备南下进攻朱元璋。由于他资深位尊，引起李思齐、张良弼等人的嫉妒。张首先不听从他的调遣。三月，扩廓帖木儿派关保、虎林赤率兵进攻张良弼。李思齐、脱烈伯、孔兴等联合出兵援救张良弼。七月，扩廓帖木儿又派竹贞等率兵与关保部等合攻张良弼。张良弼、李思齐等联合抵抗，对关保形势十分不利。由于李思齐等也没有做好准备，于是他主动请求顺帝下诏双方和解。

至正二十七年(1367年)正月，李思齐、张良弼、脱列伯等会盟，推李为盟主，共同抵抗扩廓帖木儿。五月，两军对峙于华阴一带。八月初二，顺帝下令皇太子总领天下军马。扩廓帖木儿守潼关以东，进攻江淮。李思齐守凤翔以西，进攻川蜀。张良弼进攻襄樊。不久，貊高占据彰德(今河南安阳市)起兵反对扩廓帖木儿，并上奏朝廷表示愿服从诏令。顺帝下诏奖赏，并命其讨伐扩廓帖木儿。不久，关保也起兵反对扩廓帖木儿，拥护朝廷。初八，太子设大抚军院，用来主持讨伐扩廓帖木儿。十月初一，貊高军入山西，不久无功而还。初九，顺帝下诏罢免扩廓帖木儿太傅、中书左丞相等职位，只保留河南王封爵。并要他将军队交给琐住、虎林赤、李克彝、关保也速、沙蓝答里、貊高等分别统领。扩廓帖木儿对此仍然置之不理。

至正二十八年(1368年)正月初一，太子命关保固守晋宁(今山西临汾市)，总领诸军，以对抗扩廓帖木儿，并下诏剥夺扩廓帖木儿封爵采邑，命李思齐等率军讨伐扩廓帖木儿。不久，扩廓帖木儿军自泽州(今山西晋城)退守晋宁。关保退至泽、潞(今山西长治市)二州，与貊高军会合。这时，明朝北伐军已抵达河南了。李思齐、张良弼致书扩廓帖木儿，希望和解，然后退回陕西。只有关保、貊高仍挥师进攻晋宁。闰七月初一，扩廓帖木儿大败关保、貊高军，生擒二将，然后"请示"朝廷。顺帝无奈只好让扩廓帖木儿处死关保、貊高。十九日，顺帝和太子撤销大抚军院，将讨伐扩廓帖木儿之事推到知大抚军院事伯颜帖木儿等人身上。同时恢复扩廓帖木儿的一切官爵和权力，希望他率部抵抗明军。但是，此时的元军阵脚大乱，已无力抵抗明军北伐了。二十六日，扩廓帖木儿自晋宁退守冀宁。同日，明军已至通州，顺帝、太子等不得不放弃大都向北逃去，明军顺利入城，元朝灭亡。

明 朝

❖ 朱元璋称帝 ❖

朱元璋(1328—1398),安徽凤阳人,幼时给地主放羊,17岁时因父母、长兄相继去世入皇觉寺为僧,因饥馑又游方求食,曾在淮西流浪三四年。至正十二年(1352年)参加濠州郭子兴领导的红巾军。至正十四年(1354年),他奉命南略定远,招降驴牌寨壮丁三千人,又夜袭元军于横涧山,收精兵两万,随即进占滁州。至正十五年(1355年),朱元璋进兵和阳,渡江攻下太平、溧水、溧阳等地。这时,韩林儿在亳称帝,他接受了韩林儿的官职、封号、军队皆以红巾裹头,亦称香军。朱元璋军纪严明,又知人善任,文士如冯国胜、李善长等都为他出谋划策,勇猛善战的常遇春、胡大海也都投奔他。至正十六年(1356年)朱元璋占领东南重镇集庆(今江苏南京),改名应天府,被韩林儿封为江南等处行中书省平章,控制了安徽东部和江苏西南部,拥有十万大军,成为红巾军内部一支强大的武装力量。

从至正十六年至十九年间(1356—1359),朱元璋以应天府为根据地,不断向外扩充其势力。这时,在他北面是韩林儿、刘福通,西面是徐寿辉,东面是张士诚,唯有皖南、浙东一部分地区驻守的元兵势力较弱。至正十七年(1357年),朱元璋派徐达、常遇春、胡大海分别攻占宁国、徽州、池州等地,次年又亲自率兵攻克婺州。至正十九年(1359年)继续攻占衢州、处州,皖南以及浙东的东南部地区也为朱元璋所控制。

至正二十年(1360年),朱元璋罗致了浙东名士刘基、宋濂、叶琛、章溢等人,特别是刘基、宋濂在朱元璋开创事业中起了显著的作用。从此朱元璋进一步取得东南地主阶级的支持,巩固了他对这一地区的统治。朱元璋也注意恢复农业生产,至正十八年(1358年),他以康茂才为都水营田使,在各地兴筑堤防,兴修水利,预防旱涝,经营农田。又设管理民兵万户府,仿古代寓兵于农之意,选拔强壮农民,使其"农时则耕,闲则练习",还屡次蠲免田赋。这些措施收到了一定的成效,在他统治的地区,农民生活比较安定,军粮也有充足的供应。

在朱元璋占领浙东等地时,韩林儿、刘福通所领导的红巾军正遭遇到察

罕帖木儿等地主武装的袭击,徐寿辉又为部将陈友谅所杀。陈友谅力量虽强,但"将士离心"、"政令不一",明玉珍也只是割据四川,偏安一隅。占据苏州的张士诚和浙东庆元的方国珍,早已归附了元朝。他们在所辖地区之内只知霸占田产,奴役佃户,腐化享乐,不关心人民疾苦,因而得不到人民的支持。这种形势极有利于朱元璋的发展。

至正二十年(1360年),陈友谅率军攻占太平,直入集庆,在江东桥为朱元璋所败。朱元璋复率军反攻,先后攻克饶州、安庆、洪都等地。至正二十三年(1363年),陈友谅与朱元璋会战于鄱阳湖,友谅中矢死,全军大败。第二年,其子陈理投降,至此,朱元璋解除了西方最大的威胁。

至正二十五年(1365年),朱元璋把兵锋转向苏州的张士诚。他采取了"剪其肘翼"的军事部署,派兵攻占久被张士诚控制的高邮、淮安等地,一面又东向湖州、嘉兴和杭州,歼灭张士诚军的主力,然后进围苏州。至正二十七年(1367年)九月,苏州城破,张士诚被俘自缢而死,三吴平定。据守庆元、温、台一带的方国珍也遣使归降。同年,又分别派将攻取广东、福建,朱元璋已占有东南大部分地区。

至正二十六年(1366年)冬,他派人到滁州,迎韩林儿到南京,在瓜步(今江苏六合东南)渡江时,把韩林儿沉入长江水中,正式结束了龙凤政权。至正二十七年(1367年)十二月,朱元璋在应天府即皇帝位。次年洪武元年(1368年)正月,定国号明,改年号洪武,定都应天府。

朱元璋在南征的同时,开始遣兵北伐。1367年,朱元璋发布讨元檄文,提出"驱逐胡虏,恢复中华,立纲陈纪,救济斯民"的口号。还宣布蒙古色目"愿为臣民者,与华夏之民抚养无异"。并要求将士"克城勿杀人,勿夺民财,勿毁民居,勿废农具,勿杀耕牛,勿掠子女,获有遗孤还之"。十月,命中书右丞相徐达为征虏大将军,平章常遇春为副将军,率军25万北伐。徐达按照朱元璋制定的"先取山东,撤其屏蔽,移兵两河,破其藩篱,拔潼关而守之,扼其户槛。天下形势为我掌握,然后进兵,元都势孤援绝,不战自克,鼓行而西,云中、九原、关陇可席卷"的作战方针,先抵淮安,于洪武元年(1368年)攻占山东全境,再领兵西进,同年三月攻下汴梁,又派偏师冯往胜西进攻克潼关,防止李思齐东来。五月,朱元璋亲至汴梁督师,七月,明军会集德州,步骑舟师沿运河北上,至大沽(今天津市),28日占领通州,大都震惊。元顺帝闻讯后携妃、太子北遁。八月,北伐军入大都,元朝政权被推翻。

明成祖登基

朱棣是明太祖朱元璋第四子。洪武三年(1370年)四月封为燕王,治理

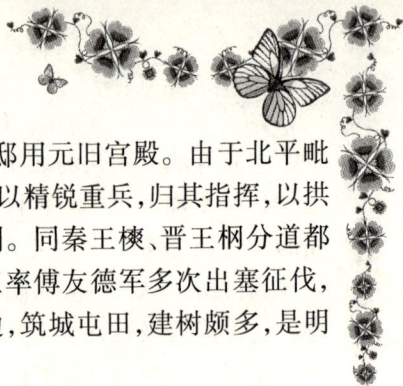

北平。十三年开始进驻封地。受太祖特许,王邸用元旧宫殿。由于北平毗邻蒙古,因此为防御元残余势力侵扰,故特诏配以精锐重兵,归其指挥,以拱卫京师;并任傅友德为将军,指挥军队听其节制。同秦王樉、晋王棡分道都诸将北征。后因秦、晋二王久不出师,只有燕王率傅友德军多次出塞征伐,直抵迤都山,生擒敌将乃儿不花等;又时常巡边,筑城屯田,建树颇多,是明初军功最显著的塞王之一。

洪武二十五年(1392年),皇太子朱标病死,朝廷经多次商议,以标子允炆为皇太孙,做皇位继承人。对此,朱棣颇为不满。朱允炆天资聪敏,但却生性怯懦,优柔寡断。太祖对棣倍加宠爱,曾一度萌发更换皇位继承人的念头。太祖为遵守传统礼法稳定政局,方才作罢。虽如此,但却在无形中诱发起了朱棣谋夺皇位继承权的欲望。

洪武三十一年(1398年)闰五月,太祖驾崩,皇太孙即位,是为建文帝,史称明惠帝,以明年为建文元年。燕王棣赴京奔父丧,但行至淮安,便接到朝廷关于"诸王临国中,毋到京师会葬"的"遗诏"。棣甚恼火,想必是建文宠臣齐泰、黄子澄等改了诏书,但实情不明,只好暂时返回。

同年七月,建文帝果然颁布了"削藩"令,并首先从朱棣同母弟周王橚开刀。先派大将军李景隆统兵到了封地逮捕王橚到京,不久便废为庶人,全家发配云南。朱棣见周王被抓以后,完全证实了齐、黄用事。于是便挑选壮士为护卫,以"勾军"为名,广招"异人术士"。这时,齐王榑、代王桂等也相继被削,湘王柏甚至被迫自焚而死。随后,朝廷更下令"今后诸王均不得节制文武官员",更进一步限制诸王权力。这就更迫使朱棣高度警惕,加紧练兵,准备起事。

建文元年七月初五日,燕王正式誓师,援引《祖训》中"朝无正臣,内有奸逆,必举兵诛讨,以清君侧之恶"条文,以"诛齐泰、黄子澄"为名,起兵靖难。取消了建文年号,仍称洪武三十二年。设置官属,任张玉、朱能、丘福为都指挥佥事。第二天,留郭资辅世子守北平,亲率大军抵达通州,指挥房胜不战而降。用张玉计,攻下了蓟州、遵化,解除后患,然后又向南推进,一场以夺皇位为实质的武装斗争开始了。十六日,燕王以"居庸险隘,北平之咽喉,我得此,可无北顾忧"。于是挥军攻占居庸,转攻怀来,开平、龙门、上谷、云中守将望风归降。燕王又攻克了水平、克滦河,直趋南下。由于北平多年一直为基地,因此附近州县卫所,一呼百应,士气旺盛,并有鞑靼兵马为后盾,南方宫中太监为内应,朱棣不仅兵精粮足,而且对建文集团内动静虚实,了如指掌。加之指挥得当,又有姚广孝等能者相助,出谋划策,因此在斗争中始终处于优势地位。建文集团相反,虽位居正统,兵众粮足,但因建文帝生性

怯懦迂腐，缺乏魄力，处事优柔寡断，易信谗言。因此先后任用耿炳文、李景隆分镇真定、河间。结果，耿先大败于真定，困守孤城；李代耿后，虽乘燕军攻大宁之机而围攻北平，但在北平军民合击下又大败，逃回德州。建文无奈，答应罢免齐泰、黄子澄的兵权（实则仍典兵如故），以求罢兵。燕王知诈，不听，继续进攻德州。建文二年（1400年）四月，燕王连续攻下德州、济南，景隆只身走。唯铁铉盛庸代景隆坚守济南，燕军久攻不下，只好暂回北平。

建文四年（1402年）正月，建文令魏国公徐辉祖主山东。燕军连续到达汶上、沛县，直捣徐、淮。三月，到了宿州，攻破萧县，大败敌主将平安于小河。接着，同徐辉祖大战齐眉山，自午至酉，难分胜负。而建文集团却因暂时的小胜冲昏了头脑，听信谗言，以"京师不可无帅"为由，撤回徐辉祖，放松了戒备。燕王先用分兵进扰，使敌兵势力分割削弱，应顾不暇，然后燕军乘敌将何福移兵灵璧就食之机，展开大战。四月初八日，燕王亲率诸将首先登城，军士紧跟其后。生擒平安、陈晖等大将，何福仅以身免，燕王大获全胜。与此同时，宋贵又成功截击了前往援助济南的辽军，并全歼其军。南军的势力更加衰弱了。五月，燕王连下泗州，拜了祖陵；巧渡淮水，取盱眙，乘胜直捣扬州，攻克仪征。建文帝又派使以"割地南北"议和。燕王称"几所以来，为奸臣耳。得之，谒孝陵，朝天子，求复典章之旧，免诸王罪，即还北平。"并指出此议和实为"奸臣缓兵之计"，拒绝接受。议和未成之后，建文集团便自恃长江天险，打算募兵勤王，进行顽抗。

六月初一，燕王汇集高邮、通、泰船于瓜州，向京城进发，在浦子口大败盛庸军；又得子高煦的援兵，势力盛极。一时朝臣多暗地里派使者向燕王献计充内应，前往增援前线的陈瑄，亦率舟师投降了燕王。燕军势力更加旺盛。初三，燕王誓师渡江，舳舻相衔，旌旗蔽空，金鼓大震，声威浩荡，当时，盛庸列兵沿江200里迎战。燕王指挥诸将先登，以精骑数百冲入敌军阵营，庸师溃，单骑逃走，余众都投降。随后移师长江咽喉镇江，守将不战而降。此时举朝震惊。建文除令谷王橞、安王楹分守都门外，又派遣李景隆和诸王反复同燕王求和。燕王仍以"欲得奸臣，不知其他"为由，盛宴后送回。建文无计，方孝孺坚请守城等待增援。齐泰、黄子澄分奔赴广德州、苏州逃难征兵，都没有取得成效。十一日，燕军进入朝阳门，谷王和景隆献出金川门，朝廷文武迎降。建文左右仅剩数人，于是关闭了所有的后妃宫门，纵火焚之。在烈火中，建文帝不知去向。

朱棣入宫后，大肆进行报复行动。建文谋臣齐泰、黄子澄、方孝孺先后被磔，诛灭九族。拒草"即位诏书"的方孝孺和藏刀上殿行刺的景清，更祸灭十族，不仅株及九族，连门生之门生，姻亲之姻亲，均不放过，史称"瓜蔓抄"。

前后被杀者数以万计,镇压十分残酷。

七月初一,朱棣正式登极,史称明太宗(嘉靖时改谥"成祖"),以明年(1403年)为永乐元年,升封地北平为北京,改京师为南京,统一了明代南北两京之制。一切恢复太祖时旧制。"靖难之役"就此宣告结束。

❀ 唐赛儿起义 ❀

明朝初年,社会矛盾和阶级矛盾相对缓和,但农民起义仍时有发生。在这些起义中,影响较大的是唐赛儿起义。

唐赛儿是山东蒲台(今山东滨县南)平民林三的妻子。她是白莲教信徒,自称"佛母",能知过去未来之事。在益都、诸城、安丘、莒州(今山东莒县)、即墨、寿光等地汇聚了数万教徒。永乐年间,明朝营建北京和北征鞑靼都需要从南方运送大批粮食北上,为此开凿了会通河,重新使用大运河运送粮食。为了这些工程在山东先后征调了几十万民夫,沉重的徭役激化了这一地区的社会阶级矛盾。唐赛儿率董彦杲等500人发动了起义,占领了益都卸石棚寨。

唐赛儿起义后,青州卫指挥使高凤率兵进行剿杀,被义军杀得几乎全军覆没。山东布政使都司、都指挥使司、按察使司派人前往招抚。唐赛儿杀死使者,拒绝投降,并派义军将领宾鸿、董彦杲等人分头攻占莒州、即墨等地。所到之处,焚毁官衙,诛杀贪官污吏,大批教徒和民众纷纷响应起义。

明成祖看到唐赛儿的势力越来越大,于永乐十八年(1420年)二月命安远侯柳升率兵围剿唐赛儿。同月,柳升大军包围了卸石棚寨,而此时唐赛儿义军的主力正在进攻安丘、诸城等地,兵力空虚。守卫大寨的义军进行顽强抵抗,后来终于支持不住。董彦杲出面向明军假降,并说大寨已经断水断粮,饥渴难耐。柳升中计,将明军主力布置在寨东取水的道路上。当夜,唐赛儿等率义军从寨西突围。在突围当中,击毙了明军指挥刘忠等人。柳升急忙调兵遣将追击义军,俘虏了唐赛儿、刘峻等百余人。

这时,义军首领宾鸿也在围攻安丘时失利。起初,宾鸿处于优势,杀得官军龟缩城中不敢出来。不料,明备倭都指挥卫青率千余精兵昼夜兼程,突然到达安丘城下。城内外明军两面夹攻,宾鸿义军牺牲两千余人,不得不撤退。后来,义军终于被官军镇压下去。攻打诸城的义军也全部阵亡。唐赛儿起义失败。

唐赛儿被俘后,被关在囚车之中(一说关在监牢里)。虽然在官府的严密关押之下,唐赛儿竟逃脱而去。明成祖听说唐赛儿脱逃,并再也没有抓到的消息,十分震怒。将柳升等文武官员关入监狱。柳升因为战功显赫,幸免一死。山东右布政使秦埏等人大多被处死。

恃才自傲解缙死

内阁职权和阁臣地位的提高，是永乐时期政治制度的一大变化。成祖即位，便任命解缙、胡广、黄淮、杨士奇、杨荣、金幼孜和胡荣直文渊阁，这时表面上还没超过太祖所定的正五品官阶，但和洪武朝只起草制诰不同，他们常面见皇帝共同商议军国大政，以后更逐渐左右了外廷的六部。最初首辅是解缙。解缙，字大绅，洪武二十一年(1388年)中进士，因其年轻有为，太祖十分器重。解缙借机上万言书，写道："国初至今，将二十载，无几时不变之法，无一日无过之人。"对当时的专制统治勇敢地提出了批评。太祖欣赏他的才能，未加处罚，但也不接受其批评。永乐初，解缙等得到重用，对一些正确的劝谏成祖也还能听得进。成祖常常率兵出征，阁臣便辅助太子留守，他们和太子的关系更密切了。成祖诸子中，太子高炽比较仁厚，汉王高煦屡建战功，英武勇敢，很像成祖。太子未定时，有的大臣主张立高煦，成祖也颇为动心，一次悄悄问解缙，解缙说："皇长子仁孝，天下归心。"成祖一声不吭，解缙又磕头道："还有好圣孙呢!"这指的是高炽之子瞻基，即后来的宣宗。朱棣才点头，太子便定了下来。因此高煦对解缙恨之入骨。太子立后，成祖还是不喜欢，而对高煦时加恩宠，解缙又劝道："这会引起争端的，不行啊!"成祖认为他在离间皇室骨肉，很不高兴。高煦乘机挑拨，说解缙把立太子的机密都透露了。而解缙少年得志，在朝廷评论人物，出言无忌，大臣很嫉妒他的得宠，也有人排挤他，于是不久被贬往广西。永乐八年(1410年)，汉王又告状说解缙专挑皇帝出征的日子私见太子，失人臣礼。皇帝大怒，将他下狱，拷打备至。十三年，成祖看到解缙的名字，随口说了一句："解缙还在吗?"锦衣卫指挥就把他灌醉，然后埋在雪里，当天就死了。

汉王造反

明成祖朱棣的次子朱高煦，生来狡诈，多智谋，好习武艺，善于骑马射箭。朱棣起兵时，借清君侧为名，夺取帝位，朱高煦多次立战功，曾受到其父朱棣的赏识。朱棣夺得帝位，成为皇帝后，在决定立太子时，却以应立长子为理由，立朱高炽为皇太子，而封朱高煦为汉王，在云南建立汉国。由此朱高煦对其父明成祖朱棣很是不满，不肯去云南任汉王，还说：我有什么罪，把我送出万里之外？朱棣听此话，很不高兴。经过太子朱高炽的解劝，朱棣才准许朱高煦暂时住在京城(南京)。

朱棣有一次命太子朱高炽、汉王朱高煦、赵王朱高燧兄弟三人和皇太孙

（太子之子）一同去拜谒明太祖朱元璋的孝陵。太子身体肥胖，而且腿部有病，因此由两名太监相扶行走，不慎摔了一跤。朱高煦在后面乘机赶紧说："前人失跌，后人知警。"意即如果皇太子因故不能当皇帝，应该由他充当皇帝继承人。但是，跟在后面的皇太孙却应声说："更有后人知警也。"朱高煦回头见说这话的是皇太孙（朱瞻基，后来的明宣宗），大吃一惊，面色顿改。

皇太子朱高炽性情仁厚，又爱好经史，而朱高煦却不喜欢学文，爱好武功，与朱棣有些相似。朱棣每次北征蒙古，都有朱高煦跟随前往。朱棣有时同大臣们谈到继位人选的问题时，大臣们都认为皇太子将是个守成的君主。一日，朱棣及皇后在便殿休息，皇太子妃亲自烹调御膳，恭敬地进奉给朱棣帝后，朱棣非常喜欢，说："新儿妇贤惠，以后我家的事要多靠她了。"从此，朱棣打消了更换皇太子的念头。但朱高煦并不甘心，他常编造有关太子的一些事件，上奏朱棣。朱高煦还进言，说大臣解缙曾向外泄露过朱棣想更易皇太子的话，结果解缙先是被贬做外官，后又被逮捕入狱而死。

其后，朱高煦日夜思量如何夺取皇太子之位。永乐十三年（1415年），朱棣将他改为封国青州，他借故拖延上奏，说希望留在皇帝左右，不去就国。朱棣拒绝了他的请求。永乐十五年（1417年），汉王朱高煦因图谋不轨，被安置在山东乐安州。但是，朱高煦仍不悔改，在他的府中私家的军士三千多人，这些军士不归兵部管辖；他纵容军人在城内外抢劫；有些军士把无罪的人肢解然后投尸江中；他们还杀死兵马指挥使等。他还私用皇帝所用物品。大臣杨士奇对朱棣说出了他的想法，认为他既不肯就封云南，又不肯去青州，而且在得知朝廷将迁都北京之后，自己又想留在南京，心怀叵测，建议朱棣及早处理，以绝后患。朱棣在得知朱高煦私造兵器收养亡命之徒，还造船、教练水战等情况，大为恼怒，因此把朱高煦禁闭在西华门外，准备惩处，皇太子朱高炽却尽力救护，朱棣仍将他安置于乐安州。朱高煦到乐安州，十分怨恨，谋位之心更加强烈。皇太子几番写信警告他，他始终不肯悔改。

永乐二十二年（1424年），明成祖朱棣病死，太子朱高炽即位，是为明仁宗。八月，将朱高煦召到北京。洪熙元年（1425年），派汉王朱高煦之子朱瞻圻到凤阳看守皇陵。五月，仁宗又病死，皇太子朱瞻基继皇位，朱高煦向他提出了利国安民的四项建议。朱瞻基（明宣宗）对侍臣说，汉王朱高煦这次是出于诚心，说明他有心改过，所建议不可不听。于是下令政府予以施行，还回信向朱高煦致谢。

但朱高煦谋反夺位的野心，始终没有改变。明宣宗朱瞻基自登位以后，对朱高煦十分优待，但这样不但没能感化他放弃夺位的野心，反而助长了他反叛的念头。宣德元年（1426年）八月，朱高煦正式谋反。他派枚青私到北京,约英国公张辅为内应,但张辅却将枚青逮捕,并向明宣宗奏报此事。他又拨动山东都指挥靳荣等在济南叛变,以作为应援。朱高煦谋叛,私设五军都督府,分为前、后、中、左、右各军,派他的四个儿子各监一军,朱高煦亲领中军,准备向北京进军。随后,他派人上表明宣宗,指责明仁宗违反明太祖、明成祖所定制度,重用文臣,并指斥明宣宗本人也有罪过,指出大臣夏原吉等为奸臣,要朝廷交出予以处死。同时分别致书各公侯大臣,攻击明宣宗。明宣宗接受了杨荣、夏原吉的建议,决定亲征朱高煦。

明朝廷分别作出征讨叛王朱高煦的部署,安排亲信大臣守皇城、守京师、留守北京;有些大臣随行,委任了先锋。随后宣布朱高煦的罪行,告天地宗庙社稷山川百神,并下诏亲征,明宣宗率大营五军将士从北京出发。在途中,明宣宗诏谕朱高煦,劝他投降。12 天以后,亲征大军到达乐安城北。明廷大军四面包围乐安城,朱高煦仍然令部下乘城举炮,攻城大军发神机铳箭,声震如雷,城中人皆惊慌。将领们要求攻城,明宣宗没有答应,仍再次致书劝朱高煦投降。在大军夺城的情况下,乐安城中许多人想将朱高煦捆起来献给明宣宗。朱高煦十分恐慌,派人到明军表示愿意归降、请罪。高煦出来拜见明宣宗,大臣们都请求将他处死,明宣宗没有接受大臣们的建议,随即撤军回京,将朱高煦父子及同谋反叛的文武官僚一同押解到北京下狱。

明宣宗回北京后,亲自撰写《东征记》,详细叙述了朱高煦叛变及朝廷用兵征讨的始末,发给群臣阅览。最后将朱高煦拘禁起来看管,其同谋文武官员 640 多人处死刑,另有 1500 多人由于故意纵容、藏匿参与者等行为处死或发配边疆,发往口外的还有 727 人。

朱高煦被锁禁在内逍遥城中。一天,明宣宗亲自去察看,朱高煦乘他不备,伸出一只脚将宣宗勾倒在地。明宣宗大怒,当即叫人找来一口铜缸,将朱高煦反扣在缸下。铜缸重 300 斤,朱高煦力气很大,将铜缸顶了起来。随后,明宣宗又叫人把煤炭堆在缸上,煤炭像山一样把铜缸压在下面。然后把煤点燃,煤火炽烈,把铜缸烧熔,朱高煦被活活烧死。他的几个儿子也被处以死刑。

土木堡之变

英宗正统初年,历史上称为得人之时,朝政有当时著名的阁臣"三杨"主持,即杨士奇、杨荣、杨溥,六部又有蹇义、夏元吉等老臣,这些人在朝多年,侍奉过几代朱家天子,有着较为丰富的政治经验,深为朝廷倚重;在内廷,又有自永乐以来饱经风霜的太皇太后张氏主持。所以,在相当一段时期内,朝中安定无事。然而,也就是在这种安定之下,宦官势力作为一股潜流在暗暗

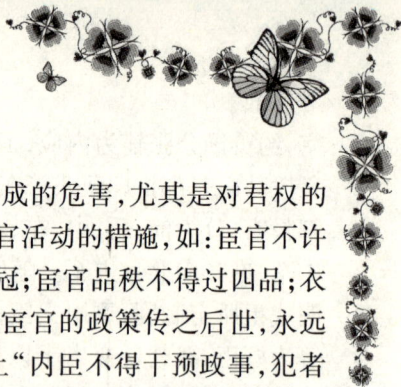

滋长着。

明太祖朱元璋鉴于历代宦官干政对国家造成的危害，尤其是对君权的威胁，自明政权一建立，便制订了一系列限制宦官活动的措施，如：宦官不许与外官互通消息；不准兼外官衔，不准穿外官衣冠；宦官品秩不得过四品；衣食均在宫中，不许读书识字，等等。为了使限制宦官的政策传之后世，永远遵守，朱元璋还特地在宫门立了一块铁牌，刻上"内臣不得干预政事，犯者斩"十一个大字，以期后世永远遵循。然而，就是朱元璋自己，对这些规定也没有完全遵守，他在宫内建立了一套为皇帝服务的完整机构，即二十四衙门，几乎包揽了内廷一切事务，使宦官成为皇帝身边最亲近的人。不但如此，明代自朱元璋起，由于皇权高度发展，对臣下极端猜忌，终于发展到任用宦官刺探外廷动静，以及建立"诏狱"、"锦衣卫"等，使宦官得以通过这些特务活动，染指朝廷大事。朱元璋还公开破坏自己建立的规制，派宦官出使办事。如洪武八年(1375年)，派宦官赵成赴河州市马；二十五年(1392年)，宦官聂庆童赴河州办理茶马。但总的说来，终洪武一朝，宦官势力还是受到压制的。据载：一个侍候了朱元璋数十年的老太监，有一次偶然在朱元璋面前谈起朝廷大事，朱元璋大怒，立时下令把他拉出去斩了。

到后世就不同了。永乐时，因宦官在靖难战争中立下大功，对宦官的任用就越来越多，如著名的郑和，就是成祖身边亲信宦官。此外，出镇地方、典兵、监军等事，也都常常有宦官担任。而且，随着永乐时期特务政治的进一步发展，宦官干预政务的机会也越来越多。宣德时期，不许宦官识字的规定也被破坏了。原来，宣宗宠信宦官，常常叫他们办各种事务，但宦官们不识字，办事多不尽如人意。而明成祖曾赐给他四名小太监，都是明军远征交趾时的俘虏，能读书识字，文墨精熟，无论行为举止、办事效率，都很令人满意。于是，宣宗下令在宫内开办了内读书堂，专选年幼内侍读书。就这样，为宦官窃权铺平了道路。

正统年间，就是在这种背景下，出现了宦官王振窃取朝政大权的局面。

说起王振，他曾是个读书人，由儒士出身并担任过地方官职，后来犯了法，罪当发配。正在这时，遇上朝廷选用宦官，王振乘机自宫，混入宫廷。由于他读过书，一进皇宫就与他人不同，又擅长权谋，在宫中地位上升很快，被人称为"王先生"。他又有在官场混过的经验，很得宣宗信用，后来被派去侍奉皇太子朱祁镇读书，成为太子身边不可缺少的人物。宣德十年(1435年)，英宗一继位，王振就被升为司礼监总管太监。

按理，英宗虽然是个十来岁的小孩，但外事有世称贤相的"三杨"主持，内廷有太皇太后张氏掌管，根本不会有王振窃权的机会。但是，永乐以来，

宦官不许干政的规矩破坏得差不多了，人们对此失去了警惕，而王振又工于心计，处心积虑地找空子钻，终于渐渐成为左右朝政的力量。起初，王振主要在小皇帝身上下工夫，在"三杨"及张太后面前则毕恭毕敬。每次王振到内阁去传达旨意都很恭敬，站在门外，不敢随意进门落座，倒是"三杨"觉得以他这样地位的大太监还如此恭敬，的确不错，常常招呼他入内就座。当着阁臣的面，他还跪奏小皇帝，希望他不要太贪玩而应以国事为重，以致杨士奇辈感叹说："宦官中有这样的人，真是难得呀！"但是在暗中，王振则竭力勾结内外官僚，伺机窃权。他利用较长时间侍奉英宗、深得这位小皇帝倚重的便利条件，暗中对皇帝施加影响。英宗每次临朝之前，王振总是把从各方面探得的消息告诉他，并教他如何应付，要怎样才能使大臣们心悦诚服，一件事后要怎样赏罚，如何在臣下面前树威，等等。由于王振耳目众多，他教皇帝的事往往灵验，使英宗对他非常敬佩。而文武大臣们对于小小年纪的皇帝能够遇事不惊，也十分惊奇，认为是皇上天资聪明，很少有人想到是王振从中作了手脚。

另一方面，王振为了加重英宗对他的倚赖，在宫廷生活中，对于小皇帝的种种要求，都尽可能地予以满足，以致于正统初年，太皇太后张氏就感到他过分放纵皇帝的生活。一次，张太后召大臣及王振，对王振加以警告："汝侍皇帝起居多不律，今当赐汝死。"经过小皇帝的请求及大臣们劝解，王振才得到宽免，并规定他不许干预朝政。

宦官窃权，最常见的手段便是利用自己接近皇帝的地位，赢得皇帝的信任，对皇帝施加影响，以至于最后架空皇帝，自己以皇帝传令者的身份操纵大权。王振也不例外，他讨好皇帝，当然是为了更有力地对他施加影响。为了最终树立自己的权威，他教唆英宗对臣下乱施淫威，以使臣下畏威而不欺。英宗常常在臣下面前施威，也觉得很有意思，在王振教唆下，他常把不顺自己意思的人随便投入监狱。在正统六年（1441 年）以前的几年中，六部尚书中竟有四人被投入牢狱，这种牢狱之灾由于张太后的干预而有所减免，有些官员下狱不久，就被张太后以懿旨放出，但英宗这种作法还是有很大震慑作用。随着皇帝年龄渐渐长大，大臣们也愈益认真看待他这种做法，明哲保身的大臣往往会因此缄（闭）口不言，乖巧的人也许会猜到是王振在从中捣鬼。

王振将自己在皇帝面前的地位稳住后，又伸出手来一步步窃取朝权，他不时在张太后面前进谗。一次，福建省签事廖谟杖死了一个驿丞，地方官将廖逮捕，上奏请示处置。辅臣杨荣、杨溥认为应将廖处死；而杨士奇与廖为同乡，因而设法搭救，说廖应按因公误杀人的条款处理，双方争持不下，请张太后裁定。王振乘机对张太后说，三位大臣所言均出于私意，不是太重就是太轻，按法律应将廖降职为同知，张太后见他如此"秉公无私"，就听从了他的意见。这类事多了以后，王振竟渐渐染指于朝廷大权，地位逐渐重要起来。正统五年（1440 年），王振开始向掌政的内阁大臣发动正面攻势，他揭发杨荣接受宗室贿赂，请求复查，这位一世贤名的大臣竟然忧愤而死。王振取得了这一回合的胜利后，加紧培植内外亲信，风头极劲。正统六年（1441 年），宫中三大殿修建工程竣工，英宗大宴百官以示庆贺，按惯例，宦官是没有资格出席这种宴会的。英宗怕王振不高兴，派人去看王振在干什么，结果看见王振正在大发脾气，英宗忙令开东华门的中门，请王振赴宴，在座的文武官员也都起身迎谒。张太后在世时，王振的势力已有很大发展。

正统七年（1442 年），张太后去世，王振更加肆无忌惮了。当时，杨荣已死，杨士奇因儿子杀人被捕而"坚卧不出"，不理政务，只有杨溥一人主持大事，年老势孤，已不是王振敌手。王振操纵年轻皇帝于掌股之上，他毁掉了朱元璋禁止宦官干政的铁牌，大权独揽，广植私党，顺之者昌，逆之者亡。稍不如意，便对大臣乱用刑罚，动辄枷锁官员，当时一班正直朝臣贬的贬，杀的杀。畏祸谄媚者趋附王振，甚至有人自认为干儿子，王振更是卖官鬻（卖）爵，威福任情。

为了树威和建立边功，王振唆使英宗几次对云南麓川少数民族地区大举用兵。后来，翰林侍讲刘球上疏反对此事，并劝说英宗勿使大权下移，王振见疏大怒。这刘球是当时一个很有影响的文人，门生很多，王振正好借此打击朝臣以树威。在他的主使下，刘球被下狱折磨致死，最后他的家属要安葬他，连一具全尸也找不到了。

正当王振操纵英宗几次大征麓川时，北方蒙古瓦剌部逐渐强大起来，其首领也先多次率兵对明朝进行骚扰活动。王振不但不加强防范，反而与也先勾结，索要贿赂，赠以兵器。正统十四年（1449 年），也先部二千余人入贡，王振视同儿戏，随意压低马价。也先闻讯大怒，借口明廷曾答应与其联姻又无故反悔，遍集蒙古各部兵马，大举南下，"塞外城堡，所至陷没"。

前线败报不断传来，王振与英宗泄泄视之。在王振怂恿下，英宗决意率大军亲征。朝臣们纷纷以条件未备劝谏，均不听。在战备极不充分的条件下，正统十四年七月，英宗和王振率 50 万大军从北京出发。随军大臣、战将虽多，凡事却须经王振同意始行。王振在军中滥施淫威，成国公朱勇是前军主帅，有事请示，竟要跪在他面前"膝行向前"，兵部尚书邝埜、户部尚书王佐触怒王振，竟被在草中罚跪一整天。由于此次出征准备不足，粮草难续，随行人员甚多，沿途地方疲于供应，士兵乏粮，军心不稳。

八月初一，明军抵大同。也先为诱使明军深入，立即撤退，王振不顾大军实际情况，强令北进，文武大臣纷纷谏止，不听。次日，王振得到前些日子前线明军大败的情况报告，不禁害怕起来，于是下令大军班师回朝。王振是蔚州人（今河北蔚县），起初他想让英宗"驾幸其第"，在故乡显示威风，命令大军从紫荆关退兵。途中，他忽然想到大军行进，会踩坏他在家乡置办的田园庄稼，又下令大军改道转向宣府。初十月，明军抵宣府，蒙古骑兵追袭而至，王振连派数员大将，统兵数万断后，均因贸然出击，指挥不当而致全军被歼。十三日，英宗大军在沿途不断遭到袭杀的情况下退至距怀来县20余里的土木堡。文武大员纷纷请求皇上急速入怀来城，或速奔居庸关，同时组织精锐断后。王振完全不予理睬，命大军就地扎营。其实，他在土木堡停留的目的，只是为了等待落后的千余辆辎重车。

十四日天明，英宗大军拔营开进，但为时已晚，全军已为蒙古大军包围。土木堡地势虽高，但无水源，为兵家绝境，士兵掘井二丈深仍不见水，军心大乱。十五日，也先佯装退却，并遣使议和，王振对情况不加分析，轻令大军移营就水，行伍大乱。也先乘机转身扑来，蒙古骁（勇健）骑蹂（踩）阵冲入，明军于混乱中纷纷解甲投降，抵抗者被杀无数。混战之中，明廷公侯大臣五十余人遇难，明英宗朱祁镇被也先军俘虏，50万大军损失过半，余皆溃散，遗下辎重兵器无数，尸横遍野。王振在混乱中被无比仇恨他的明军将领所杀。

这就是历史上著名的"土木堡之变"。事后人们才知道，也先部回头攻击明军的骑兵，最初只有两万多人，竟使数十万明军顷刻间解体。而皇帝亲征被俘也是中国历史上罕见的。

景帝仓皇登基

正统十四年（1449年）八月，英宗在土木堡被俘，举朝震惊，皇太后和皇后忙着搜集财物想赎回皇帝，百官聚集殿廷号啕大哭。太后宣布，立两岁的英宗长子朱见深为太子，命郕王朱祁钰监国。当时明军精锐都在土木堡陷没，京师所余老弱兵还不到10万，也先大军随时可能兵临城下，城内一片惊慌。郕王临朝，群臣束手无策，翰林侍讲徐珵站出来说："我夜观天象，推算历数，如今天命已去，只有南迁才能救难。"话音刚落，兵部侍郎于谦大声说："言南迁者可斩！京师为天下根本，一动则大势去矣，难道就没看到宋朝南渡的教训吗？"于谦的主张，得到了一些大臣的支持，太监把徐珵喝了出去。朱祁钰命于谦为兵部尚书，将战守的重任托付给他。于谦选拔精干人才，整顿军队，速调外地的军队入京，又把通州仓积粮设法运来，朝野人心渐趋安定。但王振死党尚执掌实权，朝臣非常不满。一日，朱祁钰登临午门理政，

百官一个个宣读请求将王振灭族的奏章,声称:"若不奉诏,群臣死也不退!"而朱祁钰犹豫不决,群臣满腔悲愤,哭声震天。王振党羽锦衣卫指挥马顺呵斥群臣,给事中王竑一把抓住马顺的头发,咬他脸上的肉,怒斥道:"你们这帮奸党,罪该万死,今天还敢这样吗?"群臣一哄而上,当场将他打死,然后又索要另两个王振的亲信宦官,宫内一看不妙,连忙将二人推出,也被一阵乱拳打死。一时朝廷大乱,朱祁钰非常恐慌,几次站起想逃,于谦拉住他的袖子说:"殿下等一下,王振为罪首,不抄其家不能泄众愤,群臣都是为社稷,没有别的。"要他当场宣告群臣无罪,方才保护他脱身。不久下令抄斩王振家属、党羽。为安定人心,太后令朱祁钰为帝。九月六日,朱祁钰登基,遥尊英宗为太上皇,以明年为景泰元年,史称景帝。

❖❖ 忠臣于谦被害 ❖❖

于谦是杭州人,他从小聪明好学,而且很有文采,出口成章,在杭州一带小有名气。

朱瞻基还是太子时,就十分爱惜人才,他四处访查,只要是他认为德才兼备的人,不管你家境如何,不管你官位大小,他都给予重用。

有一次朱瞻基出宫去巡游,路过杭州,听说杭州有一个才子,名叫于谦。他便亲自登门拜访,由于朱瞻基是微服私访,所以已做了小官的于谦没有认出来。朱瞻基一看于谦的书房里挂着两幅字,一幅是岳飞的《满江红》,一幅是文天祥的《过零丁洋》。朱瞻基说自己也是一个爱好诗词的人,得知于谦很有文才,特意前来拜会。于谦也没有多想,因为平时,确实有许多文人墨客前来拜访。于谦便对朱瞻基说道:"我最佩服的人就是岳飞和文天祥,岳飞忠心耿耿,精忠报国,文天祥'零丁洋里叹零丁',誓死不降,我觉得作为臣子的,就应该有这种品质,我写了一首诗,请先生过目。"

朱瞻基接过来后,一看是一首七言绝句《石灰吟》:

千锤万凿出深山,烈火焚烧若等闲。

粉身碎骨浑不怕,要留清白在人间。

朱瞻基看后,非常佩服于谦,认为此人不仅忠心耿耿,而且很有骨气。于是,朱瞻基便和父皇说了此事。

朱高炽也是一位明君,礼贤下士,爱惜人才。他也很喜爱自己的皇儿朱瞻基,认为他很有治国之志,而且也有治国之道。朱瞻基四处访贤,每次都和父亲述说情况,朱高炽不仅不认为朱瞻基过早参与朝政,反而认为儿子很有抱负,将来一定会是一位有才有德的明君。朱高炽又派人去考查于谦,得知于谦确实像儿子所说那样有才有德,而且忠心不二,便破格提拔他做了

御史。

于谦这才认识了朱瞻基，连忙谢罪，朱瞻基道："你何罪之有，不知之不为过也。"从此二人的关系更加密切。

朱高炽只做了几年皇帝，便去世了，朱瞻基继承了王位。他像他父亲那样，礼贤下士，重用贤才，而且不拘一格。对于谦更是器重，把于谦升为侍郎。于谦为皇帝出谋划策，呕心沥血。朱瞻基看到朝中有些奢侈，便和于谦商议如何压一压这种风气。于谦建议皇帝亲自到田间体会一下，便可知如何去做了。

朱瞻基并没有生气，而是在扫墓途中，亲自带领文武百官去耕地。朱瞻基和文武百官都体会到了农夫的艰辛。

回到宫中，朱瞻基累得腰酸背痛。这时太监给朱瞻基送来了晚餐。饭菜十分丰盛，朱瞻基只吃了一点，剩下许多。朱瞻基刚吃完一会儿，于谦便来求见皇上。于谦对朱瞻基说道："陛下，您和文武百官都已体会到农夫的艰辛，您不如明日盛情宴请满朝文武，我已经调查好了，不仅宫中如此浪费，那些大臣每顿饭也都是好几个菜，甚至还有十几个菜的，明日您给每人十盘菜，让他们都吃掉。"朱瞻基大悦，说道："好主意，好主意！"

第二天中午，朱瞻基宴请百官，这次宴请很特别，每人面前放了十盘菜，还有一碗饭，这10盘菜都很贵重，有燕窝、银耳、鹿肉、雁肉等等。

朱瞻基说道："昨日，我们到农间去劳作，各位想必会很劳累吧，但是农民却要成年地劳作，他们也一定很累。可是他们却吃不到这样的好东西，所以说，我们应该对得起老百姓，不能浪费。来，我们开始进餐，我命令大家把这10盘菜都吃掉。"

满朝文武百官你看看我，我看看你，都没有人动菜，朱瞻基带头吃菜。文武百官一想：既然皇帝有令，那就吃吧！于是便开始大吃。

吃了一个多小时了，大臣们实在吃不下去了，朱瞻基也吃得饱饱的。朱瞻基看到大臣们面露苦色但还在往下生咽，便说道："既然吃不了，就不要再吃了。"话一说完，大臣们都放下了筷子。朱瞻基又说道："大家看一看，自己还剩下多少菜，总共加起来，饭量大的，两盘也就足够，剩下的可就浪费了。农夫们一日复一日地劳作，辛苦是很自然的，我们也都知道。可是我们却如此铺张浪费，我们对得起养我们的百姓吗？我下令：大臣一日三餐不得超过5个菜，一天之中5个菜你可以自己调配，如果有谁敢违背，一定严惩不贷！"

这一办法很有效，把奢侈之风刹住了，朱瞻基得到了天下百姓的拥护。他更加信任和重用于谦了。不久，于谦升为兵部尚书，于谦仍是兢兢业业，一丝不苟。于谦虽然得到皇帝重用，但他待人谦和，从不颐指气使，因此受到大臣们的敬佩。百姓也都知道于谦处处为他们着想,也都很敬仰这位好官。

朱瞻基是一位好皇帝,正如他父亲所预料那样,朱瞻基是一位有理想、有才智的明君。但是朱瞻基身体也不好,早早去世。他的长子朱祁镇继位。

朱祁镇只是一个9岁的孩子,朝中大权掌握在王振手中,于谦等忠臣三番五次劝谏英宗,告诫他不要荒废朝政,可是英宗只知道玩。后来,英宗在王振的误导下带兵亲征,结果被也先俘虏,并以之要挟明朝。

于谦看出了也先的诡计,为了明朝不受制于也先,他联合大臣一起上书皇太后,主张郕王朱祁钰登基,以此来断绝也先的念头。

朱祁钰登基后,仍很器重于谦。可是后来朱祁镇返回明朝,作了太上皇,趁朱祁钰病重之机,又夺取王位,重新做了皇帝。

朱祁镇在南宫整整被软禁7年,做皇帝后,自然很重用那几位有功之臣:徐有贞、石亨、张轨、曹吉祥等人。由于这几个都是投机分子,所以于谦很瞧不起他们,很少与他们共事。这些人对于谦怀恨在心,但苦于当时无策,所以一直没有下手。如今得到朱祁镇的信任和重用,便向皇上参了于谦一本,说他极力主张立朱祁钰为皇帝。朱祁镇听后,大怒,说道:"我觉得于谦就不是个忠臣,我以前在位之时,他就经常指责我,但是我念及他与先帝的关系很好,没有为难他。想不到我被也先俘获,他却落井下石,主张拥立朱祁钰为皇帝。哈哈,真是苍天有眼,又让我朱祁镇重新做了皇帝,来人啊! 给我把于谦捉拿起来,打入死牢!"

于谦早已料到那几个奸臣再加上一位昏君,不会放过自己,但他"粉身碎骨浑不怕,要留清白在人间"。

于谦被判为弃市,要在街头暴尸三天。妻子、子女发戍边疆,连家人也被流放。

于谦行刑那天,街市都站满了人,有白姓,有朝中的大臣,于谦以谋反未遂的罪名被处斩。百姓和文武大臣都眼含热泪,老天似乎长了眼,天降大雨,为于谦哭泣。

后来,都督同知陈逵为于谦收尸,于谦的女婿将于谦的灵柩运回杭州,埋葬在杭州西子湖畔,与忠臣岳飞的坟墓相距不远。

两位忠臣,都被害死,至今人们仍经常到坟前祭奠。

❖❖❖ 阉党专政 ❖❖❖

朱翊钧为自己修了定陵,1620年病死后,就葬于此。

朱翊钧一时冲动,与宫女发生了关系,那个宫女为他生下了长子朱常

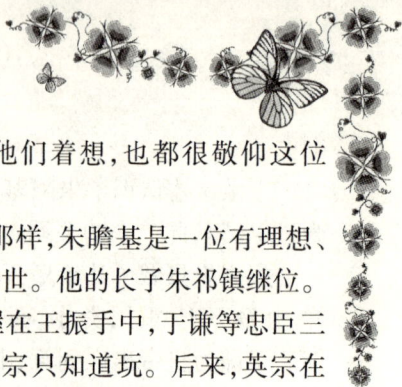

洛。可是朱翊钧并不喜欢恭妃(后因生皇子册封的),因此对太子朱常洛也不喜欢,甚至有些冷落。朱翊钧对三皇子朱常洵倒是疼爱有加,因为朱常洵是宠妃郑贵妃所生,他一直想立三皇子为太子,但大臣们反对,所以在临死前才立了长子朱常洛为太子。

朱常洛的长子朱由校从小生活在凄苦的环境中,父亲被冷落,他也没有得到良好的教育,不认识几个字,更不用说读书写文章了。

后来,朱常洛继承了王位,他的长子朱由校的处境明显改观,便开始读书识字。朱常洛只做了 29 天的皇帝,就病死了。太子朱由校继承了王位。朱由校不识字,也没读过书,因此对朝中之事,根本无从下手。

朱由校有个乳母客氏,她对朱由校非常好。小时候,朱由校虽然备受冷落,但客氏对他非常疼爱。朱由校登基后,便封客氏为"奉圣夫人"。明朝当时有个习俗,宫中的宦官都有相好的女人,宫中把这种假夫妻称为"对食"。

客氏原来和魏朝是一对,可后来移情于魏忠贤。

魏忠贤入宫前是一个无赖,热衷饮酒赌博。由于家境贫寒,而他又经常赌博,所以家里越来越穷,有时候因欠赌钱,而遭毒打,后来他一气之下,净身入宫。

刚入宫时,魏忠贤处处小心谨慎,深得老太监的喜爱,后来掌管朱由校生母的典膳。朱由校继位后,魏忠贤也因此受宠。他又与朱由校的乳母客氏相互勾结,害死了魏朝。

朱由校从小没有受过教育,根本不认识几个字,所以一些批阅奏章军政要务,都交给·些大臣去做。魏忠贤看到机会到了,心想:我何不借机夺取朝中大权呢?

朱由校不仅不识字,而且年仅 16 岁,胸无治国之志,更不用说是治国之道了。以前很受冷漠的小皇帝,好像从地狱进了天堂,所以玩心大涨。魏忠贤抓住了小皇帝这一心理,经常带着小皇帝去打猎、嬉戏,有时还要找几个有姿色的宫女来陪伴。小皇帝本来就很喜欢魏忠贤。再加上魏忠贤又"娶"了自己的乳母,所以小皇帝对魏忠贤十分信任。后来,有些大臣送上的奏折,小皇帝干脆交给魏忠贤,让他全权代理,而小皇帝则一心玩乐。

魏忠贤虽然也不识字,但他心狠手辣,很有心计,他把奏折交给王体乾、李永员,让他们替他批阅。这二人都是魏忠贤的死党,对魏忠贤忠心不二。魏忠贤通过这二人,很轻易地处理朝政,因而独揽了朝中大权。

魏忠贤独揽大权之后,便开始排除异己安排自己的亲信。满朝文武对魏忠贤的专权,很是气愤,便纷纷劝谏小皇帝要重理朝政,可朱由校无心于此,仍把大权交给魏忠贤。

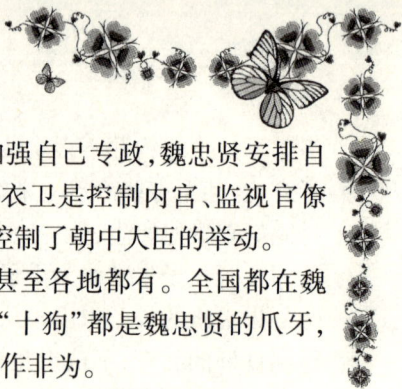

魏忠贤知道这些大臣心里不服，因此为了加强自己专政，魏忠贤安排自己的亲信掌握东厂和锦衣卫的大权。东厂和锦衣卫是控制内宫、监视官僚的重要机构。魏忠贤通过东厂和锦衣卫严格地控制了朝中大臣的举动。

魏忠贤到处安排自己的爪牙，不仅宫中有，甚至各地都有。全国都在魏忠贤的爪牙监视之下，当时的"五虎"、"五彪"、"十狗"都是魏忠贤的爪牙，这些人监视文武百官的行动，他们也借此机会胡作非为。

魏忠贤为了炫耀自己，派人在西湖边上的旧书院处建了一座魏忠贤的生祠。祠堂，都是为了歌颂死者的功绩而建立的，可魏忠贤活着就让人为他建立祠堂。里边供着他的雕像，烧香燃烛。官员们要按礼节去叩拜他，而且还要称他为"九千岁"。当然了，"九千岁"是他自封的。

魏忠贤的独断专行，欺上瞒下，引起朝中大臣的强烈不满。

当时朝中分为两大派，和魏忠贤一派的，被称为阉党，反对魏忠贤那一派的被称为东林党人。

东林党人看到阉党专政，爪牙遍及全国，都很担忧。他们知道长此以往，明朝的江山社稷就难保了。可他们也知道魏忠贤受小皇帝的信任，特别是客氏又助纣为虐，因此东林党人决定先除掉魏忠贤的帮凶。

东林党人几次上书给朱由校，朱由校万般无奈，才将客氏治罪。东林党人以为切断了魏忠贤的后路，便可以着手对付魏忠贤了。

副都使杨涟为人正直，为官清正，他对魏忠贤的胡作非为很是不满，便列举了他的数十条罪状上奏皇帝。其他东林党的大臣，也纷纷上奏。小皇帝朱由校没有主见，看到朝中大臣如此反对魏忠贤，便想去查一查魏忠贤的罪状。

魏忠贤的爪牙遍及朝廷，他们监视着东林党人的一举一动。得知这些人上奏皇帝，列举魏忠贤的罪状，立即向魏忠贤报告。

魏忠贤得知情况后，也吓了一跳，但他心狠手辣，立即采取行动。将杨涟、左光斗等人抓捕入狱，施尽各种酷刑，东林党人受到了严重的威胁。魏忠贤的爪牙到处搜捕东林党人，这些人都以"莫须有"的罪名而被治罪。

魏忠贤又将屈打成招的招供呈献给朱由校，朱由校信以为真，认为东林党人想谋权篡位。他不但没有治魏忠贤的罪，反而还处死了一些东林党人，还下令取消书院，特别是攻击朝政的东林书院。

魏忠贤独揽大权整7年，残害忠良，祸国殃民，从侧面反映了明朝的政治腐败已到了极点。

1627年，朱由校病死，由于他没有儿子，他的异母兄弟朱由检登基。他亲手处理阉党，魏忠贤一看大势已去，只好自杀。

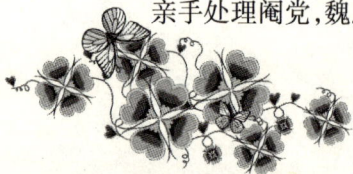

阉党被除，但是明朝却因此受到重创，政治腐败黑暗，经济濒临崩溃，农民起义似箭在弦上，一触即发。明朝的江山已成了强弩之末。

皇太极继汗位

在天启六年正月的宁远之役中，努尔哈赤负伤败回沈阳。八月，因痈疽发作，治疗无效而死。天启六年（1626年）九月一日，皇太极即后金汗位，改次年为天聪元年。努尔哈赤生前曾规定后金国应实行八和硕贝勒共议国政，不要立强有力者为主。而且他又没有留下立嗣的遗嘱，所以在他死后由谁继承汗位，便成为满洲贵族内部一个很尖锐的问题。作为努尔哈赤第八子的皇太极，英勇善战，长于计谋，又得到势力强大的代善（努尔哈赤次子）父子的支持，因而最终被拥立为汗。皇太极即位以后，面临宁远新败、满明已成相持局面的形势，采取了一系列重大措施。他重新任命八旗大臣，规定八旗大臣的权限，扩大汗的权力。他调整满汉关系，使他治下的汉人各安本业。他在改汗为帝之后不久，即崇德元年（1636年）东征朝鲜，即消除了对明战争的后顾之忧，又扩充军事实力。皇太极采取的这些措施，也迅速巩固了自己的统治。

崇祯帝励精图治

朱由检即位时年仅17，比天启帝即位时仅大一岁，但他和其兄不同，绝不软弱，上台伊始，便不动声色地消灭了阉党，使大臣对他的强干有了认识。和历代的亡国君不同，他是一位相当负责的皇帝，为了挽救朱明王朝，他的确尽了最大的努力，其勤勉可与国初的太祖相比。他常常召见群臣，商讨国事，晚上批阅奏章直到深夜，旨令往往在半夜下达。他不仅无暇游玩，连休息时间也占用了。崇祯奉神宗昭妃刘氏如大母，让她住在慈宁宫，掌太后玺。一次，崇祯去拜见刘氏，礼毕坐下，他便睡着了，刘氏叫左右不要惊动，静候一旁。过一会，崇祯醒来，忙整衣谢罪，说："神宗时海内少事，如今多灾多难，我看了两夜文书没闭眼，所以困得在太妃面前都失礼了。"刘氏听了，泣不成声。他深知国难深重，提倡节俭也从自己做起。神宗以来宫内每天仅餐费就要万金，如今减到过去的百分之一；以往皇帝每天要换一套服饰，如今改为每月换一次；宫中尽撤金银用品，改用陶器；并下令群臣服饰袖长不得过一尺，不得乱用金银。在声色犬马的包围中，崇祯也并不动心。即位初的一天，皇帝正在便殿批阅文件，忽然一股暗香袭来，使他心神不定，可一旦走出殿外，马上便平静下来。他叫来内监询问，内监说这是宫中旧方，有人在暗中焚香，皇帝下令毁掉此物，不许再进。以后一度计划选民女充后宫,也因为国难当头而中止了。崇祯帝其实是个风雅的青年,爱好琴棋书画,因此尤其宠爱多才多艺的田贵妃,导致后妃发生了矛盾,为平息周后的不满,皇帝一度将田妃打入冷宫。周后消气了,深知只有田妃才能使忧劳过度的皇帝稍事休息,又主动招来田妃。在明朝诸帝中,崇祯可算最不好色的了。

皇太极建立清朝

努尔哈赤统治时期,后金经济已经以农业为主,但畜牧业仍有一定的规模,随着占领区域的扩大,手工业与商业也有了一定发展,发行了统一货币。后金的社会制度主要是奴隶制,贝勒、额真及归降的蒙、汉、朝将领为奴隶主。贝勒皆爱新觉罗家族,八固山贝勒即八旗旗主,享有与努尔哈赤共议国政及分配战利品的权力,拥有大量的土地与奴隶。额真有梅勒、甲喇、牛录等不同等级。奴隶称阿哈或包衣,来源主要是战争中掳掠的人口,其次便是阿哈的家生子,他们是主要的农业劳动力,可以任意买卖、转送,若逃跑就会被处死。自由民称诸申,有些本身也拥有奴婢和农庄,对贝勒、额真等具有很强的人身依附性。他们中的一部分上升为奴隶主,也有一部分降为奴隶。他们是八旗士兵的主要组成部分,每当出兵,士兵都欢呼雀跃,因为战争可能使他们抢到一些财富和人口。后金政权对这个阶层是相当关心的。后金占领汉族居住地后,有强迫汉人为奴的现象,但也部分地保留了原有的封建生产关系。天启六年(后金天命十一年),努尔哈赤去世,皇太极继为汗。他采取了种种措施,削弱了八旗贝勒的权势,加强了汗的权利,又仿照明制,改革国家机构,设立了内三院、六部和都察院等汉化的机构,向封建社会大大推进。皇太极也是一位英武善战的君主,9年间率兵征服了朝鲜,平定了蒙古,三大强敌只剩下一个不堪一击的明朝了。崇祯九年(1636年)四月五日,皇太极正式改称号为皇帝,改族名为满洲,国号大清,年号为崇德。努尔哈赤时已迁都沈阳,沈阳成为后金的政治商业中心。沈阳故宫的东路建于努尔哈赤时代,体现出诸王共议的气氛;而建于皇太极时的中路,体现了帝王南面独尊的气势。

清军四度入关

崇祯二年(1629年),皇太极率10万大军直抵北京城下,崇祯帝中离间计杀袁崇焕,便命满桂为武经略,统领各路明军。满桂认为敌军强劲,目前不宜轻战,而皇帝极力逼迫出战,满桂带了5000人挥泪出城,结果全军覆没,主将身亡。后金诸将纷纷请求攻城,皇太极说:"城中痴儿,取之易如反掌,但各地明军尚强,不能一下子击溃,北京得到容易守住难,不如休整军队,以待天命为好。"不久,八旗军退出关外。崇祯帝任命孙承宗为兵部尚书,督关内外军事,他很快布置好关外防务,可是由于一城失守,受到许多指责,孙承宗也心灰意懒,便以年老为由辞职了。崇祯七年(1634年),皇太极再次领兵绕道蒙古攻进明西线,这次并不强攻城市,主要是掳掠人口财物,明守军拥兵固守,眼看着满洲武士烧杀抢掠。皇太极写信嘲笑说:"朕入境将近两月,蹂躏禾稼,攻克城池,曾无一人出而对垒敢发一矢者。"进入山西崞县的敌兵只有2000多人,抢了妇孺千余人,经过代州城下,城上城下亲人又哭又喊,但无一人发一箭,任敌人耀武扬威地回去。崇祯帝听说此事后气得直跺脚。崇祯九年(1636年),皇太极称帝,便率10万大军南下,在京师周围武装游行了一番,抢掠够了才回师。八旗兵出关时,把写有"各官免送"四字的木板扔在路中,赶着装满财物、俘虏的大车,穿着漂亮的衣服,奏乐凯旋。崇祯十一年(1638年),多尔衮领清军第四次入关,直至北京城下。明臣分成主和与主战两派,争论不休,互不配合,结果督师卢象升战死,太监高起潜所统重兵不战而溃。清军攻克济南,活捉德王朱由枢,又转攻山东、畿内各地,6个月中转掠2000里,下州县70余城,各地明军常有捷报来,实际没杀灭敌军,大多是杀民冒功。

徐鸿儒白莲教起义

徐鸿儒,山东巨野人,后迁居郓城。他是白莲教发起人王森的弟子,在巨野曾传教多年。明末,社会矛盾进一步激化,其势有如干柴,一触即发,徐鸿儒以白莲教为号召,组织了几千群众,准备发动武装起义。他的师傅王森,以闻香教组织群众,王森死后,留资产数万,其子王好贤用此作为反明起义的经费。继续起义景州有于弘志,以棒箠会为号召,组织群众。三方力量,原约定于天启二年(1622年)八月十五同时起义。但是徐鸿儒提前于五月首先行动。他们在郓城附近的卞家屯杀牲祭天,宣誓起义。徐鸿儒把起义群众的家属安置在梁山泊,然后起兵,包围魏家庄。另一支队伍二千余人围攻梁家楼,夺取这两处并以此作为了据点。梁家楼离县城约有20里,官兵惧怕他们,不敢前去镇压。接着,起义军攻抄巨野县,很少有失利,杨子雨、李泰及号称四大金刚之一的张世佩等人不幸被官军抓获。徐鸿儒又率众攻打郓城,其势所向披靡,明郓城县知县余子翼被打得狼狈而逃。起义军占据了郓城。曹州、濮州等地为之震动。明朝廷接到兖西道阎调羹的报告后,派巡抚都御史赵彦、总河侍郎陈道亨、巡抚都御史王一中联合出兵镇压,但起义军声势仍锐不可当。

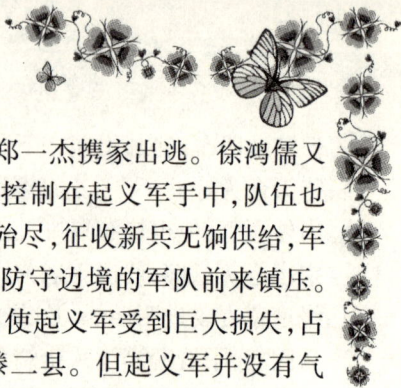

　　六月，徐鸿儒等攻陷邹县，迫使县署印通判郑一杰携家出逃。徐鸿儒又攻陷滕县，知县姚之胤吓得逃跑，全县很快就被控制在起义军手中，队伍也发展到数万人。当时明朝因由于支付边饷使用殆尽，征收新兵无饷供给，军队无法补充，所以控制不了局面，最后只有调动防守边境的军队前来镇压。明官军仗着武器上的优势采用残忍的火攻手段，使起义军受到巨大损失，占据武安集的起义军只好撤往梁山楼，退出邹、滕二县。但起义军并没有气馁，继续奋战。攻打夏镇，至彭家口，截获明朝廷粮船四十多艘，阻塞运河，切断了明朝江南到北京的漕运，总河侍郎陈道亨向明朝廷告急，明朝增派兵力才把漕路打通。起义军接着又进攻滕县与邹县，又以马步兵万余人进攻曲阜，因明官军兵力有所增援，起义军久攻不下，只好拔营而去。改变战略，转攻明军营地，把明军营内粮草火炮器刃军械全部缴获，打败明都司杨国栋，击杀游击张榜。这时起义军人数已发展到十余万人，占有十多个据点，势力甚大。徐鸿儒为加强声势，扩大影响，自称"中兴福烈帝"，改天启二年为"大乘兴胜元年"，显示出了起义军的力量与对明朝廷的蔑视。他们计划先攻兖州，次取济南。明总河侍郎陈道亨害怕漕粮再次被夺，漕运被再次割断，上疏请求明朝廷派登（州）、莱（州）兵力支援，防守兖州。

　　徐鸿儒会合了山东各支起义军进攻兖州，进逼兖州城，未能攻破，退回滕县。九月，起义军曾袭击金山口，徐州震动。明朝廷出动大量兵力围剿起义军于滕县，有的起义军将领受不了官军压力投降了，但高尚宾、欧阳德等三百余人仍然坚守。不肯投降明官军威胁义军，如徐鸿儒等人不投降就四面放火攻城。因叛徒出卖，徐鸿儒被俘，于是年十二月受磔刑牺牲。临刑前，徐鸿儒十分惋惜地说："我们如能多坚持几天，等来援兵，明军还敢撄其锋？！"徐鸿儒的牺牲，对起义军来说损失惨重。王好贤只好退走蓟州，又南下扬州，后来也不幸被逮捕。

　　徐鸿儒发动和领导的农民起义，历时半年多，震动了山东和朝廷。给予明王朝沉重地打击，后来虽然主力受挫，但余部仍继续斗争，直至天启四年（1624 年）八月，邹县农民，因天大旱，生活无源，农民军数百人复聚于泗州，与明朝统治者又展开了斗争。

朱明王朝灭亡

　　大顺军渡河东征的消息传到京城，崇祯坐卧不宁，崇祯十七年（1644 年）正月二十四日，决定命李建泰以督师辅臣身份"代朕亲征"，并为他举行了隆重的遣将礼。但李建泰率兵到邯郸时，传来了大顺军左营刘芳亮部沿黄河东进的消息，立即往北开始撤退。

与此同时,朝廷也开始商议抽调驻守宁远防备清军的吴三桂部队。

不久,起义军更加逼近,明廷一片恐慌。于是于三月初六正式下令放弃宁远,命蓟辽总督王永吉,宁远总兵吴三桂统兵入卫京师,并檄调蓟镇总兵唐通、山东总兵刘泽清率兵勤王。但吴三桂因路途遥远,直到京师被占他还在跋涉途中。刘泽清接诏后,谎称坠马负伤,无法从行。唐通率8000兵卒至京,屯扎于齐化门(即朝阳门)外,但不久又撤兵而去,盘踞在居庸关上。大小群臣们见大势已去,也纷纷逃离京师。

三月十五日,大顺军进抵居庸关,唐通随即投降。

大顺军围攻北京时,李自成在昌平与北京之间的沙河设下临时总部,由大将刘宗敏担任前线总指挥。

崇祯领太监王承恩爬到煤山(即景山)顶瞭望,见无处可逃,便决计自尽。

三月十九日,大顺军占领了北京。军队通过正阳门、崇文门、宣武门进入城内。午刻,李自成由刘宗敏、牛金星、宋献策等文武官员陪同,着毡笠缥衣,乘乌马,由沙河的銮华城大营入城。

从此,执政277年的朱明王朝,被李自成农民起义军推翻。

四月初,大顺政权将崇祯帝厚葬于昌平县田贵妃墓。

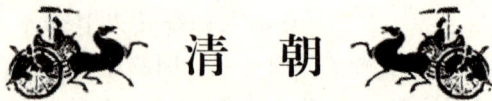

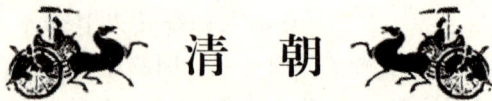

清 朝

❖李自成身亡失江山❖

　　顺治元年(1644年)四月二十九日,大顺政权撤离北京前李自成在武英殿举行即位典礼,草草完毕后,便吩咐全城军民,各自出城避难,并放火焚毁了明代宫殿和各门城楼,开始撤离北京。他们严守纪律,日夜兼程。但不出十天,清兵在庆都(今河北望都县)追上大顺军,双方交战,大顺军饥疲交迫,士气不振,败退下去。接着又在今河北正定与清军相遇,交战失利,只得退入山西境内,清军也马困人疲,不得不退回北京附近。

　　在太原,李自成亲自召见陈永福,授以防御之计,并对山西一带的防务做了具体的部署,便自己率大部回西安,积极准备反攻。而清军入京后,也加紧为大举进兵做准备,前期的一个主要工作是招抚农民军。不久,山西北部的一些大顺将领便投降了清军。大顺军加紧防御太原,他们处死了明宗室千余人,又把大批明朝官绅押往陕西,以防内患。九月十三日,叶臣等统率清军进抵太原城下,但因防守坚固,无法突破。20天后,清军调来“西洋神炮”,轰破西北城角,城垣毁塌数十丈,清军蜂拥而入,大顺军大败,守将陈永福也投降了清朝。清廷又令英亲王阿济格、吴三桂、尚可喜等由北京出发,准备先攻陕西,取西安,另一支部队则由豫亲王多铎、孔有德等统领南下进攻江南。

　　与此同时,大顺军于河南(今河南泌阳)做了局部反攻。十月十二日,大顺军两万多人,连克数城,击毙清军提督金玉和,直扑怀庆。清廷闻讯大惊,遂改变进军南京的计划,命多铎先救怀庆,再取潼关,与阿济格夹攻西安。多铎部队不久抵怀庆,大顺军兵力不足,主动撤退,多铎乘势追击,于十二月二十二日进抵潼关。当时,李自成将主要的防御精力投在陕北,以防由蒙古取道而来的阿济格军,此时,就不得不抽调驻守该地的部队,由刘宗敏带领赶往潼关。

　　十二月二十九日,潼关战役打响。刘宗敏先战不利,李自成便亲率部队参战,遭多铎部八旗兵全力反击,损失甚重。次年正月九日,清军调来攻坚利器红衣大炮,轰击潼关,然后大举进攻。大顺军尽力反抗,并派骑兵迂回

至清军阵后突击,均未成功。十二日,清军占领潼关。

在北线,阿济格已至陕北,占领了米脂,将李自成故里居民不分老幼,全部屠戮殆尽。随即进兵西安。李自成在两面夹攻下,带主力退回西安。正月十三日,又决定放弃西安,取道蓝田、商洛地区向河南转移。

清军占领西安后,多尔衮即命多铎按原计划移师进攻在南京建立的南明弘光政权,命阿济格部由陕北南下追击大顺军。李自成率大顺军先至河南,由于士气低落,行动迟缓,直到阿济格部清军追上后,才拔营南下湖北。三月,大顺军渡长江,在荆河口击败明将左良玉部将马进忠等驻军,旋又占领武昌。此时,李自成想夺取东南之地作为据点,把主要兵力置于东部,可同清军争夺南京,而把次要兵力置于北面,拒北来的阿济格部。结果阿济格部尾追而来,大顺军后方空虚,刘宗敏、田见秀领兵5000出击,不久败还。大顺军只得弃武昌东下。

四月,清军追至九江一带,直接攻入老营。

五月初,李自成率残部欲由江西西北部入湖南。行至湖北通山县境九宫山下,遭当地地主武装袭击。当时随身左右的仅义子张鼐等20余人。20余名战士均被击杀,李自成也于战斗中身亡。至此,轰轰烈烈的大顺政权覆亡。

清朝定都北京

清朝发源于东北地区的建州。16世纪末,太祖努尔哈赤以十三副遗甲起兵,四方征讨,至明万历四十四年(1616年)建立起后金汗国。万历四十六年(1618年),后金开始向明朝发起进攻,并在几年之内攻占了辽东的大部地区,迁都至沈阳。崇祯九年(1636年),清太宗皇太极改国号为大清,即皇帝位,继续攻击明朝。崇祯十五年(1642年),清军夺得松山、锦州等地,明朝在关外仅存宁远一城,至此,清朝已经基本上具备了入主中原的实力。

崇祯十七年(1644年)春,农民军李自成部进军北京,向明王朝发起总攻击。清朝统治集团的核心人物摄政王多尔衮感到时机成熟,遂于这年四月率大军西进,准备乘战乱伺机夺取明朝天下。此时李自成农民军已经攻克北京,明亡。原明平西王吴三桂据山海关降清。四月二十二日,清军和吴三桂军联兵在山海关内大败李自成农民军,农民军溃退回京。多尔衮于当日封吴三桂为平西王,统马步兵一万隶之。第二天即向北京进军。

清军及吴三桂部在西进京师的途中发布榜文告示,宣传"义师为尔复君父仇,非杀尔百姓"。多尔衮也极重视部队的政策与纪律,向诸将提出"今入关西征,勿杀无辜,勿掠财物,勿焚庐舍"。清军的这种做法清除了许多汉族官僚地主的疑惧,因而在向北京进发的过程中几乎没有遇到抵抗。五月二日,多尔衮率军到达北京,此前李自成已领人马全部撤离京城,京城的官民开城门迎接清军,一些人家门前还摆花焚香以示欢迎。这样,清军兵不血刃,轻易地占领了北京这座故明都城。

入关后的清军把大顺农民军看作自己的主要敌人,进京后立即马不停蹄地继续深入攻击围剿。而对故明势力,清方则采取了安抚拉拢的政策。多尔衮在进京第二天即宣布,明朝"各衙门官员,俱照旧录用"、"其避贼回籍,隐居山林者亦具以闻,仍以原官录用"、"剃发归顺者,地方官各升一级","朱姓各王归顺者,亦不夺其王爵,仍加恩养"。紧接着,又下令军民为崇祯帝服丧三日,发丧安葬,以笼络人心。在清军的政策攻势下,直隶和山东、山西等地的大批官僚士绅归顺清朝,清朝在京畿及其周围地区的统治初步巩固。

摄政王多尔衮在占领北京后就以北京作为对关内军事、行政发号施令的指挥中心,常驻下来。但由于清朝未成年的皇帝顺治帝和朝廷班子还在盛京,北京此时还不是清朝的正式首都。五月十五日,聚集在江南的明朝官僚拥立福王朱由崧在南京称帝,改元弘光,继承明朝的正统。南明王朝的建立,无疑是对清朝入主中原的正统性的一种挑战。多尔衮的对策,一方面是在军事上积极打击南明势力,一方面是在政治上竭力证明自己的正统合法性。积极组织迁都,也是这种努力之一。

清朝贵族中一部分眼光比较短浅者并不同意迁都北京,他们或拘于传统,或由于利益根基已深植于辽东,不愿离开辽东的老根据地。英郡王阿济格就曾建议:"宜乘此兵威,大肆屠戮,留置诸王以镇燕都,而大兵则或还守沈阳,或退保山海,可无后患。"但多尔衮却坚持迁都以图进取的方针。七月,黄河以北地区大部占领,多尔衮就派辅国公屯齐喀等带着请迁都的奏章去盛京迎接顺治帝。顺治帝于八月十一日葬太宗皇太极于昭陵,二十日车驾起行。九月十八日,顺治帝抵达今通县,多尔衮率诸王、贝勒及文武群臣至通州迎驾。十九日,顺治帝至京师,自正阳门入宫。

十月初一日,顺治帝在北京进行登基仪式。顺治帝在上年已经行礼即位,但那只是东北一隅的皇帝,这次占据着盛国都城,行礼是表明要君临天下,因而特别隆重。顺治帝亲至南郊,祭告天地,读祝文,宣布仍用大清国号,顺治纪元。十月初二,顺治帝准孔子六十五代孙孔允植仍袭封衍圣公,兼太子太傅,表达了新王朝对儒学圣教的尊重。初十,顺治帝于皇极门向全国颁即位诏书。诏书除宣布自己作为天下最高君主的毋庸置疑的合法性之外,还提出五十五款。其主要内容有:加封亲王宗室及满洲开国功臣;察叙

满洲将领及入关后隆顺之文武官绅;赦免十月初一日以前的罪犯;加恤出征兵丁;地亩钱粮俱照前朝原额,而加派辽饷、新饷、练饷、和买等项悉行减免;大兵经过地方免征正粮一半,无大兵经过者免三分之一;各直省拖欠钱粮,自五月初一以前,凡未经征收者尽行减免;等等。

在颁即位诏的同一天,顺治帝加封多尔衮为"叔父摄政王"。以后几日又加封郑亲王济尔哈朗为信义辅政叔王,晋阿济格、多铎等为亲王、郡王。在这一系列庆典完成之后,清廷又于十九日以英亲王阿济格为靖远大将军,率师西征大顺军;于二十五日以豫亲王多铎为定国大将军,率师南讨南明政权。此时清朝统治者的野心已经十分明确,就是要统一全中国。

清朝迁都北京,顺治帝在北京行定鼎礼,标志着清朝政权在中原地区统治的初步确立。尽管清朝统治者又用了近20年的时间,才真正统一了天下,但其新的统治中心北京地区却一直是相当巩固的。北京作为清朝的首都,也就一直延续到20世纪初清朝灭亡,200多年中始终没有改变地位。

郑成功收复台湾

1624年,荷兰殖民主义者侵占了我国台湾南部地区,修筑了热兰遮、赤嵌楼两要塞;后来,他们进一步侵占了整个台湾。

荷兰殖民者在台湾开办学堂,搞奴化教育,建立教堂,强迫台湾人民学荷兰语,交人头税,还把一些人抓到监牢,有的卖到爪哇为奴,这激起了台湾人民的强烈反抗。17世纪中期,郭怀一领导台湾人民大起义,大败荷兰军。荷兰殖民者调集大军镇压,杀死四千多名战士。

清初,在东南沿海坚持抗清的郑成功决心从荷兰人手中收复宝岛台湾。

一天,郑成功忽听有人报:"荷兰人的通事(翻译)何廷斌逃回厦门。"他觉得这是天赐良机。他立即召见了何廷斌。何廷斌介绍了台湾人民渴望收复失地的情绪和荷兰军的部署情况,献出一本军事地图册。他说:"公何不取台湾?台湾沃野千里,四通外洋,横绝大海。得其地足以立国,取其财足以养兵,蕃(高山族),受红夷(荷兰人)凌辱,每欲反噬久矣。以公威临之,如使狼驱羊群也。"郑成功认为他的话有道理,最后下决心收复台湾作为反清基地,伺机反攻。

1661年4月21日,一支浩浩荡荡的舰队,由金门料罗湾出发,直扑台湾岛。郑成功率领他的军队要去赶跑盘踞在台湾岛上的荷兰红毛鬼子。荷兰殖民者无恶不作,台湾人民处于水深火热之中,他们盼星星、盼月亮,终于盼来了救星郑成功。

郑成功率战船于四月二十九日进逼台湾鹿耳门港口。鹿儿门港门狭

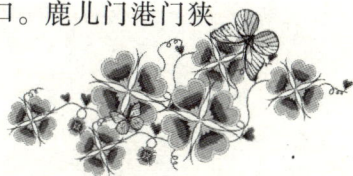

窄,暗礁淤滩,星罗棋布,水又很浅,大船很难通过。因此,荷兰人并未在此设防。郑成功因侦知地理、潮落情报,而赶在大潮时出人意料地通过鹿儿门登陆。郑家兵从天而降,打得荷兰人措手不及。荷兰军慌忙应战。郑成功指挥的将士英勇善战。荷兰驻台总督揆一也说:"他们"不顾死活地冲入敌阵,十分凶猛大胆,仿佛每个人家里另外还存放着"一个身体似的"。

郑成功以60艘战船包围荷军四艘战船,集中火力扫射,击伤致沉三艘,一艘仓皇逃走。郑成功率兵乘胜追击,包围了赤嵌城,切断了它与台湾城的联系。

荷兰军的贝尔德上尉,为阻击郑成功进攻,被提升为水陆两军统帅。他气势汹汹,不可一世,恨不得一口吞下郑成功的全部军队,建功立勋,加官晋爵。天刚亮的时候,贝尔德上尉带着300名水兵和200名洋枪队离开了热兰遮。他乘上"白鹭号"领港船,一马当先驶在前头,后面跟着的是"玛丽亚号"联络船,再后面跟的是300名水兵,分乘三艘大船,一路耀武扬威向北驶进。

这时,郑成功已从望远镜中看到了他们。但是,郑成功按兵不动,只待贝尔德上尉的船队进入他弓箭和枪炮的射程之内。贝尔德上尉乘坐的"白鹭号"是条大船,吃水太深,不能靠岸。他亲自带着200名洋枪队转乘小船首先登陆。他命令,洋枪队在岸上整装列队,端着鸟枪烧着火绳,以三列横队前进。

贝尔德上尉连马都不骑,挥着战刀跑在队伍的前头命令士兵:"瞄准!开枪!"于是第一列打出了一排子弹,赶紧退到后面装枪,第二列上来,又打出一排子弹,又退到后面装枪,换上第三列。这样循环开枪。把郑成功的阵地炸得卷起一层烟雾。郑成功指挥弓箭手和盾牌兵,采用了三面包抄的队形,突然蜂拥而上。中军的铁甲兵,一排排行军炮在敌人阵地上炸开,震得贝尔德两耳欲聋。他的士兵被打得连滚带爬地往后逃跑。紧接着,郑成功的弓箭手,鸟枪队三面包围了贝尔德的军队。

贝尔德上尉见势不好,下令撤退,抢先跳入海中,高山族有志青年启奴里见状纵身跃入水中,与贝尔德展开了一场水中大战。贝尔德的水性和体力均不如启奴里好,最后贝尔德被启奴里用腰刀砍死于水中。赤嵌楼里的敌兵又几次出击,却每战必败,只好投降。

荷兰殖民主义者吓破了胆,龟缩在台湾、赤嵌两座城池里,不敢出来作战,以待援兵。郑军在城外挖濠、设障、安置大炮,准备长期围困下去,直到荷军投降。由于城内无粮、无水、无援,四月初,赤嵌守将描难实叮宣布投降。荷兰总督揆一写信表示愿送白银十万两,请求郑成功罢兵,放弃台湾城。郑成功严词拒绝这一无理要求,斩钉截铁地指出:"台湾一向是中国的

土地，必须归还！"几个月后，一支由几艘兵船组成的荷兰舰队开来支援。热兰遮的荷兰军就出来反击。但郑家军大败荷兰军，荷军一艘船被击毁，一艘船被烧掉，两艘被缴；其余狼狈而逃。热兰遮之荷兰军退缩城内，再不敢出战。第二年二月二日，揆一觉得难以据守下去，无奈向郑成功递交了投降书。至此，荷兰殖民主义者侵占我国台湾长达三十八年（1624—1662）的历史，宣告结束。

郑成功为恢复台湾、建设台湾呕心沥血，积劳成疾，年仅39岁时病逝于台湾。为纪念这位民族英雄，台湾各族人民在全省建郑成功庙五六十座，其中延平郡王祠（开山王庙）最为著名。

1683年，清军进入台湾，郑成功后代归顺清朝。次年，清政府设置"台湾府"，隶属福建省。

智除鳌拜

康熙即位，年仅8岁，索尼（正黄旗）、遏必隆（镶黄旗）、苏克萨哈（正白旗）、鳌拜（镶黄旗）四大臣辅政，其中鳌拜最为专横跋扈。他广植党羽，排除异己，不仅凌驾于其他大臣之上，把康熙皇帝也不放在眼里，一意恢复祖制。康熙七年（1668年）他提出：多尔衮在圈地时偏袒所属的正白旗，安置正白旗于京东北永平府一带，而将鳌拜所属的镶黄旗移往保定、河间、涿州，不符合"八旗自有定序"的祖制。因而要求与正白旗换地，如土地不足，另外再圈地补足之，企图再次掀起圈地高潮。这一主张遭到广泛的反对，特别是属正白旗的苏克萨哈和苏纳海（吏部尚书）的坚决反对。但鳌拜坚持换地，康熙皇帝虽然反对，也阻挡不住。

康熙于康熙六年（1667年）亲政后，鳌拜集团不肯归政，而苏克萨哈则提出辞去辅政大臣职务，归政皇帝，鳌拜便诬陷苏克萨哈"背负先帝"、"心怀异心"，康熙皇帝反对这种诬陷，但鳌拜不听，把苏克萨哈处了绞刑。鳌拜清除政敌，更加专横，当群臣在向皇帝贺年时，鳌拜竟身穿黄袍，俨然如太上皇。他有病时，康熙皇帝前去探视，他席下置刀，卧床不起。

鳌拜的横行，使许多朝臣都感到是一个威胁，他们迅速集合到皇帝一边。汉族官吏熊赐履也公开指责鳌拜了。

为了夺回政权，康熙皇帝提拔了自己的一些亲信，掌握了京师的卫戍权，又挑选了一批少年侍卫，以练习摔跤为名留在宫中。

康熙八年（1669年）五月，康熙皇帝在一切准备妥当之后，以迅雷不及掩耳之势，在鳌拜入宫时，将其逮捕，并把他的心腹党羽、兄弟子侄一起逮捕，宣布鳌拜30余条罪状，判以终身监禁，其党羽被处死。

雅克萨之战

　　清康熙二十四年至二十七年(1685—1688),中国军队为收复领土雅克萨,对入侵的俄军进行了两次围歼战,史称"雅克萨之战"。

　　雅克萨位于黑龙江省漠河县以东黑龙江北岸(今俄罗斯阿尔巴金诺)。黑龙江流域自古以来是中国的领土,满族的祖先肃慎族就生活在这里。从唐到明的历代朝廷,都在这里设置行政机构,行使管辖权。17世纪上半叶,沙俄由于国力迅速增强,急剧向外扩张。自明崇祯十六年(1643年)起,沙俄远征军曾多次入侵黑龙江流域,烧杀抢劫,四处蚕食。顺治末年至康熙初年,沙俄利用清廷忙于国家统一和平定三藩之乱,侵占了中国领土尼布楚(今俄罗斯涅尔琴斯克)和雅克萨等地,并在那里构筑寨堡,设置工事。还以此为据点,不断对黑龙江中下游地区进行骚扰和掠夺。

　　对沙俄军的上述侵略行径,康熙帝多次遣使进行交涉、警告,均未奏效。这使康熙认识到,只有使用武力,才能驱逐沙俄侵略军。为此,他于平定三藩之乱的第二年(1682年),即赴关东东巡,了解那里特别是黑龙江流域的情况,并就准备驱逐沙俄侵略军采取了几条措施:一是加强侦察和封锁。康熙帝命副都统郎坦、彭春和萨布素率兵百余名,以捕鹿为名,渡黑龙江,侦察雅克萨的地形、敌情;又派当地达斡尔、索伦族头人随时监视敌情变化;令蒙古车臣汗断绝与沙俄军贸易,以封锁侵略者。二是令萨布素率部在瑷珲筑城永戍,并和家属一同进行屯垦。三是在瑷珲(在黑龙江省)至吉林途中,共设驿站19个。四是加紧造船,保证军粮由松花江、黑龙江及时运抵前线。康熙二十二年(1683年)九月,清军派人勒令雅克萨等地的沙俄侵略军迅速撤离。俄军头目不予理睬,反而派人窜至瑷珲抢掠。萨布素将其击败,并将黑龙江下游沙俄侵略军建立的据点全部焚毁,使雅克萨成为一座孤城。康熙二十四年(1685年)正月,在充分做好收复作战准备的基础上,康熙帝令都统彭春掌黑龙江将军印,指挥收复雅克萨。四月二十八日,彭春率清军3000人,携战船、火炮等兵器,从瑷珲出发,分水陆两路向雅克萨开进,五月二十二日抵达雅克萨城下。随即向沙俄军头目托尔布津发出通牒,令其立即撤走。托尔布津自恃城坚炮利,负隅顽抗。二十四日晚,一支40人的沙俄军乘木筏前来增援,被清军全歼。当晚,清军根据先期前来侦察的达斡尔人提供的关于雅克萨城防的重要情报,制定了声东击西的作战方案。即先在雅克萨城南筑起土垅,布置弓弩,佯作攻城,暗地在城东西两侧,架起红衣大炮。二十五日晨,清军开始攻城,大炮向城里一齐轰击。由于城池是木质结构,沙俄军又无防火设备,炮火击中的地方烈火熊熊。清军又在城周围堆起预先准备

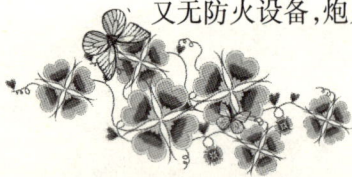

的干柴,准备点火焚城。托尔布津见所部伤亡甚重,势不能支,只好请降,并要求在允其保留武装的条件下撤离雅克萨。彭春允其请求,在与沙俄军举行投降仪式后,派官兵将投降的沙俄军及其家属送返尼布楚。第一次雅克萨之战遂告结束。

战后,康熙帝曾告诫前线将领,对雅克萨的防御决不能疏忽。但前线将领对此却没有引起重视,只是将沙俄军所筑城堡平毁,城周围的庄稼没有割,哨所没有建立,就将军队撤回瑷珲、墨尔根等地。同年秋,尼布楚沙俄督军符拉索夫又遣兵 70 人到雅克萨侦察清军动静,当他得知清军已撤走时,又派托尔布津率兵 800 余人,大炮 11 门,重返雅克萨,并在旧址上重新筑城。城墙里外是木材,中间填土,墙宽 1.5 丈,高一丈,墙外用泥涂上。

康熙二十五年(1686 年)二月,康熙帝得知沙俄军重占雅克萨的消息后,当即命令萨布素、郎坦等速修战船,率兵 2000 人进攻雅克萨,又命令林兴珠率福建藤牌兵 400 人参战。七月二十四日,清军进抵雅克萨,并将该城围困起来。萨布素勒令俄军投降,遭拒绝。八月,清军开始攻城。郎坦在城北用红衣大炮不断向城内轰击,副都统班达尔沙领步骑兵从南面攻城。俄军自恃武器精良,粮食充足,在顽强防御的同时,不断派出小股部队出击,使清军不能迫近城垣。清军火器虽弱,只有 50 支枪,但官兵士气高,每次都将出城来犯的沙俄军打得大败而回。激战数日,击毙托布尔津以下百余人。沙俄军由皮尔顿代为指挥。萨布素见强攻无效,就采取长期围困的办法,在城南、北、东三面挖壕围困;在壕沟外设置木桩和鹿角,修筑堡垒,实行分段防御;并派战船在江面巡逻,切断守敌的外援。经过一年的围困,沙俄军战死病死的很多,800 多侵略军,只剩下 66 人。沙俄政府见雅克萨城危在旦夕,急忙于康熙二十六年(1687 年)九月派代表团到北京,表示愿与清政府谈判议定边界事,并请求清军撤雅克萨之围。康熙帝见此次沙皇果有和谈诚意,便同意其请求,准许沙俄侵略军残部撤往尼布楚。这年冬,萨布素奉命将军队撤到雅克萨 3 里以外驻扎待机。次年八月二十日,清军又后撤至瑷珲和墨尔根。第二次雅克萨之战以中国军队的胜利而告终。

此后,两国使节在尼布楚经反复谈判,以清廷让出尼布楚,沙俄军撤出雅克萨达成协议。康熙二十八年(1689 年)七月二十四日,中俄双方签订了《中俄尼布楚条约》(即《黑龙江界约》),以法律的形式确定了中俄东段的边界。

林则徐虎门销烟

19 世纪开始,鸦片大量涌入中国。面对着烟毒泛滥带来的种种危害,清廷内部发生了激烈的争论,形成了弛禁派和严禁派之争。道光十六年(1836年)六月,太常寺卿许乃济上奏折,提出放弃禁烟政策。弛禁派的主张受到一部分开明官员的反对。道光十八年(1838年)六月,鸿胪寺卿黄爵滋上书道光皇帝,痛陈鸦片的种种危害,提出严禁的主张。提出以"重治吸食"的办法,抵制鸦片的输入。道光皇帝把他的奏折发给各省将军及督抚大员复议。七月,林则徐遵旨筹议《严禁鸦片章程》六条,赞成黄爵滋的主张,他同时在两湖地区切实执行禁烟措施,成绩显著。九月,他又上《钱票无甚关碍宜重禁吃烟以杜弊源片》一折,进一步指出鸦片的祸害。面对鸦片造成的"兵弱银涸"的严重形势,道光皇帝倾向了严禁派的主张,决定派林则徐为钦差大臣到广东查禁鸦片。

道光十九年(1839年)三月十日,林则徐到达广州,经过调查,确定禁烟应先断绝鸦片的来源,所以一面与邓廷桢和水师提督关天培等加紧整顿海防,一面严拿烟贩,并缉拿颠地,惩处受贿买放的水师官弁,并调查了解鸦片屯户、小贩的活动以及贩卖内幕。十八日,林则徐召集行商,宣布禁烟政策,传令烟贩三日内从速将存放的鸦片尽数缴出,造具清册,经点检后毁掉。并要他们保证以后永远不再带鸦片,如有重犯,一经查出,全部没收,人即正法。林则徐还宣布:"若鸦片一日未绝,本大臣一日不回,誓与此事相始终,断无中止之理。"表示了禁绝鸦片的决心。

英国驻华商务监督义律在接到通知后,便想方设法抗拒禁烟,唆使英商拒交鸦片。英国方面还用威胁手段相对抗,令珠江口外英船开到香港,悬挂英国国旗,由英军舰调度,作出战斗态势;又抗议中国在广州设防,准备迫令英国侨民撤离广州。二十四日,义律经澳门潜入广州洋馆,指使烟贩颠地乘夜逃走。为此,林则徐下令停止中英贸易,并派兵封锁洋馆,撤出仆役,断绝了广州与澳门的交通。义律得知这些情况后,觉得无法用直接抵抗办法来保护鸦片贸易,便想利用缴烟一事引起中英两国的直接冲突,以此来破坏林则徐的禁烟。于是他命令英商交出鸦片,并保证其所受损失由英政府赔偿,同时为联合美国共同侵华,也让美商交出鸦片,损失将来也由英国政府负责赔偿。英美烟贩在得到义律的保证后,陆续交出鸦片两万多箱,合计2376000余斤。义律交出烟后,林则徐立即下令恢复中英贸易。

六月三日至二十五日,林则徐率领地方官吏,在虎门海滩将所缴获的鸦片当众销毁。海滩高处用树栅围起,开池漫卤,然后投进石灰,顷刻间池内沸腾。最后打开池前涵洞,被销毁的鸦片,随潮冲入大海。整个销烟过程,准许外国人观看。前去现场观看的中国百姓熙熙攘攘,无不感到欢欣鼓舞。

虎门销烟在当时产生了极大影响,是中国反对外来侵略的一项重大胜利。

垂帘听政——慈禧

慈禧太后,小名兰儿。父名惠徵,隶满洲镶蓝旗人,他从笔贴式开始发迹,经过主事、员外郎、郎中,直到外任为归绥道和安徽宁池太广道的道员。慈禧自幼随同父母服官江南,熟悉南方人的生活习惯,又善唱南方小调。由于她天生艳丽聪明,所以在咸丰初年选秀女时得以被选入宫,并得到咸丰帝的宠幸,赐号兰贵人。咸丰六年(1856年),22岁的慈禧为咸丰帝生下唯一的"龙子"——即后来的同治帝载淳。母以子贵,当日即由懿嫔晋懿妃。次年,又晋为懿贵妃。

咸丰帝死后,按照清朝的惯例,载淳生母那拉氏经嗣皇帝"亲封"为皇太后。咸丰帝皇后钮祜禄氏称母后皇太后,因住烟波致爽殿东暖阁,又称东太后,那拉氏称圣母皇太后,因住烟波致爽殿西暖阁,又称西太后。那拉氏晋封太后,为其夺取封建王朝的最高权力提供了重要的政治资本。此时,江山残破,国家多难,皇帝又是冲龄幼主,自然前途艰险,但西太后想的却不是国家的命运和儿子的帝位,她所关心的只是如何去攫取个人的权力。因而这一充满忧伤和危险的时刻,对西太后来说,却是千载难逢的大好时机。从此,她在中国的政治舞台上开始大显身手,披荆斩棘,勇往直前,逐步走向权力的巅峰,终于成为中国封建末世的最后一位大独裁者。

咸丰帝刚死,西太后便联合东太后同顾命八大臣展开了激烈的政争。她对咸丰临终前任命载垣、端华、肃顺等人为辅政大臣极为不满,视为她篡夺统治大权的主要障碍,于是便利用自己是嗣皇帝的生母和被尊为圣母皇太后的有利地位,开始了她的阴谋篡权活动。

按照咸丰帝遗命,凡发至内阁和京内外各衙门的咨文,必须钤用皇太后和皇帝掌管的"御赏"、"同道堂"两印章才有效。"御赏"章由皇太后钮祜禄氏(慈安)掌管,"同道堂"由皇帝载淳掌管,慈禧是无权过问两印章的管理和使用的。咸丰皇帝生前把这两颗印章作为权力的象征赐予皇后钮祜禄氏和独生儿子载淳,目的在于防止皇权落入大臣和妃嫔之手。但慈禧利用嗣皇帝生母的身份,把应属载淳掌管的"同道堂"印章抢先控制在自己手里,代子钤印。开始,辅政大臣拒不允许皇太后干预朝政,提出:谕旨由辅政大臣拟定,皇太后钤印即可;官员的章疏不必呈览。慈禧对此深为不满,拒不钤印。因此,辅政大臣首次给内阁和地方官员的咨文,用的是白片,而无起讫印章。后来,辅政大臣只得让步,同意一切章疏送皇太后阅览。这样,慈禧终于争得干预朝政的权力,取得初步胜利。

慈禧在取得干预朝政之权后,又以拉拢亲信和利用矛盾等手段,进一步

削弱辅政大臣的权力,争取亲自处理朝政。八月初六日,山东道监察御史董元醇疏请皇太后垂帘听政和在亲王中简派一二人辅政,攻击载垣等辅政大臣"贪赃营私,不能廉正自持"。辅政大臣拟旨予以痛斥,坚请皇太后钤印下发此旨。慈禧对此十分恼火,拒不钤印,折旨俱留中不发,并召见辅政八大臣,定要他们按照她的意志拟旨下达,双方争执十分激烈,次日晨,辅政大臣因见驳斥董元醇的拟旨仍未钤印发下,便决定停止办公,以示抗议。到了中午,西太后担心激成事变,于己不利,被迫同意批驳董元醇,钤印发旨。辅政大臣取得暂时的胜利,不禁弹冠相庆。可是他们何曾料到自己将大难临头,不久即将发生一场震惊中外的阴谋政变。因咸丰十一年(1861年)这一年为辛酉年,故史称"辛酉政变"。

咸丰帝死后,其灵柩没有立即运回北京,经大臣联名上奏,决定于九月二十三日由热河启行。嗣皇帝及太后等恭送咸丰帝灵柩登舆后,由间道先行回京,计算可于二十九日回到京师。待咸丰帝灵柩到京之日,幼帝再在东华门外跪拜迎接。而咸丰帝灵柩则由肃顺护送最后到达北京。

西太后率幼帝回京后,立即向诸王、大臣等哭诉辅政大臣对她们欺侮之状,大学士周祖培面奏,要求对辅政大臣"重治其罪","先令解任,再予拿问"。9月30日,周祖培、户部尚书沈兆霖、刑部尚书赵光、大学士管理兵部事务贾桢等联名上奏,请皇太后亲操政权以振纲纪。随后,立即颁下一道谕旨,诸王、大臣等妥议皇太后亲理大政并另简近支亲王辅政。接着又颁一道上谕,正式宣布:"载垣、端华、肃顺著即解任,景寿、穆荫、匡源、杜翰、焦祐瀛著退出军机处。派恭亲王会同大学士、六部、九卿、翰、詹、科、道将伊等应得之咎,分别轻重,按律秉公具奏。至皇太后应如何垂帘之仪,著一并会议具奏。"直至恭亲王奕訢率桂良、周祖培,文祥等大臣入朝待命,载垣等仍蒙在鼓里,他们竟拦阻奕訢等人入宫办事。于是,又颁发了"将载垣等革职拿问"的上谕。同时,还另有一道"将肃顺即行拿问议罪"的上谕。

次日,即十月初一日,又连颁上谕,授恭亲王奕訢为议政王,在军机处行走,其他凡拥戴太后垂帘听政有功之人皆加官晋爵,飞黄腾达。

肃顺此时正在护送咸丰帝灵柩的途中,在其行至京郊密云时,奉命捉拿肃顺的人马将其包围于卧室之中,肃顺束手被缚,被送入宗人府监禁。

十月初六日,谕令:载垣、端华自尽,肃顺斩立决,景寿、穆荫、匡源、杜翰、焦祐瀛即行革职。当天,肃顺、载垣、端华等便被分别处死。除上述顾命八大臣外,还有多名大臣被牵连致罪。

随着政变的发生,原来准备改元用的"祺祥"年号不再使用,初九日,颁诏"以明年为同治元年,布告天下"。惊心动魄的"辛酉政变",至此以慈禧太

后的完全胜利、顾命八大臣的彻底失败而告终。

为保证政变成功，慈禧与奕䜣还作了军事方面的准备。拉拢手握重兵的胜保和蒙古亲王僧格林沁，以其两支武力做后盾。可悲的是，辅政大臣对此仍浑然不觉，却全力忙于大行皇帝梓宫及新皇回京事宜。据说，肃顺等人在返京途中也曾密谋过兵变，令载垣以其侍卫兵护送后妃一行，途中将慈禧杀掉。但慈禧棋高一着，早有准备，为防其暗下毒手，命荣禄率兵迎驾，结果八大臣的计划落空。

这场政变，充分显示了慈禧阴狠果决、机警狡诈等阴谋家、野心家所特有的政治素质和纵横捭阖（开合）的高超手腕，而那些须眉男子，具有长期政治斗争经验的顾命八大臣却远不是这位年轻妇人的对手。那位素来骄矜自负的肃顺，虽然对慈禧存有戒心，但他绝不会料到这么快就栽在她的手里。他在行刑时肆口大骂，又不肯跪，正表现了其被慈禧玩弄后羞极愤极的心情。

通过辛酉政变，虽达到了慈禧垂帘听政的目的，但还未能形成其一人独尊的局面。在当时的权力核心中，尚有慈安皇太后与议政王奕䜣与之并峙。在辛酉政变中，共同的利益和需要把她们联结起来，因而得以顺利地铲除肃顺集团。随着这场政变的结束，清廷的最高权力阶层出现了一段暂时的宁静。但是，一场暴风骤雨的过去并不意味着永远的天朗气清。以慈禧的性格论，她是不能容忍他人与其平分秋色、安享胜利果实的。她又重新呼风唤雨，开始向往日的同盟者进攻了！

慈安与慈禧的矛盾，很早便有所表现。咸丰帝死后，两人在咸丰灵前就因礼节缘故而发生争执，致使相互不甚惬洽。而且以后这种争端仍时有发生，直至光绪六年致祭东陵时，又在礼仪问题上发生激烈争执。类似这种争端，显然系因慈禧无视慈安之正宫地位所致。

慈禧与慈安双方之间的斗争，有一个发展的过程。咸丰帝死后，面临肃顺专政，横暴不可制的威胁，慈安、慈禧常常"俯巨缸密语，计议甚密"。当时彼此之间即或有些矛盾，也易于调停。就是垂帘听政初期的一段时间内，"慈安以嗣主为西后所出，遇事咸推让之；慈禧慑于嫡庶之分，亦恂恂不敢失礼。恭王以宗亲大臣，调和于两宫之间，尽言无隐，故初政罕有缺失"。此时期至少还能维持表面的团结，但是惯于揽权的慈禧是不能容忍他人干预大政的。慈安虽遇事退让，"颓然若无所与者"，但因其具有崇高的正宫皇太后的地位和垂帘听政权力，毕竟不能与朝政绝缘，因而慈安对朝政的干预和裁决必然加深与慈禧的矛盾。同治八年（1869年），慈安力主按照祖制处死去南方制办龙衣的慈禧最为宠信的太监安德海，一时中外交相称颂，但却因此

与慈禧积下深怨。继而在同治十一年（1872年）的立后之争中，慈禧因所争凤秀之女册立为后未能获胜，屈为慧妃，又大为忌恨。再后光绪帝之立，虽出自慈禧一手策划，本非慈安之意，但因慈安性情和悦，不似慈禧之严厉，故光绪对慈安较为亲近，与慈禧反而疏远。对此，慈禧甚为不悦，唯恐慈安与光绪过于亲近会危及自己的地位。因此随着光绪帝年龄日渐增大，慈禧的防范之心也日切。慈安与慈禧的矛盾逐渐发展到"水火极不相容"的程度。

光绪七年，慈安太后暴崩。自此以后，慈禧集两宫之权于一身，凡事俱可独断专行，不复再有其他的顾虑了。而奕訢的地位则随着慈安之死进一步削弱。慈安在世时，慈禧对奕訢尽管屡加打击和折辱，但奕訢因有慈安的倚任，尚能在军机处执掌大权。慈安死后，慈禧对奕訢不再有所顾忌。过去，所以未把奕訢赶出军机处，除了有慈安的制约外，恭亲王谙练老成、长于外交，慈禧不能不资其臂助。故含忍用之。至1884年，慈禧自觉可以独断，无需扶助，便一脚踢开了奕訢。

1883年12月，在中法战争中，山西、北宁失守。慈禧便决计借此彻底罢黜奕訢，把奕訢集团从清廷的权力中枢中完全清除出去，以使自己真正独揽大权。事有凑巧，祭酒盛昱恰好于此时为山西、北宁等地失守上了一道奏折，要求追究边事败坏的责任。此事据传别有内幕。当时两广总督张树声署调直隶总督，因事与张佩纶结成嫌怨，便托人请盛昱上折参佩纶。盛初时不肯，后经不住对方苦磨，便应允说，张佩纶所倚恃的是军机大臣李鸿藻，参张不如参李，李倒了，张也就无用。盛昱以为，素来参军机大臣的奏折皆不起任何作用，其参军机大臣，原不过是为了敷衍张树声。岂料慈禧正在酝酿罢免奕訢改组军机处的阴谋，盛昱不知内情，便于1884年4月3日贸然参奏，恰为慈禧所用。

慈禧接到盛昱奏折后，如获至宝。她为了便于实施其变更朝局的阴谋，先是将盛之奏折留中不发。次日，命奕訢往东陵为慈安之死三周年行祭奠礼。往年，此本闲散王公之事，而今特派恭亲王，人们即疑其有异。果然，慈禧当天便去寿庄公主府第，借向这位公主赐奠的机会，在那里秘密召见醇亲王奕譞，谋划如何罢免奕訢，由奕譞接管军机处的问题。

奕譞与奕訢素来兄弟不和，而慈禧则有意支持奕譞，排斥奕訢，进一步制造其兄弟间的矛盾。光绪帝继位后，奕譞为免遭到不测，以退为进，以旧疾复发为由，要求免去一切职务。但他早就盼望着代奕訢而执掌国政。此次慈禧召他密谋罢免奕訢，自然乐于效力，他负责起草了罢免奕訢等军机大臣的上谕。之后，慈禧又再次召见奕譞、孙毓汶等人，研究确定了罢黜全体军机大臣的行动计划。4月8日，当奕訢从东陵回京准备向慈禧复命时，革

除奕䜣及全体军机大臣的上谕,已由内阁明发下来。上谕宣布,将奕䜣"开去一切差使","居家养疾",其他军机大臣也全部遭到贬黜,退出军机处。因为奕譞身为光绪帝之父,不便入军机,而由礼亲王世铎任首席军机大臣。军机处的改组完成之后,慈禧又对部院大臣进行了调整。对此,举朝震惊,就是盛昱,对奕䜣等人全遭罢斥,而代之以世铎等人,也极为惊愕和不满,随后又上一奏折,谓"恭亲王才力聪明,举朝无出其右",新任军机大臣与原任者相比"弗如远甚",申明自己原来参劾军机大臣的奏折原"不敢轻言罢斥",要求恭亲王等仍留军机。慈禧见折大骂盛昱,将奏折撕裂,掷于地上。其他大臣有的也上疏为奕䜣等人辩护,慈禧俱留中不发,置之不理。她现在已经没有任何顾忌,举朝实无一人堪可掣其遮天之手,慈禧可以随心所欲地行使其生杀予夺的大权了。

慈禧在不到半月的时间里,完成了清廷最高领导层的重大人事变动。其谋划之诡秘,施行之迅猛,比起当年的辛酉政变,毫不逊色。因这次事件发生在光绪甲申年,故史称"光绪甲申朝局之变"。这是辛酉政变之后慈禧同奕䜣之间20余年明争暗斗的一次决战,结果足智多谋的奕䜣被彻底击败,从此居家赋闲整整10年,只能以吟诗集句等聊以排遣他的忧思和落寞了。这次朝局之变,对清末政局具有重要影响。徐梧生《白醉栋话》评论说:"光绪甲申三月,恭王屏出军机,而以贪庸之礼王继之,朝局日非,遂如江河之日下矣。""枢臣全行撤换,为前此所未有,且新枢臣中唯阎文介差负清命,其余非平庸即贪黩,不孚众望。相传李钦屡欲兴修宫,皆为恭王所阻,即蓄意予以罢斥;而醇亲王奕譞亦与恭王不洽,授意孙毓汶密先拟旨,遂成此变局。礼王即领枢府,仰承意旨,以海军经费移充颐和园工程。外人知我无备也,越十年,遂有东藩之役。识者以为,甲午之外侮,先肇于甲申之内讧。促堪此举,国之亡征,洵不爽矣。"

中日甲午战争后,奕䜣虽然复出,再入军机,但其当年的锐气已消磨殆尽,且体弱多病,思想日趋保守,对慈禧构不成任何危险,已不可能在政治上有所作为了。即便如此,慈禧还是未能放过他。1897年春,慈禧预谋废掉光绪,为了控制奕䜣,使其不致与帝党人物接触,竟以赏假为名,令奕䜣养病,把奕䜣变相软禁在颐和园达一月之久。慈禧还在心理上折磨奕䜣。1897年1月28日,慈禧突发懿旨:"命郡王衔多罗贝勒载莹之子头品顶戴溥伟,著承继郡王衔多罗贝勒载澂为嗣。"在奕䜣长子载澂虽死、但尚有次子的情况下,慈禧竟命溥伟为后,例袭王爵,外示优异,实则无异剥夺奕䜣亲子世爵。奕䜣接此懿旨,悲愤不能自已,但又只好流涕拜命。本来多病的奕䜣,此后更加沉疴难起。

奕䜣病重后，慈禧又假惺惺前往恭王府探病。据金梁《清帝外纪清后外传》载，慈禧"遂赐上用粥十数品，命遍试何者合味，再制赐。王尝数口，已难下咽，遂增剧。翁（同龢）日记'啜粥不能收口'，盖意有指也"。可见，奕䜣之死，慈禧也是有加害之嫌的。奕䜣死去，慈禧自然高兴，但她又故作"大感恸"的姿态，把奕䜣的饰终之典搞得极为隆重。

奕䜣死前大概已预见到清王朝的覆灭结局，他说："我大清宗社乃亡于方家园。"方家园为慈禧母家所在之地，位于京师朝阳门内。其意系指清帝国亡于慈禧之手。但此时他除了呜咽流涕外，又能奈何？如果此时他回想起当年协助慈禧发动辛酉政变的往事，定当悔恨交加。

慈禧因其亲子载淳为帝，得以晋封为皇太后，并由此导致第一次垂帘听政。同治十二年（1873 年），同治帝已 18 岁，并已举行了大婚，应该开始亲政了。其时，对于视权如命，并且已饱享十余年垂帘听政威福的慈禧来说，要她撤帘归政，其心情可想而知。虽然归政后亦自有皇太后的富贵尊荣，但她并不甘退养深宫，从此与心爱的权力绝缘。所以，她只是导演了一场皇帝亲政的把戏，仍旧死死抓住权力不放。她甚至派太监监视皇帝，不准皇帝与他所钟爱但却为慈禧所厌恶的皇后阿鲁特氏接触。任性而放荡的载淳，对此自然很不满，牢骚之余，便索性微服出游，在太监的暗导下到紫禁城外寻花问柳，逛起妓院来，后来，竟染上了可怕的性病。贵为天子，得此恶疾，实属荒唐至极，太医岂敢照本实发？因而只能以天花病敷衍塞责，结果愈治愈重。据说载淳病笃时曾叫其老师李鸿藻草拟遗诏，立"溥"字辈中的一个年纪较大的侄儿继位。李鸿藻很清楚这并不合慈禧的意图，于是马上告密，慈禧立即下令不再给载淳送药、送饭。一说慈禧明知其病因，但只给他送不对症的治天花的药。总之，只望其速死。如果此两说属实，慈禧之心真可谓毒如蛇蝎，为了权力，竟全然不顾骨肉之情，即便牺牲自己的唯一的亲生儿子也在所不惜。

同治十三年（1874 年）十二月初五日，受尽溃烂之苦、已不成人样的同治帝终于含恨死在养心殿。年仅 19 岁的他，自然不甘过早地命丧黄泉。据《清朝野史大观》记载："久之毒发，始犹不觉，继而见于面，益于背，传太医院治之。太医一见大惊，知为淫毒而不敢言，反请命慈禧，是何病症？慈禧传旨曰：'恐天花耳。'遂以治痘药治之，不效。帝躁怒，骂曰：'我非患天花，何得天花治？'太医奏曰：'太后命也。'帝乃不言，恨恨而已。"同治帝的躁怒、"恨恨"皆无济于事，一道太后之旨就这样不明不白地要去了这个年轻皇帝的性命。

同治帝死去，自然须再立新君。按照清朝帝位父子相传的祖宗家法，理

当选立"溥"字辈者继位,但慈禧竟悍然不顾,公然冒天下之大不韪,不容大臣们争议,径直斩钉截铁地宣布立醇王奕譞和她的胞妹之子4岁的载湉为帝,让他继承文宗显皇帝为子,入承大统。定明年为光绪元年,她以皇太后的身份再次垂帘听政。这种决定连新皇帝之父奕譞都感到承受不住,竟出人意料地碰头痛哭,"昏迷伏地"。

同治帝皇后阿鲁特氏,因慈禧故意使光绪帝载湉为文宗显皇帝之子,使她在宫中处于"既非皇后,亦非皇太后,无所位置"的尴尬境地,最后终因不堪忍受慈禧的折磨和凌辱,在同治死后不到百日便自杀身亡。慈禧又故意掩盖事实真相,说皇后之死是"毁伤过甚,遂抱沉疴(旧指病)","遽尔崩逝",并一反平时嫌恶阿鲁特氏的常态,大力赞扬一番,又为其加上长长的谥号。

光绪之得立,完全是由于慈禧个人的权力欲望所致。同治帝亲政,本非她之所愿,因而她巴不得有这样再度立幼而继续垂帘听政的契机,想不到亲子意外夭亡,竟给她带来了二次垂帘之喜,这就难怪她立载湉之意是如此强硬了。在事涉权力的重要关头,她是从来没有一丝犹豫和畏缩的。在此情势之下,"立长"之说自不能行,但"立幼"也不能在同治的侄辈中选择,如这样做,慈禧的身份便由皇太后升格为太皇太后,而不便垂帘把持朝政了。载湉所以成为慈禧心目中最为理想的人选,还有其他两种理由:其一,载湉不但系咸丰帝之侄,也是慈禧之姨侄,关系较他人尤为密切,因而载湉之驾驭,自较他人为易;其二,因慈禧与其妹往来密切之故,对于年甫4岁的载湉,必知其赋性柔弱温驯,便于控制。光绪之立,使本来已经"归政"的慈禧再度垂帘听政,包揽朝政数十年,对中国后来政局的影响是至关重大的。

光绪帝在慈禧的严厉的管教之下毕竟长大了。光绪十二年(1886年),载湉已经16岁,慈禧不得不宣布明年正月"归政"于君,自己只是"训政"。但是直到光绪十五年(1889年)2月方举行亲政大典。此后,皇太后在理论上已交出权柄。然而这不过是表面文章,事实上朝野大权依然控制在慈禧太后这个"老佛爷"手中。慈禧规定,光绪帝每日所阅的奏章都须在事后封送颐和园,以备太后阅看。实际仍居幕后操纵。

光绪二十四年(1898年)春夏之交,光绪为了避免亡国之君的厄运和摆脱自己的傀儡地位,决定接受康有为等人所提出的一些变法措施。6月11日,他颁布了"明定国是诏",宣布变法。此后,光绪帝陆续发布了110多道诏令,以推行新政。经济方面有:保护农工商业,设立农工商局,开垦荒地,提倡私人办实业,奖励新发明、新创造;设立铁路、矿产总局,修筑铁路,开采矿产;设立全国邮政局,裁撤驿站;改革财政,编制国家预算,等等。文教方

面有：改革科举制度，废八股，改试策论；设立学校，开办京师大学堂；设立译书局，翻译外国新书；允许自由创立报馆、学会；派人出国留学、游历，等等。军事方面有：训练海、陆军，陆军改练洋操，裁减旧军，以及力行保甲，等等。政治方面有：删改则例，裁汰冗员，取消闲散重叠的机构；准许"旗人"自谋生计，等等。

新政触动了后党的利益，招致了一切封建顽固势力的抵制和反对。他们把持着中央和地方的实权。根本就没有把这个傀儡皇帝放在眼里。因此，光绪的变法诏书，大都成了一纸空文，而且顽固派又抓紧部署力量，准备发动政变。

6月15日，慈禧迫使光绪下令免去翁同龢的军机大臣等一切职务，驱逐回籍，借以孤立光绪。

同一天，慈禧又迫使光绪下令，授任新职的二品以上的大臣，须到太后面前谢恩。这一违反常例的规定，目的在于把用人大权抓在自己手里。

同一天，慈禧还强迫光绪任命她的亲信荣禄署直隶总督。不久，荣禄便由署理而实授，并加文渊阁大学士衔，统帅董福祥（甘军）、聂士成（武毅军）、袁世凯（新建陆军）三军。与此同时，慈禧又广派亲信，把北京城内外和颐和园的警卫权统统抓在自己手里。

尽管一时间维新变法搞得颇为热闹，但老谋深算的慈禧上述三道假皇帝之手所发出的打击新政的命令，已经为发动反动政变做好了准备。

光绪对慈禧也进行过反击。9月4日，他下令将后党分子礼部尚书怀塔布等六人全部革职。9月5日，光绪帝特别给谭嗣同、刘光第、杨锐、林旭等四品卿衔，担任军机处章京，加紧推行变法。9月7日，又将阻挠新政的李鸿章等人从总理衙门赶走。这些更进一步激怒了慈禧，她加紧策划政变，不断派人去天津与荣禄密谋。荣禄突然调动聂士成的军队移驻天津陈家沟，调动董福祥的军队移驻北京外围长辛店。京津一带还盛传10月间慈禧偕光绪去天津阅兵时，荣禄将举行兵变，废掉光绪。

9月28日，谭嗣同、刘光第、杨锐、林旭、康广仁、杨深秀等维新派人士被杀于宣武门外菜市口，"六君子"为变法而殉难。康有为由英国兵舰护送逃到香港；梁启超在日本掩护下化装逃往日本；翁同龢在家乡被管制；积极推行新法的湖南巡抚陈宝箴以及其他四十多人，通通被革职。具有历史进步意义的戊戌变法运动就这样被慈禧残酷扼杀了。戊戌变法的惨败，说明在慈禧统治下的腐败清王朝，哪怕是进行一点微弱的改良也是不可能的，它只能不可救药地走向死亡。

一些学者认为，慈禧所以发动政变，囚禁光绪，捕杀谭嗣同等人，主要原

因不在于政见之争，而在于权力之争，在百日维新之前，慈禧并无反对变法维新之举；相反，对于变法倒是颇为关注并表示赞赏的，就是"明定国是诏"，也是经过慈禧同意后才颁布的，于是光绪帝所领导的百日维新运动才得以颇有声势地开展起来。后来只是因光绪骤然裁撤了京师闲散衙门，以及将礼部六堂官统统革职，触犯了慈禧亲信的利益，慈禧"方憎帝操切"，帝后之间的关系才开始紧张起来。后来袁世凯告密，说光绪欲谋围颐和园、捕杀西太后，慈禧闻讯怒不可遏，才促使政变发生。戊戌政变发生后，王照在《方家园杂咏二十首并记事》中就曾经评论说："戊戌之变，外人或误会为慈禧反对变法，其实慈禧只知权利，绝无政见，纯为家务之争。"陈夔龙在《梦蕉亭杂记》中也说："光绪戊戌政变，言人人殊，实则孝钦并无仇视新法之意，徒以利害切身，一闻警告，即刻由淀园还京。"王照属维新派，陈夔龙属荣禄党羽，此二人见解居然一致。上述看法倒也符合慈禧这个女权力狂的特殊性格。

慈禧"手无一兵，潜入宫中，制德宗如孤雏"，轻松地击败了帝党，从此临朝听政，直接执掌政权，且政敌扫尽，障碍皆除，从而成为名副其实的大独裁者。

戊戌政变后，成了阶下囚的光绪帝，受尽了慈禧的百般凌虐，不但行动不得自由，其所遇更苦。野史传闻，有所谓打落牙齿而不准送治，以致痛苦不堪之说；又有故意赐茶赐食，使之饱胀不堪，而慈禧及其近侍阉人反引为笑乐之说；而尤为甚者，更有慈禧命溥㑦与皇后隆裕同室，以挫辱光绪之说。种种传说，不胜枚举。虽然其间可能有附会揣测之说，不可尽言，但慈禧对光绪的虐待和迫害则是公认的事实。《金銮琐记》有诗云："朝罢归来撤御桥，湖边老屋冷萧萧。神龙或挟风云遁，权用瀛台作水牢。"形象地描绘了光绪被囚后的生活。历史学家多认为光绪是历史上最苦命的皇帝。贵为至尊，遭此境遇，岂不令人浩叹！而身为光绪母后兼姨妈的慈禧，又何至于如此残忍！

很明显，慈禧如此虐待迫害光绪，就是欲置其于死地。然而，面对慈禧的虐待，光绪却能默默地忍受；面对太后及宫人的种种凌辱，光绪则"佯若不闻"，"始终以呆痴应之"。或许，他是在忍辱偷生地等待年老的慈禧寿终之后再重掌皇权的那一天罢了。然而慈禧是不会让他再有这一天的，她开始准备废掉他，而不允许这名囚犯再继续戴着"皇帝"的头衔了。

实际上，慈禧早就想废掉光绪了，王照的《方家园杂咏纪事诗》有记载说："戊戌八月变后，太后即拟废立，宣言上病不起，令太医捏造脉案，遍示内外各宫署，并送东交民巷各国使馆。"只是弄巧成拙，没想到外国"各使侦知其意，会议荐西医入诊，拒之不可"，一些大臣也不甚赞同，慈禧、荣禄等担心

"中外之口难防",才不得不"悚然变计","得暂不动",光绪也才有幸苟延残喘。后来,荣禄又向慈禧献密计:立端王载漪之子溥㑺为同治皇帝的嗣子作为皇太子,然后再废掉光绪皇帝。于是慈禧便宣布立储庆典于光绪二十六年(1900年)1月24日举行。不料各国公使届时又不入贺。"后命荣禄告李鸿章,私以废立意询各国公使,皆不协,后益大恨"。而尤使慈禧恼恨的是,英国传教士李提摩太不但把康有为送走,又帮助经元善逃到澳门。这个经元善与康有为关系密切,在慈禧发动政变后,还上疏请求保护光绪皇帝,因此,也在通缉之列。这样,慈禧太后便与西方列强发生了尖锐的矛盾。而载漪因外国公使阻挠其儿子"大阿哥"溥㑺登基,也恨洋人,慈禧太后便让他做了总理各国事务衙门的首班。其他一批宰辅大臣也多是昏聩顽固、盲目排外之人。如吏部尚书刚毅把学堂视为培养汉奸之地;大学士徐桐,以理学自命,每见洋人则以扇掩面;刑部尚书赵舒翘曾保证在本省永无开矿之事;李秉衡见洋服洋操便故作惊视之状;崇绮则一生中从未见过报纸。这一班在戊戌政变后赞襄政务的大臣,就其保守性和排外性而言,曾被某报刊称为"极中国之选"。这一伙人为了争权夺利,曾下令组织保甲团练,以对付洋人。没想到保甲团练没办起来,震惊中外的义和团运动却进一步兴起。

义和团运动本是广大人民群众反侵略反封建压迫的爱国主义运动。清政府极端仇视义和团,一直采取剿杀的政策,但随着民族危机的加深,义和团运动的声势却有增无减。1900年春,山东义和团大批进入直隶,其后又迅速向北京发展。义和团运动的巨大威力,迫使慈禧不得不暂时停止剿杀。6月16日、17日两天,慈禧连续召开御前会议,商议是否利用义和团来防止外国人支持光绪皇帝,以达到"借刀杀人"的目的。载漪为了使溥㑺早日登基,便令人伪造了一份各国叫太后归政给光绪皇帝的假照会。这份假照会立即触痛了慈禧的禁脔:要她归政,那无异于要她交出性命!慈禧立时勃然大怒,在气急败坏、利令智昏的情况下,她当即作出了一个铤而走险、丧心病狂的选择:与其拱手交出自己的权力,不如一战为好。于是,她立即派人通知各国公使"下旗归国"。18日她宣布:杀一洋人者,赏银五十两;杀一洋妇者,赏银四十两;杀一洋孩者,赏银三十两。董福祥的军队里,有人杀了一个洋人,竟赏银五百两。她悻悻地说:"迫我归政,不得不以此报之!"20日,刚毅从涿州返京,说义和团是"刀枪不入"的神兵,慈禧便宣谕和外国开战,叫义和团攻打各国使馆,表示要"大张挞伐",与各国"一决雌雄"。

义和团的勇士们,怀着满腔爱国义愤,用大刀等最原始的武器与外国军队的枪炮相搏,浴血奋战。

清朝的官军,除聂士成率领的武毅军尚能英勇战斗外,其他军队则在观

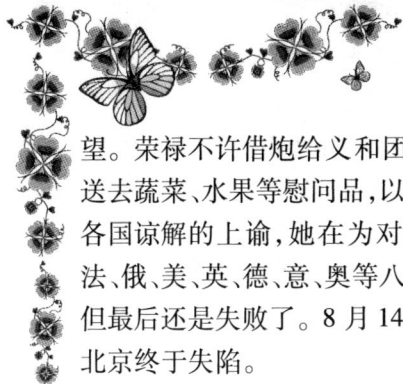

望。荣禄不许借炮给义和团，载勋等不准施放枪炮。他们甚至给外国使馆送去蔬菜、水果等慰问品，以及呈递王公大臣的名片。慈禧同时又发布乞求各国谅解的上谕，她在为对外投降准备后路。他们把义和团出卖了！日、法、俄、美、英、德、意、奥等八国联军不断调兵遣将，义和团仍进行殊死抵抗，但最后还是失败了。8月14日，英军攻破广渠门，俄、日等侵略军相继入城，北京终于失陷。

慈禧集团的对外宣战，前人已有定论，即她们纯系基于"私愤"，而绝非出于"公义"。这是她们最卑劣、最自私的个人权力欲望受到威胁之时所作出的荒唐的决定。她们视军国大事如同儿戏，利用义和团的爱国义愤为一己之私利服务，结果把人民群众推向了更为苦难的深渊。慈禧的轻率对外宣战，给帝国主义列强进一步侵略中国以可乘之机。八国联军入北京后，进行了大规模的洗劫，随后又强迫清政府签订了苛刻无比的《辛丑条约》。其中赔款一项，多至四亿五千万两，分39年还清，本利共计，竟达九亿八千万两，此外，还有各省地方赔款二千多万两！贫穷的中国，从此更加贫穷了！慈禧，作为一个已经60余岁的老太婆，为了保住个人的权力，仅因一个莫须有的"归政"谣传，就使中国人民付出了如此惨痛的代价！

在这场战争中，慈禧等人不仅表现出极端的自私和卑劣，而且表现出惊人的愚昧和无知。他们不但迷信义和团的"神术"，甚至还乞求传说中的各种神灵的帮助。如御史徐道焜郑重奏称："洪钧老祖已命五龙守大沽，夷船当尽没。"另一御史陈嘉也上奏，自称得"关壮缪帛书"，该帛书预言"夷当自灭"。吏部尚书启秀上奏，说五台山和尚普济有十万神兵，建议朝廷召见普济以"会歼逆夷"。号称大学士的徐桐也献策请慈禧太后焚香跪请骊山老母下凡，以尽平洋人。凡此种种不啻痴人说梦，而慈禧居然听之信之。在庚子事变中慈禧集团的各种表演，实创千古未有之奇闻。

当八国联军进入北京前一日，慈禧扮作乡间农妇，穿蓝夏布衫，梳着汉式便髻，令光绪皇帝穿了蓝布衣裤，带着自己的亲信臣仆，仓皇逃出北京。她一方面授李鸿章"便宜行事"，要他赶快与帝国主义商谈投降；另一方面则发布命令，要官兵对义和团"痛加铲除"。在离开紫禁城的仓猝匆忙之际，她仍然没有忘记对她所恨的人进行报复，将光绪帝的难友和知己珍妃残忍地推入宁寿宫外的大井之中。慈禧一行，沿途"豆粥难求"，这个一生作威作福的太后，第一次尝到狼狈逃窜和忍饥挨饿的滋味。但是，慈禧一到太原，惊魂甫定，便又大摆起"佛爷"的架势来。在从太原向西安的奔逃中，其生活更加奢侈腐朽，她在西安的膳食，日选菜谱百种，其伙食费一天竟高达二百两银，还说是"俭省多了"。而且还日夕观看演戏为乐。而此时正值陕西人民

遭受严重自然灾害,发生大饥荒的时刻。在其次年离开西安回銮北京之时,更是大讲排场,"沿途千官车马,万乘旌旗",堪称威风。所经之地,无不兴师动众,大兴土木,修筑跸路,遍建行宫,直弄得田地荒芜,民不聊生。

在西逃过程中,慈禧还以光绪皇帝的名义发表《罪己诏》,把自己对于庚子之乱的责任完全推到光绪帝身上。没想到过去视为赘肬(喻无用东西)的囚犯皇帝此时竟派上用场。

回到北京的慈禧太后,没过多久,又奢侈依旧,大修颐和园,穷极富丽,日费巨金,歌舞无休日。和此前相比,只有一点不同,那就是对洋人变得更加驯顺。她不仅撤帘召各国公使、慰问公使夫人,还花了五百多万两的巨款,建起西式的"海晏堂",备作西餐,动辄盛筵宴请洋人,对其摇尾乞怜,媚态可掬。清王朝的这个说一不二,权势无比的主子,现在又变成了帝国主义的百依百顺的奴才。她的"宁赠友邦,勿予家奴","量中华之物力,结与国之欢心"之语,已成为卖国贼和洋奴的著名格言。

慈禧为向西方列强讨好和掩国人耳目,居然也开始实行所谓"新政",如废八股考试、除满汉通婚之禁、向外国派遣留学生、奖励工商业,以及法律、兵制和官制方面的改革,等等。然而这一切已经无法挽回病入膏肓的清帝国的灭亡命运了。

在这个垂死帝国入殓之前,74 岁的慈禧也走到了人生的尽头。光绪三十四年(1908 年)十一月十日,这个"老佛爷"怀着无可奈何的心情,告别了她心爱的权力,而一命呜呼。在她归天之前一日,38 岁的光绪帝已先她而死,慈禧太后故伎重演,又由她一手决定,立年仅 3 岁的溥仪为帝。或许她还在做着继续操纵朝政之梦,而没有料到死神的突然降临。

光绪与慈禧之死,仅一天之隔,人们怀疑光绪也乃慈禧所害,这至今仍是清末一大疑案。果真如此,慈禧实属歹毒至极,死到临头,仍在害人,真可谓把坏事干到家了。

❖ 洋务运动 ❖

19 世纪 60 至 90 年代,清政府在太平天国和捻军农民起义的打击下,又在第二次鸦片战争中再次被外国侵略者打败。面对这种形势,封建统治阶级营垒中的一些有识之士,如在中央官吏中以总理衙门大臣奕䜣、大学士桂良、户部侍郎文祥等为代表,在地方官吏中以两江总督曾国藩、闽浙总督左宗棠、直隶总督李鸿章以及后起的湖广总督张之洞等为代表;他们感受到外国的"船坚炮利",从而意识到无论拯救民族危亡,还是维护自身统治,都不能再固守陈腐的"祖宗之法",唯一的办法是向西方学习,引进先进的生产方

式和物质文明;他们还继承了林则徐、魏源的"师夷长技以制夷"的思想,这就形成了以拯救清王朝封建统治、御侮自强为目的,以引进西方先进的生产技术为主要内容,以"中学为体,西学为用"为宗旨的向西方学习的潮流,史称"洋务运动",旧称"同光新政"(意即同治、光绪年间举办的"新政",又称"自强新政")。

洋务运动初期,是在"自强"的口号下筹建近代军事工业和编练新式海军。咸丰十一年(1861年)底,曾国藩在安庆设立"内军械所","制造洋枪洋炮,广储平实",是洋务派兴办军事工业的起点。同治三年(1864年)安庆内军械所随军迁到南京。安庆内军械所虽然是以手工业制造为主,但却是当时清军的一大武器供应中心。

同治四年(1865年)六月,曾国藩、李鸿章在安庆内军械所和上海、苏州洋炮局的物力、人力和技术经验的基础上,收买了美国人在上海虹口地区创办的旗记铁厂一座,又将容闳从美国购买的"制器之器"一并归入,正式成立"江南机器制造总局",简称"江南制造局"、"上海制造局"、"沪局"。该局由原旗记工厂主科尔任制造技术指导,其一切事宜最初由上海海关道日昌督察筹划,后又任命湖北补用道沈保靖督办。创办经费约用银二十余万两。同治六年(1867年)江南制造局因厂地狭窄,由虹口移至上海城南高昌庙镇,进行扩建,到光绪十九年(1893年),共建成工厂十五个,增设方言馆、炮队营、工程处、翻译馆各一个及各种附设机构十多个,建置经费先后用银二百万两。江南制造局从事军火生产、轮船修造、机器制造、科技书籍的翻译和培养外语人才。所制造的枪炮、弹药,供应南北驻军,"遍及全国,共达七八十个单位"(主要是湘、淮军)。同治四年(1865年),李鸿章将由马格里主办的苏州洋炮局移设南京雨花台,扩建为金陵制造局,简称"宁局",主要生产枪、炮、子弹和军用物资。到80年代上半期,已有工厂十余座,用银约五十余万两,所造之枪炮弹药主要供应南北洋驻军。同治五年(1866年),左宗棠在福州创办船政局,后由沈葆桢接办。船政局由铁厂、船厂和学堂三部分组成。初由法国人日意格和德克碑任正副监督,雇用工人1700至2000人。原计划五年内造船16艘,创办经费约40余万两银,每月造船经费53两银。同治八年(1869年)开始生产,到同治十三年(1874年)共造船15艘,这时船政局共有工厂16座,船台三座,先后用银达135万两。光绪元年(1875年)船政局由艺局学生主持接办,开始仿造旧式木船。从光绪二年(1876年)起,造750匹马力的新式机器铁胁轮船,光绪七年(1881年)为南洋水师造三艘2400匹马力、排水量为2200吨的巡洋快船。同治六年(1867年),恭辛王奕䜣奏准,由三口通商大臣崇厚在天津办"天津军火机器局",同治九年(1870

年)由直隶总督李鸿章接办,改称天津机器制造局,简称"津局"。不久,李鸿章将洋总办密妥士免职,另委沈保靖为总办。天津机器局主要生产火药、枪炮、子弹,供应淮军和直隶用练军。到19世纪80年代上半期,先后共用银110余万两。

在同一时期内,各地还设立许多军工厂,"唯一省仿造,究不能敷各省之用",到光绪十年(1884年)为止,清政府先后设厂局20所,除江南制造局停办外,其余十九所分布在全国十二个省区。从60到90年代的三十多年中,洋务派创办军事工业,共用银4500万两,均由国库支出;所有局厂一律归官办;生产的枪炮弹药和轮船均由清政府调拨发给湘、淮军和沿海各省使用;每个厂局均有成群的官吏,机构庞大,洋务派创办洋务首先聘请洋员。

在洋务运动中,洋务派也筹建新式海军。咸丰十一年(1861年),恭亲王奕䜣请英人"协助购买欧洲造战舰"。同治元年(1862年),两广总督苏崇光与英人议定,向英国购买兵船。同治二年(1863年),一支包括大小船只八艘的舰队,由英国海军军官率领到达上海。由于英国人强夺中国海军的指挥权,清政府拒绝接受,这支舰队被遣散。清政府先后用银160余万两的筹建海军活动失败。同治五年(1866年),清政府批准了左宗棠的"设局监造轮船"的建议,决定江南制造局、福州船政局各以造船为重点,仿照西方,制造兵船,以装备海军。同治十年(1871年),两厂分别造出"惠吉"、"测海"、"操江"、"万年青"、"福星"等兵船数艘。同治十三年(1874年),丁汝昌提议建立北洋、东洋、南洋三支水师。光绪元年(1875年),由两江总督沈葆桢、直隶总督李鸿章等人倡议,经总理衙门准,拨银四百万两,作为筹办海军军费,准备在十年内建成南、北、粤洋三支海军,后由于财力有限,决定"先就北洋创设水师一军"。沈葆桢死后,海军大权集于李鸿章一身,他在天津设水师营务处,办理海军事务;又于光绪六年(1880年)在天津设立水师学堂,训练北洋系海军军官。同时又用银三百万两,从德国购买"定远"、"镇远"两只铁甲舰。光绪七年(1881年),李鸿章派丁汝昌统领北洋海军。光绪十年(1884年),三洋海军初具规模,南洋海军约有军舰十九艘、北洋海军约有军舰十五艘、福建海军约有军舰十一艘。光绪十年(1884年)六月,中法战争爆发,八月,法国远东舰队击毁了福建海军全部舰船,并摧毁福州船政局,南洋海军也受到损失,只有李鸿章的北洋海军保存了实力。李鸿章又向英国订购了"致远"、"靖远"和从德国购进"经远"、"来远"等舰,北洋海军实力增强。在这前后,李鸿章又修建了大沽、旅顺船坞,为修理铁甲舰之用。光绪十四年(1888年),北洋海军正式成军,丁汝昌任海军提督,拥有军舰二十二艘。军事训练由英、德国人操纵。光绪二十年(1894年),北洋海军在中日甲午战争

中全军覆灭,结束了北洋海军的历史。

洋务派在开办军事工业的活动中,需要巨额经费,使他们感到"百方罗掘,仍不足用",认为外国资本主义以工商致富,由富而强,认为"求富"是"求强"的先决条件。因此,洋务派仿照西方,开展了建立民用工业的"求富"活动,借以达到"兴商务,浚饷源,图自强"的目的。

从70年代开始,洋务派采取了官办、官督商办和官商合办的形式,创办民用工业,包括采矿、冶炼、纺织、交通运输等等,到九十年代中期,共办几十个企业。

同治十一年(1872年),李鸿章派漕运委员朱其昂创办轮船招商局,这是洋务派创办民用工业的开端。轮船招商局共招商股73万多两银,海关拨官款190多万两银,官督商办。总局设在上海,在上海天津等地设码头,代政府运漕米等。光绪二年(1876年),李鸿章派唐廷枢筹办开平矿务局,光绪三年(1877年)九月在开平正式创立,招商股80多万两银,官督商办,光绪三年(1878年)开井。次年使用外国机器,按新式方法开采。光绪七年(1881年),开平矿务局每日出煤"五六百吨之多"。十余年后,开采量增加,每日"可出煤一二千吨",且"煤质极佳,甲于他处"。光绪五年(1879年),李鸿章在大沽和北塘海口炮台试架设电报到天津,"号令各营,顷刻响应"。光绪六年(1880年)九月,李鸿章在天津设电报总局,由盛宣怀任总办。电报线由天津沿运河南下至上海等地,以后又架设了上海至南京及南京至汉口的线路。光绪八年(1882年)四月,电报局改为官督商办,招商股80万元。光绪十年(1884年),电报总局迁往上海,并在各地设电报分局。光绪十六年(1890年),即电报总局成立十周年时,电报线已遍布全国各地。光绪七年(1881年)成立黑龙江漠河金矿,商股七万两银,官款13万两银,官督商办,李鸿章派吉林候补知府李金镛办理。光绪十五年(1889年),用新式机器开采,这一年产金18961两。同年两广总督张之洞主持兴办汉阳铁厂,由清政府拨款二百万两银作资金。光绪十六年(1890年),在大别山下动工兴建,光绪十九年(1893年)完工,共建十厂。官办无款可等,后由盛宣怀接手,改为官督商办。光绪二年(1876年),李鸿章和两江总督沈葆桢开始议办上海机器织布局,光绪五年(1879年)派郑观应筹办,光绪八年(1882年)成立,招商股银达五十万两,采取官商合办形式。该局享有十年专利,不许民间仿办,光绪十六年(1890年)开工,营业兴隆。光绪十九年(1893年)失火,损失约70多万两银。光绪二十年(1894年)又设华盛纺织总厂,下设十个分厂。光绪十五年(1889年)八月底,张之洞在两广总督任期内奏准在广东设织布局,后张奉调湖广总督,织布局随之迁往湖北,由于筹办资金困难,张之洞先后向英国汇

丰银行借款十六万两银,于光绪十七年(1891 年)开始建造厂房,光绪十八年(1892 年)底才正式开工,尚有盈余。

洋务派在 19 世纪 70 年代后的二十九年里,先后创办了 41 个资本主义性质的企业,到光绪二十年(1894 年)尚存三十个,共计资本约计 3900 万元。这是中国早期的官僚资本。

此外,洋务派从同治元年(1862 年)起,先后设立京师同文馆、上海方言馆、福建船政学堂和天津水师学堂等 20 多所近代学校,培养外语和近代科技人才。从同治十一年(1872 年)至光绪十二年(1886 年),清政府还向欧美国家派遣近 200 名留学生。

随着北洋海军在中日甲午战争中的覆灭,洋务运动也宣告破产。

中法战争

19 世纪 50 年代末,法国军队开始进攻越南南部,吞并了越南南圻诸省,70 年代又把势力扩展到北圻。同治十年(1871 年)后,法国探明红河是通往中国云南的航道。于是两年后便出兵攻袭河内及其附近各地,以便控制红河航行权,遭到了越南军民以及驻扎中越边境的中国人刘永福率领的黑旗军的顽强抵抗。进入 80 年代,法国组成了茹尔·费理内阁,极力扩大侵越战争。光绪九年(1883 年)八月,法国军队攻陷越南首都顺化,迫使越南政府签订了《顺化条约》,越南接受法国保护。随后把目标指向中国,要求清政府承认法国对越南的统治,撤出在越南的中国军队,并开放云南边界。面对法国军队的步步紧逼,清政府多次派李鸿章去进行交涉,李鸿章虽然做了妥协,但是法国并不满足,是年十月,法国谈判代表特利古宣布中止谈判。

此时,清政府内部出现了主战和主和两派。以李鸿章为首的淮系集团,一意主和,另一部分官员,如翰林院侍进学士周德润、陈宝琛,两江总督刘坤一,驻法公使曾纪泽等人都持主战观点,认为越南是中国的外藩,理应加以保护,决不能坐视不理。随着法军的不断深入,清政府"保全和局"的幻想逐渐破灭,于是清廷传旨,奖励黑旗军将领刘永福"矢志效忠、奋勇可靠",从此主战派的主张占了上风。

光绪九年(1883 年)十月下旬,法国政府任命孤拨为越南北部法军的总司令。冬天,茹尔·费理在议会上宣布:法国已经决定牢固地立足于红河三角洲,占据山西、兴化、北宁等地。而这些地方正是清政府极力捍卫的地盘,其中北宁由清政府正规军驻扎。十一月十七日,驻法公使曾纪泽照会法国政府,确切声明:茹尔·费理十月三十一日议会上宣称要占领的地区驻有中国军队,这些守军的任务是保护中国本身及越南的利益;如果法国挑起中法

两国军队之间的冲突，将引起严重后果。在此前一天，总理衙门也以同样的内容照会法国及各国驻华使馆。与此同时，清军在山西的部队张旗、着号衣、列队三日，表示中国军队驻扎此地，"犯必开仗"。法国军队不顾中国方面的一系列警告，于十二月十四日发动进攻，中法战争正式开始。

十二月十四日，法军5000人在孤拔的指挥下，水陆并进，进攻山西城，守军与法军血战三昼夜，山西失陷。次年二月，米乐继孤拔为法国军队总司令，兵员增加到16000人。三月，法军进攻北宁，清军不战而退。几天之后，北宁失陷，法军继续北进，占领太原和兴化，至此，法国军队完全占领了红河三角洲。清政府因军事上的一时失利而惊慌失措，法国乘机由一海军军官福禄诺出面诱降。此时议和活动的主要牵线人李鸿章鼓吹"遇险而自退，见风而收帆"，并极力炫耀法国的武力，恫吓清政府。光绪十年（1884年）五月，清政府派李鸿章到天津与法国代表福禄诺谈判，慈禧严令李鸿章"不得迁延观望，坐失良机"，十一月签订了《中法会议简明条款》。条款中承认法国有权保护越南，并将进驻北圻的中国军队调回边界，法国商品可以由越南自由输入中国。这样就向法国打开了西南大门。消息传到清廷，在朝廷内部掀起一片反对声，然而控制实权的慈禧太后完全接受了这个条约，以为如此一来，就可以避免中法之战。

然而，条款签订后不久，法国军队七百多人又到谅山附近，对尚未接到撤防命令的清军发动进攻，声称三日内一定要清军立即退出谅山，并在观音桥打死前去解释的清军代表，随即炮轰清军阵地。清军被迫还击，打退法军，这就是所谓的"北黎事件"。法军被击退后，法国政府驻北京公使向清政府提出抗议，声称中国方面破坏了《中法会议简明条款》，中国应该对这次军事行动赔偿法国二亿五千万法郎，并声称要以海军进攻中国，占领中国的一两个海口作为赔款的抵押。清政府认为这是毫无理由的要求，但为了谋求解决争端的途径，表示愿意在一个月内撤退驻越全部清军，并派曾国荃等人去上海与刚到中国的法国公使巴德诺进行谈判，并请各国出面主持公道。李鸿章怂恿曾国荃为法国伤亡士兵向朝廷请款加以抚恤，于是在谈判中曾国荃擅自答应巴德诺，愿出抚恤费银50万两（约合350万法郎），没有得到巴德诺的认可。与此同时，法国派孤拔率领法国海军远东舰队开到台湾海峡。是年八月五日，法国远东舰队的一支分队在副司令利士比率领下，进攻台湾基隆，遭到当地守军的抵抗。法军见台湾守军早有准备，转而集中力量进攻福州。这时，清政府拒绝了福建官员提出的拦阻法舰入口、"塞河先发"的建议，不准清军先行开火。于是法军舰队驶入马尾军港，与福建水师兵轮毗邻相接。八月二十三日，法国驻福州领事通告说，本日开战。随即马尾港

内的法国军舰立即发动攻击,大炮、水雷同时轰击中国兵轮。福建船政大臣何如璋和会办福建海疆事务的张佩纶,事先未有任何准备,见到法军进攻,只好仓促应战,结果大败。仅一个多小时,军舰八艘、商舰19艘就全部被击毁,接着法舰又炮轰马尾造船厂,将之全部击毁。法国军舰只有几艘受到损伤。消息传出后,清廷大震,举国哗言。清政府于八月二十六日正式对法宣战。此后,战争主要在台湾、澎湖及越南北部进行。

在台湾方面,法军于十月初对基隆和淡水发动进攻,督办台湾军务大臣刘铭传放弃基隆,退守淡水。光绪十一年(1885年)一月至三月,占据基隆法军向台北进攻,清军和当地居民顽强抵抗,在淡水大败法军,粉碎了法军夺占台湾的计划,法军遂于三月侵占澎湖。

在越南北部,战争分东西两路进行。同年初,法军着重进攻东线,中国守军潘鼎新放弃谅山,逃回广西,法军几天之内不战而夺取了谅山、文渊州等数百里的地方。随后法军又向中国广西边界进攻,三月,中法两军在镇南关(今友谊关)进行了关系全局的一战。二十三日,法军倾巢出犯镇南关,中国军队在年近70岁的老将冯子材的指挥下,沉着应战。法军攻势凶猛,冯子材率军居中,身先士卒,法军全线溃败。前线统将尼格里受重伤,清军乘胜追击逃窜的法军,连克文渊州、谅山,夺回半年前失去的全部阵地。西路黑旗军与越南义军配合,大败法军,取得了临挑大捷,相继收复十几个州县。

法军战败的消息传到巴黎,引起法国政府的恐慌,三月三十日,巴黎市民举行游行示威,反对侵略战争,高呼"打倒茹尔·费理"的口号,茹尔·费理内阁当晚垮台。战争的形势对中国有利,中国军队也掌握了战场上的主动权。然而,恰在这时,李鸿章等人却提出"乘胜即收"的主张,要同法国进行谈判,得到清廷准许。此时战争正在进行,清朝官员不便于直接同法国人谈判,就委托总税务司英国人赫德进行斡旋,赫德从中法战争开始就曾在中法之间充当调停人。于是赫德派英国人金登干去巴黎,全权代表清政府与法国政府和谈。经过秘密谈判,金登干以清政府的名义在巴黎和法国政府签订了停战草约。光绪十一年(1885年)四月七日,慈禧太后颁发停战令,并加紧与法国进行缔结和约的谈判。谈判仍在巴黎进行,金登干是清政府的主要代表,李鸿章就细节和约文加以核对。六月九日,李鸿章和法国公使巴德诺在天津签订了《中法会订越南条约十款》,重申《中法会议简明条款》有效,承认法国对越南的统治权,同意在云南、广西两省的中越边界开埠通商,并给予特殊权益,规定中国以后如在这两省修造铁路,要同法国人商办。从此法国势力侵入中国西南。中法战争以中国"不败而败"、法国"不胜而胜"结束。

马尾海战

马尾据闽江口的上游,闽江与乌龙江汇合之处,是由外海至省城的必经之地,是中国的军、商港口,福建水师的基地,并建有中国最大的造船厂。清政府为了加强福建沿海的防御,派张佩纶为会办福建海疆事宜钦差大臣,并会同福建船政大臣何如璋、福州将军穆图善、闽浙总督何琛、福建巡抚张兆栋等,共同筹划海防和岸防事宜。清军在闽江口的部署上,把陆地守备的重点放在长门、闽安、马尾和福州,把水师舰船集于马尾港。法军自进攻基隆失败后,孤拨率舰队主力集中于福建的马尾港。光绪十年(1884年)八月六日,在马尾港已有战舰九艘,长江口内三艘,长江口外马祖澳三至四艘,台湾海峡三艘,完成了陈兵马尾,控制闽江口,威胁福州城的作战部署。

八月十六日法国议会又通过3800万法郎的侵华军费,茹尔·费理内阁决心作一次最大的征伐。随后不久,法国军舰一艘接一艘驶进闽江口,停泊马尾军港,包围福建水师,一时间闽江口战云密布。此时张佩纶接连电告清政府,请求迅速明定是和是战。然而清政府却仍在央求列强出面调停,不准福建水师主动向法军进攻。八月二十二日孤拨得到法国政府进攻福州的命令。次日早八点钟,法国驻福州领事白藻太把作战决定通知给各国驻福州领事和何琛。在这万分危急时刻,何琛等人竟对福建水师封锁作战消息,对要求添发军火和报警的士兵大加训斥,并向张佩纶等人建议:军舰还没有准备好,不能开战。同时派魏瀚向法军乞求改变开战日期,当遭到法军拒绝时才仓促准备应战。二十三日下午法舰突然向福建水师袭击,火力非常猛烈,福建水师的舰只还没来得及起锚,就被法军炮弹击沉两艘,重伤四艘,清军舰艇一片混乱。在这十分不利的情况下,福建水师的下层官兵仍然英勇抵抗,奋起还击。福建水师扬武号,用尾炮准确地打击法军旗舰伏尔他号,差一点炸死孤拨。这时,一艘法国鱼雷艇突然从旁边窜出,向扬武号发射鱼雷,扬武号被击中下沉。这艘法国鱼雷艇在发射鱼雷后,欲退出火线,却被中国岸防大炮击中,引起锅炉爆炸,失去作战能力。另一艘福建水师军舰振威号在法舰开炮后,立即断锚向法军发炮还击,激战中船舵被打坏,船体击穿。但舰上官兵仍作战有序,不断发炮还击,给法舰以重创,直到被鱼雷击中沉没时,还射出最后一颗炮弹,重伤法舰舰长和两名士兵。福星号在开战时就立即向法舰冲去,盯住旗舰"伏尔他"号猛击,炮弹连续命中。福星号愈战愈勇,毫无惧色,最后火药仓中弹爆炸,全舰官兵壮烈牺牲。其余军舰如飞云号、福胜号也都奋战不退,直至舰沉。

此次海战,福建水师损失军舰11艘,商船19艘,官兵伤亡700人。当日下午,法舰主力转攻马尾岸炮和船厂,何如璋逃往福州,张佩纶避战马尾北彭团,清军失去指挥,但岸炮官兵仍自行还击。当夜乡民和士兵驾驶炮船和火攻船攻击敌舰。二十四日上午,法舰又炮击船厂,船厂受到严重破坏。二十七日法军集中舰艇八艘,由官头江面向长门、金牌炮台攻击。由于长门、金牌炮台的岸炮射向固定,只能外射不能向内还击,士兵只能用轻武器还击。二十八日法军舰艇连续攻击,在炮火掩护下,强行登陆,清军士兵和乡民进行了顽强抵抗。次日,法舰炮击一直持续到下午三时,长门、金牌炮台均被击毁,三十日法舰全部驶出闽江口。

马尾海战爆发后,八月二十二日清政府被迫对法宣战。

甲午战争

同治七年(1868年),日本进行明治维新后,就走上了对外扩张的军国主义道路,并制定了所谓"大陆政策",利用地理上的便利条件,加紧进行对中国和朝鲜的侵略战争准备。光绪二十年(1894年)春,朝鲜发生大规模的东学党农民起义,朝鲜政府请求清政府出兵协助镇压,这时日本也怂恿清政府派兵,并保证在此过程中,日本不图其他利益。于是清政府派淮军将领直隶提督叶志超率领部队1500多人赶赴朝鲜,驻守在离汉城二百余里的牙山,协助朝鲜政府镇压农民起义。与此同时,日本以保护本国使馆和侨民为借口,陆续向朝鲜派军队达两万多人,占据了从仁川到汉城一带的战略要地,使叶志超部陷入被围的险境。在日本步步紧逼和国内舆论的压力下,清政府不得不派兵增援。一方面将驻扎天津附近的盛军卫汝贵部六千余人、驻防旅顺后路的毅军马玉昆部二千余人以及奉军左宝贵部八营和丰升阿部盛军六营汇集起来,命其从辽宁越过鸭绿江,从陆路开赴平壤;另一方面调天津新军二千余人雇英轮从水路运送朝鲜,增援牙山驻军。七月二十三日,日军占领朝鲜王宫,成立以大院君李昰为首的政权,迫使他宣布废除中朝间所有条约,授权日军驱逐在朝鲜的清军。两天之后,日本联合舰队司令官伊砂祐亨率领舰船15艘,在朝鲜牙山口外丰岛附近,不宣而战,袭击中国运兵船和护航舰,中国军舰济远号战败退却,广乙号中炮受重伤,操江号被劫走,日舰又强迫载运清兵的英轮高升号降旗随行,船上士兵坚决抵抗,结果高升号被击沉,中国士兵七百余人殉难。至此,揭开了中日战争的序幕。

八月一日,中日两国同时宣战。中日战争正式爆发(1894年为甲午年,故称之为甲午战争)。

八月初,卫汝贵、左宝贵等四部先后到达平壤,清政府任命叶志超为统领。然而叶志超既不派兵侦察敌情,又没有部署战局,而是把平壤以南的广阔地带弃置不顾,仅在城内外筑垒防守。日军在完成进攻平壤的周密部署后,于九月初,日军万余人采取分进合击的战术,向平壤进攻。日军一部首先对平壤东面连续佯攻,吸引清军专防东路。随后日军四路同时向清军发起猛攻。东路战斗十分激烈,清军马玉昆部英勇顽强。北路战斗也极为激烈,左宝贵亲自登城,指挥士兵拼死奋战。敌炮兵攻占了附近的山头,发排炮轰击清军,左宝贵中炮殉国,营官多名力战牺牲,玄武门失守。日军军队猛攻平壤西门,卫汝贵率部继续抵抗,叶志超见形势危机,下令撤退,夜间率诸将弃平壤逃走。清军后路已被日军切断,突围时溃不成军,士兵2000余人遭伏击牺牲,600余人被俘,叶志超率一万余人渡过鸭绿江撤回国内,这样,日本便轻易地占领了整个朝鲜。

九月十六日,海军提督丁汝昌率领北洋海军护送增援平壤的清军到达大东沟。十七日返航途中,日舰12艘组成一字竖阵队形来袭击。中国军舰大小13艘排成人字形阵迎击敌舰。提督丁汝昌乘坐旗舰定远号发出第一炮,舰上飞桥被震断,丁从桥上跌落负伤。右翼总兵定远号管带刘步蟾代替指挥作战。日军先攻中国舰队右翼,扬威号、超勇号二舰中炮起火沉没。致远号负重伤,弹药用尽,管带邓世昌命舰艇猛撞日舰吉野号,准备与敌人同归于尽,不幸中敌鱼雷沉没。经远号管带林永生力战殉职,全船官兵奋战到最后,英勇牺牲。济远号匆忙出逃途中撞沉搁浅的扬威号,"广甲"也触礁搁浅,后被击沉于海。黄海海战经历五小时,双方损失相当。这次海战后,李鸿章严令北洋海军舰队全部避藏在威海卫港内,不准出海迎战,从而使日本取得制海权。

清军从平壤溃败后,清政府在鸭绿江设下十里防线,部署重兵,由淮军提督宋庆和黑龙江将军依克唐阿统帅,但渤海湾旅顺的防守却减弱了。日军在黄海海战之后,经一个月的休整、部署,以三、五师团组成第一军,由陆军大将山县有朋任司令官,以一二师团,第十二混成旅团组成第二军,由陆军大将大山岩任司令官,并出动海军全部主力配合作战。计划攻下旅顺、大连为作战重点,由朝鲜义州冲击鸭绿江防线,牵制清军,从而达到在中国东北建立侵略基地的作战目标。十月二十四日,日军第一军突破清军的鸭绿江防线,侵入中国本土,占领九连城、凤凰城、海城一带,其目的在于牵制清军,掩护第二军进攻金州、大连和旅顺。同日,日军第二军在距大连湾百余公里处的花园登陆,采取迂回包围、截断后路的办法,从陆路夺取旅顺、大连。十一月四日,日军开始进攻金州,两天之后,金州失陷,随后日军不战而获大连。十八日,日军又开始攻旅顺,清军各部仅总兵徐邦道部拼死抗敌。二十二日旅顺失陷,中国当时最大的海防要塞落入日军之手。日军占领旅

顺后,一方面以第一军继续在辽南地区与清军相持;另一方面又从国内调部队来华,编为"山东作战军",在海军舰队的配合下进攻威海卫,企图全歼北洋海军。李鸿章命令北洋海军死守港内,不准出击,坐待敌人进攻。次年一月二十日,日本仍采取包抄后路的办法,一方面在荣成县成山头登陆;另一方面以海军 22 艘舰艇、15 艘鱼雷艇封锁威海卫港口。二月初日军占领南、北、帮炮台,北洋海军和刘公岛、日岛守军被日军封锁在威海卫港中,受到水陆夹攻,陷入绝境。到二月十一日,北洋海军的定远、靖远、威远、来远诸舰先后沉没,鱼雷艇全部丢失,日岛炮台失守。丁汝昌召集诸将会议,提出拼死突围,但军官们不同意,北洋海军洋员海军副统带英国人马格禄及美国顾问浩威,勾结中国官员,胁迫丁汝昌降敌,丁汝昌知事不可为,随即于二月十七日自杀殉国。先后自杀殉国的重要将领还有定远号管带刘步蟾、刘公岛护军统领张文宣、镇远号管带杨用霖等。丁汝昌自杀后,浩威起草投降书,以丁汝昌的名义,由广丙号管带程璧光向日军舰队司令伊东祐亨投降。将镇远、济远、平远、广丙等大大小小十艘舰船以及大批军火全部送给日军,洋务派耗费无数金钱而建立的北洋海军,全军覆灭。

旅顺陷落后,日军第一军在第三师团长桂太郎率领下,西犯海城,清军守将丰升阿弃城逃走,海城失陷。奉天府受到威胁,辽西震动。十二月底,日军第二军八千余人由第一旅团长乃本希典率领,北犯盖平,盖平守将章高元率军英勇抵抗,营官杨寿山、李仁党力战阵亡,盖平沦陷。清军这时源源不断地开到关外援辽。其中最为清廷寄予厚望的是湘军,并任命湘系军阀首脑两江总督刘坤一为钦差大臣,节制山海关内外各军。二月二十日,二十七日,清军出动六万人,以九倍于日军的兵力进行收复海城战斗,经过多次激烈争夺,清军失败。二月下旬,日军第一军、第二军会合,开始执行对辽东平原扫荡性作战方案。三月二日,日军攻陷鞍山站。两天之后,日军进攻牛庄,镇守牛庄清军抵抗一昼夜。七日,日军轻取营口。九日,日军三个师团会攻田庄台,湘、淮军二万余人顽强抵抗,田庄台终于失守。至此,清军在辽南一线全部崩溃,这是自平壤、九连城失败后,清军的又一次溃入。三月二十三日至二十五日,日本海军掩护混成支队在澎湖文良港登陆,很快占领澎湖列岛。辽南定局后,日本动员全部常备军及后备部队的三分之一,宣称要在直隶平原与清军决战,压迫清政府在《马关条约》上签字。光绪二十一年(1895 年)四月十七日,清政府派李鸿章与日本最后签订了《马关条约》,甲午战争以中国失败而结束。

戊戌变法

甲午战争后,中国民族资产阶级逐渐形成了一股政治力量,资产阶级改

良主义思想迅速发展,从而酝酿成一场变法维新的政治运动。

光绪十四年(1888年),康有为到北京参加顺乡试,在京期间,他第一次上书光绪皇帝,请求朝廷批准,实行变法维新,提出了"变成法,通下情,慎左右"这一挽救民族危亡的政治主张。由于当政大臣的阻挠,此书没有送到皇帝手中。两年后,康有为回到广州,开始招收学生讲学,后来正式设立"万木草堂"学馆,宣传变法维新的道理,康有为变法维新的思想体系趋于成熟。在这里听讲的有他的弟子梁启超、徐勤等人。在讲学的同时,康有为先后撰写出《新学伪经考》、《孔子改制考》等著作,为变法维新运动做了思想准备。

光绪二十一年(1895年)五月,康有为和梁启超联络18省在京应试的1300多举人,联名上书光绪帝。于五月二日齐集都察院门前,请愿上书,反对《马关条约》的签订,提出"拒绝议和,迁都抗战,变法图强"的主张,史称此举为"公车上书"。上书虽未到达光绪皇帝之手,却引起朝野各界巨大震惊,成为资产阶级改良思潮发展成为政治运动的起点。

"公车上书"后,康有为中进士,授职工部主事。是年六月,他又第三次上书光绪皇帝,得到光绪帝的赞同;七月,康有为和梁启超主办《万国公报》(后改为《中外纪闻》),日印1000份,一个月后,增至日印3000份,这是改良派在维新运动中创办的第一份报纸;同年八月,康、梁又联合帝党官员侍读学士文廷式,在北京组织了强学会,推陈炽为提调、梁启超为书记员。强学会吸引了许多知识分子,又得到帝党官员翁同和等人的支持,发展很快。同年十月,康有为又到上海组织强学会,吸收了章炳麟等人入会,并出版《强学报》。强学会由北京发展到上海,声势愈大,愈加引起顽固派的憎恨。次年,强学会和《中外纪闻》被查封。光绪十二年(1896年)八月,维新派又在上海创办《时务报》,由梁启超任主笔。梁启超写的《变法通义》,在该报上连载,阐述了中国需要变法的必要性。上海的《时务报》和严复在天津创办的《国闻报》居于南北舆论界的领导地位。严复并译述《天演论》,介绍西方进化论学说,推动了变法运动的发展。《时务报》在几个月之内,发行额达到一万多份,风靡全国。第二年十月,湖南成立"时务学堂",培养变法人才,梁启超应聘任中学总教习,谭嗣同也经常在学堂讲学,并发表《仁学》一书,批判了封建君主专制制度和封建伦理道德,主张冲破封建主义的一切罗网。光绪二十四年(1898年)春,谭嗣同等人又在长沙创南学会,湖南成为不断推动变法运动走向高潮的又一个中心。从此维新派在全国许多省的活动迅速发展。

维新运动的迅猛高涨,变法思想的广泛传播,同统治阶层发生尖锐矛盾,在清政府中掌握实权的顽固派,形成了以慈禧为首的"后党",对变法维新思想和活动,发动还击。改良派与顽固派围绕三个问题进行了论战:一是要不要变法、要不要改变封建君主专制制度；二是要不要兴民权、设议院、实行君主立宪的问题；三是要不要废除八股取士的科举制度、要不要提倡新学、提倡西学的问题。这场论战，推动了变法维新运动向前发展。

光绪二十三年（1897 年）十一月，德国出兵强占胶州湾，俄国派舰队占领旅顺、大连。改良派抓住这个时机，把救亡图存的维新运动推向一个新高潮。同年十二月，康有为从上海到北京，向光绪皇帝第五次上书，提出若不及时变法，将会面临外国侵略者的"瓜分豆剖"，人民也会"揭竿斩木"起来反抗，并提出了救亡的上、中、下三策。上策是"采法俄、日以定国是，愿皇上以俄国大彼得之心为心法，以日本明治之政为政法"，即全面实行变法；中策是精选有才能的官员，听到他们关于变法的意见，谋议既定，决策施行；下策是朝廷通令各省督抚，根据各省的不同情况，实行变法。康有为认为：三策中间，能行上策，可以自强；能行中策，也可以保持一个弱国的地位；仅行下策，或者不至于全部沦亡。这次上书虽未及时送到光绪皇帝面前，却在全国广为流传，产生了巨大影响。于是光绪皇帝命李鸿章、翁同和、荣禄等五人召见康有为问话，康有为陈述了变法的意见，并批驳了荣禄的"祖宗之法不能变"的顽固思想和李鸿章的维持现状的保守思想。随后，康有为又呈递了上清帝的第六书，也就是《应诏统筹全局折》，提出了全面变法的三条根本办法。即第一条"大誓群臣唯革命旧维新"；第二条"开制度局于宫中，将一切政事重新商定"；第三条在午门设立"待治所"，派御使为监收，许天下人上书。光绪二十四年（1898 年）二月，康有为向皇帝呈进第七次上书《俄大彼得变政记》，并附一奏折，再次要求实行变法。光绪皇帝看到康有为的这些奏折，对康有为的变法主张，越来越加以重视，维新运动开始与光绪皇帝结合起来。

与康有为连续上书的同时，改良派和各省在京的人士纷纷组织学会，号召推行新政。同年四月，康有为等人在各学会的基础上，扩大成立"保国会"，会章提出："保国、保种、保教"三项宗旨，并规定在北京、上海两地设立总会，各省各县设立分会。"保国会"实际上是一个维新派的具有全国性的政党的雏形。不久，保浙会、保川会、保滇会等又相继成立。

六月十一日，光绪皇帝颁布《明定国是》上谕，下诏变法。光绪皇帝在宣布变法后的第五天，召见康有为，授予他"总理衙门章京上行走"，允其专折奏事；七月三日，光绪帝又破例召见只有举人身份的梁启超，赏他六品衔，办理译书局事务；九月五日又任命谭嗣同、杨锐、刘光第、林旭等四人为军机处章京，赏四品衔，参与新政。改良派同光绪帝进一步接近，纷纷上奏折，递条陈，提出许多新政建议。光绪皇帝把其中认为可以采纳的作为诏书，谕令颁

布。在 103 天变法维新时间内,共颁布诏令一百多种,其中重要的有:一,振兴农工商业,设立工商局,设立路矿总局,办邮政,改划财政,编制国家预算;二,裁汰冗员,取消重叠的行政机构,允许官民上书言事,取消旗人由国家供养的特权,许自谋生计;三,裁汰绿营,训练陆海军,各省军队均改用洋枪、洋操,许私人办兵工厂;四,废八股取士制度,改试策论,广设新学堂,提倡西学,在北京设京师大学堂,设译书局,许民间创办报馆等。然而顽固派却用各种方式阻挠新政的推行。后党和帝党的斗争日益激化。在《明定国是》诏书颁布后不久,以慈禧为首的后党,连续采取措施,恐吓和防范光绪和维新派。先是突然免去翁同和一切职务,勒令回籍;然后令新授二品以上文武大臣到慈禧面前谢恩;继而又任命荣禄为直隶总督,统率北洋三军。帝党和后党维新和守旧的斗争越来越激烈。光绪帝感到事态严重,又亟谋对策。九月二十一日,慈禧发动戊戌政变,宣布自己重新"亲政",软禁光绪,除京师大学堂外,百日维新期间的所有新政全部废除,并下令速捕、杀害维新派人士。康有为、梁启超先后逃往香港和日本。九月二十八日,谭嗣同、杨锐、林旭、刘光第、康广仁、杨深秀等六人被杀害,时人称之为"戊戌六君子"。戊戌变法运动失败。

义和团运动

18 世纪末到 19 世纪初,兴起于长江以北各省的白莲教大起义和白莲教的支派天理教起义被清廷镇压后,白莲教的各个支系继续斗争,北方几省相继出现了八卦教、红阳教、荣华教等组织,秘密从事反清斗争,其中八卦教影响最大。朝廷规定,传习八卦教者要查拿缉捕,为首者处以死刑,于是八卦教徒便以传习拳术来隐蔽自己。义和团运动便由此萌芽而来。

甲午战争期间,山东沿海民众遭受日军侵略之苦,战争结束后,日军占领了威海卫。三年后,日军撤离,此地又立即被英军强占。不久,德国又占据了胶州湾,并强行把山东划为它的势力范围。光绪二十四年(1898 年),英国强行租借威海卫,随之外国教会也随入大批进入山东各地,修建大小教堂 1100 多座,传教士和教徒发展到八万多人。许多加入教会的地主豪绅,仰仗教会势力,乘多年荒灾之机,囤积居奇,抬高粮价,群众苦不堪言,对之切齿痛恨,多次与教会发生冲突。

当年十月,山东冠义县义和拳在闫书勤带领下,聚众数千人,树起"助清灭洋"的旗帜,占领了梨园屯。第二年,平原县义和拳组织和教会发生冲突,地方官吏派兵镇压,逮捕了数名义和拳成员,于是他们向茌平县义和拳首领朱红灯求救。朱红灯率领几百人的义和拳武装成员赶到平原,与当地义和

拳群众会合，使官府十分恐慌。济南知府带兵在平原县与恩县交界的森罗殿与朱红灯的队伍发生争斗。此时，茌平、恩县、长清、高唐等地义和拳纷纷响应，不久，东昌、武定、泰安、济南等地的群众也闻风而动。面对义和拳运动的蓬勃兴起，清朝官吏内大体出现两种倾向，一种是主张立即用武力消灭，一种则主张安抚、收编。山东巡抚张汝梅上奏朝廷，要求采取安抚、收编政策，主张"化私会为公奉，改拳勇为民团"，把拳民编到诸乡团之内。次年二月，毓贤继任山东巡抚，出告示改"拳"为"团"，把参加义和拳的群众称之为"拳民"，允许他们设厂习拳，同时把武装反抗教会的人称为"匪徒"，缉拿惩处，借以安抚义和拳。由此一来，义和拳反倒取得半合法的地位，迅速发展起来，成为一个官方默许的公开团体，"义和团"的名称从光绪二十四年（1898年）春开始逐渐地广为流传起来。

山东义和团的迅猛发展，引起在华各国势力的恐慌。驻扎胶州湾的德国军队出兵到胶州、高密、日照等地，焚毁村庄、抢劫城镇抢杀居民。英、美、意等国驻华公使也向清政府施加压力，要求清廷下令取缔义和团。光绪二十五年（1899年）底，美国公使唐格向总理衙门提出了撤换毓贤的要求，清廷迫于压力，申斥毓贤对义和团镇压不力，将之调任山西巡抚，由袁世凯接任山东巡抚。袁世凯上任后，立即发布了《禁示义和拳匪告示》，不承认义和团具有合法性，规定：不仅练拳，就是赞成义和拳的，都要被杀。随后依仗他统带的武卫右军和扩编的武卫军先锋队马步炮队共20营兵力，对活动于山东黄河北岸的义和团发起进攻。先后斩杀了王玉振、王文玉、孙洛泉等义和团首领，消灭十多部义和团，光绪二十六年（1900年）春，山东义和团运动告以平息，义和团运动的中心移到了直隶省。

早在两年前，直隶南部威县，曲周、景州、阜城义和拳就已经开始活动，许多村庄建立拳厂、练习拳术，并逐渐向北发展，与教会和官兵多次发生冲突。此时，直隶总督裕禄根据上谕发布《严禁义和团》的告示，宣布"招引徒众，私立会合，演习拳棒，均属违禁犯法"，"再有设厂练习拳棒，射利惑民悖事，即由地方官会营捕拿，从严惩办"。此时总理衙门也对此忧心忡忡，电令裕禄："此事关系紧要，务须赶紧严密查办，免滋事端。"于是裕禄派出官兵，分路对义和团进行镇压。然而，义和团运动不仅没被镇压下去，反而愈演愈烈，势力扩展到直隶全省，直逼京城附近地区，甚至在京城内和直隶总督所在地天津，也已经有自称义和团的人开始活动，沿街练拳，招收徒弟。

消息传到清廷，有官员主张对义和团用兵讨伐极其危险，应采取安抚政策。是年四月初，监察御史郑炳麟上奏，主张在直隶、山东派道府大员当"团练局总办"，选择乡绅做"团总"，收编义和团，把义团改造为官办的团练。这

个建议遭到裕禄和袁世凯的反对。一时间清廷陷入对义和团是"剿"还是"抚"的两难境地。

四月初,涞水、定义、新城、涿州、易县等地的义和团同教会势力发生冲突,焚烧了当地的教堂,随后裕禄派军队前往镇压,遭到义和团的顽强抵抗,淮军副将杨福同被打死。裕禄随即又派提督聂士成所部的武卫前军赶去镇压,又遭到义和团的抵抗。义和团以"反洋"的名义破坏了芦保铁路,阻止前来镇压的清军。继而相继焚毁了高碑店、涿州、琉璃河、长辛店、卢沟桥的火车站,京津铁路上的丰台站和机器制造局也被捣毁。五月初,义和团拥进涿州城。

慈禧太后见形势十分紧迫,就派协办大学士刚毅和刑部尚书赵舒翘、顺天府尹何乃莹到涿州方向去进行招抚,向义和团宣布朝廷的"德意"。刚毅等人到涿州一带后,感到义和团势力极大,不能进行剿杀,于是向朝廷报告,主张撤回聂士成的部队,采用劝导、晓谕的办法解散或收编义和团。

正当刚毅等人在涿州一带活动时,京城内的义和团活动越来越频繁,声势也越来越大。小股外县拳民陆续涌入北京城,城内居民也纷纷加入义和团,出现了以义和团名义出现的反对洋人的揭帖,公开设立坛棚,焚烧外国人的教会房屋,并围攻西什库教堂和东交民巷使馆。朝廷屡次下令解散、严禁、缉拿,均无济于事,到了不能控制的局面。与此同时,天津城内义和团活动也十分频繁,烧毁教堂,进攻紫竹林租界,捣毁监狱,释放犯人。这时裕禄不得不改变手段,由高压转为安抚,以总督名义邀请义和团首领张德成,并用轿将他抬到总督衙门。

这年四月,英、美、德、意已派兵船驶入大沽口,随后,英、美、德、法四国公使先后向总理衙门发出照会,要求清政府采取措施迅速剿灭义和团。不久,十一国公使又以外交使团名义照会清政府,要求严禁团民练拳设堂、传布揭帖,并命令各国的大沽口的海军准备登陆。五月二十八日,驻北京的各国公使举行会议,决定立即以保护使馆的名义调兵来北京,并将此决定通报给总理衙门。经过一番交涉后清政府退步了,经慈禧太后批准,总理衙门同意各国立即派兵入京,要求兵数少一些,随后又通知裕禄,为从塘沽登陆经津入京的外国军队准备火车。几天后,英、俄、德、法、日、美、意、奥等国海军陆战队450人,分两批到达北京,另一支外国联军600多人,由塘沽登陆开进天津。六月十日,八国联军两千多人,在英国海军中将西摩尔的率领下,由天津向北京进发。裕禄虽想阻止他们,但联军仍然取得了所需的机车和车厢,开始了八国联军侵华战争。一路上,联军遭到义和团的反抗。义和团拆毁铁路,致使联军四天里才走了一半路,抵达廊坊。一天早晨,义和团在廊

坊车站袭击联军,几天后又再次袭击。此时去往北京的铁路已被破坏,联军只好退回天津。

六月十六日起,慈禧太后召集大臣,连续四天举行御前会议,主剿主抚两派争执不下。权衡利弊,慈禧太后决定宣战,"大张挞伐,一决雌雄"。但是,"宣战上谕"内容极其含糊,令有些属下不知所措。同时,慈禧又面谕李鸿章,让他去向各国保证对义和团要"设法相机自惩办"。由此,义和团受到内外夹困。

正在朝廷举行御前会议期间,联军以朝廷当局"并不倾力剿办"义和团为借口,炮轰大沽口炮台,并迅速将其占领。随后又水陆并进,进逼天津,义和团与之顽强作战,双方激战一个月之久,此时聂士成的部队加入了反抗联军的战斗。义和团曾一度占领了紫竹林租界。在激战中,联军投入上万人的兵力,而清军主力却按兵不动,致使义和团力单难支。七月十四日,天津被联军攻破。与此同时,北京义和团向东交民巷使馆发起进攻,相继烧毁了比利时、奥地利、荷兰、意大利四国公使馆,连续围困各使馆56天。八国联军攻陷天津后,于八月初向北京进攻,遭到义和团的阻击,但清军却节节败退,致使联军前进速度很快。八月十四日,联军攻占北京,慈禧太后率王公大臣仓皇出逃,义和团被迫退出北京,在八国联军的镇压下,义和团运动终遭失败。

八国联军进北京

天津陷落后,1900年8月4日,八国联军2万人自天津沿河两岸向北京进犯。当时,北京和天津间清军达10万人,其中"勤王师"3万人,驻京武卫军、甘军、虎神营等3万人,从天津撤退的宋庆、马玉昆部1万多人,加上直隶练军等共200余营。5日,义和团和马玉昆部在北仓阻击联军,打死打伤日军400多人、英军120人,血战多时,北仓失守,裕禄走杨村。

6月,联军攻杨村,清军正处于"溃勇未集,无以战守"之状,刚一交锋,便溃阵而逃,宋庆、马玉昆旋即北逃通州。此时,裕禄仅率少数随从,驻扎于杨村附近的蔡村,"见事不可为,口呼智穷力竟,辜负国恩"而自杀。

同日,帮办武卫军事务大臣李秉衡临危受命,率几个幕僚和数百义和团出京御敌,名为节制4军(张春发、万本华、夏辛酉、陈泽霖),实无一兵应命。7日,李秉衡行抵码头,会夏辛酉军,随即进驻河西务。9日,马玉昆都逃到河西务,声言敌众我寡,势不可挡,李秉衡劝其同抗敌,"并力堵御",马玉昆没有听从,继续向南苑逃去。张春发、万本华两军已抵河西务,联军尾随马玉昆攻河西务,李秉衡急督军阻击。张春发未见敌即逃,万本华、夏辛酉军

战败,河西务失陷,李秉衡退至码头。时宋庆、马玉昆等败军数万汹涌溃退,充塞道路,难以阻遏。陈泽霖军不战自溃,逃至济宁;万本华军溃而北逃向山西;夏辛酉军溃而南,逃向山东。

10日,李秉衡退至退州张家湾。11日,联军逼进张家湾,李秉衡自尽殉国,张家湾为联军所占。12日,联军侵占通州,宋庆闻风而逃。

俄军曾与各军约定15日会攻北京,但为抢"首功",13日夜,俄军背约首先进攻北京东便门,遭到甘军和团民坚强抵抗,战斗"猛烈殊常",14日两点,俄军攻占东便门城门,随即进攻内城建国门,甘军在城墙上向俄军猛烈开火,击毙、击伤俄军甚多,击毙团长安丘科夫上校,重伤直隶司令官华西里耶夫斯基将军。激战到下午,俄军才攻入内城。俄军抢先进攻后,日军立即攻打朝阳门、东直门,在朝阳门遭到甘军顽强抵抗,从清晨打到黄昏,日军才攻占朝阳门。英军在俄、日两军进攻之后,攻广渠门,守兵先已溃逃、英军乃于下午两点首先侵入北京城,并从水洞爬进东交民巷使馆区。法、美等国军队也相继侵入北京城。荣禄率领的武卫中军及神机、虎神等营清兵数万早作鸟兽散。义和团与旗兵在宫门外联合抗击侵略军。

15日凌晨,西太后挟光绪帝等微服出德胜门西逃,随行者仅载漪、刚毅等10余人,护卫清军100人。16日,紫禁城失陷。

在联军司令官议定由美、俄、日、法等国军队分别驻守紫禁城各城门后,围绕着如何对待紫禁城的问题,各国公使与联军司令官又进行了几次磋商。有人力主占领紫禁城,以免中国人误会真有神灵在保佑这片圣地,以致联军不敢进驻。但也有人认为,还是以不占领紫禁城为好。因为洋人如果攻进紫禁城,将会进一步激怒中国军民,也势必激化列强与逃离北京的清政府的矛盾。这样就会影响和平谈判,影响偿付赔款,甚至会导致中国被瓜分。几经辩论,在前一种意见略占优势的情况下,他们决定用盛大的阅兵游行来亵渎紫禁城,以此来庆贺联军攻占北京,并表示对大清帝国的羞辱。

根据公使团和联军司令官联席会议的决定,八国联军于8月28日上午在大清门前举行了阅兵式。按事先的协议由800名俄军作为领队,其后的队伍是由800名日军、400名英军、400名美军、400名法军。250名德军、60名意大利军和60名奥军组成。各国使节和司令官都参加了这一活动。俄国的利涅维奇中将因军衔最高,代表联军检阅了部队。阅兵完毕,各国侵略军按列队的顺序开始到紫禁城游行,依次由大清门进入,经过各门和各大殿,过左内门,出神武门。一路鼓乐齐鸣,好不威风。游行结束后,紫禁城的所有大门又都关闭了。

这次阅兵和游行,是八国联军对北京的一场象征性的摧毁。

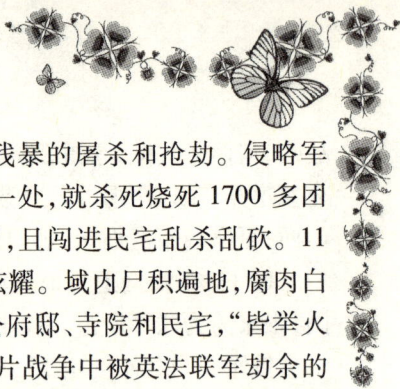

　　八国联军占领北京后，对北京居民进行了残暴的屠杀和抢劫。侵略军日夜包围各坛口，搜捕屠杀义和团。仅庄王府一处，就杀死烧死 1700 多团民。侵略军不仅在大街小巷"逢人即发枪毙之"，且闯进民宅乱杀乱砍。11 国使馆成员也参加了屠杀，并以杀人数目互相炫耀。域内尸积遍地，腐肉白骨纵横。联军在京到处烧房，凡设过拳坛的王公府邸、寺院和民宅，"皆举火焚之"。大批珍贵图书档案被焚毁，在第二次鸦片战争中被英法联军劫余的《永乐大典》，又失去 307 册，珍贵图书被毁者数以万计。清中央部门的档案文稿，皆集中"在长安门内付之一炬"。许多重要档案资料被随意丢弃，长安门附近"满街破纸，皆印文公牍"。联军还到处奸淫妇女，屠杀幼童。联军占领北京之后，曾特许军队公开抢劫 3 日，后又以捕拿义和团搜查军械为名继续行抢。传教士、使馆官员也趁火打劫，大发横财。于是，皇宫、官衙、王府、宫邸、商店、当铺、钱庄、民户皆被洗劫一空。法军统帅佛尔雷一人就劫掠珍宝 40 箱，天主教北京大主教樊国梁自己承认的抢劫数字是"二十万三千零四十七银两又五十枚"；日本侵略者掠取户部所存之银"其数在百万镑以上"。北京"自元明以来之积蓄，上自典章文物，下至国宝奇珍，扫地遂尽"，所失"已数十万万不止"。

　　10 月 4 日，《清议报》根据一个日本归国军人所述，报道了北京战后的惨状，往日巍然耸立的屋宇楼阁，几乎全被联军所辟击烧弃，再也找不到数百年来的庄严美观，留意仅有一二。街市被毁去十分之二三，居民们无法在京城居住，多四面逃避，以致兄弟妻子离散，一片凄凉惨淡。财物则任人掠夺，妇女则任人凌辱，不能自保。进入北京的八国联军，将校率军士，军士则同辈相约，光天化日之下大肆成群抢掠。官宦富豪之家，无一幸免此难。掠夺的什物，陈金银珠宝外，还有书画、古董、衣服以及马匹车辆等所有值钱的东西。由于军人们不方便将抢来的东西都带走，于是他们便低价转售，因此京城里操奇之人一时颇多。此外，盗贼横行，粮食奇缺，偶尔有小贩出来，也免不了被兵士劫夺一空。所以，中国人连白天也不敢在街上单独行走。

　　11 月 17 日，联军总司令瓦德西抵京。12 月 10 日，联军设立"北京管理委员会"，在北京实行军事殖民统治。

❖◈❖ 武昌起义 ❖◈❖

　　武汉素称"九省通衢"，各种矛盾尖锐集中。武昌起义前，武汉地区的革命团体主要是文学社和共进会，其成员大部分是湖北新军中的士兵。宣统三年(1911 年)九月，为镇压四川保路运动，清政府抽调一部分鄂兵入川，造成湖北统治的空虚，为发动武装起义提供了有利条件。

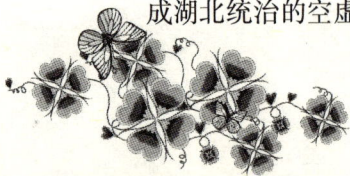

　　九月十四日,在同盟会的策动下,文学社和共进会两个革命团体召开联合会议,决定联合行动,在武昌发动起义。会上,文学社领导人蒋翊武被推为革命军总指挥,共进会领导人孙武为参谋长。二十四日,文学社和共进会又联合召开会议,详细讨论制定了起义计划并分配了任务,决定利用中秋节(十月六日)休假时间举事,以左臂缠白布为记号。不料,起义的消息被泄漏出去,武汉的街头巷尾传遍了中秋起义杀鞑子的消息。清军为此而加强了防务,起义未能按期举行。同时,上海的同盟会总部负责人及在香港的黄兴得到报告后,也不同意马上起义,建议推迟半个月,等待十一省同时发动。

　　十月九日,孙武等在汉口俄租界宝善里机关部配制炸药,由于不慎引起爆炸,孙武头部受伤,在同伴掩护下逃离现场。俄国巡捕闻声前来搜查,机关内的旗帜、文告、印信、名册、符号、弹药等,均被搜走。鉴于起义计划被暴露,情况紧急,蒋翊武便以总司令的名义,于下午五时在小朝街85号发出紧急命令十条,决定半夜12点以炮声为令,同时行动。命令被复写20余份,派人分头传送新军各标、营。但是,由于给炮队的命令没有送到,夜里12点,炮声未响。尽管其他标管的新军革命党人都做好了准备,起义仍然未能按时举行。就在这一夜,清政府开始了大搜捕。小朝街的起义总部和其他许多机关,都被破获,蒋翊武逃脱,彭楚藩、刘复基、杨宏胜等30多人被捕。三人当夜受到审问,次日早晨先后英勇就义,史称辛亥三烈士。清政府湖北当局在杀害三烈士后,又下令紧闭城门,封锁营门,禁止士兵出入,并根据所获名册搜捕革命党人。由于起义未能按时举行,当时的武昌形势已是十分危急。这时,革命基础比较雄厚的新军第八镇工程第八营的革命党人总代表熊秉坤,秘密联络三十标和二十九标的革命士兵,相约在十日晚上二道名时,鸣枪为号,发动起义。

　　十日晚,工程第八营后队二排排长陶启胜在巡查中,看见士兵金兆龙行动有疑,就厉声呵斥,并命令将金兆龙捆绑起来,金兆龙大喊道:"今不动手,尚待何时?"士兵程定国举枪托击陶头部,继开一枪,起义的第一枪打响了。参加起义的士兵纷纷持枪,反动军官或被击毙,或闻风而逃。起义士兵四十余人,在熊秉坤的率领下,向楚望台军械所进攻。守卫军械所的士兵也响应起义,军械所很快被工程八营的革命党人占领。在枪声与炮声中,武昌城各处的步兵、炮兵、辎重各营及陆军测绘学堂的学生,也不断奔赴楚望台。午夜,集中起来的起义军拥戴工八营左队队官吴兆麟为临时总指挥。吴兆麟根据当时情况,提出作战方针,并宣布纪律。在他的指挥下,发起了对湖广总督署的三次进攻。清军死力抵抗,起义军步炮工兵合力围攻,举火照明,大炮击中总督衙署,总督瑞澂等挖后墙,逃到停泊在长江的兵舰上,第八镇

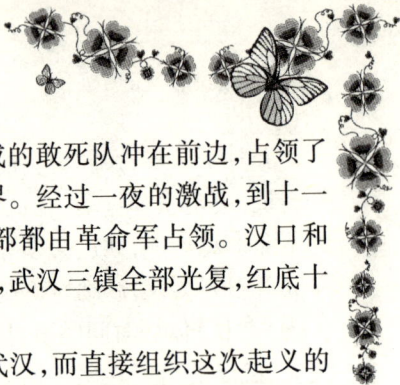

统领张彪继续负隅顽抗。这时，由革命士兵组成的敢死队冲在前边，占领了湖广总督署。张彪逃往汉阳，后转至汉口日租界。经过一夜的激战，到十一日晨，武昌城里自藩属以下各官署、各城门，全部都由革命军占领。汉口和汉阳的革命军也响应武昌起义。至十二日上午，武汉三镇全部光复，红底十八星大旗飘扬在武汉三镇的上空。

起义胜利后，同盟会的主要领导人都不在武汉，而直接组织这次起义的文学社和共进会的领导者，有的遭杀害，有的受伤，有的被迫逃亡。这样，十一日下午，在咨议局召开的一次会议上，被革命士兵用枪口威胁来参加会议的原新军二十一混成协统领黎元洪，被推为湖北军政府都督。可他直到十六日才正式就职。所以，最初几天里军政府的一切大事是由十一日成立的谋略处来决定的。十二日，由谋略处以黎元洪的名义，通电全国，宣告武昌光复。

武昌起义胜利的消息传出后，得到许多省区的响应。湖南、陕西、江西等省区相继发动起义。至十一月下旬，仅一个月的时间，清政府所统辖的全国二十四省区，就有十五个宣布脱离清政府，没有独立的省区，也积极在行动，清政府面临着最后的崩溃。

中华民国

中华民国诞生

1911 年 10 月 10 日晚 7 时许,新军工程第八营的革命党人由熊秉坤领导首先发难,占领楚望台。之后,总督瑞澂仓皇逃往长江上的兵舰,起义军很快占领武昌全城。11 日和 12 日,驻汉口、汉阳的新军也先后起义,武汉三镇完全被革命党人所控制。这就是震惊中外的武昌起义。

11 日,湖北军政府在武昌宣告成立,由于当时同盟会主要负责人不在武汉,孙中山远在海外,黄兴、宋教仁也未到武汉,组织起义的士兵没有意识到革命领导权的重要性,认为自己地位低微,只有社会上有名望的人担任才能组织政府,遂推举新军第 21 混成协统领黎元洪为军政府的都督。与此同时,全国各地新军纷纷发动起义,攻占巡抚衙门,宣告独立。革命形势的迅速发展,为全国人民最后推翻清王朝建立全国统一的中央政权奠定了基础。

1911 年 11 月 30 日,独立各省代表联合会在汉口英租界举行,讨论筹建中央政府。12 月 2 日正式通过《中华民国临时政府组织大纲》3 章 21 条,决议临时政府采取总统制。12 日,在南京召开了各省代表会议。为争取袁世凯倒戈,代表会议决定缓行选举临时大总统,暂时以黄兴为假定大元帅,后因黄兴力辞不就,各方争执不下。12 月 25 日,革命领袖孙中山由海外回到上海,大总统人选众望所归,将临时政府的成立推上日程。

12 月 29 日,各省代表会议在南京再度开会,孙中山当选为临时大总统。1912 年元旦,孙中山在南京宣誓就职,宣告中华民国临时政府成立,以 1912 年为中华民国元年,改用阳历(公历)。1912 年 1 月 3 日,又增选黎元洪为副总统,通过了孙中山提出的国务委员名单,组成了中华民国临时政府。11 月,各省代表会议议决以五色旗为中华民国国旗,以红、黄、蓝、白、黑五种颜色代表汉、满、蒙、回、藏五个民族,即"五旗共和"。

南京临时政府的成立——中华民国诞生,是中国历史上划时代的事件。它不仅结束了清王朝的统治,同时也结束了中国两千多年的封建帝制,标志着中国历史上第一个资产阶级共和国的建立,揭开了中国现代史的序幕。

南京临时政府在开国之初,颁布了一系列除旧布新的政令。在政治上,

根据资产阶级"自由平等"、"天赋人权"的原则，临时政府宣布，人人享有选举、参政等"公权"和居住、言论、出版、集会、信教等"私权"；命令各官厅焚毁刑具，停止刑讯；通令保护华侨，禁止贩卖华工；严禁买卖人口，禁止蓄奴；解放"昼户"等所谓"贱民"，允许他们享有公民权，革除"大人"、"老爷"等称呼；禁止蓄辫、缠足、赌博，严禁种植和吸食鸦片等。在经济上，颁布了保护工商业的政策，保护私有财产，兴办实业，废除清代的苛捐杂税；奖励华侨在国内投资。在文化教育方面，提倡以自由、平等、博爱为纲的"公民道德"；禁用清政府颁行的教科书，对于《大清会典》、《大清律例》等书一律禁用，小学禁读经科等。

特别是南京临时政府制定并颁布了资产阶级的根本大法——《中华民国临时约法》。明确规定了"中华民国之主权，属于国民全体"，确立了行政、立法、司法三权分立的政治体制。内阁向国会负责，内阁各国务委员辅佐临时大总统组成行政机关；参议院为立法机关，选举临时大总统和行使立法权；法院为司法机关，独立审理民刑诉讼，行使司法权。《中华民国临时约法》是中国历史上第一部资产阶级宪法，是南京临时政府最珍贵的政治文献和思想遗产，开创了资产阶级民主政治的新格局，在中国政治制度史、法制史上具有划时代的历史意义。

南北议和

南京临时政府成立前，清政府为了缓和紧张局势，继续玩弄立宪骗局，以摄政王载沣名义下了一道"罪己诏"，又颁布《重大信条十九条》，宣布开放党禁，解散皇族内阁，客观上为袁世凯夺取政权扫清了道路。11月16日，袁世凯完成组阁，不久，又迫令载沣辞职。清廷军政大权全部落到了袁世凯手里。

早在袁世凯南下督军期间，他便向南方的革命党放出了"议和"气球，进行了一系列的幕后活动。11月27日，汉阳失陷，12月2日，江浙联军攻下了南京，南北双方仍保持对峙局面。12月18日，袁世凯的全权代表唐绍仪与南方各省的全权代表伍廷芳，在上海英租界市政厅开始正式谈判。会谈的主要内容是停战问题、国体问题、召开国民会议问题等。在立宪派张謇的撮合下，唐绍仪和南方革命党人约定，只要袁世凯逼迫清帝退位，即推举他为共和国第一任大总统。

南京临时政府的成立，使袁世凯大为恼怒。他宣称唐绍仪"逾权"，迫使唐绍仪辞职，又公开声称："协约未决，南人先组织政府，公举大总统，有悖协约本身。"对商定的召开国民会议的各项办法一概拒绝承认，又唆使段祺瑞、

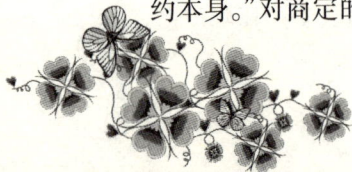

冯国璋等人发表通电,主张君主立宪。各帝国主义国家也站在袁世凯一边,向革命党施加压力。革命党内的妥协倾向有增无减。1月15日,孙中山表示:"如清帝实行退位,宣布共和,则临时政府决不食言,文即可正式宣布解职,以功以能,首推袁氏。"

二次革命

1913年3月20日,夜晚10时45分,上海站月台,一列北上的列车即将开动,车站候车室议员休息室内走出几位中年男子,健步向检票口走去。突然,从不远处的黑暗角落里传出一声低低的手枪声,紧接着又是第二声、第三声。一位30多岁的男子,中弹倒在血泊中,凶手逃之夭夭。这位遇刺者不是别人,正是国民党的领袖、即将就任的国务总理宋教仁。他的遇刺揭开了中华民国历史上,专制势力与革命民主力量大决战的序幕,直接引发了反对袁世凯专制独裁统治的"二次革命"。

1912年4月1日,孙中山把大总统职位让给袁世凯之后,资产阶级革命派向着两个方向发展,孙中山主张大力发展工业,修筑铁路,通过发展社会经济来巩固中华民国;而宋教仁等人则主张成立一个能争取多数人支持的政党,在议会选举中获胜,成立责任内阁。

就在孙中山解除临时大总统职务的同一天,应邀出席了南京同盟会员为他举行的送别会。他即兴发表了演讲,说:"今天满清王朝已经退位,中华民国成立,我从前主张的民族主义和民权主义都已经达到。只有民生主义还没有着手,今后我们应该在这一问题上多下工夫。"

过了几天,孙中山在上海接见一位名叫李佳白的美国人,又说:"我领导的政治革命已经完成,今后想重点从实业和商务方面来发展国家。"这实际上是孙中山辞去临时大总统后的宣言书。

正巧在这时,袁世凯接连发出几封电报,邀请孙中山和黄兴,来北京商议国家大事,孙中山决定接受邀请。1912年8月24日,北京前门东站张灯结彩,悬挂着"欢迎"两个斗大的方字,军乐队也吹奏着迎接贵宾的乐曲,袁世凯用欢迎国家元首的礼遇,隆重地迎接孙中山的到来。

在不到一个月的时间里,孙中山与袁世凯进行了13次会谈,每次都从下午谈到深夜,谈得非常投机、融洽。一次,孙中山对袁世凯说:"我已经决定今后从事社会事业,放弃竞选总统,十年之内大总统只有袁公担任了。"袁世凯听后,连忙点头表示感谢。接着,孙中山又说:"十年之内,我保证修筑20万里铁路,你练出100万精兵,怎么样?"袁世凯连忙站起来,带头高呼:"孙中山先生万岁!"随即,他又授予孙中山中华民国铁路督办的职务。孙中山

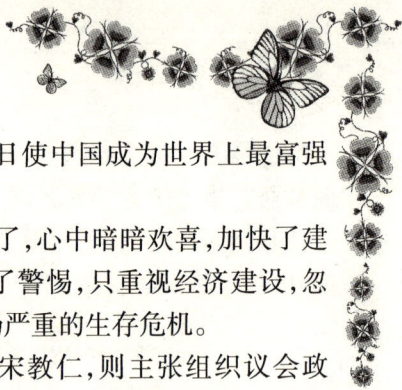

　　表示接受袁世凯的委任,全力修筑铁路,争取早日使中国成为世界上最富强的国家。

　　袁世凯见孙中山已经进入自己设计的圈套了,心中暗暗欢喜,加快了建立专制独裁的步伐,而孙中山却对袁世凯失去了警惕,只重视经济建设,忽视了政治斗争,这预示着中华民国正面临着一场严重的生存危机。

　　与孙中山相反,同盟会另一位著名领导人宋教仁,则主张组织议会政党,通过竞选方式,在议会中占据多数席位,组织内阁,与袁世凯展开正面的政治斗争。

　　宋教仁,字钝初,号渔父,湖南桃源县人。光绪二十七年(1901 年),19 岁的宋教仁参加科举考试,中了秀才,但他并不高兴,因为这时他已被新学所吸引,不想再走封建科举这条老路了。后来,他参加了华兴会,成为一名革命党人,又东渡日本,加入同盟会,积极从事反清革命活动。

　　在日本期间,宋教仁进入法政大学,学习法律与政治,翻译了英、美等国的政治、法律制度的书籍,对西方资本主义各国的政治制度与政权组织形式有了比较清楚的了解,他最推崇、羡慕英国的"责任内阁制",希望将来用这种政权组织形式来建立中华民国。

　　宣统三年(1911 年)武昌起义爆发后,宋教仁迅速从上海赶到武昌。当时,许多革命党人对武昌起义胜利的突然到来,缺乏精神准备,有些不知所措,但宋教仁却拿出了早已编制好的三大本共和国中央和地方机关设置等法律文献,参与武汉军政府《鄂州临时约法》的制订,成为革命阵营中的法律专家。

　　袁世凯窃取了临时大总统职位后,孙中山和黄兴都主张发展实业,巩固和发展民国,对袁世凯失去了警惕。而宋教仁却始终不相信袁世凯会忠于中华民国,他认为只有通过临时约法,用法律来约束袁世凯。他的政治见解概括起来就是:先组织一个有广泛社会影响的政党,参加国会选举,在国会中占据多数席位。根据约法规定,国会中占据多数席位的政党可以出面组织责任内阁,这个党的党魁可以担任内阁总理。内阁总理直接向国会负责,办事不受总统的约束。如果这一计划得以实现,临时大总统袁世凯实际上就被架空,而内阁总理则成为国家握有实权的领袖。

　　为了实现这个计划,宋教仁废寝忘食,到处发表演说,联络其他中小政党,准备成立一个议会中最大的政党,参加即将举行的国会竞选。1912 年 8 月 25 日,同盟会与统一共和党、国民共进会、国民公党、共和实进会 4 个团体合并,正式建立国民党。

　　在新组建的国民党中,孙中山虽然被推举为理事长,但实际负责任的却

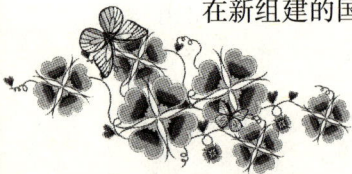

是宋教仁。为了吸收一些官僚、政客加入国民党,壮大实力,他把同盟会纲领中的"平均地权"和"男女平等"等革命主张取消,把一个革命政党变为庞杂的议会政党,这是一个大倒退,但国民党在议会选举中的竞争力却大大加强了。

国民党成立后,宋教仁满怀喜悦地写信告诉海外的同盟会员,预料国民党必定在选举中获胜,出面组织责任内阁。1912 年冬,宋教仁日夜盼望的国会选举的日子终于到来了。根据选举法的规定,选民必须是 20 岁以上,文化程度在小学毕业以上,有 500 元以上固定财产的男性国民,妇女被剥夺了选举权。

这是中华民国历史上第一次全国规模的选举。选举过程中,出现了花钱收买选票,雇人投票等丑闻,但总的看,在中华民国选举史上还是最好的一次。由于同盟会的政治影响依然存在,加上国民党人数众多,选举结果,国民党大获全胜,获得参议院和众议院两院共 392 个多数席位。而其他政党加起来,才占 223 个席位。

袁世凯得知选举结果后,大惊失色,他感到以宋教仁为首的国民党人是他建立独裁统治的最大威胁,便决定收买宋教仁。一次,袁世凯见到宋教仁,装作同情的样子说:"钝初,你革命这么多年,现在又是内阁农林总长,还穿着这件旧棉袍,实在不应该,这是一套价值 3000 元的服装,还有 50 万元交通银行的支票,任你支取,如果不够,还可以增加。"宋教仁坚决不收,在袁世凯的百般劝说下,他只把衣服收下,却把那张支票退回。袁世凯知道宋教仁不是金钱和高官所能收买的,决定用暗杀手段除掉这个心腹之患。

大选胜利后,宋教仁非常兴奋,他想依靠国民党这第一大党的支持,自己完全可以出面组阁,当上国务总理了。10 月 18 日,他离开北京,沿着京汉铁路乘车南下,回湖南桃源老家去探望离别 8 年之久的老母和妻子。呆了不长时间,又到长沙、武汉、南京、上海一带发表长篇竞选演说,对袁世凯政府进行了尽情地揭露和猛烈抨击。

在上海,宋教仁接到许多恐吓信,同志们劝他提高警惕,不要麻痹大意。他却一笑置之,笑呵呵地答道:"没关系,我这次南下堂堂正正,都是为国家做事,又怕什么呢?"陈其美插话说:"钝初,你不要掉以轻心,小心他们会用暗杀的手段来对付你。"宋教仁放声大笑,说:"只有我们革命党人会暗杀人,哪里还怕他们来暗杀我们呢?"

不久,袁世凯来电,催促宋教仁和几位国会议员快点北上,商议组织责任内阁的大事,宋教仁决定 3 月 20 日晚 10 时 45 分搭车北上。临行前,他的好友徐天复紧紧握住他的手说:"钝初,这次北上事关重大,千万注意安全!"

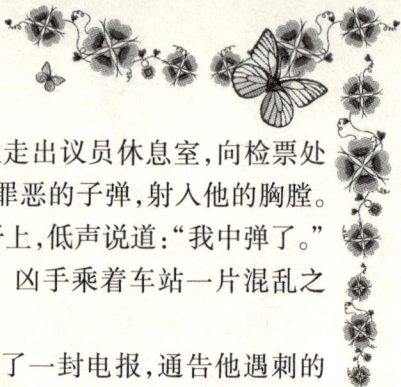

10 时 40 分，宋教仁与黄兴等几个送行的人走出议员休息室，向检票处走去。正在这时，从车站黑暗角落里，飞来三颗罪恶的子弹，射入他的胸腔。宋教仁身体摇晃了几下，就顺势倒在身旁的椅子上，低声说道："我中弹了。"黄兴等人急忙把宋教仁送到医院里，紧急抢救。凶手乘着车站一片混乱之际，逃之夭夭。

在医院里，宋教仁请黄兴代笔，给袁世凯拍了一封电报，通告他遇刺的消息，在电文的结尾，希望袁世凯开诚布公，保障民权，建立民主政治。在宋教仁的弥留之际，黄兴和陈其美紧紧抓住他的手，再三说："钝初，放心！我们要代你报仇的。"22 日凌晨，这位年仅 32 岁的资产阶级政治家不幸逝世。

21 日袁世凯接到宋教仁被刺的消息，心中非常高兴，但表面上却故作惊诧，立即给江苏都督程德全打电报，命令他去医院慰问，悬重赏，限期破案。程德全立即悬赏 10000 元，通缉凶犯。22 日下午，有人告诉袁世凯，宋教仁已经逝世，袁世凯假装十分震惊，连忙说："竟有这种事吗？快拿电报来！"看过电报后，又装出一副痛惜的样子说："唉！这怎么好，国民党失去钝初，少了一个大主脑，以后如何开展党务？"

宋教仁被刺案发生后，上海国民党党员几乎全部出动，分头寻找线索。22 日晚上，两名四川籍学生前来报告：在鹿鸣宾馆住着一个衣衫不整、容貌不善的人，叫武士英，他曾拿着一张照片，说要干一件大事，有重赏；前日深夜，他得了一大笔钱，不知去向了。次日，我们在报上看到宋教仁先生被刺的消息，对照报纸上的照片，才知道武士英就是刺杀宋先生的凶手，特来报告。

陈其美得知这个情报，立即派人去鹿鸣宾馆，在武士英的房间里搜出一张"应桂馨"的名片。陈其美断定应桂馨很可能是暗杀的操纵者，立刻密告英法捕房，火速将其逮捕。又在应桂馨家里搜出他与袁世凯的国务总理赵秉钧、内务部长洪述祖往来的秘密电报，同时还逮捕了凶手武士英。

这些确凿无疑的证据，证实谋杀宋教仁的主谋不是别人，就是临时大总统袁世凯和国务总理赵秉钧，同谋犯是洪述祖，具体指挥者是应桂馨，凶手是武士英。案情真相大白后，袁世凯一面百般狡辩，杀人灭口；一面暗中为消灭国民党而进行周密的部署。

1913 年 4 月 24 日，凶手武士英在监狱里吃了应桂馨的亲信送来的毒馒头，突然被毒死。1914 年 1 月 19 日，应桂馨乘火车南下，在杨柳青站附近，被人用乱刀砍死。2 月 19 日，任直隶总督的赵秉钧，饭后，突然中毒，七窍流血而死。所有这些，都是袁世凯为了杀人灭口所为。

作为靠军事起家的军阀头子袁世凯十分清楚，要想消灭国民党这支异

己力量,只凭暗杀是不成的,还必须使用武力。为此,他同帝国主义各国驻华公使多次秘密商议,举借外债,作为镇压国民党的军费。

1913 年 4 月 26 日深夜,袁世凯以全国盐税作担保,同英、法、德、日、俄五国银行团签订了 2500 万英镑的"善后大借款",用来购买武器和其他装备。

这时,中华民国第一届国会已经成立,国民党人张继、王正廷当选为参议院的正副议长。按照临时约法规定,总统对外借款,需经国会通过,但在袁世凯眼里,国会早已是他手中的玩物了。秘密借款的消息在报纸上披露后,参议院正副议长张继、王正廷,当天夜里就去总统府,面见袁世凯,阻止签订借款合同。袁世凯非常狡猾,说合同已经签字,不能更改,断然拒绝了参议院的抗议。

这时,袁世凯有了经费,购买了武器,军事力量也部署得差不多了,决心用武力解决国民党。5 月 21 日这天,他气势汹汹地叫来梁士诒等亲信,让他转告国民党人:"现在,我已经看透,孙中山和黄兴除了捣乱外,没有别的本领,左又是捣乱,右又是捣乱。我受四万万人民的重托,不能以四万万人的生命财产,任人捣乱。我要清除掉国民党中的不良分子。"梁士诒打算以个人名义转告,袁世凯大声制止说:"不用,就说是袁项城说的,我敢负这个责任!"公开表示要对国民党进行武力镇压,十分猖狂。

"宋案"的鲜血洗亮了革命党人的眼睛,"善后大借款"的横行,则宣告了资产阶级议会政治的破产,在袁世凯咄咄逼人的攻势面前,资产阶级革命派被迫起来还击。

宋教仁被暗杀时,孙中山正在以中华民国铁路督办的身份在日本访问,他参观了日本的铁路、工厂、学校,与日本政界、财界人士广泛接触,争取他们对中华民国给予经济上的援助和支持。正当孙中山准备从长崎启程回国时,忽然传来了宋教仁遇刺的惊人消息,他立即回国,并打电话告诉上海革命党人,一定要把案件查个水落石出。

3 月 25 日上午,孙中山回到了上海。当晚,就在黄兴的寓所召开了紧急会议,商讨对策。

孙中山说:"宋案的发生,是袁世凯消灭国民党的革命势力以便称帝的阴谋,我们对此只有趁他还没有准备好的时候,以迅雷不及掩耳之势,先发制人,调集军队消灭袁世凯。"

黄兴接着提出了自己的不同看法,他说:"袁世凯恢复帝制的迹象还没有完全暴露出来,南方的革命军又刚刚裁减,必须经过一段时间准备,才能作战,如果匆忙起兵,不但不能取得胜利,相反却会失败。现在民国已经成

立,对于宋案应该冷静,要通过法律渠道解决。"

孙中山不同意黄兴的意见,又激动地解释说:"袁世凯是总统,总统指使暗杀,这怎么是法律所能解决的问题。事情已经到了这个地步,只有武力解决了。"

绝大多数革命党人都同意黄兴的意见,因为当时革命党确实无兵可调。会上,一位名叫谭人凤的革命党人曾问孙中山:"武力讨伐袁世凯,需要多少兵力?"孙中山答道:"如果有两个师的兵力,我将亲自统率大军,北上讨袁。"谭人凤当场反驳说:"孙先生所说的不过是句空论,请问两个师的军队从哪里来?"孙中山听后,也无法回答。

正当革命党人喋喋不休地争论是武力讨袁,还是法律解决的时候,袁世凯凶相毕露,杀气腾腾,于4月30日在"海宴堂"召开第一次军事秘密会议,准备向国民党人开战。

6月9日,袁世凯下令罢免李烈钧的江西都督的职务。14日和30日,又分别下令将广东都督胡汉民和安徽都督柏文蔚撤职。7月3日,袁世凯以江西湖口革命党叛乱为借口,命令第六师火速向九江推进。

在袁世凯大兵压境,步步进逼的情况下,革命党人被迫起来应战。

最先起来做讨袁先锋的是江西都督李烈钧。李烈钧,字协和,江西武宁县人,1904年被江西武备学堂选送到日本学习陆军,1907年加入同盟会,中华民国成立后出任江西都督。

宋案发生后,李烈钧曾主张起兵反袁,但各省握有军权的都督无人响应,使他也变得悲观起来。一天,一位叫邓汉祥的革命党人问李烈钧:"如果我们起兵反袁,该是什么结果?"李烈钧不假思索,就回答说:"国民党一定失败。"在这种消极悲观的情绪影响下,1913年6月9日,李烈钧接到袁世凯发布的免职命令后,准备筹集一些款项,带一批青年出国留学,随即离开南昌,前往上海。孙中山得知李烈钧离开江西,主动放弃了军权,非常着急,立即从香港赶到上海,和黄兴一起宴请李烈钧,请他回江西率先揭起讨袁大旗。席间,李烈钧自告奋勇,愿意出任讨袁急先锋。事后,李烈钧秘密来到湖口,召集旧部,成立了讨袁军总司令部,与北洋军在德安一带开始交战,二次革命终于爆发了。

江西率先起义后,各省纷纷响应。7月14日夜,黄兴由上海秘密来到南京,准备组织江苏讨袁军。15日清晨,黄兴率领部分南京高级将领进入江苏都督程德全的都督府,把他从睡梦中叫起,要他同意起兵反袁。程德全是一个圆滑的老官僚,他从睡梦中醒来,发现黄兴和几位高级将领正在客厅里焦急地等候,多年的官场经验告诉他,这种缺乏准备的仓促起义是难以成功

的，但他又不敢断然拒绝这些高级将领的请求，一时竟说不出话来。八师师长陈之骥见程德全闭口不言，扑通一声跪在地上，流着眼泪，请求程德全同意发兵讨袁。程德全只好表示同意，众将领才起身连连致谢。当天，革命党人以程德全的名义，宣布江苏独立。从江苏独立的过程可以看出革命党人的软弱，竟然用下跪方式去争取同盟者，二次革命的失败也就不是偶然的了。果然，7月16日夜，程德全就偷偷跑到上海，发表通电，宣布与江苏独立事件没有关系，并与袁世凯勾结，以便等待时机扼杀革命。

继江苏独立后，安徽都督柏文蔚也宣告独立，就任安徽讨袁军总司令。接着，陈其美在上海、陈炯明在广东也宣告独立。一时间，大江南北燃起了讨袁的熊熊战火。由于江西和南京的战斗最为激烈，所以这次反袁起义又被称为"赣宁之役"。

南京的战斗首推为最，9月1日，袁世凯命令张勋率领辫子军攻陷南京，进行野蛮的抢劫和屠杀，美国驻中国大使芮恩施目睹了当时的惨痛景象，他写道："当我们进入南京的时候，到处看到烧焦了的残垣断壁，老百姓家里的日用品和家具，都遭到毁坏，扔到街头上。居民们愁眉不展，提心吊胆地在街头匆匆走过。这一切构成了一幅令人伤心的悲惨景象。"

可是，由于革命党人没有一个坚强的领导核心，各省的讨袁军各怀心事，独立作战，缺乏统一指挥和配合，加上讨袁军在军事上也处于相当大的劣势，所以，讨袁军不久就被优势的北洋军各个击破，安徽、福建、湖南、四川等省先后取消了独立。"二次革命"起兵不到两个月就以失败告终。

"二次革命"是孙中山发动的一次武装反袁斗争，是保卫辛亥革命的成果，抵抗北洋军阀反革命暴力镇压的正义之战。革命失败后，中国进入了北洋军阀最黑暗的统治时期。

以孙中山和黄兴为代表的资产阶级共和国的缔造者，在中华民国已经没有立足之地之时，只得又一次乘轮东渡，开始流亡生活。一位叫何遂的革命党人后来在回忆录中详细地描述了"二次革命"失败后，流亡海外时的痛苦心情，他写道：

我们一行人出发东渡了。当轮船缓缓地开出吴淞口外，我回首苦难深重的祖国，依然处于黑暗统治之下。多少年梦寐追求的一次革命，就这样失败了。

袁世凯帝制丑剧

袁世凯并不仅仅满足于大总统这个宝座，他想要彻底摧毁"共和"这块招牌，真正登上"皇帝"宝座。在镇压"二次革命"之后，便进一步破坏国会，

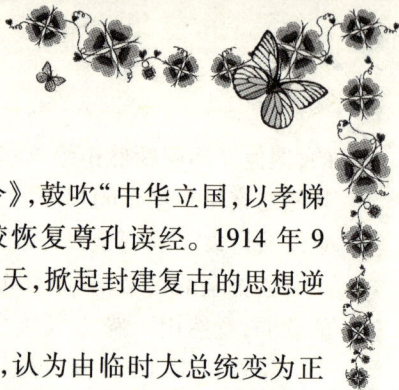

取消《临时约法》,准备复辟封建帝制。

1913 年初,袁世凯就下了一道《整饬伦常令》,鼓吹"中华立国,以孝悌忠信礼义廉耻为人道之大经"。6 月,通令学校恢复尊孔读经。1914 年 9 月,袁世凯率百官到孔庙祭孔,12 月又到天坛祭天,掀起封建复古的思想逆流,为复辟帝制之先声。

袁世凯以武力扫除南方几省的反袁势力后,认为由临时大总统变为正式大总统的时机已经成熟。为了当上正式大总统,袁一面收买部分分化的国民党议员,使国民党分裂成各种小集团,另一方面又进一步利用进步党人。1913 年 7 月,他任命进步党人熊希龄组织责任内阁,接着便上演了一场先选总统,后立宪法的丑剧。1913 年 10 月 6 日,袁世凯派便衣警察、地痞流氓数千人包围国会,并打着"公民团"的旗帜,鼓噪于会外,声称"非将公民所瞩望的总统选出,不许选举人出会场一步!"从上午 8 点到晚上 10 点,国会议员忍饥挨饿,连续三次投票,袁世凯才获得法定的票数而当选正式大总统。

袁当上正式大总统,认为国会和政党对其已失去作用。11 月 4 日,他借口国民党议员与李烈钧有联系,下令解散国民党,撤销国民党议员的资格。这样,国民党议员因此被逐出者达半数以上,国会因法定人数不足不能开会。1914 年 1 月,袁世凯干脆下令解散国会。各省的议会也随即被通令解散。这样,象征资产阶级民主制度的国会以及各地有关机构被袁世凯一扫而光。1914 年 5 月 1 日,袁宣布废除《中华民国临时约法》,并公布了迎合其专权的《中华民国约法》。约法中明确规定:取消内阁制,实行总统制,由总统独揽一切大权。撤销国务院,在总统府内设政事堂,作为辅助总统的办事机构。根据这部约法,又成立了代行立法权的参政院,参政全部由袁世凯任命。1915 年元旦,袁又公布了新的《总统选举法》,规定总统任期改为 10 年,连任无限制,总统继任人由现任总统推荐。这样,袁世凯不仅可以终身充任总统,还可以由他的子孙后代继任。袁利用自己手中的军事力量,一步步取消了辛亥革命以来所建立的各项民主制度,铲除了资产阶级民主制度,建立起封建军事独裁统治,中华民国只剩下一块空招牌。

与此同时,袁世凯又极尽卖国之能事,向帝国主义寻求复辟之靠山。1914 年,第一次世界大战爆发,日本趁各帝国主义国家无暇顾及中国,妄想独占中国,并于 1915 年 1 月向袁世凯递交了一份旨在灭亡中国的"二十一条要求",其主要内容是:德国在山东的特权转让给日本;日本租界旅顺、大连及南满、安奉两条铁路的期限延长至 99 年;汉冶萍公司改为中日合办,附近矿山也不准他人开采;中国沿海所有的港湾、岛屿不得让与他国;中国政府当聘请日本人作为政治、军事、财政顾问,警政与兵工厂由中日合办。其实

际上是要把中国变为日本的殖民地。经过几个月的秘密谈判,日本帝国主义采取软硬兼施的手段,一面以不能阻止革命党人"在中国煽动骚乱"相威胁,一面又以"对袁总统提供援助","再高升一步"相利诱。1915年5月9日,袁世凯不顾全国人民的坚决反对,除第五项"容日后协商"外,其余全部接受。

在换取帝国主义的支持后,袁世凯便开始了复辟帝制的行动。1915年8月,他授意其顾问美国人古德诺发表了"共和与君主论"一文,诬蔑中国人民"民智低下",鼓吹中国复辟帝制。各地袁世凯的死党、爪牙和投机分子一片喧嚣之声,又是函电,又是进京请愿,"请求"袁世凯当皇帝,复辟之风席卷京城。老谋深算的袁世凯为给帝制披上"民意"与"合法"的外衣,又指使其御用参政院炮制出一个"国民代表大会组织法",要求各省选出"国民代表"进行投票。12月,参政院宣布全部1993名代表完全一致地主张实行君主制,拥戴书一字不差地写着"恭戴今大总统袁世凯为中华帝国皇帝"。袁世凯就于12日宣布接受"推戴",承认帝制。1915年12月13日宣布改民国五年为"中华帝国洪宪元年",改总统府为新华宫。1916年元旦,袁世凯举行登基大典,爬上皇帝宝座,演出了一幕复辟帝制的历史丑剧。

张勋复辟

张勋复辟是利用"府院之争"导演的一幕拥溥仪上台的丑剧。

袁世凯死后,黎元洪以副总统继任中华民国大总统,段祺瑞以国务总理兼陆军总长操纵北京政府的实权。在护国战争的打击下,黎、段被迫打起"民主共和"的旗号。6月29日,黎元洪明令废弃袁世凯的约法,恢复孙中山制定的临时约法。8月1日下令恢复国会,实行责任内阁等。但这种妥协和统一是暂时的。段祺瑞凭着手中的军事实力,妄图武力统一中国,建立以国务院为中心的军事独裁统治。这必然引起与其他军阀的矛盾。1917年,黎、段矛盾围绕着对德参战问题而激化,引发了"府院之争"。段祺瑞在日本的支持下,主张对德宣战,企图乘机扩大实力。黎元洪则在美国的支持下利用国会反对参战,并下令免除段祺瑞内阁总理的职务。段祺瑞则跑到天津策动武装倒黎。6月2日,段在天津成立"独立各省总参谋处",并以13省督军名义联名通电,威逼黎辞去大总统之职。黎无计可施,只得求助拥兵徐州的张勋入京调停。张勋趁机展开复辟活动。

张勋原为清末江南提督,因镇压"二次革命"有功,被袁世凯升任为江苏督军,后转任长江巡阅使,率所部定武军约二万余人,驻守徐州。其以清王室老臣自居,本人与所部士兵一直都留着长辫,被人们称为"辫帅",所部武

军称为"辫子军"。段祺瑞被免职后，也想借张勋之力赶走黎元洪，故向其作出"复辟一事，自可商量"的含糊允诺。

1917 年 6 月 7 日，张勋以"调停""府院之争"为名，从徐州率 3000 辫子军北上，途经天津又与段祺瑞会谈，威逼黎元洪解散国会。12 日，黎元洪被迫下令解散国会。7 月 1 日，张勋及其同党拥戴溥仪登上清宫太和殿，正式宣告复辟，改民国六年为宣统九年。一时间，成群的遗老遗少，穿着朝服朝靴，拖着长长的假辫，又出现在北京大街小巷。

张勋的倒行逆施，引起全国各阶层的强烈反对。7 月 2 日，逃匿日本使馆的黎元洪发出通电，要副总统冯国璋代行大总统职权，并恢复段祺瑞的总理职务。段祺瑞见时机已到，便在天津马厂组织"讨逆军"，自任总司令，进京讨伐张勋。7 月 12 日，辫子军悬旗投降，张勋逃往荷兰使馆，溥仪再次退位，12 天的复辟逆流宣告结束。

张勋复辟的失败，是辛亥革命之后，民主共和观念深入人心，复辟不符合历史发展潮流的必然结果。

新文化运动

辛亥革命后，以袁世凯为首的北洋军阀，在政治上实行独裁统治，疯狂反对共和，复辟帝制。在文化思想领域，大肆鼓吹尊孔复古，向资产阶级文化大举进攻。在五四前后，一大批具有民主思想的知识分子掀起了一场彻底的反封建主义的启蒙运动——新文化运动。新文化运动的兴起是以 1915 年 9 月陈独秀在上海创办《青年》杂志（1916 年以后改称《新青年》）为开端的。陈独秀参加过"二次革命"，是新文化运动的旗手与主将。1917 年，蔡元培出任北京大学校长，聘请陈为北大文科学长，《新青年》杂志社也随着迁到北京。当时在北大执教的李大钊、鲁迅等人成为主要撰稿人。这样，新文化运动便以北大为中心，以《新青年》为火炬在全国点燃起来。

新文化运动的主要内容是提倡民主和科学，反对封建专制和迷信观念，民主是指西方资产阶级的民主思想与民主政治。陈独秀在《青年杂志》创刊号上，发表《敬告青年》一文，猛烈地抨击了中国腐朽的封建文化的社会制度。他说："吾国欲图世界的生存，放弃数千年相传之官僚的、专制的个人政治，而易以自由的、自治的国民政治。"要建立这样的民主政治，就要有民主的思想，提倡人权、平等与个性解放，反对奴性。他说，人"各有自主之权，绝无奴役他人之权利，也绝无以奴自处之义务"。

提倡科学，就是提倡西方先进的自然科学和社会科学，宣传唯物论、无神论、进化论，反对封建迷信、愚昧和盲从。陈独秀认为科学和民主是密不

可分的,同为"近代欧洲的时代精神"。他说:"科学之兴,其功不在人权说下,若青年之有两轮焉","国人而欲脱离蒙昧时代。羞为现代之民也,则急起直追。当以科学与人权并重"。他号召人要排除虚妄、迷信和盲从,用民主和科学的态度,去对待一切传统观念和社会问题,以求实的进取精神,自觉奋斗。

当时把民主称为德先生(德谟克拉西,democracy),科学称为赛先生(赛因斯,science)。陈独秀说:"西洋人因为拥护德赛两先生,闹了多少事,流了多少血,德赛两先生才渐渐从黑暗中把他们救出,引到光明世界。我们现在认定只有这两位先生可以救治中国政治上、道德上、学术上、思想上一切黑暗。"

新文化运动的倡导者们认为,中国之所以危亡,民主与科学所以不能实现,都是由于封建伦理道德没有扫除的缘故。因此,他们把斗争的锋芒集中指向孔子学说的核心——纲常等级制度。"打倒孔家店"的呼声振荡着中国。他们认为孔子是帝王专制的护符,君主政制之偶像,因此号召青年抛弃儒家的"三纲五常"与"忠孝节义"等"吃人的礼教"。李大钊对于孔教的攻击更加猛烈。他相继发表文章,尖锐地指出孔子是"数千年前之残骸枯骨'、"历代帝王专制之护符"、"保护君主政治之偶像"。他在《青春》一文中号召青年"冲破过去的网罗,破坏陈腐学说的囹圄",以"青春之我"去创造"青春之中华"。

新文化运动的另一个重要内容就是提倡白话文和文学革命运动。文学革命的发起者,首推胡适。1916 年 11 月他在《新青年》发表《文学改良刍议》一文,提出文学改革的八项主张,极力提倡白话文,反对文言文。主张写文章"不做无病之呻吟"、"须讲求文法之结构"、"不尊仿古人"、"须言之有物",主张文学反映时代精神,"实写今日社会之情况"。他认为"白话文是中国文学之正宗和将来文学必用之利器","把用语的文学,文学的国语"作为文学改革的宗旨。

1917 年 2 月,陈独秀在《新青年》上发表《文学革命论》,把文学改革明确地同反封建的思想革命联系起来。他说:"今领革新政治,势不得不革新盘踞于运用此政治看精神界之文学",并提出了三大主张:推倒贵族文学,建设国民文学;推倒古典文学,建设写实文学;推倒山林文学,建设社会文学。

鲁迅是把文学革命从内容到形式结合起来的最好典范。1918 年 5 月,鲁迅在《新青年》上发表了第一篇白话文小说《狂人日记》,揭露封建礼教吃人的本质,呼吁社会"救救孩子"。后来又发表了《孔乙己》、《药》等小说,成为中国现实主义文学的先驱。

北京大学校长蔡元培则扛起了教育革命的大旗。1917年他上任后,提出"教育救国"的口号。他倡导"思想自由,兼容并包",推行资产阶级自由主义的教育方针。又推行"人才主义",他极力聘请各家名师,不问政治,只要有一说之长,就予以聘用。"

五四前的新文化运动,就其性质来说,仍然属于资产阶级的旧民主主义的范畴。尽管这场运动局限于知识分子的小圈子内,没有与广大工农群众相结合;对中西文化采取了形而上学的绝对肯定与绝对否定的态度,也没能给中国人民真正指明谋求解放的道路,但这场运动有重大的历史功绩。它以民主主义的革命精神,批判了封建主义的政治制度与伦理道德,冲破了孔子学说的思想禁锢,唤起了中国人民的觉醒,形成了一次思想解放运动。为五四爱国运动的爆发作了思想准备,为马克思主义在中国的传播开拓了道路,为中国迎来了新民主主义的曙光。

五四爱国运动

1919年的五四爱国运动是为反对帝国主义对中国的侵略,反对卖国的北洋军阀政府而爆发的。

第一次世界大战结束后,为处理战后的世界问题,1919年1月举行在"五强"(英、美、法、意、日)操纵下的巴黎和会。这时,北京政府的大总统是老官僚徐世昌,实际掌握北京政府的是日本帝国主义的走狗段祺瑞,他在1918年10月起担任国务总理,而任"参战督办",统率着用日本贷款喂养的所谓"参战军"。南方的护法军政府在孙中山退出后,由以岑春煊为首的军阀官僚所把持。南北两个政府1918年底宣布停战,并且在1919年2月开始举行议和会议。北京政府派出了一个出席巴黎和会的代表团,团长是北京政府的外交部长陆征祥,也有南方军政府的外交人员参加。

中国代表团表示他们在这次和会上要做到:一、收回战前德国在山东的一切利益,这些利益不得由日本继承;二、取消1915年袁世凯政府对日本承认的"二十一条";三、取消外国在中国的一切特殊利益,包括领事裁判权、租界、租借地、势力范围等;四、结束德、奥等战败国家在中国的政治与经济的利益。

但是巴黎和会不过是帝国主义列强的分赃会议。美国和其他西方列强只是拿中国问题作为同日本讨价还价的一个筹码,它们不可能也不想使日本在中国问题上全面让步,更不愿由此而导致它们在中国的既得利益受损害以至失掉。对于中国代表团提出的废除"二十一条"和取消列强在中国的领事裁判权等问题,法国总理克里蒙梭代表"五强"答复说,这些问题都不属于这次和会讨论的范围。只是在讨论战前德国的殖民地处置问题时,和会讨论了中国的胶州湾问题。在这个问题上,中国代表团也完全失败了。日本方面说,胶州湾已经在事实上为日本占有,而且1917年9月北京政府在同日本政府关于山东问题的交换文中已对于日本的要求表示"欣然同意",所以德国在山东的一切权利都只能转让给日本。和会终于按照日本的意志作出了决定。在讨论过程中,美国还提出了由五国共管的主张。这个主张受到日本的反对,也无益于中国。

事实教训了原来对巴黎和会抱有幻想的人。例如1918年12月创刊的时事评论刊物《每周评论》(李大钊、陈独秀主编),在发刊词中说:大战结果是"公理战胜强权"。但是到了1919年5月初,它写道:"巴黎的和会,各国都重在本国的权利。什么公理,什么永久和平,什么威尔逊总统十四条宣言,都成了一文不值的空话。"并且说,巴黎和会"与世界永久和平,人类真正幸福,隔得不止十万八千里,非全世界人民都站起来直接解决不可"。

北京的学生首先起来用行动表示人民群众对帝国主义,特别是日本帝国主义,对亲日派的北京政府的愤慨。为商量如何抗议巴黎和会,5月1日,北京各学校的一些学生积极分子开了一个小会,5月3日北京大学学生和其他一些学校的学生代表又开了一次会议。后一次会议上决定第二天举行群众大会。

1919年5月4日下午,北京各校学生3000多人在天安门前举行集会和游行示威。他们在宣言中提出"外争主权,内除国贼"的口号,主张立即召开国民大会。游行队伍想进入东交民巷向各国使馆表示抗议,但受到警察的阻拦。他们便转向赵家楼曹汝霖的住宅。曹汝霖是当时北京政府的交通总长,1915年任袁世凯的外交次长,是签订二十一条的代表人之一。他和章宗祥、陆宗舆又是段祺瑞对日本借款和签订军事协定的经手人,因而成为最受舆论指责的三个卖国贼。学生群众包围和冲进了曹宅,没有找到曹汝霖,却找到了正在曹宅的章宗祥,他刚从日本回国。学生们在曹宅放了火,并且痛殴了章宗祥。大批军警赶到曹宅,学生32人被逮捕。

5月4日北京学生的行动在黑夜沉沉的中国发出一声响亮的春雷,立即震动了全国。5月5日北京学生宣布罢课,成立了中等以上学校的学生联合会,要求释放被捕同学,并进行爱国宣传。他们的行动得到了全国各地舆论的支持和全国各地学生的声援。

北京学生的爱国运动在1919年的五四运动前一年已有过一次演习,那是为反对1918年5月,段祺瑞政府同日本订立实际上以共同反苏为目的的军事协定而发生的。那次学生运动由在日本的留学生开始,他们中有许多

人罢课回国。北京学生立即响应,5 月 21 日北京大学等校的学生二千余人游行到总统府,要求废除同日本的军事协定。在 1918 年的这次游行后,北京的学生群众中关心国事的空气大大增强,有些学生开始组织起来,并和天津及南方一些城市的学生取得联系,成立了称为学生救国会的"近乎全国性的学生团体"。

北京政府虽然在五四游行的两天后释放了被捕学生,但对学生提出的政治要求置之不理,而且下达了禁止学生干预,镇压学生运动的命令。5 月 19 日北京学生再次宣布总罢课。学生们以"十人团"的组织在北京市内及北京附近铁路沿线演讲。几天后,由于北京政府的严厉禁止,学生改用贩卖国货的形式进行宣传。6 月 1 日北京政府下了两道命令:一道命令表扬为民众斥为卖国贼的曹汝霖、陆宗舆、章宗祥;一道命令取缔学生的一切爱国行动。这就加倍激起了学生的愤怒。学生从 6 月 3 日起重新进行街头演讲。

北京政府出动军警进行镇压。6 月 3 日,有 170 多个学生被捕,第二天又有 700 多个学生被捕。但是第三天上街演讲的学生比前两天更多,有 5000 多人,北京政府已无法加以压制。运动迅速发展到全国,不仅各地学生罢课,而且商人罢市,工人罢工,形成全国性的反对帝国主义、反对卖国政府的运动。

各地民族资本的工商业这时正面临着帝国主义势力在战后卷土重来的威胁。五四学生运动提出了抵制日本货,劝用国货的口号,这对于工商业者是有利的。北京的商会在五四后立即表示赞助学生的行动,接着,天津、上海和全国许多城市的商会也纷纷响应。各地商会主张用有秩序的"文明"方法进行爱国运动,其行动在于提倡国货。它们所代表的是民族资产阶级的态度。在 6 月 3 日北京学生和反对政府形成尖锐对立的情况下,上海的商界受到学生的影响,在 6 月 5 日宣布罢市,抗议北京政府的暴行。上海附近的城镇以至全国其他许多城市也跟着宣布罢市。

工人群众的奋起更增添了运动的声势。全国产业工人的人数,辛亥革命时约为五、六十万人,到了五四运动时已达二百万人,其中包括民族资本的工厂和外国设立工厂中的工人。辛亥革命后几年间,各地工人进行有组织的罢工斗争次数比辛亥革命前多,规模也比较大。有些地方的工厂开始建立工会组织。罢工斗争一般是要求改善生活待遇,但有时也越出经济斗争的范围。例如 1915 年上海及其他一些地方的日本资本家的工厂中的工人举行罢工,反对"二十一条"。1916 年,天津法租界工人举行罢工,反对法帝国主义强行扩大租界地区。这都是工人与其他各界人民相配合进行的爱国斗争。1919 年的五四学生爱国运动立即在工人群众中得到响应。特别在 6

月3日后，以上海为中心，工人群众走上了斗争的前列。在上海，日本资本的内外棉第三、第四、第五厂的男女工人五六千人，在6月5日首先罢工，接着，日本资本的其他工厂，英国资本的一些工厂，还有美商、法商、华商的电车公司的工人也宣告罢工。在上海以外，沪宁路和沪杭路铁路工人，京奉路唐山工人，京汉路长辛店工人相继罢工。汉口、长沙、芜湖、南京、济南等地也都有工人罢工。

爱国运动在广度和深度上的迅速发展，特别是工人群众以罢工形式参加斗争，不但使北京政府，而且使帝国主义感到十分震惊。由于工人罢工，帝国主义在上海、天津等地的租界有陷入瘫痪的危险，帝国主义在华利益受到威胁。作为帝国主义的工具，北京政府不得不采取措施解救危机。6月10日，北京政府宣布"批准"曹汝霖、陆宗舆和章宗祥"辞职"，并且改组了内阁，不过改组后的内阁仍然为段祺瑞的势力所控制。至于巴黎和会，北京政府虽已决定在和约上签字，但由于社会各界和舆论的反对，也就不敢坚持这个决定。6月28日在巴黎订立包括山东问题在内的对德和约（即凡尔赛条约）的时候，中国代表团没有签字。

6月间，学生罢课、工人罢工、商人罢市的风潮渐渐平息了下去。帝国主义及其走狗以为渡过了一个难关，但是，五四运动所起的影响是他们所遏制不了的。

经过五四运动，中国近代历史发生了一个重大变化，中国工人阶级开始作为一个独立的政治力量登上了历史舞台。工人阶级代替资产阶级而成为中华民族民主革命的领导者。"五四"运动宣告了资产阶级领导的旧民主主义革命的结束和工人阶级领导的新民主主义革命的开始，揭开了中国历史的新篇章。

五卅运动

1925年初，中国共产党在上海召开了第四次全国代表大会，陈独秀当选为新一届中央总书记兼组织部主任，彭述之为宣传部主任，瞿秋白、蔡和森为宣传部委员，张国焘为工农部主任，并由这五人组成中央局。当选为中央委员的还有李大钊、项英、谭平山、李维汉。这次代表大会作出决议，指出无产阶级对革命的领导权和工农联盟的重要性。

共产党人认识到无产阶级领导权的重要性，就立即付诸实践。于5月1日在广州召开了第二次全国劳动大会，166个工会的281名代表出席了会议，代表有组织的工人54万余人。大会选出林伟民、刘少奇为全国总工会正副委员长，邓中夏为秘书长兼宣传部长。大会闭幕后不久，便掀起席卷全国

的五卅运动。

5月7日,上海日本资本家联合组织的日本纺织同业会开会,以工会系共产主义指挥为由,悍然决定不承认工会,扬言工会如组织工人罢工,就采取强硬态度关闭工厂。5月10日之后的几天内,日本资本家无故开除工人代表几十人,日本人还蛮不讲理,手持铁棍乱打工人。5月15日下午5时,内外棉七厂夜班工人五六百名工人照常上班,日本厂主不准工人进厂,工人群起质问日本厂主:我们并未参加罢工,岂有拒绝工作之理。

日本领班和包打听一见工人进厂,就举起木棍铁棒对手无寸铁的工人行凶,好几个工人被打得头破血流,站在队伍前面的青年工人顾正红看见已有好几个工人被打伤,他满腔怒火,高喊:"东洋人打人啦!"并带领众人冲入物料间,每人持一根"打梭棒",作为反击的武器。

内外棉厂副总大班元木和七厂大班川村,带着手枪,率领一群流氓打手,杀气腾腾来到门口,对准顾正红开了一枪,他毫不畏怯,忍着疼痛,高呼:"工友们,团结起来,斗争到底!"

川村又接连向他的腹部、头部放了两枪,并以腰中的毒刀猛刺顾正红头部。顾正红终于卧倒在血泊之中,虽经工友们送医院抢救,但由于伤势过重,壮烈牺牲,年仅20岁。这次血案还有11人受重伤,几十人受轻伤。

陈独秀以总书记名义多次签发中共中央通告,号召工会、农会、学生会及各社会团体发表宣言和通电,反对日本人枪杀中国工人同胞,募集捐款,支援罢工工人。5月24日,上海工人八千多人在闸北潭子湾工人俱乐部举行顾正红烈士追悼大会。但是,上海工人、学生因为募捐活动和参加公祭顾正红大会,被巡捕房捕去几十人。学生们闻此消息,义愤填膺,结队去会审公廨,要求释放被捕学生,遭到无理拒绝。

5月28日,中共中央和上海地委举行联席会议,陈独秀、恽代英、李立三、蔡和森等参加了会议,决定分头向各学校负责人谈话,向学生进行宣传,动员和组织学生于5月30日到租界进行反帝大宣传,声援工人,营救被捕学生。

30日,约有三千名学生上街演讲,听众十分激愤。下午,身高虬髯的巡捕前来驱赶群众,学生与之冲突,马路上一时人声嘈杂,反帝呼声现趋高涨,捕房捕头慑于群众声势,疯狂地下令逮捕学生。学生和听众睹此惨状,个个义愤填膺。

老闸捕房前已是群众云集,水泄不通,口号雄壮,声震屋瓦,传单飘飞,满蔽天日。群众的激昂情绪达到沸点。捕头和副捕带领巡捕22人,排列在捕房门口,捕头下令巡捕向示威群众开枪,副捕头首先向人丛射击,发出一

弹,于是全体巡捕连开两排枪,南京路上顿时血流遍地,一片狼藉,酿成震惊中外的"五卅血案",被杀害的革命群众有13人,重伤数十人。

惨案发生的当天晚上,陈独秀召开中央紧急会议,决定宣布上海总工会公开成立,建立反帝联合战线组织,领导上海人民掀起罢工、罢课、罢市三罢斗争。中央领导进行了分工,由陈独秀居中指挥。

31日,上海总工会成立,并宣布于6月1日实行全市总罢工。6月1日上海20万工人罢工,5万多学生罢课,商人也纷纷罢市,胜利地实现了"三罢"。6月7日,上海总工会、中华全国学生联合会、上海学生联合会和上海各马路商界总联合会四个团体组成了上海工商学联合会,作为运动的公开领导机关。11日,工商学联合会主持召开20万人的群众大会,提出了惩凶,赔款,华人在租界有言论、集会、出版的绝对自由,取消领事裁判权,永远撤退驻华英日军等十七条要求。上海人民的斗争,得到了全国人民的支持。帝国主义一面镇压群众运动,一面玩弄政治骗局,施展分化伎俩,破坏中国人民反帝统一战线。大资产阶级首先退出了统一战线,民族资产阶级也表现了极大的动摇。在这种形势下,中共中央决定:为了保持革命力量,巩固已经取得的成果,全市工人停止罢工。从8月底到9月上旬,各业罢工工人在资方承认一定条件下,陆续复工。五卅运动坚持了三个月,严重打击了帝国主义反动统治,提高了中国人民的政治觉悟,掀起了全国规模的反帝风暴。

戴季陶在五卅运动中看到了共产党在群众中的威望日益增强,忧心忡忡,觉得再也不能沉默,发表了《国民革命与中国国民党》一书,一方面斥责国民党右派"腐败卑劣",不干实事,到了用"反共产"的口号来掩护自己不能信仰三民主义、不能革命的罪恶;另一方面着重攻击共产党,在高谈"国家的自由民族平等"的同时,诋毁马克思主义阶级斗争学说,反对共产党。他说国民党的最高原则,只能是三民主义,诬蔑共产党员加入国民党和采用"寄生政策",极力主张将共产党员从国民党里驱逐出去。

陈独秀立即在《向导周报》发表了《给戴季陶的一封信》,批判了朋友戴季陶,说戴在对于共产党的态度,与右派谢持、马素等人无甚出入。陈独秀对戴季陶的批判是及时的,立论也是正确的,但没击中要害。对资产阶级争夺领导权问题上缺乏认识,批判不力,斗争不坚决。他把戴季陶排除共产党、夺取领导权的斗争,变相地看作为政党的阶级属性问题,他们争论的论点似乎是共产党员退出国民党的时间早晚问题。因此,陈独秀在批判戴季陶的同时,便准备退出国民党。

二次北伐

1927年6月18日,张作霖在北京就任中华民国陆海军大元帅职,组织安国军政府,充当北洋军阀的末代统治者。他趁南方粤桂、宁汉一片混乱之机,发动了对阎锡山、冯玉祥的征讨。阎、冯面临奉军的压力,呼吁国民政府讨奉。1928年2月,国民党二届四中全会通过了北伐的决议,授命蒋介石主持北伐军事。蒋首先把国民党军队编成四个集团:原来由何应钦掌握的军队编为第一集团军,蒋兼总司令;国民军联军为第二集团军,冯玉祥任总司令;北方国民革命军为第三集团军,阎锡山为总司令;两湖各军编为第四集团军,李宗仁任总司令。国民革命军共40个军70余万人。蒋介石任何应钦为全军总参谋长,留守南京,命第一集团军沿津浦路北进,第二集团军沿京汉路北上,第三集团军出京绥路。三路大军直捣幽燕,会师北京。4月5日,蒋介石在徐州誓师,第二次北伐开始。当时,奉军的主力张学良、杨宇霆两部,都放在京汉沿线。5月下旬,北伐各集团军占领了邯郸、保定、石家庄、大同、张家口、沧州之后,由津浦、京汉、京绥三线向京津地区全面推进。张作霖见大势已去,决定放弃北京。6月3日,率奉军出关。二、三集团军同时抵进北京近郊。蒋介石为联阎制冯,从南京发来命令:只许晋军入城,冯部驻留南苑待命。6月4日,阎锡山正式被任命为京津卫戍司令。8日,晋系商震部开进北京城,12日,晋系傅作义部进入天津。20日,南京政府改直隶省为河北省,任商震为省主席,改北京为北平。至此,南京政府的第二次北伐宣告结束。

济南惨案

南京政府第二次北伐,直接打击的目标是日本帝国主义支持的奉系军阀。为阻止亲英美的国民党南京政府的势力向中国北方发展,1928年5月3日,日本侵略军在山东济南制造了屠杀中国军民的血腥事件。济南惨案又称五三惨案。4月下旬,日本政府借口保护侨民,出兵侵占济南。5月1日,北伐军开进济南,日军即挑衅闹事,开枪打死中国军民多人。5月3日,日军又向北伐军驻地大举进攻,还缴了7000余北伐军的枪械。蒋介石竟命令各师"约束士兵,不准开枪还击"。日本侵略气焰更加嚣张,公然破坏外交惯例,将南京政府新任驻山东外交特派交涉员蔡公时及随员捆绑毒打。蔡提出抗议,被日军割去耳鼻;蔡大义凛然,怒斥日军暴行,日军又将其舌头、眼睛挖去,并且用机枪将蔡等17人全部杀害。当天从早到晚,日军在城内毫无顾忌枪杀居民。4日,蒋介石在所谓"忍辱负重","勿以一朝之愤而乱大谋"

的借口下,一再妥协退让,下令北伐军撤出济南,绕道北伐。日军仍不罢休,7日,向蒋介石提交严惩北伐军高级军官等5条最后通牒,限12小时答复。8日清晨,蒋介石派高级参谋熊式辉、战地政务委员罗家伦赴济南答覆。但日军诡称期限已过,下令重炮轰城,11日将济南全部占领,奸淫掳掠、杀人放火,无所不为。据世界红十字会济南分会查明:济南惨案中国军民死亡6123人,伤1700余人,财产损失无法计数。惨案后,两国政府代表进行了马拉松式的谈判。直到1929年3月,在中国保证日本人"生命财产之安全"的前提下,签订"济案"协定,日军才撤出济南。

版 权 声 明

    本书的编选,参阅了一些报刊和著述。由于联系上的困难,部分入选文章的作者(或译者)未能取得联系,谨致深深的歉意。敬请原作者(或译者)见到本书后,及时与我们联系,以便我们按国家有关规定支付稿酬并赠送样书。

联 系 人:张启明

联系电话:010-61284201